Vitali Sertakov
CRYONIC

VITALI SERTAKOV

CRYONIC

DER DÄMON ERWACHT

Roman

Aus dem Russischen
von Christiane Pöhlmann

Piper München Zürich

Entdecke die Welt der Piper Fantasy:

Piper-Fantasy.de

Die russische Originalausgabe erschien 2005 unter dem Titel »Prosnuvshiisya Demon« bei AST, St. Petersburg

MIX
Papier aus verantwortungsvollen Quellen
FSC® C083411
FSC
www.fsc.org

ISBN 978-3-492-70307-9

Satz: Satz für Satz. Barbara Reischmann, Leutkirch
Druck und Bindung: CPI – Clausen & Bosse, Leck
Printed in Germany

(1) COUNTDOWN

Der Mann schlug die Augen auf und schrie.

Genauer gesagt, er wollte schreien, brachte aber nur ein Röcheln heraus, weil ihm ein breites Gummistück zwischen die Zähne gepresst war. Ein biegsames Plastikrohr steckte tief in seinem Rachen und nahm ihm jede Möglichkeit, die Zunge zu bewegen. Er konnte weder schreien noch vernünftig schlucken, ja mehr noch, dieser Apparat, der ihm da die Kiefer aufsperrte, ließ ihn fast ersticken. Und das bisschen Luft, das in seinen Lungen ankam, war sehr kalt und schmeckte säuerlich.

Er blinzelte – und begriff endlich, was ihm solche Angst einjagte.

Diese graue Kreatur.

Ihm gegenüber, direkt vor seiner Nase, starrte ihn hinter einer bläulich schimmernden Scheibe eine Höllenfratze an, mit Schläuchen in den aufgeblähten Nasenlöchern und runden Gummipfropfen an den kahl geschorenen Schläfen. Dort, wo bei einem normalen Menschen der Mund saß, hatte dieses grauhäutige Monster etwas, das wie das Visier eines Hockeyhelms aussah. Unter diesem Ding quollen ein blauer gerippter Schlauch und zwei rote, schmalere Schläuche hervor. Auf dem Kopf trug es eine halb transparente Haube, ähnlich der, die Frauen beim Duschen benutzen, um ihre Frisur zu schonen. Selbst die Augen waren nicht verschont geblieben: Von der breiten weichen Bandage, die die Duschhaube in der Stirn hielt, lief zu jedem Auge ein feiner rosafarbener Faden. Über diesen glitten kaum erkennbare Tropfen einer unbekannten Flüssigkeit.

Als die Augen blinzelten, musste der Mann jedoch der Wahrheit ins Gesicht sehen: Er hatte sein eigenes Spiegelbild vor sich.

Sein Hirn versuchte, die in ihm aufsteigende Panik zu unterdrücken und sich ganz auf seinen Körper zu konzentrieren. Arme und Beine schienen noch dran zu sein. Er lag auf dem Rücken und konnte sich kaum rühren. Den Kopf hielt irgendeine Vorrichtung auf die rechte Seite gedreht. Bei der Scheibe handelte es sich allerdings nicht um einen Spiegel, sondern um ein schmales Fenster. In seinem Rücken brannte eine Lampe mit mattem Licht, hinter dem Fenster war alles dunkel, weshalb er sich überhaupt sehen konnte: die im Schock weit aufgerissenen Augen, die Schweißtropfen auf der Stirn, den elastischen Verband um sie herum, die pulsierende Halsschlagader.

Sobald er versuchte, die Finger zu bewegen, machte er weitere Entdeckungen. Wenn er mit dem Zeigefinger auf einen Knopf drückte – den er nicht sah! –, leuchteten vor ihm im unteren Teil des Fensters grüne Buchstaben und Ziffern auf. Obwohl es lateinische Buchstaben waren, konnte er sie problemlos lesen. Einige Ziffern veränderten sich ständig, andere blieben konstant. *Blutdruck*, *Puls*, *Atemfrequenz* ... Manche Wörter konnte er zwar lesen, verstand aber ihre Bedeutung nicht, zum Beispiel *Leukozyten*. Insgesamt gab es sechzehn Messwerte. Er riss sich von der Betrachtung der grünen Anzeigetafel los. Mittlerweile war ihm auch klar geworden, dass er gar nicht so gierig Sauerstoff einatmen musste, denn die Apparatur, die ihn gefangen hielt, pumpte genügend Luft in ihn hinein. Daraufhin hielt er die Luft an. Die nächsten Sekunden geschah nichts, dann klickte es und über den grünen Buchstaben erschienen rote: *Kontrollierte, vollständige mechanische Ventilation. Beginn in fünf Sekunden.*

Noch ehe diese Drohung wahr gemacht wurde, atmete er freiwillig weiter. Sofort verschwanden die roten Buchstaben wieder. Gut! Abgesehen davon *drohte* ihm dieses Drecksding ja damit, sein Leben zu erhalten, nicht, ihn umzubringen. Ob ich einen Unfall gehabt habe, überlegte er, und man mich danach auf die Intensivstation gebracht hat?

Daraufhin bewegte er ganz sacht den Mittelfinger. Ein neues Bild baute sich auf: *Muskeltraining. Belastung: 4; Dauer: 120 min. Bitte andere Einstellungen wählen.*

Kaum drückte er die Kuppe des Ringfingers nach unten, wechselten die Parameter erneut. *Reaktantentemperatur, Geschwindigkeit der Projektorzirkulation, Druckkraft* … O nein, das konnte auf keinen Fall eine Intensivstation sein. Hier ging es um mehr als Reanimation. Denn wann hätte es das je gegeben, dass der Patient selbst die Werte eingab, die für seine Lebenserhaltung nötig waren?

Immerhin konnte er noch klar denken! Und nicht mal lange Wörter bereiteten ihm Schwierigkeiten. Da es ihm obendrein möglich war, sogar aus diesem engen Sarg heraus Befehle zu erteilen, bestand eine echte Chance, sich ganz aus ihm zu befreien. Er drehte sich ein wenig in der Hüfte, um herauszufinden, ob er etwas anhatte. Als er dafür auch noch ein Bein anzog, stieß er prompt gegen eine Wand. Das war wirklich ein Sarg! Blieb noch eine Frage, die ihm keine Ruhe ließ, die sich ihm zunächst gar nicht gestellt hatte, die er aber jetzt, da der erste Schreck überstanden war, formulieren konnte: Wie lange lag er eigentlich schon in diesem Ding? Im Bereich seines Afters spürte er deutlich ein gummiartiges Etwas, eine weitere Konstruktion fixierte seinen Penis. Wie lange musste er bewusstlos gewesen sein, damit ihm ein Einlauf gemacht wurde? Das heißt: nein, kein Einlauf.

Ein Katheter war ihm gesetzt worden! So hieß das doch im Fachjargon, wie ihm gerade wieder einfiel.

Seinen linken Unterarm umspannten mindestens zwei Schlaufen, aber den rechten konnte er relativ frei bewegen. Alles halb so schlimm, redete er sich selbst ein. Kein Grund, die Nerven zu verlieren. Jetzt, da ich aufgewacht bin, kriegen das garantiert auch diejenigen mit, die irgendwo da draußen herumschwirren, ein Arzt oder eine Krankenschwester. Bestimmt kommt also gleich jemand und erklärt mir, was Sache ist. Man kennt das ja, Gedächtnislücken nach einem Unfall oder so …

Um einen kühlen Kopf zu bewahren, zählte er allen Ernstes bis tausend. Doch niemand erschien. Hinter der Scheibe ging nicht mal Licht an. Und selbst als er die Ohren spitzte und lauschte, hörte er nichts als das leise Pfeifen, mit dem die Luft durch den Schlauch gepresst wurde. Die Angst, die er schon bezwungen zu haben glaubte, rührte sich erneut und wand sich wie eine Schlange immer fester um sein Herz. Ganz ruhig!, schärfte er sich ein. Jetzt erinnere dich erst mal, wie du überhaupt heißt. Da du auf Russisch denkst, dürftest du diese Sprache auch sprechen. Also hast du wahrscheinlich einen russischen Namen. Du lebst und wirst sicher nicht gleich sterben. Und wenn niemand zu dir kommt, heißt das nur, dass du nicht in Lebensgefahr schwebst. Wahrscheinlich kümmern sich die Ärzte gerade um andere Patienten. Oder sie sitzen in einer Besprechung. Vielleicht ist es ja auch mitten in der Nacht … Mist! Wenn ich bloß wüsste, wie ich heiße! Den eigenen Namen nicht zu wissen, das ist ja echt der pure Horror.

Unter seiner rechten Hand ertastete er zwei weitere Knöpfe, die er bisher nicht ausprobiert hatte. Der kleine Finger sorgte dafür, dass vor seiner Nase eine Uhr mit Digitalanzeige aufleuchtete. Eine Minute vierzehn Sekunden, dreizehn, zwölf …

Ein Countdown!

Rechts neben all den Zahlen leuchteten gleichmäßig zehn Nullen. Eine Zeit lang beobachtete er verständnislos, wie sich die Ziffern veränderten. Wenn er es richtig verstand, waren anderthalb Minuten vergangen, seit er aufgewacht war. Aber was hatten all die Nullen auf der rechten Seite zu bedeuten? Ob er ein Astronaut war und mit einem Katheter im Arsch zu einem fernen Planeten flog? Ob ihm noch ein Flug von so und so vielen Tausend Jahren bevorstand? Er kramte wie wild in seinem Gedächtnis, doch ihm fiel nicht die winzigste Kleinigkeit ein, die auch nur im Entferntesten etwas mit Raumfahrt zu tun hatte. Ihm war völlig schleierhaft, womit er sich beschäftigt hatte, bevor er in diesem Sarg mit Fenster gelandet war – aber ganz bestimmt nicht mit der Erforschung des Weltalls.

Die Amis sind noch nicht zum Mars geflogen. Na endlich! Der erste zusammenhängende Gedanke, die erste klare Erinnerung! Diese Meldung musste er im Fernsehen gehört oder in einer Zeitung gelesen haben. Durch diese Überlegungen abgelenkt bemerkte er nicht auf Anhieb, dass sich an der Uhr etwas tat. Über der Linie mit den Nullen blinkte jetzt eine blaue Mitteilung: *Ende des Prozesses. Verfrühter Druckabfall. Abweichung von der Normaltemperatur. Organismus: stabil. Code für den manuellen Betrieb: 110.*

Aber wie sollte er diesen verdammten Code eingeben? In ihm regte sich eine weitere Erinnerung. Und richtig: Unter seiner festgezurrten linken Hand spürte er ein winziges Tastenfeld. Blind drückte er die nötigen Knöpfe.

Bestätigung mit beliebiger Taste. Schon wollte er die verlangte Bestätigung geben, als er im letzten Moment zögerte. Was hieß hier eigentlich *Verfrühter Druckabfall*? Was konnte da draußen nicht stimmen? Hatte es eine Überschwemmung gegeben? Ein Strahlenunglück? Abermals schnürte ihm die Schlange der Angst die Brust ab, Schweiß lief ihm über den Rücken. Inzwischen spürte er jeden einzelnen Teil seines Körpers. Er war splitterfasernackt, sein Oberkörper lag auf straffen, beweglichen Rollen, fast wie bei einer Massageliege. Aber klar, durchzuckte es ihn. Das *ist* eine Massageliege. Ein anatomischer Massagesessel für Kapseln mit halb liegender Position … Verdammte Scheiße aber auch, aus welchen Windungen seines Hirns holte er bloß dieses Kauderwelsch?

Wummernd pochte sein Puls in den Schläfen, als er mit der linken Hand auf die Tasten drückte. Ein lang gezogenes Zischen erklang, als entweiche Luft aus einem Einweckglas, das nicht dicht verschlossen war – und die blaue Scheibe kroch langsam nach oben. Die Augen zu Schlitzen verengt beobachtete er, wie der weiße Deckel der Kapsel aufklappte und sich am Fußende senkrecht aufstellte. Er war riesig, mindestens zwei Meter lang, voll behangen mit Kabeln und irgendwelchen Instrumenten, aus denen er aber nicht schlau wurde. In der Kapsel selbst gab es sogar zwei Fenster, auf Kopfhöhe links *und* rechts. Während des Muskeltrainings muss die Lage des Kopfes verändert worden sein, überlegte er, sonst könnte ich ihn jetzt wahrscheinlich nicht so ohne Weiteres hin und her drehen.

Zum Teufel aber auch, für einen Patienten wusste er verdammt gut, wie das hier alles organisiert war! Sollte er sich etwa doch freiwillig in diesen über und über verkabelten Sarg gelegt haben?!

Er wollte sich aufsetzen, das scheiterte aber an den Schnüren und Strippen, sodass er sich zunächst nur das Gummiding aus dem Mund zog, die Schläuche aus der Nase entfernte und seine Zunge freilegte. Die Luft war ihm schon beim ersten Atemzug verdächtig: Sie war abgestanden und mit einem ekelhaften, nicht zu identifizierenden Geruch vermischt. Also ist es doch ein Krankenhaus, schlussfolgerte er, während er mit den Schlingen an seinem linken Arm kämpfte. Man weiß ja, wie miserabel die Luft in einem Krankenhaus ist.

Doch je länger er darüber nachdachte, desto weniger überzeugte ihn diese Hypothese. Nicht mal nachts war es in einem Krankenhaus derart still. Und dann noch diese absolute Finsternis! Die einzige Lichtquelle weit und breit war die runde Lampe am Kopfende der Liege. Er nahm sich erst einmal mit einer energischen Bewegung die Plastikhaube ab – und hätte vor Schmerz beinahe aufgeschrien: Auf seinem kahl geschorenen Kopf waren Dutzende feiner Drähte befestigt. Mit zusammengebissenen Zähnen riss er einen nach dem andern ab, genau wie Gulliver, als er sich aus den Schnüren der Liliputaner befreite. Nur war es bei ihm mit Drähten nicht getan, denn seinen Kopf und sein Gesicht bedeckte zusätzlich feiner Puder, der sich extrem widerlich anfühlte, fast wie Talkum.

Schließlich hatte er sich freigekämpft, sodass er sich endlich aufsetzen konnte. An der rechten Seite dieser an einen Whirlpool erinnernden Metallkapsel befanden sich drei große Sensortastaturen. *Diensthabender*, *Arzt* und *Feuer* stand auf ihnen. Diesmal in Russisch. Als Erstes drückte er auf die Taste für den Arzt, danach auf die beiden anderen. Nichts. Niemand kam dem Patienten zu Hilfe geeilt. Und nicht ein Geräusch drang an seine Ohren.

Er stützte sich an der Kapsel ab, deren Rand feucht war und sich wie die Gummidichtung eines Kühlschranks anfühlte, um das linke Bein hinauszuschwingen. Am Boden traf er auf eine geriffelte Gummimatte. Das baute ihn schon mal auf, hatte er doch – noch ehe er überhaupt einen Fuß aufsetzte – gewusst, dass er Gummi unter sich fühlen würde. Im Übrigen waren nicht nur die Kapselränder feucht, sondern auch sein gesamter Körper. Fast, als wäre er bis eben in Sülze gewälzt worden …

»He!«, rief er leise.

Doch sein Schrei sickerte unerwidert in eisiges Schweigen ein. Erst jetzt fiel ihm auf, wie kalt es eigentlich war. Seine nackte Haut war bereits von einer Gänsehaut überzogen.

»Dauert nicht mehr lang, und ich hol mir was weg!«, jammerte er. »Ist denn hier niemand?«

Erneut nur Stille.

Nun schwang er auch das andere Bein über den Rand der Kapsel. Als er jedoch aufzustehen versuchte, wäre er fast der Länge nach auf dem harten Gummifußboden aufgeschlagen. Seine Muskeln zitterten wie bei einem alten Tattergreis. Aber vielleicht bin ich ja genau das, schoss es ihm durch den Kopf, während er alles daransetzte, wieder gleichmäßig zu atmen. So stockfinster, wie es war, konnte er sich nur abtasten. Nein, sein Körper schien so weit in Ordnung, der gehörte … einem Mann von einunddreißig Jahren. Bestens! Wenn er sich bereits an sein Alter erinnerte, dann würde ihm sicher auch bald sein Name einfallen. Bestimmt hatte er bloß ziemlich abgebaut, während er ruhiggestellt worden war. Ob er sich das Rückgrat gebrochen und deshalb einige Monate in Strecklage verbracht hatte?

Kurz darauf startete er einen zweiten Versuch aufzustehen, indem er sich mit einer Hand am Rand der Kapsel abstützte. Diesmal klappte es. Kühn wagte er sich zu ihrem Fußende vor. Mit jedem Schritt kehrte sein Gleichgewichtssinn ein bisschen mehr zurück. Hinter dem Deckel wartete die nächste unsichtbare Entdeckung auf ihn: Er musste sich drei Stufen hochtasten, dann stieß er gegen ein breites halbrundes Pult und einen Stuhl. Vor Kälte zitternd nahm er auf dem in der Dunkelheit nicht erkennbaren Ledersitz Platz. Im Nu hatte er sich an dem Pult orientiert, erinnerten sich seine Finger doch an all die Hebel und Schalter. Über seinem Kopf befanden sich allerlei Apparate, im schwachen Licht der Lampe an der Kapsel machte er Schläuche aus, die von der Decke hingen, und einzelne Elemente, die zur Mechanik der Kapselabdeckung gehörten.

Notstromversorgung. Kapsel 1. Kapsel 2. Kapsel 3. Er musste die Nase förmlich auf die Abdeckung der Geräte pressen, um die Angaben erkennen zu können. Nur gaben die schon lange keine Auskunft mehr. *Notstromversorgung.* In diesem Krankenhaus – oder worum auch immer es sich bei diesem Ort handelte – musste der Strom komplett ausgefallen sein. Und jetzt kümmerten sich wahrscheinlich alle darum, die Folgen des Unfalls zu beheben …

Wenn ich bloß wüsste, wo die Wand und damit die Tür ist! Halt! Die Tür musste hinter ihm liegen! Mit einem Mal wusste er ganz genau, wie die Tür in seinem Rücken aussah und wie sie sich öffnen ließ. Zunächst kam eine Titanschleuse mit pneumatischer Mechanik, dann, an der Außenseite, eine antiseismische Umhüllung … Verfluchte Scheiße aber auch! Der Mann presste die Hände gegen die Schläfen und starrte auf die Abdeckung. *A. K. Denissow,* las er. *Brandschutzbeauftragter.*

»Aber ja«, murmelte er. Denissow. Anatoli … Tolik Denissow. Wenn er nicht hier saß, müsste eigentlich Mirsojan Dienst haben. Nur war der nirgends zu entdecken – was eigentlich völlig unmöglich war, denn … denn … Filmriss.

Er streckte die Arme vor sich aus und fand sofort den Ausgang. Die Tür war groß, schließlich musste durch sie ja auch eine Kapsel passen, die, bereits zusammenmontiert, über in den Boden eingelassene Schienen an ihren Platz gebracht worden war. Er schaltete sein Hirn ab und überließ sich allein seinen Händen. Die ertasteten sofort ein Rad. Klar, wenn das Lämpchen über dem Magnetschloss nicht leuchtete, musste man die Tür manuell öffnen. Er legte sich mit seinem ganzen Gewicht auf das Eisenrad. War er wirklich so schwach? Das verfluchte Ding gab nicht einen Millimeter nach – dabei hatte er es doch noch gestern mit nur einem Finger bewegt!

Mit ein paar Kniebeugen wollte er sein Blut zum Zirkulieren bringen. So taub wie seine Arme waren, konnten sie seinen Befehlen ja gar nicht gehorchen … Nach einer Weile war er sich sicher, dass ihm das Rad nun keine Probleme mehr bereiten würde. Er stemmte den nackten Fuß gegen den Türrahmen und presste sich derart fest gegen das Rad, dass er mit den Zähnen knirschte. *Gestern?* Wie kam er eigentlich auf die Idee, er habe dieses Mistding noch gestern angefasst? O nein. In ihm verfestigte sich der Verdacht, er sei nicht nur Monate, sondern Jahre krank gewesen. Hatte er da nicht auch mal etwas in der Zeitung gelesen? Von einer Frau, die nach einem Autounfall rund vier Jahre im Koma gelegen hatte?!

Endlich klickte etwas im Verriegelungsmechanismus, das Titanmonstrum mit dreifacher Schallisolierung knirschte durch die Gleitschiene im Boden und bewegte sich. Der Spalt, der sich vor ihm auftat, reichte aus, um zu begreifen, dass im Institut etwas geschehen sein musste, das schlimmer war als der Stromausfall in einer Abteilung. Im Institut?! Okay, wie er darauf kam, darüber brauchte er sich erst mal keine Gedanken zu machen. Je weniger er sich jetzt den Kopf über diese Dinge zerbrach, desto schneller würde sein Gedächtnis wieder einwandfrei funktionieren. Besser er verschaffte sich erst mal ein Bild von der Lage. Und wenn er nebenbei auch noch was zum Anziehen fände …!

Blinzelnd spähte er hinaus, ins Helle. Der kurze schmale Gang machte einen ganz passablen Eindruck. Dafür stand die gegenüberliegende Tür einen Spalt offen – was gegen jede Regel verstieß. Er wagte sich vor und zwängte sich seitlich durch ihn hindurch. Nun bekam er schon wesentlich besser Luft. Allerdings stieg bei jedem Schritt eine ganze Wolke Staub auf. Auf den ersten Blick erinnerte der Raum, in den er gekommen war, an das Innere eines riesigen Umspannwerks oder an eine Telefonstation. Reihen grauer, elend hoher Schränke mit herausziehbaren Elementen, eine ganze Latte Hebelschalter, verglaste Kästen, auf denen ein Blitz dargestellt war, und Stapel von Ersatzsicherungen. Auf dem Boden lag auch hier rauer Gummi, außerdem gab es überall verreckte Fliegen und tote Spinnen. Was er immer noch nicht verstand, war, woher eigentlich das Licht kam. Von der hohen Decke hingen zwar etliche Glühbirnen, die aber alle mit Spinnweben überzogen waren und aussahen, als hätten sie noch nie Bekanntschaft mit dem Lappen einer Putzfrau geschlossen. In alle Ritzen zwischen den Schränken spähend, gelangte er zu einer Stelle, wo der Raum abknickte. Hier entdeckte er endlich ein Fenster.

Genauer gesagt nicht das ganze Fenster, sondern nur den unteren Rand davon, zwanzig Zentimeter, um präzise zu sein. Drei Meter über dem Boden lugten sie unter der Decke hervor. Doppelter Maschendraht und dicke Gitterstäbe schützten die Scheibe. Obwohl sie unglaublich dreckig war, bahnte sich gerade in diesem Moment ein blendender Sonnenstrahl seinen Weg durch das Spinnennetz am Fenster. Damit wusste er immerhin, dass er tagsüber aufgewacht war und sich irgendwo in einem tiefen Keller befand. Deshalb war es hier auch so verdammt kalt. Sobald der gigantische Raum abknickte, lag nur noch ein fünf Meter langer Gang vor ihm, in dem es nicht mehr die geringste Spur von Elektronik gab. Den Zutritt versperrte ein Gittertor, das vom Boden bis zur Decke reichte. Dahinter folgte eine Glastür. Auf der einen Seite des Gangs lag etwas erhöht ein verglastes Büro, in dem ein über und über mit grauem Staub überzogener Stuhl sowie ein Computerbildschirm, der auch nicht besser aussah, standen. Auf der rechten Seite zogen sich Spinde hin, obendrein prangte dort eine weiße Tür mit einem Piktogramm, das eine Dusche darstellte. Ihm fiel wieder ein, dass er ja auf der Suche nach etwas zum Anziehen war – doch kaum hatte er einen Fuß in den Gang gesetzt, verflüchtigte sich jeder klare Gedanke aus seinem Kopf.

(2) DIE LEICHEN IM KELLER

Vor dem Glaskabäuschen des Kontrollpostens lag – mit dem Gesicht in der Rille zum Abspülen der Schuhe – die Leiche eines Mannes, der einen gelben Overall trug. Und der lag nicht nur lange hier – sondern ewig, denn inzwischen war er fast vollständig mumifiziert. Von ihm waren nur noch die nackten, mit braunem Pergament überzogenen Knochen und der Overall übrig geblieben.

Mit einem Mal wirbelte der Mann herum, denn er glaubte, hinter ihm stünde jemand. Doch da war niemand. Nur eine Wolke hatte sich vor die Sonne geschoben, weshalb an der Wand lange Schatten entstanden waren.

Die Türautomatik funktionierte nicht, was allerdings nicht weiter erstaunlich war, schließlich hatte sich hier jedes System aufgehängt, von der autarken Schlafeinheit einmal abgesehen. Stopp! Er blieb mitten im Schritt stehen. Die Schlafeinheit? Aber ja, klar, er hatte geschlafen! Blieb die Frage, wie lange er verdammt noch mal geschlafen hatte – wenn in der Zwischenzeit ein Toter verweste und niemand mehr nach ihm sah. Er zwängte sich zwischen der erstarrten gläsernen Flügeltür hindurch. Noch ehe er sich jedoch die Leiche genauer besah, ging er zu einem der Spinde. Der Griff ließ sich problemlos bewegen, brach dann aber sofort entzwei. Rasch wich er einen Schritt zurück. Mit einem widerlichen Quietschen schwang die nur noch in einer Angel hängende Tür auf. Im Spiegel des Schranks sah er einen nackten breitschultrigen Typen mit kahl rasiertem, blau schimmerndem Schädel und ekelhaften grünen Schlieren am Bauch und an den Beinen vor sich. Er rieb mit der Faust das völlig verdreckte Namensschild ab und fuhr wie ein Blinder mit den Fingerspitzen über die Buchstaben: *Kowal. Mirsojan.* Fünf Spinde auf der einen Seite des Raums, fünf auf der anderen, insgesamt zwei unbeschriftet. Also hatten hier sechzehn Mann gearbeitet. Aber ja!, fiel es ihm ein. Wir sind sechzehn Mann gewesen, eingeteilt in vier Schichten. Und er war, ohne zu zögern, zu diesem Spind gegangen, dem dritten von links.

»Also heiße ich Kowal«, teilte er seinem Spiegelbild mit.

Seine heisere Stimme hing in der Luft, schien an einem der Spinnweben, die es überall gab, kleben geblieben zu sein. Er hüstelte, denn es kratzte in seiner Kehle, als hätte er sich gerade eben bei einem Fußballspiel die Seele aus dem Leib geschrien. Sicher eine Nachwirkung des Reaktanten, überlegte er. Im Spind hing Kleidung, aber ein Handgriff genügte, um zu wissen: Hier würde er sich keine neue Garderobe zusammenstellen können. Die hellblauen Jeans waren an den Knickstellen völlig durchgescheuert und lösten sich in ihre Bestandteile auf, sobald er sie an sich nehmen wollte. Der Wollpulli zerfiel bei der ersten Berührung zu Staub. Eigentlich war das auch schon gar kein Pullover mehr, sondern ein Massengrab für Motten. Am Spindboden standen vier Schuhe. Bei einem Paar handelte es sich um verdreckte Turnschuhe mit etlichen Rissen. Als er es herausholte, blieb die morsche Sohle am Boden zurück. Das andere Paar – Gummistiefel, die zum ABC-Schutzanzug gehörten – machte schon einen besseren Eindruck. Nachdem er die Reste der vergammelten Einlegesohle herausgeschüttelt hatte, zog er sie an.

Bevor er den Duschraum betrat, betätigte seine Hand automatisch den Schalter gleich neben der Tür. Nichts. Das spärliche Licht vom Gang reichte natürlich nicht bis hier rein. Immerhin ragte aber auch hier unter der Decke ein Fenster in den Raum – in dem etwas zu liegen schien.

Oder jemand. Sein Herz raste mit mindestens hundert Schlägen pro Minute. Er könnte jetzt einfach die Tür wieder schließen und weggehen. Und weiter mit dieser Angst leben …

Zum Glück war niemand auf die Idee gekommen, den Ausschnitt des Fensters dick mit Farbe zuzupinseln. Kowal wagte sich vorsichtig weiter vor. Obwohl er nun wesentlich fester auftrat, hätte er sich am liebsten auf den Boden gesetzt und erst mal tief durchgeatmet, denn noch immer bereitete ihm selbst die kleinste Bewegung größte Mühe. Garantiert habe ich mir eine Infektion eingefangen, dachte er, während er die zweite Leiche betrachtete. Sonst würde ich doch nicht bei jedem Schritt keuchen. Und es muss enorm viel Zeit vergangen sein, bestimmt zehn Jahre oder so. Ich vermute, alle meine Kollegen sind von einer Krankheit dahingerafft worden, deshalb hat man das Institut auch unter Quarantäne gestellt und sämtliche Türen verrammelt. Nur haben die mich versehentlich vergessen. Und ich kann mich an nichts mehr erinnern, weil diese Krankheit mein Hirn zerstört hat.

Der zweite Tote sah nicht viel besser aus als der erste. Der Mann trug einen weißen Overall aus festem, strapazierfähigem Material. Seinen eingeschrumpelten Kopf bedeckte solch eine transparente Haube, wie Kowal sie in der Kapsel gelassen hatte. Der Tote saß mit einer Spritze in der Hand in Denkerpose da, den Rücken gegen eine Tür gelehnt, auf der eine kaum erkennbare Aufschrift prangte: *Desinfektionsraum*. Hinter dieser Tür stieß Kowal auf den ersten brauchbaren Fund: eine ganze Kleiderstange voll von weißen Overalls, wie auch der Tote einen anhatte. Er nahm gleich mehrere von der Stange, um jeden einzelnen gegen das spärliche Licht zu halten und seine Entscheidung zu treffen. Der Anzug, auf dessen Brusttasche der Name *Kowal* gestickt war, dürfte genau seine Größe haben. Das Ding roch zwar ziemlich muffig und auch ein bisschen nach Mäusen, außerdem blätterte ein verkrustetes, dreckig-weißes Pulver in ganzen Brocken von ihm ab, im Großen und Ganzen stellte es ihn jedoch zufrieden. Unter dem Nachnamen stand in kleinerer Schrift auch der Vorname. Um sich ja nicht zu verlesen, kehrte er in den großen Raum zurück, in dem es etwas heller war.

»Ich heiße Artur Kowal«, erklärte er der Leere um sich herum mit fast brechender Stimme.

Schon diese paar Wörter reichten, dass er wieder krächzte und ihm die Stimmbänder endgültig versagten. Daraufhin kehrte er noch mal in den Duschraum zurück, trat in eine Kabine und drehte den Hahn auf. Etwas knisterte – und er hielt die Mischbatterie samt Stange in der Hand. Okay, verschieben wir also den Traum von Körperreinigung auf bessere Zeiten. Begnügen wir uns damit, nicht mehr nackt durch die Gegend zu laufen …

Nachdem er sich angezogen hatte, ging er wieder in den Gang und betrachtete nachdenklich die Leiche des Kontrollpostens. Mit der Schuhspitze fuhr er über den gelben Overall. Alles in ihm sträubte sich dagegen, den Toten auf den Rücken zu drehen. Nach gut einer Minute stieg er die paar Stufen zu dem Glaskabäuschen hinauf, in dem der Computer stand. Den feuchten Betonboden hatte ein Teppich aus weißlichem Moos erobert, irgendwo tropfte in langsamem Takt Wasser. Die wattige Stille, die auf allem lastete, dröhnte ihm in den Ohren. Außerdem zog sich sein Magen plötzlich in einem fürchterlichen Krampf zusammen. Wie lange habe ich eigentlich nichts gegessen? Beziehungsweise: Habe ich überhaupt was in all der Zeit gegessen, in der ich in der Kapsel lag? Fragen, auf die es keine Antworten gab.

Mit einem gewissen Kraftaufwand zog er nun die vier völlig durchgerosteten Schubläden in dem Metalltisch auf. Sie enthielten verschiedene Papiere, die sich aber bei der leisesten Berührung in Fetzen auflösten. Immerhin fand er ein paar Streichhölzer. Die ersten drei gingen nicht an, aber das vierte flammte auf, was ihn sogar ein wenig erschreckte. Streichhölzer – das war schon mal gut. Jetzt musste er nur noch etwas auftreiben, aus dem sich eine Fackel herstellen ließ.

Wieder im Gang, orientierte er sich. Links lag die Glastür, durch die er gekommen war, die rechte Seite hatte er jedoch noch nicht erkundet. Hinter der Glas- und Gittertür lauerte pechschwarze Dunkelheit. Allerdings vermutete er, in ebendieser Richtung befände sich auch die Treppe nach oben. Selbst von hier aus konnte er zudem die Aufschrift auf der Glastür entziffern: *Sperrzone. Zutritt nur für Mitarbeiter der Abteilung V.*

Entschlossen machte er sich erst einmal auf die Suche nach etwas, das er zur Fackel umfunktionieren konnte. In dem großen Raum entdeckte er schließlich ein altes schiefes Regal, in dem sich technische Dokumente stapelten. Sie mussten aus einem speziellen Papier bestehen, waren sie doch fast perfekt erhalten. Er unternahm gar nicht erst den Versuch, die Skizzen zu studieren, denn er konnte getrost darauf verzichten, sich die Augen zu verderben. Allerdings war er sich sicher, die Zeichnungen verstehen zu können. Wenn er in der Abteilung V gearbeitet hatte, musste er ja wohl wissen, womit sie sich beschäftigte. Bestimmt war er nicht der schlechteste Ingenieur gewesen, bevor er … eingeschlafen war. Eingeschlafen?! Ja, ganz genau, dieses Wort brachte die Situation auf den Punkt. Aber wenn er eingeschlafen war, wo waren dann die anderen dreizehn Kollegen geblieben? Ob irgendwo noch weitere Leichen herumlagen?

Mit einem angezündeten Bündel eingerollter Papiere kehrte er in den Gang zurück. Die Tür am rechten Ende bereitete ihm enorme Probleme. Erst nachdem er sich mit dem ganzen Gewicht auf den Hebel für den elektrischen Antrieb geworfen und ihn aus der Verankerung gerissen hatte, konnte er die schwere Glastür einen Spalt öffnen.

Er tauchte in die undurchdringliche Dunkelheit eines weiteren breiten Gangs ein. Die glatten Wände zeigten feuchte braune Wasserflecken. Trotzdem ist die Verkleidung wohl neu, registrierte er. Wie hier überhaupt alles vom Feinsten ist. Er zündete die nächste Papierfackel an und bewegte sich Schritt für Schritt vorwärts. Unter seinen Füßen schmatzte stinkender Matsch. Als er in ihm einmal ausrutschte, schaffte er es nur im letzten Moment, das Gleichgewicht zu halten. Seine improvisierte Fackel qualmte erbarmungslos, während sie gierig nach Sauerstoff lechzte. In ihrem flackernden Licht ortete er den Glaskasten mit allen Utensilien für einen Brandfall und durch die Gittertür eines alten Fahrstuhls bemerkte er am Boden eine riesige Lache, in der irgendwelche nicht zu identifizierenden Partikel schwammen. Irgendwann versprühte die Fackel einen letzten roten Funkenregen, danach umgab ihn erneut Finsternis. Er hielt die Luft an. War da nicht ein gleichmäßiges Scharren zu hören? Als kratzte ein kleines Tier mit den Pfoten über Metall ... Er blieb kurz stehen und lauschte. Ihm sträubten sich die Nackenhaare, und ein alter Hollywoodfilm über mutierte Riesenameisen in der Kanalisation fiel ihm ein. Ratten konnten das schließlich nicht sein, die fänden hier nichts zu fressen ...

»Es gibt keine Riesenameisen!«, behauptete er im Brustton der Überzeugung und bewegte sich blindlings in die Richtung, in der er eben den ganzen Kram für einen Brandfall gesehen hatte. Inzwischen watete er durch knöchelhoch stehendes, eiskaltes Wasser. Mit einem Mal berührte etwas Weiches seine Beine. Er biss sich auf die Zunge, um nicht loszuschreien. Die Haken, an denen früher mal die unterschiedlichsten Werkzeuge gehangen hatten, waren längst morsch, das Beil hatte sich in Luft aufgelöst, aber das Brecheisen ertastete er immerhin.

»So, das ist schon besser!«, teilte er den unsichtbaren Bewohnern des Kellers in drohendem Ton mit. »Jetzt komm ich zurück und seh mich noch mal in aller Ruhe um ...«

Die Wolken mussten sich mittlerweile endgültig vor die Sonne geschoben haben, denn in dem großen Raum war es nun noch dunkler. Wenn er nicht bis zum Abend aus diesem Keller raus war, durfte er die Nacht in Gesellschaft von zwei Leichen verbringen. Und von denjenigen, die da im Dunkeln mit ihren Pfoten scharrten ... Er zwang sich, sich nicht ständig umzudrehen, und durchquerte ruhigen Schrittes den Raum, lehnte seine Waffe gegen die Wand und rollte sich noch ein paar Fackeln. Während er sie sich in die Taschen stopfte, krampfte sich sein

Magen schon wieder zusammen, diesmal wesentlich stärker als zuvor. Wenn ich doch wenigstens irgendwo Zwieback finden würde, dachte er, während er vor Schmerz aufstöhnte. In der Küche müsste es eigentlich was zu essen geben, da hatten wir doch immer Vorräte …

Die Küche! Zielsicher kehrte er zu den Spinden zurück und hielt auf eine Freifläche zwischen den Eisenschränken zu, wo er eine schmale Tür ertastete. Küche – diese liebevolle Bezeichnung hatten sie dem Aufenthaltsraum gegeben, zu dem sie das ehemalige chemische Labor umgebaut hatten. In seinem Hirn explodierte etwas – und er erinnerte sich wieder, wie er höchstpersönlich die Wand mit Holz verkleidet und eine Art Bartresen gezimmert hatte. Hinter dem Aufenthaltsraum lag das Kellerbüro von Professor Teleschew. Jetzt wusste er auch wieder, wohin der Gang auf der rechten Seite führte. Eigentlich war das auch überhaupt kein Gang, sondern die Verlängerung der Lkw-Rampe. Sein Ende – zu dem er sich bisher aber nicht vorgewagt hatte – versperrte ein Schiebetor, vor dem immer jemand Wache stehen musste. Gleich neben dem Lastenaufzug führte eine Hintertreppe nach oben, in die Räume von Abteilung V, die nicht im Keller untergebracht waren. Irgendwie würde er hier also schon rauskommen. Nur musste er zuerst noch …

»Ich heiße Artur Kowal«, wiederholte er im Flüsterton. »Ich bin leitender Wissenschaftlicher Mitarbeiter der Abteilung, Kandidat der Wissenschaften, und arbeite im Institut …«

Und Filmriss. Verfluchte Scheiße aber auch! Er brauchte drei Streichhölzer, ehe sich die neue Fackel entzündete. Dann stieß er die Tür zur Küche auf. Ihm schlug abgestandener, modriger Geruch entgegen. Die Wandverkleidung, die selbst gezimmerten Möbel und der Tresen gaben inzwischen allerfeinsten Mulm ab. Der Putz blätterte von den Wänden, sodass das Ziegelgemäuer vom Ende des neunzehnten Jahrhunderts zutage lag. Die Decke wies an zwei Stellen Risse auf, aus schwarzen Löchern tropfte rostiges Wasser. Er zündete die nächste Fackel an, versuchte, nicht auf die Inseln weißer Pilze am Boden zu treten, und kämpfte sich zum Büro seines Chefs vor.

Der war, nebenbei bemerkt, höchstpersönlich anwesend. In dem Haufen Lumpen hätte Kowal zwar nie im Leben seinen Chef erkannt, aber außer Teleschew hätte es niemand gewagt, an dem Schreibtisch Platz zu nehmen. Die Möbel für dieses Kellerbüro bestanden aus irgendeinem neumodischen Plastik im üblichen Bürograu, sodass sie relativ gut in Schuss waren. Von den Wänden und Bücherschränken ließ sich das leider nicht behaupten. Anscheinend war im Aufenthaltsraum ein Heizkörper geplatzt und danach so lange heißes Wasser herausgespritzt, bis alle Heizungen in den fünf Stockwerken völlig leer waren.

Teleschew saß, wie gesagt, am Tisch, den Kopf auf die Arme gebettet. Durch den zerbröselten Ärmel seines Anzugs schimmerte ein gelblicher Knochen hindurch. Mittlerweile reimte Kowal sich das alles so zusammen, dass im Institut – während er selbst geschlafen hatte – ein unbekanntes Virus freigesetzt worden war. Die Arbeit der Abteilung V dürfte damit kaum etwas zu tun haben. Eher hatte man wohl in den Abteilungen II oder III geschlampt. Nur warum, bitte schön, hatte die Leitung niemanden hier in den Keller geschickt, um für eine Beerdigung der Toten zu sorgen?!

Da die Fackel immer schlechter brannte, wollte er bereits weitergehen, als ihm die kleine quadratische Tresortür aus rostfreiem Stahl in der Wand gegenüber dem Schreibtisch auffiel. Der Schlüssel steckte im Schloss, trotzdem war er sich fast sicher, dass der Safe nicht abgeschlossen war.

Die Papiere und CDs im unteren Fach waren zu einem einzigen Klumpen verklebt. Interessanter wurde es im oberen Fach: Hier entdeckte er ein Heft aus dickem Papier und eine CD, beides mehrfach in Plastikfolie eingewickelt. Mit einem Handschuh, den er in der Tasche des Overalls gefunden hatte, wischte er den Schimmel von der Folie und hielt die Fackel dann dichter an das Paket.

Den Überlebenden!

Inzwischen war sein Vorrat an Fackeln aufgebraucht, weshalb er das Päckchen an sich nahm und noch einmal in den Raum mit der Kapsel zurücklief. Glücklicherweise schwieg sein Magen vorübergehend. Vielleicht war er ja gar nicht krank, vielleicht hatte die Infektion ihn verschont. Im Schweiße seines Angesichts hebelte er die Tür der Seismoschleuse mit dem Brecheisen so weit auf, dass das trübe Licht auch die hintersten Winkel des Raums erreichte. Anschließend schleppte er in drei Schüben alles trockene Papier herbei, das er fand, verteilte es auf mehrere Haufen und zündete diese an. Genau wie er vermutet hatte, standen neben seiner Kapsel Nr. 1 zwei weitere leere Titansärge an der hinteren Wand. Ihre Abdeckungen waren hochgeklappt, auch sie ertranken in unzähligen Schnüren. Keines der Systeme reagierte noch auf irgendeinen Befehl, alle Monitore waren schwarz.

Das Lesen hatte er nicht verlernt. Obwohl auf dem Gummiboden gerade der letzte Packen Papier niederbrannte, konnte er sich nicht von der Lektüre losreißen.

Protokoll

Testbeginn 17. Februar 2006.
Wachhabender Ingenieur der Abteilung V.
Anabiose-Raum.
Kapsel Nr. 2 für acht Tage geschlossen.
Reaktant: halb flüssiger Stickstoff;
Cryoprotektant: vierte Serie.
Proband: Alexander Mirsojan, 32 Jahre.
Kombinierte Cryobiose nach Teleschew. Dauer bis zum Erreichen des nötigen Drucks: 3 h 17 min.

25. Februar 2006
Erfolgreiche Beendigung des Tests.
Dauer: 2 h 50 min.

Guter Allgemeinzustand des Probanden; Kristallisation einzelner Kapillargefäße; Motorik im Normbereich; zur medizinischen Betreuung überwiesen.

06. März 2006
Kapsel Nr. 1 für 30 Tage geschlossen.
[...]
Proband: Anatoli Denissow.
[...]
Erfolgreiche Beendigung des Tests.
[...]

Artur schluckte.

03. Juni 2006.
Montage der letzten Kapsel.
Paralleltest mit zwei Kapseln für zwei bzw. drei Monate.
Anwendung eines neues Reaktanten, der zuvor an Hunden erprobt wurde.

Mit einem Mal sah er völlig klar vor seinem inneren Auge, wie er zwei Etagen weiter oben neben der ersten Kapsel mit Gasantrieb stand, die frisch aus den USA eingetroffen war. Während Alexander Mirsojan – sein Kollege Alik! – einen Vierbeiner bei der Schnauze gepackt hielt und ihn mit einem Knochen ablenkte, rasierte Lida dem Tier den Nacken, damit dort die Elektroden befestigt werden konnten. Teleschew hämmerte auf die Tasten seines Computers ein, Artur und Tolik schleppten die Gasflaschen heran. Verrückte Zeiten waren das damals ...

Es folgten einige verklebte Seiten, dann ging es weiter.

Am 11. September desselben Jahres wurde erstmals ein Proband für ein ganzes Jahr in eine Kapsel gelegt. Artur erinnerte sich genau daran. Damals hatten sie beschlossen, zukünftig nur noch russische Reaktanten einzusetzen. Sie hatten sich mit dem Problem rumschlagen müssen, dass die Synapsen, die fürs Kurzzeitgedächtnis verantwortlich waren, beschädigt wurden. Außerdem hatten sie Verträge unterschrieben, die es Wissenschaftlern aus dem Westen erlaubten, an den Experimenten teilzunehmen. Das Verfahren, das Teleschew entwickelt hatte, galt mittlerweile als das erfolgversprechendste.

Aber weiter! Wann kam denn nun er an die Reihe? Aha, da! Am 10. Januar 2007 testete er die Kapsel Nr. 3, ein Hochdruck-Gerät mit Massageliege und einer neuen Form der Muskelstimulation. Die Kapsel wurde nicht lang verschlossen, bloß für drei Wochen … Nein, da musste noch ein Experiment kommen … Ah, da war es! Am 7. Oktober 2007 wurde Jelena Krassowezkaja für drei Jahre in Kapsel Nr. 3 und David Pountney für vier Jahre in Kapsel Nr. 2 eingeschlossen. Dazu gab's eine Anmerkung: Finanziert von britischer Seite. Und in die Kapsel Nr. 1 hatte er sich gelegt. Lena Krassowezkaja war ihm leider nur vage in Erinnerung, der Name Pountney sagte ihm überhaupt nichts.

Doch zurück zu ihm, zu dem Probanden Artur Kowal! O nein … Das konnte nicht sein! Hier musste es sich um irgendeinen Fehler handeln! Abrupt schlug er das Heft zu. Den Rest würde er später lesen.

Die Kapsel Nr. 1 war für zwanzig Jahre geschlossen worden.

(3) DER BLAUÄUGIGE TOD

Erst im zweiten Stock gelang es ihm, durch ein Fenster hinaus aufs Gesims zu klettern. Im Erdgeschoss und im ersten Stock, wo die Abteilungen IV und V untergebracht waren, hatte ihn ein unglaubliches Chaos erwartet: Sämtliche Möbel waren umgeschmissen, alle Rechner zertrümmert worden. Die Überreste der Laboreinrichtung überzogen den Boden wie ein Teppich, der bei jedem Schritt knirschte. Auf allem lag eine dicke Staubschicht. Da die Fenster im Erdgeschoss nicht nur vergittert, sondern in den unteren drei Vierteln auch mit Farbe zugepinselt waren, konnte er sich zwar umsehen, aber keinen Blick in den Hof werfen. Der Haupteingang, an dem normalerweise jemand vom Objektschutz saß, war genau wie die Tür in den Hof von außen verschlossen. Um nicht zu sagen *vernagelt*: Aus der Tür aus Mooreiche ragten die glänzenden Spitzen von Nägeln heraus. Im ganzen Institut gab es weder Wasser noch Strom. Zunächst schob er all das noch auf eine Horde durchgeknallter Rowdys, die dem Haus einen Besuch abgestattet hatte, doch sobald er zur Krankenstation kam, musste er seine Meinung ändern. Wer auch immer all die Verwüstungen angerichtet haben mochte, gegenüber der Einrichtung dieser Abteilung hatten diese Idioten ein anderes Verhalten an den Tag gelegt. Zwar hatten sie auch hier die Geräte nicht mit Samthandschuhen angefasst, aber immerhin hatten sie sie nicht zerschlagen, sondern lediglich mit Gewalt aus den Verankerungen gerissen und irgendwohin abtransportiert.

Je länger er durchs Institut streifte, desto mehr Merkwürdigkeiten fielen ihm auf: Die Neonröhren funktionierten zwar nicht mehr, waren aber noch an Ort und Stelle, wohingegen es nirgends auch nur eine Glühbirne gab, fast als hätte sie jemand wie Pilze gesammelt. An den Brandschutzkästen fehlte bis auf die Feuerlöscher sämtliches Equipment. Die Kantine erinnerte noch am ehesten an einen Prüfstand für Granaten. Zwischen Bergen von Porzellanscherben erspähte er ein paar Ratten, die er durch sein Erscheinen aufgeschreckt hatte. Dafür fand er nirgends einen Kochtopf, ja nicht mal eine verbogene Aluminiumgabel. Und jeden Gedanken an Essen hatte er sich inzwischen sowieso abgeschminkt. Ihm blieb nur zu hoffen, dass er nicht in einer ausgestorbenen, radioaktiv verseuchten Wüste landen würde, wenn er endlich aus dem Institut herauskam, sondern seine gute alte Heimatstadt vorfinden würde.

Seine Hände bluteten mittlerweile, eine Folge der Kraxelei durch den Fahrstuhlschacht, bei der er sich die Handschuhe zerfetzt hatte. Die schwere Tür zur Hintertreppe hatte er beim besten Willen nicht aufbekommen, das Ding stammte noch aus Breschnew-Zeiten und war für den Fall eines atomaren Angriffs gedacht. Ihm war nur ein Weg geblieben: Er musste den Zugang zum Schacht vergrößern und sich in völliger Dunkelheit an den wackligen feuchten Haken in der Ziegelwand nach oben hangeln. Zweimal gaben sie unter seinem Gewicht nach, sodass er, schweißnass vor Panik, kurz über dem schwarzen Abgrund hing. Doch irgendwann schimmerte das schwache Licht des Erdgeschosses auf. Nur erblickte er fast im selben Moment auch den Fahrstuhl. Das Monstrum von mehreren Tonnen steckte zwischen Parterre und erstem Stock fest – und der riesige verrostete Aufsetzpuffer zielte förmlich auf sein Gesicht.

Mit angehaltenem Atem kletterte er behutsam, um ja nichts in Bewegung zu versetzen, zum Türrahmen. Zum Glück hatte schon jemand vor ihm die Tür selbst herausgebrochen, sodass er nicht mal zum Brecheisen zu greifen brauchte, das er mit einem Stück Kabel auf dem Rücken befestigt hatte. Das Zellophanpäckchen aus dem Büro seines Chefs hatte er sich in den Ausschnitt des Overalls gestopft, direkt auf die nackte Haut.

Sonst hatte ihn im Keller nichts weiter interessiert, außerdem verspürte er nicht den geringsten Wunsch, ihn ein zweites Mal zu durchstreifen. Gerade als er sich darangemacht hatte, den Schacht zu erklimmen, war seine letzte Fackel niedergebrannt. Streichhölzer hatte er da auch keine mehr. In dem nun stockdunklen Schacht war es ihm so vorgekommen, als husche unter ihm etwas vorbei. Etwas von stattlichen Ausmaßen.

Das garantiert keine Ratte war.

Nach einer ersten Besichtigung des Instituts lutschte er erst mal das Blut von den Schnittwunden, spuckte aus und überlegte, wo er ein Pflaster – und sei es noch so klein – auftreiben sollte. In der Krankenstation herrschte gähnende Leere, selbst Sachen, die nie gebraucht wurden, wie zum Beispiel ein Sauerstoffkissen oder Krücken, waren abtransportiert worden. Immer noch Blut spuckend lauschte er auf jedes Geräusch im Gebäude. Nein, hier war niemand. Die gesamte Belegschaft, also rund fünfhundert Leute, hatte sich in Luft aufgelöst. Der einzige Laut, den er hörte, kam aus der Lüftungsanlage, durch die der Wind pfiff. Das hieß: Da war auch noch ein seltsames monotones Geräusch, fast wie von einem Webstuhl.

Schit-ta, schit-ta, schit-ta …

Ob das Institut evakuiert worden war?, überlegte er. Das hätte zumindest die vernagelte Tür erklärt. Allerdings hätten die Ingenieure wohl selbst bei der panischsten Flucht niemals ihre Arbeitsplätze demoliert. Oder all die teuren elektrischen Geräte, die Mikroskope und Laserdrucker dagelassen. Die hätten doch bei einem Feuer als Erstes in Sicherheit gebracht werden müssen! Blieb die Frage, warum auch die Rowdys die Elektromotoren nicht angerührt, dafür aber alle Gummiriemen von den Getrieben gerissen hatten.

Kurz bevor er in den ersten Stock kam, entdeckte er auf der Treppe eine weitere Leiche. Das verrostete Brecheisen hatte er in der Kantine gelassen, voller Hoffnung, eine handlichere und bequemere Waffe zu finden. Ein Fehler, wie ihm nun klar wurde.

Bei der Leiche handelte es sich um eine Frau, die halb auf der Treppe lag, halb auf ihr saß, mit dem Rücken gegen das Geländer gestützt. In der verschrumpelten Hand hielt sie krampfhaft die Verpackung einer Einwegspritze fest. Sie trug einen Ledermantel, der fast vollständig erhalten war, deshalb konnte Kowal nicht erkennen, wie es um ihren Körper bestellt war. Allerdings reichte ihm der Anblick von Kopf und Beinen vollauf: Der Schädel lag drei Stufen tiefer und wies nur noch im Nacken vereinzelte Haarbüschel, dafür aber überall Unmengen von Zahnabdrücken auf. Der linke Mittelfuß und ein Teil des Schienbeins, an denen noch spärliche Überreste der Lackstiefel klebten, hatten ebenfalls als Nahrungsquelle gedient. Ein Blick auf die Bissspuren genügte Artur, um sie als die eines Hundes zu identifizieren.

Und dann … Bildete er sich das ein oder spielten ihm seine zum Zerreißen gespannten Nerven da einen Streich? Aber in diesem ewigen Schit-ta hörte er das Geräusch von leichten Schritten heraus. Er wirbelte herum.

Niemand. Nur ein schummriger Gang, eine Reihe rechteckiger Lichtflecken, die durch die bepinselten Fenster an die gegenüberliegende Wand geworfen wurden. Stickige, verlassene Räume. Erst jetzt fiel Artur auf, dass an den Fenstern die schweren Samtvorhänge fehlten, der ganze Stolz der Chefetage. Genau hier, im linken Flügel des ersten Stocks, hatte die Leitung gesessen. Ob die Randale deshalb bizarrere, subtilere Formen zeigte? So hatten diese Vandalen beispielsweise den Schrank mit dem Videoapparat nicht angetastet, dafür aber sämtliche Teppiche eingerollt und mitgenommen. Auf dem riesigen japanischen Flachbildschirmfernseher im Büro des stellvertretenden Wissenschaftlichen Direktors hatte jemand etwas mit dem Finger geschrieben, das sich jedoch kaum noch entziffern ließ, denn jüngere Staubschichten hatten sich über die alte Botschaft gelegt. Ihm wäre sie auch nicht aufgefallen, wäre er nicht stehen geblieben, um in den Safe zu gucken, der behutsam aus der

Wand herausgeschraubt worden war. Danach hatte jemand die Tür allerdings mit roher Gewalt aufgebrochen, aber nur, um sie dann wieder zuzuklappen. Am Tresorboden lagen mehrere Bündel Geldscheine zu je fünfhundert und tausend Rubeln. Da der verschlossene Stahlkasten weder das Opfer von Feuchtigkeit noch von Ratten oder Insekten geworden war, befanden sich die Scheine in einem Topzustand. Wie alt sie wohl sind?, murmelte Artur wie hypnotisiert. Zwanzig Jahre? Zehn oder fünf? Mit zitternden Fingern griff er nach dem obersten Bündel. Gerade als er die Banderole aufriss, meinte er wieder, dieses seltsame Geräusch zu hören, diesmal jedoch noch näher. Es hörte sich an, als laufe ein kleines Kind mit seinen Patschfüßen über einen dicken Teppich …

Er hielt mitten in der Bewegung inne, fuhr dann herum und spähte um sich. Nein, nichts. Nur eine feine Staubwolke. Und dieses schit-ta, schit-ta, schit-ta.

Der jüngste Schein war im Jahr 2026 ausgegeben worden. Mhm … Er besah sich die Scheine genauer. Zu seiner Zeit hatten die Fünfhunderter noch nicht diese beiden länglichen Streifen gehabt, außerdem war das Profil Peters einem doppelköpfigen Adler gewichen und der Schein deutlich größer. Aber wenn die Scheine erst vor einem Jahr ausgegeben worden sind, überlegte Artur, dann ist das Institut erst vor Kurzem aufgegeben worden. Nur liegen die Toten im Keller garantiert schon länger als ein Jahr da! Wesentlich länger sogar! Sonst wäre ihre Kleidung nicht vermodert, sonst würden sie gewaltig stinken. Von all dem Staub und den Spinnen ganz zu schweigen! Nein, nicht mal in drei Jahren hätte sich so viel Dreck angesammelt! Die Geldscheine entglitten ihm und segelten fächerförmig durchs Büro.

Ob er über seine Zeit hinaus geschlafen hatte? Aber wie hätte das möglich sein sollen?! Die Geräte waren doch erst kürzlich getestet worden, und da hatte das Programm einwandfrei funktioniert. Deshalb hatte er ja auch niemanden um Hilfe bitten müssen, als er die Kapsel verlassen hatte. Sein Blick wanderte vom Safe weiter zum Fernseher – und ebenda entdeckte er die letzten Spuren dieses Gekritzels auf dem grauen Bildschirm.

Der unbekannte Schreiber hatte ihm eine Botschaft in deutscher Sprache hinterlassen. Wie Artur nun zu seiner Überraschung feststellte, verstand er diese Sprache. *Wo die Philosophie endet, beginnt die Biologie.*

Da hatten sich die Herren Safeknacker intellektuell aber mächtig ins Zeug gelegt! Er verließ den Raum und stieß auf eine zweite Leiche – als ihn ein Gedanke durchzuckte, der ihn mehr erschreckte als jeder andere an diesem Abend. Drei Tote im Keller, das war schon widerlich genug. Hier oben zwei weitere, die zu allem Überfluss auch noch von einem Hund oder Wolf angenagt worden waren. Wohl eher von einem Hund ... Aber dass die Räuber ein paar Tausend Rubel hatten liegen lassen – das gab ihm mehr zu denken als die Leichen. Wenn die Menschen aus irgendeinem Grund nicht mehr hinterm Geld her waren, dann ...

... dann ließ das nur eine Schlussfolgerung zu, und die drohte ihm sein letztes bisschen Verstand zu rauben. Besser, er beschäftigte sich wieder mit konkreten Problemen.

Der zweite enthauptete Tote war ein Mann und befand sich mehr oder weniger im gleichen Zustand wie die Frau. Als er gestorben war, hatte er vor dem Büro eines der stellvertretenden Direktoren auf einem Stuhl gesessen. Selbst jetzt hatte er noch locker ein Bein übers andere geschlagen. Dem armen Kerl fehlten beide Hände. Hinter ihm schlängelte sich eine Spur durch den Staub. Artur trat an ihn heran und ging ganz langsam in die Hocke. Neben dem linken Bein lag irgendein Gegenstand. Ohne die Leiche aus den Augen zu lassen, nahm Kowal das Plastikding an sich, das wie ein Eierkarton oder das Innere einer Pralinenschachtel aussah. Zehn der sieben Vertiefungen waren leer, in dreien saßen jedoch aufgezogene Ampullen mit einer trüben Flüssigkeit. Artur drehte das Behältnis um und pustete den Staub weg, der sich auf dem Plastik abgesetzt hatte. Von der Beschriftung war nicht mehr viel übrig, und das, was er noch erkennen konnte, half ihm nicht weiter: *Impfstoff Nr. 3/1. Kombiniertes Präparat … wirksam gegen die Stämme … blockiert die Synthese von … Dosierung: 4 x täglich …*

Dann wollen wir mal festhalten: Der Objektschützer im Keller hat eine Spritze in der Hand gehalten, die Lady auf der Treppe ebenfalls, und dieser Typ hier ist gleich mit einer ganzen Batterie von Ampullen bewaffnet. Bestimmt hatten die sich alle dieselbe Krankheit eingefangen, an der sie dann auch gestorben sind. Vielleicht weil sie sich nicht rechtzeitig gespritzt hatten. Oder hatte dieser Impfstoff Nr. 3 womöglich einfach nicht mehr gewirkt?

Als er endlich den zweiten Stock erreicht hatte, musste er sich erst mal kurz aufs Fensterbrett setzen, um Atem zu holen. Okay, er erinnerte sich nicht mehr an alles – aber mit dreißig dürfte er doch wohl kaum an Kurzatmigkeit und Herzrhythmusstörungen leiden! Nur warum hatte ihn dieser kleine Spaziergang durch das tote Institut dann völlig fertiggemacht …? Anscheinend waren die zwanzig Jahre in der Kapsel nicht spurlos an ihm vorbeigegangen. Sein Organismus bräuchte mit Sicherheit irgendwelche Rehamaßnahmen und Medikamente zur Stärkung. Wenn ihm doch bloß noch mehr einfiele! Auf den ersten Blick sah seine Muskulatur ja tipptopp aus – trotzdem wurde er mit jedem Schritt schwächer. Selbst wenn er sich das Brecheisen wiedergeholt hätte, bekäme er damit nie im Leben den Haupteingang auf. Das konnte er sich abschminken! Nein, ihm blieb nur der Weg durch ein Fenster. Vorm Raucherraum hatte früher eine Feuerleiter entlanggeführt – und die würde ihn in den Hof bringen. Damit ging es ja bloß noch darum, diesen Raucherraum zu finden … Ächzend wie ein Tattergreis erhob er sich wieder und schlurfte durch den Gang.

Hinter der vierten Tür rechts entdeckte er schließlich ein Fenster ohne Gitter und Farbe, das allerdings unglaublich dreckig war. Doch selbst durch die Schmutzschicht erspähte er die Metallkonstruktion – und sogar den schmerzlich vertrauten, schäbigen Innenhof. Die Schieberiegel am Rahmen sahen aus, als ob sie buchstäblich mit dem Holz verwachsen wären. Artur durchquerte das Zimmer und rüttelte an den Flügeln. Vergeblich. Er musste die Scheibe wohl oder übel einschlagen. Nur gab es hier kein entsprechendes Werkzeug, bloß abgebröckelten Putz, auf dem schon Pilze wuchsen.

Da erklang abermals dieses seltsame Geräusch, dieses kaum zu hörende Kratzen, diesmal jedoch ganz in der Nähe, gleich hinter der Wand. Als ob zwei oder drei kleine Kinder auf Zehenspitzen über lackiertes Parkett rennen würden. Kleine Kinder oder … große Hunde. Hektisch hielt er nach einer Waffe Ausschau. Die Tür zum Gang stand sperrangelweit offen. Bildete er sich das ein – oder war da eben wirklich ein Schatten vorbeigehuscht? Ein wildes Tier im zweiten Stock eines verschlossenen Gebäudes, das praktisch im Zentrum von Petersburg lag – wenn das keine Tollwut hatte! Denn ein normaler Hund fiel keinen Menschen – und erst recht keinen Toten – an, das war doch absurd. Allerdings auch nicht absurder als ein offener Safe voller Rubel …

Sein wild hin und her irrender Blick blieb an der geplatzten Heizung hängen. Das Eis musste sie irgendwann von innen gesprengt haben. Inzwischen war es natürlich längst geschmolzen, herausgetropft und verdampft. Dafür war das Rohr, das eigentlich hoch zur Decke führte, unter dem Gewicht des Heizkörpers abgebrochen und hing jetzt nur noch an einer völlig durchgerosteten Muffe. Als er es mit beiden Händen packte und die Muskeln anspannte, um es ganz abzureißen, stellte er zu seiner Überraschung fest, dass er sich überhaupt nicht anstrengen musste, denn das Rohr gab beim ersten Ruck nach. Sofort fühlte er sich sicherer. Das Metallding war zwar kein Gewehr – aber besser als gar nichts. Außerdem konnte er nun auch die Scheibe einschlagen, ohne dass er sich dabei verletzen würde. Er hob das

Rohr über den Kopf und holte aus, doch im letzten Moment hielt ihn etwas vom Schlag ab. O nein, er würde diesen kindischen Ängsten nicht erlauben, die Kontrolle über ihn zu gewinnen! Wenn er jetzt in seinem eigenen Institut, wo er nicht weniger als fünf Jahre gearbeitet hatte, Angst hatte, den Raucherraum zu verlassen – was würde er dann eigentlich draußen auf der Straße machen?

Schit-ta, schit-ta, schit-ta …

Keine menschliche Stimme, kein Dröhnen von Maschinen, nicht der leiseste Hinweis auf die Stadt mit ihren vier Millionen Einwohnern war zu hören, immer nur das widerliche Klackern dieses mysteriösen Apparats draußen. Er packte das Rohr so, dass das gezahnte Ende vor ihm aufragte, atmete tief durch – und trat in den Korridor hinaus.

In dem ein kahler Hund auf ihn wartete.

Artur blieb stehen, als wäre er mit dem Kopf gegen ein unsichtbares Hindernis gerannt. Normalerweise jagte ihm der beste Freund des Menschen keine Angst ein – nur sprengte dieser Vierbeiner hier jede Vorstellungskraft. Sollte der abgefahrenste Albtraum eines Junkies je Realität werden, dann hätte man vielleicht einen solchen Köter vor sich. Ganz entfernt, einzig mit den dicken Polstern an den Pfoten, erinnerte er an einen Dobermann, während der Kopf eher von einem Collie stammte, also nicht gerade vom nächsten Verwandten besagten Dobermanns. Doch nicht die fehlende Reinrassigkeit ließ Artur zittern, ja noch nicht einmal der Umstand, dass dieses Tier durch ein hermetisch verrammeltes Gebäude streifte, schließlich hatten die Wachtposten früher mit großer Begeisterung die Hofhunde gefüttert. Innerlich musste er sogar grinsen, als er sich vergegenwärtigte, wie er auf all das reagierte: Um nicht völlig den Verstand zu verlieren, versuchte er, an die neue Realität die Maßstäbe der alten Welt anzulegen. Bloß dass nach zwanzig Jahren Schlaf von dieser alten Welt nichts mehr übrig geblieben war – und genau das jagte ihm eine Gänsehaut über den

Rücken. Der Hund hatte kaum Fell, die faltige, fast schwarze Haut war von Räude befallen. Und dann diese durchdringenden blauen Augen, die ihn musterten.

Das Biest trat von einer Pfote auf die andere und stieß ein kurzes Knurren aus. Seine Risthöhe lag bei rund einem halben Meter. Langsam beruhigte sich Artur, gewann er doch die Überzeugung, er würde das hinfällige Tier leicht abhängen können. Obendrein schien es nicht an Tollwut erkrankt. In dieser Sekunde jedoch machte der Hund eine Bewegung, die Artur nicht einmal mitbekam – und stand zwei Meter dichter vor ihm. Wie das geschehen konnte, war ihm schleierhaft. Ob ich geblinzelt habe oder abgelenkt gewesen bin?, grübelte er. Jedenfalls trennten ihn jetzt nur noch knapp sieben Meter von dem Köter. Im Übrigen stimmte noch was an diesem Hund nicht, aber was genau, konnte er wegen des Halbdunkels nicht sagen.

Es folgte der nächste Sprung, den er ebenfalls nicht mitbekam, weil er sich kurz umdrehte, da er hinter sich eine Bewegung wahrgenommen zu haben meinte. Diesen Bruchteil einer Sekunde hatte das Viech genutzt, um alle Muskeln anzuspannen und sich ihm zu nähern. Warum war er auch so unkonzentriert?!

Das heißt, nein, er brauchte sich keinen Vorwurf zu machen. Das war dieser Scheißköter! Der hatte ihn glattweg hypnotisiert, ihm eingeflüstert, hinter ihm sei jemand! Nur war da niemand, da gab es nur den leeren Gang mit drei geschlossenen Türen. Mit diesem Manöver war ihm das kahle Biest weitere zwei Meter auf die Pelle gerückt. Jetzt verharrte es wieder reglos wie ein Standbild. Immerhin fiel inzwischen genug Licht durch das Fenster, sodass Artur jenes Detail an seiner Schnauze erkennen konnte, das ihn so irritierte. Unter den spitzen beweglichen Ohren des Tiers saßen feuchte Kiemen.

»Guter Hund«, murmelte Artur freundlich, während er zaghaft einen Fuß zurück in Richtung Raucherraum setzte. »Ja, du bist wirklich ein ganz feiner Hund. Und jetzt hör mir mal zu, du abgebrochener Schlauch!« Er versuchte, möglichst bedrohlich zu klingen, aber seine angegriffenen Stimmbänder brachten lediglich ein heiseres Falsett zustande. »Wenn ich dir dieses Rohr in die Schnauze ramme, wird das kein Zuckerschlecken für dich!«

Er dachte nicht darüber nach, ob das kahle Tier ihn verstand oder nicht. Es konnte ja noch gut möglich sein, dass man irgendwo Hunde mit blauen Augen züchtete ... Aber Hunde mit Kiemen?! Mit einem Mal wurde Artur klar, dass er nicht die geringste Chance gegen diesen Mistköter hatte, sollte der sich auf ihn stürzen. So fix, wie diese Töle war, richtete er nicht mal mit dem Rohr was gegen ihn aus. Überhaupt erinnerte das Verhalten dieses Hundes verdammt an eine Riesenschlange. So wie ihn diese beiden Eisaugen ansahen, ohne auch nur ein Mal zu blinzeln. Artur spürte, wie ihm große Schweißtropfen über die Schläfen rannen. Dieser Scheißköter hypnotisierte ihn! Der wartete doch nur darauf, dass seine Konzentration für den Bruchteil einer Sekunde nachließ! Artur jedoch durchbohrte das Biest weiter mit seinem Blick, während er den nächsten winzigen Schritt nach hinten, in Richtung der rettenden Tür, machte. Gleich hatte er's geschafft. Dann bräuchte er bloß noch in den Raum zu schlüpfen und die Tür von innen zu verriegeln. Anschließend würde er das Fenster einschlagen und in den Hof hinunterklettern – selbst wenn die Leiter durch und durch verrostet wäre!

Nur machte ihm da ein zweiter Hund einen Strich durch die Rechnung. Irgendwann in ferner Zukunft würde er diesen Tag noch einmal erleben und dann darüber staunen, wie viel Schwein er gehabt hatte. Obendrein kam es einem Wunder gleich, dass er nicht mit dem Rücken zu diesem Köter stand. Eine Sekunde vorher war das immerhin noch anders gewesen ...

Der zweite Hund hatte mit dem ersten etwa so viel gemeinsam wie ein Sumoringer in x-ter Generation mit einer Turnerin. Auch er hatte vier Beine und blaue Augen – das war's dann aber auch schon. Seine breite Schnauze konnte er aufgrund einer höchst spezifischen Besonderheit nicht schließen: Eine dritte Zahnreihe verhinderte das. Die oberen Reißzähne überragten einander und endeten unterhalb der herabhängenden Lefzen. Der Urgroßvater dieses wandelnden Albtraums könnte sich gut und gern mit einem Mastiff eingelassen haben. Genau wie der erste Köter wartete auch dieser mit Kiemen auf und war felllos, hatte dafür aber lederartige Lappen an den kurzen krummen Beinen. Der schlaffe Körper ließ an einen Basset denken, zumindest falls man sich einen anderthalb Meter langen Basset vorstellen konnte. Natürlich kraxelte er mit diesem dämlichen Körper nicht gerade flink die Treppe hoch. Oben angekommen hing ihm erst mal die Zunge aus dem Maul. Trotzdem brachte er es fertig, seinen Kumpan mit einem kurzen Kläffen über seine Anwesenheit in Kenntnis zu setzen. Vielleicht erkundigte er sich aber auch, warum sein Kumpel diesen grauschädligen, kahl geschorenen Deppen immer noch nicht zum Frühstück verspeist hatte. Obwohl Kowal nicht mal ansatzweise zu sagen gewusst hätte, was dieses Bellen bedeuten sollte, war er bereit, seinen Kopf zu verwetten, dass die beiden Vierbeiner intensiv miteinander kommunizierten, denn auf das Gebell drehte sich der Urenkel des Collies schweigend seinem Artgenossen zu und sah ihn ebenso schweigend zwei Sekunden lang an …

Das reichte Artur, um wieder zu sich zu kommen. Er huschte rückwärts über die Schwelle und schlug die Tür fest zu.

Zusätzlich verkantete er das obere Ende des Rohrs unter der Klinke, während er das untere zwischen die Hölzer des Parketts trieb. Erst danach ließen ihn seine Beine im Stich, und der leitende Wimi sackte zu Boden und lehnte sich mit dem Rücken gegen die Tür. Zum Glück versuchte niemand, den Raucherraum im Sturm zu erobern. Hinter der dünnen Plastiktür blieb alles still. Nachdem er sich vergewissert hatte, dass seine improvisierte Blockierung halten würde, schleppte er sich zum Fenster. Auf dem Weg dahin klaubte er ein handliches Stück Putz vom Boden auf.

Die Scheibe zersplitterte mit einem derart prasselnden Scherbenregen, dass er fast ertaubte. Er wischte alle Überreste mit dem Handschuh vom Fensterbrett und kletterte aufs Gesims hinaus. Warme und erstaunlich frische Luft strömte in seine Lungen. Für die Petrograder Seite ist sie sogar etwas zu frisch, konstatierte er bitter, während er die Feuerleiter auf ihre Stabilität hin prüfte. Aber alle Achtung: Ich weiß also noch, auf welcher Seite der Newa das Institut liegt. Wenn mir jetzt auch noch einfällt, wo ich wohne beziehungsweise gewohnt habe …

Mit dem Rohr hatte er zwar bereits die zweite Waffe eingebüßt, doch davon, ins Zimmer zurückzukehren und es zu holen, konnte keine Rede sein. Lieber würde er Hals über Kopf nach unten stürzen, als diesen Festlandhaien noch einmal zu begegnen!

(4) DIE STADT DER KAHLEN HUNDE

Der Innenhof hatte sich kaum verändert. Es war noch immer ein schmaler schummriger Schacht mit einem Stapel unausgepackter Kisten in einer Ecke und den düsteren Fenstern des zweiten Institutsgebäudes direkt gegenüber. Artur bewegte noch einmal die Finger, um die Blutzirkulation anzukurbeln, dann machte er sich entschlossen an den Abstieg. Wenn er sich nicht täuschte, gab es zwei Möglichkeiten, vom Hof aus zur Straße zu gelangen: Entweder musste er über das Tor am Lieferanteneingang mit dem Stacheldraht an der Oberkante klettern oder durch das Nachbarinstitut gehen. Bereits auf Höhe des ersten Stocks sah er, dass der Hintereingang des zweiten Institutsgebäudes sperrangelweit offen stand. Im Innern ballte sich stockfinstere Dunkelheit zusammen. O nein, dachte er, keine zehn Pferde kriegen mich noch mal in eines dieser Institute. Obwohl: Diese verdammten Hunde könnten ja auch auf der Straße auf ihn lauern …

Mit einem Mal hätte er vor Verzweiflung am liebsten losgeheult: Die Leiter endete! Drei Meter über dem Boden! Nun hieß es springen. Kowal zögerte, lauschte und sog gierig die unvorstellbar saubere Luft ein. Es war Sommer, ein lauer Abend mit bestimmt zwanzig Grad und voller Pappelflaum. Der Flaum segelte von oben herab, wirbelte in bizarren Formationen über die Dächer und legte sich als schwerelose Schneewehe auf die Gesimse. Gegen das blaue Quadrat des Himmels zeichneten sich wie schwarze Punkte Vögel ab. Jetzt, da Artur sich gründlich umsah, kam er auch endlich diesem seltsamen Geräusch auf die Spur.

Schit-ta, schit-ta …

Auf dem Dach des zweiten Gebäudes drehten sich ganz langsam die Flügel von vier Windrädern. Zwei weitere lagen flügellos auf der Seite. Da er sich an diese Dinger garantiert erinnert hätte, mussten sie aufgestellt worden sein, nachdem er in Schlaf versenkt worden war. Gut möglich, dachte er, dass diese dreiflügligen Giganten mir das Leben gerettet haben. Irgendwoher muss die Energie ja schließlich kommen, die nötig gewesen war, um den Reaktanten in die Kapsel zu leiten und zur richtigen Zeit für den nötigen Temperaturanstieg zu sorgen. Oder auch, um das Programm zur Muskelstimulierung zu starten, die künstliche Beatmung aufrechtzuerhalten und etliche andere sensible Operationen durchzuführen, die den Austritt aus der Anabiose absicherten. Der Diesel, der bei Stromausfall die Versorgung der Abteilung übernehmen sollte, dürfte seine Rohstoffreserven jedenfalls garantiert längst aufgebraucht haben. Nein, bestimmt hatten die Windräder ihn gerettet, sodass er nun glücklich an der untersten Sprosse der Leiter hing und sich nicht traute, sich fallen zu lassen. Schließlich konnten dort diese kahlen Köter auf ihn lauern – um ihm einen gebührenden Empfang zu bereiten. Mit Pauken und Trompeten.

Wenn er doch bloß eine Waffe hätte. Verzweifelt suchte er den Hof ab. Da! Das könnte gehen! Neben einem offenen Gully lag der Überrest eines Fenstergitters, drei spitze Stäbe, die zu einem geschwungenen Ziergitter zusammengeschmiedet waren. Die Stäbe sahen noch ganz anständig aus, kaum verrostet. Kurz entschlossen ließ er die Sprosse los und flog nach unten. Der Aufprall löste ein elend langes Echo im Hof aus, doch niemand stürzte sich aus dem Gully oder der Tür des Nachbarinstituts auf ihn. Seine Füße schmerzten fürchterlich, als er zu seiner eben auserwählten Waffe humpelte. Zwei Stäbe von je einem Meter Länge ließen sich problemlos abbrechen. Nach kurzer Überlegung nahm er sie beide an sich. Bevor er in den Schlafzustand versetzt worden war, hatte er offenbar nicht nur Fremdsprachen gelernt, sondern musste auch eine beneidenswerte

Sparsamkeit entwickelt haben, denn das Kabel, mit dem er das Brecheisen aus dem Keller bei seinem Aufstieg durch den Fahrstuhlschacht auf dem Rücken getragen hatte, wartete aufgewickelt in der Tasche des Overalls auf neue Aufgaben. Über die Schulter gehängt durfte es nun als eine Art Scheide für sein Fenstergitterschwert dienen.

Damit war er bereit, sich in die Stadt hinauszuwagen. Allerdings marschierte er nicht geradewegs zum Tor, sondern beschloss, noch einen Abstecher zu dem offenen Gully zu machen. Was ihn geritten hatte, einen Blick in den Schacht zu werfen, wusste er selbst nicht, gab es doch nichts an diesem Gully, das irgendwie verdächtig gewesen wäre. Aber egal … Erst viel später sollte er für all diese merkwürdigen Impulse eine Erklärung finden: In Minuten extremer Gefahr mussten irgendwelche Sensoren in seinem Hirn anspringen. Ohne diesen Abstecher hätte er den heutigen Tag nämlich nicht überlebt.

Im Schacht steckte kopfüber ein Mann. Kaum erblickte Artur ihn, wich er zurück, denn über die Schuhe des Toten huschte gerade eine Ratte. Im ersten Impuls wollte er sofort zum Tor rennen, doch dann fing er sich: Diese Leiche war frisch. Jedenfalls relativ frisch. Der Typ mochte vielleicht zwei Tage so kopfüber im Schacht stecken, aber bestimmt nicht Jahre. Und ihn hatte garantiert kein Mangel an Impfstoff umgebracht. Er trug eine graue Uniform, möglicherweise die von der Feldmiliz, sowie, bei einem Offizier nicht weiter verwunderlich, ein Schultergehänge. Die Hosen steckten in den Schnürstiefeln.

Im Rücken des Toten zählte Kowal vier Löcher, die vermutlich von Kugeln stammten. Ein Ventil, das weiter unten aus der Wand herausragte, hatte seinen Sturz in die Tiefe verhindert. Das Gesicht des Toten war unter einer Gasmaske verborgen, die von Riemen im dunkelblonden Nacken gehalten wurde. Der Körper verweste bereits langsam, der Bauch war aufgebläht, aber seltsamerweise entdeckte Artur nirgends Bissspuren von Ratten oder Hunden. Was er jedoch entdeckte, waren gleich zwei

Halfter, die am Schultergehänge baumelten. Das eine war leer, aber in dem anderen machte Artur ohne jeden Zweifel einen Pistolengriff aus.

Eine solche Möglichkeit dürfte sich ihm wohl kein zweites Mal bieten. Er sah sich noch einmal aufmerksam um, deponierte den einen Stab neben dem Gully und legte sich auf den Bauch. Einen Meter vom Kopf des Toten entfernt blitzte schon wieder der Schwanz einer Ratte auf. Warum um alles in der Welt haben die Viecher ihn nicht angeknabbert? Gut, das war eine dumme Frage – aber immerhin lenkte sie ihn von seiner Panik ab. Mist!, fluchte er, das ist einfach zu tief! Außerdem hatte er nun das Gefühl, von hinten bohre sich ein feindlicher Blick in ihn. Er riss den Kopf hoch, rollte sich auf den Rücken und hielt noch im selben Moment den Stab hoch. Sogar mit dem spitzen Ende nach oben.

Niemand. Nur blinde, rußgraue Fenster umgaben den Hof. Er zwang sich, ruhig durchzuatmen, und zog den Toten dann bis zur Taille aus dem Schacht. Schweißüberströmt sackte er anschließend neben ihm zusammen. Zur Abwechslung fiel auch sein Magen mal wieder Krämpfen zum Opfer.

Irgendwann hob er den Blick – und sah diese kahlen Hunde vor sich. Diesmal gleich drei auf einmal. Sie unterschieden sich deutlich von den beiden anderen, waren nicht solche Kraftbolzen, doch der Kategorie Schoßhündchen würde er sie deshalb auch nicht gerade zuordnen. Das Trio teilte sich, um sich von drei Seiten an ihn anzupirschen. Drei Paar blauer Augen in kahlen, in nackten scheckigen Visagen, genau wie bei Hyänen. Das Biest in der Mitte hatte offenbar das Kommando. Mit etwas gutem Willen hätte man den Köter für eine Bulldogge halten können, wäre da nicht der breite, flache Schwanz gewesen, der eher an einen Otter denken ließ.

Sieh ihm bloß nicht in die Augen! Davon hängt jetzt alles ab! Er knöpfte das Halfter an der Seite des Toten auf und zog die schwere Pistole heraus. Als er den aufgerauten Kunststoff des

Griffs in seiner Hand spürte, fiel ihm prompt wieder ein, wie er im Zuge der militärischen Ausbildung am Institut schießen gelernt hatte! Mein Gott, das war eine Ewigkeit her! Auf die Hunde hatte die Waffe eine verblüffende Wirkung. Noch ehe er sie überhaupt entsichert hatte, jagten sie bereits wie ein geölter Blitz davon. Konnte das sein?! Hatten diese Mistviecher wirklich begriffen, was er da in Händen hielt?! Und welche Gefahr das für sie bedeutete?!

Kowals Laune besserte sich schlagartig. Außerdem war diese Begegnung derart schnell über die Bühne gegangen, dass er gar keine Zeit gehabt hatte, in Panik zu geraten. Er starrte auf die Waffe: Das war keine stinknormale Makarow, wie die Armee sie benutzte, sondern ein ausländisches Modell. Ob es sogar erst weit nach dem Jahr 2007 auf den Markt gekommen war …? Das volle Magazin enthielt vierzehn Patronen, eine Reservepatrone steckte noch in der kleinen Extratasche des Halfters. Mit angewidertem Gesicht löste Kowal das Schultergehänge von dem Toten. Er arbeitete fast blind, behielt jedoch die ganze Zeit über den Hof im Auge, schließlich könnten diese kahlen Drecksköter jederzeit mit Verstärkung zurückkommen. Das Schultergehänge brauchte er aber. Wo sollte er sonst die Waffe hinstecken? Nachdem er es angelegt hatte, wollte er schon aufstehen, als er im Schacht noch einen Rucksack erspähte. Die nächsten Sekunden kämpfte Artur gegen die Versuchung, Rucksack Rucksack sein zu lassen und schnellstens von hier zu verduften, zweifelte er doch nicht im Geringsten daran, dass die Kläffer ihn beobachteten. Bestimmt hockten sie da hinter den Kisten am anderen Ende des Hofs. Blieb die Frage, wie er an den Rucksack gelangte. Es käme Selbstmord gleich, sich an der Leiche vorbei in den Schacht hinunterzuzwängen. Von hier oben aus fehlten ihm aber rund dreißig Zentimeter. Endlich hatte er den rettenden Einfall. Er verkantete das eine Ende der Eisenstange in der Rille des Einstiegs und bog eine Art Haken, um sie anschließend mit einer Hand in den Schacht hinunterzubugsieren, während er die andere Hand, in der er die Pistole hielt, hin und her schwenkte.

Der Rucksack musste mindestens zehn Kilo wiegen. Auch an ihm ließen sich keinerlei Bissspuren von irgendwelchen Tieren feststellen. Er verströmte nur einen schwachen, aber hartnäckigen bitteren Geruch. Daraufhin schnupperte Artur an den Sachen und stellte fest, dass die Hosen und das Schultergehänge genauso rochen. Es war weniger der Gestank faulenden Fleischs als vielmehr der einer Speziallösung. Den Rucksack wollte er aber erst später inspizieren. Selbst wenn darin Teile einer weiteren Leiche enthalten waren – er hielt es keine Sekunde länger in diesem Hof aus. Die liebreizenden Bewohner des Kellers warteten doch garantiert nur auf eine Gelegenheit, über ihn herzufallen.

Als er den ersten Blick aufs Tor erhaschte, verstand er auch, wie der arme Kerl mit der Gasmaske hier reingekommen war: Beide Hydraulikantriebe fehlten, die Torflügel schwankten im Wind. Der Typ musste den Fehler begangen haben, sich vor seinen Verfolgern in den Hof zu flüchten. Umgeben von vier Mauern hatte er völlig den Kopf verloren und sich nicht besser zu helfen gewusst, als in den Gully zu kriechen. Da hatten ihn dann die Kugeln getroffen. In den Rücken. Kowal zuckte zusammen. Verdammte Scheiße aber auch, was geht hier in Petersburg vor?

Die Realität musste die düstersten Prognosen noch übertroffen haben. Offenbar hatten auch die meisten Bewohner die Stadt verlassen …

Schweren Herzens sah er der Wahrheit ins Gesicht: Da das Unkraut den Asphalt selbst in zwanzig Jahren nicht erobert hätte, musste etwas mit der Zeit geschehen sein. Oder mit der Kapsel. Die schmale Gasse, in der früher ein paar vereinzelte Pappeln wuchsen, war zu einem verwahrlosten Waldpfad mutiert. Risse durchfurchten den Asphalt, sodass Artur immer wieder nach einer Stelle suchen musste, auf die er überhaupt einen Fuß setzen konnte. Unter dem geplatzten Straßenbelag schlängelten sich Baumwurzeln dahin, hier und da klafften mehrere Meter tiefe Löcher, überall spross Gras, zum Teil einen Meter hoch. Die Wipfel der Pappeln, Espen, Fichten, ja sogar der Ahorn und die Eichen schienen förmlich miteinander verwachsen und nahmen ihm jede Sicht auf den Himmel. Die Bäume hatten die Stromleitungen zerfetzt und ihre Äste durch Fenster gebohrt. Ein Strommast aus Beton war aus dem Boden gerissen worden und hing nun in den Leitungen, als wolle er für eine der riesigen Pappeln den Anhänger einer Halskette abgeben.

Dieser Typ im Gully …, Arturs Gedanken kehrten zu dem Toten zurück. Wenn das Unglück, das die Menschen im Institut vergiftet hatte, vor so langer Zeit passiert ist, warum ist der Tote dann mit einer Gasmaske rumgelaufen? Ob etwa immer noch alles verseucht ist?

Mit der Pistole in der Hand arbeitete er sich dicht an den Hauswänden vor. Hier fühlte er sich schon etwas sicherer. Nach zweihundert Metern, das wusste er, würde die Gasse nach rechts abbiegen, dann war es nur noch ein Katzensprung bis zur nächsten großen Straße, dem Kamennoostrowski Prospekt. In den schattigen Baumkronen krakeelten Vögel. Artur meinte, durch das Gras ein kleines Tier huschen zu sehen, vielleicht eine Katze oder ein Hase. Einmal hörte er in den Zweigen ein todtrauriges Miauen, doch ließ sich keine Katze blicken. Wieder ein anderes Mal hätte er schwören können, dass aus dem Dickicht das Meckern einer Ziege zu ihm herüberdrang.

Hinter dem Straßenknick machte er schon wieder Hunde aus, diesmal acht. Die Meute jagte zwar jemanden, zum Glück aber nicht ihn. Vielleicht verfolgte sie aber auch ein großes Tier. In der Ferne hörte er wütendes Gebell, das nach einer Weile allerdings verstummte.

Bisher war er an Häusern, die noch aus der Zeit vor der Revolution stammten, vorbeigekommen. Sie hatten sich relativ gut gehalten. Das änderte sich schlagartig, sobald er den Kamennoostrowski Prospekt erreichte. Der Anblick, der sich ihm bot, verschlug ihm geradezu die Sprache: Von den unzähligen Autos, die hier einst geparkt hatten, zeugten bestenfalls noch verrostete Skelette. Obwohl die Fahrbahn tiefe Risse aufwies, aus denen dichtes Gestrüpp herauswuchs, schimmerten hier und da noch einzelne Markierungen auf. Die meisten Neubauten auf der gegenüberliegenden Straßenseite waren im oberen Teil eingestürzt, während im Erdgeschoss sämtliche Schaufenster eingeschlagen waren. Von einem sechsstöckigen Glaskasten war die gesamte Fassade auf den Bürgersteig gekracht, jetzt ragten abgerissene Kabel in die Luft. Durch Ritzen in den Hauswänden flitzten Schwalben. Da bei vielen Gebäuden das Dach fehlte, konnte er durch die Fenster der oberen Etagen den zarten Abendhimmel ausmachen. Unmittelbar vor ihm ragte an einer Metrostation das Fragment einer Betontreppe samt Geländer vertikal drei Meter hoch auf. Eine geschlagene Minute stand er neben diesem Ungetüm und starrte in den mit Marmor verkleideten Eingang hinunter.

Die Station hieß Awstriskaja Ploschtschad. Das reimte er sich zusammen, auch wenn die Hälfte der Buchstaben von der Graniteinfriedung des Eingangs abgeplatzt war. Nur hatte es diese Station zu seiner Zeit gar nicht gegeben. Es musste eine neue Linie sein – die er wohl niemals mehr benutzen würde. Sein Blick fiel auf ein fast schon unleserliches Metallschild neben dem Eingang: *Achtung! Quarantänezone! Zugang für Unbefugte verboten!*

Als er weiterlief, kam er an zwei eleganten Läden vorbei. Das heißt, als *elegant* durften sie schon lange nicht mehr gelten, auch wenn sich ein Hauch ihrer einstigen Pracht erahnen ließ: Ein verspiegelter Supermarkt war buchstäblich auf den Kopf gestellt, als ob eine ganze Herde Elefanten durch ihn gestampft wäre. Das zweite Geschäft brachte Kowals Gedanken zurück zu den Rubelscheinen im Safe. Er stand vor einem Juwelier. Und obwohl von den Schaufensterauslagen nicht das Geringste übrig geblieben war, funkelten im Laden selbst, ordentlich auf den Regalen aufgereiht, noch allerlei Edelmetalle. Ob er die vielleicht mal näher unter die Lupe nehmen sollte? Doch während er noch mit diesem Gedanken spielte, meldete sich sein siebter Sinn und ließ ihn jäh herumfahren.

Eine riesige graue Katze rannte über die Straße, im Maul eine noch zappelnde Taube. Oder war das gar keine Katze? Denn seit wann ragten bei diesen Tieren die unteren Reißzähne so weit hervor? So was gab's doch nur bei Keilern! Die Taube ließ ihn allerdings gleich wieder an Essen denken. Offenbar stumpften seine Gefühle langsam ab. Oder sein gemartertes Hirn errichtete in einer Art Abwehrreaktion einen Schutzwall zwischen seinem Bewusstsein und der Außenwelt. Kurz entschlossen betrat er das Juweliergeschäft und zog den Reißverschluss des penetrant riechenden Rucksacks auf.

Der enthielt nichts, was schon vergammelt gewesen wäre. Im Gegenteil, er fand ein paar Brocken Dörrfleisch, eine Tüte mit steinhart gewordenem grauem Zwieback, eine Wasserflasche, ein relativ großes Stück Brot, ein Fläschchen mit einer öligen gelben Flüssigkeit und zuunterst einen schweren Eisenkasten. Sofort fiel er über das Brot her, und erst als er die Hälfte des Kantens verschlungen hatte, unterbrach er das Kauen, um einen Schluck aus der Flasche zu nehmen. So wie das Wasser schmeckte, kam es garantiert nicht aus der Leitung.

Während des Abendessens behielt er die Straße im Auge. Einmal flitzte ein schwarzes Tier durch die dichten Sträucher, aber er konnte nicht genau erkennen, was für eins. Er hatte unglaubliches Glück gehabt, dass er nicht im tiefsten Winter aufgewacht war, sondern im Sommer, während der Weißen Nächte. Doch selbst wenn es nachts nicht dunkel wurde, wollte er auf keinen Fall unter freiem Himmel schlafen. Was er dringend brauchte, war ein Unterschlupf. Allmählich verhalte ich mich schon fast wie ein richtiger Indianer, schoss es ihm durch den Kopf. Deshalb teilte er sich auch das Essen ein, sparte die Hälfte des Brots und des Fleischs für später auf. Als Nächstes beabsichtigte er, bis zur Newa zu gehen. Sollte ihm auf dem Weg dorthin niemand begegnen, dann müsste er sich schnellstens eine Schlafstelle suchen. Er sammelte die Essensreste ein – erstarrte aber mitten in der Bewegung, eine Hand noch in der Luft. Aus der Ferne drang ein schwermütiges Heulen zu ihm herüber, das ihm das Blut in den Adern gefrieren ließ.

O ja, er brauchte wirklich schnellstens einen Unterschlupf ...

Bevor das Glasfläschchen in den Rucksack zurückwanderte, öffnete er es noch kurz. Sofort stieg ihm eine Woge jenes bitteren Geruchs, der von allen Sachen ausging, in die Nase, allerdings noch wesentlich intensiver. Vielleicht war das ja Medizin oder ein Insektenschutzmittel ... Jedenfalls sollte er das Fläschchen wohl besser behalten. Der Eisenkasten stellte sich bei genauerer Untersuchung als Isobehälter heraus. In ihm lag ein Glasgefäß mit breitem Hals, in dem in Lappen eingewickelte, fest verkorkte Reagenzgläser steckten. Da sich die Temperatur in dem Isobehälter längst an die Außentemperatur angepasst hatte, dürfte der Inhalt der Reagenzgläser inzwischen ohne jeden Zweifel verdorben sein. Trotzdem verstaute Artur, einer unerklärlichen Eingebung folgend, auch den Isobehälter wieder im Rucksack.

Nach fünfzig Metern traf er auf der Höhe der Straße, wo früher in einem der Häuser Lenfilm untergebracht gewesen war, auf eine Barrikade. Und zwar keineswegs auf eine improvisierte, sondern auf eine, die nach allen Regeln der Kriegskunst errichtet worden war. Klug postierte Panzersperren riegelten die Straße ab. Dahinter erwarteten ihn Stacheldraht, Sandsäcke und vier Unterstände mit Schießscharten. Letztere waren solide gebaut, zwar nur aus Materialien, die zur Hand waren, dafür aber reichlich mit Zement verputzt. Sie sahen aus wie Furunkel, die aus dem Asphalt herauswuchsen. Mittlerweile bröckelte der Zement bereits, und aus den Spalten der dabei entstandenen

Risse lugten schon Feldblumen heraus. Und der verrostete Stacheldraht war zum Spielball des Windes geworden. Jeden Schritt vorsichtig abwägend erklomm Kowal die Brustwehr aus Säcken, um in beide Richtungen Ausschau zu halten. Vor wem wollten sich die Petersburger mit diesen Barrikaden schützen? Welchen strategischen Zweck diese Absperrungen hatten, war dagegen klar: Sie verhinderten, dass der Feind über die Troizki-Brücke und damit bis ins Stadtzentrum kam.

Die Straße selbst wirkte wie eine Startbahn im tiefsten Wald … Nirgends standen gesprengte Panzer, vor den Panzersperren gab es keine Leichen. Als er wieder hinunterkletterte, fielen ihm im Sand zahllose Spuren auf. Einige stammten von Hunden, aber es gab auch Abdrücke von Hufen und sogar von bloßen Menschenfüßen. Am letzten Unterstand stieß er auf den völlig verwesten Kadaver eines gesattelten Pferdes. Etwas weiter die Straße runter lagen vier tote Hunde. Bei zwei von ihnen klafften in den Stirnbeinen Löcher mit klaren Rändern …

Er wollte schon weitergehen, zögerte jedoch im letzten Moment. Bei diesen Hunden stimmte alles mit dem Fell. Auch ansonsten zeigten sie keine Mutationen, jedenfalls nicht, soweit er es erkennen konnte. Er überwand sich, nahm die Eisenstange vom Rücken und stocherte damit im grauen Fell eines der Tiere herum.

»Hol mich doch der Teufel, wenn das kein Wolf ist!«, murmelte Artur, den Blick auf den gebleckten Kiefer gerichtet. »Aber wo steckt dann derjenige, der dich erlegt hat?«

Ob die Meute den Reiter, von dem das Pferd stammte, umzingelt hatte, woraufhin dieser geschossen, den Gaul den Wölfen zum Fraß überlassen hatte und zu Fuß davongestürzt war? Die Tiere konnten ihm diese Frage jedenfalls nicht mehr beantworten. Aber so oder so gefiel ihm diese Entdeckung nicht. Raubtiere aus dem Wald mitten auf der Petrograder Seite. Okay, in den Plattenbauten, da hätte er das ja noch irgendwie verstanden … Aber hier?!

Inzwischen dämmerte es. Er legte einen Zahn zu, wobei er Kurs auf die Moschee im Kronwerkski Prospekt hielt. Schon von Weitem machte er einen gestreiften Schlagbaum und abermals eine Reihe von Sandsäcken aus, diesmal direkt an den Minaretten. Über dem Schlagbaum schwankte ein Eisenschild mit weißen abgeblätterten Buchstaben im Wind. Noch konnte er nicht erkennen, was darauf stand. Mittlerweile bewegte er sich auch nicht mehr im Schatten der Häuser vorwärts, denn zweimal waren ihm bereits einzelne Zierelemente und Teile von Regenrinnen vor die Füße geknallt. Seine neue Taktik bestand darin, sich in der Mitte der Straße zu halten und um alle Hindernisse, hinter denen sich Hunde oder andere wilde Tiere verstecken konnten, einen großen Bogen zu machen.

Endlich konnte er auch die Aufschrift entziffern, selbst wenn er einzelne Buchstaben einfügen musste. Da er seinen Augen kaum glauben wollte, las er sie wieder und wieder. Bis etwas ganz anderes seine Aufmerksamkeit verlangte …

(5) FREMD IN DER HEIMAT ODER ÜBER DIE BEDEUTUNG VOM DIENST AN DER WAFFE

Das Grün um die Metrostation Gorkowskaja hatte nicht das Geringste mit einem gepflegten Garten zu tun. Rechts von Artur schillerte in allen nur denkbaren Nuancen Windbruch, ganz wie in einem Gemälde von Schischkin. Dickicht kroch auf die Straße, riss das Pflaster auf und hebelte die Schienen der Straßenbahn aus dem Boden. Allerdings klaffte mitten in diesem Urwald ein fünf Meter breiter Streifen. Er schuf einen Weg zu den Stufen, die zum Metroeingang hochführten. Dieser Streifen musste wiederholt mit Brennstoff begossen und angezündet worden sein, um den Pflanzen Einhalt zu gebieten, war er doch mit einer dicken Ascheschicht überzogen. Artur umrundete einen auf der Seite liegenden, unter Hagebutten begrabenen ausgeschlachteten Bus – und erblickte endlich die ersten lebenden Menschen.

Vor Freude wäre ihm beinah das Herz stehen geblieben. Er machte ein paarmal den Mund auf und zu, brachte aber kein einziges Wort heraus. Als er sich wieder gefasst hatte, wurde ihm klar, dass diese Menschen in echten Schwierigkeiten steckten. Sie sahen noch ziemlich jung aus und befanden sich mitten auf dem Aschestreifen, zwischen einer ausgeblichenen Reklametafel und dem Eingang in die Metro. Der eine von ihnen war verletzt und saß auf dem Boden, mit dem Rücken gegen das Bein des anderen gestützt. Mit den Zähnen zog er einen Verband fest, den er gerade um seinen linken Unterarm wickelte. In der rechten Hand hielt er eine Sportarmbrust, deren Schaft auf seinem Knie lag. Sein linkes Hosenbein war zerrissen und zeigte einen dunklen Fleck. Keine drei Schritte von ihm entfernt verreckten gerade drei dieser kahlen Hunde, mit Pfeilen gespickt. Weitere

Köter umrundeten sie, dicht an den Boden geschmiegt. Jetzt packte der Freund des Verletzten diesen mit einer Hand am Kragen und schleppte ihn ruckweise in Richtung Metro. Beide hatten grobe Windjacken an und Hosen, die aussahen, als seien sie aus Zeltplane gefertigt. Ihr Mundschutz baumelte ihnen im Nacken. Der unverletzte Mann trug eine Flinte mit Pistolengriff sowie ein langes Schwert in einer selbst gemachten Scheide überkreuz auf dem Rücken. In der freien Hand hielt er eine weitere Waffe.

Das Pärchen wollte sich zweifellos zur Metro vorkämpfen – nur lauerten mindestens ein Dutzend Hunde vor den Stufen, die zum Eingang hochführten. Im Vergleich mit der Meute im Hof des Instituts mussten diese Biester als Welpen wesentlich besser gefüttert worden sein, da sie nun die Größe stattlicher Schäferhunde aufwiesen. Was bei ihrem Aussehen allerdings zur Nebensächlichkeit verkam: Bei dem kleinsten der Viecher ließen sich zwischen den Schulterblättern zwei Wirbelsäulen erkennen, ein anderer war total asymmetrisch, als sei er aus zwei verschiedenen Hunden zusammengebastelt worden. Ein Rüde mit einem Brandloch in der Seite wälzte sich auf dem Rücken, wieder ein anderer drehte sich wie wild im Kreis und wickelte sich dabei die eigenen Eingeweide um die Pfoten. Doch kein einziges dieser Biester kläffte oder jaulte, nur ihr keuchender Atem war zu hören. Der unverletzte Typ schirmte seinen angeschlagenen Kumpel ab und schwenkte die Waffe von einer Seite zur anderen. Trotzdem zogen die Köter den Ring um die beiden kontinuierlich enger. Bislang griffen sie aber noch nicht an. Vielleicht waren dem Mann ja die Patronen ausgegangen, oder er wollte sie so lange wie möglich aufsparen – geschossen hatte er jedenfalls noch nicht, da war sich Artur sicher. Denn selbst aus einiger Entfernung hätte er den Krach doch hören müssen.

Noch eine Minute, und die beiden würden tot sein! Artur riss den Rucksack runter, vergewisserte sich, dass er die Ersatzpatronen greifbar hatte, und rannte ohne jede Deckung quer über die Straße. Als er über einen Riss im Asphalt sprang, sah er in der feuchten Ascheschicht um diesen herum klar und deutlich den Abdruck einer riesigen kralligen Pfote. Hier musste vor Kurzem eine Katze entlanggeschlichen sein – und zwar eine von denen, die in den Savannen Afrikas mit ihrem Gebrüll auf sich aufmerksam machen. Ihm fiel der Zoo ganz in der Nähe ein. Er konnte sich selbst nur wundern, wie gelassen er bei dem Gedanken blieb.

»He!«, rief er aus vollem Hals. »Aus!«

Kaum hörten die Hunde, die sich gerade an den verletzten Typen anpirschten, Arturs Schrei, drehten sie sich zu ihm um. Die Augen des Köters, der am dichtesten an ihm dran war, waren mit dem trüben Schleier des grauen Stars überzogen. Doch von der Breite seines Brustkorbs her konnte er es mit jedem Rottweiler aufnehmen. Für die Hunde hatte sich die Lage mit seinem Auftreten schlagartig geändert, denn vier von ihnen wurden nun selbst von zwei Menschen mit Waffen in die Zange genommen. Und sie konnten nicht fliehen: Artur versperrte ihnen den Zugang zur nächsten Straße, während auf beiden Seiten des verkohlten Weges eine zwei Meter hohe, aus einzelnen Metallteilen zusammengesetzte Barrikade aufragte, ein weiterer Grund, warum der Weg nicht längst dem Jasmin zum Opfer gefallen war, der ihn von beiden Seiten bedrängte.

Die beiden Männer staunten über die unerwartete Hilfe nicht schlechter als die Hunde. Im Übrigen hatte sich Artur nicht getäuscht: Die beiden waren noch die reinsten Kinder, auch wenn ihnen schon ein Bart wuchs.

»Gehörst du zur Metrokommune?«, krächzte der verletzte Typ, nachdem er den Verband ausgespuckt hatte. Er starrte Artur mit großen Augen an. »Wo ist denn deine Maske? Daljar, sieh dir das an! Der läuft ohne Mundschutz rum!«

Der Typ namens Daljar trat ein Stück zur Seite und drehte sich um. Jetzt begriff Artur auch, warum er kein Wort sagte.

Genauso wurde ihm klar, warum er keinen Schuss gehört hatte. Quer zwischen den Zähnen dieses Daljar steckte ein langer schmaler Dolch, und bei der Waffe in seiner Hand handelte es sich um eine Leuchtpistole.

»Nein, gehör ich nicht!«, antwortete Kowal. »Wie können wir die Biester verjagen?«

»Schieß!«, verlangte der Verletzte.

»Dabei könnte ich euch treffen!«, erwiderte Kowal. »Ich bin nämlich kein guter Schütze!«

Die Hunde schienen auch diesmal genau verstanden zu haben, was er gesagt hatte, denn sie bauten sich nun in einer Linie vor den beiden Unbekannten auf. Damit war Kowal in der Tat jede Schussmöglichkeit genommen, wollte er nicht das Risiko eingehen, einen der beiden Männer zu treffen.

»Hinter dir!«, schrie da der verletzte Typ.

Artur wirbelte herum. Gerade noch rechtzeitig. Mit langen, gleichmäßigen Sätzen hielten zwei weitere Riesenköter auf ihn zu. Als ihn von dem vorderen nur noch knapp drei Meter trennten, packte er die Pistole mit beiden Händen und schoss dreimal. Der Rückstoß warf ihn mit einer solchen Wucht nach hinten, dass er stolperte und auf die Knie fiel.

Aus den Bäumen flogen Hunderte von Vögeln auf, das Echo der Schüsse donnerte geradezu durch die Stadt. Die ersten beiden Kugeln richteten nicht den geringsten Schaden an, da der Lauf beide Male nach oben gerissen wurde. Da der erste Hund aber bereits in der festen Absicht auf ihn zusprang, sich in Arturs Kehle zu verbeißen, brachte er sich damit selbst in die Flugbahn der dritten Kugel. Daraufhin nahm der zweite Köter vorerst von einem Angriff Abstand und flüchtete in die meterhohen Brennnesseln am Wegrand.

In dieser Sekunde versuchten sich allerdings die vier Köter hinter Artur aus dem Staub zu machen. Sie ließen von dem verletzten Typen ab und jagten hintereinander an der Barrikade entlang.

»Töte sie!«, schrie der Mann am Boden.

Ohne aufzustehen, drehte sich Artur zurück und sah dicht vor sich erbarmungslose blaue Augen und ein aufgerissenes rosafarbenes Maul. Die nächste Kugel traf den Köter in der Kehle und schleuderte ihn zurück, direkt in seine drei hinter ihm rennenden Artgenossen hinein. Daljar ließ den Kragen des Verletzten los, griff nach dem Dolch und feuerte gleichzeitig die Signalpistole ab.

Einer der kahlen Mutanten jaulte markerschütternd auf und flog in Richtung des Metroeingangs. Die Patrone hatte sich ihm zischend in die Seite gebohrt und brannte dort weiter, dabei orangene Funken versprühend. Prompt machten die beiden anderen kehrt und zwängten sich unter einem Ritz in der Barrikade hindurch. Der verletzte Mann ließ sich auf den Rücken fallen, schoss einen Pfeil mit der Armbrust ab, legte diese ohne Hast zur Seite und schleuderte zwei Messer auf die fliehenden Hunde. Sowohl der Pfeil als auch die Messer fanden ihr Ziel. Der entfernte Verwandte eines schwarzen Terriers winselte leise, schwankte und krachte zu Boden. Der Pfeil war in seinen Nacken eingedrungen – und zur Kehle wieder herausgekommen.

Die Messer dagegen hatten dem vierten Köter die Sehnen an den Hinterpfoten durchtrennt. Trotzdem humpelte er stur weiter auf Artur zu. Dem dröhnte der eigene Schrei in den Ohren, als er so lange feuerte, bis dieses schwarze Muskelpaket vor ihm sich nicht mehr rührte.

Diese Schlacht hatten die Menschen gewonnen. Elf Hunde waren gestorben, die anderen geflohen. Daljar schritt völlig unbeeindruckt die Leichen ab, um mit seinem Dolch die Messer und Armbrustpfeile herauszuhebeln. Der verletzte Typ verband jetzt endlich seine Hand und versorgte die Wunde an seinem Bein. Artur war derart erschöpft, als hätte er den ganzen Tag Kohlen von einem Lastkahn abgeladen. Das Einzige, wozu er noch imstande war, war dazusitzen und nach Luft zu ringen. Der Gestank von verbranntem Fleisch schlug ihm in die Nase und ließ ihn würgen. Daljar hatte sein Werk inzwischen beendet, kehrte zu seinem Freund zurück und zog eine Spritze aus der Patronentasche, um ihm drei Injektionen in Arm und Bein zu verpassen. Erst danach fand er Zeit für Artur.

»Was ist mit deinem Kopf?«, fragte er. »Und wo kommst du überhaupt her?«

»Aus Petersburg natürlich. Ich habe lange geschlafen ...« Er verstummte, begriff er doch, dass er seine Situation nicht wirklich erklären konnte. In ihm wuchs der Verdacht, dass die Menschen auch nicht die geringste Ahnung davon hatten, worum es sich bei Anabiose eigentlich handelte. »Ich bin ein Wissenschaftler, aus dem Institut ...«

»Ein Wissenschaftler?«, fragte der Typ und sah sich um. »Dann gehörst du zur Südlichen Karawane?«

»Nein, ich habe doch schon gesagt, ich bin von hier, aus Piter. Mein Kopf wurde mit einer speziellen Lösung behandelt, damit mir keine Haare wachsen.«

»Wo ist deine Maske? Die hier meine ich ...« Daljar zog am Riemen seines Mundschutzes. »Also noch mal! Was bist du für einer? Ein Cowboy?«

Bei diesen Worten brach der verletzte Typ in schallendes Gelächter aus. »Der soll ein Cowboy sein?!«, wieherte er. »Der ballert doch genauso ziellos rum wie Mam Rubens! Bei zwölf Schuss gerade mal drei Treffer! Sag mal, Kumpel, wer hat dir denn das Schießen beigebracht? Oder wachsen die Patronen bei dir im Gemüsegarten?«

Diese Reaktion verwirrte Kowal.

»Halten wir fest: Du gehörst nicht zur Metrokommune und bist kein Cowboy. Aber du bist auch nicht mit der Karawane gekommen!«, sagte Daljar, wobei er lässig mit dem Dolch spielte. »Du bist aber auch nicht aus der Truppe des Gouverneurs, sonst hättest du gleich geschossen – und nicht erst rumgeschrien. Du bist auch kein Hafenarbeiter, denn die machen keinen Schritt ohne ihren Dolch. Ohne Maske spazieren aber nur Verseuchte oder Idioten durch die Gegend. Und in dem Fall, Kumpel, würde ich dir raten, dass du ein Idiot bist! Wie heißt du?«

»Ihr könntet euch ruhig erst mal bei mir bedanken, dass ich euch das Leben gerettet habe«, fing Kowal an, den Beleidigten zu spielen. »Im Übrigen heiße ich Artur.«

»Nimm Daljar sein Gepolter nicht krumm«, mischte sich jetzt der verletzte Typ ein. »Er ist sauer, weil er meinetwegen alle Tetanusspritzen verbraucht hat. Ich bin Louis.«

»Du quatschst zu viel!«, fauchte Daljar. »Aber okay, Lu hat recht. Also, danke! Atme hier mal drauf!« Er holte einen Block Papier aus der Tasche, riss ein Blatt ab und legte es zwei Schritte vor Kowal auf den Boden. »Was ist, hast du mich nicht verstanden? Du sollst da draufatmen!«

Als Artur das schmale rosafarbene Blatt aufhob, bemerkte er, dass Louis mit der Armbrust direkt auf sein Gesicht zielte. Er hielt sich das Papier vor den Mund und atmete etwas verkrampft aus. Nichts geschah – nur die beiden Typen seufzten erleichtert.

»Alles bestens!«, erklärte Daljar. »Willst du runter in die Metro?«

»Aber diese Hunde …« Artur schielte zu den Leichen hin. »Die kommen doch bestimmt wieder, oder?«

»Der ist garantiert nicht aus Piter«, sagte Louis zu Daljar, während er sich an dessen Schulter festhielt und hochzog. »Oder ist dir in dieser schönen Stadt schon mal jemand begegnet, der nicht über die verdammten Bullterrier Bescheid weiß?«

Daljar schüttelte nachdenklich den Kopf, ließ dabei die Straße aber nicht aus den Augen, auch wenn sich auf dieser momentan nichts rührte.

»Die kommen zurück«, sagte er. »Sobald du weg bist. Wenn die Scheißköter eine Schusswaffe oder einen Dolch sehen, hauen sie ab. Solltest du jedoch die Absicht haben, weiter allein durch die Gegend zu ziehen, dann gibst du mir besser deine Pistole.

Denn die Fleder und Wölfe, die in einer Stunde auftauchen, haben vor Pulver sowieso keinen Schiss.«

»Ich will ganz bestimmt nicht weiter allein rumstreifen!«, versicherte Artur und sprang auf. »Könnt ihr mich nicht mitnehmen? Ich müsste dringend mit jemandem sprechen.«

»So, so, mit jemandem«, säuselte Lu mit einem Grinsen. »Und mit wem genau, Kumpel?«

Daraufhin sahen beide Kowal erwartungsvoll an. Der wusste, dass er jetzt bloß ein falsches Wort zu sagen bräuchte – und sie würden ihn hierlassen. Allein mit den Wölfen. Auf ihre Dankbarkeit durfte er offensichtlich nicht hoffen. Gut, im Grunde hatte er auch gar nicht darauf spekuliert, als er Hals über Kopf dazwischengegangen war. Schließlich war er so erzogen worden, Menschen in Not zu helfen ... Und wer bitte hat mich *so* erzogen?, fragte er sein schlafendes Gedächtnis. Wer sind meine Eltern? Echt, irgendwas muss in dieser Kapsel schiefgelaufen sein – wenn ich mich noch nicht mal daran erinnere, wie meine nächsten Verwandten aussehen!

»Ich möchte mit den Menschen sprechen«, begann Kowal zögernd, »die sich an die Gesetze halten.«

»An die Gesetze?«, fragte Louis süffisant zurück. »Was meinst du, Dal, hält sich Pap Rubens an die Gesetze? Weißt du was, Kumpel, wenn du die Metroleute irgendwie bezahlen kannst, dann begleite uns. Wir bringen dich zu Pap Rubens. Am besten fragst du ihn selbst, ob er sich an die Gesetze hält.«

»Ich muss aber noch meinen Rucksack holen!«

Ihm fiel ein Stein vom Herzen, auch wenn er immer noch befürchtete, seine neuen Freunde könnten es sich anders überlegen. Deshalb rannte er fast zu seinen Sachen zurück. Die beiden warteten jedoch seelenruhig auf den Stufen, die zum Metroeingang hochführten. Die wollen doch nicht allen Ernstes runter zur Metro?!, überlegte er. Wenn die glauben, ich würde mich darauf einlassen, mit ihnen durch den Tunnel zu stapfen, dann irren sie sich aber gewaltig.

»Warum nennt ihr Rubens Pap?«, fragte er.

»Du bist echt 'ne Nummer«, entgegnete Daljar mit dem Anflug eines Lächelns. »In der Regel wollen die Leute wissen, warum wir den Pap denn bitte schön Rubens nennen!«,

Auch die beiden hatten zwei große Taschen, die sie aber während des Kampfes abgestellt hatten. Da Louis seine nicht tragen konnte, bot Artur an, sie zu nehmen. Die Tasche war zwar nicht groß, dafür aber extrem unhandlich. Als ob sie mit irgendwelchem Unkraut vollgestopft wäre.

»Wir nennen ihn Pap, weil er Papa ist!«, sagte Louis nun und hielt Kowal ein merkwürdiges Zigarettenetui hin, das von Selbstgedrehten fast zu platzen schien. »Heißen die Menschen, die Kinder in die Welt setzen können, bei dir zu Hause etwa anders?«

»Also, ich zum Beispiel, ich könnte jederzeit ein Kind in die Welt setzen, aber deshalb nennt mich niemand Pap!«, antwortete Artur leichthin. Da er gerade die Tasche schulterte, bemerkte er die ungläubigen Gesichter der beiden nicht sofort. Als das Schweigen jedoch anhielt, sah er sie voller Panik an. Hatte er doch irgendwas gesagt, womit er den beiden auf den Schlips getreten war? Warum sollten sie ihn sonst so anstieren?

»Woher weißt du, dass du ein Kind in die Welt setzen kannst?«, fragte Daljar in dem misstrauischen Ton, den Artur schon an ihm kannte.

»Äh …« Artur stockte. »Meine Freundin war … zweimal von mir schwanger.«

Natürlich! Wie hatte er sie vergessen können?! Nataschka … Es war, als ob in seinem Hirn ein Hebel umgelegt würde. In seinem Schmerz verzog er das Gesicht und presste sich die Hände gegen die Schläfen. Mit einem Mal rückte wieder alles an seinen Platz. Natalja und er hatten auf der Datscha seines Vaters bei Sestrorezk, einem Vorort von Piter, gelebt. Seine Eltern waren zwei Jahre zuvor in eine neue Wohnung umgezogen. Jetzt sah er seine Mutter und seinen Vater auch wieder klar vor sich, erinnerte sich an die kleinsten Einzelheiten, zum Beispiel wie er und sein Vater noch in seiner Kindheit die Datscha überhaupt erst gebaut hatten. Und dass Natalja sich geweigert hatte, weiter mit seinen Eltern zusammenzuleben … Meine Güte, was war aus ihnen allen geworden? Vor allem: Wo war Natascha jetzt?

»Soll das ein Witz sein, Meister?« Daljar langte nach seinem Dolch. Nun erst besah sich Artur die Waffen seines Visavis genauer. Sowohl der Dolch als auch das imposante Schwert auf Daljars Rücken stellten echte Kunstgegenstände dar: Den Stahl schmückte eine filigrane Ziselierarbeit, den Korb zierten ganze Nester von Edelsteinen. »Willst du damit etwa andeuten, dass du schon zweimal eine Mutter abgekriegt hast? Oder gibt es in deiner Stadt gebärfähige Frauen wie Sand am Meer?«

»Das ist kein Witz!«, versicherte Artur. »Ich kann das alles erklären. Es ist so, dass ich, bevor ich eingeschlafen bin, mit meiner Freundin zusammengelebt habe und …«

Da zerriss ein Schrei in der Ferne die abendliche Stille. Louis fuhr zusammen.

»Wir müssen schnellstens hier weg, Dal!«, verlangte er. »Artur hat uns geholfen, alles andere soll er später erklären!«

»Ja, du hast recht!«, erwiderte Daljar, obwohl er immer noch eine misstrauische Miene zur Schau trug. Immerhin nahm er die Hand vom Dolch. »Gehen wir!« Mit diesen Worten drehte er sich um und stapfte los.

Innerlich stieß Artur einen Seufzer der Erleichterung aus. Wenn er weiterhin am Leben bleiben wollte, sollte er in Zukunft wohl besser jedes Wort auf die Goldwaage legen. Und endlich herausfinden, in welchem Jahr er eigentlich gelandet war!

An der Metrostation hatten sämtliche Ein- und Ausgänge bis auf einen ihre Glastüren gegen unverputzte Steinmauern eingetauscht. Bei der einzigen Ausnahme blitzte statt Stein Metall auf. Daljar ging zu der schmalen Tür, stellte sich auf die Zehenspitzen, öffnete einen am Rahmen angebrachten Eisenkasten und holte ein vorsintflutliches schwarzes Telefon, noch mit Gabel und Hörer, heraus. Lenin benutzte Apparate wie diesen gern in Filmen über die Revolution. Daljar wickelte vorsichtig die Schnur ab und stellte in einer ewig dauernden Prozedur eine Verbindung her. Mit angehaltenem Atem beobachtete Artur ihn. Die Menschheit musste mindestens um hundert Jahre zurückgefallen sein, das führte ihm dieses Telefon nur zu deutlich vor Augen! Aus dem Hörer drang ein Knistern, dann verkündete eine Männerstimme klar und deutlich: »Hier Metrostation Gorkowskaja.«

»Drei Mann. Zur Admiralteiskaja«, nannte Daljar die Station, zu der sie wollten. Fast als bestelle er ein Taxi. »Wir gehören zur Eremitage.«

»Losung?«, fragte die Stimme gelangweilt.

»Minoga.«

Mit einem Mal drückte Daljar Louis den Apparat in die Hand, warf die Tasche ab, zog den Dolch und raste noch einmal zurück zu dem Ascheweg. Alarmiert griff Artur nach der Pistole, doch drohte keine unmittelbare Gefahr: Einer der Köter, die Louis mit einem Armbrustpfeil erwischt hatte, hatte wie durch ein Wunder überlebt und kroch jetzt langsam zu den Sträuchern am Rand. Kaum hatte Daljar ihn erreicht, schlitzte er ihm auch schon mit lässiger Bewegung die Kehle auf. Danach checkte er sicherheitshalber auch noch den Zustand der anderen. Kowal war abermals kurz davor zu kotzen.

»Du kannst ganz bestimmt gehen?«, fragte Daljar Louis, als er wieder bei ihnen war.

»Ein verletzter Bullterrier ist noch längst kein toter!«, wiegelte Louis ab. In diesem Moment schrillte das Telefon mit einem endlos langen Klingelton. »Alles klar!«, antwortete Louis jemandem am anderen Ende und verstaute den Apparat wieder im Kasten. »Dauert noch zwanzig Minuten … He, hast du gehört, Dal? Wir müssen noch warten.«

Eine Brise trug den Geruch von Seeluft heran. Ein jäher Schmerz sagte Artur, dass er sich die Füße in den Gummistiefeln wund gerieben hatte. Er setzte sich etwas abseits von den beiden hin, tastete nach Teleschews Aufzeichnungen, die auf den Rücken gewandert waren, und nahm die Lektüre wieder auf. Louis fing an, die Armbrust zu reinigen. Daljar paffte mit mürrischer Miene eine Papirossa, wobei sein Blick ständig die Gegend absuchte. Hunde tauchten nicht mehr auf, dafür landeten zwei Kormorane mit lautem Flügelgeklatsche auf dem umgekippten ausgeschlachteten Autobus.

Irgendwo in der Ferne miaute kurz eine Katze, danach war alles still. Artur meinte am Abendhimmel Raubvögel auszumachen, die über den Bäumen kreisten. Er steckte das Heft wieder weg. Fassungslos …

»Sagt mal«, wandte er sich mit einer Frage an seine neuen Bekannten, »dieses Schild … hängt das schon lange hier?«

»Welches Schild?«, wollte Daljar wissen.

»Da drüben, bei der Moschee. Wo's um diesen Friedhof geht.«

Und wieder einmal handelte er sich mit einer Frage misstrauische Blicke ein.

»Du kannst lesen?«, brachte Louis fast ehrfürchtig heraus. »Dann verrat uns doch mal, was da draufstand!«

»Da stand …« Artur hüstelte. In der letzten Stunde hatte er seine Stimmbänder ganz klar überreizt. »Da stand: Isolationszone. Friedhof Nr. 6. Zutritt nur für Befugte.«

»Ganz genau!«, erklärte Daljar und ließ die stinkende Papirossa von einem Mundwinkel zum andern wandern. »Und das Ding hing schon immer da!«

»Woran sind diese Menschen gestorben?«, rang Artur sich zu einer weiteren Frage durch.

»Von welcher Insel kommst du eigentlich, Meister?« Daljar spuckte die Kippe aus und nahm die Tasche von den Granitstufen. Hinter der Metalltür hantierte jemand an irgendwelchen Riegeln herum. »Denn du willst ja wohl nicht behaupten, dass du das Lesen bei denen im Wald gelernt hast!«

»Aber ich weiß wirklich nicht, was hier los ist!«, jammerte

Artur. »Mein Vater hat mich nicht eingeweiht«, improvisierte er dann.

Die Tür quietschte gewaltig, als sie geöffnet wurde. Echtes elektrisches Licht schlug ihnen entgegen. In dem geradezu magischen Strahl stand wie ein Engel an der Himmelspforte ein kräftiger Kerl mit einem MG, Typ Degtjarjow, im Anschlag.

»Die Menschen sind an AIDS krepiert, Kumpel!«, flüsterte Louis Artur ins Ohr und kratzte ihn dabei mit dem Bart am Ohr. »Und wenn man auf deiner Insel nicht weiß, was das ist, und die Mädels da frei verteilt werden, dann schwöre ich bei Mam Rubens, dass ich noch morgen da hinfahre!«

(6) GEFANGEN IN DER EREMITAGE

In der Eingangshalle der Metro sah Kowal neben dem zottigen Riesen mit dem MG die erste Frau seit seinem Aufwachen. Die beiden waren angezogen, als wollten sie gleich an einer avantgardistischen Modenschau teilnehmen. Während sich der Hüne jedoch mit einem zerschlissenen, kahl gewordenen Kurzpelz und Schlaghosen aus einem Samtvorhang begnügte, funkelte unter dem Pelzcape der Frau ein Atlaskleid, und ihren Kopf zierte eine orientalische Kopfbedeckung samt den kläglichen Überresten einer prachtvollen Feder. Die holen sich ihre Kleidung aus dem Museum, schoss es Kowal durch den Kopf. Das schlichte runde Gesicht der Frau wurde von der dicken Brille mit bifokalen Gläsern kaum entstellt. In den Händen hielt sie ein dickes Buch.

»Die Fahrgäste müssen ihr Gepäck vorzeigen!«, erklärte der Riese grinsend und deutete auf ein Schild neben den Relikten des Drehkreuzes am Eingang.

Louis öffnete die Patronentasche und gab der Frau einige kleinere Gegenstände. Sie verstaute sie in einem Metallkasten, verschloss diesen mit einem Vorhängeschloss und notierte etwas in ihrem Buch. Danach galt die uneingeschränkte Aufmerksamkeit der beiden Metroleute ganz dem kahlen Kopf Arturs, der sie geradezu erstarren ließ.

»Wieso trägt der keine Maske?!«, donnerte der Gigant. »Was soll das heißen, Daljar? Seid ihr lebensmüde?«

»Ich habe ihn getestet«, konterte dieser. »Er ist sauber.«

»Wie zahlst du?«, wollte die Frau in sachlichem Ton von Artur wissen, während ihr Füllfederhalter nur darauf lauerte, die Antwort in das Buch einzutragen.

Kowal öffnete unsicher den Rucksack, damit sie den Inhalt begutachten konnte. Louis stieß einen Pfiff aus, Daljar zog die Flasche mit der stinkenden Flüssigkeit vorsichtig heraus und schüttelte den Kopf.

»Hast du jemanden von den Leuten des Gouverneurs umgebracht?«, erkundigte sich der Riese gelassen, nachdem er den Isobehälter mit den Reagenzgläsern untersucht hatte. Erst jetzt bemerkte Artur, dass dem Mann an der rechten Hand drei Finger fehlten. »Okay, lassen wir das. Wir akzeptieren eines dieser Röhrchen hier, du kannst also durchgehen.«

»Moment mal!«, mischte sich nun Daljar in scharfem Ton ein. »Dafür schreibst du ihm gefälligst noch ein paar Arbeitstage gut.«

Die Metroleute sahen sich an.

»Von mir aus«, sagte die Frau schließlich. »Aber die Arbeitstage gehen auf deinen Namen. Schließlich kennen wir diesen Kerl nicht.«

»Einverstanden!«, willigte Daljar ein. Das Fläschchen gab er Artur jedoch nicht zurück, sondern steckte es in seine eigene Tasche.

Daraufhin senkte der Gigant das MG und verriegelte die Eisentür. Die Frau schnappte sich ihren tragbaren Tresor und verschwand in einem Seitengang, dort, wo noch schwach die Aufschrift *Metro-Polizei* zu erkennen war.

»Gehen wir«, verlangte der Riese und stiefelte ihnen voraus zur Rolltreppe.

In diesem Moment begriff Artur, wohin die Glühbirnen aus dem Institut verschwunden waren. Eine baumelte hier oben an einer langen Schnur und beleuchtete den Eingangssaal, eine zweite hing etwa in der Mitte der Rolltreppe, die nächste ließ sich etwas weiter unten erahnen, bei den Schienen.

Sie mussten zu Fuß hinunter, denn die Rolltreppe war längst stehen geblieben, hatte sogar ein paar Stufen eingebüßt. Unten angekommen wurde Artur auch klar, warum die Metroleute

Pelze trugen. Selbst mitten im Sommer herrschte hier eine nasskalte, abgestandene Kälte. Das Licht der einen Glühlampe reichte natürlich nicht aus, um auch den Tunnel zu erhellen. Trotzdem erkannte er, dass die Schienen selbst fast in öligem Wasser versanken. Durch den braunen Flechtenbewuchs auf den zersprungenen Wandkacheln schimmerte noch eine absurde Reklametafel hindurch: Eine dralle Blondine lud zu einem Besuch der Küstenorte in der Türkei ein. Sobald der Riese sie abgeliefert hatte, stapfte er wieder hinauf. Daljar und Louis machten jedoch keine Anstalten, sich in den Tunnel vorzuwagen, sondern schienen auf etwas zu warten.

Das bald eintraf. Zunächst hallte ein Rattern durch den Schacht, dann rollte klirrend und quietschend ein rudimentärer Zug aus ihm heraus, dem Dach und Wände fehlten. Die zwei Sitzreihen waren aber noch intakt, die Kabine des Wagenführers sogar hervorragend erhalten. Hinter den Sitzen dröhnte in einer Art Käfig ein Dieselmotor. Der Fahrer dieser Draisine, ein zerzauster rothaariger Typ, trug einen Pelzmantel mit nach innen gewendetem Fell. Er legte eine ziemlich rasante Bremsung vor der Gruppe der neuen Fahrgäste hin. Das Vehikel brachte vier weitere, ebenfalls in Pelz gehüllte Menschen. Ihre Gesichter konnte Kowal nicht erkennen.

Die Fahrt mit der Metro behielt er als ein einziges Zähneklappern in Erinnerung. Als die Draisine Anlauf nahm, um einen Anstieg zu bewältigen, glühten die vorderen Scheinwerfer so stark, dass sie die endlosen Pfützen und die Rinnsale am Betongewölbe beleuchteten. An einer besonders tiefen Stelle hüpfte die Draisine geradezu auf die nächste grell beleuchtete Insel. Kowal bemerkte zwei Dutzend Arbeiter, die an einer Pumpe hantierten. Weitere schaufelten Zement in einen Betonmischer.

Für Artur bestand keine Möglichkeit, seine beiden neuen Bekannten während der Fahrt weiter auszuquetschen, denn in dem engen Tunnel überdröhnte das Heulen des Motors alle Geräusche. Der Dieselgeruch ließ ihnen die Augen tränen. Erst als die Draisine die Station Newski Prospekt erreichte, konnte Artur die nächste Frage stellen: »Weshalb zementieren sie die Fugen zu? Das bringt doch nichts. Unter dem Druck des Gesteins fliegen dann die Manschetten ab, so durchgerostet, wie die ganze Anlage ist.«

»Wenn sie die Löcher nicht stopfen, läuft Wasser hinein!«, antwortete Daljar. »Hast du vielleicht einen besseren Vorschlag?«

»Man müsste zunächst die Manschetten befestigen«, antwortete Artur zögernd. »Indem man vielleicht von innen einen Keil hineintreibt. Dann könnte man die Eisenkonstruktion anschweißen … also, ich meine, falls es ein Schweißgerät gibt …«

»Das schon«, mischte sich der Wagenführer ein. »Nur haben wir niemanden mehr, der mit Gas arbeiten kann. Aber so, wie du fragst … Bist du vielleicht Ingenieur? Kannst du mit Argon umgehen?«

Schlagartig hörten alle Fahrgäste auf zu rauchen und stierten Kowal an. Der hätte sich am liebsten irgendwo verkrochen. Warum musste er aber auch immer gleich mit allem rausplatzen?! Die Draisine stand wie festgewachsen in der schummrigen Wartehalle des Newski Prospekt, der Diesel nagelte bei geringer Drehzahl. Zwei Männer stiegen aus und verabschiedeten sich mit Handschlag vom Fahrer, dafür kamen gleich vier bis an die Zähne bewaffnete Typen und eine kleine, von Kopf bis Fuß in Pelz gehüllte Frau neu hinzu. Nur setzte sich die Draisine nicht wieder in Bewegung. Offenbar wartete der Wagenführer noch auf jemanden.

»Ja, ich bin Ingenieur!«, antwortete Kowal schließlich, ohne auch nur zu ahnen, ob ihn das den Kopf kosten würde oder nicht. »Und ja, ich glaube, ich kann ein Gerät, das mit Argon betrieben wird, bedienen. Natürlich nicht ich allein …«

»Sag mal, Daljar, ist dein Spezi etwa Moskauer?«, erkundigte sich der Fahrer. Vor Aufregung brach er sogar in Schweiß aus.

In dem dreckigen Gesicht funkelten die Zähne und die tränenverhangenen Augäpfel. »Hör mal, Kumpel, ich glaube wirklich nicht, dass du zu denen vom Museum gehörst. Daljar, glaub mir, den bring ich besser zum Oberst. Wenn er bei dieser Schweißsache nicht lügt ...«

»Hör mal, Meister, wenn du Ingenieur bist, kannst du dann vielleicht auch Spulen bei einem Motor wickeln?«, fragte einer der Männer, die bereits vor der Station Gorkowskaja auf der Draisine gewesen waren.

Artur setzte gerade an zu erklären, dass man für eine neue Wicklung nicht unbedingt Ingenieurskenntnisse brauchte, als Louis ihm heftig in die Seite boxte.

»Er fährt mit uns zu Pap Rubens und Schluss!«, unterband Daljar jede weitere Diskussion. »Wenn der Oberst einen Ingenieur sucht, kann er uns ja ein Angebot machen!«

Niemand widersprach. Artur hielt daraufhin zwei Sachen für sich fest. Erstens konnte er die Metroleute von den Fahrgästen unterscheiden. Alle – und zwar ausnahmslose alle –, die hier unten arbeiteten, trugen selbst jetzt, im Sommer, Pelz. Das war nicht weiter erstaunlich, hätten sie sich doch sonst bei der Feuchtigkeit, Kälte und dem Fehlen jeglicher Luftzirkulation hier unten leicht eine Erkältung oder Rheuma eingefangen. Und zweitens ging ihm auf, dass ihm in seiner Situation selbst sein oberflächliches Allgemeinwissen keinen schlechten Dienst erweisen dürfte, mehr noch, womöglich half es ihm sogar, ein ganz hohes Tier zu werden ...

Irgendwann traten drei Fahrgäste aus dem Halbdunkel auf den Bahnsteig. Sie waren genauso angezogen wie der Tote, dem Kowal das Schultergehänge abgenommen hatte. Das Herz hämmerte ihm in der Brust, aber die Männer achteten nicht weiter auf die Menschen um sie herum, setzten sich auf die vorderen Plätze und zündeten sich sofort Zigaretten an. Nun fuhr die Draisine endlich weiter. Ganz am Ende der Station, kurz vorm Tunnel, hingen an einem gespannten Draht gleich zwei flackernde Lampen. In ihrem Licht entzifferte Kowal die großen, mit einer Schablone ausgeführten Buchstaben an der Marmorwand: *Der Aufenthalt in der Metro ohne Mittel der Selbstverteidigung wird mit dem Tod bestraft! Militärkommandant …*«

Nach dreihundert Metern bremste der Wagenführer abermals scharf vor einer Lampe und langte nach dem Hörer eines an der Wand angebrachten Telefons.

»Zentrale? Hier Express Nr. 6. Ich bin am Newski, nehme jetzt den Ring bis zur Admiralteiskaja, dann komme ich zurück.«

»Die rechte Spur ist frei!«, krächzte es aus dem Hörer. »Lass auf dem Rückweg den Elfer durch.«

»Verstanden!«, antwortete der Fahrer.

Er warf den Pelz ab, tastete unterm Sitz nach einem Kuhfuß, sprang von der Draisine – und landete in einer Pfütze. Dabei zeigte sich, dass er Jagdstiefel trug, die ihm bis zum Gürtel reichten. Er stellte die Weiche um und kehrte an seinen Platz zurück. Die Draisine schoss donnernd in einen Seitentunnel.

Arturs Gedanken waren noch bei diesem Schild. Von den Fahrgästen besaßen nur die vier finsteren Kerle, die gerade eingestiegen waren, akzeptable Feuerwaffen und Gasmasken. Sie steckten in grauen Overalls. Ob das Leute des Gouverneurs sind?, überlegte er. Jedenfalls bildeten sie selbst jetzt einen engen Ring um die Frau. Artur meinte, im Rücken jedes Einzelnen von ihnen würden schmale funkelnde Stäbe aufragen, überdimensionale Schaschlikspieße sozusagen. Diesmal verkniff er es sich aber, Louis darauf anzusprechen.

An der Station Admiralteiskaja verließ der Fahrer extra seinen Platz, um sich persönlich von Artur zu verabschieden. Louis platzte dabei fast vor Stolz, während Daljar bloß seufzte und Artur mit theatralischer Sorge half, den Rucksack zu schultern, um damit allen klarzumachen, wer hier ein Vorrecht auf den Herrn Ingenieur hatte. Die Station lag zum Glück nicht so tief unter der Erde wie die meisten anderen, sodass die drei nur eine kurze Treppe hinaufmussten. Oben nahm sie ein Alter mit kurz geschnittenem Haar, der in ein mottenzerfressenes Zobelplaid gehüllt war, in Empfang. Seine Kollegin, eine große, hagere Frau in einem Silberfuchspelz, trug ein abgesägtes Gewehr auf dem Rücken. Als Louis ihr einen Luftkuss zuwarf, schnaufte sie und drehte sich mit demonstrativer Gleichgültigkeit um, doch als er an ihr vorbeiging, forderte sie ihn mit einem Aufschrei auf, ihr seine Wunde zu zeigen. Der Alte schob die schweren Türriegel zur Seite und spähte, eine Kalaschnikow im Anschlag, nach draußen. Daljar klopfte derweil ungeduldig mit dem Fuß auf den Boden, Louis präsentierte der Frau mit sichtlichem Vergnügen seine Verletzungen. Prompt bekam er von ihr eine saubere Binde geschenkt und einen kurzen Schmatzer auf die Wange gedrückt. Danach durften sie die Metro endlich verlassen.

Auf dem Dworzowaja Ploschtschad, dem Platz vor dem Winterpalast, überkam Kowal erneut das Gefühl, alles um ihn herum sei irgendwie völlig irreal. Er hinkte etwas hinter den beiden anderen her, wobei er versuchte, seinen wund geriebenen Fuß möglichst wenig zu belasten. Ständig riss er den Kopf von einer Seite zu andern. Seine beiden Begleiter hielten dagegen entschlossenen Schritts auf den Haupteingang zum Winterpalast zu und hatten für die Schönheit des Sommerabends nicht einen Blick übrig. Kaum hatten sie die Metro verlassen, hatte Daljar mit einem lauten Geräusch die Luft eingesogen und sein mit Diamanten verziertes Schwert aus der Scheide gezogen, während Louis die Armbrust gespannt hatte. Der Wind trieb Wogen von Pappelflaum durch die Müllberge auf dem Platz. Sie begegneten nicht einem einzigen Menschen, nur auf der Palastbrücke rüber zur Wassili-Insel machte Artur drei winzige Figuren von Reitern an einem Lagerfeuer aus. Der Zugang zum völlig verödeten Newski Prospekt wurde von einer Barrikade versperrt, die sich noch beeindruckender ausnahm als die, die er auf der Petrograder Seite gesehen hatte. Zwischen schiefen Maschinengewehrnestern ragte der Doppelrüssel einer Schiffsflak aus aufgeschüttetem Sand heraus. Am Alexandergarten zogen sich ein tiefer Graben mit unbefestigten Rändern und Reste von Stacheldraht entlang. In den eingeschlagenen Fenstern der ehemaligen Marineschule nisteten Hunderte von Möwen, versteinerte Würste des Vogelkots hingen von den Gesimsen. Die sechs steinernen Pferde thronten noch immer oben auf dem Torbogen des Generalstabs, dafür fehlte die Hälfte der Skulpturen auf den Gesimsen des Winterpalasts. Entweder sind sie zerfallen – oder jemand hat sie hinuntergestoßen, dachte Kowal. Auf dem Palastdach drehten sich ebenfalls Windräder, gleich zwei Dutzend, außerdem stand da oben ein intakter Trolleybus, wenn auch ohne Räder. Wie er aufs Dach gelangt war, war Kowal schleierhaft.

Die Zugänge zum Zarenflügel wurden von Verteidigungsmaßnahmen deutlich jüngeren Datums gesichert, die nach einem anderen Prinzip errichtet worden waren: Man hatte Holzpfähle in zwei Reihen schräg ins Kopfsteinpflaster gerammt, den Palast selbst umgab ein dichtes Netz verschiedener Stacheldrahtkonstruktionen. Wie es an der Newa aussah, wusste Artur zwar nicht, aber zur Moika hin erreichten die Barrikaden die Höhe des Eremitage-Theaters. Sein Blick folgte ihnen noch in die Straße Millionnaja Uliza hinein, bis sie dann mit dem Dämmerlicht verschwammen. An beiden Enden des Palasts und an der kleinen Brücke stand je ein Mannschaftspanzer, der den Platz fest im Visier behielt. Die Fassaden hatten sich bis zum ersten Stock in eine eiserne Flickendecke verwandelt. Den Dellen nach zu urteilen, musste der Winterpalast bereits mehrmals beschossen worden sein. Über dieser Eisenverkleidung dienten allerdings nur noch Gitter dem Schutz des Museums. In etlichen Fenstern brannte Licht. An einer schmalen Schießscharte über dem Durchfahrtsbogen zielte der Lauf einer Pistole direkt auf Arturs Gesicht. Zwischen den Stacheldrahtreihen wand sich labyrinthartig ein Weg. Die drei mussten zunächst nach links abbiegen, dann nach rechts, sodass sie sich den Scharfschützen von allen Seiten darboten. Mittlerweile eilte ein Posten auf Daljar zu, um sich nach Kowal zu erkundigen. Mindestens drei Scharfschützen auf dem Dach richteten die Gewehre auf ihn. Die funkelnden Visiere verrieten sie. Wäre Artur allein zum Palast gekommen, hätte er es vermutlich nicht mal bis zur Alexandersäule mitten auf dem Platz geschafft, ohne von Kugeln durchsiebt zu werden. Die gehören alle zur Museumskommune, rief er sich in Erinnerung. Diese Bande hat die Eremitage gestürmt. Und Pap Rubens ist ihr Chef. Das haben sie jedenfalls behauptet. Außerdem hätte ich ja auch bei denen in der Metro bleiben können. Allem Anschein nach ist der Oberst dieser Gang auch nicht schlechter als Rubens. Und Ingenieure nimmt er offenbar mit Kusshand …

Der Posten wechselte ein paar Worte mit Daljar, nickte kurz und öffnete eine kleine Tür. Die drei folgten ihm. Im Innern wurde Artur sofort der Rucksack abgenommen, Louis schickte man ins Krankenzimmer, auch wenn er sich nicht schlecht fühlte. Aber die Wunde wollte fachkundig versorgt sein. Noch stand die Tür offen, sodass Artur unwillkürlich auf den Platz hinausspähte. Vom Admiralteiski Prospekt trabte ein Vierspänner heran, der mit seinem Hufgeklapper die Stille zerriss. Die Räder der langen geschlossenen Kutsche waren mannshoch und gut gefedert. Der Kutscher saß in einer Kabine, und aus einer Luke im Dach des Wagenkastens ragte der Oberkörper einer Frau mit Stahlhelm und Schussweste heraus. Unter der hässlichen Kopfbedeckung quollen lange blonde Locken hervor. Das Gesicht der Frau konnte Artur nicht erkennen, denn es lag hinter einem kugelsicheren Visier. Die Schützin drehte sich, mit einer Hand auf die Luke gestützt, langsam hin und her. Kaum tauchte das Vehikel auf, sprangen auch schon vier Kerle aus einem der Mannschaftspanzer und öffneten die schweren Torflügel. Zwei andere schufen einen Durchlass im Stacheldraht. Der Kutscher nahm die Kurve, ohne das Tempo im Geringsten zu drosseln. Das Hufgeklapper dröhnte durch den ganzen Innenhof. Artur fiel ein Zeichentrickfilm von einer kleinen Ameise ein, die alles daransetzte, um wieder zu ihrem heimatlichen Ameisenhaufen zurückzugelangen.

Mittlerweile stand über dem gelangweilten Engel auf der Alexandersäule die bleiche Sichel des Mondes. Der hungrige Wind pfiff durch die menschenleere Stadt, weit in der Ferne, kaum noch hörbar, fielen ein paar Schüsse, wieherte ein Pferd. Dann schlug gleichmäßig eine Glocke, insgesamt zehnmal. Ein Mann mit einer Fackel lief den Rand des Platzes ab, um Feuer in Eisenfässern anzuzünden. Die Flammenzungen beleckten heulend die kühle Luft der hereinbrechenden Weißen Nacht. Im Hof schnaubten Pferde, es roch nach Stroh und gebratenem Fleisch.

»Artur!«, riss Daljar ihn aus seinen Beobachtungen. »Pap Rubens will dich sprechen.«

Der Posten schnippte seine Kippe nach draußen und schlug die Tür zu. Obwohl er keine Schusswaffe trug, spannte sich über seine Brust ein Patronengürtel – in dem allerdings statt Patronen schmale Wurfmesser steckten. Und zwar mindestens ein Dutzend. An einem prachtvollen Schultergehänge baumelte ein Kosakensäbel. Aber nicht diese stählerne bläuliche Klinge jagte Kowal den größten Schrecken ein. O nein, das war etwas anderes. Weiter hinten in der Eingangshalle schlummerte auf einer eleganten orientalischen Ottomane voller Goldquasten, im Schlaf den alten Brokat mit den Krallen zerfetzend, ein Geschöpf, das *Tausendundeiner Nacht* entsprungen schien. Nur war das hier kein Märchen. Trotzdem hätte nicht viel gefehlt und Artur hätte sich ins Bein gekniffen.

Im Vergleich zu diesem anderthalb Meter langen Monstrum auf dem wertvollen Möbelstück nahmen sich selbst die kahlen Hunde wie Schoßhündchen aus. Von diesem Tier zu behaupten, es lümmele sich auf dem Sofa, träfe den Nagel genau neben den Kopf, besaß es doch eine wahrhaft teuflische Grazie. Kowal fiel ein, dass er einmal etwas über Albinotiger gelesen hatte. Ohne Frage handelte es sich bei dem Viech um eine Großkatze.

Am liebsten hätte man die Wange gegen das dichte weiße Fell geschmiegt und die Hände darin vergraben. Nur endeten die vier überlangen Extremitäten nicht wie bei Katzen üblich in Pfoten, sondern völlig anormal in fünffingrigen Händen. Der riesige Schädel dieses *Tigers* saß auf einem wahnsinnig langen Hals, der jedoch faltig wie der eines Mastiffs war. Zum Schlafen hatte er den Kopf auf den Rücken gelegt, ganz wie ein afrikanischer Flamingo. Die Zähne, die unter der struppig behaarten Lippe hervorragten, wiesen keine besonderen Kennzeichen auf, die hätten auch jedem anderen ausgewachsenen Tiger gehören können. Als hätte es gespürt, dass es angestarrt wurde, öffnete das Tier die Augen und streckte sich.

Sobald Artur den Blick dieser Kreatur auffing, wusste er, dass er den Palast nicht mehr auf eigenen Wunsch würde verlassen können.

7 DIE FAMILIE RUBENS

Während er Daljar nacheilte, durfte sich Kowal davon überzeugen, dass im Winterpalast heute weit mehr Menschen als damals unter den russischen Zaren lebten. Der Palast hatte sich zu einer echten Metropole gemausert, genauer gesagt, zu einem gigantischen Zigeunerlager. Fast das gesamte Erdgeschoss und der Keller waren der Wirtschaft vorbehalten: Hier gab es eine Bäckerei, eine Schmiede, eine Tischlerei, einen Pferdestall, Werkstätten für Autos und Kutschen, einen Schuster und sogar eine kleine Bierbrauerei. Produziert wurde im Übrigen nicht nur für den eigenen Bedarf: Als Artur beispielsweise an einer Glasbläserei vorbeiging, bemerkte er eine ganze Batterie erkalteter Flaschen, die in Stroh lagen, als sollten sie irgendwohin geschickt werden.

Die kostbaren Parkettböden waren fast nirgends mehr erhalten, und anstelle der Gobelins zogen sich kilometerlange Telefondrähte die Wände entlang. Installateure hatten die alten Mosaike aus den Wänden herausgeschlagen und stabile Haken angebracht, um Wasserleitungen zu verlegen. Die Geländer der Marmortreppen waren zu Brennholz verarbeitet worden. Von den Spiegeln zeugten nur noch die Rahmen, dafür hatten die Gemälde und Statuen kaum unter der Invasion der Menschen gelitten. Die meisten der teuren Kunstwerke waren vor langer Zeit, noch vor der Ära von Pap Rubens, in den Keller gebracht und dort eingeschlossen worden. Die Schmuckstücke hatten leider kein solches Glück gehabt. Sämtliche Gegenstände aus Gold und anderen Edelmetallen waren Hammer, Zange und Säge zum Opfer gefallen. Hieb- und Stichwaffen und alles, was sich als Geschirr verwenden ließ, hatten sich die Menschen geschnappt. Kurz und gut, das Museum hatte sich in ein riesiges

Wohnheim verwandelt, in dem jeder Quadratmeter dem Gott der Funktionalität gewidmet war.

Die meisten Säle im ersten Stock waren einzelnen Abteilungen vorbehalten, die Türen verschlossen. Artur meinte deshalb schon, in eine Kommunalverwaltung geraten zu sein. Daljar wies ihn auf die *Immobilienmakler* hin, die sich in einer Ecke zusammendrängten. Am begehrtesten waren die *Wohnungen* mit funktionierendem Kamin und Wasseranschluss. Man hatte erst vor ein paar Jahren angefangen, Toiletten einzubauen und Wasserleitungen zu legen, und diese Arbeiten waren immer noch in vollem Gange. Die Installateure beendeten gerade die Montage der Pumpstationen. Es fehlte jedoch an allen Ecken und Enden an Leuten, die wenigstens die einfachsten Berechnungen im Ingenieurhandwerk anzustellen vermocht hätten. Den leitenden Handwerker hatten sie laut Daljar für drei Monate aus Moskau *abgemietet*, für den stolzen Preis von vier Milchkühen und zwei Kisten mit Patronen für Pistolen. Vom eigentlichen Arbeitslohn ganz zu schweigen. Kowal wollte schon fragen, in welchen Devisen der Ingenieur sein Gehalt erhalten hatte, als sich eine höchst bizarre Prozession ankündigte.

Prompt liefen aus allen Richtungen Menschen zusammen, sowohl einzelne Personen als auch kleine Gruppen. Nach den einsamen Gassen auf der Petrograder Seite fühlte Artur sich bei diesem Gewusel endlich wieder wie ein Städter. Mit einem Mal packte Daljar ihn jedoch am Ärmel und zog ihn zur Seite. Auch ein paar Frauen vor ihnen drückten sich an die Wand. Nun kamen zwei Kraftbolzen mit Motorradhelmen die Treppe herauf. Jeder machte ihnen Platz. Der Kerl an der Spitze pfiff ununterbrochen mit einer Trillerpfeife, der Typ am Ende trug zu seiner Sicherheit einen breiten Plexiglasschild auf dem Rücken. Zwischen den beiden Bodyguards liefen sechs Kinder, die sich an den Händen hielten und neben diesen Muskelpaketen mehr oder weniger verschwanden, vier Jungen und zwei Mädchen, zwischen fünf und zehn Jahren alt. Die Gruppe trampelte durch den Gang, der Pfiff entfernte sich immer weiter, die Menge der Zuschauer löste sich auf, alle gingen wieder ihren Geschäften nach, fast als wäre überhaupt nichts geschehen. Mit einem Mal wurde Artur bewusst, dass er bisher kein Kind getroffen hatte, das allein durch den Palast tobte. Zweimal hatte er Teenager von vielleicht vierzehn Jahren gesehen, auch sie jedoch in Begleitung von Erwachsenen …

Daljar vermutete, dass im Moment gut viertausend Menschen im Palast lebten, die exakte Zahl konnte er aber nicht nennen. Artur hätte ihn am liebsten mit Fragen bombardiert, aber der Mann war und blieb ein einsilbiger Zeitgenosse. In einem Raum, an dessen vergoldeter Tür ein Schild mit der Aufschrift *Sanitätsstelle* prangte, nahm eine schwarzäugige Frau in grünem Kittel, mit Mundschutz und Gummihandschuhen Artur in Empfang. Noch ehe er sich umsehen konnte, hatte sie ihn schon freigemacht, ihm eine Spritze verpasst, ihm Mund und Ohren ziemlich grob untersucht und ihn unter die Dusche geschickt. Wasser! Mein Gott, was für ein Glück konnten doch zwei Eimer heißen Wassers bedeuten, die man sich über den Schädel goss! Mehr als diese zwei Eimer billigte man ihm allerdings nicht zu. Die Seife war schwarz und stank, aber auch dieses Surrogat schaffte es, dass seine Haut wieder ihre natürliche Farbe zurückgewann.

Kaum hatte er anschließend Pap Rubens' Büro betreten, verstand er, woher die unrussischen Familiennamen kamen. An den Wänden hingen etliche Gemälde des gleichnamigen Malers. Die Kunst Flanderns hatte zwar allerlei klobigen Möbeln etwas Platz abgeben müssen, ansonsten sah der Saal aber so aus wie immer. Pap Rubens fand ohne jede Frage Gefallen an den Frauen mit den legendären Formen. Kowal ging jedoch nicht weiter auf diese Frage ein. Hier stieß auch Louis wieder zu ihnen, der einen frischen Verband verpasst bekommen und sich umgezogen hatte. Letzteres garantiert in großer Eile, denn die von Narben übersäten Arme ragten aus einem französischen Wams des 18. Jahrhunderts heraus.

Zwei Bodyguards mit Kalaschnikows verlangten von Artur, sich auszuziehen und seinen Rucksack zu öffnen. Die Pistole und die Eisenstangen musste er ihnen zur vertrauensvollen Aufbewahrung überlassen. Da es in diesem Raum von Menschen wimmelte, wusste Artur nicht auf Anhieb, wem er sich eigentlich vorstellten sollte. Vor einer riesigen, mit farbigen Markierungen versehenen Karte Petersburgs standen zwei alte Männer, die Militäruniformen, aber keine Rangabzeichen trugen, und wild mit der Kreide in ihren Händen fuchtelten. Eine Frau in einem Ledermantel fütterte ein paar Wolfsjungen in einem Käfig. Sie hockte mit einer Schale Fleisch auf den Schenkeln vor dem Gitter, drehte sich aber um, sobald es laut im Raum wurde. Kowal blickte in erstaunte braune Auge, sah eine leichte Stupsnase und rußbeschmierte rosige Wangen. Obwohl sie ihre Locken unter eine Mütze geschoben hatte, erkannte Artur in ihr sofort die Schützin aus der Kutsche wieder. Er nickte ihr so freundlich wie möglich zu, erntete im Gegenzug aber kein Lächeln. Die Frau wandte sich wieder den jungen Wölfen zu, die vor Ungeduld bereits jaulten.

An einem herrschaftlichen Schreibtisch voller Papiere saßen vier Männer und unterhielten sich. Artur schoss der Gedanke durch den Kopf, dass an diesem Eichenungetüm noch die russischen Zaren selbst gesessen haben könnten. Welche *Bescheidenheit* die heutigen Herrscher im Winterpalast doch an den Tag legten ... Kowal fasste einen dicken Herrn mit gewaltigem Schnurrbart näher ins Auge – doch bei Pap Rubens handelte es sich dann um einen ganz anderen: Es war ein hagerer, sehniger Alter mit einer Zigarre im Mund. Er brachte das Kunststück fertig, an zwei Apparaten gleichzeitig zu telefonieren. Kaum bemerkte er jedoch Artur, beendete er die Gespräche und winkte ihn mit einer Geste heran.

»Ich bin ganz Ohr«, schenkte er Artur seine ungeteilte Aufmerksamkeit.

Die nächsten zwanzig Minuten unterbrach ihn niemand.

Zweimal ging Pap Rubens die Zigarre aus, zweimal beugte er sich über ein glühendes Kohlebecken, aus dem Räucherstäbchen herausstaken. Die Frau in dem Ledermantel zündete einen alten Primuskocher an und stellte einen einfachen Dreiliter-Kessel darauf, der mit dem Monogramm und der Krone des Zaren bemalt war. Mehrmals schrillten die Telefone, hintereinander, aber auch gleichzeitig. Dann nahm entweder ein dunkelhäutiger dicker Kerl mit Schnurrbart ab, der einen Kaschmirpulli trug, oder sein Nachbar, ein finster dreinblickender Mann mit schwarzem Haar, der wie ein Kaukasier aussah. Dass irgendwann eine weitere Frau das Büro betrat, bekam Kowal erst nach einer Weile mit. Sie war groß und üppig, eine russische Schönheit, wie sie im Buche steht. Selbst eine Narbe auf ihrer Wange schmälerte den Gesamteindruck nicht. Einer der Männer schob ihr einen Ledersessel hin, doch Mam Rubens – denn um sie handelte es sich – ging leise zu einem Kartentisch und stellte eine Tasse aus deutschem Porzellan, ein Schälchen mit Marmelade und eine Silberschale mit Löwenfüßen voller Nüsse und Trockenfrüchte ab.

Im Laufe seines Vortrags begriff Artur, dass Pap Rubens seine Stellung mit gutem Grund innehatte. Seine Augen bohrten sich wie Stilette in ihn. Auf dem hageren Gesicht mit den hohen Wangenknochen spiegelte sich nicht eine Regung wider. Als Artur seinen Bericht völlig ausgelaugt zum Abschluss gebracht hatte, herrschte Totenstille im Büro, nur die Wolfsjungen rumorten in ihrem Käfig und der Kessel pfiff. Alle warteten darauf, dass Pap Rubens das Schweigen brach.

»Wo hast du noch mal diesen Toten gefunden?«, fragte er schließlich.

Einer der beiden Alten im Feldrock suchte die Adresse auf der Karte, sobald Artur sie genannt hatte. »Das ist nicht das Gebiet des Bürgermeisters, Pap. Der Bezirk links vom Kamennoostrowski untersteht den Leuten von Mam Kate.«

»Diese Idioten!«, zischte der Kaukasier. »Legt Mam Kate es auf einen Krieg mit dem Bürgermeister an?«

»Das war ein Mann des Gouverneurs!«, sagte Pap Rubens und nickte in Richtung des offenen Isobehältnisses mit den Fläschchen. »Was das heißt, wissen wir. Oder siehst du das anders, Sappeur?«

Bei dem Sappeur handelte es sich um einen großen mageren Mann, der einen Seidenkittel trug und dem Schauspieler und Regisseur Wladimir Bassow verdammt ähnlich sah.

»Wenn das wirklich irgendein Extrakt ist, heißt das, der Gouverneur hat sich erneut mit den Zauberern eingelassen.«

»Aber wie kommt es dann, dass sich dieses Fläschchen immer noch bei dem Jungen befand?«, fragte der Mann mit Schnurrbart. »Was ist da schiefgelaufen?«

»Vielleicht wurde der Kerl ja zufällig umgebracht? Von den Wilden, meine ich.«

»Nur kennt Mam Kate keine Gnade, wenn es um Mörder geht. Deshalb hätten es die Wilden nie gewagt, in ihrem Bezirk …«

»Ich meine die gelben Wilden.«

Kowal drehte ständig den Kopf hin und her und versuchte krampfhaft, den Sinn dieses Wortwechsels zu erfassen.

»Wer hat denn bei euch mehr zu sagen, der Bürgermeister oder der Gouverneur?«, fragte er schließlich Louis, der bisher – genau wie Daljar – kein Wort gesagt, sondern nur höflich dem Gespräch der Alten gelauscht hatte.

»Der Gouverneur hat mehr Soldaten«, antwortete Pap Rubens an Louis' Stelle. »Aber der Bürgermeister kontrolliert das Elektrizitätswerk und steht auf gutem Fuß mit der Kommune der Erdölarbeiter. Wir müssen also dringend herausfinden, was es mit diesem Toten und seinem Fläschchen auf sich hat.« Dann wechselte er das Thema. »Du bist Ingenieur, richtig? Kannst du schweißen?«

»Ja. Obwohl ich es schon lange nicht mehr gemacht habe …«

»Was ist mit Elektromotoren?«

»Im Prinzip …«

»Verstehst du was von Wicklungen?«

»Ich glaube schon.«

»Hast du den Leuten von der Metro nicht gesagt, du könntest das?«

»Schon …«

»Im Übrigen hält dich hier niemand gegen deinen Willen fest. Du kannst dir jederzeit einen anderen Schlafplatz suchen. Du brauchst auch nicht gleich heute Nacht eine Entscheidung zu treffen, ob du dich uns für immer anschließt oder nicht. Bleib erst einmal eine Woche bei uns und sieh dir alles an. Denn das hier …« Pap Rubens drehte das Fläschchen mit der gelben Flüssigkeit in der Hand. »Das ist der beste Beweis dafür, dass du nicht lügst. Eines dieser Fläschchen mit Anti-Bullterrier-Extrakt kostet mehr als einen Monat Arbeit jedes x-beliebigen Ingenieurs. Keine dieser Bestien tut dir etwas an, solange du diesen Extrakt besitzt. Du bist ein lausiger Soldat, aber trotzdem hast du unseren Männern geholfen. Sie verdienen eine Strafe. Sie wollten von den Cowboys Heilkräuter kaufen und hatten nicht genug Patronen dabei …«

Daljar und Louis sahen beschämt zu Boden.

»Was, wenn die Zauberer ihm das Zeug gegeben haben?!«, mischte sich nun Mam Rubens ein.

Als Artur ihre tiefe melodische Stimme hörte, wurde ihm sofort klar, dass er diese Frau wahrscheinlich mehr zu fürchten hatte als ihren Mann.

»Die Zauberer würden nie die Vereinbarung mit dem Gouverneur brechen«, gab Sappeur mit leiser Stimme zu bedenken.

»Ich möchte gern hierbleiben!«, erklärte Artur nachdrücklich. »Und ich habe ganz bestimmt keinen Zauberer getroffen!«

»Und was verlangst du?«, fragte Pap Rubens und durchbohrte ihn erneut mit seinem starren Blick. »Wir sind keine Wilden, nenn uns also ruhig deinen Preis. Wie viel willst du für den Extrakt, die Reagenzgläser und die Pistole haben?«

»Nichts!«, erwiderte Artur wütend. »Ich habe keine Ahnung, wie lange ich eigentlich geschlafen habe. Ich weiß nicht, welches

Jahr wir haben. Mir ist erst vor Kurzem wieder eingefallen, wer meine Eltern und meine Frau …«

»Deine Frau?!«, riefen die Alten an der Karte im Chor.

»Deine Frau?!«, echote Mam Rubens.

»Ja, in gewisser Weise schon … Wir waren nicht verheiratet, sie war also nicht meine gesetzliche Ehefrau.« Ihm wurde zu spät klar, dass er schon wieder eine Dummheit von sich gegeben hatte.

Daljar hüstelte und hob die Hand, als sei er ein Schüler. »Darf ich noch etwas sagen, Pap? Ich habe vorhin vergessen zu erwähnen, dass er zwei Sprachen liest und gesagt hat, dass seine Frau zweimal von ihm schwanger war.«

Jetzt breitete sich im Büro nicht nur Stille aus, sondern eine ungläubige, stumme Verblüffung.

»Er behauptet, er könne Vater werden?«

»Was soll denn daran so erstaunlich sein?«, fragte Artur.

»Das testen wir!«, flüsterte Mam Rubens. Trotzdem hörten es alle. Sie schielte zu der blonden Frau mit der Schirmmütze hinüber. Die saß inzwischen auf dem breiten Fensterbrett und lächelte wissend, als sie den Blick von Mam Rubens auffing. »Das testen wir! Mischa, wenn dieser Fremde nicht lügt, dürfen wir ihn auf keinen Fall laufen lassen.«

»Aber ich will doch gar nicht von hier weg!«, versicherte Artur nun schon erleichterter.

»Als ich noch ein kleiner Junge war …«, sagte Pap Rubens und zündete sich zum wiederholten Male die Zigarre an. Weder Artur noch den anderen im Raum hatte er bisher etwas zum Rauchen angeboten. »… was inzwischen ein halbes Jahrhundert her ist … Jedenfalls habe ich da eine Geschichte gehört, dass es im Kaukasus noch ganze Dörfer gibt, in denen fast jeder Mann gesunde Kinder zeugen kann …«

»Und wann genau war das?«, hakte Kowal gierig nach, doch Pap Rubens hörte ihn nicht – oder tat so, als würde er ihn nicht hören.

»Machen wir es also so, Artur«, sagte Pap Rubens. »Morgen bricht eine große Karawane nach Moskau auf, deshalb können wir uns jetzt nicht um dich kümmern. Aber wenn du willst, kannst du dich uns anschließen. Einverstanden?«

Artur nickte.

»Gut. In dem Fall einigen wir uns auf folgende Punkte. Erstens: Sobald die Karawane aufgebrochen ist, begleitest du meine Leute in dein Institut, und wir holen uns von da alle Windräder. Komisch, dass Mam Kate die übersehen hat ...«

»Sie sind nicht einfach zu entdecken, denn sie ...«, warf Kowal ein. Sofort verpasste Louis ihm einen Tritt, damit er den Mund hielt.

»Zweitens!«, fuhr Pap Rubens ungerührt fort. »Ich wiederhole es noch einmal: Wir sind keine Wilden. Das bedeutet, dass bei uns alle arbeiten. Eine Woche lang darfst du dich ausruhen, der Anti-Bullterrier-Extrakt ist das wert. Danach gehst du zu Sappeur, er ist für die Betriebe verantwortlich und teilt die Arbeitstage ein. Du leistest einen Eid. Solltest du uns danach klammheimlich verlassen, finden wir dich und töten dich. Und das Letzte: Einen Fall wie deinen hatten wir noch nie, ja wir haben sogar noch nie von einer solchen Geschichte gehört. Wenn du Vater werden kannst, steigt dein Wert um ein Vielfaches. Sag also niemandem ein Wort davon, wenn du nicht willst, dass man dich entführt. Daljar, nimm ihn mit zu dir. Ihr beide, Louis und du, seid mir für sein Leben verantwortlich, schließlich hat er auch euer Leben gerettet.«

»Zu Befehl, Pap!«

»Den anderen tischen wir irgendein Märchen auf. Zum Beispiel, dass er mit der Karawane der Cowboys aus Riga gekommen ist. Das kann niemand überprüfen, denn die Cowboys heuern in der Stadt keine Wache an. Habe ich mich klar und deutlich ausgedrückt?« Michail ließ seinen stählernen Blick von einem Anwesenden zum nächsten wandern. Eine Streitaxt hätte keine beeindruckendere Wirkung haben können. Artur stellten sich die Nackenhaare auf. »Ich habe gefragt, ob alle verstanden haben, dass Artur mit den Cowboys aus Riga gekommen ist?«

»Alles klar, Pap …«

»Selbstverständlich …«

»Hervorragend!«, erklärte Pap Rubens im leutseligsten Ton der Welt. »Lidia, schenk uns Tee ein!« Dann wandte er sich wieder an Artur. »Die nächsten Tage bin ich rund um die Uhr beschäftigt, da werden wir keine Zeit finden, uns zu unterhalten. Nutz also diese Gelegenheit und frag mich alles, was du wissen willst. Denn ich sehe dir an der Nasenspitze an, dass du dich in unserer Gesellschaft noch etwas befangen fühlst …«

»Nein, bestimmt nicht. Es ist nur, dass …«

»Ich bin Charly!«, mischte sich jetzt der Dicke ein und streckte ihm die Hand hin. »Ich bin der Vorsitzende der Handelskammer von Piter und leite hier in der Eremitage die Kaufmännische Abteilung. Wenn du was kaufen willst, wende dich besser immer erst an mich.«

»Charly ist über alle Geschäfte im Bilde, die zwischen Finnland und dem Kaukasus abgewickelt werden!«, bemerkte Lidia lachend, während sie Artur den Teesud eingoss. »Er kennt die Preise für die Waren schon, ehe sie überhaupt in den Handel kommen. Und das ist Ruslan«, stellte sie den schwarzhaarigen Kaukasier vor. »Unser Verteidigungsminister.«

»Freut mich, dich kennenzulernen«, erklärte Ruslan. Sein Händedruck ließ Artur an eine stählerne Zange denken. »Bevor du auch nur einen Fuß vor die Tür des Palasts setzt, wirst du eine Woche auf dem Übungsplatz zubringen. Daljar begleitet dich dorthin. Wenn du hier überleben willst, musst du Messer werfen können.«

Auch die beiden Alten hatten jetzt ihre Karte verlassen und sich zu ihnen gesellt. Sie sahen einander so ähnlich, dass sie eigentlich nur Brüder sein konnten. Und in der Tat stellten sie sich als solche heraus. Lew kümmerte sich um die Ausbildung der Kinder, brachte aussichtslosen Fällen wie Louis das Lesen bei, sorgte dafür, dass Abschriften von Büchern erstellt wurden, und war für den Bibliotheksaustausch mit anderen Kommunen inner- und außerhalb Petersburgs verantwortlich. Arkadi beaufsichtigte das Bauwesen und kam gegenwärtig den Pflichten eines leitenden Ingenieurs nach, obwohl er einräumte, dass seine Kenntnisse dafür im Grunde nicht ausreichten. Ebendeshalb hatte Charly Rokotow mit Einverständnis von Pap Rubens auch einen erfahrenen Installateur aus Moskau anfordern müssen. Dafür besaß Arkadi ein untrügliches Gespür für alle Werkzeuge und Geräte, die der Kommune von Nutzen sein konnten. Auf Arkadi ging wohl auch der Vorschlag zurück – jedenfalls hatte Artur es so verstanden –, sich in leer stehenden Häusern nach Materialien für den Bau eines Kesselraums umzusehen. Denn mit einem solchen könnten die Museumsleute das Gebäude des Generalstabs beheizen, um noch vor Wintereinbuch einen Teil der Menschen dort einzuquartieren. Louis hatte ihm noch auf der Draisine erzählt, die Bevölkerung im Palast würde aus den verschiedensten Gründen um zehn Menschen pro Monat anwachsen. Mal schloss sich ihnen jemand von den Cowboys an, also ein gewöhnlicher Bauer, mal heuerten sie jemanden für eine gewisse Zeit aus einer anderen Kommune an, mal wechselte jemand für immer zu ihnen über, verführt durch die besseren Lebensbedingungen. Lew betrachtete dieses Bevölkerungswachstum durchaus kritisch, konnte diesbezüglich doch niemand genaue Prognosen abgeben. Artur zuckte zunächst innerlich zusammen, als er von dieser sanften Art des Sklavenhandels erfuhr, fand sich aber schon bald damit ab. Händler wie Charly sahen sich offenbar im Namen ihrer Kommune regelmäßig auf dem *Stellenbasar* um. Für einen Spezialisten war ein Preis von hundert Reitpferden oder zwanzig Fuhren Kartoffeln durchaus im Rahmen des Üblichen.

All diese Personen waren Mitglieder des sogenannten Rats, dem auch Mam Rona angehörte, jene schwarzäugige Frau in mittleren Jahren in dem grünen Kittel, die ihm vorhin Blut abgenommen hatte. Sie kam nun für einige Minuten herein, gratulierte Artur vor versammelter Mannschaft zum erfreulichen Ergebnis des Express-Tests und verschwand sofort wieder, da sie sich, wie sie sagte, noch um schwerkranke Patienten zu kümmern habe. Nach ihrem Abgang raunte jemand Artur zu, derart gut ausgebildete Ärzte wie Mam Rona seien eine absolute Seltenheit. Jedes Mal, wenn eine andere Kommune sie für eine gewisse Zeit – und die entsprechende Gebühr – ausleihe, gebe Pap Rubens ihr vier Leibwächter mit. Für eine Woche Arbeit im Krankenhaus oder die Ausbildung des Personals müssten Interessenten ihnen entweder fünf Kisten der raren Patronen, eine Tonne Schaffelle oder Hundert Paar erstklassiger Kunstlederstiefel liefern. Teurer als Ärzte waren laut Charly nur Mütter.

Hier im Palast bereiteten Mam Rona übrigens nicht die gewöhnlichen Kranken, die an einem Biss von einem Raubtier oder an Fieber litten, die schlimmsten Kopfschmerzen. Nein, das größte Problem stellte der Kindergarten dar. Allmählich begriff Artur auch, warum vorhin alle den Bodyguards Platz gemacht hatten, als diese die Kinder zur Sanitätsstelle gebracht hatten, damit sie dort geimpft würden. Der Kindergarten lag in dem Palastteil, der am besten bewacht wurde. Bereits lange bevor Pap Rubens zum Oberhaupt dieser Kommune geworden war, hatte man die Fenster zu den Hängenden Gärten der Kleinen Eremitage vernagelt, damit der Nachwuchs dort ohne Gefahr an der frischen Luft spazieren gehen konnte. Der Kindergarten umfasste sowohl eine Krippe als auch die Schule, an der Lew unterrichtete, und zwar alle, vom Kleinkind bis zum Zwölfjährigen. In diesem Alter durften die Kinder dann wieder bei ihren Eltern leben und zusammen mit den Erwachsenen erstmals den Palast verlassen. Keines der Mitglieder des Rats wusste noch, wann und von wem diese Regelung eingeführt worden war, aber alle stimmten darin überein, dass diese Isolierung nur zum Besten der Kinder war. In den Kommunen, in denen sie nicht derart strikt bewacht wurden, war die Sterbequote weitaus höher.

Ganz zum Schluss wurde Artur auch die mürrische MG-Schützin mit der Schirmmütze vorgestellt. Sie hieß Arina und war die dritte Tochter von Lidia und die Stieftochter von Pap Rubens. Die junge Frau hielt es auch jetzt nicht für nötig, sich zu ihnen zu gesellen, im Gegenteil, sie rief ihre Mutter zu sich ans Fenster und lieferte sich einen Wortwechsel im Flüsterton mit ihr, an dessen Ende sie noch grimmiger dreinblickte. Trotzdem verließ sie das Büro nicht, sondern blieb bis zum Ende des Teetrinkens. Anfangs hatte Artur geglaubt, Arina sei nur aufgrund der Stellung ihres Stiefvaters anwesend, gehöre aber dem Rat nicht an. Doch dem war nicht so. Wenn jemand nur aus purer Höflichkeit zu dieser Runde hinzugebeten worden war, dann Daljar und Louis, die im Übrigen versuchten, die Möbel noch an Lautlosigkeit zu überbieten.

Arina war mit ihren vierundzwanzig Jahren bereits für den Geleitschutz der Karawanen verantwortlich. Deshalb wäre es nur logisch gewesen anzunehmen, sie unterstünde dem Verteidigungsminister Ruslan, tatsächlich war die Hierarchie aber etwas subtiler. Arina verfügte über äußerst seltene Fähigkeiten, die es ihr erlaubten, Gefahren zu spüren. Deshalb begleitete sie seit zwölf Jahren die Karawanen und hatte dabei schon Aberhunderten von Menschen das Leben gerettet. Von den Waren ganz zu schweigen. Denn für den Handel brauchte es etwas mehr als die kommerzielle Durchtriebenheit Charlys. Die Position als Chefin des Begleitschutzes stellte Arina wiederum auf eine Stufe mit den Mitgliedern des Rats.

Pap Rubens signalisierte Artur jedoch unmissverständlich, dass er sich über Arina nicht weiter auslassen wolle. Artur zog es daraufhin vor, seine Neugier zu zügeln, denn da Pap Rubens auf einer Bestrafung von Daljar und Louis bestand – und das, obwohl die beiden ihn mit in die Eremitage gebracht hatten –, schien es mit der Demokratie hier nicht gerade weit her zu sein.

Die beiden bekamen jedenfalls je fünf Tage »Feuerholzbeschaffung« aufgebrummt.

Während des Gesprächs hatte Kowal mehrmals die Möglichkeit, sich vom Organisationstalent und dem eisernen Willen Michail Rubens' zu überzeugen. Etwa zehnmal klopfte es an der Tür, Menschen kamen herein und hatten verschiedene Mitteilungen oder Bitten. Pap Rubens entschied alle Fragen im Handumdrehen, rief jemanden an oder schickte einen Kurier. Meist verwies er die Leute mit ihren Problemen jedoch kurzerhand an seine Untergebenen. Ein Wort des Widerspruchs hörte er nie, dazu stierte er sein Gegenüber zu durchdringend an, schwieg er allzu beredt in den Telefonhörer.

Nachdem Ruslan seinen Tee ausgetrunken hatte, verließ er als Erster den Raum, um die Wachtposten zu überprüfen. Als Nächstes verabschiedeten sich Charly und Sappeur, die alles für den Aufbruch der Karawane vorbereiten mussten. Kowal wollte das Büro zusammen mit Daljar und Louis verlassen, aber Pap Rubens hielt ihn mit einer Handbewegung zurück. Schließlich waren nur noch die Familie Rubens und der Bildungsminister anwesend.

Zur Familie gehörten neben den Eltern und Arina noch drei weitere Töchter und zwei Söhne. Von allen Kindern war jedoch nur die jüngste Tochter fortpflanzungsfähig. Sie hatte den Rubens schon drei Enkelkinder beschert, das erste bereits, als sie selbst gerade einmal siebzehn Jahre alt war. Lidias früherer Mann, der Vater von Arina, war gestorben, als diese ein Jahr alt gewesen war. Michail Rubens hatte Lidia dreimal hintereinander in einem ehrlichen Wettkampf gewonnen und damit das Recht erworben, mit ihr in einer dauerhaften Partnerschaft zu leben. Dabei erklärte er Artur seelenruhig, dass Lidia in ihrer Ehe zwei Kinder von anderen Männern zur Welt gebracht habe. Diese seien vertragsgemäß zu ihren Vätern entsandt worden: ein Sohn nach Moskau und eine Tochter nach Helsinki. Für jedes dieser außerehelichen Kinder habe Mam Rubens eine stattliche Abfindung erhalten, sodass sie heute eine wohlhabende Frau sei. Die Finnen hätten ihnen eine Herde von zweihundert Tieren geschickt, die reichen Moskauer Metroleute fünfhundert Tabletten Antibiotika, einer der pharmazeutischen Betriebe dort habe nämlich die Produktion wieder aufnehmen können. Aber selbstverständlich seien nur wirklich reiche Kommunen zu solch großzügigen Zahlungen imstande.

Mam Rubens hatte wegen dieser außerehelichen Kinder ebenfalls kein schlechtes Gewissen, dazu war die Gebärfähigkeit eine viel zu seltene Gabe. Artur meinte zunächst, Michail habe sich um Lidia dreimal im buchstäblichen Sinne geschlagen, doch da irrte er sich mal wieder. So gehe das nur bei den Wilden zu, beteuerte Lew, deshalb würden die selbst in Jahrzehnten keine funktionierenden Kommunen aufbauen. Bei denen bekäme tatsächlich der kräftigste Mann eine gebärfähige Frau. Wenn der Glück hatte, konnte er selbst gar nicht Vater werden. Sobald er nämlich gezeugt hätte, würde ihn ganz bestimmt jemand hinterrücks abstechen. Damit gingen der Gemeinschaft zukünftige Kinder verloren, von denen es jedoch ohnehin nur wenig gäbe. Nein, in einer zivilisierten Gemeinschaft sei alles völlig anders geregelt. Einer gebärfähigen Frau – und das seien etwa zehn Prozent aller Frauen – stehe es nicht zu, frei zu entscheiden, wie sie lebe. Sie dürfe auf keinen Fall allein bleiben, könne sich dafür aber gleich drei Männer zulegen, das sei ihr gutes Recht, solange es sich bei ihnen um Väter handle. Sämtliche Petersburger Kommunen kümmerten sich in vorbildlicher Weise um solche Frauen. Das Einzige, was im Gegenzug von ihnen verlangt werde, sei, so viele Kinder wie möglich auf die Welt zu bringen, vorzugsweise von unterschiedlichen Männern. Zeugungsfähige Männer gebe es jedoch in noch geringerem Maße als gebärfähige Frauen. Schuld an dieser Misere seien die letzten Impfstoffe, die während der schlimmsten Phase der Seuche eingesetzt worden seien.

Michail habe sich also keineswegs um Lidia geschlagen, vielmehr sei es so gewesen, dass die wenigen Konkurrenten von auswärts der Braut zwar ein stattliches Vermögen geboten, das strenge Auswahlverfahren jedoch nicht überstanden hätten. Denn einer habe mit Drogen experimentiert, ein anderer klare Merkmale einer Mutation gezeigt, ein Dritter sei unheilbar krank gewesen. An dieser Stelle der Erzählung fiel es Artur wie Schuppen von den Augen: Nicht die Braut traf die Wahl, sondern eine unabhängige Kommission, der Rat der Ärzte. Für das Auswahlverfahren kamen aus der ganzen Stadt Mediziner wie Mam Rona zusammen, um einvernehmlich ihre Entscheidung zu treffen. Selbstverständlich vermochte der Rat längst nicht so präzise Diagnosen zu erstellen wie vor dem Massensterben. Immerhin gehörten ihm aber auch Menschen wie Arina an, die spürten, wenn sich der Embryo nicht normal entwickeln würde. In solchen Fällen ließ der Rat der Ärzte es nicht zu, dass eine Mutter zwei oder drei Jahre ihres Lebens für die Austragung eines kranken Kindes vergeudete. Für Lidia hatte der Rat beispielsweise erst nach zwölf Jahren zwei weitere gesunde Männer gefunden, denen sie dann Kinder gebar.

Nun begriff Kowal auch, warum alle so aufgeregt reagiert hatten, als sie von seiner Zeugungsfähigkeit erfahren hatten. Einen gesunden Vater konnte man natürlich entführen, einfacher wäre es jedoch, ihn gegen eine Gebühr vorübergehend auszuleihen. Und die Mütter wurden wie der eigene Augapfel gehütet. Auf die eintausendzweihundert Frauen in der Eremitage kamen im Moment achtundvierzig gebärfähige. Vier von ihnen – vier zukünftige Mütter – sollten morgen mit der Karawane nach Moskau aufbrechen und dort verkauft werden. Sie kosteten mehr als alle anderen Waren zusammen.

Artur brauchte eine ganze Weile, um all diese Informationen zu verdauen.

»Und dieses Tier im Erdgeschoss?«, er stellte die Frage, die ihn nach wie vor beschäftigte.

»Das Tier ist ein Geschenk aus dem Ural«, antwortete Michail mit einem Lächeln. »Wir haben mehrere Exemplare davon. Kein Wunder, dass es dir einen solchen Schrecken eingejagt hat. Tiger, Bullterrier und viele andere neue Arten sind längst nicht das Schlimmste. Die Bullterrier zum Beispiel sind bei uns entstanden, an der Ostseeküste. Mein Vater hat mir erzählt, dass er sie als junger Mann quasi noch an einer Hand abzählen konnte. Deshalb brauchen wir auch dringend jemanden, der etwas von Sanitärtechnik versteht, um die Wassergewinnung ...«

»Ich habe in alten Zeitungen gelesen«, mischte sich Lew ein, der sich seinen spärlichen Bart kratzte, »dass bei Kriegen in der Vergangenheit ungeheure Mengen schädlicher Chemikalien in die Ostsee geleitet worden seien. Außerdem sollen im Jahr des Großen Todes die Kläranlagen ausgefallen sein. Zehn Jahre später sind dann die Wälder im Süden gestorben, dort, wo das verlassene Atomkraftwerk liegt. Von dem verseuchten Wasser haben Vögel, Hunde und andere Tiere getrunken, ja sie trinken es sogar immer noch. Du darfst also von Glück sagen, dass du keinem Fleder oder Sumpfluchs begegnet bist. Die zeigen sich zwar nur selten in den Straßen und halten sich tagsüber meist in Kellern auf, aber ... Unser Tiger ist alles in allem eine recht friedfertige Kreatur, zumindest im Vergleich zu den Biestern am ...«

»Und im Vergleich zu den Menschen, Lew!«, unterbrach ihn Pap Rubens. »Du musst wissen, Artur, dass Lew der gebildetste Mann in unserer Museumskommune ist. Erst vor Kurzem hat er eine Theorie formuliert, die, wenn du mich fragst, nicht von der Hand zu weisen ist.«

»Dafür hat er die gesamte Öffentliche Bibliothek hierher geschleppt. Nicht einmal die Kommune der Kirchenleute besitzt so viele Bücher«, ergänzte Lidia, während sie ihrem Mann noch Tee nachschenkte. »Und diese Theorie hat in der Tat eine Menge für sich, anders lässt sich all dieser Wahnsinn nicht erklären. Erzähl Artur davon, Lew!«

Dieser lief vor Verlegenheit sogar rot an, auch wenn unverkennbar war, dass ihm das Lob der beiden Rubens schmeichelte.

»Die Idee an sich ist keineswegs neu, vermag aber Licht in etliche Merkwürdigkeiten zu bringen, die wir in den letzten Jahren beobachtet haben. Ich würde annehmen, dass dir, Artur, diese Veränderungen wie furchtbare … Wunder vorkommen …«

»Ich werd dann mal!«, erklärte Pap Rubens und erhob sich. Auf der hohen Lehne seines geschnitzten Stuhls prangte ein doppelköpfiger Adler mit Zepter, über ihr hing eine schon kahl gewordene Hermelinstola. »Nimm Artur ruhig noch mit zu dir, Lew, damit ihr euch weiterunterhalten könnt. Ich muss euch jetzt verlassen.« Dann wandte er sich an Artur. »Du bist nach dem langen Schlaf doch sicher noch nicht müde, oder, mein Freund?«

»Wie lange habe ich denn nun eigentlich geschlafen?« Pap Rubens' ironische Bemerkung brachte Kowal auf den harten Boden der Tatsachen zurück: Die entscheidende Frage hatte er immer noch nicht geklärt!

Mam Rubens tätschelte ihm sanft die Schulter. Lew tat so, als suche er etwas in seiner Teetasse, Arina drehte sich den Wolfsjungen zu.

»Wir schreiben das Jahr 2127 nach Christi Geburt, mein Junge«, sagte Michail, der den Kartentisch umrundete und Artur fest in die Augen sah. »Den Kirchenleuten, die über die Zeit wachen, unterläuft kein Fehler. Du hast einhundertundzwanzig Jahre in der Kälte geschlafen!«

(8) DER NEUE RUSSISCHE TEUFEL

Trotz seiner Jahre hüpfte Lew wie ein Tennisball durch die schummrigen verwinkelten Gänge des Winterpalasts. Daljar hatte seinen Dienst als Nachtwache angetreten, Louis musste, nachdem Mam Rona sich über seine Wunden informiert hatte, noch einmal in die Sanitätsstelle. Nach dem Gespräch wollte Artur auf gar keinen Fall allein bleiben. Und da Pap Rubens schon vorgeschlagen hatte, sich diesem Büchernarren anzuschließen ... Einhundertzwanzig Jahre! Die Erkenntnis, was das bedeutete, hatte ihn wie der Blitz getroffen. Selbst wenn es nicht zu einer Katastrophe gekommen wäre, hätten sich in dieser Zeit alle, die er gekannt hatte, in Asche verwandelt. Er würde nicht einmal die Kinder oder Enkel seiner Freunde aufspüren ... Genauso wenig wie er das Grab seiner Mutter finden würde. Oder seiner Frau.

»Meiner Ansicht nach bringt uns die Idee vom *Teufel* nicht einen Schritt weiter! Was wir gegenwärtig beobachten, hat nichts mit dem aus der Mythologie bekannten Phänomen zu tun.«

»Wie bitte?«, fragte Artur und sah Lew an. Von dem langen Vortrag des Alten hatte er kaum etwas mitbekommen.

»Mit anderen Worten: Der Teufel existiert nur im Märchen. Im wahren Leben ist er noch nie jemandem begegnet ... Vorsicht, hier kommen Stufen!«

Der Bildungsminister lief mit sicherem Schritt eine Wendeltreppe hinunter. Kowal hatte bereits vergessen, wie riesig die Eremitage war. Obendrein führte Lew ihn durch Seitengänge, die gewöhnlichen Besuchern im 21. Jahrhundert nie offen gestanden hatten. Hier roch es nicht so stark nach verbranntem Holz, Qualm und Klo wie in den bewohnten Räumen.

»Meine Theorie nun ist folgende!« Es war deutlich zu spüren, dass Lew sich schon lange einmal mit jemandem über sein Konzept austauschen wollte. Die Chefs der Kommune steckten bis über beide Ohren in ihrer täglichen Arbeit und fanden deshalb nur selten Zeit, sich mit Lews Theorien zu beschäftigen. Als ob irgendeine Idee etwas ändern würde, schoss es Artur durch den Kopf. Die Menschen verwahrlosen; dieser Prozess lässt sich erst stoppen, wenn die Bevölkerung wieder auf normalem Weg wächst. »Also, bei meinem Konzept gehe ich davon aus, dass der Rückgang unserer Bevölkerung von gewissen … wie soll ich das sagen …? Nimm besser die Kerze, hier ist es stockfinster … Du bist doch ein belesener Mann, oder?! Ach, was für eine dumme Frage! Bis zum Großen Tod haben alle Menschen viel gelesen … Mit dem Großen Tod meinen wir das Jahr 2026. Doch zurück zu meiner Theorie! Die meisten aller sogenannten Wunder haben sich in unvordenklichen, ja in biblischen Zeiten zugetragen. Gerade deshalb sollten wir uns vielleicht einmal die nationalen Märchentraditionen genauer ansehen. Die russischen Magier und Hexer haben ein sorgenfreies Leben geführt, solange in der Alten Rus nicht mehr als zehn Millionen Menschen lebten. Doch lässt sich das auch für die slawischen Drachen, Kikimoras, Waldgeister und andere Teufel sagen? Ich will mich nicht auf etwas versteifen, aber das, was sich hier in den letzten zehn Jahren zugetragen hat … Bring mir bitte die Kerze! So, jetzt werde ich uns gleich ein Feuerchen anzünden …«

»Und was ist hier seit zehn Jahren im Schwange?«, fragte Artur, während er sich im Raum umsah.

Lew hatte in der Tat einen großen Teil der Öffentlichen Bibliothek zusammengetragen. An den Wänden standen Bücherregale, die Mitte des Saals war einem mannshohen Globus vorbehalten. Auf ihm schlief eine kräftige Fledermaus, die sich mit den Pfoten in ihm verkrallt hatte.

»Möglicherweise gar nichts«, antwortete Lew, während er sich vor den Marmorkamin hockte und hinter dem Ohr eines

Cupidos einen Holzspan zum Entzünden des Feuers hervorzog. »Ich meine, vielleicht hat es all das ja auch schon früher gegeben, nur ist es damals niemandem aufgefallen. Auszuschließen ist das nicht. Dennoch vermute ich, dass wir an der Schwelle einer neuen Ära stehen. Der Ära, in der ein alternativer Verstand wiederauflebt. Oder auch alternative Lebensformen ohne jeden Verstand. Nach meinem Dafürhalten bricht sich das einstige Vakuum wieder Bahn, obsiegt die Aggression der Menschheit auf diesem Planeten erneut. Dieses Vakuum nun begehrt danach, sich auszufüllen ... Verstehst du, worauf ich hinauswill? Wenn wir von der Lage hier in Petersburg ausgehen, haben nur wenige Menschen auf diesem Planeten die Katastrophe überlebt. Gegenwärtig zählen wir in Piter nicht mehr als vierzigtausend Menschen. Sie gehören sechs großen Kommunen und drei Dutzend kleinen Banden an. Einzelpersonen sind nämlich dem Untergang geweiht. Und soweit uns bekannt ist, sieht es in anderen großen Städten ähnlich aus. Wir leiden an einem Mangel an gesunden, gebärfähigen Frauen, die Jugend kann weder lesen noch schreiben, Kinder werden im Alter von zwölf Jahren zur Arbeit gezwungen. Von diesen Verhältnissen ist es nur ein kleiner Schritt zum Aberglauben ... Siehst du dieses Tier hier? Das ist ein Fleder!« Lew schnippte vor der Nase einer Fledermaus mit den Fingern.

Das Tier spannte die Flügel, hob seinen kleinen Kopf und sprang geschickt auf den Unterarm, den Lew ihm hinhielt. Wie ein Jagdfalke thronte der gansgroße nächtliche Räuber auf dem Arm. Neben den beiden kralligen Pfoten, die sich um Lews Gelenk spannten, verfügte die Fledermaus noch über eine dritte Stütze: einen nackten Rattenschwanz von einem Meter Länge, der nach wie vor um den runden Knauf oben auf dem Globus gewunden war. Die letzten zehn Zentimeter des Schwanzes steckten zum Schutz aller in einem ledernen Beutel.

»Das also ist ein Fleder. Wenn man sich ihm gegenüber respektvoll verhält, braucht man im Haus keine Nager zu fürchten. Selbst die Bullterrier haben vor diesen Tieren Angst. Doch in einigen Kommunen flammt bereits wieder Obskurantismus auf, da glauben die Menschen allen Ernstes, Fleder verfügten über magische Fähigkeiten. Was vermag ich allein schon gegen solchen Humbug auszurichten? Letzten Endes bereiten wir dem Teufel doch höchstpersönlich den Boden. Ich bin dreißig Jahre lang mit den Karawanen nach Süden, Westen und auch nach Osten gezogen. Unterwegs trifft man die seltsamsten Geschöpfe. Aber wir sind keine Wilden, zumindest noch nicht. *Wir* wissen noch genau, dass es sich bei diesen Lebewesen weder um Werwölfe noch um Vampire handelt. Vermutlich dürften die Veränderungen an ihnen auf den Großen Tod zurückgehen. *Uns* ist das klar – aber werden auch unsere Kinder das noch begreifen? Ich bin zwar nicht der Einzige, der heute noch das alte Wissen hütet, aber es an die Kleinen weiterzugeben – das wird mit jedem Tag schwieriger. In ein paar Generationen wird die Welt in Aberglauben ertrinken!«

»Ich hatte auch erst Angst vor den Bullterriern. Sie haben so was ... etwas Unheimliches.«

»Das überhaupt nicht. Ihr ganzes Geheimnis besteht darin, dass sie zu einer simplen Form von Hypnose imstande sind. Darüber hinaus ist ihr Gewebe zu Regeneration fähig, sie können unter Wasser atmen und sind teuflisch wendig. Aber gut, dass sie dir einen Schrecken eingejagt haben, ist verständlich ... Mein Gott, bis jetzt kann ich nicht glauben, dass ich mit einem Menschen spreche, der vor dem Großen Tod geboren wurde. Kannst du eigentlich zufällig Latiniza lesen?«

»Wenn es um Englisch geht, ja. Und auch ein wenig Deutsch.«

»Wunderbar! Wenn du den Ingenieursposten nicht übernimmst, werde ich Pap Rubens auf Knien darum bitten, dich als meinen Erben anzuerkennen. Englisch ... ich fasse es nicht.« Lew setzte den Vampir mit einer sanften Bewegung zurück auf den Globus. »Aber wir schweifen ab. Bis vor Kurzem bin ich davon überzeugt gewesen, sämtliche Veränderungen in der Natur seien durch schädliche Chemikalien zu erklären. Dann jedoch habe ich begriffen, dass wir es mit diesem Vakuum des Verstandes zu tun haben.«

»Und wer möchte es stopfen?« Es kam Artur vor, als würden die Schatten, die die zuckenden Flammen des Kamins warfen, irgendwie merkwürdig über die Stuckdecke tanzen. Er räusperte sich laut und verscheuchte damit diese Sinnestäuschung. »Irgendwelche Zauberer?«

»Zauberer sind lediglich Menschen, die unter dem Roten Vollmond geboren worden sind. Aber schneide das Thema lieber nicht im Palast an …« Lew zog Kowal zu sich heran, als handle es sich bei ihnen um Verschwörer. »Nehmen wir nur einmal Arina. Wäre sie nicht hier geboren worden, sondern in den Dörfern im Wald oder an einem der Seen, dann wäre aus ihr wahrlich eine große Zauberin geworden. So wie dieser Junge, Christoph, es zu werden verspricht, der sie morgen begleitet. Er ist erst dreizehn Jahre alt, aber er hört bereits das Böse. Wir haben den Kirchenleuten vier Tonnen Fleisch und vierzig Schweine für ihn gegeben. Die Kirchenleute verehren Christus, aber Christus hilft ihnen nicht … Und sie haben nicht den geringsten Geschäftssinn! Die haben uns den Jungen weit unter Preis überlassen! Obendrein sind wir den Zauberern von den Seen zuvorgekommen und haben ihnen den Kleinen vor der Nase weggeschnappt. Zauberer kommen zur Welt, wenn der Vollmond am Himmel steht und das Licht des Sonnenuntergangs ihn mit Blut tränkt. Die Zauberer durchkämmen das ganze Land auf der Suche nach Kindern, die unter dem Roten Vollmond geboren wurden. Vor zwei Jahren ist eine der Karawanen des Gouverneurs bei der verödeten Stadt Twer – hast du von ihr schon einmal gehört? – von einer Bande überfallen worden. Dahinter steckten die Zauberer. Sie haben mittlerweile gelernt, gewöhnliche Kinder umzuerziehen. Was das heißt, brauche ich wohl nicht auszuführen. Wir versuchen, die Zivilisation aufrechtzuerhalten, aber diese Hexer sind noch schlimmer als die Kirchenleute, denn sie drängen die Menschheit nicht zu Gott, der uns verlassen hat, sondern locken sie in den Wald. Komm, ich zeig dir etwas!«

Lew nahm einen schweren silbernen Kerzenhalter vom Tisch und bedeutete Kowal, ihm zu folgen. An einer Wand hingen zwei riesige Karten, eine von Petersburg, eine von Russland.

Artur sah sie sich genau an. Sie waren im Jahr 2020 herausgegeben worden. Sechs Jahre vor dem Großen Tod. Auf der Karte Petersburgs waren mit bunter Kreide Linien gezogen worden, in der Karte Russlands steckten im europäischen Teil einige kleine Fähnchen.

»Das hier ist unser Gebiet. Es reicht von der Palastbrücke den ganzen Newski runter bis zum Alexander-Newski-Kloster. An der Newa zieht es sich bis zur Robespierre-Uferstraße, im Süden bis zur Nikolaus-Marine-Kathedrale. Und das hier sind die Routen der Karawanen …«

»Einen Moment bitte! Ich habe Daljar und Louis doch auf der Petrograder Seite getroffen!«

»Mam Kate garantiert uns Sicherheit. Weil wir ihre Leute medizinisch behandeln. Wir haben nämlich ein hervorragendes Labor und das beste Krankenhaus in der ganzen Stadt. Darüber hinaus kriegen wir von ihnen Papier und Stoff, außerdem stellen sie uns Soldaten für die Karawanen als Geleitschutz zur Verfügung. Mam Kate kontrolliert den Weg nach Norden, hoch bis nach Finnland.«

»Wieso sind dann Einschusslöcher in den Palastmauern?«

»Keine Sorge, die Kämpfe in der Stadt sind seit Langem vorbei. Wenn jetzt noch einmal eine kleine Bande einen Mord begeht, schließen sich alle gegen diese Schurken zusammen. Sie werden vernichtet wie tollwütige Wölfe.«

»Oder wie Bullterrier?«

»O nein, das bestimmt nicht. Die Bullterrier zu töten wäre dumm, schließlich halten sie uns die Ratten vom Leib.«

»Wozu sind dann die Kanonen, der Stacheldraht und die Wachtposten da? Welche Gefahr droht dem Palast denn?«

In den tanzenden Flammen der Kerzen glich Lews traurige Miene dem faltigen Gesicht eines Waldschrats. Schweigend betrachtete er die Zimmerdecke, seufzte schließlich schwer und antwortete: »Das wollte ich dir sowieso noch erzählen. Es hängt mit einem Aberglauben zusammen, der vielleicht nicht nur Aberglauben ist. Vor zwei Monaten sind unsere Brieftauben nicht aus Gattschina zurückgekehrt. In der ehemaligen Zarenresidenz lebt heute eine große Cowboy-Kommune. Du musst wissen, es gilt als schweres Verbrechen, den Cowboys Schaden zuzufügen, denn sie züchten Vieh und backen Brot.«

Lew atmete tief durch. Er fingerte ein Stück Dörrfleisch aus der Tasche und schnippte es dem Fleder zu. Der Vampir, der eben noch in tiefen Schlaf versunken schien, reckte den Hals vor und fing es mühelos auf.

»Und was ist mit den Cowboys geschehen?« Kowal leckte sich die Lippen. Nach all diesen Geschichten gruselte es ihn ohnehin bei dem Gedanken, nachher allein durch die dunklen, unheimlichen Gänge des Winterpalasts zurückzustapfen und Daljars Zimmer zu suchen.

»Etwas, das für uns nach wie vor ein Rätsel darstellt. Die Kühe und die Schweine sind von heute auf morgen tollwütig geworden, selbst das Federvieh musste getötet werden. Viele Menschen sind erkrankt … Man muss das mit eigenen Augen gesehen haben, denn es ist schwer zu beschreiben. Du wirst mir nicht glauben, was ich dir jetzt erzähle, doch es gibt Wesen, die können Pflanzen beeinflussen. Niemand würde sich je an den Cowboys vergreifen, denn sie wissen sich zu verteidigen. Selbst die kleinen Banden stellen ihnen Arbeitskräfte zur Verfügung. Doch es machen Gerüchte die Runde, dass Wipper in der Nähe der Stadt gesehen wurden. Wipper – das sind Menschen, die die Erde zum Wippen bringen können.« Lew senkte die Stimme: »Vor einem Monat hat die Duma getagt. An dieser

Sitzung haben sogar die Zauberer von den Seen teilgenommen, die die Duma früher immer ignoriert haben. Aber nachdem die Wipper die Stadt Wologda dem Erdboden gleichgemacht haben …«

»Bitte?!«

»Oh … die Stadt war völlig verlassen. Aber die Karawanen aus dem Osten haben auf ihrem Weg zur Nordsee stets dort haltgemacht. Vor fünf Wochen ist Wologda jedoch geradezu vom Wald verschluckt worden. Die Wipper sind zu solchen *Kapriolen* durchaus fähig. Wir haben freilich immer angenommen, sie würden ihren Schabernack nur hinter dem Ural treiben. Viele Menschen glauben gar, bei ihnen handle es sich lediglich um eine Legende …«

»Aber wie können sie eine ganze Stadt im Wald untergehen lassen?«, wollte Artur mit ebenfalls gesenkter Stimme wissen. »Selbst wenn diese Stadt verlassen war …«

In der Ferne schlug mit lautem Klang eine Glocke, der eine zweite in einem etwas höheren Ton antwortete, ehe dann wieder alles verstummte. Der Vampir auf dem Globus kratzte mit den Krallen über das lackierte Holz. Artur fiel ein, dass er ein ähnliches Geräusch im Keller des Instituts gehört hatte. Fleder – das wusste er inzwischen – schalteten mit den giftigen Stacheln an ihrem Schwanz selbst einen erwachsenen Wolf aus. Und bei Tage suchten sie in den feuchten Kellern der Stadt Unterschlupf …

»Die Wipper sind im Grunde … keine Menschen«, erklärte Lew ohne jede Ironie. »Und das ist noch vorsichtig ausgedrückt. Es ist sehr schwer, etwas zu beschreiben, das ich selbst noch nie gesehen habe. Diese … Wesen spüren die sensiblen Punkte unseres Universums und versetzen die Erde in Schwingungen … Sie hetzen die Natur gegen den Menschen auf. Ihrer Ansicht nach hat Gott seine Arbeit im Jahr des Großen Todes nämlich nicht zu Ende gebracht. Außer ihnen gibt es noch andere … merkwürdige Wesen. Wir nennen sie Röchler oder Kinder des

Dschingis Khan. Das sind wilde Reiterbanden. Sie nehmen Rauschdrogen zu sich und sind völlig unberechenbar. Es sind die Kinder derjenigen, die vor der Katastrophe in Dörfern lebten. Ihnen liegt der Neid im Blut und ihre Legenden preisen den Hass. Einige dieser Banden sind bis auf das Niveau primitiver Stämme zurückgefallen. Von der russischen Sprache sind ihnen nur Vulgärausdrücke geblieben, wobei die Röchler wegen der Rauschdrogen früh die Stimme verlieren und selbst diese Kraftausdrücke nur krächzend ausstoßen können. Als wir mit ihnen Kontakt aufnehmen mussten, haben wir eigens für sie dieses Teufelszeug von Wodka gebrannt; ist dieses Gesöff doch das Einzige, was sie wirklich schätzen. Sobald sie ein Haus betreten, erledigen sie mit Vorliebe ihr großes Geschäft genau in dem Zimmer, in dem sie essen. Das hindert sie indes nicht daran, beheizte Räume und warmes Wasser zu schätzen. Stets wollen sie alles auf einmal, ohne im Gegenzug irgendetwas dafür zu tun. Manchmal stürmen sie in eine Stadt, um Frauen zu entführen. Deshalb auch die Wachen auf der Brücke. Solange die Metro noch in Betrieb ist, kann uns von Norden niemand angreifen. Die Kommunen im Süden sind jedoch bereits zweimal ausgeraubt worden. Aber das würde jetzt zu weit führen … Siehst du die schwarzen Fähnchen mit den Daten? Sie bezeichnen die Orte, an denen Karawanen verschwunden sind.«

»Weil sie überfallen wurden?«

»Wahrscheinlich. Noch vor zwanzig Jahren haben wir mit Jekaterinburg, Nishni Nowgorod und Perm gehandelt, davor hat der Bürgermeister sogar noch Waren nach Nowosibirsk und Krasnojarsk entsandt. Doch dann mussten wir die Route nach Sibirien aufgeben, obwohl sich dort etliche Dinge finden, die uns hier fehlen. Als Nächstes haben wir dann keine Karawanen mehr in den Ural geschickt.«

»Existieren die alten Schienenstrecken eigentlich noch? Oder ziehen die Karawanen etwa zu Fuß durchs Land?«

»Die Schienenstrecken? Ah, du willst auf Dampflokomotiven hinaus! In Moskau versucht man gerade, sie wieder einzusetzen. Außerdem habe ich einmal Kesselheizer aus Nowosibirsk hier in Piter getroffen. Sie wollten bei uns Loks kaufen. Im Süden gibt es nämlich ein ganzes Museum mit alten Maschinen, aber keine Kohle. Die liegt im Ural und in Kemerowo …«

»Ja und?«, fragte Kowal, obwohl er die Antwort bereits kannte.

»Nichts und. Sie sind mit der Karawane des damaligen Bürgermeisters aufgebrochen, haben Nowosibirsk aber nie erreicht. Die Karawane ist einfach unterwegs verschwunden. Willst du etwas Gebäck?«

»Nein danke.« Wenn Artur etwas wollte – und zwar dringend –, dann war das frische Luft. Die Bücherschränke schienen sich bereits um ihn zu drehen und die Luft mit den Ausdünstungen von Schimmel und Tod zu schwängern. Als ob es … Millionen von toten Menschen wären, deren Asche nun Monster gebar … »Und diese Karawane, die morgen aufbricht? Wenn der Weg so gefährlich ist …«

»Auf der Straße nach Moskau müssen wir weder mit Röchlern noch mit Dschingissen rechnen. Arina hört sie über Dutzende von Kilometern im Voraus. Und eine ernsthafte Bedrohung stellen nur diese beiden Gruppen für uns dar. Man darf jedoch gar nicht erst anfangen, den Handel einzuschränken …«

»Ja, das verstehe ich. Entweder bauen wir eine Zivilisation auf oder wir enden im Wald.«

»Ganz genau. Und für die Karawane haben wir ausreichend Schutz, denn wir haben zusätzlich Cowboys und Leute von Mam Kate angeheuert.«

»Können die Wilden im Vorfeld von dieser Karawane erfahren haben? Oder von der Ware?«

»Die Ware ist ihnen einerlei. Sie würden uns jedoch vermutlich angreifen, wenn sie wüssten, dass Frauen dabei sind.«

»Wie viel kosten diese zusätzlichen Soldaten?«

»Nicht gerade wenig. Aber frag besser Charly danach, das ist sein Gebiet. Davon abgesehen bleibt Pap Rubens keine andere Wahl, als fremde Leute zu verpflichten, denn wir dürfen niemanden von unseren Wachtposten abziehen. Obendrein muss Ruslan Leute für die Patrouillen innerhalb der Stadt abstellen …«

»Pap Rubens hat doch gesagt, ich müsse mir eine ganze Woche um die Ohren schlagen, bevor ich den Eid leisten könne«, meinte Kowal, dem eine verzweifelte Idee gekommen war. »Vielleicht kann ich ja einen der Cowboys oder einen von Mam Kates Leuten ersetzen und mit der Karawane aufbrechen? Ich … ja, ich sehe das geradezu als meine Pflicht an. Und wer weiß, möglicherweise bin ich unterwegs ja noch von Vorteil.«

»Du nimmst Pap Rubens oder vielmehr Ruslan nicht zufällig krumm, dass er dir verboten hat, das Museum zu verlassen?«, fragte Lew grinsend, sodass er Artur einmal mehr an einen verschlagenen Zwerg aus einem Kinderbuch erinnerte. »Ein gesunder, zeugungsfähiger Mann stellt für jede Kommune einen unschätzbaren Wert dar. Nebenbei bemerkt könntest du selbst auf diese Weise zu unschätzbarem Reichtum gelangen, ohne auch nur einen einzigen Arbeitstag abzuleisten.«

»Nur ist das nicht mein Weg. Ich werde auf alle Fälle einer Arbeit nachgehen. Gut, ich mag ein schlechter Soldat sein, aber zu dem einen oder anderen bin ich doch in der Lage …« Obwohl Artur Lew am liebsten von Teleschews Protokoll erzählt hätte, davon, warum es ihn geradezu zwang, mit der Karawane aufzubrechen, hielt ihn eine innere Stimme davon ab.

»Das ganz gewiss. Allein die Kenntnis der englischen Sprache gewährleistet das. Wenn du bei uns bleibst, bräuchten wir bei den Kirchenleuten keinen Dolmetscher mehr anzuheuern, der uns bei Verhandlungen mit den Finnen und Schweden unterstützt.«

»Das heißt, ich darf nicht mit der Karawane aufbrechen?«

»O nein, das heißt es durchaus nicht«, antwortete Lew erstaunt. »Bis du den Eid geleistet hast, hat niemand das Recht, dir Vorschriften zu machen. Ich bin mir sicher, dass Pap Rubens dein Angebot dankbar annehmen wird. Unter uns gesagt: Du hast bereits im Laufe des heutigen Abends seinen Respekt gewonnen. Und er ist kein Mann, der einem Fremden schnell vertraut.«

»Stimmt, das ist mir auch aufgefallen … Was passiert eigentlich, nachdem ich den Eid geleistet habe? Bin ich dann verpflichtet, in allen Dingen nach seiner Pfeife zu tanzen? Ist Pap Rubens so etwas wie der Zar? Mit der entsprechenden Macht, meine ich.«

»Selbstverständlich«, antwortete Lew ernst. »Er hat die absolute Macht. Zumindest bis zu den nächsten Wahlen.«

»Wahlen – wenigstens das! Ich dachte schon, es gäbe wieder Posten auf Lebenszeit.«

»Also, Mam Kate hat ihr Amt auf Lebenszeit. Dergleichen entscheidet jede Kommune selbst. Bei uns gibt es dagegen einmal im Jahr Wahlen. Allgemeine und geheime Wahlen.«

»Allgemeine und geheime Wahlen?«

»Ebendiese. Artur, wir lesen durchaus alte Zeitungen. Wir wissen, wie die Menschen vor dem Großen Tod gewählt haben. Der Menge von Dummköpfen wurde bei Veranstaltungen ein Spektakel geboten, der Jugend war alles schnurzegal, und die Alten stimmten für diejenigen, die ihnen Brot und dritte Zähne versprachen. Nach den Wahlen warf man die Stimmzettel in die Latrine – und die bisherigen Gauner blieben an der Macht. Unsere Kommune ist nicht sehr groß, daher können wir durchaus allgemeine und geheime Wahlen durchführen. Die Kandidaten tragen ihren Namen einen Monat vor der Wahl in eine Liste in der Eingangshalle ein. Damit erwerben sie das Recht auf zwei öffentliche Auftritte. Der Pap wird von allen Mitgliedern der Kommune, die mindestens zwölf Jahre alt sind, gewählt. Die Stimmen werden öffentlich vom Großen Rat ausgezählt. Dieses Gesetz ist übrigens noch nicht sehr lange in Kraft. Vor dreißig Jahren wurde selbst bei uns noch mit lautem Geschrei abgestimmt, außerdem konnte man damals ein Viertel des Rats abwählen. Das hätte beinahe zum Untergang der Kommune geführt …«

»Warte kurz, Lew!«, bat Artur, dem mit einem Mal klar geworden war, was ihm keine Ruhe ließ. »Habe ich das richtig verstanden: Die Museumsleute leben und arbeiten praktisch als eine einzige große Genossenschaft? Privatbesitz gibt es bei euch gar nicht, oder? Aber in dem Fall muss es doch zu Spannungen kommen!«

»Nur auf sich gestellt überlebt heute niemand mehr! Wenn du mir nicht glaubst, kannst du es gern einmal versuchen.«

»Aber was, wenn der Pap …«

»Du meinst, wenn der Pap die Macht usurpiert? … Ach, setzen wir uns doch erst einmal.«

Lew nahm in einem Sessel mit Samtbezug Platz und strich mit den Händen über die vergoldeten Greifenköpfe an den Armlehnen. Kowal setzte sich vorsichtig in einen Sessel ihm gegenüber. Die Möbel des Zarenhofs quietschten grässlich. Der Vampir auf dem Globus hob kurz eines seiner faltigen Lider, überließ sich aber gleich wieder seinen Träumen von der Jagd. Das Holz im Kamin brannte hell und gleichmäßig und verbreitete den unvergleichlichen Duft dörflicher Gemütlichkeit. Erst vor dem Hintergrund dieser heimeligen Wärme fühlte Artur, welch eisige Kälte durch alle Ritzen drang.

»Du hast Daljar und Louis gesagt, du wolltest mit jemandem sprechen, der sich an die Gesetze hält«, fuhr Lew fort, der nun eine recht offizielle Haltung einnahm. »Mit mir sitzt der Mann vor dir, der mit der Einhaltung und Stärkung ebendieser Gesetze betraut ist. Wenn ich einmal nicht mehr bin, wird mein Erbe diese Aufgabe übernehmen. Und es obliegt mir, neue Mitglieder der Kommune über unsere Gepflogenheiten aufzuklären. Wir Museumsleute haben nur wenige Gesetze, und diese wurden verfasst, als ich noch ein kleiner Junge war. Sie alle sind sehr einfach. Diebstahl, Vergewaltigung, Verrat und Mord werden mit dem Tod durch Erhängen bestraft. Schlägereien,

Trunkenheit im Kampf, Arbeitsverweigerung, Beleidigung eines Museumsbewohners und Missachtung der Befehle des Rates werden mit einem Jahr Arbeit in der Metro oder Verbannung geahndet. Die Mehrheit zieht in diesem Fall die Arbeit in der Metro vor.«

»Weil das hier das reinste Paradies auf Erden ist?«

»Du brauchst gar nicht solch einen ironischen Ton anzuschlagen. Die einzelnen Kommunen stehen ständig in Kontakt miteinander. Ein Verbrecher hat daher bestenfalls die geringe Hoffnung, sich zu den Fabrikbanden durchzuschlagen. Denn selbst die Kommune im Alexander-Newski-Kloster würde keinen Dieb in ihren Reihen aufnehmen, mögen ihre Angehörigen auch noch so oft das Wort Humanismus im Mund führen.«

»Das heißt, jemand, der mit dem Leben hier nicht einverstanden ist, ist dem Tode geweiht?«

»Die Eremitage hält wirklich niemanden gegen seinen Willen fest, Artur. Wenn jemand der Kommune nichts schuldet, kann er jederzeit sein Bündel schnüren und sich ansiedeln, wo immer es ihm beliebt. Er darf sogar einen Soldaten für den Weg anheuern, falls er vielleicht nach Stockholm oder nach Helsinki möchte. Es steht ihm zudem frei, zurückzukommen und einen zweiten Eid zu leisten. Aber soweit ich dich verstanden habe, interessiert dich vor allem die gewaltsame Aneignung von Macht. Lass mich dafür noch einmal ausholen: Unsere Kommune existiert bereits seit siebzig Jahren, damit blickt sie auf die längste Tradition aller Kommunen in Petersburg zurück. An ihrem Anfang stand Mam Xenia, Friede ihrer Asche. Und nur weil wir die Tradition pflegen, gibt es uns noch, während andere längst untergegangen sind. Jeder Pap, der von uns gewählt wird, schwört am Grab von Xenia, seinem Volk zu dienen. Sicher, auch er kann sich irren, wie jeder Mensch. Daher tagt der Rat jede Woche einmal ohne den Pap. Und jede Woche fragt er mich, den Hüter der Gesetze, ob der Pap wissentlich gegen die Interessen der Kommune gehandelt habe.« Auf diesen Satz ließ Lew ein beredtes Schweigen folgen.

»Und falls er das getan haben sollte, würde er in den Ruhestand geschickt?«, fragte Kowal mit leicht sarkastischem Ton.

»Michail übt sein Amt bereits im sechsten Jahr aus, und noch wählen die Menschen ihn immer wieder«, antwortete Lew gelassen. »Eine Entscheidung … der Art, wie du sie andeutest, hat der Rat meiner Erinnerung nach überhaupt erst zweimal getroffen. Dergleichen ist nie leicht, denn danach kann es zu einem Aufstand kommen … Ich habe dir doch unmissverständlich gesagt, wie unsere Gesetze lauten: Verrat wird mit dem Tod bestraft. Dafür ist nicht mal ein Gericht nötig. Ein Pap, der sein Volk verrät, wird unverzüglich dem Henker übergeben.«

(9) DIE KARAWANE

Es war eine höchst beeindruckende Karawane, die da nach Moskau aufbrechen sollte. So ausgestorben der Palastplatz in der Nacht noch dagelegen hatte – heute Morgen tobte hier das Gewusel eines Bauernmarkts. Räder ratterten, Eisen klirrte, hier lachte jemand, dort bellte ein Hund, vielstimmige Lieder verschmolzen zu einem ohrenbetäubenden, aufgeregten Chor. Die Museumsleute verfügten zwar über einige einsatzbereite Zugmaschinen und auch – dank der Erdölarbeiter – über einen ausreichenden Vorrat an Dieselöl, die maroden Straßen bewältigten jedoch nur Pferdefuhrwerke und schwere Traktoren.

An der Spitze fuhr gewöhnlich der von vier Pferden gezogene Panzerwagen, den Artur bereits gestern Abend gesehen hatte. Den Tieren hatte man zum Schutz Decken übergelegt, der Panzerwagen war mit zwei Maschinengewehren und der Schnellfeuerkanone eines Küstenboots ausgestattet. Ihm folgte ein Traktor, ein Kirowez, der mit seiner Schaufel notfalls Hindernisse aus dem Weg räumen sollte. Hinter der Fahrerkabine hatte man einen drehbaren Schützensitz geschaffen. Die eigentliche Karawane bildeten achtzehn mit Metall verkleidete Waggons, die auf mehrachsige Anhänger montiert waren. Die Räder waren extrem breit und mit einer Art Spikes versehen, die jedes Schlagloch meistern würden. Vor die Anhänger waren je vier Zugpferde gespannt. Für lahme Pferde und das Futter hatte man einen eigenen Waggon reserviert. Dann kam die *Schlafkutsche* für die Passagiere und ein Vehikel, in dem die Wachen bei Schichtwechsel ausruhten. Am Schluss des Zugs wartete ein weiterer Traktor, der einen noch einigermaßen intakten Lkw, einen Ural, mit Anhänger zog. Im Lkw befand sich eine leichte

Flak, auf dem Anhänger stand eine Kanone, die früher zu einem U-Boot gehört hatte. Die Hafenarbeiter hatten sie im Tausch für das heißbegehrte Penicillin bereitgestellt. Auf dem Dach jedes Gefährts hielt ein MG-Schütze Wache, zusätzlich ritten zwei Dutzend Soldaten mit Gewehren neben der Karawane her.

Kowal musterte die kleine Armee in wortloser Verblüffung. Was für ein Irrsinn musste im Land herrschen, wenn jemand mit einer derart martialischen Karawane aufbrach? Oder besaßen diese Wilden in den Wäldern der Waldaihöhen etwa ein Panzerkorps? Als wollten sie seine unausgesprochene Frage beantworten, schleppten gerade vier Soldaten Granatwerfer an ihm vorbei, während zwei weitere einen Karren mit Granaten hinter sich herzogen. Um die Karawane schwirrten mindestens hundert Leute herum. Ladearbeiter hatten eine Kette gebildet und reichten Beutel mit Stoffen und Bündel von Stiefelpaaren zu den Waggons durch, andere rollten Fässer mit gesalzenem Fisch oder Beeren heran, wieder andere luden ganze Stapel von Wolfspelzen und Schweinsleder auf. In mit Stroh gepolsterten Kisten lagen Schnapsflaschen, die auf Tragen vorsichtig zu den Wagen hochgehoben wurden, während man Stahlrohlinge über Flaschenzüge hinaufhievte. In Käfigen tschilpten Zuchtvögel, Hunde zerrten an den Leinen, Pferde wieherten. Endlich sah Artur auch wieder Hunde, die nicht mutiert waren. Die Cowboys hatten sie mitgebracht. Diese kupfergesichtigen Kerle, die fast unter ihrer wilden Mähne verschwanden, stellten der Eremitage zudem die fehlenden Pferde zur Verfügung. Im Gegenzug bot Charly Rokotow dreien von ihnen einen Platz in der Karawane an.

Von den Müttern abgesehen sollten insgesamt siebzehn Personen als Passagiere mit dem Zug aufbrechen. Vier von ihnen waren Frauen, darunter eine Mitarbeiterin von Mam Rona, die sich in Moskau die neuesten Methoden in der Zahnmedizin aneignen wollte. Dann war da noch dieser zauberkundige Junge, Christoph …

Auf Befehl von Verteidigungsminister Ruslan eilten jetzt sechs robuste *Gardisten* aus dem Palast, die unterwegs für die Kiste mit Geld verantwortlich sein würden. Inzwischen war Gold wieder etwas wert, sodass Artur insgeheim einmal mehr der Voraussicht der vor langer Zeit verschiedenen Mam Xenia, Friede ihrer Asche, Beifall spendete, dass sie ihre Kommune in der Eremitage aufgebaut hatte. Der Bürgermeister hatte zwar Goldstücke im Münzhof prägen lassen – doch die Vorräte im Winterpalast sicherten den Museumsleuten auf Jahrzehnte hinaus genügend harte Währung.

Ruslan erfüllte seine Pflichten in geradezu vorbildlicher Weise. Trotz des Gedränges und des immer stärker anwachsenden Zustroms von Menschen herrschte auf dem Palastplatz selbst perfekte Ordnung. Soldaten mit Hunden und zahmen Wölfen an Leinen riegelten ihn ab, sodass niemand durchkam. Ein verbeulter Armee-Jeep mit MP-Schützen fuhr zusätzlich Patrouille. Von mit Eisen gepanzerten Kampfwagen aus behielten MG-Schützen die Moika und den Admiralteiski Prospekt im Visier. Ruslan ließ es sich nicht nehmen, Artur zu begrüßen. Dieser fühlte sich ihm gegenüber leicht verlegen, weil man ihn als Soldat schlichtweg abgelehnt hatte. Pap Rubens hatte jedoch mit einem Spezialauftrag für eine clevere Ehrenrettung gesorgt. Obendrein war sein Ansehen dank der Windräder weiter gestiegen. Heute früh waren bereits einige Leute zu Mam Kate geeilt und hatten Anspruch auf die Anlagen erhoben – und zwei wurden ihnen tatsächlich zugestanden.

Daljar kam direkt von der Nachtwache zu Artur, begrüßte ihn und schenkte ihm ein hervorragendes Jagdmesser.

»Lu wird enttäuscht sein«, erklärte er grinsend. »Er war fest davon überzeugt, dass du von irgendeiner Fischerinsel stammst, die vom Großen Tod verschont geblieben ist.«

Rubens brachte nun doch noch seine Anerkennung gegenüber Daljar und Louis dafür zum Ausdruck, dass sie Artur mit in die Eremitage gebracht hatten: Die Strafe sollte warten und die beiden sollten die Karawane begleiten. Der Pap gab Artur noch ein Empfehlungsschreiben für das Oberhaupt der Moskauer Kommune der Kesselheizer mit. Bei aller Begeisterung für eine mögliche Eisenbahnverbindung zwischen den beiden Städten galt Rubens' eigentliches Interesse jedoch einem anderen Projekt: einer Funkverbindung zwischen ihnen. Kowal versprach ihm zwar nichts Konkretes, deutete aber an, da ließe sich womöglich etwas machen, fände er nur zwei noch intakte Telegrafen. Bisher wagte noch niemand von einer Telefonverbindung zwischen Moskau und Piter auch nur zu träumen, wussten doch alle, dass die meisten Masten samt Kabeln seit Langem verschwunden waren. Auf Anregung Kowals sollte sich der leitende Ingenieur jedenfalls schon mal die Telefonverbindung im Museum vornehmen, die man fast vergessen hatte. Die Entschlossenheit, mit der Rubens seine Entscheidungen traf, irritierte Artur ein wenig. Andererseits: Wie hätte Pap Rubens ohne seine stürmische Energie eine derart bunt zusammengewürfelte Menschenmenge unter einen Hut bringen sollen? Falls Artur Erfolg haben sollte, hatte ihm Michail obendrein bereits eine steile Karriere in Aussicht gestellt: die Position als Chef aller Petersburger Fernverbindungen. Wie gesagt: falls er Erfolg haben sollte …

Denn große Hoffnungen hegte er in diesem Fall nicht. Dazu kam es ihm zu seltsam vor, dass sich in all den Jahren niemand gefunden hatte, der einen simplen Telegrafen hätte auftreiben können. Aber gut, vielleicht lag das auch einfach nur daran, dass er sich nicht mit dem Gedanken abfinden konnte, dass die Menschen sich schlicht und ergreifend nicht mehr daran erinnerten, wie man die Technik des 20. Jahrhunderts handhabte. Niemand las die alten Bücher, alle technischen Erfahrungen gab man mündlich weiter, durch praktische Beispiele. Die Erdölarbeiter saßen zwar auf einem wahren Rohstoffmeer – aber nicht ein Mensch wusste, wie man daraus Dieselöl aufbereitete. Trotzdem beschloss Kowal, sein Schulwissen zunächst für sich zu behalten, damit Rubens es sich nicht anders überlegte und ihn am Ende doch nicht nach Moskau ließ.

Zwischen den Waggons wurden Telefonleitungen aufgehängt, die Wachen traten an, um mit wohlgesetzten Worten verabschiedet zu werden, die Karawane formierte sich in der Weise, in der sie den Weg zurücklegen wollte. Nominell hatte zwar Charly das Sagen, eigentlich würde jedoch Arina unterwegs den Befehl über die Karawane haben. Kowal fiel auf, dass die schweren Jungs von Mam Kate der fragilen Frau förmlich an den Lippen hingen, und auch die hartgesottenen Cowboys, die über und über mit Schrotflinten behangen waren, brachten ihr uneingeschränkten Respekt entgegen. Arina hatte einhundertzwanzig Männer unter sich, dazu kamen noch dreißig Bediensstete. Die gesamte Leitung der Karawane fuhr im sogenannten Chefwagen, bei dem es sich um einen nur noch zur Hälfte vorhandenen Waggon des alten Expresszugs zwischen Moskau und Petersburg handelte. In ihm hatte Charly Rokotow auch Kowal untergebracht, und zwar in seinem Zweierabteil. Im Nachbarabteil waren seine vier Bodyguards sowie Ruslans *Spezialeinheit* mit der Geldkiste einquartiert. Der Zutritt ins daran anschließende Abteil war strikt verboten. Als Artur daran vorüberging, bemerkte er aus den Augenwinkeln eine Wanne sowie eine kleine Küche mit einem Kerosinkocher: Die zukünftigen Mütter bekamen schon heute allen Komfort zugestanden.

Sobald sich die Karawane in Bewegung gesetzt hatte, schlenderte Artur von einem Sehschlitz zum nächsten. Er war recht gehobener Stimmung, denn innerhalb von vierundzwanzig Stunden war er vom unglücklichen, nackten Relikt der Vergangenheit zu einer bedeutenden Persönlichkeit aufgestiegen. Sie passierten die Durchfahrt des Generalstabs, bogen erst auf den Newski, dann in die Sadowaja Uliza ein, gerieten bei den Barrikaden am Moskowski Prospekt etwas ins Stocken, hatten danach aber freie Bahn. Die Viertel im Stadtzentrum hatten besonders stark unter den Straßenkämpfen zu leiden gehabt.

Artur konnte nur ahnen, welch grauenhafte Dramen sich hier vor hundert Jahren abgespielt haben mochten.

Dem früheren Gourmettempel Jelissejew fehlte die halbe Fassade, die verkohlten Torbögen am Kaufhaus Gostiny Dwor staken aus dem Boden wie die Rippen eines untergegangenen Seeungeheuers. Die Spitze der einstigen Duma war garantiert mit Kanonen beschossen worden. Doch auch andere Gebäude wiesen fürchterliche Zerstörungen auf. Die Dächer der Geschäftszeilen sahen aus, als hätte ein Riese seinen Fuß auf sie gesetzt. Aus den zerschlagenen Fenstern des Kaufhauses Passage wucherte Gras. Klodts mächtige Hengste zierten noch immer den Narva-Triumphbogen, dafür war der Palast der Belosselski-Beloserskis bis auf die Grundmauern niedergebrannt. Andererseits sorgte jemand dafür, dass im Zentrum regelmäßig die vorstürmende Armee aus Gebüschen verbrannt und die Fahrbahn mit Balken ausgelegt wurde. Vor einer Metrostation wuselten Dutzende von Menschen herum, in der Sadowaja zogen zwei Pferde scheppernd eine Straßenbahn, auf die ein Kran montiert war, der wie ein Pfeil in den Himmel aufragte. Die Metroleute ließen die Karawane sofort durch, winkten ihr nach, ja jemand schlug sogar ein Kreuz über dem Traktor und zwei ältere Frauen in Schwarz hielten Ikonen hoch.

Im Moskowski Prospekt stoppten sie das erste Mal, etwa auf der Höhe des Parks Pobedy. Charly rief mit einem der drei vorsintflutlichen Telefone, die an der Wand in ihrem Abteil angebracht waren, Arina an, brummte etwas und fluchte verärgert: Eine Bande mit dem klangvollen Namen *Achte Division* wagte es doch tatsächlich, mit Geldforderungen an sie heranzutreten. Die Mitglieder dieser Clique lauerten in den umliegenden Stalinbauten und in der neuen Russischen Bibliothek, hatten sich dort geradezu häuslich niedergelassen, züchteten im einstigen Sportstadion Vieh und unterhielten in ihm eine gar nicht mal schlechte Pferderennbahn.

Kowal folgte Charly in einen kleinen Aufbau auf dem Dach

des Waggons, doch nicht einmal von dort konnte er erkennen, was an der Spitze des Zuges vor sich ging. Den Passagieren war es jedoch untersagt worden, den Wagen bei außerplanmäßigen Stopps zu verlassen. Charly ging wieder hinunter, setzte sich noch einmal mit Arina in Verbindung und erfuhr, dass die Achte Division das Recht auf ihrer Seite hatte: Die Museumsleute schuldeten ihr laut einer alten Vereinbarung zwanzig Arbeitstage oder die entsprechende Summe in Gold. Nachdem das in beiderseitigem Einvernehmen geklärt worden war, heulte der Kirowez auf, während jemand auf dem ersten Waggon eine Glocke läutete. Die gigantischen Räder rumpelten abermals über das alte Straßenpflaster.

Artur presste sich an einen der Sehschlitze. Was er sah, konnte er einfach nicht glauben. Am Straßenrand standen vier Panzer. Obwohl die Ketten der Kriegsfahrzeuge seit Langem vom Unkraut durchbohrt worden waren, wirkten die Geschütztürme noch, als könnten sie sich tadellos drehen. Auf den in frischer Farbe leuchtenden Rohren saßen junge Männer in kurzen Armeemänteln aus Lammfell über dem nackten Körper und schickten der Karawane nachdenkliche Blicke hinterher.

»Charly!«, sagte Kowal. »Mussten wir diese Hungerleider wirklich bezahlen?«

»Wie soll ich dir das erklären?« Rokotow schnitt eine komisch verzweifelte Grimasse. »Diese Bande kontrolliert nun einmal die Straße nach Süden. Außerdem veranstalten sie manchmal Wettrennen oder Faustkämpfe und laden Leute dazu ein. Es gibt hier nicht allzu viele Möglichkeiten, sich zu amüsieren …«

»Knöpfen sie also allen, die hier durchwollen, Geld ab?«

»Das würde ihnen kaum gelingen. Aber denen, die Wert auf eine gute Straße legen, schon. Jeder Reiter umgeht ihren Posten allerdings über die Nachbarhöfe.«

»Das heißt, sie verteidigen nicht die Stadt, sondern erleichtern nur die Karawanen um ihr ehrlich verdientes Geld.«

»Das stimmt«, räumte Charly ein. »Trotzdem solltest du keine voreiligen Schlüsse ziehen. Man kann um Piter keine Mauer bauen. Deshalb haben die Kommunen und Banden schon vor etlichen Jahren angefangen, mobile Patrouillen aufzustellen. Die sind zuverlässiger als jede Absperrung. Angefangen hat es, als die Röchler ein paar Leute unten am Fluss niedergemetzelt haben. Da, wo früher mal der Bahnhof Retschnoi Woksal war. Du weißt, wo?«

Artur nickte.

»Zu den Patrouillen gehören heute auch einige außergewöhnliche Menschen, die von den Zauberern geschickt werden«, fuhr Charly fort. »Sie sind eine wertvolle Hilfe. Der Gouverneur hat zwei dieser besonderen Jungen, die Hafenarbeiter auch. Sie werden auf Tragen überall hingebracht und besser beschützt als unser Gold. Dafür helfen uns diese kleinen Zauberer dabei, Spione zu fangen, die sich in die Stadt eingeschlichen haben.«

»Was geschieht dann mit ihnen? Werden sie getötet?«

»Weshalb sollten wir das tun?«, fragte Charly ehrlich verwundert. »Gut, früher, da hat man sie auf der Stelle getötet. Aber heute setzt man sie ihr Leben lang zu Arbeiten ein. Das Problem dabei ist leider, dass die Wilden nicht viel mit Arbeit im Sinn haben. Daher …« An dieser Stelle legte Charly eine Kunstpause ein. »… daher verkaufen wir sie an andere wilde Stämme weiter, falls wir sie schnappen. Die brauchen immer Sklaven und zahlen gut.«

»Das ist nicht dein Ernst?!«, entfuhr es Artur. »Was, wenn jemand in friedlicher Absicht zu euch kommt? So wie ich zum Beispiel. Oder hättet ihr mich auch einfach verkauft?«

»Dich ganz bestimmt nicht. Arina hat nichts gegen dich einzuwenden, außerdem gefällst du Flöckchen.«

»Welchem Flöckchen?«

»Dem Tiger. Das ist nämlich nicht einfach eine sibirische Großkatze. Die Dame ist wahrscheinlich klüger als die meisten

Menschen!« Charly brach in schallendes Gelächter aus, was ihn prompt wie einen frechen Bengel aussehen ließ. »Und jetzt lass uns gehen, damit wir was zu frühstücken kriegen. Die Glocke läutet ja schon.«

»Ja und?« Kowal presste sich an die Wand, um den neuen Schützen zur Ablösung vorbeizulassen. Der alte salutierte und reichte der Ablösung eine Tauchmaske. »Haben wir es etwa eilig?«

»Eilig nicht unbedingt, aber uns steht vermutlich eine Begegnung mit echten Schlitzohren bevor«, erklärte Rokotow. »Diese Jungs sind imstande, aus hundert Schritt Entfernung deine Augen mit einem vergifteten Pfeil zu treffen. Und jetzt lang zu! Wir haben ein ganzes Fässchen mit dem wunderbaren Fisch aus dem Ladogasee dabei!«

Artur konnte ihm nur zustimmen: Der gebratene Fisch schmeckte köstlich.

»Im Übrigen«, fuhr Charly gelassen fort, während er sich den Bart mit einer bestickten Decke abwischte, »musst du bei diesen Schlitzohren wirklich mit allem rechnen. Auch mit einem Überfall.«

»Bitte?!«

Artur vergaß sogar das Kauen. Er richtete die Augen auf ein Loch in der Wand. Die Karawane, die inzwischen das erstaunliche Tempo von fünfzehn Stundenkilometern vorlegte, zuckelte an Wiesen und Feldern vorbei. Linker Hand zog sich ein zwanzig Meter breiter Streifen verbrannter Erde hin, am Horizont erhob sich wie eine Wand nördlicher Dschungel.

»Ja, ja, ganz recht«, erklärte Rokotow, der sich genüsslich reckte und sich auf den imposanten Bauch klatschte. »Die Achte Division garantiert unsere Sicherheit nur bis zur Kreuzung, danach müssen wir uns selbst um unseren Schutz kümmern. Bist du fertig mit dem Essen? Gut, dann wirf mal einen Blick hinaus. Aber auf der anderen Seite!«

Kowal ging zum Sehschlitz im Gang. Bei dem Anblick, der

sich ihm bot, dankte er Charly für die Sorge um sein leibliches Wohl: Auf der rechten Seite der verwilderten Straße standen in zwei Reihen Galgen. Mit ihnen demonstrierte die Achte Division allen Touristen klar und deutlich, was sie unter Gastfreundschaft verstand. Einige der Toten machten einen ziemlich frischen Eindruck, von anderen waren nur noch die Skelette übrig. Um die Galgen herum huschten kleine Tiere, welche genau, konnte er jedoch nicht erkennen. Vor hohen, mehr schlecht als recht zusammengezimmerten Türmen brannten Lagerfeuer. Obwohl die Soldaten sich in den geschlossenen *Vogelhäuschen* versteckt hielten, beobachtete Kowal, wie aus einem der Türme zwei schneeweiße Tauben aufstiegen. In Ermangelung von Alternativen war die Menschheit zu den althergebrachten Postwegen zurückgekehrt …!

Wir brauchen dringend eine anständige Telefonverbindung, ging es ihm durch den Kopf. Dass er das Personalpronomen *wir* gebraucht hatte, fiel ihm gar nicht auf. Doch schon in der kurzen Zeit waren die Museumsleute zu seiner neuen Familie geworden …

Hinter dem Lattenzaun aus Galgen zog sich der letzte Vorposten der Zivilisation dahin: Die beeindruckende Reihe von Unterständen hatte selbst nach hundert Jahren nichts von ihrer abschreckenden Wirkung eingebüßt. Trotz des wilden jungen Grüns ließen sich noch Reste des breiten Kontrollstreifens erahnen, den die Verteidiger Petersburgs angelegt hatten. Wo einst das Hinweisschild für den Weg nach Puschkin gestanden hatte, wartete jetzt jedoch nur noch ein von zahlreichen Granatsplittern durchbohrtes Eisenschild. Unter ihm saßen an einem Lagerfeuer einige bärtige Kerle in pelzgefütterten Mänteln der Achten Division und rauchten. Genau in diesem Moment scherten die Cowboys aus dem Geleitschutz aus. Die Pferde röchelten und stellten sich auf die Hinterbeine. Ein Reiter in der Nähe musste absitzen und sein Tier, wild auf es einschlagend, hinter sich herziehen.

»Siehst du sie?«, fragte Charly, der neben ihn getreten war. »Da drüben, hinter der Kanone …«

Artur schaute genauer hin. Etwas abseits vom Feuer, von einem Tarnnetz geschützt, lag eine Artilleriebatterie bereit. Wenn der Gouverneur die Truppe des heute nicht mehr existierenden Innenministeriums kontrollierte, dann bestand die Achte Division fast durchgängig aus den Nachfahren der Armeeangehörigen. Gut möglich, dass sie sich auch ein wenig Kriegsgerät unter den Nagel gerissen hatten. Und selbst der größte Schwachkopf konnte mit einer Kanone einen Schuss abgeben, wenn das Ziel direkt vor ihm war. Das Interessante kam allerdings tatsächlich erst dahinter. Artur machte eine Bewegung aus …

»Mein Gott!«, stieß er aus.

»Die Biester sind schlimmer als alle Wildkatzen zusammen!«, erklärte Charly.

Mit Ketten in einem Gespann zusammengehalten, stürmten sechs Sumpfluchse heran. Kein Wunder, dass die Pferde derart in Panik geraten sind, dachte Artur. Diese grauen Monster verband mit einer Hauskatze auch nicht mehr als den Albino Flöckchen. Jedes Tier war so groß wie ein ausgewachsener Luchs, dabei aber doppelt so breit, mit aus dem Kiefer herausragenden Wildschweinhauern und aufragenden wuscheligen Toy-Terrier-Ohren. Das waren echte Ausgeburten der Hölle. Im Gehege dieser Bestien lag noch ein abgenagtes Elchskelett. Das gewaltige Geweih glich gespreizten Fingern, die die tief hängenden Wolken anflehten.

Hinter der Kreuzung endete der gute Abschnitt der Straße. Die mit Spikes besetzten Räder sprangen nun förmlich durch die Fahrrinnen auf einen Schlagbaum zu, den zwei kräftige Kerle mit den hohen Pelzmützen eines Obersten eigenhändig mithilfe einer schweren Winde herunterließen. Auf einem zerschossenen Schild entzifferte Artur mit einiger Mühe eine vom Regen ausgewaschene Aufschrift: *Fahrer! Stopp! Durch-*

fahrt nur für Sanitätswagen! Bei Verstoß schießen wir ohne Vorwarnung!

Das darf doch alles nicht wahr sein, dachte der zukünftige Chef der Fernverbindungen erschaudernd. Was muss sich da für ein Albtraum um die Stadt zusammenbrauen, wenn Militäreinheiten zu ihrer Verteidigung nötig sind?! Nur deuteten die zerstörten Häuser im Zentrum darauf hin, dass sie die Stellung nicht immer hatten halten können …

Neben ihnen räusperte sich jemand leise.

»Komm mit!«, sagte Charly. »Du wirst erwartet.«

Im Waggon war auch eine Art Großraumabteil hergerichtet worden, mit einem ovalen Tisch in der Mitte. In ihm hatten sich bis auf die Mütter alle Passagiere sowie die Soldaten, die gerade Dienst schieben mussten, versammelt. Die vier jungen *Damen* hatte offenbar noch niemand zu Gesicht bekommen. Sie waren durch eine zweite Tür in den Waggon gebracht und gleich in ihrem Abteil eingeschlossen worden.

Die Menschen standen einander buchstäblich auf den Füßen. Kowal zuckte unwillkürlich zusammen, als er unter den Beschuss von einem Dutzend neugieriger Blicke geriet. Vor dieser Menge zauseliger Zuhörer fühlte er sich mit seinem kaum sprießenden Haarbüschel am Scheitel geradezu nackt. Aber es gab keine Möglichkeit, dieser Pressekonferenz zu entkommen. Schon im Palast hatte Charly ihn gewarnt, dass Gerüchte sich rasch verbreiten würden und die halbe Stadt bereits über den Mann Bescheid wisse, der vor dem Großen Tod geboren worden war. Die Legende von dem Burschen aus Riga war damit geplatzt …

»Fragt!«, forderte Kowal sie schicksalsergeben auf und setzte sich auf einen Stuhl, der für ihn freigehalten worden war, eine venezianische Arbeit.

In den nächsten zwei Stunden griff er viermal zu der Flasche mit dem kostbaren Weizenbier, um seine Kehle anzufeuchten. Nie zuvor hatte er so lange am Stück geredet. Anfangs hatte er noch befürchtet, die Menschen würden ihn nach Dingen fragen, die mit der Katastrophe verbunden waren – über die er rein gar nichts wusste. Doch die meisten Fragen zielten auf ganz alltägliche Probleme.

Die größte Aufregung löste er mit seinen Schilderungen der Familienbeziehungen aus. Es überstieg die Vorstellungskraft der meisten Anwesenden, dass Frauen und Männer sich aus freien Stücken zusammenfinden und wieder trennen, dass sie neue Beziehungen aufbauen und alte zerschlagen durften. Einige allzu intime Fragen ließen ihn ratlos zurück. In solchen Fällen sah er sich Hilfe suchend nach Charly um, aber dieser zuckte nur die Achseln, denn er steckte seine Nase genauso ungeniert in fremde Betten wie alle anderen. Ein Schock waren für die Anwesenden darüber hinaus die Ausführungen, was es mit dem alten russischen Strafgesetzbuch auf sich hatte, sowie die Tatsache, dass Kinder sich früher frei in der Stadt bewegen durften.

»Wie konnte das sein?«, empörte sich ein Alter mit gesprungener Brille und einem bis zu den Knien reichenden Nylonhemd. »Da hat ein Dieb zweimal was geklaut – und ist trotzdem nach seiner Strafe wieder frei in der Gegend rumspaziert?«

Alle brummten zustimmend.

»Wozu diese *Umerziehung*, Meister?«, geiferte der Alte weiter. »Wenn der Dieb bereits ein Jahr Arbeit in der Metro aufgebrummt bekommen hat oder ein Jahr Holzfällen, dann reicht das, um jeden *umzuerziehen*. Beim nächsten Mal kann die Strafe nur der Galgen sein.«

Kowal wusste nicht, was er darauf antworten sollte. Aus heutiger Sicht hatte der Alte ja recht …

»Wie gefährlich euer Leben war!«, brachte eine der Frauen mit dünner Stimme hervor. »Man hat uns alte Zeitungen vorgelesen, aber wir wollten einfach nicht glauben, dass unter den Rädern der Wagen damals mehr Menschen gestorben sind, als wir Mitglieder in unserer Gemeinschaft zählen …«

Artur saß ein Kloß im Hals. Wie konnte sich die Welt nur

so verändert haben, dass er sie nicht wiedererkannte? Und mit diesen ungläubigen, groben Menschen sollte er die nächste Woche verbringen … Denn heute hieß es nicht mehr Piter–Moskau in acht Stunden. Heute brauchte man wieder so lange wie im Mittelalter. Und sollten nicht bald Dampfloks den Betrieb aufnehmen, würde sich daran nicht das Geringste ändern. Dann würde die Straße endgültig im Wald aufgehen – in dem mit Sicherheit irgendwann die grässlichen Gestalten aus alten Märchen hausen würden. Nach aller Logik der Dinge dürfte es dann bis zu Menschenopfern nicht mehr weit sein! Doch wie schnell sich diese düsteren Prognosen bewahrheiten sollten, das ahnte Artur in diesem Moment nicht einmal …

Die Glocke auf dem vordersten Panzer schlug Mittag.

»Wir rasten!«, verkündete Charly und bahnte für Artur, den die überhitzte und stickige Luft schwindeln ließ, einen Weg aus dem dichten Ring der Neugierigen. Die Passagiere wollten ihn eigentlich noch nicht entlassen, sodass er ihnen versprechen musste, die Reise in die Vergangenheit morgen fortzusetzen.

Obwohl Artur nach diesem Vortrag völlig ausgelaugt war, hatte er auch ein Gutes gehabt: Durch die Fragen seiner Mitreisenden hatte er sein Gedächtnis fast vollständig zurückgewonnen, zumindest was die letzten Tage anging. Außerdem erinnerte er sich, wie es dazu gekommen war, dass er zugestimmt hatte, sich für zwanzig Jahre in Schlaf versenken zu lassen. Im Grunde musste er sogar dankbar sein, dass er hier und jetzt aufgewacht war. Denn in der untergegangenen Welt hätte er nicht aufwachen wollen …

Das südlich von Piter gelegene Tosno umfuhren sie. Kowal erkundigte sich bei Charly, warum sie nicht die neue Straße nahmen, die noch zu seiner Zeit angelegt worden war, sondern die alte, viel schmalere. Charly zupfte sich mit finsterer Miene den Schnurrbart und versprach, es ihm *bei Gelegenheit* zu erzählen.

Die Karawane bildete auf höchst eingespielte Weise einen breiten Kreis auf der Mitte eines riesigen Stücks Land, das bereits Tausende von Rädern und Hufen platt gedrückt hatten. In der Mitte dieses Kreises stellten sich die beiden Passagierwagen auf. Auch eine ganze Herde von Ersatzpferden, die Kowal bisher noch gar nicht bemerkt hatte, trieb man dorthinein. Die Cowboys mussten sie erst später gebracht haben. Der Panzerwagen und der Ural mit der Flak fuhren um diesen Kreis Patrouille, in noch größerem Abstand folgten berittene Soldaten ihrem Beispiel.

Artur sprang aus dem Wagen. In der sauberen Waldluft wurde ihm sogar ein wenig schwindlig. Als er sich umblickte, stellte er zu seiner Überraschung fest, dass er den Ort kannte. Die Karawane hatte an der Zufahrt zu einem Tanklager gehalten. Aus dem Unkraut ragten die Überreste einer angegliederten Tankstelle heraus, die über die Jahre schwarz geworden waren. Am Waldrand ließen sich in Himbeerbüschen die Fundamente von Verwaltungsgebäuden erkennen, und über den Wipfeln des Walds blähten sich die Tanks wie Raumschiffe.

»Hast du das schon gesehen?«, fragte Rokotow.

Artur verstand zunächst nicht, worauf der dicke Zeigefinger des Handelsministers wies. Der Wald, der sich den flachen Hang hochzog, wirkte wie jeder Wald sonst auch. Trotzdem …

»Scheiße!«, stieß Artur aus. »Das darf doch nicht wahr sein!«

10 DIE GRÜNE ATTACKE UND DIE TOCHTER DES ROTEN VOLLMONDES

»Genau deshalb kann seit neun Jahren niemand mehr die neue Straße benutzen«, erklärte Charly, der sich gerade eine Zigarette drehte und anschließend mit einem Feldstecher die Gegend auskundschaftete. »In den Waldaihöhen sind solche Sachen zu oft vorgekommen, deshalb will sich dort niemand mehr ansiedeln, obwohl die Gegend perfekt für das Vieh ist. Hier haben früher auch Cowboys gelebt.« Er reichte das Fernglas an Artur weiter.

Der setzte das Glas an – und erstarrte.

O nein, er hatte sich nicht getäuscht. Dieser Wald war nicht wie jeder andere.

Obwohl nicht das geringste Lüftchen ging, wogte das Gras ... Noch immer ließ sich erkennen, dass sich noch bis vor Kurzem an der Stelle des Dickichts bestellte Felder erstreckt hatten. Am Waldrand, dort, wo sich das wilde Grün über die Reste des Parkplatzes hermachte, standen nach wie vor unreife Roggenähren und es gab Ackerfurchen im Boden. Aber rund zehn Meter hinter dem Beton erhoben sich undurchdringliche Dornenbüsche und vertrieben das Korn. Der Wald rüstete zur Attacke auf das Feld. Ebendieser Shakespeare-Vergleich kam Artur in den Sinn. Nur zog sich diese Eroberung nicht über Jahre hin, wie es normal gewesen wäre, sondern erfolgte binnen Sekunden.

Die Weißdornbüsche bewegten sich wie von einem leisen Wind gezupft, während der Schatten einer Espe eine Handbreit länger wurde. Am anderen Ende des Parkplatzes ging eine sanfte Welle über die leuchtend grüne Grasdecke hinweg und drückte sie kaum merklich ein, fast als huschten Hunderte von Feldmäusen darüber. Kurz darauf lag wieder alles ruhig da.

Allerdings war das Gras jetzt dichter und näher an die Straße herangerückt. Ein winziges Stück bloß, vielleicht fünf Zentimeter. Man bemerkte es nur, wenn man ganz genau hinsah. Diese lautlose Attacke hatte etwas unvorstellbar Grauenhaftes an sich, und Artur fragte sich, ob er sich wohl je wieder trauen würde, barfuß über eine Wiese zu laufen. Wenn Pflanzen ein solches Tempo beim Wachstum vorlegten, was sollte sie dann daran hindern, auch ihre Nahrungsgewohnheiten zu ändern?

Eine allumfassende Stille umgab ihn. Links machte er eine kaum wahrnehmbare Bewegung aus. Sofort riss er den Feldstecher herum. Der Boden bröckelte in die Furche, begrub unter sich ein weiteres Dutzend Ähren. An ihrer Stelle sprossen – wie auch immer das möglich war – die harten Stämme von Lupinen aus dem Boden. Das gleiche Szenario lief jetzt auch auf der rechten Seite ab. Eben noch hatte dort ein länglicher Stein im Erdreich gesteckt, jetzt verdrängte ihn ein Meer von Margariten. Die Blumen zitterten noch, als habe man sie gerade erst in die Erde gerammt. O nein, hier ging irgendwas nicht mit rechten Dingen zu! Kowal hätte schwören können, dass die Gruppe von jungen Eschen bis eben noch kleiner gewesen war. Aber seit wann wuchs die Flora auf diesem Planeten in einem derart rasanten Tempo?! Gut, Bambus mochte eine Ausnahme darstellen – nur hatte es den um Petersburg herum noch nie gegeben! Außerdem verhielt der sich auch nicht so aggressiv …

Fassungslos gab er Rokotow, der ihn die ganze Zeit beobachtet hatte, den Feldstecher zurück.

»Haben die Pflanzen …«, setzte Artur an, »hat *es* die Felder der Bauern verschlungen?«

»Das ist eine lange Geschichte … Die Felder wurden völlig vernichtet. Das Vieh ist wahnsinnig geworden. Du darfst aber nicht glauben, dass die Natur selbst irgendwie schuld daran ist. Hinter diesem kleinen Berg lagen eine kleine Siedlung und eine Fabrik, weißt du. Von hier aus kannst du sie nicht sehen. Die Siedlung ist inzwischen verödet, da hat niemand den Großen

Tod überlebt. In der Fabrik türmen sich aber noch immer alte Autoreifen, da gibt es ganze Berge von Reifen. Selbst der Boden riecht nach Gummi. Keine Ahnung, warum das so ist. Vielleicht hat man früher dort aus den alten Dingern neue gemacht, vielleicht wurden die Reifen aber auch einfach verbrannt. Jedenfalls steht da ein Schornstein, und in seinem Umkreis ist der ganze Boden schwarz. Und diese Verseuchung hat sich immer weiter ausgebreitet, hat alle Felder geschluckt …«

»Hätte man das nicht irgendwie aufhalten können?«

»Das versuchen wir ja«, polterte Charly und spuckte aus. »Die Erdölarbeiter brennen das gesamte verseuchte Gebiet nieder. Das hilft zwar – aber die Cowboys kommen trotzdem nicht mehr zurück. Sie kehren nie an die Orte zurück, wo … wo die eigenen Schweine ihre Kinder verschlungen haben. Würdest du das etwa tun? Eben!« Charly klopfte ihm auf die Schulter und sprang nach draußen, mitten hinein in den getrockneten Schlamm. Zwei seiner Bodyguards warteten bereits auf ihn, die beiden anderen blieben im Waggon.

Artur, dem das gestrige Gespräch mit Lew, dem Bibliothekar, wieder eingefallen war, eilte ihm hinterher, um Charly auf diese Wipper anzusprechen.

»Unser Lew ist vermutlich der klügste Mann im ganzen Rat«, räumte Charly ein. »Wahrscheinlich ist er sogar klüger als ich.« Er stieß ein Schnauben aus. »Denn so klug reden wie er kann ich nicht. Ich kann nur handeln und für das Wohl meiner Kommune sorgen. Aber wie man diejenigen aufhalten kann, die die Erde zum Wippen bringen …«

»Kann man mit denen denn gar nicht verhandeln?«

»Nein! Wenn sie etwas brauchen, holen sie es sich. Manchmal zahlen sie sogar dafür. Du musst wissen, ihr Hass gilt nicht den Städtern – sondern den Städten selbst. Und niemand kann sie aufhalten … Ah, da sind ja die Erdölarbeiter! Endlich!«

Zwischen zwei Wagen zwängte sich rumpelnd und polternd eine höchst erstaunliche Kutsche hindurch, der Traum eines jeden militanten Futuristen. Das Vehikel besaß einen Raupenantrieb, eine breite Ladefläche und einen Gitterturm, in dem oben in einem Kranhäuschen ein Mann mit Taucherhelm saß, der Herr und Gebieter über einen Flammenwerfer. Dass es sich tatsächlich um einen Flammenwerfer handelte und nicht um einen Wasserwerfer, erkannte Artur auf Anhieb, denn die Unterseite der Waffe und die vordere Stoßstange waren schwarz von Ruß. Die Ketten stammten nicht aus russischer Produktion, sondern waren deutschen Baggern abgenommen worden. Auf der Ladefläche stand ein radloses amerikanisches Cabrio in schreiendem Orange, in dem zwei Menschen ohne Helm saßen, dafür jedoch in Gesellschaft eines riesigen Braunbären.

»Herr im Himmel!«, entfuhr es Artur. Verdutzt kniff er die Augen zusammen. »Herr im Himmel, mach, dass ich nicht den Verstand verloren habe! Ihre Hunde können unter Wasser atmen … Was ist dann mit ihren Bären? Können die fliegen?!«

Aber der Bär dachte gar nicht daran, irgendwohin zu fliegen. Die Pferde, die bisher in aller Gemütsruhe ihr Heu gekaut hatten, gerieten kurz in Aufruhr, doch der zottelige Gigant reagierte überhaupt nicht auf sie. Er trug ein breites Halsband mit einer Kette, die um den hinteren Sitz des Cabrios geschlungen war. Hinter dem amerikanischen Wagen ragten die Behälter mit dem Brennstoff für den Flammenwerfer und ein hoher Drahtkäfig auf. In diesem kauerte ein völlig verdreckter Junge von etwa zehn Jahren auf einem Holzklotz und spielte mit zwei Bärenkindern. Der Diesel ächzte ein letztes Mal und die Kappe auf dem Schornstein hob sich, um eine Wolke dicken Rauchs gen Himmel zu schicken. Dann trat Ruhe ein.

Sämtliche Museumsleute aus dem Passagierwagen scharten sich um die beiden Erdölarbeiter. Vom Fahrersitz des Cabrios erhob sich ein extrem hagerer Mann mit wettergegerbtem, braun gebranntem Gesicht, der die aus Zelttuch gefertigte Kluft eines Feuerwehrmannes trug. Auf seiner Schulter hockte ein falkenähnlicher Raubvogel, der ständig die Position wechselte.

Der Mann bedachte die Menge mit einem flüchtigen Blick und identifizierte zielsicher Arina als die Person, an die er sich wenden musste.

Nachdem sie einander zugewinkt hatten, sprang er leichtfüßig von dem Vehikel. Der Falke schlug mit den Flügeln, blieb aber auf der Schulter hocken. Arina ging auf den Mann zu, um ihn mit einem Handschlag zu begrüßen. Anschließend fragte sie den Jungen im Käfig etwas. Der Bär verhielt sich so, als ginge ihn diese ganze Szene nichts an. Charly drängte sich mit Artur im Schlepptau durch die Menge, damit er Meister Petz aus der Nähe in Augenschein nehmen konnte. Die Bärenmutter, und um eben sie handelte es sich, hatte ohne Frage schon mehr als einen Kampf hinter sich. Unter ihrem Fell schimmerten Dutzende von Narben hindurch, ihr fehlten ein halbes Ohr und ein Drittel der Unterlippe, an der linken Pfote war der Knochen nach einem Bruch schief zusammengewachsen. Welches Tier es wohl fertigbringt, einer Bärin die Pfote zu brechen?, grübelte Artur. Aber ihm wollte keins einfallen. Nur ein Fangeisen kam ihm in den Sinn.

»Hallo, Rokotow!«, begrüßte die Frau auf dem Beifahrersitz den Handelsminister. »An dir sollte sich mein Andrjuscha mal ein Beispiel nehmen. Ich wünschte, er bekäme endlich etwas Fleisch auf die Rippen! Der Mann futtert für drei, setzt aber nicht ein Gramm Fett an!«

Daraufhin brach Andrjuscha in derart lautes Gelächter aus, dass der Falke beinahe von seiner Schulter gefallen wäre.

»Mam Luga!«, rief Charly und verneigte sich formvollendet, die Hand aufs Herz gepresst. »Wie das Fett im Körper gespeichert wird, ist ein streng gehütetes Geheimnis meines Geschlechts. Auch ich werde es mit ins Grab nehmen.«

»Meiner Mam Luga gefallen halt *Hungerhaken*, wie du einer bist!«, sagte Andrej, umarmte Charly und streifte Kowal in seinem weißen Overall mit einem kurzen Blick. »Wie geht es Mam Rubens?«

»Danke der Nachfrage, Andrej. Sie ist stark wie deine Bären.«

»Ist Pap Rubens mit dem Masut zufrieden?«

»Es besteht kein Grund zur Klage. Hast du unser Metall bekommen?«

»Ja, danke. Es ist gutes, hartes Eisen. Wie schön, dass bei euch alles zum Besten steht, Händler.«

»Dito, Erdölarbeiter.«

Arina Rubens wartete geduldig das Ende dieser Begrüßungszeremonie ab und ließ sich durch nichts anmerken, dass eigentlich sie es war, die die Karawane befehligte.

»Und du, Tochter des Roten Vollmonds?«, wandte sich nun Mam Luga an sie. »Was hast du uns zu sagen?«

Bei der Anrede zuckte Artur zusammen, doch alle anderen schienen nichts dabei zu finden.

»Ich kann sie hören. Sie sind auf der anderen Seite des Flusses«, antwortete Arina und rückte den Helm zurecht. »Was meinst du, Sohn des Bären?«

So weit sind wir also schon, dachte Artur unwillkürlich. Die Erwachsenen spielen Indianer. Fehlt nicht mehr viel und wir haben Totempfähle, rituelle Feuer und Todestänze.

Der Junge kletterte mit einem der plüschigen Bären auf dem Arm aus dem Käfig und übergab den Kleinen seiner Mutter. Die fing sofort an, ihn abzulecken. Das zweite Bärenjunge, nun allein im Käfig, stimmte ein klägliches Gejaule an. Der Junge setzte sich auf die Kettenräder und ließ die nackten Beine baumeln, die aus zerlöcherten Hosen herausschauten.

»Auch ich höre sie. Sie sind dort drüben am anderen Flussufer«, bestätigte er, den Kopf zur Seite geneigt, als lausche er auf etwas. »Hundert Reiter, weitere hundert lauern im Wald. Sie haben …«

»… Eisen dabei«, vollendete Arina den Satz.

»Etwa Kanonen?«, hakte Charly nach.

»Nein, ich glaube nicht«, murmelte Arina, nahm den Helm ab und runzelte die Stirn.

In diesem Moment zog jemand Artur von hinten am Ärmel. Als er sich umdrehte, stand Louis vor ihm. Sein Bein war noch immer verbunden, aber das änderte nichts daran, dass er jetzt zum Wachdienst antreten musste.

»Verdammt!«, stieß er aus. »Die greifen uns mit Sicherheit an!«

Er wollte noch etwas hinzufügen, doch da stieß der Sohn des Bären einen Schrei aus: »Die Kinder des Dschingis Khan haben geflügelte Schlangen!«

Ein Raunen lief durch die Menge. Charly japste nach Luft, Louis stöhnte und bekreuzigte sich.

»Woher weißt du etwas über die geflügelten Schlangen, Freundchen?«, fragte Mam Luga ihn in drohendem Ton. »Erschrecke die Menschen nicht mit törichten Märchen!«

Sie hatte sich auf ihrem Sitz zu dem Jungen umgedreht. Nun sah Artur auch, dass sie ein Kind stillte.

»Willst du lieber einen Tag warten?«, wandte sich Andrej an Arina. Strategische Fragen mit Rokotow zu erörtern – daran dachte er nicht einmal. »Wir könnten dir morgen früh Cowboys schicken, die würden euch bis zur Ewigen Brandstätte begleiten. Damit hättet ihr siebzig Schwerter mehr. Das würde dich allerdings Gold für die Cowboys und Pferde für unsere Kommune kosten.«

»Wir werden nicht warten!«, erklärte Arina, die in der Menge nach Louis Ausschau hielt. »Soldat! Geh zu meinem Wagen und sage den Männern, sie sollen Alarm schlagen!«

Louis stürzte davon, ohne auch nur ein Wort zu erwidern. Gleich darauf erdröhnte Glockengeläut.

»Du hast recht, Tochter des Roten Vollmonds!«, lobte Andrjuscha sie und strich dem Falken übers Gefieder. »Je eher ihr übersetzt, desto weniger Zeit bleibt den Wilden, sich auf den Angriff einzustellen. Wir bereiten die Pontonbrücke für euch vor.«

»Das ist nicht euer Ernst!«, entfuhr es Kowal entsetzt, dem sich diese dämliche Logik nicht erschließen wollte. »Wir wissen, dass die da drüben am anderen Ufer nur auf uns warten – und tappen sehenden Auges in die Falle?!«

»Hör mal, Meister«, herrschte Charly ihn an, »Arina weiß genau, was sie tut. Wenn wir zögern, erkennen die Wilden, dass wir Angst vor ihnen haben. In dem Fall könnten sie auf die Idee kommen, selbst den Fluss zu überqueren und uns hier anzugreifen. Und dann dürften wir die Freundschaft mit den Erdölarbeitern in den Wind schreiben!« Mit diesen Worten wollte Charly zu seinem Waggon eilen.

»Nun mal hübsch langsam!«, verlangte Artur und packte den Händler am Arm. »Wer hat diesen Wilden eigentlich gesteckt, dass wir kommen? Denn es ist ja wohl kaum ein Zufall, dass die Waldschrate da drüben auf uns warten. Ich mag ja vielleicht ein miserabler Schütze sein, aber mein Hirn funktioniert dafür einwandfrei. Die Erdölarbeiter haben euch angeboten, ein paar Cowboys anzuheuern, halten sich aber selbst aus allem raus und sehen sich das Schauspiel aus sicherem Abstand an, denn erst mal setzen die Wilden ja nicht über. Also bitte! Wie erklärst du dir das?!«

Charly wollte sich aus Arturs Griff befreien, doch der hatte ihn fest in die Zange genommen.

»Hör mal«, zischte der Händler nun, »anfangs wollte ich dir ja nicht glauben, dass du hundert Jahre in irgendeiner Eiswanne geschlafen hast. Da hab ich gemeint, du bist von den norwegischen Inseln. Aber jetzt seh ich die Sache anders. Nur ein Idiot aus der Vergangenheit kann solche Fragen stellen. Ich schwöre dir bei der Asche von Mam Xenia: Du bist ein toter Mann, noch ehe du überhaupt den Eid für unsere Kommune geleistet hast – wenn du nicht endlich das Leben von heute begreifst!«

»Dann verrat mir doch bitte, warum die Wilden nicht die Erdölarbeiter angreifen?! Hängt das vielleicht zufällig damit zusammen, dass Mam Luga ihnen Brennstoff verkauft?! Was die Dame natürlich nicht daran hindert, uns vor diesen Bestien zu warnen …«

Artur trat etwas zur Seite, um Männer mit einem Granatwerfer vorbeizulassen. Von den Wagendächern ließ man Eisenplatten herunter, um die Wände der Waggons zu schützen, den Pferden wurden Kettennetze über die Decken gelegt.

»Selbst wenn!«, donnerte Rokotow, die Befehle der Sergeanten noch übertönend. »Das ist allein ihre Angelegenheit, schließlich brauchen alle Brennstoff. Und Mam Luga fragt mich ja auch nicht, mit wem ich sonst noch handle. Sie sorgt in ihrem Gebiet für Ruhe und Ordnung. Wir könnten einen Monat hierbleiben, und kein Dschingis oder Röchler würde uns auch nur ein Härchen krümmen. Sollte es ihren Leuten einfallen, eine Zeit lang auf dem Palastplatz zu leben, würden wir ebenfalls eher sterben als zulassen, dass ihnen irgendjemand was antut. In der Sprache der alten Zeit nannte man so etwas Diplo-ma-tie! Sagt dir dieser Begriff was, Meister?! Was beklagst du dich also?! Und jetzt setz deinen Hintern in Bewegung, bevor du Wurzeln schlägst!« Er stieß ihn leicht, beide gingen weiter. »Im Übrigen bist du ein freier Mann, denn du hast noch keinen Eid geleistet. Geh ruhig zu Mam Luga, sie wird dich mit ihrer Karawane in die Stadt zurückbringen …«

»Das war klar und deutlich, mein lieber Handelsminister!«, knurrte Artur und kletterte hinter Charlys Bodyguards in den Waggon. »Im Übrigen nannte man deine sogenannte Diplomatie früher etwas anders: Da hieß das *mit Blindheit geschlagen.*«

Die Karawane fuhr zügig zum Fluss runter. Die alte Brücke über die Tosna war in der Mitte eingebrochen, aber hundert Meter weiter unten zog eine Truppe von Erdölarbeitern eine alte Pontonbrücke der Armee an die Piers. Kowal borgte sich von Charly den Feldstecher und richtete ihn auf das gegenüberliegende Ufer.

Was er sah, war die Wand des Waldes, einen alten Automotor, einen schnurgeraden, unter Ästen begrabenen Weg. Irgendwo in der Ferne, an einer Stelle, die er kaum noch ausmachen konnte, schlängelten sich Rauchfäden zum dunkel werdenden

Himmel. Die Hügel versanken im Nebel, alle klaren Konturen verschwammen wie Farben auf einer feuchten Leinwand. Die niedrigen finsteren Wolken am Horizont verschmolzen zu einer einzigen bleigrauen Front und krochen auf den Fluss zu, um mit ihren zerzausten Fühlern nach den Baumkronen zu greifen. Als hätten sich dort alle Kräfte der Finsternis versammelt, dachte Artur, rief sich aber gleich selbst zur Ordnung. O nein, er würde jetzt nicht auch noch anfangen, an Teufel und Drachen zu glauben! Vor allem, da es am Ende eh kein Wesen gab, das schrecklicher wäre als der Mensch …

»Bete, wenn du kannst!«, riet ihm Charly allen Ernstes, während er ein feingliedriges Kettenhemd über seinen Pulli zog. »An diesem Ufer endet die zivile Welt. Bis kurz vor Moskau, bis zur Stadt Klin treffen wir auf keine einzige Stadt mehr. Da sind wir völlig auf uns allein gestellt! Nur glaub ja nicht, dass wir uns deshalb vor Angst in die Hosen scheißen!«

Er nahm von einem Untergebenen zwei geladene Armbrüste entgegen und schob den Lauf eines doppelläufigen Jagdgewehrs durch einen Sehschlitz. Auf dem Tisch waren wie durch ein Wunder mit feinen Nägeln gefüllte Patronen aufgetaucht.

Die Erdölarbeiter trieben zwei Goldfüchse mit der Peitsche an, sich im Kreis zu bewegen und damit die Stahlkette zur Verankerung der Pontonbrücke um einen Poller zu winden. Etwas weiter oben am Ufer erspähte Artur das merkwürdige Gefährt mit dem Flammenwerfer und der Bärin. Andrjuscha und der Sohn des Bären saßen auf der Motorhaube und ließen eine Flasche zwischen sich hin und her wandern. Mam Luga stillte immer noch das Baby.

Die Glocke läutete dreimal. Der Kirowez fuhr jetzt ganz an der Spitze, stieß eine Rauchwolke aus, senkte die Schaufel und rumpelte zum Pier. Die Cowboys ließen die Peitschen knallen, die Überfahrt begann.

(11) DIE DRACHEN DER DSCHINGISSE

Mit Ausnahme von Rokotow, seinen Bodyguards, Arina und Kowal legten sich im Passagierwagen alle auf den Boden. Die Reiter betraten als geschlossene Einheit die Pontonbrücke. Arina gab ununterbrochen über ein Telefon knappe Anweisungen, die Sergeanten meldeten, es sei alles für einen Kampf bereit.

Am anderen Ufer verschwand die Karawane über den unebenen Weg rumpelnd im Wald. Sämtliche Gespräche waren verstummt, nur das Quietschen der ungeschmierten Lager und das Knistern der trockenen Äste unter den Rädern durchbrachen die Stille. Kowal saß Charly gegenüber, die Hände fest um den Lauf einer Waffe geschlossen, und fragte sich, ob er eigentlich Angst habe. Echte Panik wahrscheinlich nicht, aber seine Nerven waren zum Zerreißen gespannt. Weit vorn wieherte ein Pferd, der Traktor fauchte etwas lauter als sonst, dann war wieder alles still – bis ein markerschütterndes Heulen die Luft zerriss. Die Dschingisse griffen an.

Etwas hämmerte gegen die Verkleidung der Waggons, in der ohnehin schon stickigen Luft breitete sich ein ekelhafter Gestank aus. Nach Verbranntem. Charly stürzte mit einer Armbrust in jeder Hand in den Gang. Mit dem Kettenhemd und dem Motorradhelm mit der Aufschrift *Werwolf* glich er einem wütenden Nashorn. Zwei der Bodyguards mit MPs blieben auf der Geldkiste sitzen, die beiden anderen rannten ihrem Chef hinterher. Artur dagegen stürmte zum Aufbau auf dem Dach hoch. Er hatte die letzte Sprosse noch nicht erreicht, als ein mit einem brennenden Lappen umwickelter Pfeil durch den Schießspalt hereingeflogen kam. Das ist sie also, eure Diplomatie, fluchte Artur innerlich, während er die Flammen austrat. Zum Glück war keiner der vier Soldaten, die hier oben postiert waren, verletzt worden. Als ihm einer der MG-Schützen sein vor Anspannung rotes Gesicht zudrehte, erkannte Artur in ihm Daljar. Arina hatte bisher keinen Befehl erteilt, das Feuer zu eröffnen. Die Karawane zog unverdrossen weiter. Artur baute sich vor einem Sehschlitz auf – und sah die ersten Wilden vor sich.

Der Anblick wollte ihm überhaupt nicht gefallen. Gut, vielleicht waren diese Kerle wild und lasen keine Zeitungen. Bewaffnet waren sie aber keineswegs wie irgendwelche Indianer in blöden Western. Und schon gar nicht waren sie so dumm, neben der Karawane herzureiten und damit ein willkommenes Ziel zu bieten. O nein, die Dschingisse blieben im Wald, tauchten nur einzeln auf, um einen brennenden Pfeil abzuschießen und gleich darauf wieder ins Gehölz einzutauchen. Sie zielten nie auf die mit Eisen verkleideten Waggons, sondern stets auf die Beine der Zugpferde. Trotz der langen, bis zum Boden reichenden Kettennetze, die die Tiere schützten, trafen die Wilden immer wieder. Die Karawane geriet ins Stocken. Obendrein bestand für die Kutscher keine Möglichkeit, abzusteigen und ihren Tieren, die der Schmerz fast in den Wahnsinn trieb, zu helfen. Der Wald, der den Weg auf beiden Seiten säumte, verhinderte das.

Völlig überraschend ging die Kanone auf dem Anhänger des Urals los. Kowal meinte, auf der Stelle zu ertauben. Nach diesem Einsatz lag rechts von ihnen eine ziemlich breite abgeholzte Fläche, wenn auch garniert mit Holzsplittern, entwurzelten Büschen und blutigen Körperteilen. Nun nahm der Kanonier die linke Flanke unter Beschuss. Abermals krachte es ununterbrochen etwa fünf, sechs Sekunden lang. Welche Verluste sie dem Feind damit zugefügt hatten, war schwer abzuschätzen, denn fürs Erste ließ sich kein Dschingis mehr blicken. Immerhin kletterten nun auf Arinas Befehl hin die Schützen aus den Waggons und drangen auf beiden Seiten des Weges in den Wald vor, wo sie sich mit Armbrüsten und Gewehren auf dem Boden postierten. Von seinem Platz im Aufbau aus beobachtete Artur das Manöver. Die MG-Schützen neben ihm hatten jedoch noch nicht geschossen. Gerade als Artur sein Gehör wiedererlangt hatte, fand ein zweiter Angriff auf dieses Organ statt: Im Panzerwagen gingen die Granatwerfer los. Vier Granaten flogen pfeifend in hohem Bogen davon und explodierten etwa hundert Meter vor ihnen. Die Erde bebte, danach verstummte abermals alles. Die Cowboys waren in dieser Zeit abgestiegen, hatten sich in Deckung gebracht und schlichen in den Wald.

Arinas Strategie war durchaus überzeugend. Von dieser Position aus konnten die Granaten ihr Ziel kaum verfehlen. Dabei spielte es keine Rolle, ob Arina wirklich etwas vom Kriegswesen verstand oder ob ihre Mondgabe sie die Stellen spüren ließ, an denen sich der Feind verbarg. Die Glocke ertönte und die Karawane zog weiter.

Kurz darauf lichtete sich der Wald und ein bemooster, mit verbrannten Baumleichen gespickter Sumpf breitete sich vor ihnen aus. Vom Aufbau aus ortete Artur ein recht trockenes Stück Boden, auf dem die Wagen einen Ring hätten bilden können. Stattdessen zog die Karawane jedoch mit fünfundzwanzig Stundenkilometern weiter, die Pferde fielen in Trab, gleich darauf in Galopp, die Peitschen knallten, die Kutscher stießen kehlige Schreie aus. Arturs Hoffnung, der Kampf sei vorüber, erfüllte sich leider nicht, im Gegenteil: Es sollte erst richtig losgehen.

Da nämlich stieß der Kirowez auf eine Baumsperre. Die Stämme waren so dick, dass zwei Mann nötig gewesen wären, um sie zu umfassen. Und ohne Zweifel waren sie mit Absicht hierher geschleppt worden. Wenn der große Diplomat Charly jetzt hier oben gewesen wäre, hätte Artur ihn nur zu gern auf diese Barrikade angesprochen …

Der Befehl »Stopp!« war kaum durchgegeben worden, als bereits ein neuer erklang: »Die Pferde auf den Boden!« Prompt wurde Artur Zeuge eines wahren Dressurwunders. Die Pferde knickten gehorsam die Beine ein und verwandelten sich in Hügel, über die ein Kettennetz geworfen worden war. Kurz darauf schrillte das Telefon, und Daljar ging ran. Als Kowal danach durch den Sehschlitz spähte, blieb ihm die Luft weg.

Über den Sumpf flogen Drachen heran.

Gut, diese Biester nahmen sich im Vergleich zu den legendären Slawischen Drachen absolut lächerlich aus – aber bei entsprechender Pflege würden auch diese geflügelten Kreaturen in ein paar Jährchen Stoff für neue Märchen abgeben. Gebannt verfolgte Kowal, wie die geschuppten Monster näher kamen. Ein Doku-Film über Alligatoren fiel ihm ein. Wenn ein Alligator Glück hat, erreicht er seine maximale Größe im Alter von fünfzig Jahren …

Nur dürften diese Viecher kaum so alt werden. Nein, alles deutete darauf hin, dass es in kürzester Zeit wahnsinnig viele Generationen gegeben hatte. Vermutlich hatten die Mutationen den Entwicklungsprozess derart beschleunigt, dass innerhalb von ein paar Jahrzehnten völlig neue Tiere entstanden waren, perfekt angepasst an die heutigen Verhältnisse. Auch wenn es bisher keine großen Flugkünstler waren – sie brauchten entweder einen Hügel oder eine lange Anlaufstrecke, um sich überhaupt in die Luft zu erheben –, sie peitschten höchst beeindruckend mit ihren drei Meter langen ledernen Flügeln auf die Luft ein. Dazu klapperten sie mit ihren dreieckigen Kiefern. Die Aufgabe dieser Kinder der Dschingisse lag klar auf der Hand: Sie sollten den Feind erschrecken, damit der ja nicht zum Angriff überging. Der Plan der Wilden ging auch voll auf: Die Verteidiger der Karawane waren mehr oder weniger gelähmt vor Panik. Die Befehlshaber brüllten sich die Kehle aus dem Leib, die Glocke läutete fast ununterbrochen, die Telefone gellten – aber die Attacke blieb aus. Wenn die Wilden sich die Wagen jetzt einzeln vornehmen, überlegte Artur, dann gute Nacht …

Noch während er über die Situation nachgrübelte, erhob

sich rund zwanzig Meter vor ihm ein junger Typ mit einem Strauch auf dem Kopf aus dem Moos und zielte mit einem Raketenwerfer auf ihren Waggon. Im letzten Moment, direkt beim Abdrücken, schlitzte ihm ein Armbrustpfeil den Hals auf. Er traf nur noch den weiter vorn stehenden Wagen mit Heu …

Artur hatte den Eindruck, als wären ihm beide Ohren mit glühenden Bügeleisen bearbeitet worden. Die hintere Hälfte des Wagens existierte nicht mehr, die vordere brannte wie eine Ölquelle. In diesem sprudelnden Strahl tobten drei verletzte Pferde, die bei lebendigem Leibe verbrannten. Ein Rad flog in die Luft und erschlug ein weiteres Tier. Daljar verlangte von den anderen drei Soldaten, das Feuer auf die Drachen zu eröffnen, doch die zogen nur den Kopf ein und beobachteten die landenden Drachen. Am liebsten wären sie vermutlich nach unten gestürzt und hätten sich unter dem Waggon versteckt – wenn ihnen in dem Fall nicht der Galgen gedroht hätte.

Im Sumpf erhob sich ein weiterer Kamikaze-Kämpfer mit einem Raketenwerfer. Er konnte nicht mal mehr abdrücken, da war er bereits ein toter Mann. Endlich nahm man im Nachbarwaggon die fliegenden Echsen unter Beschuss, die über dem Weg kreisten, ohne irgendeinen größeren Schaden anzurichten. Zwei Tiere schossen sie ab, ein drittes erledigte jemand aus einem der vorderen Wagen. Dort ratterten jetzt auch die schweren MGs aus dem Panzerwagen und die MPs im Traktor los.

Mit einem Mal glibberte das Moos wie Sülze und Dutzende halb nackter, mit Lehm beschmierter Menschen stürmten heulend und johlend zum Angriff. Gleichzeitig tauchte ein dritter Kerl mit einem Raketenwerfer auf, diesmal von der linken Seite. Er zielte auf den Anhänger mit der Kanone – und traf auch. Der Anhänger hüpfte hoch und kippte auf die Seite, die Räder drehten sich wie blöde in der Luft. Der Kanonier wurde als brennende Fackel nach oben katapultiert, wild mit Armen und Beinen fuchtelnd. Er landete mitten in den Wilden. Da Artur klar war, dass er mit seiner Pistole keine nennenswerte Änderung im Verlauf der Dinge herbeiführen würde, begnügte er sich damit, nicht die kleinste Einzelheit dieses Spektakels zu verpassen. Die MP-Schützen mähten gerade die erste Welle der Angreifer nieder, was die aber nicht im Geringsten beeindruckte: Sie stürmten unverändert auf sie zu. Irgendwann mussten die Verteidiger der Karawane einen neuen Befehl erhalten haben, denn nun machten sich die Armbrustschützen ans Werk. Wenn die Feuerwaffen den Feind nicht aufhielten, wollte Arina wohl Patronen sparen. Aus dem Wald preschte nun auch mit blanken Säbeln die Reiterei der Eremitage heran, die den Feind von beiden Seiten in die Zange nahm. Der Kampflärm hatte sich gelegt, alles sprach für sie – doch dann vermochten die Dschingisse das Ruder herumzureißen.

Durch die Büsche brach eine Horde feindlicher Reiter. Die beiden Kavallerien gingen mit wildem Geschrei aufeinander los. Daljar stellte das MG auf Automatik und leerte in einer halben Minute das Magazin. Danach blieb ihm nur eine importierte MP. Für seine Kollegen galt das Gleiche.

Obwohl die Kavallerie des Feindes schwere Verluste wegstecken musste, schaffte es die Vorhut, zur Karawane vorzustoßen. Die Kutscher wurden erstochen, Dutzende von kreischenden Wilden kletterten auf die Dächer der Waggons und brachen die verrammelten Fenster und Türen auf. Eine Gruppe von dreckigen Kerlen zog Balken hinter sich her, die sie zwischen die Speichen der Räder schoben, andere warfen rostige Ketten auf die Naben.

Ein lautes Rumpeln schwoll immer weiter an: Der Traktor an der Spitze wendete und fuhr, durch Schlaglöcher polternd, am Wegrand zurück. Die Wilden fielen über ihn her wie Ameisen über einen Zuckerhut und hämmerten mit Knüppeln auf die Motorhaube ein. Der Traktorist fuhr jedoch stur weiter. Der hinter ihm postierte Schütze feuerte auf die Angreifer kurze Salven ab, denen die schweren MGs aus dem Panzerwagen antworteten. Das Problem war, dass der Traktorist, geschützt von einer dicken Verkleidung, nicht sah, was in seinem Rücken vor sich ging: Dort schob sich ein schwarzer Lauf aus dem Sumpf hervor. Die Dschingisse rückten mit der Artillerie an! Es gab keine Möglichkeit, Fahrer und Schütze zu warnen. Der Motor des Kirowez heulte unverdrossen, unter der Motorhaube wölkte Qualm nach draußen. Der Traktor begrub ein Dutzend Wilde unter sich …

Dann gab die Kanone den ersten Schuss ab.

Er traf die hintere Achse des Wagens mit den Wachsoldaten. Die Schnauze des mehrere Tonnen schweren Vehikels wurde hochgerissen, es stand nur noch auf den Hinterrädern, die Panzerung riss ab. Die Wilden stoben daraufhin quiekend wie hundert Teufel auseinander, doch etliche von ihnen schafften es nicht, sich in Sicherheit zu bringen. Sie starben zusammen mit den Verteidigern der Kutsche. Warum schweigt unsere Kanone bloß?, grübelte Artur. Ob da was passiert ist? Arinas MG erkannte er mittlerweile am Knallen. Es ratterte ununterbrochen. Die Wilden trauten sich nicht näher an die vorderen Wagen heran, denn dort wurden sie gnadenlos niedergemäht.

Einer der Männer neben Daljar wurde zurückgeschleudert. An der Stelle, wo eines seiner Augen gewesen war, klaffte nun ein schwarzes Loch. Die Frauen unten heulten, jemand hustete und fluchte wütend. Der Geruch von brennendem Masut drang herauf. Die Wilden hatten den Wagen von unten angezündet! Jetzt zerrten sie an der Verkleidung der Fenster. Das Geschrei der Mütter in ihrem Sonderabteil brach auf dem höchsten Ton ab.

»Die Kanone!«, schrie Artur Daljar ins Ohr, den der Ruß bereits schwarz gefärbt hatte. »Wir müssen die Kanone einsetzen!«

Daljar antwortete mit keinem Wort, sondern wischte sich die Augen und lud fieberhaft seine Flinte nach. Die Patronen der MP hatte er auch bereits alle abgeschossen. Achselzuckend kletterte Artur die Leiter hinunter. Er musste sich sofort etwas einfallen lassen, stürmten aus dem Wald doch bereits die nächsten berittenen Wilden auf die brennende Karawane zu. Sie hatten sich die Gesichter dick mit Lehm beschmiert, sodass nur kahle rote Schädel mit gefletschten Zähnen zu erkennen waren.

Im Schutz dieser Reiter brachten vor Anstrengung keuchende Zugpferde eine Haubitze heran. Unzählige Dschingisse wateten bis zu den Knien durch den Schlamm und halfen den Tieren beim Transport. Trotzdem kamen sie nur langsam vorwärts. Dafür krachte nun zum zweiten Mal die kleine Kanone. Diesmal zielte sie auf den Traktor. Als sich die Staubwolke nach der Explosion gelegt hatte, gab es die Kabine und den Schützenplatz nicht mehr. Kurioserweise funktionierte der Motor noch, und das Rad mit einem Durchmesser von zwei Metern drehte sich auf der Stelle, Reste menschlicher Körper aufwirbelnd. Die Dschingisse schienen von dem Tod ihrer eigenen Männer völlig unbeeindruckt: Mit dem Traktoristen und dem Schützen wurden auch acht Wilde zerhäckselt.

Kowal beschloss, der feindlichen Kanone gar nicht erst die Gelegenheit zu einem dritten Schuss zu geben. Er sprang von der Leiter in den Gang. Allmählich wurde es höchste Zeit, etwas zu unternehmen, denn die Drachen landeten gerade auf den Dächern der Waggons. Jemand steuert die Bewegungen dieser Biester, aber auch die der Wilden!, begriff Artur. Sonst würden sich die Feinde doch nicht wie ein Mann zurückziehen! Charly stieß einen Kampfschrei aus, und zwei Kerle kippten von seinen Pfeilen getroffen tot um.

Die Drachen kratzten mit ihren zwei Zoll langen Krallen über das Metall. Ein markerschütternder Lärm erhob sich. Die MG-Schützen im Aufbau heulten, Daljar schrie, während er sein Haar zu löschen versuchte. Das dreieckige geschuppte Maul eines dieser Saurier schob sich durch eine Schießscharte und stieß fauchend eine blaue Flamme aus. Ein zweites Reptil kämpfte sich zu einem vernagelten Fenster vor und spie ebenfalls Feuer. Die innere Verkleidung des Gemeinschaftsraums ging wie Schießpulver in die Luft.

Die Passagiere stürzten kreischend durch den Waggon, das Gesicht mit den Händen schützend. Selbstverständlich entstand dabei sofort ein Stau. Artur schnappte sich eine Gasmaske und drückte sich an die Seite. Daljar kraxelte die Leiter zum Aufbau herunter. Seine Augenbrauen gab es nicht mehr, die Hälfte seines Barts hatte sich in Asche verwandelt, die Jacke qualmte auf dem Rücken. Ein zweiter MP-Schütze fiel panisch heulend durch die Luke und wälzte sich mit zappelnden Beinen auf dem Boden. In den Nachbarwaggons sah die Situation nicht besser aus. Von einer geordneten Verteidigung konnte keine Rede mehr sein. Der Luftangriff hatte die Museumsleute völlig demoralisiert. Überall jammerten, husteten und stöhnten verbrannte Menschen. Die Drachen hatten ihre Attacke auf alle Türen, Schieß- und Sehschlitze gleichzeitig geritten. Ein Teil der Verteidiger hatte seine Waffen fallen lassen und lag betend auf dem Boden …

»Die Flak!«, schrie Artur. »Daljar, wir müssen zur Flak!«

»Leg dich auf den Boden und halt die Schnauze!«, zischte er. Seine Wange zeigte eine Brandwunde. »Wenn ich den Waggon ohne Befehl verlasse, brummt man mir eine Strafe auf! Und deine Aufgabe ist es, lebend am Ziel anzukommen! Also bleib schön hier drin!«

Nur kommt von uns niemand lebend ans Ziel, höhnte Artur innerlich. Zumindest nicht, wenn wir uns weiterhin an die Befehle halten. Aus dem Aufbau sickerte der ekelhafte Geruch verbrannten Fleischs zu ihnen nach unten. Der Drache auf ihrem Waggon gönnte sich offenbar gerade eine kleine Verschnaufpause in der Luft, seine Kumpane griffen derweil die vorderen Wagen an. Von dort drangen unmenschliche Schreie und vereinzelte Schüsse an Arturs Ohr. Vom hinteren Ende des Waggons kroch eine Feuerwand auf sie zu. Schon griffen die Flammen auf die Wand des Abteils über, in dem die Mütter in der Falle saßen. Von dort wollten sie zur Geldkiste weiterzüngeln. In dem Abteil hämmerten die Frauen mit aller Gewalt gegen die

Tür, aber in dem allgemeinen Tohuwabohu hörte sie niemand. Ein paar Soldaten öffneten eine Luke im Boden und wollten die Truhe mit dem Geld in Sicherheit bringen, doch sie wurden von Passagieren zur Seite gedrängt, die durch das Loch sprangen, um das eigene Leben zu retten.

Artur riss den Bezug von einem Kissen und tränkte ihn mit Wasser. Damit umwickelte er seinen Kopf und wagte sich ins Feuer. Die Tür zum Abteil der Mütter wurde mit einem Vorhängeschloss gesichert. Kowal ertastete es und befahl den jammernden Frauen, nach links zu treten. Anscheinend hatten sie ihn sogar gehört. Er brauchte drei Kugeln, bevor der Bügel des Schlosses in zwei Hälften zerfiel. Als er sich gegen den Türrahmen stemmte, tropfte ihm geschmolzenes Plastik auf die Arme.

Eine Frau lag reglos auf dem Boden. Sie hatte bereits zu viel Rauch geschluckt. Kowal warf sie sich etwas unbeholfen über die Schulter. Die drei anderen pressten sich wimmernd gegen die Wand. Als Artur das Abteil wieder verließ, fiel sein Blick auf bräunliche Krallen, welche die Bretter vom Fenster im Gang reißen wollten. Er gab drei weitere Schüsse ab, von allen Seiten hagelte es Holzspäne, aber immerhin ließ der Drache die Bretter los.

Ohne sich erst groß bitten zu lassen, sprangen die Mütter in den Gang, die Haare unter Tüchern verborgen. Über die Sitze tanzten flinke purpurrote Flammen. Als ihm ein massiger Kerl entgegenstiefelte, wollte Artur ihm die ohnmächtige Frau übergeben. Genau da kam sie zu sich und klammerte sich an eine Schlaufe von Arturs Overall, als wolle sie sich nicht von ihrem Retter trennen. Kowal blickte in ein Gesicht mit vollen Lippen und großen grauen Augen, in denen Tränen schimmerten. Aber das ist doch …!

Für den Bruchteil einer Sekunde blieb die Zeit für ihn stehen. Diese Frau sah genau aus wie …

Der Drache fing an, auf das nächste Fenster einzuhämmern, die Zeit raste wieder in einem wahnsinnigen Tempo dahin.

Artur goss sich den Rest aus einer Wasserflasche über den Kopf und eilte zu Charly, der an einer Tür des Waggons die Stellung hielt.

Im Panzerwagen knatterten noch die MGs, ihnen antworteten die MPs vom Traktor am Ende der Karawane. Kowal hangelte sich wie ein Affe an aus der Decke herausragenden Teilen nach vorn. Einige panische Passagiere schubsten die Bodyguards Rokotows zur Seite und sprangen nach draußen, direkt in die Pfeile der im Sumpf lauernden Wilden hinein.

Auf beiden Seiten standen die Türen sperrangelweit offen. Charly und zwei seiner Jungs hatten die Abwehr nach dem Rotationsprinzip organisiert: Zwei von ihnen schossen mit Armbrüsten und Gewehren durch die Türen, im Wagen lud der dritte Mann die Waffen nach. Dann wechselten sie die Position. Alle drei waren bereits verwundet, im Kettenhemd des Handelsministers steckten zwei Pfeile, die Schulter war blutgetränkt, aber all das schien er nicht zu bemerken. Charly schoss präzise und bewegte sich für seine Körpermasse erstaunlich fix. An den Trittbrettern des Waggons stapelten sich Leichen. Die überlebenden Wilden krochen flink davon. Die Passagiere, die den Waggon nach Luft ringend verlassen hatten, lagen ebenfalls tot am Boden.

»Wir verbrennen!«, versuchte Artur die hinter ihm fauchenden Flammen zu überschreien. »Wir müssen die Leute hier rausbringen!«

»Nein!«, sagte Charly, löste die Sehne, warf die Armbrust dem Nachlader zu und ging in Deckung. Direkt über seinem Helm knallte ein feindlicher Pfeil gegen den Waggon. »Darauf warten die doch nur! Damit sie Gefangene machen können! Die Fracht reizt sie nicht … Na endlich! Die Jungs von Mam Kate! Die werden denen schon einheizen!«

Daraufhin quetschte sich Kowal neben ihm an die Tür und spähte hinaus: Das darf doch nicht wahr sein!, schoss es ihm durch den Kopf.

Die Drachen beschrieben über der Karawane Achten, stiegen immer höher und setzten dann wie echte Jagdbomber zum Sturzflug an. Zwei Schuppentiere rissen ein angeschirrtes Pferd in Stücke. Einige andere Tiere verbrannten bei lebendigem Leibe, da sie nicht stark genug waren, die Kettennetze abzuschütteln und davonzusprengen. Entlang der Wagen säumte ein Wall aus toten Wilden den Wegrand. Die überlebenden Feinde flüchteten in den Sumpf, gaben nur noch vereinzelte Schüsse auf die Verteidiger der Karawane ab.

Zwischen den brennenden Baumstämmen flitzte eine kleine Figur mit zwei Raketenwerfern auf den Schultern umher. Der Feind hatte seine Raketen zwar verschossen, die Haubitze zog er jedoch immer weiter heran. Selbst jetzt war der Trupp aus Pferden und Wilden aber noch zu weit entfernt, als dass Arinas Soldaten ihn hätten angreifen können, denn unter ihnen gab es keine Scharfschützen. Die kleine Kanone gab nun einen dritten Schuss ab. Als hätten sie nur auf dieses Signal gewartet, fiel nun tatsächlich die von Charly bejubelte Reserve den Wilden in den Rücken. Arina hatte die Männer von Mam Kate gleich nach der ersten Salve des Granatwerfers in den Wald geschickt, ohne dass der Feind es mitbekommen hätte. Von diesem Hinterhalt übertölpelt, rissen die Wilden die Pferde herum. Die Haubitze half ihnen in dieser Situation allerdings auch nicht mehr, denn schon tobte ein Gemetzel, das den Lehmfratzen jede Lust nahm, weiter die Wagen zu beschießen …

Der Einheit von Mam Kate gehörten höchstens zwanzig Männer an – doch die kämpften wie die Teufel, indem sie auf eine bewährte Taktik zurückgriffen: Die ersten fünf schossen mit Schrotflinten und warfen sich danach sofort zu Boden, die nächste Gruppe rückte nach und setzte den Beschuss fort …

Die Wilden fielen um wie Dominosteine. Ihre Lage hätte kaum miserabler sein können. Sobald sie sich vom Weg zurückzogen, liefen sie Gefahr, ins Feuer der Drachen zu geraten. Sie hatten zwar Gewehre, aber nicht genug. Eines der Pferde, die

die Haubitze zogen, trabte in eine Grube. Ihm wurde sofort mit Messern der Todesstoß gegeben. Der Lauf der Kanone ragte für den Bruchteil einer Sekunde zum Himmel hoch, dann kippte das Ding langsam zur Seite.

»Und raus!«, befahl Charly. »Mücke, du übernimmst die Mütter! Sie müssen als Erste aus dem Waggon. Bring alle zu dem Wagen mit dem Stahl, der ist groß genug! Keeper, lös Elch ab! Was ist los, Keeper?! Bist du taub?! Du sollst die Geldkiste bewachen!«

Als Artur sich zu dem schweigenden Keeper umdrehte, stellten sich ihm prompt die Nackenhaare auf.

(12) ÜBER DEN NUTZEN DER FLUGABWEHR

Der massige Mücke war noch nicht davongeeilt, als Keeper von seinem Schicksal eingeholt wurde.

»Achtung!«, brüllte Artur, aber da war es schon zu spät.

An der linken Wagentür war ein schwarzer Schatten aufgetaucht. Ein zwei Meter langer Drache hatte seine bekrallte Pfote in den Türpfosten gerammt und den monströsen Kopf in den Waggon geschoben. Riesige Glubschaugen glotzten sie an. Der Bodyguard wich zurück und griff nach seinem Messer. Diese Bewegung rettete allen anderen das Leben. Als der Drache daraufhin den Mund aufriss, blickte Kowal auf zwei verhornte Extranüstern unter der Oberlippe, die wie Miniraketen aussahen.

Kaum hatte Keeper das Messer geworfen, galt ihm die uneingeschränkte Aufmerksamkeit des Schuppentiers. Mit einem Schlag der zweiten *Hühnerpfote* holte das Vieh den Mann von den Beinen, konnte jedoch nicht verhindern, dass das Messer zitternd in seinem Bauch stecken blieb. Keeper schrie wie am Spieß, Charly ließ die Armbrust fallen und zog den Revolver aus seinem Gürtelhalfter. Auf den Schwanz und die zweite Pfote gestützt schlug der Drache von außen mit den Flügeln auf den Waggon ein und schleifte den Bodyguard wie eine Lumpenpuppe über den Boden. Aus Keepers Schulter spritzte Blut, und seine Augen brachen. Irgendwann klaubte der Drache ihn auf und schleuderte ihn Rokotow vor die Brust. Dieser stürzte und wurde unter seinem Bodyguard begraben.

Fauchend schwang der Drache die Pfote – in der er Keepers Arm hielt. Kowal umfasste mit beiden Händen seine Pistole, stemmte sich mit dem Rücken gegen die glühende Wand und feuerte sechsmal direkt in das aufgerissene Maul hinein.

»Du machst Fortschritte, Kumpel!«, gab Charly schwer atmend von sich. »Dieses Monstrum! Es hat Keeper getötet!«

Für den Soldaten kam jede Hilfe zu spät: Er lag reglos mit gebrochenem Genick da. Der tote Drache wurde zusammen mit Keepers Arm aus dem Wagen katapultiert. Doch noch ehe er auf dem Boden aufschlug, explodierte der grüne Rumpf dieses Mistviechs. Kowal musste den Brennstofftank in seinem Körper getroffen haben. Als Artur ihm nachsprang, pfiff sofort ein Pfeil an seinem Ohr vorbei. Er schmiss sich auf den Boden und suchte hinter einem Rad Deckung. Zu seinem Glück standen nur die Räder auf der anderen Seite des Wagens in Flammen. Mücke und Elch halfen den hustenden und würgenden Passagieren derweil durch die Luke im Boden hinaus ins Freie. Sie brachten sich im Gänsemarsch in dem Waggon mit den Stahlrohlingen in Sicherheit. Artur dagegen unternahm einen kleinen Spaziergang in die entgegengesetzte Richtung …

»Hiergeblieben, Freundchen!«, verlangte Rokotow, der ihm nachgekrochen war und ihn mit seiner Pranke am Kragen packte. »Sonst wirst du in Stücke gerissen!«

»Und wenn schon!«, spie Kowal aus. »Schick die Männer endlich zur Flak! Wir müssen die Drachen verjagen!«

»Das geht nicht!«, stöhnte Charly. »Sie haben Angst! Und wenn du stirbst, ertränkt mich Pap Rubens in der Newa!«

Artur wäre beinahe in schallendes Gelächter ausgebrochen. Was für Worte! Wie konnte Rubens' Zorn Rokotow selbst in dieser Situation noch Angst einjagen?! Schon im nächsten Moment allerdings wäre der Handelsminister auch ohne Rubens' tätige Mithilfe beinah ein toter Mann gewesen … Die beiden sahen sich kurz an und robbten wortlos aus der Schusslinie, um sich unter dem qualmenden Waggon der Wachen zu verstecken. Dieser war zwar fast ausgebrannt, das Fahrgestell jedoch noch wie durch ein Wunder intakt. Artur zog die um seinen Hals baumelnde Gasmaske über. Er rechnete jede Sekunde mit einem Angriff der Wilden oder der Drachen.

Nachdem er sich zu den hinteren Rädern vorgearbeitet hatte, sah er die durchlöcherte Schnauze des Urals unmittelbar vor sich. Der vorgespannte Traktor stand mit erhobener Schaufel etwas abseits vom Wegrand. Der Motor lief noch, und beide Männer in der Kabine waren am Leben, hatten aber keine Patronen mehr. Kaum dass der Fahrer die Tür öffnete, kam aus dem Sumpf ein Pfeil geflogen und prallte gegen die Verkleidung.

Der Traktorist warf dem Handelsminister einen entsetzten Blick zu und zog sich wieder in seine Kabine zurück. Sobald Kowal den Traktor hinter sich gelassen hatte, verstand er auch, was diesen am Weiterfahren hinderte: Die Wilden hatten über eines der hinteren Räder eine Art Fischernetz mit langen Haken geworfen. Dennoch mähte der MG-Schütze gerade mindestens sechs Feinde nieder, die im Sumpfgras lauerten.

Das kommt alles von den Drogen, fiel es Artur wieder ein. Darum fürchten sie den Tod nicht. Deshalb kann man denen alles befehlen. Sogar auf die MGs zuzukriechen, um ihr blödes Netz auszuwerfen. Von der tiefen Fahrrinne aus konnte Artur seine Umgebung kaum noch erkennen. Er hoffte inständig, dass nicht plötzlich einer dieser Mistdrachen zum Sturzflug auf ihn ansetzte. Aber eines der Schuppentiere war gerade damit beschäftigt, auf das Eisendach eines Wagens einzuhämmern, ein anderes zerriss die Leichen am Wegrand. Mit einem Mal schnaubte Rokotow hinter ihm. Alle Achtung, dachte Artur. Folgt er mir also doch in die Höhle des Löwen, obwohl er in aller Ruhe hätte zusehen können, wie der Feind Kleinholz aus mir macht!

Der Anhänger mit der Kanone war zwar auf die Seite gekippt, die Waffe schien jedoch noch in Ordnung, denn die Wilden hatten lediglich den hinteren Teil der Ladefläche getroffen. Wenn sie den Anhänger wieder aufstellen könnten, hätten sie schon viel gewonnen …

In der Kabine des Urals schrie jemand wie am Spieß, und Artur hob den Kopf. Das Blut gefror ihm in den Adern. Bis eben hatte er gedacht, am heutigen Tag könne ihm nichts mehr einen Schrecken einjagen – aber der Anblick des Drachen, der durch die Schießscharte hindurch den Fahrer abnagte, hätte wohl jeden eine Woche lang um den Schlaf gebracht.

Dieses Mistviech stützte sich mit dem breiten Krokodilsschwanz an der Motorhaube ab und hielt sich mit der einzigen unverletzten Pfote am Rückspiegel fest. Sein Kopf ragte weit in die Fahrerkabine herein.

»Den mach ich kalt!«, zischte Charly und ließ den Revolver klicken.

»Nein!«, flüsterte Artur. »Spar dir lieber deine Patronen, der verreckt auch so! Seine Flügel sind gebrochen und er wird an seinem Blut ersticken. Und den Mann retten wir auch nicht mehr! Wir müssen zur Flak!«

Trotz seiner Prognose erwartete Artur jede Sekunde einen Angriff des Drachen, als er sich mit stockendem Herzen zum hinteren Ende des Urals vorwagte. Die Echse war jedoch voll mit ihrem Gelage beschäftigt, außerdem gab Charly ihm Deckung, bis er in den Laster geklettert war. Kaum war Artur verschwunden, pirschte sich Rokotow, sich immer wieder ängstlich zur Fahrerkabine umsehend, zur Hinterfront des Lkws vor. Im Laster selbst erwarteten ihn vier tote Wilde, die derart mit Pfeilen gespickt waren, dass sie an Stachelschweine erinnerten.

Artur fand nun zum ersten Mal Gelegenheit, die Wilden aus der Nähe zu betrachten. Trotz der einschüchternden Kriegsbemalung boten die Kinder des Dschingis Khan einen ziemlich erbärmlichen Anblick. Genau wie ihre Stammesgenossen, die erschossen auf dem Weg lagen, waren auch diese schon ziemlich alt und keineswegs Recken. Dafür brauchen sie also die Frauen, schoss es Artur durch den Kopf, während er über die Leichen kletterte, um zur Flak zu gelangen. Die haben kaum Nachwuchs. Mit den vier Müttern wollen sie garantiert ihre eigenen Leute, die in Gefangenschaft geraten sind, zurückkaufen! Meine Güte, in was für einer Welt bin ich bloß gelandet …

Die beiden Männer an der Flak hatten sich bis zuletzt verteidigt. Deshalb waren die Wilden, die den Ural angegriffen hatten, dann auch abgezogen, sobald sie gesehen hatten, dass im Laster keine Gefangenen zu machen waren. Von dem Fahrerhäuschen drang inzwischen zwar kein Geschrei mehr heran, der Drache ließ sich aber dennoch nicht bei ihnen blicken, sondern blieb, mit den Kiefern knirschend, wo er war.

»Hilf mir, die beiden aus dem Weg zu räumen!«, bat Kowal.

Zu seiner Verblüffung zitterten seine Hände dabei kaum. Selbst dass er sich einen Fingernagel abgerissen, die ganze linke Hand aufgeschlitzt und sich überall Brandwunden zugezogen hatte, spürte er nicht. Zusammen mit Charly zog er die toten Schützen aus ihren Sitzen.

»Kannst du damit schießen?«, wollte Charly ehrfürchtig wissen.

»Nein. Aber es wird höchste Zeit, es zu lernen!« Kowal riss den Wilden die Fetzen vom Leib und breitete sie auf dem Metallsitz aus, damit er sich nicht direkt in die Blutlache setzen musste.

»Arina!«, stieß Rokotow entsetzt aus.

»Wie *Arina*?«

Kowal hantierte an den Hebeln: Die Flak war zwar so alt wie die Balliste des Archimedes, der Mechanismus funktionierte jedoch noch. Wie viele Patronen wohl in den Gurten sind?, fragte sich Artur.

»Ihr MG schweigt …«, presste Charly heraus.

Da fiel auch Artur auf, wie still es geworden war. Beide MGs hatten das Feuer eingestellt.

»Mach mir die Bahn frei und leg dich flach auf den Boden!«, verlangte Kowal, der gar nicht merkte, wie er dazu überging, Befehle zu erteilen.

Charly riss die Plane am hinteren Ende des Urals herunter und sprang danach sofort zur Seite. Blendendes Sonnenlicht schlug ihnen entgegen. Die Wolken hatten sich – dem Gesetz der Schuftigkeit folgend – verzogen. Offenbar wollte der gelangweilte blaue Himmel auch mal einen Blick auf das Schlachtfeld werfen. Artur schob den Schild des Zielsystems runter und tastete nach der Pedale. Seine linke Hand betätigte den Hebel zum horizontalen Drehen. Die vier Läufe bewegten sich tadellos nach rechts. Der maximale Neigungswinkel lag allerdings nur bei sechzig Grad, danach klemmte die Mechanik aus irgendeinem Grund. Ohne Computer krieg ich eh keine exakte Einstellung hin, überlegte er. Aber was soll's, ich halt einfach direkt auf die Viecher drauf …

Die Drachen kreisten nach wie vor über der Karawane, in den letzten paar Minuten hatte ihre Zahl sogar noch zugenommen. Die Museumsleute waren in ihrer Panik wie gelähmt und hatten sich irgendwo verkrochen. Einige Drachen spazierten sorglos über die Wagendächer und tobten sich an den Aufbauten aus. Aus fast allen Schießscharten quollen dicke Rauchwolken. Die Räder und die Tierleichen qualmten, stinkende Brandwolken zogen in einer dichten Formation über den Sumpf.

»Heiliger Vater, steh uns bei!«, murmelte Charly und bekreuzigte sich schnell. »Da stecken diese Zauberer hinter! Diese gottverdammten Zauberer! Wir werden alle sterben …«

»Sind euch früher noch nie Drachen begegnet?«

Rokotow wandte ihm das kreidebleiche Gesicht zu. Aus seiner aufgebissenen Unterlippe tropfte Blut.

»Niemals!«, beteuerte er. »Wir haben von ihnen gehört, auch, dass sie Feuer spucken … Aber wir haben diese Geschichten nicht geglaubt! Diese Kanone hier haben wir wegen der Fleder mitgenommen. Aber die sind immer gleich beim ersten Schuss abgezogen!«

»Ich hätte die Geschichten auch nicht geglaubt. Irgendwas stimmt hier nicht …« Artur blickte kurz zum Sumpf hinüber. »Pass auf, Charly, du musst zwei Dinge machen. Charly! Hörst du mir überhaupt zu? Erstens: Schnapp dir eine MP und gib mir Deckung!«

»Mhm.« Der Händler hatte sich augenblicklich wieder unter Kontrolle. Die vertraute Röte kehrte in seine Wangen zurück. Er nahm den beiden toten Flak-Schützen ihre Kalaschnikows ab und stand einsatzbereit, in jeder Hand eine Waffe, vor Artur.

»Und zweitens!«, fuhr Kowal fort, der die Finger auf die Abschussbetätigungen legte. »Versprich mir, dir die Erdölarbeiter vorzunehmen, wenn du das hier überlebst!«

Dann eröffnete er das Feuer – und bedauerte prompt, dem toten Schützen nicht den Korkhelm mit den Kopfhörern abgenommen zu haben. Der Laster wackelte wie ein Mammut im Todeskampf, die Leichen der Wilden flogen von der Ladefläche, als seien es Marionetten. Charly schrie etwas und achtete panisch darauf, nicht in die Schusslinie zu geraten. Kowal versuchte, wenigstens eines der geflügelten Ziele in der Mitte des Visiers zu behalten, aber eher spielten die Hebel mit ihm, als dass er damit die Flak dirigierte. Die vier Läufe ratterten mit einer irren Geschwindigkeit zurück, spuckten ihre Hülsen aus und schrien nach neuer Ladung.

Er lockerte seine tauben Finger und hörte nun endlich, was Rokotow schrie: »Die ziehen ab! Sieh doch bloß! Diese Drecksbiester haben Schiss!«

Fünf Drachen hatte Kowal in Siebe verwandelt. Die anderen Saurier unterließen nun jeden Angriffsversuch, stiegen unisono auf und flogen wie auf einen geheimen Befehl hin mit kräftigen Flügelschlägen in Richtung Wald.

»Jemand muss sie lenken! Das ist dir doch wohl auch klar, oder?!«, fragte er Charly. »O nein, Scheiße! Die sollten nur die Infanterie aus dem Weg räumen! Da kommen die Dschingisse zurück!«

In der Tat: Berittene Wilde zwangen ihre Reserve weiter hinten im Sumpf zu einem ungeordneten Rückzug in den Wald. Immerhin hatte die Infanterie einen Vorteil auf ihrer Seite, denn die Pferde blieben im schmatzenden Matsch stecken. Allerdings waren den Verteidigern der Karawane unterdessen die

Patronen ausgegangen. Die übrigen Wilden stürzten sich erneut auf die Wagen. Doch damit nicht genug. Über eine Wiese sprengten frische Wilde auf Pferden heran. Artur überprüfte seinen Vorrat an Munition.

»Die kommen hier nicht vorbei!«, sagte er zu Charly. »Geh sofort zu Arina. Alle sollen sich sammeln. Wir müssen zum Angriff übergehen, sonst treiben sie uns wieder in die Wagen und hetzen die Drachen auf uns.«

Rokotow stellte eine der Kalaschnikows ab, zögerte einen Moment, sprang dann aber kurz entschlossen aus dem Laster. Kowal blickte der behäbigen Figur nach und nahm seine Pflichten als Schütze wieder auf. Obwohl im Fadenkreuz des Visiers nun wahrlich keine Komödie ablief, umspielte ein Lächeln seine Lippen.

Der unsichtbare Fakir, der die Drachen lenkte, hatte garantiert nicht damit gerechnet, dass sein Gegner über Mittel der Flugabwehr verfügte. Inzwischen kam Kowal mit der Bedienung besser zurecht und feuerte mehrmals hintereinander kurze Salven ab. Die Flak spuckte in einer Sekunde nicht weniger als fünfzig Geschosse aus. Zwei Feuerketten erreichten den Drachenschwarm und verwandelten die Biester im Nu in Hackfleisch. Artur überzog sie von oben bis unten und von links nach rechts mit Kugeln. Sollte tatsächlich eines dieser Schuppentiere den Angriff überlebt haben, zerbrach er sich nicht den Kopf darüber. Den Wilden entging das ruhmlose Ende ihrer Luftwaffe ebenfalls nicht, sodass sie unter lautem Geschrei von ihren bisherigen Angriffszielen absahen und auf Artur zuhielten.

Warum lenkt die bloß keiner ab?, stöhnte Kowal innerlich. Alle Museumsleute werden ja wohl nicht tot sein! Noch drei Minuten, dachte Artur entsetzt, dann stehen diese Wilden vor mir. Aber gut, die Suppe habe ich mir selbst eingebrockt. Was musste ich denn unbedingt nach Moskau?!

Nach der nächsten Salve stellte er voller Genugtuung fest, dass er der frisch eingetroffenen Reiterei der Wilden ordentlich zugesetzt hatte. Allerdings meinte er, hinter den Kavalleristen eine offene Kutsche auszumachen, in der eine weiß gekleidete Gestalt saß … Quatsch, das habe ich mir nur eingebildet, redete er sich ein. Und selbst wenn: In zehn Sekunden gleicht die Kavallerie der Dschingisse eh fein zerhacktem Gulasch!

Die Espen, Birken und Linden zerbrachen wie Streichhölzer. Dort, wo eben die Reiter dahingesprengt waren, brannte die Erde. Dann verstummte die Flak. Gut möglich, dass es irgendwo noch Ersatzgurte mit Patronen gab, aber egal. Als er sich die Kalaschnikow schnappte, sah er sie unwillkürlich an, als handle es sich bei ihr um eine Wasserpistole. Im Vergleich zur Flak war die gute alte Kalaschnikow das irgendwie aber auch. Wie viele Jahre das Ding wohl schon auf dem Buckel hatte?

Kowal spähte vorsichtig aus dem Laster – und wollte seinen Augen nicht trauen. Die Dschingisse waren bis auf den letzten Mann verschwunden. Die reiterlosen Pferde irrten hilflos umher und setzten die verletzten Hufe nur mit Mühe auf. Die Tür des Traktors quietschte, der Fahrer lugte vorsichtig aus der Kabine. Als er den toten Drachen auf der Motorhaube des Urals sah, fuhr er vor Schreck zusammen.

Die Tür des Stabswaggons wurde aufgerissen und drei imposante Figuren kletterten heraus. Kowal erkannte Mücke und Elch. Ganz langsam kam wieder Leben in die Karawane. Türen schlugen zu, hier war ein Lachen zu hören, dort ein Weinen. Beile wurden geschwungen. Die überlebenden Männer von Mam Kate wagten sich ebenfalls zurück. Sie konnten ihr Glück noch immer nicht fassen und sahen sich ständig verdutzt um.

»Wir haben gewonnen!«, schrie Artur, sprang hinaus, ließ die Waffe fallen und sackte kraftlos zu Boden. »Weil wir die richtigen Mittel eingesetzt haben. Ihr mit eurer Diplomatie …!«

(13) DIE DEMOKRATIE DER STRASSE

»He! Bist du taub, oder was?!«

»Hä?« Die quiekende Stimme des Mannes vor ihm drang wie durch eine dicke Watteschicht an Kowals Ohr.

»Arina Rubens will dich sprechen. Also hoch mit dir, Freundchen.« Nachdem Artur sich hochgerappelt hatte, bemerkte der Soldat, in welchem Zustand sich der Mann befand, den zu holen man ihn losgeschickt hatte. Daraufhin fuhr er in deutlich freundlicherem Ton fort: »Wenn du nicht laufen kannst, trag ich dich.«

Kowal hatte sich in der Tat schon besser gefühlt. Müdigkeit ließ ihn torkeln. Sollten sie erneut zu den Waffen greifen müssen, würde er es nicht mal schaffen, auch nur eine Pistole zu halten. Während er seinem Begleiter zum Stabswaggon hinterherstolperte, fiel er dreimal hin. An allen Wagen waren Reparaturarbeiten im Gange, nur bewegten sich die Menschen wie in Zeitlupe. Die Soldaten standen am Wegrand und hielten Ausschau, duckten sich aber bei jedem lauten Geräusch. Neben den Leichen der Wilden machte Artur einen verletzten Drachen aus. Ein gestürztes Pferd hatte seinen Flügel unter sich begraben, sodass dieses Biest nur fauchen und den Schwanz durch die Luft schlagen konnte. Trotzdem mieden alle den Saurier, und es hatte sich bisher kein kühner Held bereitgefunden, den Drachen abzuknallen.

So ein Mist, dachte Kowal, die sind ja völlig demoralisiert. Toll! Aber wenn hier jemand das Recht hätte, Schiss zu haben, dann ja wohl ich. Die sind schließlich Profis!

Ein flüchtiger Blick genügte, um zu begreifen, dass Arina Rubens schwer verwundet war. Ihr Gesicht war leichenblass und über eine Wange zog sich eine frisch genähte Wunde. Am Fußende ihrer Liege türmte sich ein Berg blutgetränkter Fetzen. Ein baumlanger Mann im Kettenhemd beugte sich über sie und hielt sie fest, während ihr ein Arzt die Pfeile herauszog. Kowals Blick blieb an der schmalen, braun gebrannten Hand mit den abgeknabberten Fingernägeln hängen, die sich an der Schulter dieses *Sanitäters* festklammerte. Als Antiseptikum stand nur Sprit zur Verfügung. Allerdings musste der Arzt Arina irgendeine Form von Narkotikum gespritzt haben, denn als sie nach einer Weile das Wort an ihn richtete, war der Blick ihrer Augen verschleiert, jede ihrer Bewegungen schlaff.

»Mir wurde … berichtet … dass du die jungen Mütter und die Karawane … gerettet hast«, stammelte sie.

»Das stimmt nicht ganz«, wiegelte Kowal ab. »Ich habe nur die ermordeten Schützen ersetzt, als Not am Mann war.«

»Lüg mich nicht an, Meister!« Arina schluckte, und in ihrem Mundwinkel bildete sich ein Blutstropfen.

Zwei ihrer Bodyguards halfen ihr, sich aufzusetzen. Artur wusste bereits, was geschehen war: Nachdem Arina mitbekommen hatte, dass ihre Untergebenen vor Angst erstarrt waren und das MG schwieg, hatte sie dem Kutscher des Panzerwagens die Zügel aus der Hand gerissen, den Wagen direkt auf die feindliche Haubitze zugejagt und sie gerammt.

Die Kanoniere waren geflohen, zwei Wilde hatte Arina mit einem Revolver niedergeschossen, aber dann war die Kutsche im Schlamm stecken geblieben. Der Traktor hatte sie zwar wieder herausziehen können, war dann jedoch ebenfalls getroffen worden. Im Wagen waren zu diesem Zeitpunkt nur Arina, sechs Soldaten, alles verzweifelte Haudegen, und Christoph, der Sohn des Roten Vollmonds. Keiner von ihnen stellte das Schießen ein, obwohl sie alle eine Heidenangst vor den Echsen hatten. Als sie danach versuchten, den Panzerwagen aus dem Matsch zu ziehen, wurden sie von den Wilden attackiert, die sich bis dahin versteckt gehalten hatten. Es war das reinste Blutbad. Arina wurde viermal getroffen. Sergo, Ruslans Bruder und der Anführer von Arinas Bodyguards, erledigte einen der Saurier mit dem Schwert. Hätte Kowal in diesem Moment nicht die erste Salve mit der Flak abgegeben und damit die Feinde in alle Richtungen auseinandergetrieben, wären die Leute aus dem Panzerwagen vermutlich alle gestorben …

»Sergo! Es sollen sich alle versammeln.« Obwohl Arina jedes Wort entsetzliche Mühe kostete, behielt die schmächtige Frau das Ruder fest in der Hand.

Der Arzt tupfte ihr ununterbrochen die Stirn mit einem feuchten Tuch ab und hielt ihr immer wieder ein Döschen mit weißem Pulver unter die Nase. Die Sergeanten, aber auch Charly und Mücke trudelten ein. Der Mann namens Sergo Abaschidze, ein kräftiger buckliger Kerl mit einer Hand in der Schlinge und einem verbundenen Ohr, stürzte davon, um die Glocke zu läuten und alle zusammenzurufen.

»Herrin, wir haben siebenundzwanzig Mann und die Hälfte der Pferde verloren. Vier Wagen sind völlig ausgebrannt. In ihnen waren das Futter für die Tiere, der Vorrat an Sprit und die Küche. Auch die getrockneten Beeren, die Vögel und einen Teil des Leders konnten wir nicht retten. Der Wagen mit den Flaschen ist umgekippt und halb zerbrochen. Eines der Fuhrwerke für die Kanonen ist ebenfalls verloren, ein Traktor hinüber. Der Vorrat an Heizmaterial hat nicht gelitten, die Kasse alles unbeschadet überstanden. Vier Passagiere haben den Tod gefunden. Einer aus der Kommune in Narva, ein Kirchenmann und zwei von unseren Leuten. Von den Cowboys sind keine Klagen zu hören, aber die Jungs von Mam Kate wollen umkehren. Ihr Sergeant sagt, dass sie uns den zweifachen Sold zurückzahlen, den Weg aber auf gar keinen Fall fortsetzen. Sie meinen, selbst wenn wir alle Pferde der Dschingisse einspannen würden, würde sich die Karawane nicht einen Fußbreit vorwärtsbewegen.«

»Was ist mit den Müttern?«, wollte Arina wissen.

»Die haben das Ganze zwar wohlbehalten überstanden, aber

einer geht es sehr schlecht, Herrin. Wir haben das Feuer gelöscht und sie in ihr Abteil zurückgebracht. Die blonde, Nadja, die Tochter von Aurora van Gogh, hat viel Rauch eingeatmet und ist noch nicht wieder zu sich gekommen.«

In diesem Moment kam Sergo zurück, der offenbar auch das Amt des Stabsvorsitzenden innehatte. »Die Leute haben Angst, länger hierzubleiben, Herrin!«, berichtete er.

»Sage ihnen …« Arina erlitt einen Hustenanfall. Der Arzt und ein Bodyguard eilten sofort herbei, um die Decke, die heruntergeglitten war, wieder hochzuziehen. Dennoch hatte Artur einen Blick auf die vom Blut bereits braunen Verbände erhascht. Der gesamte Oberkörper der Frau, der Bauch und die Brust, waren fest umwickelt. Unwillkürlich zuckte er zusammen, als er sich ausmalte, welche Schmerzen Rubens' Tochter litt. »Sage ihnen, dass ich gehört habe … wie die Dschingisse abgezogen sind. Die Gegend ist sauber. Die nächsten zwei Tage brauchen wir nicht mit einem Angriff zu rechnen. Die Drachen sind ebenfalls weggeflogen … Bis auf zwei … verletzte. Erschlagt sie …«

»Nein!«, mischte sich Artur da ein. »Bitte, Herrin, lasst sie am Leben …«

Die Sergeanten sahen sich ungläubig an. Bis auf Daljar kannte Artur diese Männer nicht. Charly versuchte, Kowal ein Zeichen zu geben. Arina richtete mit einiger Mühe den Blick ihrer riesigen Augen auf ihn.

»Weshalb sollte ich diese Teufel am Leben lassen, Meister?«, fuhr sie ihn an. »Willst du sie in Moskau verkaufen?«

»Gib mir vier Soldaten, Herrin«, bat Kowal, der spürte, dass die Konzentration der Frau nachließ. »Ich will allen zeigen, dass man diese Drachen nicht fürchten muss. Danach wirst du die Ordnung mühelos wiederherstellen können. Ich fessle diese Biester und legen ihnen Leinen an. Wenn wir dann mit ihnen nach Moskau kommen, werden alle Kinder lachen und sie mit Steinen bewerfen …«

»Der ist doch verrückt, Herrin!«, wandte sich einer der Sergeanten an Arina, ein Muskelprotz, der aussah, als käme er aus einem der baltischen Länder. »Niemand wagt es, einen feuerspeienden Dämon auch nur anzufassen! Das sind Ausgeburten der Hölle, die die Zauberer uns auf den Hals gehetzt haben! Alle kennen die schlimmen Orte, die sich ständig ausbreiten. Dort wächst das Gras schneller und da kommen Vögel mit zwei Köpfen zur Welt. Das Wasser in den Bächen leuchtet und die Fische können ans Ufer kriechen. Zu solchen Orten gehen die Zauberer, um auf dem verseuchten Boden Samen zu verteilen, aus dem die verdorbene Erde dann die Dämonen hervorbringt. Die geflügelten Drachen zum Beispiel, aber auch andere Ungeheuer. Glaub mir, Herrin, das wissen alle, auch wenn es niemand laut ausspricht. Und deshalb darfst du nicht auf diesen Fremden hören. Wir müssen die beiden Teufel mit Masut begießen und verbrennen!«

Andere Stimmen erhoben sich.

»Herrin, wir sollten zu den Erdölarbeitern zurück und Brot von ihnen kaufen!«

»Die Cowboys müssen neue Pferde herbeischaffen!«

»Besser wäre es, wir würden mit den Leuten vom Gouverneur eine neue Karawane zusammenstellen!«

»Mam Rona muss sich die ohnmächtige Mutter ansehen!«

Arina schien die allgemeine Panik jedoch nicht zu bemerken. Sie musterte Kowal nachdenklich. Dieser sah sich auf der Suche nach Unterstützung um – und erhielt sie von völlig unvermuteter Seite, nämlich von diesem zerzausten Teenager Christoph, der ein kleines Kätzchen auf dem Arm hielt. Er strahlte Artur ganz überraschend an. Arina hob die Hand, was ihr offenbar große Mühe bereitete. Sofort verstummten die Männer.

»Du musst jetzt einen Nachnamen erhalten …«

»Ich habe bereits einen. Kowal.«

»Das versteht doch keiner. *Kowal?* Was soll das sein?«

»Im Ukrainischen bedeutet es Schmied.«

»Das passt«, erwiderte sie und rang sich ein Lächeln ab. »Denn du hast gearbeitet wie ein echter Schmied. Und nun lasst ihn aussprechen. Dieser Mann hat Kühnheit bewiesen, sodass er es verdient, dass wir ihn anhören. Die Dämonen spucken Feuer. Wie willst du es anstellen, dass die Menschen sie nicht mehr fürchten?«

Arina warf einen raschen Blick auf Charly und Sergo. Artur hatte den Eindruck, dass bereits irgendeine Entscheidung über sein weiteres Schicksal getroffen worden war.

»Herrin ...«, setzte er an. »Bevor ich in meinen Schlaf gefallen bin, habe ich den Organismus von Tieren und Menschen studiert. Es gibt keine Lebewesen, die in ihrem Körper ein brennendes Gemisch herstellen könnten. Und zwar nicht, weil das theoretisch nicht möglich wäre, sondern weil jedes innere Organ eine bestimmte Funktion zu erfüllen hat. Einige sind für die Verdauung verantwortlich, andere für den Erhalt der Art und so weiter. Dagegen hätte die Produktion von Flüssigkeiten oder Gasen, die in der Lage sind, schnell auf Sauerstoff zu reagieren, keinen anderen Zweck als ...« Er spürte, dass ihn niemand verstand. Nicht bei diesen abgehobenen Ausführungen ...

»... Angst zu wecken!«, sprang ihm Christoph bei. Die Männer verhehlten ihre Scheu vor dem Jungen nicht, aber der strahlte weiter, offenbar an seine privilegierte Stellung gewöhnt. »Du hast gelacht, aber geweint. Denn du bist klug und dumm zugleich. Das Feuer ist lebend, wiewohl tot. Es schürt die Angst ebenso wie das Lachen, stimmt's?«

Arina lächelte und schloss die Augen. Die Wunde an ihrer Wange schwoll mit jeder Minute stärker an.

»Du hast recht ... Sohn des Roten Vollmonds«, bemerkte Artur nach einer peinlichen Pause und verneigte sich vor dem Jungen. Endlich hatte er die Gabe der Rede zurückgewonnen – fast als hätte Christoph ihn mit einem unsichtbaren Fluidum gedopt. »Während alle anderen noch in den Wagen kauerten, habe ich einen der toten Dämonen mit einem Messer aufgeschlitzt!« Er wartete, bis sich die Aufregung nach diesen Worten gelegt hatte, und wandte sich dann wieder ausschließlich an Arina: »Deshalb kann ich versichern, Herrin, dass das kein Dämon ist, sondern lediglich eine Eidechse mit manipulierter DNA … äh, also, wie soll ich das erklären? Sie wurde künstlich geschaffen. Ich wollte das Organ untersuchen, das die Flamme erzeugte – nur gab es ein solches Organ gar nicht.«

»Was soll das heißen? Das gab es nicht?«, fragte Rokotow aufgebracht. Auch die anderen fingen mürrisch zu brummen an. »Die Karawane brennt schließlich immer noch.«

»Das Tier besaß kein Organ, das imstande gewesen wäre, Feuer zu erzeugen!«, versicherte Artur erneut, diesmal mit erhobener Stimme. »Stattdessen habe ich einen Behälter entdeckt, in dem eine bestimmte Menge Gas unter Druck aufbewahrt wurde. Dieses Gas explodiert, sobald es mit Luft in Kontakt kommt. Wenn das Gas erst einmal aufgebraucht ist, geht von diesen Drachen nicht mehr Gefahr aus als von einer großen bissigen Eidechse. Man sollte dem Biest also nicht die Hand ins Maul stecken. Am Boden ist das Tier ziemlich behäbig, auch in der Luft ist es bei Seitenwind nicht allzu geschickt. Das liegt daran, dass die Flügelkonstruktion nicht ausgereift ist und …«

»Was willst du damit sagen?«, fiel Arina ihm ins Wort. Sie bedeutete dem Arzt mit einer Geste, er möge ihr die Stirn und die ausgetrockneten Lippen befeuchten.

»Damit will ich sagen, Herrin, dass diese Drachen von Menschen gemacht wurden. Von Leuten, die etwas von Gentechnik verstehen. Nur haben sie dabei nicht genug Phantasie an den Tag gelegt, sondern sich an die Darstellungen von Drachen gehalten, die sie aus alten Büchern kennen. Dann haben sie Brennstoff in diese *Dämonen* gepumpt, damit die Biester uns Angst einjagen. Als das Verbrennungsgas jedoch aufgebraucht war, haben sie sie zurückgerufen, um sie *aufzutanken.* Aber diese Drachen können nicht mal Freund und Feind auseinanderhalten, sie stürzen sich auf alles, was sich bewegt. Inzwischen ist mir auch eingefallen, wo ich solche Drachen schon einmal gesehen habe. Es gab mal einen Künstler, Hieronymus Bosch hieß er, der hat solche Tiere gezeichnet ...«

Das Geschrei protestierender Stimmen erstickte jedes weitere seiner Worte. Am lautesten ereiferten sich zwei Männer, ein tätowierter Kerl mit einem zu feinen Zöpfen geflochtenen Bart, der ganz in grobes Schweinsleder gekleidet war, und ein langer Kerl mit Matrosenjacke und etlichen Klingen auf dem Rücken. Einander überschreiend verlangten sie von Arina, entweder die Erdölarbeiter um Hilfe zu bitten oder ganz nach Piter zurückzukehren. Die Goldstreifen an ihren Ärmeln wiesen sie als Sergeanten aus.

»Wenn wir jetzt umkehren«, brachte Arina gedehnt hervor und rief Christoph zu sich, »dann wird nach uns nie wieder eine Karawane nach Moskau ziehen.«

»Aber, Herrin! So etwas hat es noch nie gegeben!«

»Dass die Wilden Kanonen und Drachen haben!«

»Die müssen sich den Zauberern verkauft haben!«

»Wie viele von denen haben wir getötet, Sergo?«, überging Arina alle Einwände und wandte sich an den Stabschef.

»Vierundsiebzig Mann, Herrin!«, antwortete Sergo. »Diejenigen nicht mitgezählt, die im Wald getroffen wurden. Und auch diejenigen nicht, die Artur Schmied umgebracht hat. Die sind zu zerhackt.«

»Du sagst, sie stünden mit den Zauberern im Bunde, Wassili?«, wandte sich Arina an den tätowierten Typen. »Sergo, sag du es ihnen.«

»Wir haben einen verwundeten Wipper gefunden.«

Nach diesen Worten zog Sergo einen Reitersäbel mit Einlegearbeiten unter der Bank hervor, fuhr beiläufig mit dem Fingernagel über die Spitze und legte sich die Klinge quer über die Knie.

»Was sagst du da?!«

Sergos Eröffnung hatte geradezu durchschlagende Wirkung. Selbst der finstere Daljar sprang von seinem Platz auf.

»Artur Schmied hat ihn mit der Flak getroffen. Als meine Männer die Waffen eingesammelt haben, sind sie auf zwei Pferde und eine Kutsche gestoßen. In dieser saß ein Wipper. Er hatte sechs gelbe Wilde dabei, die waren alle tot. Der Wipper ist aber nur verletzt.«

»Bist du sicher, dass es ein Wipper ist?«, fragte Rokotow nervös.

»In der Kutsche war auch noch ein Tiger. Und … möglicherweise noch jemand anders. Das konnten wir nicht genau erkennen, denn der Wipper hat einen Kreis um sich gezogen. Als Eber den Mann bemerkt hat, hat er ein Messer nach ihm geworfen, ihn aber selbst aus einer Entfernung von nur fünf Schritten verfehlt. Wann hätte es das je gegeben, dass Eber nicht trifft?! Nein, das ist ein Wipper! Obwohl er von Granatsplittern getroffen worden ist, kann niemand in seine Nähe …«

Ein Raunen lief durch die Reihen der Sergeanten. Bisher hatte noch keiner von ihnen einen Wipper getroffen. Kowal schwirrte der Kopf.

»Trotzdem!«, kreischte Wassili, der kurz davor war, einen hysterischen Anfall zu erleiden. »Wir haben noch nie so viele von unseren Leuten verloren, Herrin! Acht Karawanen haben wir zusammen begleitet … Ich habe gegen die Röchler am Schnellen Fluss gekämpft, gegen die gelben Wilden und auch gegen Sumpfluchse. Selbst die Zauberer von den Seen jagen mir keine Angst ein, obwohl sie unseren Leuten Geschwüre anhexen …«

»Aber heute hattest du Angst, Wassili!«

Sofort breitete sich Totenstille aus. Arinas Worte klangen nicht wie eine vorsätzliche Beleidigung, eher wie … wie ein Urteil.

»Heute hattest du Angst!«, wiederholte sie mit Mühe, während sie die Finger mit denen Christophs verflocht. Der Junge ließ sich vor dem Holzbett auf die Knie nieder und schloss die Augen. Zwischen den Kindern des Roten Vollmonds bestand eine ganz besondere Beziehung. Die Katze sprang fauchend vom Arm des Jungen und verschwand unter eine Bank. »Statt deine Männer in den Kampf zu führen, hast du dich hinter einem Wagen versteckt wie ein feiges altes Weib! Und du, Matrose, wo bist du gewesen, als Artur Schmied – ein Mann, der noch nicht mal einen Eid geleistet hat – allein gegen die Dämonen gekämpft hat? Wo sind deine kühnen Kämpfer gewesen, deren Pflicht es gewesen wäre, die toten Schützen an der Flak zu ersetzen? O nein, du musstest dich unterm Bett verkriechen und beten!«

Matrose wurde knallrot. Von draußen drangen das Kreischen der Sägen und die dumpfen Schläge der Beile herein. Die Arbeiter reparierten die verbrannten Räder und befestigten die abgerissenen Drähte für die Telefonverbindung von Wagen zu Wagen wieder. Im Innern des Panzerwagens war dagegen nur der keuchende Atem der verletzten Arina zu hören. Und das Trippeln einer einflügligen Meise, die in ihrem von der Decke hängenden Käfig herumhüpfte.

Was dann geschah, ging so schnell, das Kowal es gar nicht richtig mitbekam. Sergo stand nicht mal von der Bank auf, sondern warf den Säbel im Sitzen. Die Klinge bohrte sich Wassili in die Brust und nagelte ihn an die Wand, als wäre er ein riesiger Schmetterling. Einer von Arinas Bodyguards fing Matroses Hand ab, nachdem dieser ein Messer gezückt hatte, ein anderer schlitzte ihm mit einer einzigen Bewegung die Kehle auf. Artur war wie versteinert. Charly, Sergo, Daljar und die anderen Sergeanten beobachteten das Geschehen dagegen völlig gelassen. Als wäre nicht das Geringste geschehen. Der Arzt hob unbeeindruckt mit einer Zange eine Eisenschale mit Spritzen vom Spirituskocher.

»Christoph hat mir noch sechs weitere Namen genannt.« Aus Arinas Mund tropfte Blut, aber sie wischte es nicht ab, sondern hielt weiter die zerkratzte, dreckige Hand des Jungen fest in ihrer schweißglänzenden Hand. »Bevor wir aufbrechen, wirst du sie bestrafen, Sergo. Und teile Schmied ein paar Leute zu;

soll er mit den geflügelten Drachen machen, was er für richtig hält. Falls sich niemand findet, der den Mut hat, den Wipper zu töten, wird Schmied das übernehmen. Er wird in den Kreis eintreten …«

»Zu Befehl, Herrin!«

»Jetzt zu dir!« Arina richtete den Blick ihrer fiebrigen Augen auf Artur. »Ich werde bald sterben … Ich vertraue Christoph … Er kann die Menschen besser hören als ich … Wie beurteilst du unsere Lage? Sprich!«

Abermals hatte Artur das Gefühl, sein Schicksal sei bereits besiegelt. Doch was genau musste er jetzt sagen, um nicht auch eine Klinge in den Bauch gerammt zu bekommen?

»Du hast völlig richtig gehandelt, Herrin. Diese Männer haben mit ihrer Feigheit die gesamte Karawane in Gefahr gebracht. Ich glaube …« Er sah sich nach Charly um, aber der Handelsminister blickte ihn nur sehr ernst an. »Ich glaube, dass die Karawane weiterziehen sollte. Allerdings nicht nur tagsüber. Die Wilden wissen, wo die Karawane ihr Nachtlager aufschlägt. Deshalb wäre es meiner Ansicht nach klüger, ihnen einen Strich durch die Rechnung zu machen und auch nachts nicht mehr anzuhalten. Wir dürfen keine Pause mehr einlegen. Drei zuverlässige Männer sollen zurückgeschickt werden, um bei den Erdölarbeitern neue Pferde zu kaufen. Selbst wenn sie dafür den doppelten oder dreifachen Preis zahlen müssen. Dann werden die Wilden uns bestimmt nicht einholen. Der Traktor soll sich hinten einreihen. Er kann die drei leichtesten Wagen ziehen. Aber die Flak muss nach vorn. Außerdem würde ich einen Wagen mit einem Fass Brennstoff und einigen Reitern etwa zwei Kilometer vorausschicken. Die Männer sollen links und rechts des Weges ein möglichst breites Stück des Waldes niederbrennen. Damit würden wir einerseits einen dichten Feuerwall schaffen, andererseits hätten wir selbst genug Platz zum Wenden.« Artur holte tief Luft. »Ich kümmere mich um die Drachen. Und den Wipper solltest du wenn möglich am Leben lassen.«

»Du weißt ja nicht, was du da verlangst!«, platzte es aus Sergo heraus. »Wenn wir ihn nicht töten, bringt er uns um. Alle! Er wird uns wieder die Drachen auf den Hals hetzen. Nein, er darf nicht am Leben bleiben. Wir müssen ihn verbrennen. Denn einen Wipper kann man nicht erschlagen oder erschießen, musst du wissen. Wenn du das tust, belebt die Erde ihn wieder. Bei so einem richtet nur Feuer etwas …«

»Stimmt das?«, wandte sich Artur an Christoph. »Wenn bisher noch niemand einem Wipper begegnet ist, woher wollt ihr dann wissen, wie man sie töten muss?!«

»Es stimmt, wie es auch nicht stimmt!«, entgegnete der Junge, der Arinas schlaffe Hand tätschelte. »Er ist schuldig, aber im Recht. Er ist böse, wiewohl gut. Er ist tot, lebt jedoch.«

O ja, an die Ausdrucksweise dieses Bengels muss ich mich erst noch gewöhnen, dachte Artur.

»Wenn er einer von diesen Wippern ist, die alle so fürchten«, sagte Artur daraufhin, »dann ist es doppelt wichtig, ihn gefangen zu nehmen. Die junge Frau könnte an der Rauchvergiftung sterben. Lew hat mir aber einiges über die Wipper erzählt. Wenn diese Geschichten stimmen, zwingen wir ihn, die Mutter zu heilen! Und was die anderen Wilden angeht … Was macht ihr denn normalerweise mit denen?«

»Wir werfen sie den Wölfen vor!«, knurrte Daljar.

»Wenn die Herrin es erlaubt, dann würde ich anders vorgehen, nämlich so wie die Jungs aus der Achten Division. Wäre es nicht viel klüger, eine Stunde dranzugeben und sie an den Bäumen entlang des Wegs aufzuhängen? Damit alle, die sich vielleicht heute Nacht hier anschleichen, erkennen, wie schrecklich dein Zorn ist, und sich nicht trauen, uns noch einmal anzugreifen?«

»Die Erdölarbeiter werden uns keine Pferde verkaufen«, gab Charly leise zu bedenken, »sondern uns weiter zu den Cowboys schicken. Das kostet uns dann einen ganzen Tag.«

»Sie werden uns schon welche verkaufen. Notfalls fahre ich

persönlich mit der Flak zu ihnen und stelle sie vor eine schlichte Wahl. Entweder wir kriegen die Pferde oder ich verbrenne ihr Öl. Schließlich haben sie uns verraten.«

»Bist du verrückt geworden, Kumpel?!«, blaffte ihn einer der Sergeanten an, dessen Namen er nicht kannte.

»Halt den Mund, Schlagring!«, befahl Arina. »Du hast selbst gehört, Schmied, dass die Menschen Angst haben weiterzuziehen. Nicht einmal der Rat dieser Karawane wird sie dazu bringen. Dergleichen kommt vor, da brauchst du dich gar nicht zu wundern. Es geschieht nämlich nicht allzu oft, dass mehr als zwanzig Mann bei lebendigem Leib verbrennen.«

Was wollen die eigentlich von mir, dachte Artur verzweifelt. Soll ich für sie Orakel spielen, oder was? Und warum zum Teufel musste ich unbedingt diesen Drachen aufschneiden?! Nur weil ich im Institut mal Frösche präpariert habe?! Warum habe ich nicht einfach die Finger davon gelassen?! Aber nein, ich musste mich ja unbedingt mit eigenen Augen überzeugen, dass im Körper des Drachen ein künstlicher Mechanismus steckt. Schließlich ist selbst jemandem, der von Physik keinen blassen Schimmer hat, klar, dass bei einem Gewicht von zweihundert Kilo der dynamische Auftrieb der Flügel für einen derart langen Flug nicht ausgereicht hätte. Die Drachen *mussten* also aus Einzelteilen zusammengesetzt worden sein …

»Ich halte mich nicht für einen grausamen Menschen, Herrin. Im Gegenteil, ich bin ein erbärmlicher Soldat, aber wenn du mich fragst …« Artur seufzte. »Vor hundert Jahren hätte sich niemand so verhalten, aber jetzt würde ich nicht alle Soldaten auf einmal antreten lassen, sondern versuchen, nach und nach die Disziplin in den einzelnen Gruppen wiederherzustellen. Charly könnte behaupten, dass der Sold ausgegeben wird, damit die Einheiten einzeln im Stabswaggon vorstellig werden. Dann würden wir jeden von ihnen fragen, ob er wie eine Ratte fliehen möchte oder ob er treu zu seinem Eid steht. Ich nehme an, es dürfte ausreichen, drei oder vier Mann aufzuhängen, um wieder für Ordnung zu sorgen. Aber wenn sich alle zugleich versammeln … ob es dann wirklich etwas bringt, diejenigen zu erschießen oder aufzuschlitzen«, er sah auf den in einer Blutlache liegenden Matrosen, »die ihren Kommandeuren widersprechen?«

»Ich habe mich wieder in dir getäuscht, Artur Schmied!«, sagte Arina und hielt dem Arzt ihren Arm hin, damit er ihr eine Spritze gab.

Kowal verkrampfte sich, denn er rechnete mit einem Angriff. Aber niemand rührte sich von der Stelle. Christoph flüsterte Arina etwas ins Ohr, Daljar kaute nachdenklich auf seinem Schnurrbart herum, Charly wechselte den blutgetränkten Lappen, den er sich auf die Schulter presste. Sergo kratzte mit einem kleinen Messer den Schlamm vom Stiefel. Sein Säbel steckte noch immer in der Brust des getöteten Sergeanten, denn bisher hatte er keine Anstalten gemacht, ihn herauszuziehen.

»Hört meine Entscheidung!« Diesmal musste der Arzt ihr ein Aufputschmittel verpasst haben, denn ihre Stimme klang jetzt viel kräftiger. »Wir ziehen weiter nach Moskau. Noch lebe ich, auch wenn ich nicht aufstehen kann. Wenn ich sterbe, beruft Sergo den Rat ein. Dann soll das Los entscheiden. Habe ich das Gesetz damit treu ausgelegt, Marschall?«

Der Arzt verneigte sich ehrfurchtsvoll. »Deine Stellung erlaubt es dir, diese Entscheidung zu treffen, Herrin.«

»Charly Rokotow, du bist Pap Rubens' rechte Hand in dieser Karawane. Frag den Mann Artur Schmied, ob er den Eid leisten will.«

Eine Wahl blieb Artur kaum. Er wusste, dass er sich trotz seiner militärischen Erfolge eben im Kampf gegen die Drachen jede Menge Feinde machen würde, wenn er nicht auf diesen Vorschlag einging. Warum hatte er diesen Leuten bloß Vorträge gehalten?! Wäre er doch nur hübsch unauffällig geblieben, dann hätte er in aller Ruhe im Abteil des Handelsministers sitzen, Fisch essen und Moskau frisch und munter erreichen können. Stattdessen durfte er jetzt mit einem Schwert von anderthalb Pud oder mit einer Armbrust bewaffnet unter dem Befehl Daljars weitermarschieren. Marschieren – das war dieser Quatsch, den man bei der Armee lernte. Aber wie bitte schön führte man ein Schwert?! Verdammt noch mal, was hatte er sich da wieder eingebrockt!

Umringt von den anderen musste er sich vor dem Panzerwagen auf die Knie niederlassen. Jemand schlitzte ihm die linke Hand auf. Drei Mitglieder der Kommune wiederholten dreimal die Frage, und Artur beteuerte dreimal den unbändigen Wunsch, sein Leben bis zu seinem Tod in den Dienst von Pap und Eremitage zu stellen. Die Worte könnten glattweg aus dem Schwur der Jungpioniere geklaut sein, dachte er. Dann vermischte er sein Blut mit dem von Charly, Daljar und Louis. Louis hatte dafür extra auf einer Trage hereingebracht werden müssen. Er hatte darauf bestanden, die Rolle des Bürgen zu spielen, obwohl er aufgrund seiner frischen Verletzungen immer wieder das Bewusstsein verlor.

Der unangenehmste Teil des Gelübdes bestand in einer schmerzhaften Tätowierung des linken Ohrs. Zum Abschluss der Zeremonie wartete auf den Ex-Wimi und Inhaber eines Zeugnisses, das ihn vom Militär befreite, eine Überraschung, mit der er nie im Leben gerechnet hätte. Auch ohne Bürge wäre er nämlich problemlos in die Kommune aufgenommen worden. So aber bekam er dank des Vertrauens dieser drei Männer gleich einen verantwortungsvollen Posten. Die in eine Decke gehüllte Arina wurde herausgebracht. Ihr Gesicht schien mit Kreide geweißt. Christoph musste jedoch im Panzerwagen bleiben. Erst im Nachhinein klärte man Artur über dieses Detail auf: Die Bodyguards waren verpflichtet, die Kinder des Roten Vollmonds zu töten, sollte ihnen die Gefangennahme durch den Feind drohen.

»Dieser Mann ist erst vor Kurzem zu uns gekommen, aber er

hat bereits dreimal seine Treue gegenüber der Eremitage und seine Kühnheit im Kampf unter Beweis gestellt. Er hat zwei unserer Soldaten vor der Meute der Bullterrier gerettet, er hat unsere Mütter vor dem Tod bewahrt, und er hat sich von den geflügelten Drachen keine Angst einjagen lassen. Ich kann die Karawane gegenwärtig nicht führen. Deshalb habe ich folgende Entscheidung getroffen: Sergo Abaschidze übernimmt an meiner Stelle den Befehl über alle Soldaten. Artur Schmied jedoch löst Sergo als Anführer meiner Leibgarde ab und wird hiermit zum Feldwebel ernannt. Was sagt der Rat dazu?«

Sergo trat vor und wandte sich an alle: »Leute der Eremitage! Gibt es unter euch jemanden, der etwas gegen Artur Schmied vorzubringen hat?!«

Niemand sagte ein Wort. Kowal war sich zwar sicher, dass gern jemand Einspruch erhoben hätte, aber Sergo und Rokotow setzten derart entschlossene Gesichter auf, dass außer Frage stand: An diesem Beschluss gab es nichts zu rütteln.

»Und noch etwas!«, verkündete Arina mit letzter Kraft. »Hinter dem Sumpf liegt ein verletzter Wipper!« Durch die Reihe der Soldaten ging ein ängstliches Gemurmel. Die Passagiere, die in einer eigenen Gruppe zusammenstanden, tuschelten aufgeregt miteinander, die Frauen fingen an zu weinen. Arina wartete ab, bis wieder Stille eingekehrt war. »Genauer gesagt, glauben wir, dass es sich bei diesem Mann um einen Wipper handelt. Ich nehme wahr, dass er sich von gewöhnlichen Menschen unterscheidet, und Christoph hört in seinen Adern das Blut der Nicht-Menschen rauschen. Vier unserer Männer bewachen ihn mit Gewehren, aber wie ihr wisst, schaden Kugeln einem solchen Dämon nicht. Artur Schmied hat gesagt, er würde zu dem Kreis des Zauberers gehen und den Wipper gefangen nehmen. Uns begleiten vier Mütter. Eine von ihnen liegt im Sterben. Artur Schmied hat gesagt, er könne den Wipper überreden, das Blut dieser Frau zu reinigen.«

Die Einheit erstarrte. Hundertfünfzig Augenpaare ruhten

auf dem Mann, der dort in ihrer Mitte kniete. Selbst die Frauen hörten auf zu jammern. So ganz stimmt das ja nicht, dachte Artur bei sich. Trotzdem erhob er sich und strich die Gräser ab, die an seinen Hosenbeinen klebten. Jetzt gab es kein Zurück mehr. Im Übrigen hatten Arina und Christoph das clever ausgeklügelt: Wenn er den Kreis betrat und diesen Dämon gefangen nahm, würde das seine Autorität als frischgebackener Chef der Bodyguards sofort festigen.

Seufzend wollte er schon in Richtung des mysteriösen Zauberers davonstiefeln, als Sergo ihn beim Ärmel packte.

»Du kannst da nicht einfach schnurstracks hingehen, Chef. Jetzt stehen zehn Mann unter deinem Kommando, die besten Soldaten von Pap Rubens. Sag ihnen, was sie tun sollen. Außerdem musst du zwei neue Sergeanten ernennen. Von den anderen, die Christoph genannt hat, sind vier in den Wald gerannt, aber zwei Feiglinge haben wir in unsere Gewalt gebracht. Befiehl deinen Leuten, sie zu bestrafen. Du kannst Arinas Männer übernehmen oder dir eine neue Gruppe zusammenstellen. Aber die Versammlung wird sich erst auflösen, wenn du es befiehlst ...«

Na toll, dachte Kowal, nun bin ich also ganz oben angekommen. In seinem bisherigen Leben hatte der leitende Wimi und Kandidat der Wissenschaften vier Brillenträger und ein paar Putzfrauen unter sich gehabt. Jetzt waren ihm für welche Verdienste auch immer zehn Totschläger und vier unverheiratete Frauen anvertraut. Bei dem Gedanken an die Frauen sah er wieder *jenes* Bild vor seinem inneren Auge: die vollen Lippen, die riesigen grauen Augen, die Tränen auf den noch halb kindlichen Wangen. Und dann der Duft. Die Frau hatte einen süßlichen, warmen Geruch verströmt, fast wie ein Baby ...

»Hört meinen Befehl!« Er räusperte sich. Seine Männer bauten sich neben Arinas Trage vor ihm auf. »Ihr zwei sorgt im Panzerwagen für Ordnung und passt mir auf die Herrin auf. Schmiert die Waffen und überprüft die Läufe. Ihr zwei schnappt euch frische Pferde und spannt sie für die beiden toten Tiere vor den Wagen. Treibt etwas Futter für sie auf. Die übrigen unterstehen bis zu meiner Rückkehr Abaschidze«, wandte er sich an Abaschidze, der daraufhin wortlos nickte. Kowal holte tief Luft und rief: »Wegtreten!«

Aus der Tür des Panzerwagens strahlte Christoph ihn an.

[14] DER WIPPER

Die letzten Meter bis zu der lädierten Kutsche brachte Artur auf watteweichen Beinen hinter sich. Das, was er um sich herum sah, verschlug ihm die Sprache. Er musste über das abgerissene Bein eines Pferdes und die Überreste dieses weißen Tigers steigen. Den ganzen Weg über versuchte er, seine Umgebung nicht allzu genau wahrzunehmen. Bei jedem Schritt, den er machte, schmatzte es unter den Stiefeln, die Rokotow ihm gegeben hatte. Die Lichtung, auf der die Kutsche des Wippers das Ende des Kampfes erwartet hatte, ließ sich nur noch als Tatar aus Pferde- und Menschenfleisch bezeichnen. In der Mitte dieses Albtraums stand jedoch der hintere Teil des Gefährts mit einem fast unbeschädigten Ledersitz. Vier Soldaten bewachten diesen *Thron.* Der Rest der Kutsche sah allerdings aus, als ob er in den Fleischwolf geraten wäre. Zwischen Holzresten und einem Berg glühender Gänsefedern lag die Leiche eines gelben Wilden, dessen Adamsapfel vorragte. Genauer gesagt lag da nur sein Oberkörper. Auf der Wange schimmerte unter den Schlieren des Ockers stinknormale Haut hervor. Das ist alles nur Effekthascherei, redete Kowal sich ein und schloss kurz die Augen. Nichts anderes als großes Theater mit allen Versatzstücken des Kriegerkults. Von wegen Zauberei!

»Du bist also gekommen, Erwachter Dämon.«

Der Mann in der Kutsche lächelte Artur an, doch in seinen Augen spiegelte sich keine Freude wider. Er musste sehr leiden, denn an seinem linken Unterschenkel hatte sich der Knochen durch die Haut gebohrt. Der weiße Umhang hing in dreckigen Fetzen an ihm. In seiner Schulter steckte ein Granatsplitter, ein anderer hatte seine Stirn aufgeschlitzt.

Dennoch lächelte der Wipper. Seine langen silbergrauen Haare waren zu sehr dünnen ordentlichen Zöpfen geflochten. Hätte man Artur gefragt, wie alt dieser Zauberer sei, hätte er kaum darauf antworten können – denn etwas hinderte ihn daran, dessen Äußeres klar zu erkennen. Die Gesichtszüge des Mannes in dem weißen Umhang schienen vor seinen Augen zu verschwimmen, sobald er sie auch nur eine Sekunde fixierte. Die vier Soldaten beteten jeder für sich und trauten sich trotz ihrer Gewehre nur bis auf fünf Meter an die Kutsche heran. Einer von ihnen hielt sogar ein Kreuz ausgestreckt in der Hand vor sich.

»Nur bin ich kein Dämon«, antwortete Artur dem Mann.

Nun trat er in den Kreis, von dem Sergo gesprochen hatte. Er hatte einen Durchmesser von anderthalb Metern, und in ihm lag nicht ein Geschoss am Boden. Der Wipper schien direkt vom Himmel in diese Hölle gefallen zu sein. Doch woher kamen dann die Wunden?

»Aber erwacht bist du.« Die Stimme klang wie das Rascheln von Herbstlaub. »Und du fürchtest die Magie der Erde nicht. Hilf mir, denn du bist doch gekommen, mir zu helfen, oder etwa nicht?«

»Geh lieber nicht näher an den ran, Meister«, schrie der Soldat mit dem Kreuz. »Er trinkt dein Gedächtnis aus und hext dir ein Geschwür an.«

Die Soldaten umklammerten krampfhaft die Abzüge ihrer Gewehre. Da die Beile inzwischen schwiegen, drehte Kowal sich um. Dutzende fassungsloser Gesichter waren ihm zugewandt. Und eines von ihnen gehörte ganz sicher dem ewig strahlenden Christoph.

»Du hast den Kreis betreten, fürchtest mich aber. Wie ist dergleichen möglich, Erwachter Dämon?«, fragte der Träger dieser Rastazöpfe mit einem weiteren Lächeln. »Ich trage keine Waffe, während ihr zu fünft seid. Wenn du mir nicht hilfst, sterbe ich.« Der Wipper lüpfte mit der linken Hand den zerfetzten Umhang, sodass Kowal eine weitere schreckliche Wunde an seiner rechten Seite sah. In sie hatte er Gras gestopft. »Willst du, dass ich sterbe?«

»Ich lasse dich schon nicht sterben«, erklärte Artur, »jedenfalls nicht, wenn du schwörst, im Gegenzug auch mir zu helfen!«

»Nur sprichst du, um genau zu sein, nicht von dir, sondern von der jungen Mutter, oder nicht?« Das Lachen des Wippers klang traurig und leise, aber Kowal spürte, wie seine Knie erneut watteweich wurden. »Selbstverständlich werde ich sie retten. Denn ich wünsche ihr nicht weniger als du ein langes Leben.«

»Ich will sie bloß lebend nach Moskau bringen!«, entgegnete Artur. »Alles andere interessiert mich nicht. Aber du, was bist du eigentlich für ein Dreckschwein?! Fängst hier ein solches Gemetzel an! Ist dir eigentlich klar, wie viele Menschen deinetwegen gestorben sind?!«

»Meinetwegen?«, fragte der Mann ehrlich verwundert zurück. »Dieses Pack war auf eure nichtsnutzigen Güter erpicht. Die wollten eure Frauen gefangen nehmen, vergewaltigen und am Hungertuch nagen lassen. Im besten Falle wären zwei, drei Kinder auf die Welt gekommen, die jedoch von Insekten zu Tode gestochen oder am Fieber gestorben wären.«

»Aber du hast doch die Drachen ins Feld geschickt, oder etwa nicht?!«

»Selbstverständlich«, gab der Wipper völlig gelassen zu. »Mich haben aber nur die Mütter interessiert. Eurem uneinsichtigen Rubens habe ich bereits oft genug doppelt so viel Gold angeboten, wie ihr in Moskau für sie erhaltet. Wäre er darauf eingegangen, hätte es dieses *Gemetzel* nie gegeben. Im Übrigen unterhalte ich mich gern später mit dir weiter. Aber jetzt würde ich dich bitten, mir aufzuhelfen. Sonst hauche ich hier mein Leben aus, und der Frau kann nicht mehr geholfen werden!«

Kowal beugte sich vor und wollte den Wipper auf den Arm nehmen. Dieser Nicht-Mensch verströmte einen höchst angenehmen Duft von Heu und fruchtigem Tee. Gar kein Vergleich zu den ungewaschenen Soldaten. Hinter ihm klickerte eine Sperrvorrichtung, die Soldaten stießen unisono ein unterdrücktes Stöhnen aus. Aber der Wipper machte keine Anstalten, ihn zu behexen.

»Du brauchst mich nicht zu tragen«, befahl der Mann ihm fast. »Hilf mir einfach runter, damit meine Füße den Boden unter sich spüren. Und jage diese Schmeißfliegen fort.«

Der Alte deutete mit dem Kopf in Richtung der Soldaten und streckte mit erkennbarem Vergnügen von seinem Platz aus die Füße zum feuchten Gras hin, während Artur vor dem Vehikel stand und ihn am Oberarm festhielt.

»Soldat, hol den Arzt und eine Trage. Sag dem Marschall, dass wir es mit einem offenen Bruch und einer Wunde im Bereich des Kreuzbeins zu tun haben ... Ach was, vergiss es, das wirst du dir eh nicht merken können. Er soll alles mitbringen, was da ist.«

»Zu Befehl!« Der Mann entfernte sich sofort vom Schauplatz.

»Warte! Sag Rokotow, dass die Mutter ... die, die ohnmächtig ist, auch schnell hierher gebracht wird! Beeil dich!«

»Du machst Fortschritte, Erwachter Dämon!«

Der Wipper glühte wie ein kleiner Ofen. Trotz seiner geringen Größe und des Blutverlusts krallte er sich mit erstaunlicher Kraft mit beiden Händen an Artur fest. Von der Karawane kamen bereits Charlys Leute herbeigerannt, die die Frau auf einer Trage brachten. Artur beobachtete sie kurz. Als er sich anschließend wieder dem Wipper zuwandte, wollte er seinen Augen nicht trauen.

Das Gras um die nackten Füße des Zauberers wogte und zerfiel zu Asche. Der Granatsplitter in seiner Schulter war verschwunden, über der Wunde an der Stirn bildete sich bereits neue rosafarbene Haut. Außerdem hielt sich der Wipper nicht länger an Artur fest, sondern glitt vom Sitz, ließ sich auf den Bauch fallen und presste beide Hände auf die Erde. Dort, wo sie lagen, knisterte der feuchte Boden und verwandelte sich in eine ausgetrocknete Steppe. Die spitzen Schulterblätter zuckten unter dem zerfetzten Umhang wie rudimentäre Flügel. Der schmächtige Zauberer strahlte eine derartige Hitze aus, dass die Soldaten mit den Gewehren zurückwichen und die Gesichter abwandten.

»Heilige Xenia, steh mir bei!«, flüsterte der herbeigeeilte Doktor und stellte den kleinen Metallkoffer mit seinen Instrumenten ab.

Kowal warf einen Blick auf Nadja van Gogh. Allmählich brachten ihn diese idiotischen neuen Familiennamen, die von den Gemälden der alten Meister übernommen worden waren, auf die Palme. Die Frau sah hundserbärmlich aus. Ihre Haut war nicht mehr blass, sondern bereits bläulich, die Haare klebten ihr an der Stirn. Mücke und Elch setzten die Trage sanft zehn Schritt vor dem Zauberer ab und weigerten sich strikt, näher zu kommen. In ihren Augen spiegelte sich unverfälschte Angst. Wenn jetzt einer dieser Idioten schießt, dann überlebt Nadja diesen Tag nicht, dachte Kowal bei sich. Ihm blieb nur eine Möglichkeit. Mit dem Gebaren eines Herrschers zog er seine Pistole aus dem Halfter und presste sie den am Boden liegenden Wipper an die Schläfe.

»Soldaten! Ihr alle nehmt jetzt die Waffen runter und geht zurück an eure Arbeit! Euer Sergeant wird euch sagen, was ihr tun sollt. Doktor, Sie kommen zu mir! Elch, Mücke, glotzt nicht so, sondern baut euch in einem Abstand von zwanzig Schritt auf und gebt uns Deckung. Und nun zu dir!«

Kowal packte den Zauberer im Nacken – und hätte vor Schmerz beinahe aufgeschrien, denn Brandblasen überzogen seine Hände. Trotzdem schob er dem Wipper im zweiten Anlauf die Arme unter die Achseln, um ihn mit einem Ruck auf die Beine zu stellen. Der schwankte wie eine Strohpuppe an Fäden. An der Stelle, wo er gelegen hatte, hatte sich eine braune Kruste gebildet. Fast, als ob da Napalm verspritzt worden wäre, schoss es Artur durch den Kopf. Die Kleidung des Alten war verbrannt – sämtliche Wunden dafür jedoch quasi verheilt. Er schien in eine Art Trance gefallen zu sein, wie man sie von Schamanen kennt, und riss sich die Fetzen von dem mageren, aber muskulösen Oberkörper. Die monströse Schnittwunde rechts unterm Solarplexus war praktisch vernarbt. Das Wadenbein war auf unerklärliche Weise wieder an seinen Platz zurückgekehrt, und man konnte förmlich zusehen, wie die lilafarbene Schwellung am Unterschenkel zurückging.

»Wenn du dich nicht auf der Stelle um die Frau kümmerst, erschieße ich dich!«, drohte Artur. »Ich habe deinen dreckigen Arsch gerettet, der sonst schon längst mit Schrot gespickt wäre. Tu also, was ich dir sage, oder du bist ein toter Mann!«

Sobald Artur ihn losließ, klappte der Wipper zusammen, als hätte er keinen einzigen Knochen im Körper. Kowal wollte ihm bereits in die Seite treten und befehlen, ihn mit Wasser zu begießen, als der Wipper mit einem Mal zu sich kam. »Bringt sie mir. Hierher, direkt zu mir. Und droh mir nicht mit dem Tod, Dämon.«

Daraufhin ließen Artur und der Arzt sich etwas abseits nieder und warteten. Sie versuchten beide, nur durch den Mund zu atmen, denn um sie herum stank es derart penetrant nach verbranntem Fleisch, dass Artur glaubte, er würde sich den bestialischen Gestank nie wieder abwaschen können. Die Soldaten fielen ihm ein, die bei lebendigem Leibe im Aufbau des Waggons verschmurgelt waren, und eine neue Welle des Hasses auf diesen nackten Schwachkopf brandete in ihm hoch. Der Wipper schien seine Gedanken gehört zu haben, denn er wandte das Gesicht für eine Sekunde von der vor ihm liegenden Frau ab und sah Artur fest in die Augen. Zum ersten Mal gelang es Artur, ihn klar zu erkennen. Der Wipper schien ihn zum Duell herauszufordern. Der Arzt duckte sich, verbarg aber immerhin das Gesicht in seinen Händen, als schäme er sich seiner Angst. Die Soldaten gaben sich nicht mal mehr diese Mühe.

Kowal begegnete dem Blick aus diesen wie hinter Tränen durchscheinenden gallertartigen Augen mit kühner Entschlossenheit, meinte jedoch, sein Hirn würde an eine Steckdose angeschlossen. Die Pistole lag mit einem Mal unglaublich schwer in seiner Hand, sein Herz raste erst wie wild, dann setzte es plötzlich aus, was ihn am ganzen Körper in kalten Schweiß ausbrechen ließ.

»Sie wird leben, Dämon. Aber lass es dir noch einmal gesagt sein: Wage es ja nicht, mir mit dem Tod zu drohen. Nicht einmal in Gedanken«, sagte er, um sich anschließend zu erkundigen. »Freust du dich etwa nicht, dass sie leben wird?«

»Ich freue mich, dass die Kommune ihr Geld kriegt.«

»Wenn es dir gefällt, mich anzulügen, kann ich dir das selbstverständlich nicht verbieten.« Der Wipper sprach so langsam, dass seine Worte wie sanfte Musik dahinflossen, sich wie eine Schlange zwischen bemoosten Steinen hindurchwanden … »Aber lüg dich nicht selbst an, Erwachter Dämon. Ich höre, was du denkst. Und du denkst, dass diese Frau deiner einstigen Frau ähnelt. Der, die du getötet hast …«

»Halt die Schnauze, du Arschgesicht!«, zischte Kowal, stand aber nicht auf, um zu ihm zu gehen. Dazu fehlte ihm die Kraft.

»Du glaubst, du seist klüger als alle anderen um dich herum. Du glaubst, dass du sie durchschaut hast. Rubens' Töchterchen, meine ich.« Die langen weißen Finger des Wippers glitten einen Zentimeter über dem Körper der reglosen Frau geschmeidig dahin, seine Augen blinzelten jedoch synchron mit denen Kowals. »Du nimmst an, sie wollte, dass du den magischen Kreis betrittst. Damit die Soldaten dir, einem echten Kindskopf, der noch nicht einmal eine Waffe zu halten versteht, nach dieser Großtat vertrauen. Pap Rubens ist ein Aufschneider und Dickschädel, aber er ist kein Narr. Weißt du, an wen er sich als Erstes gewandt hat, nachdem ihm diese Doktorin die Ergebnisse deiner Tests gebracht hat? An meinen Bruder. Er hat ihm eine Taube geschickt. In dem Brief schrieb er, in die Eremitage sei ein sauberer – ein absolut sauberer Mann – aus der Vergangenheit gekommen. Genau wie es Diejenigen, die die Erde zum Wippen bringen, stets angekündigt haben. Damit bist du nicht einfach nur ein herkömmliches Zuchttier, o nein. Vielmehr besteht die begründete Hoffnung, dass all deine Kinder selbst Kinder in die Welt setzen können …«

»Was soll das heißen? Dass ich eine lebende Legende bin?«

Erst jetzt fiel Artur auf, dass der Arzt seit einiger Zeit fest schlief, während die Soldaten sich zu weit zurückgezogen hatten, um noch ein Wort ihres Gesprächs mitzubekommen.

»Unterbrich mich nicht!«, verlangte der Wipper ein wenig ungehalten. »Diesem Truthahn Rubens haben wir für dich so viel angeboten, dass dich der Pap jeder anderen Kommune mit Kusshand an uns verkauft hätte. Aber er hat sich quergestellt. Statt den Mann, der rein zufällig zu ihm gekommen ist, zu verkaufen, hat sich Pap Rubens hundert Möglichkeiten einfallen lassen, dich zu befördern und damit an sich zu binden. Oder etwa nicht, Dämon? Wahrscheinlich haben die Museumsleute dir das wärmste Plätzchen in ihrer Eremitage überlassen, oder? Aber was für ein Pech, dass ausgerechnet jetzt diese Karawane nach Moskau aufbrechen musste. Soweit ich weiß, hätte man dich fast verhaften lassen, nur damit du dich nicht einer anderen Bande anschließt. Wenn du mich fragst, kannst du die Kommunen aber alle durch die Bank vergessen. Dieser talentlose Haufen wird untergehen … Aber im letzten Moment ist Pap Rubens davor zurückgeschreckt, dich unter Druck zu setzen. Er hatte Angst, du könntest fliehen oder, schlimmer noch, in Moskau bleiben. Deshalb hat er die denkbar verführerischsten Ämter für dich ersonnen …«

Kowal fühlte sich am Boden zerstört.

»Nimm es dir nicht so zu Herzen, du hast wirklich Kühnheit im Kampf bewiesen. Es gibt in eurer Karawane drei Menschen, die mich hören und die ich höre. Das gilt vor allem für den Jungen. Er hat der Tochter von Rubens geraten, dich zum Chef der

Leibwache zu befördern. Sie halten das für eine große Ehre, du kannst also stolz darauf sein. Arina hat sich gefreut, dass sie obendrein ihrem Vater damit einen Gefallen tun konnte. Sie sind nämlich überzeugt davon, Artur Schmied würde sie nun unter keinen Umständen verlassen. Aber mach dir nichts vor, Dämon: Dir braucht nur ein Fehler zu unterlaufen, dann bist du deinen Posten wieder los.«

»Und was willst du? Warum hast du die Drachen auf uns losgelassen?«

»Wir beide wollen das Gleiche, Erwachter Dämon.«

Der Wipper verzog die Lippen zu einem Lächeln und entblößte dabei seine oberen Zähne, doch der Gesamteindruck seines Gesichts war auch diesmal für Artur nicht zu fassen. Dafür sah er etwas anderes.

Es war kein kleiner Fleck mehr, sondern bereits ein ziemlich großer Kreis verbrannter Erde, etwa sechs Meter im Durchmesser, der den Zauberer und Nadja van Gogh umgab. Alles, was innerhalb des Kreises lag – die toten Wilden, die Pferde, das Zaumzeug –, schien zu zerlaufen wie Speck in einer Bratpfanne. Lew hatte ihm bereits von solchen verbrannten Flecken erzählt, sie hießen im Volksmund Satansgeifer. Artur drehte sich zum Weg um. Die Soldaten hatten die Baumsperren mittlerweile abgetragen, die Kutscher spannten die Pferde an, am Wegrand zog der Traktor den Anhänger mit der Kanone. Dreißig Mann beobachteten aber noch immer alles, was der Wipper tat.

»Wir wollen das Gleiche«, wiederholte dieser. »Nur lüge ich mich nicht an. Im Gegensatz zu dir. Ich möchte die vier Mütter, und du möchtest eine Frau, diese hier. Du hast noch nicht darüber nachgedacht, aber ich höre dich bereits. Sie erinnert dich an … Ja, ja, schon gut, ich vertiefe dieses Thema nicht!« Mit einer sanften Bewegung strich er der Frau übers Haar. »Deine Natur versteht nicht, wie es sein kann, dass diese Frauen an einen anderen Stamm verkauft werden. Wie es sein kann, dass eine Frau nicht dir allein gehört. Glaub mir, die Petersburger

Museumsleute räumen den Frauen noch wesentlich mehr Rechte ein als die meisten anderen Kommunen. Nur mangelt es heute überall an Müttern, in den meisten Banden werden sie deshalb überhaupt nicht gefragt, was sie eigentlich wollen … Ich höre dich, Erwachter Dämon. Du bist verzweifelt. Du bist in Panik. Du kannst nicht glauben, dass die Beziehungen zu ihrem natürlichen Ursprung zurückgekehrt sind. Doch vertrau mir: Wenn wir einander nicht helfen, bist du verloren. Denn du wirst ja wohl nicht auf diese Eisenbahnverbindungen hereinfallen, oder?! Pah! Woher wollt ihr denn das Roheisen nehmen? Außerdem hast du gesehen, in welchem Zustand sich die Schienen befinden! Nein, bestenfalls wirst du bei ihnen eine doppelte Portion Futterrüben bekommen und dann als Zuchtbulle im Hamsterrad antreten.«

»Beantworte mir nur eine Frage. Aber ehrlich …« Artur stockte. »Seid ihr Menschen oder nicht?«

»Wir sind genau wie du und doch ganz anders. Aber verwechsle Diejenigen, die die Erde zum Wippen bringen, nicht mit den verachtungswürdigen Banden von Zauberern, die Giftpilze verschlingen. Mein Großvater ist in der Ewigen Brandstätte geboren worden. Hast du davon schon gehört?«

»Schlägst du mir etwa Verrat an den Museumsleuten vor, Wipper?«, überging Artur die Frage.

»Ich schlage dir vor, mit denjenigen zu gehen, die auf dich warten. In Moskau wirst du ohnehin niemanden von denen finden, die du zum Leben erwecken möchtest.«

»Woher weißt du, weshalb ich nach Moskau gehe?« Eine Gänsehaut rieselte ihm über den Rücken.

In dieser Sekunde schlug Nadja van Gogh die Augen auf. Zunächst blieb sie liegen, ohne zu wissen, wo sie eigentlich war, dann richtete sie sich auf, stützte den Kopf auf die Knie und würgte fürchterlich. Von dem Röcheln geweckt wollte der Arzt aufspringen, fiel jedoch gleich wieder zurück. Die Sohlen seiner Boots rauchten. Der Wipper und die Mutter schienen sich im

Epizentrum einer Explosion zu befinden, zu dem niemand vordringen konnte.

»Mein Großvater ist in der Ewigen Brandstätte geboren worden, zu einer Zeit …« Der Wipper richtete sich ein wenig auf und band sich die kläglichen Reste des Umhangs um die Hüfte. »… da der Boden in der Brandstätte nachts noch leuchtete. Er war einer der Ersten, die es gelernt haben, die Erde zum Wippen zu bringen, einer der Ersten, die das Große Buch verfasst haben. Er hat gesagt, dass es nur einen Erwachten Dämon geben wird. Und mein Großvater, Friede seiner Asche, hat sich nie geirrt. Du bist allein, Artur Schmied. Die Mutter wird leben. Wenn du willst, fessle mir ruhig die Hände. Die Schmeißfliegen haben Angst, sich mir zu nähern. Nur vergiss eins nicht: Du hast mir versprochen, dass ich am Leben bleibe.«

(15) TELESCHEWS AUFZEICHNUNGEN

Ich will auf gar keinen Fall wie ein alter Klugscheißer dastehen, der schon immer alles besser gewusst hat. Niemand hat ahnen können, wie das alles endet, selbst die Leute im Kreml nicht, obwohl die von unserem Tod profitieren. Aber gut, die Interessen des Staates haben bei uns stets über denen des Individuums gestanden. Oder etwa nicht? Wann hätte es denn in Russland je eine Zeit gegeben, in der das anders war? Sollte irgendwann jemand meine Aufzeichnungen lesen, heißt das noch lange nicht, dass die Krankheit besiegt ist. Wenn das jedoch gelingen sollte, wird aus den Trümmern unserer weisen Regierung eine völlig neue Gesellschaft entstehen. Und obwohl ich inständig hoffe, dass sie nichts mit dem verbindet, was wir heute kennen, muss ich selbst über meine Hoffnungen lachen. Alles wird wieder von vorn beginnen …

Das klingt pathetisch, nicht wahr? Aber das ist wohl verzeihlich für einen Mann, der weiß, wie viel Zeit ihm noch bleibt. Deshalb bitte ich Sie sehr: Lesen Sie diese Zeilen aufmerksam. Genau wie ich am liebsten aus voller Kehle schreien würde: Seien Sie bloß vorsichtig! Nur wären das nicht meine Worte, und solch ein Schrei hätte auch gar keinen Sinn. Wir werden es nie lernen, Augen und Ohren offen zu halten, dazu ist unser Volk viel zu vertrauensselig. Die da oben hätten uns doch noch in zweihundert Jahren gezwungen, nach ihrer Pfeife zu tanzen, wenn es unter ihnen nur ein paar Ökonomen mit Köpfchen gegeben hätte. Die haben sich immer die Filetstückchen einverleibt, während unsereiner abends in den Küchen die Knochen mit dem klangvollen Namen russische Seele *abgenagt hat. Etwas Besseres hätten die sich gar nicht einfallen lassen können: Es reicht, um nicht zu verhungern, aber man denkt keine Sekunde mehr an Fleisch …*

Einer der größten Irrtümer dürfte wohl der dumme Glaube an diejenigen sein, die wir gewählt haben, damit sie uns regieren. Man darf niemandem glauben, der behauptet, besser als du selbst zu wissen, was du zum Leben nötig hast. Doch wir haben uns täuschen lassen. Wieder einmal. So hat unser großes Volk seinen Kopf erneut in die Schlinge gesteckt und sich dann verwundert gefragt, warum der Staat ihm nicht den Verlust erstatten will.

Im Grunde haben wir eine ungeheure Vorliebe für alles, was es umsonst gibt. Der Haken an der Sache ist nur, dass sich die Misere diesmal nicht allein auf Russland beschränkt.

Die letzten Monate habe ich mich umfassend über HIV informiert und einige interessante Beobachtungen gemacht. Offen gestanden habe ich diese Lektüre erst aufgenommen, als es mich persönlich betraf.

Und dies ist die erste meiner Beobachtungen, die ich Ihnen zur freundlichen Kenntnisnahme überlasse: Der kleine Mann glaubt, dass er das Recht hat, nur an sich zu denken, denn an uns alle denken ja schon die da oben. Das ist falsch. Ohne Kommentar.

Zweitens: Wenn vor Ihrem Fenster einmal im Monat ein Mensch erstochen wird, geraten Sie in Panik. Wenn so ein Mord einmal in der Woche geschieht, fangen Sie an, die Hintertür zu nehmen, und besorgen sich eine Pistole. Wenn aber täglich Leichen auftauchen, steigen Sie gelassen über sie hinweg, wenn Sie morgens zur Arbeit eilen. Wir haben uns an HIV gewöhnt, der Begriff ist nicht mal mehr das Modewort des Tages. Der Absatz von Kondomen ist leicht angestiegen, Drogenabhängige kaufen sich etwas öfter eine neue Spritze. Aber das ist auch schon alles. AIDS geht zwischen Werbespots unter, genau wie einst die Mode der atypischen Lungenentzündung, die Legalisierung von Marihuana und die Vogelgrippe. Der technotronische Terror, Schnüffelstoffe und andere drängende Fragen haben AIDS in eine Reihe mit Krebs und Infarkten gestellt. Sicher, an Herzerkrankungen sterben weitaus mehr Menschen, aber es ist eine Sache, ob in der Medizin ein Infarkt beschrieben wird, eine völlig andere jedoch, ob uns diese neue Seuche zusetzt.

Wie gesagt, wir haben uns an HIV gewöhnt.

Die dritte und letzte Beobachtung nun ist folgende: Ich bin es müde, für die Wissenschaft zu kämpfen. Sie, diese großen Staatsmänner, fragen nur: Was regen Sie sich denn auf? Die Migration von Wissenschaftlern ist ein ganz normaler Prozess! Weltweit!

Dagegen sage ich ja auch gar nichts. Sollen unsere Leute halt auswandern, wenn das angeblich so normal ist. Schließlich leben wir in einem freien Land, heißt es jedenfalls. Aber dann, und das ist meine Meinung, geben Sie uns wenigstens die zehn Millionen, die Sie sonst dem Ausland geben! Dann bringen wir einen besseren Impfstoff auf den Markt, der noch dazu billiger ist! Denn die Forscher, die Sie im Ausland bezahlen, profitieren von der Arbeit meiner Schüler!

Aber es bringt nichts, sich mit denen anzulegen. Die beauftragen ja sogar ausländische Firmen, den Kreml zu sanieren. Türken bauen unsere Häuser, Italiener heben die Schächte für unsere Metro aus, Ukrainer pflastern die Straße. Deutsche liefern uns das Material, aus dem wir Zahnkronen herstellen, Finnen verkaufen uns Papier. Das nennt sich dann Markteintritt und Globalisierung. Nur würde ich gern wissen, warum wir Serum für hundert Millionen Impfungen aus den USA importieren, statt für dieses Geld hier bei uns ein neues Zentrum zum Kampf gegen das Virus aufzubauen? Aber die Menschen, die das Land bereits jahrzehntelang gemolken haben, haben mal wieder anders entschieden. Wie immer war es ihnen völlig einerlei, dass die arme Milchkuh sich kaum noch auf den Beinen halten kann. Sie schielen ausschließlich auf das internationale Business, sind auf Auftritte in Talkshows erpicht und arbeiten permanent in ihre eigenen, bodenlosen Taschen. Dabei hätten wir mit all dem Geld Dutzende von Vakzinvarianten testen können.

Vielleicht irre ich mich ja und es gibt bei uns bereits gar keine klugen Köpfe mehr, die in der Lage wären, entsprechende Forschungen zu betreiben. Heute, da unter mir der Boden bebt und Panzer durch die Straßen brettern, ist es vermutlich zu spät, da-

rüber nachzugrübeln. Aber noch vor fünf Jahren wäre Rettung möglich gewesen, das habe ich den Herren damals auch laut und deutlich klargemacht. Und ich war nicht der Einzige. Zu Hunderten haben wir diesen Standpunkt vertreten, nicht nur in Russland, nebenbei bemerkt. Aber wer hört schon auf hundert alte Sturköpfe, wenn das Land eine große Zukunft vor sich hat? Die hatte es ja immer vor sich, diese große Zukunft, schließlich hat es ja auch eine große Vergangenheit. Nur bedauerlich, dass die Gegenwart so enttäuschend ist. Wobei: Heute schmettern die Fanfaren, denn Uncle Sam hebt alle Handelsbeschränkungen auf, das große Land tritt endlich der Eurozone bei und erhält ein paar hübsche Privilegien. Nur hat davon leider niemand etwas … Russland muss dafür übrigens nicht mehr tun, als ein wenig Entgegenkommen zu zeigen und ein paar langfristige Verträge zu unterschreiben!

Wir kaufen ihnen fermentiertes Hühnerfleisch ab und kriechen vor ihnen zu Kreuze, damit sie uns ein bisschen Stahl abnehmen. Wir machen vor Freude Luftsprünge, dass ihr Shuttle auf der Umlaufbahn des Mars' feststeckt, denn das bringt uns ein paar kleine Aufträge für die Herstellung veralteter Träger ein. Von Karelien bis Kamtschatka hängen Jung und Alt vor dem Fernseher, um ihre Shows zu sehen, während bei uns Dutzende junger Regisseure am Hungertuch nagen. Über unser Öl rümpfen sie die Nase, aber das Gesundheitsministerium behauptet steif und fest, wir müssten denen Serum für hundert Millionen Impfungen abkaufen. Für den Anfang, versteht sich. Danach noch mal für vierhundert Millionen, um die Impfkampagne anständig durchzuführen. Denn in Russland fehlen die Möglichkeiten, Vakzin in dieser Größenordnung herzustellen, das müssen Sie doch zugeben. Obendrein müssen wir heute kaufen, denn morgen ist es zu spät. Was für ein genialer Schachzug dieser Herren Geschäftsleute. Die Gauner O. Henrys hätten es nicht besser einfädeln können.

Niemand hatte vor, uns auszurotten. Das hat nicht nur Russland geglaubt, das hat die ganze Welt geglaubt. Denn die Tests sind erfolgreich verlaufen, das haben renommierte Mediziner bestätigt. Die ganze Welt hat die Kranken gesehen, denen das Leben ein zweites Mal geschenkt worden ist. In drei Jahren sind zwei Medizinnobelpreise für den Sieg über AIDS vergeben worden. Aber was mussten sich meine Kollegen anhören, die es gewagt haben, zu behaupten, unsere eigenen Arbeiten seien keinesfalls schlechter. Geben Sie uns nur etwas Geld für Equipment, für klinische Forschung, haben sie gesagt. Wir brauchen nur ein Zehntel, nein, ein Zwanzigstel der Summen, die in die USA gehen, um dort Impfstoff zu kaufen.

Geradezu in der Luft wurden sie zerrissen. Um das zu begreifen, muss man wissen, was vor fünf Jahren im Fernsehen gezeigt worden ist, zwischen den Werbespots für ein Klosett mit Musik und den Angeboten für eine eigene maßgeschneiderte Fernsehshow. Da ist gezeigt worden, wie ein glückliches nacktes Paar die Präservative zum Fenster hinauswirft und sich im Beisein einer mit einer Spritze bewaffneten Krankenschwester ins Bett stürzt! AIDS ist besiegt, vier Pikser, und die ewige Immunität ist garantiert. Nur dass all diese klugen Leute fünf Jahre für die Ewigkeit hielten.

Gleich wird hier alles in Flammen aufgehen. Sollte die Bibliothek das Feuer überstehen, möchte ich die allgemeine Aufmerksamkeit auf meine Artikel in den Zeitschriften Argumenty i fakty, Krasny Krest *und* Wedomosti *lenken. Sie haben höchst aufschlussreiche Leserbriefe erhalten:* Professor treibt acht Millionen infizierte Kinder in den Tod! *oder auch:* Was kostet Humanität für einige Auserwählte, Doktor Teleschew?

In dem Ton gab es etliche Zuschriften, ein großer Schneeberg, eine ganze Lawine rollte über mich hinweg. Dabei hatte ich nur – genau wie etliche meiner Kollegen – behauptet, dass fünf Jahre längst nicht ausreichen, um eine allgemeine Impfkampagne durchzuführen. Heilt die Kranken im letzten Stadium, aber rührt die Kinder nicht an! Aber hat irgendjemand auf uns gehört? Der Chor verzweifelter Mütter hat uns zum Schweigen gebracht. Und sie hatten ja recht. Tausende von Jugendlichen sind täglich gestor-

ben, und bereits im Jahr 2020 konnte niemand mehr die Zahl der Infizierten exakt beziffern. In den Ländern Afrikas führte man zu diesem Zeitpunkt nicht mal mehr Statistiken … Nicht nur, dass die da oben, die unser aller Gelder vergeuden, mich gerüffelt haben, sie haben mir auch durch die Blume zu verstehen gegeben, diese Frage übersteige meine fachliche Kompetenz und ich solle mich bitte schön fürderhin ausschließlich mit meinen gefrorenen Fröschen beschäftigen. Andernfalls, so deuteten sie zartfühlend an, könnte es passieren, dass mir die Mittel für die Anabiose-Experimente gestrichen würden. Damit waren mir die Hände gebunden. Denn die zuständigen Personen *wussten, dass wir schon seit Langem nicht mehr mit Fröschen experimentierten und mittlerweile gute Ergebnisse mit Freiwilligen vorweisen konnten. Jetzt hat sich das Blatt jedoch erneut gewendet, und ich halte mit meiner Position nicht mehr hinterm Berg. Ich kann mit Stolz behaupten, dass wir im Institut bahnbrechende Ergebnisse erzielt haben! Noch dazu während meine Mitarbeiter, allesamt Kandidaten der Wissenschaften, Böden in Hotels wischen mussten, denn mit seinem Gehalt kam niemand mehr über die Runden. Aber das interessierte natürlich keinen.*

Vier Jahre nach den ersten Erfolgsmeldungen *sind die Drogensüchtigen zu Mehrwegspritzen zurückgekehrt. Ein grandioser Erfolg des Impfstoffs, ohne Frage! Gegen Hepatitis schützt er sie selbstverständlich nicht, ebenso wenig gegen Geschlechtskrankheiten. Nach weiteren drei Monaten begann dann dieser Albtraum. Wie sich herausstellte, war das Virus nämlich keineswegs bezwungen, sondern hat vier Jahre in Latenz überdauert und dabei erschreckende Eigenschaften entwickelt. Die neuen Stämme erwiesen sich als erstaunlich resistent, sie diffundieren nun in die Speicheldrüse. Damit ist HIV zu einer Tröpfcheninfektion geworden. Nur werden wir mit Sicherheit nie erfahren, welche Rolle dieser vermaledeite Impfstoff dabei gespielt hat. Trotzdem bin ich mir sicher, dass dieses Serum die Katastrophe erst provoziert hat, das Virus erst zu den Mutationen stimuliert hat. Nachdem man diese*

Gefahr erkannt hatte, brach ein unvorstellbares Chaos aus. Die Inkubationszeit hat sich auf drei Monate reduziert. Dagegen war das alte Virus also geradezu harmlos. Vermutlich dürfte ihre Zahl, also die Zahl der Überlebenden, zu gering sein, als dass Sie sich überhaupt vorstellen könnten, wie Hunderttausende *von Menschen die Krankenhäuser in der Hoffnung auf Rettung gestürmt haben. Ebenso viele haben versucht, die Stadt zu verlassen. Wer ein Haus außerhalb von Petersburg besaß, wollte sich dorthin zurückziehen und in aller Ruhe abwarten, bis die Gefahr gebannt war. Nur brachte auch das nichts. Denn im Unterschied zu dem guten alten HIV zeigt sich die neue Form außerordentlich hartnäckig. Sie überdauert unbegrenzte Zeit sowohl in der Luft als auch im Wasser. Ich könnte mir zwar vorstellen, dass es eine Möglichkeit der Entseuchung gibt, nur nimmt sich niemand dieses Problems an.*

Den Amerikanern kann man allerdings keinen Vorwurf machen. Sie haben die Produktion neuer Varianten des Impfstoffs unverzüglich aufgenommen. Und dieses Serum sogar kostenlos ausgegeben. Erst haben sie es mit der einen Variante versucht, dann mit der nächsten und der übernächsten. Doch sobald sie einen Stamm unschädlich gemacht hatten, hat sich der nächste gebildet. Ebenfalls kostenfrei haben sie der gesamten Welt Mundschutze und Gasmasken zur Verfügung gestellt. Vergleichbare Maßnahmen wurden auch in anderen Ländern getroffen. Nur dass bei uns diese Geschenke dann gar keine mehr waren. Gut, viel kosteten sie nicht, aber dennoch … Gewisse Personen haben es sehr gut verstanden, dafür zu sorgen, dass die humanitäre Hilfe an jeder Ecke verkauft *wurde. Selbst aus unserem Tod haben sie noch Profit geschlagen. Aber lassen wir das: Mit dem Tod kann man mitunter eh die besten Geschäfte machen …*

Nun ist alles zu spät. Meine Kräfte verlassen mich. Ich müsste mich sechsmal am Tag spritzen, in einem präzis festgelegten Stundentakt, der mich zwingt, nachts aufzustehen. Der Impfstoff blockiert das Virus nämlich nur vorübergehend. Am Ende sterben wir jedoch alle, wenn auch eines langsamen Todes. Wer aber auch nur eine Spritze auslässt, stirbt etwas schneller.

Gestern habe ich meinen Keller verlassen. In den Straßen hat sich mir ein grauenerregender Anblick geboten. Sollten Sie je Kinder haben, werden diese nie erfahren, wie schön diese Stadt einst während der Weißen Nächte war. Sie werden nur das sehen, was von ihr geblieben ist. Das Rote Kreuz schafft es inzwischen nicht mehr, die Leichen einzusammeln. Niemand darf sich ohne Gasmaske auf offener Straße zeigen, dafür könnte man heute gesteinigt werden. Weil man für einen Wahnsinnigen gehalten wird, der nur noch mehr Menschen mit ins Grab nehmen will. Ich habe gesehen, wie zwei Gruppen vorm Krankenhaus aufeinander losgegangen sind, ohne dass die Miliz eingegriffen hätte. Die ist in den letzten Monaten aber ohnehin nur damit beschäftigt, sich selbst zu schützen. Die Menschen haben sich in Tiere verwandelt. Manche meinen, dass man sich nur abwechselnd den alten und den neuen Impfstoff spritzen müsse, dann würde die Seuche schon besiegt. Nur bekommt man die alten Ampullen kaum noch. Die Apotheken wurden ausgeraubt. Vor meinen Augen wurde eine Pharmazeutin ermordet, die sich weigerte, Diebe ins Lager vorzulassen. Als ich meine Karten für Brot einlösen wollte, habe ich geschlagene vier Stunden in der Schlange angestanden, selbst das noch ohne Erfolg. Essen wird in den Feldküchen der Armee ausgegeben. Seit die Sperrstunde eingeführt wurde, ist es auf den Straßen ruhiger, nur lauern ständig Jugendliche den Rentnern auf, die gerade ihre Ration an Konserven erhalten haben. Die ganze Zeit wird geschossen. Betrunkene Offiziere jagen mit blutjungen Frauen in Jeeps durch die Straßen, während irgendwelche Soldaten auf ebendiese Frauen schießen. Die Armee ist in die Stadt einmarschiert, und jetzt weiß niemand mehr, wie man sich vor all dem Militär schützen soll. Etliche Frauen sind zu den Lagern der Fabriken gezogen, wobei an der Spitze Priester mit Ikonen liefen. Außerdem soll in den Badajew-Speichern Mehl gehortet werden. Als ich dort ankam, um meine Gutscheine für Mehl einzulösen, wurden gerade die Leichen auf Laster geladen. Dicht nebeneinander, wie Weihnachtsbäume. Genau dort, neben jenen von Blut rot gefärbten Schneewehen, habe ich begriffen: Das ist das Ende.

Die Achte Panzerdivision ist ebenfalls eingezogen. Eine schreckliche Sache. Sie soll für Ruhe und Ordnung sorgen. Wer bei uns eigentlich noch das Sagen hat, ist völlig unklar. Den Gouverneur hat schon lange niemand mehr zu Gesicht bekommen. Aus den Lebensmittelgeschäften ist alles ausgeräumt, sogar das Salz. Die Metro funktioniert nicht mehr. Da von den Taxifahrern auch kaum noch jemand anhält, habe ich nur mit Mühe einen Wagen ergattert. Geld nehmen die Fahrer nicht, sondern nur noch Lebensmittel. Geld – das ist heute bloß Papier. Zum Glück hatte ich einen getrockneten Fisch dabei, den mir Denissow mitgebracht hat. Er versorgt mich auch mit Wasser. Er und Mirsojan haben eine Quelle aufgetan, bei der sich nachts nicht so viele Menschen versammeln und die von einer Armeepatrouille bewacht wird, sodass es kaum zu Schlägereien kommt. Pro Kopf gibt es zwanzig Liter, keinen Tropfen mehr, aber selbst das ist schon ein Segen. Da in einigen Bezirken die Kanalisation zusammengebrochen ist, besteht die Gefahr, dass Krankheiten um sich greifen. Denissow hat mit den Soldaten in den Panzern gesprochen. Sie versichern, dass es Orte gibt, an denen die Menschen ohne Gasmaske unterwegs und trotzdem gesund sind. Irgendwelche Dörfer in der Nähe von Pskow, wohin der Impfstoff nie gelangt ist. Möglicherweise ist ja tatsächlich nicht die gesamte Bevölkerung betroffen, aber mit Sicherheit kann das niemand sagen. Deshalb bleibt uns nichts, als auf unsere schlechten Verkehrsverbindungen zu hoffen: Die weit abgeschiedenen Dörfer werden überleben. Nur dürfte in dem Fall die Frage sein, in was sich ihre Bewohner in einer solchen Situation verwandeln. Aus der Stadt kommt man zumindest nicht mehr raus, die Züge stehen still auf den Schienen. Denissow wollte es mit dem Fahrrad versuchen, doch überall laufen Soldaten mit Hunden Patrouille und schießen in die Luft.

Junge Leute sind mit Gewalt gezwungen worden, die Leichen einzusammeln. Sie erhalten Astronautenanzüge und die doppelte Ration eines Soldaten. Die Brigaden öffnen die Wohnungen und bringen Kreuze an den Türen an, wenn die Bewohner verstorben sind. Denissow meint, nachdem er diesen Friedhof *gesehen hatte, habe er seine Ration nicht mehr heruntergebracht … Nur ist das kein Friedhof, sondern ein Ehrengrab. Das ist das Ende. Das Fernsehen sendet nur noch auf zwei Kanälen, aber selbst da wird nicht gezeigt, was in der Welt vor sich geht. Es gibt Gerüchte, dass in Ostankino Fuzzis vom Geheimdienst die Kontrolle übernommen haben. Es werden nur alte Filme und Musiksendungen gebracht. Was für ein großer, ewig währender Feiertag! Sie entscheiden wieder einmal für uns, was wir hören und sehen wollen. Vor einem halben Jahr hat der führende Epidemologe Moskaus angeregt, die Kindergärten und Schulen zu überprüfen und alle gesunden Kinder in Lager zu evakuieren. Und was hat der Bürgermeister der Hauptstadt daraufhin getan? Eine Luftballonparade veranstaltet. Der Anblick war aber auch allzu hübsch …*

Geradezu ein Wunder ist, dass wir im Institut noch Strom haben. Weil unsere Arbeit bisher als geheim eingestuft wurde, ist das Institut mit eigenen Kabelpeitschen ausgestattet. Das ganze Viertel um uns herum steht ohne Licht da, wir dagegen wärmen uns an Heizsonnen. Ich versuche, den Keller nicht zu verlassen, Arbeit gibt es ja genug. Mirsojan hat Gespräche der Soldaten mit angehört: Das AKW soll runtergefahren werden, aber uns als militärisches Objekt betrifft das nicht. Wir werden auch weiterhin Strom haben …

Und nun kommt das Wichtigste: Links im Gang liegt eine Titantür. Dahinter befindet sich die sogenannte Anabiose-Kammer. Diese Bezeichnung wird Ihnen nichts sagen. In der ersten Kapsel schläft ein Mann, unser Mitarbeiter Artur Kowal. Um ihn aufzuwecken, genügt es, einen Knopf zu drücken oder einen Hebel am Schaltpult umzulegen. Nach drei Stunden wird er dann aufwachen. Wenn alles normal verläuft, muss man danach der Sterilisiertrommel unter dem Schaltpult Vitamine in Pulverform ent-

nehmen, Instruktionen liegen bei. Der Mann wird sie dringend brauchen. Sollte … sollte Artur all das überlebt haben, wäre die Arbeit unseres Instituts nicht umsonst gewesen. Aber auch das werden Sie nicht verstehen …

Artur! Ich bin an dir schuldig geworden. Zutiefst schuldig.

Du wirst dich noch erinnern, dass wir alle dagegen waren, dich für zwanzig Jahre in Schlaf zu versetzen. Wir, damit meine ich den Wissenschaftlichen Rat und das ganze Institut. Wir alle haben uns gegen diesen wahnsinnigen Plan ausgesprochen. Ich selbst hätte mich wegen einer Frau nie zu einem solchen Schritt durchgerungen. Ich habe versucht, an deiner Situation Anteil zu nehmen und dir einen anderen Weg aufzuzeigen. Schließlich hattest du dir nichts vorzuwerfen, denn du hast alles für sie getan, was in deinen Kräften stand, hast nach der Arbeit hier noch einen zweiten Job angetreten, hast Übersetzungen mit nach Hause genommen. Ich wiederhole es noch einmal: Dich trifft an alldem keine Schuld, mein Junge. Ich bin nicht dein Vater, aber dennoch wirst du mir meine Worte wohl verzeihen, denn zu dir spricht ein Mann, der mit einem Bein im Grab steht. Ich erinnere mich noch daran, wie ihr beide, du und deine Freundin, jeweils als Studenten gewesen seid. In der Jugend will man alles vom Leben, ich war da nicht anders. Aber für den Fall, dass du aufwachst und noch andere Menschen leben, lass dir eins gesagt sein: Die Familie ist ein Hafen, nicht der Ozean, auch wenn ein Ozean ohne Frage weit mehr Reize bietet …

Im Rat hat es, wie gesagt, viele Schwierigkeiten gegeben. Niemand wollte glauben, dass sich ein Mann freiwillig für zwanzig Jahre in eine dieser Kapseln legt. Es wurde dir nie offiziell mitgeteilt, aber es sind zwei psychiatrische Gutachten zu deiner Person unter dem Vorwand angefertigt worden, es werde eine Personalumfrage durchgeführt. Jeder hat versucht dahinterzukommen, warum du dich zu diesem Schritt entschlossen hast, aber niemand hat den Grund herausgefunden. Wie weit es doch mit uns gekommen ist, wenn wir uns nicht einmal mehr vorstellen können, dass sich jemand für andere opfert! Wenn du mich fragst, besteht genau darin unser ganzes Unglück. Diejenigen, die alle Entscheidungen für uns treffen, glauben nicht an Opferbereitschaft. Was daran liegt, dass sie fürchten, wir könnten sie eines Tages von ihnen einklagen. Dem müssen sie selbstverständlich von vornherein einen Riegel vorschieben. Denn das Einzige, woran sie glauben, sind die eigenen vollen Taschen …

Deshalb, Artur, bitte ich dich, mir zu verzeihen. Ich habe mich an dir schuldig gemacht. Genau wie an Tolik, Alik und all den anderen. Niemand hätte je sein Einverständnis zu einem solchen Experiment gegeben …

All die Jahre hindurch haben wir deinen Zustand täglich kontrolliert. Wir haben deinen Schreibtisch und deinen Spind nicht angerührt. Trotzdem bin ich an dir schuldig geworden. Aber vielleicht wirst du mir ja auch danken, wenn du aufwachst. Denn vor einer Woche habe ich deine Kapsel neu programmiert. Nachdem Lena Krassowezkaja gestorben war. Nachdem klar geworden ist, dass sie sich infiziert und uns alle angesteckt hat. Bis auf mich weiß nur Tolik Denissow davon. Er ist jetzt nicht mehr der Tolik, mit dem du einst zusammen studiert hast. Ich könnte mir sogar vorstellen, dass du in dem dicken Glatzkopf und zweifachen Vater deinen alten Freund gar nicht wiedererkennen würdest. Es sind neunzehn Jahre vergangen. Denissow hat uns vor einigen Jahren verlassen, um an einem militärischen Institut zu unterrichten, ist aber in diesem Monat zu uns zurückgekehrt. Ein anderes Zuhause hat er nicht mehr. Tolik hat seine ganze Familie und die Freunde aus der Uni beerdigt. Er ist mit einem kleinen Hund auf den Armen zu mir gekommen. Uns werden wohl nur die Hunde und die Katzen überleben …

Denissow hat mir sehr geholfen. Offen gestanden habe ich mit dem Gedanken gespielt, mich selbst für zwanzig Jahre in eine Kapsel zu legen. Warum das verheimlichen, schließlich stirbt die Hoffnung zuletzt. Und wer weiß, vielleicht haben unsere amerikanischen Freunde in zwanzig Jahren den rettenden Impfstoff ja entdeckt? Aber nein, das ist Unsinn. Denn es wird niemanden mehr geben, der noch nach irgendeinem Mittel forschen könnte. Für die USA läuft die Zeit nämlich auch ab. Außerdem würde mein Herz bei einer solchen Sache nicht mitmachen. Denissow hat die Windräder in Gang gesetzt. Er hat wirklich enorm viel geleistet, obwohl er sich kaum noch auf den Beinen halten konnte. Am letzten Tag hat er sich achtmal innerhalb von vierundzwanzig Stunden gespritzt ... Ich habe die Kapsel umprogrammiert, auf zweihundert Jahre. Wenn das städtische Netz ausfällt, schalten sich unsere Dieselmotoren an. Danach läuft die Versorgung der Kammer über die Windräder. Sollten auch die den Geist aufgeben, reichen die Batterien, um dich aufzuwecken ... Artur, alle Testwerte deuten darauf hin, dass der Organismus hundert, ja, sogar zweihundert Jahre in einer Kapsel übersteht.

Sicher wäre es besser gewesen, du hättest dich zehn Jahre später zu deinem Winterschlaf zurückgezogen, denn in den Staaten sind neue Cryoprotektanten entwickelt worden, die eine hundertprozentige Homogenität bei Einfrierung garantieren. Die vierte Serie, die dein Blut ersetzt hat, ist hoffnungslos überaltert. Trotzdem sollte dein Gewebe nicht reißen, abgesehen davon ist der Druck in der Kapsel optimal. Was dein Gehirn angeht, da kann ich leider keine sicheren Prognosen abgeben, dazu ist der Zeitraum zu lang. Eventuell werden die bisherigen Schwierigkeiten mit dem Gedächtnis erneut auftauchen. Doch so oder so: Bei einem Temperaturanstieg um ein halbes Grad wird durch die Zirkulation des Reaktanten automatisch Energie freigesetzt. Das ist eine geniale Weiterentwicklung, ein neuer Akkutyp sozusagen, den Denissow aus dem militärischen Institut mitgebracht hat. Ich glaube, wir haben wirklich an alles gedacht.

Aber es gibt noch etwas, das du wissen musst.

Ich habe Mirsojan nach Moskau geschickt. Er hat Freunden in der Kommandantur die Erlaubnis für diese Reise aus den Rippen geleiert. Wer kein Virusträger ist, den nimmt die Armee in ihren Flugzeugen mit. Wir mussten auf sämtliche Beziehungen zurück-

greifen, um Alik nach Moskau schicken zu können. Der Netzoperator ist zwar seit Langem tot, aber vor zwei Wochen habe ich über eine spezielle Verbindung mit Rakitski gesprochen: Im Moskauer Forschungsinstitut für Kälte liegen in diesem Moment fünf Menschen in den Kapseln. Zwei Ehepaare, jeweils für sieben Jahre, und ein Mann, an den du dich bestimmt erinnerst, der Doktorand Antonow. Er testet eine sogenannte Trockenkapsel, eine völlig neue Entwicklung, die aus der Schweiz stammt. Wir erhoffen – erhofften! – uns interessante onkologische Daten von diesem Versuch. Aber gut, auch das spielt jetzt keine Rolle mehr. Wichtig ist etwas ganz anderes …

Ich musste Rakitski von dir erzählen. Er hat diese Geschichte mehr oder weniger gelassen aufgenommen. Und ich habe den Eindruck, es ist mir gelungen, ihn zu überzeugen, diese fünf Personen nicht aufzuwecken. Darüber hinaus habe ich ihn gebeten, Patrick zu finden und sich mit Bern in Verbindung zu setzen. Mirsojan hat von Denissow und mir alle Instruktionen erhalten, um die Batterien und das Zubehör zu montieren. Das Problem ist jedoch, dass auch diese Verbindung inzwischen gekappt ist. Deshalb weiß ich nicht, ob Alik es geschafft hat, die Kapseln umzuprogrammieren.

Wahrscheinlich hatte ich kein Recht, diese Entscheidung für dich zu treffen. Vielleicht wachst du als der letzte Mensch auf, der nicht vom Virus befallen ist. Sollte jedoch ein Wunder geschehen – damit meine ich, dass du in zweihundert Jahren aufwachst –, dann bitte ich dich inständig, diese fünf Menschen in Moskau nicht zu vergessen. Und noch etwas: Wenn du eine Frau triffst, die zu Hause auf dich wartet und nicht darauf aus ist, dass du sie zu einem schicken Ferienort bringst, dann erinnere dich an das, was ich dir zur Familie gesagt habe.

Meine Damen und Herren! Ich wende mich an diejenigen, die diese Zeilen finden. Wenn der Mann in Kapsel Nr. 1 tot ist, übermitteln Sie das bitte nach Moskau, Bern, Hannover und Paris. In all diesen Städten gibt es vergleichbare Labors. Das fortschrittlichste von allen ist jedoch das US-Institut für Cryonic …

(16) VON EINEM, DER AUSZOG, TSCHEKIST ZU WERDEN

Unter der sicheren Unterschrift Teleschews fanden sich die Adressen mit detaillierten Lageplänen, ferner folgten eine englische und eine deutsche Fassung des Textes sowie schließlich die Testergebnisse, trockene Zahlen und Graphiken, die jeder Laie für reines Krickelkrakel halten würde. Er riss die Seite mit den Adressen heraus. Er wusste selbst nicht, warum er das Heft Pap Rubens nicht gezeigt hatte. Irgendetwas hatte ihn davon abgehalten.

Fünf Menschen. Zwei Ehepaare, was nicht weiter erstaunlich war, und irgendein Antonow, den er angeblich kannte. Wahrscheinlich genauso ein Loser wie er. Oder, ganz im Gegenteil, ein echter Glückspilz. Der sich einfach aufs Ohr gehauen und den ganzen Bürgerkrieg verpennt hatte … Die Chance, dass sie noch lebten, war verschwindend gering. Trotzdem war er verpflichtet, sich ohne die Hilfe irgendwelcher Mams und Paps zu diesem Forschungsinstitut durchzuschlagen. Damit Rubens nicht rein zufällig auf die glorreiche Idee kam, diese fünf Menschen als seine Vasallen auf Lebenszeit zu betrachten. Wenn sie nicht längst tot sind, versprach Artur sich noch einmal, werde ich sie da rausholen. Das Moskauer Institut kannte er. Und was willst du machen, wenn du sie aufgetaut hast?, stichelte eine innere Stimme. Ein Pferd satteln und mit ihnen in die Schweiz oder nach Deutschland reiten? Denn ein Flugzeug kannst du dir abschminken, so viel steht fest. Oder schnitzt du dir aus einem Balken ein Ruder und schipperst mit einem Floß über den Ozean? Denn das führende Cryonic-Institut gibt es nun mal in Amerika …

In einen pelzgefütterten Mantel gehüllt starrte er mit vom

Rauch geröteten Augen auf die vorbeiziehenden Feuerketten zu beiden Seiten des Weges. Neben ihm saß Daljar und rauchte, die MP auf der Schulter. Die Karawane zog ohne jede Pause in gleichmäßigem Tempo weiter. Hinter dem letzten Lkw, der am Ende fuhr, fauchten zwei geflügelte Drachen, um deren Hals sich Ketten wanden und die permanent in den Staub spien. Ungeschickt, wie die Reptilien am Boden waren, stolperten sie ständig, doch die Ketten zerrten sie unbarmherzig hinter der Karawane her. Ab und an versuchte einer der beiden, Feuer zu spucken, aber auch da scheiterte er natürlich. Ein Soldat saß auf Kowals Befehl auf dem Ural und schlug mit einer Peitsche immer wieder auf sie ein, um ihnen Manieren beizubringen. Mittlerweile schrien die Tiere schon vor einem Hieb und fielen wie gehorsame Hunde auf die Pfoten, ein Schauspiel, das die Soldaten zum Grölen brachte. Genau darauf hatte Kowal spekuliert: dass die Leute endlich aufhörten, sich vor den Biestern zu fürchten. Auf dem Rückweg, ging es Kowal beim Anblick des sich zwischen den Flammenwänden dahinziehenden Wegs durch den Kopf, wird sich nicht ein Einziger dieser Dreckskerle unbemerkt an uns anschleichen können. Wenn es sein muss, verwandle ich diesen Wald in eine Steppenlandschaft und brenne ihn so lange nieder, bis links und rechts vom Weg über einen Kilometer kein Grashalm mehr wächst.

O ja, wir werden Moskau schon erreichen. Sollten die Kumpane dieses Wippers es tatsächlich wagen, uns daran zu hindern, werde ich diesen Zauberer kopfüber am nächstbesten Baum aufhängen. Und in Moskau begebe ich mich schnurstracks ins Kälteinstitut … Das ist egoistisch, sicher, aber es bekommt einem Menschen nun mal nicht gut, wenn er mutterseelenallein ist.

Der Gedanke an die Kapseln in dem hauptstädtischen Institut wollte ihm einfach nicht aus dem Kopf gehen. Was im Übrigen auch für diese Frau galt, diese Nadja van Gogh. Wie sie wohl eigentlich geheißen hätte, wenn sie nicht in diese Gesellschaft hineingeboren worden wäre? Sie ähnelte Natascha wirklich, so war diese mit siebzehn auch gewesen. Auch der Blick und die Gesten Nadjas erinnerten ihn in fast schmerzhafter Weise an Natascha. Ob er sie nicht doch einmal besuchen sollte? Sein Status als frischgebackener Chef von Arinas Bodyguards hätte ihm das jederzeit erlaubt … Schluss jetzt!, rief er sich innerlich zur Ordnung. Wenn du diesen Spuk loswerden willst, dann geh doch zu ihr und rede mit ihr. Diese Nadja, das ist doch garantiert eine eingebildete Kuh, die nicht mal lesen und schreiben kann und die von der Welt nicht mehr kennt als ihr blödes Piter. Auf eine solche Frau wirst du ja wohl nicht abfahren?!

Er musste über sich selbst ebenso lachen wie über die alberne Prophezeiung des Wippers! Und albern war sie, das hielt er sich immer wieder vor. Nur löste sich der Spuk trotzdem nicht auf …

Nach dem Angriff hatte man beschlossen, Arina und die Frauen im Panzerwagen einzuquartieren. Die Mütter hatten dort eine Ecke für sich zur Verfügung gestellt bekommen. Obwohl dieses neue *Abteil* längst nicht so bequem war wie das alte, fühlten sie sich dank der Bewachung durch die vier Untergebenen Kowals wesentlich sicherer. Wenn dieser selbst bisher noch nicht nach ihnen gesehen hatte, lag das – neben Nadja – vor allem an diesem Wipper, der im fünften Wagen in einem geschmiedeten Eisenbottich hockte.

Arina hatte ihm eingeschärft, der Wipper dürfe auf gar keinen Fall mit dem Erdboden in Berührung kommen. Selbst ein Holzkäfig sei für ihn nicht genug. Nein, um ihn herum müsse unbedingt Metall sein, damit dieser Dämon nicht aus den natürlichen Materialien eine neue Portion seiner schrecklichen Kraft ziehen könne. Doch als Kowal den gefesselten Feind an den Wagen vorbeigeführt und die Menschen den Kopf abgewandt hatten und zurückgewichen waren, hatte der Wipper bloß gelächelt und nicht mal ansatzweise einen Fluchtversuch unternommen.

Da niemand ihm Wasser bringen wollte, musste Kowal das selbst übernehmen. Essen lehnte der Alte strikt ab. Bei jeder Begegnung lächelte der Kerl seinen Gefängniswärter nur schweigend aus der Dunkelheit des Eisenbottichs an. Und als Kowal ihm vorgeschlagen hatte, einmal aus dem Fass zu klettern und sich im Wagen die Beine zu vertreten, hatte der Wipper leise gefragt: »Du hast meine Worte nicht vergessen, Dämon? Wir beide wollen das Gleiche. Wir beide wollen, dass die Frau dir ein Kind gebiert. Du denkst doch an sie, das höre ich …«

Als Kowal danach den Deckel auf den Bottich geknallt hatte, hatten ihm die Finger gezittert. Die beiden Soldaten, die mit Gewehren im Anschlag zur Bewachung des Gefangenen abgestellt waren, hatten sich einen Schritt zurückgezogen, als sie ihn sahen. Die meisten der einfachen Soldaten schienen ihm tatsächlich irgendeine mystische Kraft zuzuschreiben. Das machte seine Aufgabe als Chef der Bodyguards nicht gerade leichter. Sergo hatte ihm seine Pflichten dargelegt. Er hatte das zweite Mal im Leben auf einem Pferd gesessen und war unter dem Blick der Cowboys ziemlich nervös die Karawane abgeritten. Immerhin war er nicht aus dem Sattel gefallen. Anschließend hatte er die Wachtposten und die Feldküche inspiziert. Wie er bereits vermutet hatte, musste er in seinem neuen Amt zum Teil auch Aufgaben eines Stabschefs, Finanzministers und der Exekutive übernehmen. Dieser letzte Bereich seiner Pflichten schmeckte ihm zwar gar nicht, galt aber als besonders ehrenvoll. Außerdem sollte er als Auge und Ohr Arinas dienen. Er nahm sich allerdings fest vor, grundsätzlich niemanden zu verpfeifen, schließlich könnte ihn jemand bewusst provozieren, nur um seine Loyalität zu testen. Als Chef der Geheimpolizei saß man ja bekanntlich immer zwischen Baum und Borke. Entweder verdächtigte er alle – oder zahlte für seine Vertrauensseligkeit. Deshalb hatte er den Moment, als Abaschidze ihm die Stabsspitzel vorstellte, auch als besonders unangenehm empfunden. Der Kreis schließt sich, hatte Artur bedrückt gedacht, als er sich den Vortrag über kleine Gesetzesverletzungen wie den Konsum sanfter Drogen, Messerstechereien oder Glücksspiel anhörte. Das zog mal eine Geldstrafe, mal Küchendienst nach sich. Wer im Dienst schlief, wurde aus der Kommune gejagt. Oder aufgehängt. Ein Hoch auf die rechtschaffene Genossenschaft!, höhnte er innerlich – nur um sich gleich darauf zu fragen, was er sich eigentlich anmaßte, diesen Leute vorzuschreiben, wie sie leben sollten.

Auch eine Uniform hatte er erhalten: ein paar Lederstiefel und Wollsocken. Als besonderes Bonbon stand ihm eine Extraportion Dörrfleisch und eine bestimmte Menge Gemüse zu, aber all das ließ er in den allgemeinen Kochtopf wandern. Da waren die MP und die Wurfmesser schon willkommenere Geschenke, die er sozusagen von Matrose erbte. Und bei seiner Rückkehr nach Piter winkte ihm der vierfache Sold eines einfachen Soldaten in Gold.

Im Grunde gab es also genug, womit er sich beschäftigen konnte, um jeden Gedanken an Nadja aus seinem Kopf zu verbannen. Doch je öfter er sich befahl, nicht an sie zu denken, desto deutlicher ahnte er, dass er dieser Schwäche für diese Frau bloß ein Mal nachzugeben bräuchte – und der Wipper würde die Oberhand über ihn gewinnen. Wie, wusste er zwar nicht, aber fertigbringen würde er es auf alle Fälle. Als er an dem Wagen mit dem Eisenbottich vorbeigeritten war, hatte er deshalb auch unwillkürlich den Kopf eingezogen. Der Wipper schien ihm durch das Metall und Holz zuzulächeln. Die Brandwunden an Arturs Händen schmerzten immer noch, die Salbe des Marschalls half nur schlecht. Er ahnte, dass der alte Fuchs mit den Rastazöpfen seine Wunden wesentlich schneller hätte heilen können, verspürte aber nicht die geringste Lust, sich an diesen Dämon zu wenden.

Vielleicht hat der Wipper ja auch gelogen, was die fünf Probanden in Moskau angeht, dachte er. Ja, bestimmt hat er das. Um mir Angst einzujagen. Damit ich mich noch einsamer fühle.

Denn über irgendwelche telepathischen Fähigkeiten verfügt dieser Dreckskerl garantiert. Artur hatte niemandem von ihrem letzten Wortwechsel erzählt. Er war nur kurz gewesen und hatte auf dem Weg von der ausgebrannten Kutsche zum Gefängnis des Wippers stattgefunden.

»Den dreifachen Preis …«, hatte der Wipper geraunt.

»Was soll das heißen, den dreifachen Preis?«, hatte Kowal verständnislos zurückgefragt. Da hatten seine Nerven zum ersten Mal blank gelegen – denn die Soldaten sahen ihn an, als wäre auch er irgendwie magisch begabt. Alles, bloß das nicht, hatte er erschrocken gedacht. Denn wenn die Menschen dich und deine *Magie* fürchten, endet das unweigerlich auf dem Scheiterhaufen der Inquisition.

»Du denkst darüber nach, wie du die Frau freikaufen kannst, Dämon!«, hatte der Wipper flüsternd, fast ohne die Lippen zu bewegen, erklärt. »Aber selbst in zwanzig Jahren wirst du nicht so viel Gold zusammenbekommen, um sie kaufen zu können. Wir geben dir für jede von ihnen den dreifachen Preis. Den dreifachen! Und die mit den grauen Augen kriegst du, das verspreche ich dir …«

»Halt endlich die Schnauze!« Kowal hätte beinahe die Beherrschung verloren und dem halb nackten Alten eine runtergehauen. »Mit mir kannst du dir jede Feilscherei sparen!«

»Falsch, ich werde nur mit dir feilschen, Erwachter Dämon. Weiter als bis zur Ewigen Brandstätte werdet ihr nicht kommen. Frag ruhig den Sohn des Roten Vollmonds danach. Der Junge wird dir das bestätigen«, sagte der Wipper und brach in schallendes Gelächter aus. In Arturs Innerem zog sich alles zusammen. »O nein, mit diesen Schmeißfliegen verhandle ich gar nicht erst. Sie werden aussterben, genau wie alle anderen ausgestorben sind. Wenn du dich uns aber anschließt, bleibt die Karawane unversehrt, das verspreche ich dir. Dann können sie ihren stinkenden Fisch von mir aus gern nach Moskau bringen und dort gegen Getreide eintauschen.«

Artur zitterte am ganzen Leib, als er den schweren Deckel auf den Eisenbottich schmetterte. Vielleicht hat dieses Schwein ja gelogen, was das Moskauer Labor anging, auf das Teleschew so gehofft hatte.

Aber Nadja van Gogh sah Natalja wirklich verteufelt ähnlich.

Und Artur Schmied wollte sie verdammt gern sehen.

Nur kam ihm all das ausgesprochen ungelegen.

(17) DAS LEBEN NACH DEM TOD

Kaum fielen die ersten Sonnenstrahlen auf den Aufbau des Panzerwagens, in dem auch Kowal jetzt untergebracht war, schlug die Glocke viermal. Er war erst gegen Morgen unter ständigem Gerüttel auf der harten Liege eingeschlafen. Davor hatte er anderthalb Stunden auf dem Rücken gelegen, in die Dunkelheit gestarrt und immer wieder eine Frage durchgekaut: Belog ihn der Wipper nach Strich und Faden oder drohte der Karawane wirklich ernste Gefahr? Nachdem er alle Varianten durchgespielt hatte, war er zu Christoph gegangen, um sich mit ihm zu beraten. Arina hatte da bereits geschlafen, eingehüllt wie ein Schmetterling im Puppenstadium, und der Arzt hatte niemanden zu ihr gelassen.

Christoph hatte sich über sein Auftauchen nicht im Geringsten gewundert, ja, er schien sogar noch früher mit ihm gerechnet zu haben. In seiner durch und durch präzisen Ausdrucksweise hatte er bestätigt, dass hinter der Ewigen Brandstätte große Gefahr lauere. Vielleicht lauere sie aber auch nicht. Den Wipper müsse man töten, wiewohl man das nicht könne. Andernfalls würde es schlecht, aber gut. Allein dieser letzte Gedanke bestach ja geradezu durch seine Tiefgründigkeit: Du hast meine Worte gehört, nun versteh sie, wie du willst!

Danach war Sergo, ganz schwarz von Ruß, angelaufen gekommen, hatte den ratlosen Artur bei der Schulter gepackt und ihm mitgeteilt, er solle sich bloß keine Gedanken machen. Karawanen mit jungen Müttern kriegten häufig unterwegs Probleme, denn vor allem die Wipper seien auf diese Ware erpicht. Der einzige Unterschied bestehe darin, dass sie diesmal selbst in Erscheinung getreten seien. Dergleichen habe es früher noch nie gegeben. Aber keine Petersburger Kommune würde denen ihre Frauen überlassen, da könnten diese Wipper ihnen noch so horrende Summe bieten. Denn nach einem solchen Handel könnten sie alle Geschäfte in Moskau vergessen.

Am Ende war Kowal im Grunde keinen Schritt weiter. Es warf ihm zwar niemand vor, den Wipper am Leben gelassen zu haben, schließlich hatte der eine ihrer wertvollsten Waren gerettet: eine Mutter. Andererseits glaubten die Museumsleute aber, dass die Gefangennahme des Wippers nicht ohne Folgen für die Karawane bleiben würde. Charly redete kaum noch ein Wort mit Artur und schien ihm aus dem Weg zu gehen.

Die Glocke schlug erneut viermal. Nachdem Kowal aus dem Wagen gestiegen war und sich die Augen gerieben hatte – sah er die Ewige Brandstätte vor sich. Kein Flecken dieser Erde, den er kannte, bot einen solchen Anblick. Ihm verging prompt der Appetit. Es war ein Bild, das Herzrasen auslöste, einen aber auch gleichzeitig in einen magischen Bann schlug; es war, als wären sämtliche Cyberspace-Romane wahr geworden, als wäre jeder nur denkbare biologische Fehler aufgetreten …

Nichts deutete auf ein Feuer hin. Die riesige Ebene von aschgrauer Farbe war mit Farn zugewuchert, allerdings nicht ganz, sondern in ungleichmäßigen Flecken, fast als hätten Verwandte der Mammuts einzelne Brocken aus dem Boden gerissen. Die kahlen Stellen bedeckte stachliges silbernes Moos, das von Weitem aussah wie ein Teppich aus krummen Nägeln. Ab und an gab es auch Hügel aus eng miteinander verflochtenen, irgendwie abnormalen Stängeln, auf denen ein fahler gelber Belag lag. Artur setzte das Fernglas an. Wuchsen zwischen diesen fleckigen Farninseln etwa völlig neue Baumformen? Nein … Als er näher hinsah, erkannte er in den knorrigen entrindeten Stämmen nichts anderes als Birken. Zumindest erinnerten ihn diese pilzförmigen Gebilde an ebendiese Bäume. Er betrachtete den Horizont so intensiv, dass ihm irgendwann bunte Flecken vor den Augen tanzten. Über dieser chlorophylllosen Landschaft kreiste nicht ein Vogel. Hier und da wies die graue Ebene schmale Furchen auf, die an Tierpfade denken ließen, allerdings rührte sich nirgendwo auch nur ein Blatt. Diejenigen, die diese Wege getrampelt hatten, legten nicht gerade gesteigerten Wert darauf, die Bekanntschaft der Karawane zu machen …

Lew fiel ihm ein. Der hatte unter anderem von toten Wäldern im Süden Piters, von Regenfällen, nach denen die Tannen all ihre Nadeln verloren, und von wiederaufbereitetem Wasser, das in die Böden und die Flüsse sickerte, gesprochen …

Kowal versuchte, sich die Gegend aus der Vogelperspektive vorzustellen. Die Ewige Brandstätte erinnerte an eine gigantische Zunge, die sich durch Nowgorod und den Ilmensee weiter nach Osten zog, etwa in Richtung der Kleinstadt Baranawitschy. Die Länge dieser Zunge ließ sich nicht schätzen, aber die Breite betrug über vierzig Kilometer. Die Karawane war bis zur Grenze dieser toten Zone vorgestoßen, dann hatte Sergo zum ersten Mal Arturs Plan durchkreuzt und bis zum Sonnenaufgang rasten lassen: Nachts würde niemand durch die Brandstätte ziehen, erklärte er ihm jetzt. Tagsüber hätte es hier noch nie Schwierigkeiten gegeben, das versicherten alle, da hätten sie weder Tiere noch Wilde angegriffen. Aber von früheren Reisen berichtete man eine amüsante Legende, die Daljar ihm allerdings ohne den zartesten Anflug eines Lächelns auf den Lippen wiedergab und die Kowal zunächst nicht glauben wollte. Nur machte man in dieser Welt selten Scherze.

Diese Legende besagte, dass in jener Ewigen Brandstätte, die die Straße nach Murmansk schnitt, vor ein paar Jahren die Begleitung einer ganzen Karawane verschwunden sei, insgesamt dreißig Mann. Wilde gab es in diesen Breitengraden praktisch nicht, dafür waren die Winter zu streng, kamen zu wenig Karawanen. Diese hatte es jedoch sehr eilig, denn sie brachte, wie es hieß, leicht verderbliche Ware nach Piter. Deshalb entschied man sich dazu, das Nachtlager auf der Straße durch die Ewige Brandstätte aufzuschlagen. Vier Tage später brachen Reiter auf, um die Karawane zu suchen. Zunächst stießen sie auf die völlig unberührten Wagen. Die Fische waren inzwischen natürlich vergammelt, das Eis geschmolzen, die Hälfte der ungenießbar gewordenen Waren ordentlich auf der Straße verteilt. Dann fingen die Männer zwei gesattelte Pferde ein, besser gesagt, die Tiere kamen freiwillig auf sie zu. Schließlich fanden sie ein weiteres Pferd. Es stand etwas abseits, vielleicht zehn Meter von der Straße, mit hängendem Kopf, fast als schlafe es. Ein paar tapfere Männer wagten sich an das Tier heran. Kurz bevor sie es erreichten, bemerkten sie, dass es nicht mehr atmete und irgendwie versteinert wirkte. Von ihm war nur noch die äußere Hülle übrig, innerlich war es völlig ausgehöhlt. Da seine Füße jedoch zehn Zentimeter tief in blauem Moos steckten, stand es noch. Einzelne Triebe von diesem Moos rankten sich hoch bis zu den Ohren, wanden sich unterm Bauch entlang und ragten sogar aus den Nüstern heraus.

»Blaues Moos?«, fragte Artur und leckte sich über die trockenen Lippen.

»Ganz genau«, antwortete Daljar ruhig. »Dort gibt es blaues Moos und gelbe Kiefern. Auf den Bäumen hocken Fleder, aber nicht solche wie in Piter. Sondern viel größere.«

»Und diese Fleder haben das Pferd ausgehöhlt?«, fragte Artur, dem der phlegmatische Vampir einfiel, der auf Lews Globus gesessen hatte.

»Nein. Fleder trinken Blut, könnten ein Pferd aber nicht von innen aushöhlen. Außerdem hätten diese Vampire auch niemals vierzig Menschen gegessen«, stellte Daljar klar. »Aber seitdem ist nie wieder jemand nachts durch eine Brandstätte gezogen. Tagsüber droht keine Gefahr, jedenfalls nicht, wenn man auf der Straße bleibt.«

Es kostete sie über sieben Stunden, diese tote Ebene zu durchqueren. Sogar die Hunde der Cowboys hatten hier ihr Gekläff eingestellt. Über den schweißgebadeten Pferden kreisten keine Bremsen, nicht eine Heuschrecke zirpte. Selbst die Sonne schien fahler, fast als bekäme sie in dem flirrenden heißen Nebel keine Luft mehr. Das Heulen der Wölfe, das der Karawane die ganze letzte Nacht hindurch zugesetzt hatte, war weit hinter ihnen zurückgeblieben.

Wahrscheinlich geht das auf das AKW in Sosnowoborsk zurück, vermutete Kowal, der mit dem Fernglas vor Augen die Gegend absuchte. Nein, das kann eigentlich nicht sein, dafür ist die Stadt zu weit weg. Vielleicht also ein AKW, von dem ich gar nichts weiß und das vom Personal aufgegeben worden ist. Wie viele Jahre wohl vergangen sind, seit über diese Gegend eine radioaktive Wolke hinweggefegt ist? Und wie verseucht es hier heute noch ist? Okay, der größte Teil müsste längst abgebaut sein – aber warum sind dann nicht mal Insekten zu sehen? Und was könnte die Ursache des GAUs gewesen sein? Ein Leck im Behälter für das radioaktive Wasser? Oder eine Reaktorexplosion wie damals in Tschernobyl? Antworten würde er auf diese Fragen nicht mehr erhalten, denn heute erinnerte sich niemand mehr an das, was einst geschehen war.

»Feldwebel Schmied!«, rief ein Reiter, der gerade zum Panzerwagen aufschloss. Er gehörte zu Arturs *Brandstiftern.* »Hier können wir kein Feuer legen, dazu ist der Boden zu feucht. Außerdem weigern sich die Pferde strikt, die Straße zu verlassen …«

Artur warf einen weiteren Blick auf die Ebene, um die Folgen der friedlichen Nutzung der Atomenergie genau zu studieren. Nein …, hielt er für sich fest, das hier hat nichts mit einem AKW zu tun. Aber welches Ausmaß muss dann die Umweltverschmutzung erreicht haben?! Und welche Chemikalien sind überhaupt imstande, auf *friedlichem Weg* ein derart großes Stück Land in eine Aschewüste zu verwandeln? Es müssten doch Samen und Sporen normaler Pflanzen in diese Gegend getrieben worden sein, die dann versucht haben, Wurzeln zu schlagen. Nur haben die Pflanzen, die das geschafft haben, sofort das Weite gesucht, weil sie unter gar keinen Umständen auf diesem Boden weiterexistieren wollten. Deshalb sind nur ein paar kümmerliche Stängel aus der Erde gesprossen, auf denen sich funkelnde Auswüchse gebildet hatten, die an Schillersporling denken ließen. Nur dass sich diese Pilze nicht im Wind bewegten, sondern eher die Konsistenz von Sülze hatten ... Wahrscheinlich hat es hier mal ein Dorf gegeben, überlegte Artur weiter, die Fundamente der Häuser sind ja noch erhalten. Allerdings sind auch sie mit diesem fahlgelben Belag überzogen. Und auch auf den Sträuchern, die zwischen den Steinen stehen, liegt dieses Zeug. Überall, wo die Menschen früher mal in Gemüsegärten gebuddelt haben, ragen Knollenblätterpilze von einem halben Meter in die Höhe. Genauer gesagt, keine Knollenblätterpilze, sondern Filzröhrlinge mit behaartem Hut. Allerdings ist mir kein Bestimmungsbuch bekannt, in dem Pilze mit bananenstaudendicken Stielen beschrieben werden ... Nun sah er sich die Straße noch mal an. Sie war im Grunde recht gut in Schuss, denn offenbar waren die Gräser bereits unterm Asphalt eingegangen. Die Pferde der Wachsoldaten trabten zügig – fast schon panisch – vor dem Panzerwagen her, wollten aber die Straße ebenfalls nicht verlassen. Die Sonne vertrieb den dichten Nebelschleier vor ihnen, doch in der Totenstille war nur das Rumpeln des Kirowez und das Poltern der Räder zu hören. Kein noch so winziger Käfer, keine Biene oder Libelle schwirrte in dem vergifteten Farn.

Einmal meinte Artur, auf einem kleinen Hügel fünfzig Meter von der Straße husche etwas zwischen den verkrüppelten Birken herum. Als er das Fernglas auf die Stelle richtete, erhaschte er noch einen Blick auf etwas Schwarzes, das gerade unter den fahlen Belag schlüpfte. Welche Mutationen zeigt wohl ein Tier, das in dieser Gegend lebt?, grübelte er. Die Worte des Wippers fielen ihm ein: »Mein Großvater ist in der Ewigen Brandstätte geboren worden, zu einer Zeit, da der Boden in der Brandstätte nachts noch leuchtete ...« Aber welche Brandstätte hatte er damit gemeint? Bisher hatte ihm niemand erzählt, dass es mehrere verseuchte Landstriche in Russland gab oder wie viele Havarien in schadstoffproduzierenden Betrieben aufgetreten waren, die dann diese Umweltzerstörung auslösten.

Gerade überquerte die Karawane eine lange, absolut morsche Brücke. Aus dem Fluss, der träge unter ihr dahinströmte, ragten die Überreste irgendeiner Konstruktion heraus, möglicherweise ja einer untergegangenen Anlegestelle. Schon erhob sich am Horizont zu Arturs unsagbarer Erleichterung das undurchdringliche Dickicht eines stinknormalen Waldes.

Nur dass am Waldrand Lagerfeuer prasselten …

18 DIE STRASSENKONTROLLE DER RÖCHLER

Der Mann an ihrer Spitze hob die Hand und hielt eine gelbe Fahne hoch. Erleichtert atmeten die nervösen MG-Schützen hinter ihm durch: Sie zogen bloß auf eine andere Karawane zu. Hinter der Ewigen Brandstätte warteten auf einem Feld mit niedergetrampeltem, völlig unverseuchtem Gras fünfzehn Wagen auf die Museumsleute. Sie kamen aus Moskau und wollten zurück nach Petrosawodsk. Rokotow umarmte den Händler, der bei ihnen das Sagen hatte, und mietete von ihm ein Dutzend frischer Zugpferde an. Alle anderen versammelten sich um die gefesselten Drachen.

Die Neuigkeiten verbreiteten sich schnell, und genauso schnell wurden ihnen geradezu sagenhafte Einzelheiten angedichtet. Es waren noch keine zehn Minuten vergangen, da stiefelten die Soldaten und Händler bereits zu Arinas Panzerwagen, als befänden sie sich auf irgendeiner Sightseeing-Tour, und wollten Artur Schmied begaffen. Nachdem sie jedoch den Wipper in seinem Eisenbottich entdeckt hatten, blies der Chef der Petrosawodsker unverzüglich zum Aufbruch.

Obwohl die meisten Teilnehmer beider Karawanen einander kannten und sich über die Begegnung auf der ansonsten menschenleeren Straße freuten, traute Artur dem Frieden nicht so recht. Die Anwesenheit des Wippers schien aus den Leuten der Eremitage irgendwie Parias zu machen, in deren Gesellschaft man sich besser nicht allzu lange aufhielt. Einmal mehr fragte Artur sich, wie er sich verhalten sollte, wenn die Soldaten rebellieren und den Tod des Dämons verlangen würden. Außer Christoph schien nur noch Sergo die Bedeutung dieses Gefangenen zu begreifen. Alle anderen dagegen trugen diverse

Amulette und Glücksbringer, während die Soldaten nach jeder Möglichkeit suchten, sich vor der Bewachung ihres *Ehrengasts* zu drücken.

Die Petrosawodsker hatten ebenfalls ein *Orakel* dabei, ein siebzehnjähriges Mädchen. Die junge Frau versicherte, in den nächsten zwei Tagen würde keine Gefahr drohen. Christoph schüttelte daraufhin nur den Kopf und beharrte auf seiner Meinung. Arina mischte sich in den Prophezeiungswettstreit nicht ein, denn sie litt den ganzen Tag unter heftigem Fieber.

Nachdem die letzten Wagen der anderen Karawane in die zitternde Luft der Brandstätte eingetaucht waren, versuchte Kowal herauszufinden, was ihm eigentlich *seine* innere Stimme voraussagte. Nichts Gutes ... Denn die Strecke, die sich den Petrosawodskern als friedliches Idyll dargestellt hatte, könnte sich für die Museumsleute durchaus als Falle entpuppen. Als die Sonne langsam unterging, ließ die Karawane einen weiteren kleinen Fluss hinter sich. Doch kaum erreichte der letzte Wagen das andere Ufer, hisste der Soldat ganz vorn die rote Fahne. Da die *Brandstifter* ihre Arbeit bereits erledigt hatten, bemerkte Artur in den Wolken dicken Rauchs die Straßensperre nicht sofort. Nach einer Weile machte er jedoch vor einem kleinen Hügel etwas aus. Etwas, das funkelte.

»Röchler«, sagte Christoph und steckte sich eine gekochte Kartoffel in den Mund.

»Sind es viele?«

Der Junge hob seine Katze auf den Schoß und rieb seine Nase an ihrem samtweichen Köpfchen. Manchmal fragte Kowal sich, warum zum Teufel sie diesen Halunken eigentlich mitschleppten.

Sergo schlug dreimal die Glocke und gab damit das Signal, sich auf einen Angriff einzustellen. Diesmal hatten sie genug Platz, einen Ring zu bilden. Doch als sie gerade damit anfingen ... noch während Arturs Leute sich nach oben in die Aufbauten begaben, hörte er ganz in der Nähe ein Geräusch, das er schon fast vergessen hatte, das ihm jedoch unendlich süß in den Ohren klang: das gleichmäßige Rattern eines Viertaktmotors von einem Motorrad. Die nächsten Sekunden ging Artur förmlich in diesem Geknatter auf. Das klang …

… das klang wie das Echo eines Wiegenlieds. Nur dass ihm gleichzeitig jemand eine eiskalte Klinge gegen die Kehle zu pressen schien. Denn dieses dumpfe Geknatter brachte ihm die berauschendsten Momente seiner Jugend zurück, holte vom Grund seiner Seele aber auch etwas herauf, an das er sich eigentlich nie wieder erinnern wollte. Dieses Geräusch hatte Natascha umgebracht …

Artur lud in aller Eile ein doppelläufiges Gewehr und sprang nach draußen. Umzingelt von den berittenen Soldaten und die auf sie gerichteten Flinten geflissentlich ignorierend, saßen vor einer aus zwei Pfosten improvisierten Straßensperre zwei Röchler auf einer prächtigen Harley. Für ihr mehr als fortgeschrittenes Alter sah die Maschine ziemlich gut aus. Ob die vor Kurzem das vergessene Lager eines Autokonzerns geplündert haben?, schoss es Artur durch den Kopf. Obendrein mussten die einen Mechaniker an der Hand haben, der sein Metier virtuos beherrschte. Kowal fielen sofort die überdimensionalen Stoßdämpfer aus dem Westen und die extrem breiten Räder mit Spikes auf. An der vorderen Radgabel prangte anstelle eines Scheinwerfers ein MG mit abgesägtem Lauf.

Der Fahrer stellte den Motor ab. Grabesstille breitete sich aus. Beide Biker passten vom Outfit her bestens zu ihrem Transportmittel. Wahrscheinlich haben sie ihre Kluft aus derselben Quelle wie das Motorrad, dachte Artur. Und beide wirkten absolut zugedröhnt, zumindest deuteten ihre erweiterten Pupillen auf gesteigerten Drogenkonsum hin. Der Fahrer, ein hagerer Typ, der irgendwie an einen Baschkiren erinnerte, legte die in Handschuhen mit abgeschnittenen Fingern steckenden Hände auf den Lenker. Seine tätowierten Finger schmückten geschliffene Steine. Der Beifahrer war ein dunkelhäutiger Typ mit Bart, dessen Gesicht unzählige feine Falten durchzogen. Er lehnte sich gegen den hochgezogenen Sitz zurück. In Dutzenden von Scherben auf seiner Jacke funkelte die Sonne, seine Schenkel ruhten auf wuchtigen Ledertaschen mit aufgestickten Adlern.

»Was gibt's?«, sagte Sergo ruhig.

Der Baschkire leckte sich die Lippen. Artur ließ den Blick rasch über die Straße wandern. In hundert Metern Entfernung knatterte eine weitere Harley.

»Wir sind aus Torshok«, erklärte der Beifahrer mit der heiseren Stimme eines waschechten Syphilitikers. Von wegen, dass die nur flüstern können, dachte Artur. »Das hier ist eine Straßenkontrolle.«

»Schön«, entgegnete Abaschidze. »Freut mich, dass in Torshok eine neue Kommune entstanden ist. Das hab ich doch richtig verstanden, oder?«

Der Baschkire grinste und entblößte damit die schwarzen Stümpfe seiner Zähne. Es musste ihm ja ein ungeheures Vergnügen bereiten, dass ein Dutzend Waffen auf ihn gerichtet war … Der Beifahrer bewegte das Bein in seinen Nietenhosen, sammelte in aller Gemütlichkeit einen dicken Klumpen braunen Speichels und spuckte ihn ebenso in aller Gemütlichkeit aus.

»Bingo, Städter. Schieb was rüber, und du hast bis Twer 'ne Eskorte von fuffzig Mann. Da kannste dann richtig gemütlich hinschuckeln.«

»Klingt verlockend«, erwiderte Sergo. »Mit Begleitschutz würden wir uns normalerweise bestimmt sicherer fühlen. Aber wir haben gerade eben eine Kolonne getroffen, die aus Moskau kam. Daher wissen wir, dass wir weder auf gelbe Wilde noch auf Dschingisse stoßen werden. Oder gelten für uns besondere Regeln?«

»Vergiss es, Städter«, mischte sich der Beifahrer ein und zündete sich eine Papirossa an. »Du hast vier Mammas. Verhöker eine an uns, und die Sache ist geritzt.«

»Wie, bitte, soll ich das denn verstehen?«, fragte Sergo verwundert. »Siehst du das als eine Art Steuer? In dem Fall muss ich dir leider mitteilen, dass für die Frauen schon alles bezahlt ist. Im Übrigen weißt du ganz genau, wie diese Dinge laufen. Besorgt euch also offizielle Papiere, gründet eine Kommune oder wenigstens irgendeine Gemeinschaft. Schließt Verträge mit den freien Siedlungen. Danach könnt ihr anfangen, ehrliche Geschäfte zu machen. Aber so mir nichts, dir nichts werden wir unsere Frauen nicht an euch verkaufen.«

»Wir drücken das Dreifache ab«, erklärte der Beifahrer und spuckte erneut aus. Von seiner Papirossa ging ein Gestank aus, der nicht allzu viel mit Tabak gemeinsam hatte. »Steuern sind doch fürn Arsch. Mit denen kannste die Stuten füttern.«

Einer der Sergeanten trat lautlos an Sergo heran, flüsterte ihm etwas ins Ohr und ging dann zu Artur. »Sie lauern im Wald auf uns, Feldwebel. In zwei Gruppen. Die haben zwei Flammenwerfer, vierzig Bogenschützen und zwei Dutzend Männer mit Feuerwaffen.«

Sergo verhielt sich nach wie vor äußerst friedlich, als hätte er die Drohung gar nicht gehört.

»Du weigerst dich also, ehrliche Handelsbeziehungen aufzubauen. Gut, das ist deine Sache. Nebenbei möchte ich dich noch darauf hinweisen, dass Menschen keine Stuten sind. Aber das übersteigt vermutlich das Begriffsvermögen eines Wilden. Deshalb lass es mich wiederholen: Wir verkaufen unsere Frauen nicht an euch.«

Der Baschkire grinste noch immer, aber jetzt sah dieses Grinsen eher so aus, als hätte man ihm einen Schraubenschlüssel quer in den Mund gerammt.

»Wen nennst du hier einen *Wilden*, du Kellerratte?« Die Hände des Beifahrers wanderten langsam zu den Satteltaschen. Dann besann er sich jedoch eines Besseren und boxte den Fahrer in die Seite.

Der Motor der Harley heulte auf, unter dem Hinterrad spritzten Steine hoch.

Sergo wandte sich seinen Untergebenen zu, um ihnen einen Befehl zu erteilen.

Der Beifahrer schleuderte ein Bein über den Sitz und drehte sich um, sodass er nun mit dem Arsch Richtung Lenker saß. Aus dem Auspuff schossen dicke Rauchschwaden.

Das Pferd des Soldaten, der dem Motorrad am nächsten stand, bäumte sich in seiner Panik auf. Im Panzerwagen schlug die Glocke Alarm.

Das Motorrad legte bereits auf den ersten fünf Metern gewaltig an Tempo zu. Jetzt ließ auch die Harley auf dem Hügel den Motor aufheulen. Die Museumsleute rannten hektisch zu den Wagen, Peitschen knallten, der Kreis sollte so schnell wie möglich geschlossen werden.

»Feldwebel!«

Artur drehte sich um. Einer der Sergeanten am Panzerwagen gestikulierte wild mit den Armen.

Sergo rannte in großen Sätzen zur Kanone, dabei Befehle brüllend. Die Fahrer spannten die Pferde aus.

Der grölende Beifahrer fuchtelte mit beiden Händen, in jeder ein Gewehr mit abgesägtem Lauf.

Kowal riss seine Waffe hoch – was ihm jedoch wie eine Bewegung in Zeitlupe vorkam – und drückte ab. Da er noch nie mit einem Jagdgewehr geschossen hatte, kam er nicht mal auf die Idee, den Kolben an der Schulter abzustützen.

Die Waffe knallte ihm mit einer derartigen Wucht vor die Brust, dass er stolperte und im Dreck landete. Doch obwohl sich sein Ziel mittlerweile weitere zwanzig Meter entfernt hatte, holten die Schrotkugeln die Röchler ein. Der Beifahrer fing sich zwei Kugeln in der Brust ein, aber auch für den Baschkiren reichte die Munition noch. Die Harley flog von der Straße, wobei die Lederfransen an dem geschwungenen Lenker fast wie Flügel wirkten. Der Beifahrer konnte zwar noch einen Schuss abgeben, allerdings einen Tick zu spät. Die Kugel pfiff über Arturs Kopf hinweg.

»Ich habe getroffen!«, schrie Kowal lachend. »Heiliger Hodensack aber auch, das war ein Treffer!«

Sämtliche Gesichter wandten sich ihm zu. Sergo kratzte sich den Nacken und bestätigte Arturs Aussage mit einem anerkennend hochgereckten Daumen. Das Motorrad drehte sich wie ein riesiger schillernder Käfer auf der Stelle. Als hätten Kowals Schüsse als Signal gedient, eröffneten die Wilden in der Reserve das Feuer. Die Kugeln prasselten nur so auf die Wagen. Artur schaffte es kaum noch, sich im Panzerwagen in Sicherheit zu bringen. Das Gewehr musste er dafür allerdings aufgeben. Im Wagen ratterten die Patronengurte, jaulte Christophs Katze, schrien die Mütter. In diesem Lärm hörte Artur nicht gleich die schwache Stimme Arinas: »Pass auf die Mütter auf, Schmied …«

»Das versuche ich ja!«, rief er zurück. »He! Ihr auf der linken Seite! Schießt nur einzeln! Euer Bereich reicht vom Rand der Straße bis zu dem noch stehenden Pfosten. Der hintere Aufbau übernimmt den Bereich von dem umgeworfenen Pfosten bis zu den Himbeerbüschen. Schießt nur auf mein Kommando! Die dürfen euch nicht erwischen!«

»Zu Befehl, Feldwebel!«

Rechts hinter dem Hügel ragten aus dem Unkraut die Reste von Mauern eines langen eingeschossigen Bauwerks heraus. Eben hinter diesen Mauern lauerte die Reserve der Röchler. Kowal brauchte ein paar Sekunden, um zu begreifen, dass sie inzwischen ihre Taktik geändert hatten: Diese Kerle legten es nicht länger darauf an, sie anzugreifen. Sie blieben die ganze Zeit in Deckung.

»Die warten …«, murmelte Arina. »Das bedeutet nichts Gutes …«

»Gar nichts Gutes!«, bestätigte Christoph kauend. »Aber das ist ebenso verständlich wie unverständlich.«

»Verdammte Scheiße noch mal, wovon redest du eigentlich?!«, fuhr Artur den Jungen wütend an. »Kannst du nicht wenigstens für eine Minute aufhören zu futtern und mir eine klare Auskunft geben?!«

Der Junge fing an zu lachen.

An seiner Stelle antwortete Arina.

»Sie haben uns umzingelt ... um uns aufzuhalten ... Sie warten ... Das höre ich ...«

In der Stille schrillte das Telefon. Kowal nahm ab.

»Artur? Ich bin's, Sergo. Wirf mal einen Blick auf die Straße!«

Artur eilte zu einem der Sehschlitze. Vor ihm standen schwer atmend zwei Männer. Sie konnten es im Kampf mit mindestens fünf Wilden aufnehmen. Vielleicht sogar mit einem Dutzend. Sie warfen mit beiden Händen Messer, während sie einen Purzelbaum schlugen, und trafen dennoch aus zehn Schritt ins Ziel. Jeder von ihnen erledigte mit seinem Dolch eine ganze Bullterriermeute. So sah es nämlich die Abschlussprüfung vor. Von einer solchen Spezialausbildung konnte Kowal natürlich nur träumen. Nur zitterten diese beiden Männer jetzt wie geprügelte Hunde, die eine Wolfsherde wittern. Stirnrunzelnd grübelte Artur darüber nach, was seine Elitesoldaten derart erschreckt haben könnte.

Ein Blick hinaus beantwortete seine Frage: Ihnen näherten sich mitten auf der Straße drei Gestalten in Weiß. Links lief ein Mann, der im angewinkelten Arm einen Korb aus Birkenrinde trug, aus dem er seinen beiden Begleiterinnen immer wieder etwas anbot, sich aber auch selbst etwas nahm. Die beiden Frauen waren nicht mehr jung und hatten langes silbergraues Haar, das sie mit einem Tuch zu einem Pferdeschwanz zusammengerafft hatten. Als sie das Motorrad erreichten, machte die Frau auf der rechten Seite eine ungehaltene Handbewegung, fast als würde sie eine lästige Fliege verscheuchen. Im Bruchteil einer Sekunde entstand um die beiden toten Biker herum eine fauchende Feuerwand. Die beiden Soldaten sprangen vom Sehschlitz weg, Artur konnte sich jedoch nicht von dem Anblick losreißen. Eine weitere Sekunde verging. Die Frauen streckten die Hände aus, und der Mann legte ihnen Beeren aus dem Korb darauf. Das Feuer sackte in sich zusammen, als hätte es nie existiert. Zurück blieb ein funkelnder Fleck am Straßenrand. Fast, als wäre Lava erstarrt.

»Der Satansgeifer!«, presste einer der MG-Schützen heraus. »Heilige Xenia steh uns bei!«

Und wie als Antwort auf sein Gebet lachte der gefangene Wipper in seinem Eisenbottich los.

(19) DIE BIENENESKORTE

Die Verhandlungen sollten nicht lange dauern, alles in allem vielleicht zwei Minuten. Damit erst gar keine Zweifel aufkamen, mit wem die Museumsleute es zu tun hatten, brachte eine der beiden Frauen mit einer einzigen Bewegung ihrer Hand ein Viertel der Pferde um, die gerade friedlich Heu fraßen. Obendrein sah sie die Tiere noch nicht mal, denn diese befanden sich in dem dicht geschlossenen Ring aus Lastern. Dann verlangte die Wipperin den Stabschef zu sprechen. Als Abaschidze den Wagenring durchquerte und auf sie zuging, schien er mit jedem Schritt kleiner zu werden. Er machte nicht einmal den Versuch, zu schießen oder den Säbel zu ziehen, sondern stand nur mit hängendem Kopf vor der Frau und hörte zu. Allerdings versuchte man ihn in dieser Zeit aus dem Gebüsch heraus zu erschießen. Wahrscheinlich wollte einer der Röchler den Tod seiner beiden Bikerfreunde rächen.

Prompt ratterte eine MP los – doch Artur hätte schwören können, dass der Mann mit dem Birkenrindekorb dem Schützen eine Nanosekunde zuvorkam. Als hätte er den Angriff vorhergesehen. Ohne sich umzudrehen oder den Himbeerverzehr einzustellen, bewegte der Wipper die Finger. Daraufhin bildete sich um Sergo und die drei Figuren in Weiß herum ein transparenter, fast schwereloser Vorhang, der jedoch gleich darauf zu Boden glitt. Nur dass dann über das Gras, die Sträucher und die Reste des Gebäudes eine tosende Welle hinwegbrandete, die eine glitschige Spur zurückließ. Wie eine gigantische Schlange kroch sie dahin und zerquetschte alles, was ihr in die Quere kam. Niemand bekam auch nur ansatzweise mit, was mit dem Schützen geschah. Eine Minute später sahen dann freilich alle, wie die Truppen der Röchler Hals über Kopf zum Wald flohen.

Damit waren die Verhandlungen beendet. Als Abaschidze sich umwandte, blickten ihn durch die Schießscharten Hunderte von weit aufgerissenen Augenpaaren an.

»Schmied!«, presste Arina kaum hörbar heraus. Sie konnte die Szene draußen nicht verfolgen, denn sie lag auf ihrer Liege, das spitze Gesicht zur niedrigen Decke hochgedreht. »Schmied, die wollen dich.«

»Mich?!«

»Dich und unsere Mütter. Sie teilen mir mit, dass sie dir Nadja van Gogh, Verpflegung und ein eigenes Haus in ihrem Dorf angeboten haben. Stimmt das?«

»Ja, Herrin …«

»Sie behaupten, dass du abgelehnt hast. Warum hast du mir nichts davon gesagt?«

»Ich weiß nicht«, druckste Kowal. »Ich hatte Angst, dass mich dann alle verdächtigen … In dem Sinne, dass ich früher oder später abhauen würde.«

»Lüg mich nicht an!« Arinas heiseres Lachen ging nahtlos in Husten über. »Wenn du dich einverstanden erklärt hättest, dann hätten wir eine Mutter verloren. Nun aber verlieren wir alle. Das Komischste an der Sache ist, dass sie dafür bezahlen. Heilige Xenia, Friede ihrer Asche! Dass ich eine Karawane nicht bis nach Moskau gebracht habe … so etwas hat es noch nie gegeben.«

Sergo kam zu ihnen in den Panzerwagen geklettert. Der Mann war das reinste Bild des Jammers.

»Sie verlangen, dass der Wipper freigelassen wird, Herrin.«

»Das musst du entscheiden«, erklärte Arina.

Der Arzt wuselte schon wieder um sie herum und wollte die Verbände wechseln. Die Mütter wurden aus ihrem *Abteil* geholt. Als sie eng aneinandergeschmiegt vor ihm standen, fing Artur den Blick von Nadja van Gogh auf. Endlich konnte er sie in Ruhe betrachten, ohne dass jemand es wagen würde, ihm zu unterstellen, er hätte diese Begegnung absichtlich herbeigeführt. Die Frauen wirkten im Grunde längst nicht so verängstigt wie die Soldaten. Klar, dachte Artur, sie sind schließlich daran gewöhnt, dass man sie auf Händen trägt. Und wie auch immer diese Sache ausgeht, niemand wird sie je wie gewöhnliche Gefangene behandeln. Für sie ist bis ins hohe Alter gesorgt, selbst bei diesen Wilden. Nadja kaute auf der Unterlippe und starrte ihrerseits Kowal an. Sie trug zwar nur ein einfaches Kleid aus grobem Stoff, doch Artur wusste, dass jede dieser vier Frauen einige Truhen bekam, die ihre Mitgift enthielten. Und in Moskau gab's noch fast ein halbes Kilo Gold in Form von Schmuck extra.

»Darüber hinaus verlangen sie, dass Artur Schmied und alle Mütter herausgegeben werden«, berichtete Sergo weiter. »Andernfalls lassen sie uns nicht ziehen.«

»Und, Sergo? Was hast du ihnen daraufhin gesagt?«

»Dass wir den Wipper umbringen, wenn sie uns nicht ziehen lassen. Da haben sie mir aber erwidert …« Er seufzte schwer. »Sie haben gesagt, dass ich ihnen nicht mit dem Tod drohen könnte, weil ich selbst noch nicht gestorben bin.«

Kowal schnaubte bloß. Abaschidze schielte zu ihm hinüber und fuhr dann fort: »Die Wipper sagen: Niemand weiß, was der Tod ist. Vielleicht, sagen sie, ist der Tod ja etwas viel Angenehmeres als das Leben. In dem Fall wäre es jedoch aberwitzig, mit etwas Gutem zu drohen, meinen sie. Während der Wipper in diesem Eisenbottich steckt, können wir ihn umbringen. Nur wird uns das nicht retten. Denn dann nehmen sie sich mit Gewalt, was sie wollen, und wir gehen völlig leer aus. Ich kann diese Entscheidung nicht allein treffen, Tochter des Roten Vollmonds. Rufen wir Charly. Über diese Frage muss der Rat entscheiden.«

»Bleibt uns überhaupt noch Zeit, den Rat einzuberufen?«, fragte Arina und hielt dem Arzt den linken Arm hin, damit er ihr eine Spritze gab. Der Marschall band ihn ihr ab und reinigte den blau angelaufenen, malträtierten Ellbogen mit Schnaps.

»Ja, Herrin. Uns bleibt so lange Zeit, bis Diejenigen, die die Erde zum Wippen bringen, ihre Beeren aufgegessen haben. Das haben sie mir jedenfalls versprochen.«

In diesem Moment stürzte Rokotow, über und über mit Waffen behangen, in den Panzerwagen. »Das war's!«, keuchte er. »Die haben Bienen!«

»Bienen?«, fragte Sergo verständnislos. »Was für Bienen bitte?«

»Wilde, verdammt noch mal! Wenn ihr mir nicht glaubt, überzeugt euch doch selbst davon!«

Bis auf Arina eilten alle zum Einstieg. Ein Blick gen Himmel genügte, damit Artur nur noch einen Wunsch hegte: sich irgendwo zu verstecken. Außerdem juckte sein Hals prompt. Fünf Meter über der Erde bildete sich direkt über den Wagen eine schwarze surrende Wolke, die von Sekunde zu Sekunde stärker anschwoll. Der Anblick war grauenhaft, zugleich aber auch faszinierend. Artur fühlte sich wie das sprichwörtliche Kaninchen vor der Schlange.

Den anderen erging es nicht anders. Sergo stieß mit gedämpfter Stimme einen georgischen Fluch aus, Charly zog sich die Kapuze seines Kettenhemds vom Kopf und wischte sich den Schweiß von der Stirn. Ein Soldat hinter Artur betete, leise und fast lautlos. Die Wolke wurde immer größer und dichter, denn Hunderte, ja Tausende von Insekten schlossen sich ihr minütlich an und mischten auch ihre feinen Stimmchen in das allgemeine wütende Gesumm.

»Das sind Millionen!«, hauchte Rokotow. »Wie kann das sein … zu dieser Jahreszeit …?!«

»Die Biester dürfte es hier überhaupt nicht geben!«, bemerkte Sergo. »Um uns herum ist nur feuchter Wald. Nein, diese Dämonen müssen die Viecher in der Tat mitgebracht haben. Und gegen die würden wir selbst mit tausend Gewehren nichts ausrichten.«

Die surrende Wolke veränderte fließend ihre Konturen, verwandelte sich in einen großen pulsierenden Ring und erreichte bereits einen Durchmesser von zehn Metern. Nach einer Weile legte sich der Ring langsam auf die Seite, fast als hätte er eine unsichtbare Achse und würde gekippt. Genauso langsam hielt er auf die Männer im Panzerwagen zu, die diesen Bienenangriff mit in den Nacken gelegten Köpfen beobachteten. Wenn diese Abermillionen von giftigen Stacheln erst mal zum Einsatz kommen …, dachte Artur. Nein, die Sache ist entschieden! Den Museumsleuten bleibt gar keine andere Wahl.

»Los!«, herrschte er Sergo an und packte ihn heftig am Oberarm. »Sag ihnen sofort, dass wir tun, was sie verlangen! Ich lasse den Wipper raus und gehe mit ihnen!«

»Das kann ich nicht!«, jammerte Sergo. »Dann ertränkt mich Pap Rubens wegen Feigheit!«

»Wenn du es nicht tust, sterben wir alle!« Durch einen Spalt im Wagenring warf er einen Blick auf die drei Gestalten in Weiß, die so genüsslich ihre Beeren verspeisten, als ginge sie das alles nichts an. »Du bringst die Karawane um. Christoph, he, du Fresssack! Was rätst du uns?«

Der Junge stellte sich aufs Trittbrett, schirmte die Augen mit der Hand ab, musterte den teuflischen Bienenreigen, steckte sich einen getrockneten Birnenring in den Mund und verkündete: »Wer weggeht, kehrt auch wieder. Es geht allen schlecht, wiewohl es allen gut geht.«

Mit diesen Worten endete der kleine Feldrat. Der freigelassene Wipper legte seltsamerweise keinerlei Schadenfreude an den Tag. Er blinzelte ein paarmal, um sich an das Sonnenlicht zu gewöhnen. Sobald er den Erdboden unter seinen nackten Füßen spürte, lächelte er glücklich und zufrieden. Eine Minute lang wippte er auf den Füßen hin und her, dann ging er, ohne sich auch nur einmal umzudrehen, auf die drei Wipper zu. Die Bienen summten, die Pferde wieherten und pressten sich eng aneinander. Die ersten Angehörigen der Karawane hatten sich bereits Stiche eingefangen. Trotzdem wurden keine Klagen laut. Über Arturs Kleidung krochen gleich drei Bienen, auf den Wagendächern landeten sie zu Tausenden, und von den Telefonleitungen hingen sie wie lebende Girlanden herunter. Einige Hunde der Cowboys bissen ihre Leinen durch und huschten mit eingezogenem Schwanz und dicht an den Boden geschmiegt zum Wald, andere verkrochen sich hinter den Rädern der Wagen.

Die Wipper erlaubten den Müttern, ihre Mitgift zu behalten, und erhoben selbst gegen Arturs Waffen keinen Einspruch. Hinter einer Straßenbiegung tauchte eine kleine geschlossene Kutsche auf, die von vier prachtvollen grauen Pferde gezogen wurde. Ein paar Männer luden die Bündel und Truhen der Mütter ein, stierten dabei aber ununterbrochen nach unten und mieden jeden Blickkontakt mit den Wippern. Als Feldwebel stand es Artur zu, neben seinen persönlichen Sachen einen Zuber und zwei Kohlenbecken mit einem entsprechenden Vorrat an Heizmaterial mitzunehmen. Rokotow verfolgte das Ganze mit absolutem Desinteresse, die Wipper waren hingebungsvoll damit beschäftigt, in aller Gemütlichkeit zu plaudern, ganz wie eine Familie am Sonntagabend auf der Wiese ihrer Datscha. Sergo strich nur schweigend über seinen Säbel. Das Surren der Bienen war derart laut, dass man schreien musste, um sich verständlich zu machen.

Nachdem alles erledigt war, drückte einer der Kutscher aus der Karawane Kowal die Peitsche in die Hand und erklärte ihm vorsichtshalber schon mal, wie er damit die Pferde lenken solle.

»Der Feldwebel, der zum Kutscher abgestiegen ist«, frotzelte Daljar bitter. Aus seinem Ton ging hervor, dass er Artur bereits als toten Mann sah.

Die Wipper hatten ihre Beeren inzwischen aufgegessen und warteten am Straßenrand. Etlichen Soldaten der Karawane war anzumerken, dass es ihnen in den Fingern kribbelte, das Feuer auf diese Dämonen zu eröffnen. Sie unterließen es nur aus einem Grund: Gegen die Abermillionen kleiner stachliger Mörder würden sie den Kürzeren ziehen.

»Tut mir leid«, wandte sich Artur zum Abschied an Arina Rubens. »Wir hätten besser eine Mutter opfern sollen, als ...«

»Schluss jetzt!«, fiel sie ihm ins Wort. Die Spritze hatte bereits ihre Wirkung getan, sodass in ihren Augen wieder Feuer loderte. »Du hast dir nichts vorzuwerfen. Die haben uns aufgelauert. Achte darauf, dass sich diese Dämonen anständig verhalten. Übrigens haben sie uns das hier gezahlt ...«

Artur beugte sich zu einem Sehschlitz vor und blickte in die angegebene Richtung. Ihm gefror das Blut in den Adern. In der Ferne schimmerte am Hang des Hügels etwas Gelbes. Zunächst wollte er seinen Augen nicht trauen, weigerte sich sein Gehirn einfach, etwas auf die visuelle Information zu geben.

»Pro Mutter dreißig, das ist ein absolut anständiger Preis!«, meinte Rokotow lachend, verstummte aber sofort unter dem stahlharten Blick Arinas.

Dort hinten lagen und saßen, mit Schnüren gefesselt, zahllose Menschen, die mehr an wilde Tiere als an Vertreter des Homo sapiens erinnerten. Ihr Haar musste man als wirre Mähne bezeichnen, die ungewaschenen Körper waren mit Farbschlieren überzogen, statt Kleidung trugen sie nur Fetzen. Und entweder hatten diese Wilden irgendwelche Drogen konsumiert oder sie waren stockbesoffen ...

»Aber ... aber das sind doch Menschen!«, presste Artur heraus.

»Das sind gelbe Wilde«, widersprach Arina ernst. »Hundertundzwanzig Stück. Vielleicht verkaufen wir sie bereits in Twer an die Röchler, vielleicht bieten wir sie aber auch erst in Moskau an. Für dich haben wir übrigens nichts bekommen. Nichts bis auf das.« Sie zeigte auf eine kleine Kiste, über der ein Tuch lag. »Öffne sie ruhig, Schmied, aber sei vorsichtig, die Welpen sind bissig.«

»Selbst wenn es hundertmal Wilde sind, bleiben es Menschen!«, überging Kowal die Aufforderung. »Ich weigere mich einfach zu glauben, dass die Eremitage Sklavenhandel betreibt!«

»Du kennst kluge Wörter! Genau wie unser Lew!« Arina verzog das Gesicht, denn der Arzt nahm ihr gerade den Verband ab, der am Oberarm festklebte. »Es gibt unterschiedliche gelbe Wilde. Diese da sind schlimmer als Wölfe, dafür aber tüchtige Arbeiter. Die Wipper haben sie in den Gelben Sümpfen eingefangen. Hast du schon mal von diesen Gelben Sümpfen gehört? Nein? Charly, erzähl ihm davon!«

»Die sind weit weg von hier«, fing Charly an und deutete mit der Hand nach Osten. »In dieser Gegend wurde früher, vor dem Großen Tod, Chemie für die Felder hergestellt. Die Menschen sind gestorben, aber die Chemie hat überlebt und ist vom Flusswasser weitergetragen worden. Deshalb kommen dort nur noch Missgeburten zur Welt. Mit denen kannst du nicht reden, aber du kannst sie zum Arbeiten zwingen. Die Röchler verkaufen sie an die Köhler in den Bergwerken. Bei denen haben sie es eigentlich nicht schlecht, sie kriegen was zu futtern und ein Dach überm Kopf.«

»Das glaub ich einfach nicht!«

Er schüttelte entsetzt den Kopf. Das war sie also, die vielgepriesene Demokratie der Eremitage! Der Wipper hatte einmal mehr recht behalten: Die Menschen kehrten zu ihren Ursprüngen zurück, es galt wieder das Recht des Stärkeren, liberale Floskeln mussten nicht länger zur Tarnung herhalten.

Nun zog Artur das Tuch von der Kiste – die eigentlich gar keine war: Vor ihm stand ein kleiner solider Eisenkäfig, in dem eng umschlungen zwei kleine daunenweiße Tiger mit langen Hälsen schliefen. Daher weht also der Wind, schoss es Artur durch den Kopf. Von denen bekommt Väterchen Rubens also diese liebreizenden Tierchen.

»Eines würde ich gern noch wissen«, wandte er sich an Arina, atmete dann aber erst einmal tief durch. Ob er besser den Mund hielt? Vielleicht sah er die Museumsleute ja nie wieder. Vielleicht würden seine Worte nur zu Aufständen und Unruhen innerhalb der Kommune führen. Aber diese hundert gefesselten Idioten lösten etwas in ihm aus. Gut, auch er hatte befohlen, ein paar Dschingisse aufzuhängen. Aber das waren Feinde gewesen, die sozusagen im Kampf starben. Sklavenhandel stand jedoch auf einem anderen Blatt … »Überrascht es dich eigentlich sehr, wenn ich dir sage, dass Pap Rubens die Wipper über mich informiert hat?«

»Bitte?!«

»Du hast mich sehr gut verstanden«, erklärte Kowal müde. »Dein Stiefvater hat eine Brieftaube zu dem verehrten Herrn Bruder unseres ehemaligen Häftlings geschickt. Keine Ahnung, ob er ihm etwas über die Mütter geschrieben hat – aber über mich wussten die Wipper Bescheid! Zwei Tigerjungen – das war also der Preis für mich, ja?«

Danach stapfte er los, noch ehe sie auf seine Worte reagieren konnte. Die Kutsche wartete bereits auf ihn. Die Bienen surrten und hatten eine schaukelnde Acht gebildet. Eine der beiden Wipperinnen bot den Müttern Beeren an. Auf dem Kutschbock saß ihr Ex-Sträfling. Als er Artur bemerkte, klopfte er auffordernd neben sich auf den Sitz und ließ die Peitsche wie ein geborener Kutscher knallen.

Sobald sich die Pferde in Bewegung gesetzt hatten, brach auch der Bienenschwarm auf, um der Kutsche zu folgen, ganz wie eine Ehreneskorte. Artur sah ein letztes Mal zurück. Im Einstieg des Panzerwagens machte er die kleine Gestalt Christophs aus. In der einen Hand hielt der Junge einen Apfel, mit der anderen winkte er ihm zum Abschied.

Wer weggeht, kehrt auch wieder, hatte der kleine Philosoph gesagt.

Nur gab es längst keine Philosophie mehr. Geblieben war einzig die Biologie.

[20] NADJA VAN GOGH

Artur hatte es aufgegeben, die Tage zu zählen. Am achten oder neunten Tag war die Kutsche über den Marktplatz irgendeiner Kleinstadt gerumpelt. Dort hatten die Wipper ihm gestattet, mal wieder eine Nacht in einem Bett zu verbringen. Bis dahin waren die Pferde ohne Rast, wenn auch ausgesprochen langsam dahingetrabt. Die Bienen hatten sie inzwischen verlassen, stattdessen erfreute sich die Kutsche nun der Begleitung eines Wolfsrudels. Die Tiere folgten ihnen fraglos nicht aus freien Stücken, bissen sich zuweilen gegenseitig, blieben aber nie weit zurück. Unter diesen Umständen verbot sich natürlich jeder Gedanke an Flucht von selbst. Obendrein hätte Artur sich in einer derart gottverlassenen Gegend nie auf ein solches Unternehmen eingelassen.

Sie zogen immer weiter nach Osten. Manchmal war die Straße so von Gras überwuchert, dass die beiden Wipper Artur ein langes Messer in die Hand drückten und zusammen mit ihm die Fahrspur freilegten. Manchmal musste sich die Kutsche buchstäblich durch Gestrüpp pflügen, nur um kurz darauf wieder eine tadellose Straße vor sich zu haben. Es überstieg Arturs Vorstellungsvermögen, wie sich jemand diese unzähligen Abzweigungen und Biegungen einprägen konnte. Mittlerweile wusste er bereits, dass ihr Ex-Häftling Ismail und sein Kumpan, der Herr über die Wölfe, Prochor hieß. Bei den Frauen handelte es sich um Schwestern, wobei die Phantasie ihrer Eltern nicht mehr als die Namen Anna die Erste und Anna die Zweite zustande gebracht hatte. Die beiden hielten sich sehr bedeckt, doch soweit er es verstanden hatte, gab es auch noch Anna die Dritte und Anna die Vierte. Die zwei Annas brachten den Müttern Essen, sorgten für warmes Wasser, damit die vier Frauen aus der Eremitage baden konnten, halfen den Männern auch mal, den Wagen aus einem Schlagloch zu ziehen, und übernahmen nachts abwechselnd die Wache. Im Grunde hätten sich die Wipper diese Nachtwachen allerdings sparen können: Nicht ein Tier wagte es, sie anzugreifen.

Sie kamen an Dutzenden ausgestorbener Dörfer vorbei, machten manchmal aber auch Rauch am Horizont aus. Nachts brannten auf den Hängen der Hügel kleine Lagerfeuer. Ein paarmal stießen sie unterwegs auf Satansgeifer. An solchen Stellen hatte ein Wipper entweder seine Kräfte erneuert oder sich gegen Feinde verteidigt. Ismail gab sich nun stumm wie ein Fisch, während Prochor anscheinend nur mit den Frauen redete. Er konnte stundenlang im strömenden Regen vor der Kutsche hergehen, ein Wolfsjunges auf dem Arm.

Irgendwann erreichten sie dann wieder eine ordentlich asphaltierte Straße. Hier entließen die Wipper die gequälten Wölfe in den Wald.

»Wir kommen jetzt in die Stadt Scharja«, erklärte Ismail. »Dort werdet ihr in einem Hotel schlafen. Trinkt kein Wasser aus den Leitungen! Und schließt nachts die Fenster, hier wimmelt es von …« Er dachte kurz nach und ließ den Satz unvollendet.

Das Hotel hatte die vergangenen hundert Jahre relativ gut überstanden. Das Erdgeschoss und der erste Stock waren zwar geplündert und fast vollständig ausgebrannt, aber weiter oben fand Artur in den Zimmern sogar gemachte Betten und in den Bädern unter trüben Spiegeln Stücke harter Seife. Zunächst brachte er die Frauen auf ihr Zimmer. Prochor hatte irgendwo Nägel aufgetrieben, die er ihm unter die Nase hielt, während er wortlos in Richtung der Fenster nickte. Durch die Schichten hundertjährigen Drecks drang zwar fast kein Licht, aber Kowal sollte zumindest in diesem Zimmer trotzdem noch Bretter anbringen. Während er ein paar Tische auseinandernahm, versuchte er herauszukriegen, wen die Mütter hier zu fürchten hatten, doch Prochor schwieg sich weiter beharrlich aus.

Im Übrigen lief dieser Wipper ohne Waffe herum und drehte Artur ohne jede Sorge den Rücken zu. Am Abend versammelten sich alle vier Wipper vor dem Hotel und entzündeten Feuer. Sie von seinem Balkon aus betrachtend, fiel Kowal einmal mehr auf, dass er ihre Gesichter nicht klar wahrnahm. Die drei Gefährten Ismails maskierten ihr Äußeres mit großer Sorgfalt. Was wollten diese Menschen? Oder auch Nicht-Menschen. Weshalb hatten sie einen Weg von fast tausend Kilometern zurückgelegt und wären womöglich bereit gewesen, eine noch längere Strecke auf sich zu nehmen? Ja wohl nicht nur wegen dieser dämlichen Prophezeiung. Nur weil dieser radioaktiv verseuchte Opa irgendwas gebrabbelt hatte, konnte man aus ihm, einem Menschen aus Fleisch und Blut, doch nicht allen Ernstes eine Legende machen!

Jemand klopfte leise an die Tür seines Zimmers. Feuchtigkeit hatte das Holz über die Jahre anschwellen lassen und die Rahmen verbogen. Artur hatte die Tür nur anlehnen können, dann aber das Bett davorgeschoben, eher symbolisch im Grunde. Als er es jetzt ein Stück zurückzog und öffnete, stand Nadja van Gogh vor ihm, auf jede Symbolik pfeifend.

»Komm rein!«, forderte er sie auf und deutete mit großer Geste auf den pelzgefütterten Mantel, den er auf den Boden geworfen hatte. »Auf das Bett setz dich besser nicht!«

»Das weiß ich schon«, erwiderte sie. »In denen hausen Käfer. Wir schlafen auch auf dem Boden.«

Er schloss die Tür, ging zum Fenster und starrte zu Ismail hinunter, der Äste in die Feuer warf. In seinem Rücken spürte er Nadjas Blick. Seit sie mit den Wippern unterwegs waren, hatte er nicht ein Mal mit ihr gesprochen, obwohl auch er sich um die Mütter hatte kümmern müssen, indem er Wasser heranschleppte, Feuerholz vorbereitete und Fleisch verteilte. Wenn die Kutsche irgendwo stecken geblieben war, waren die vier

Frauen ausgestiegen und hatten geduldig gewartet, bis es weiterging. Auch hier musste Artur helfen, den Wagen wieder flottzumachen. Dabei hatte er die vier stets geflissentlich ignoriert. Nadja hatte ihn jedoch beobachtet. Sobald sie sich aber wegdrehte, hatte er sie förmlich mit Blicken verschlungen. Tag für Tag hatte dieses wortlose Spiel aufs Neue begonnen, jeden Abend hatte er gegen den Wunsch angekämpft, zu ihr zu gehen und sich neben sie ans Lagerfeuer zu setzen.

Irgendwie hatte er die Karawane zwar verraten – beglückwünschte sich aber innerlich dazu. Bisher war einfach alles viel zu schnell gegangen. Was jetzt wohl auf ihn zukam? Ob er zu Strafarbeit im Kohlewerk verdonnert wurde? Oder mit einer Kette um den Hals Dienst in der Höhle eines Orakels schieben musste? Aber so oder so: Nadja van Gogh würde Moskau nicht sehen – und auch dazu beglückwünschte er sich.

Auf dem Platz brannten inzwischen vier Feuer. Gerade fachte Prochor zwei weitere an. Im Haus gegenüber dem Hotel wehten in den eingeschlagenen Fenstern im Erdgeschoss Gardinenfetzen. Es sah aus, als schliche sich ein hungriger Riese an sie heran, der in seinem zahnlosen Maul die Zunge hin und her bewegte.

»Wie heißt du, Schmied?«

»Artur.«

Er musste jetzt endlich eine Entscheidung treffen. Entweder graulte er diese Nadja auf der Stelle mit ein paar groben Worten raus oder er nahm sie endlich in die Arme.

Sie kam auf ihn zu und stellte sich neben ihn, das Knie gegen das tiefe Fensterbrett gestützt. Diese unbewusste Geste kannte er nur zu gut. Das ewige Spiel, dachte er, selbst in dieser Welt hat es sich nicht geändert. Zum Glück nicht. Aber bevor hier irgendwas läuft, brauch ich erst mal einen Schnaps. Warum sieht diese Nadja ihr … Natascha … die ich auf dem Gewissen habe … bloß so ähnlich? Mist! Ich kann sie nicht rausschmeißen! Das würde ich mir nie verzeihen.

Die Frau stemmte die Fäuste gegen den Fensterrahmen und drückte sich ein wenig zurück, womit sie, ohne es selbst zu merken, das tat, wonach es Arturs Blick verlangte. Damit er ihre weibliche Figur und den unglaublich dicken Zopf betrachten konnte. Zu gern hätte er ihr Haar gelöst und seine Hände darin vergraben. Sie beugte sich noch eine Idee weiter zurück – und unter ihrem Kleid zeichneten sich zwei kräftige, volle Brüste ab.

»Stimmt es, dass du hundertundzwanzig Jahre geschlafen hast?«

»Ja.« Er zwang sich, ihr in die Augen zu sehen. »Und stimmt es, dass du schon ein Kind hast?«

Sie nickte. In den großen grauen Augen spiegelten sich die Lagerfeuer der Wipper.

»Ein Mädchen. Leute aus Pskow haben es mit sich genommen.«

»Vermisst du deine Tochter?« Artur fürchtete, dass er ihr wehtat, aber da war die Frage schon ausgesprochen.

»Ob ich sie vermisse? Ja, schon ... aber so ist das nun mal bei uns geregelt. Es gab einen Vertrag, der das Schicksal des Mädchens festlegte.« Nadja berührte seine Hand. »Ich habe dir noch nicht danken können, Artur Schmied. Die drei anderen haben gesagt, du hättest mich aus dem Feuer gerettet.«

»Keine Ursache«, antwortete Kowal beiläufig.

Nadja hatte vor Kurzem gebadet, ihre Haare rochen frisch und nach einem Aufguss aus bitteren Kräutern. Diese selbst fabrizierten Shampoos vertrieben Insekten, das wusste er mittlerweile. Rokotow hatte auch immer etwas in der Art benutzt, allerdings mit dem Unterschied, dass sein Kopf dadurch nach Knoblauch stank.

»Warum gehst du mir aus dem Weg, Artur Schmied? Gefalle ich dir etwa nicht?«

»Wie alt bist du?«

»Im letzten Monat bin ich neunzehn geworden.«

»Du gefällst mir sogar sehr.« Wer flirtet hier eigentlich mit wem?, fragte er sich. »Bist du gekommen, um mit mir zu schlafen? Hat dir der Wipper das befohlen?«

»Ismail hat gesagt, du kannst Vater werden«, antwortete sie, ohne ihm die Frage krummzunehmen. Aber auch, ohne ihn anzulächeln. »In Moskau wäre ich verkauft worden, aber jetzt ist eben alles anders. Jetzt kann ich frei wählen. Wenn dir aber Marina besser gefällt ...«

Er erinnerte sich nicht einmal daran, welche der Mütter Marina hieß, mehr noch, die drei anderen Frauen konnte er überhaupt nicht auseinanderhalten.

»Ich würde nicht einfach mit dir schlafen wollen ...«

»Warum nicht?«

»Wenn sie uns dann wieder trennen, würde ich darunter leiden. Glaub mir, Nadja, ich kenne diesen Schmerz. Den will ich nicht noch mal erleben ...«

»Und wenn sie uns nicht trennen?«

»Hast du denn gar keine Angst vor den Wippern?«

Er berührte ihre Wange, fuhr mit dem Daumen über ihre Brauen und die volle Oberlippe. Nadja schmiegte sich ganz sanft in seinen Handteller und schloss genüsslich die Augen.

»Die tun mir doch nichts«, antwortete sie. »Die wollen nur nicht, dass die Menschen in Städten leben. Alle haben Angst vor den Wippern, dabei sind die Zauberer von den Seen viel schrecklicher. Als ich noch ein kleines Mädchen war, hat Pap Rubens Krieg gegen diese Zauberer geführt. Na ja, eigentlich haben das damals alle Kommunen. Wir Kinder haben in der Eremitage an einem Fenster gestanden und auf den Palastplatz hinausgeschaut. Da wurden die gefangenen Zauberer erst erhängt und dann verbrannt.«

»Warum musstet ihr so grausam sein?«, fragte Artur fassungslos. Sie und ich, wir kommen einfach aus zwei verschiedenen Welten, dachte er. Sie spricht in aller Seelenruhe über den Galgen – dabei könnte sie durchaus eine Nachfahrin Nataschas sein. Wenn ich mit Natascha nicht auch meine eigenen künftigen Kinder umgebracht hätte …

»Später haben wir mit den Zauberern von den Seen Frieden geschlossen. Sie haben versprochen, dass sie uns keine Krankheiten mehr anhexen und die Sklaven nicht gewaltsam mit Pilzen füttern …«

Nadja stand jetzt so nahe neben ihm, dass ihre Lippen sich nur einen Zentimeter vor seinen Lippen befanden. Kowal legte seine linke Hand in ihren Nacken – und damit war die Entscheidung endgültig gefallen. Ihr Haar war nach dem Bad noch feucht. Als seine Hand weiterwanderte, spürte er durch den Stoff des Kleides hindurch, dass auch ihr heißer Rücken noch feucht war.

»Der Wipper hat gesagt, dass wir zusammenleben können, Artur Schmied«, flüsterte sie ihm ins Ohr. Ihr ganzer Körper reagierte auf seine streichelnden Hände. »Wir können zusammenleben. Wenn ich drei Kinder …«

»Weshalb wollen sie unsere Kinder?«, fragte Kowal und küsste sie auf den Hals, während seine rechte Hand tief nach unten wanderte. Nadja war nur in dem Kleid und in flauschigen Wollsocken mit Bommeln zu ihm gekommen … »Außerdem habe ich keine Lust, den Rest meiner Tage im Wald zu verbringen …«

»Wenn du fliehst, kriegen sie dich doch.« Nadja zog an irgendeinem Band. Das Kleid glitt ihr vom Rücken. Splitternackt stellte sie sich auf Zehenspitzen, damit seine Hand in die heiße Ritze zwischen ihren Pobacken gleiten konnte, während sie selbst ihren Schenkel zwischen seine Beine brachte. »In der Stadt ist es langweilig … Es ist viel besser, in einem Dorf zu leben. Ich stamme aus einer Familie von Cowboys, weißt du. Als ich acht Jahre alt war, haben die Dschingisse unsere Felder niedergebrannt. Daraufhin hat sich mein Vater den Museumsleuten angeschlossen. Er hütet auch jetzt noch das Vieh auf … wie heißt das doch gleich? … auf diesem Marsfeld … Oh! Kannst du mich da noch mal berühren? … Du baust uns ein Haus, und niemand wird mehr nebenan rumkeifen, wie jetzt, in der Eremitage … Geht das vielleicht ein bisschen fester …«

»Dann bist du also gar nicht aus Piter?«

Artur bückte sich, um das Kleid wegzuschieben und ihr die Socken auszuziehen. Schon seit ewigen Zeiten hatte er keine Frau mehr so heftig begehrt. Nadja legte die Hände in den Nacken und drehte sich langsam um. Kowal bedauerte, dass es keine Fotoapparate mehr gab. Das wäre ein Bild geworden! Die heiße Figur, die Füße, die bis zu den Knöcheln im Pelz des Mantels versanken … Die Beine waren zwar etwas füllig, andererseits betonte der schwere Unterkörper nur die Eleganz des feinen samtigen Rückens. Die letzten Strahlen der untergehenden Sonne vertrieben das Dunkel und tanzten in den zitternden Grübchen ihrer Pobacken, auf den kräftigen Schenkeln und – als sie sich abermals auf Zehenspitzen stellte – auf den angespannten Waden … Sie wand sich förmlich unter seinem hungrigen Blick, sanfte Wellen liefen vom flaumbedeckten Hals bis zu den Fersen über sie hinweg.

»Wie viele Männer hattest du schon?« Ein Teil in ihm sträubte sich immer noch gegen das, was hier ablief, glaubte fest daran, dass die Wipper Nadja hypnotisiert hatten, damit sie bei ihm die natürliche Reaktion eines Männchens hervorkitzelte.

»Nur einen …« Sie nahm ihm auch diese Frage nicht übel, sondern schien sich eher darüber zu amüsieren. Sie spreizte die Beine mit einer fließenden Bewegung ein wenig weiter, dann sah sie sich wie in Zeitlupe nach ihm um und beleckte zwei Finger. Mit genüsslicher Langsamkeit fuhr sie sich mit der Hand über den Rücken und ließ sie zwischen die Pobacken gleiten. Entlang der Wirbelsäule blieb eine feuchte Spur zurück – an der Arturs Blick wie gebannt festhing. »Du weiß überhaupt nichts von uns und unseren Gesetzen. Eine Mutter kann nur mit einem Vater zusammenleben … Und jetzt berühr mich so wie eben …«

»Hast du ihn geliebt?«

Er zog seinen Pullover aus. Jedes einzelne seiner Brusthaare nahm die Wärme ihrer Schulterblätter wahr. Er löste das Band in ihrem Haar und knabberte an dem feuchten, nach Kräutern duftenden Scheitel.

»Ich möchte Liebe mit dir machen.« Sie rieb sich an ihm und fasste ihm schließlich behutsam, aber fest mit beiden Händen zwischen die Beine. »Möchtest du etwa nicht mit mir schlafen? Ich hab doch gemerkt, wie du mich immer angesehen hast. Das hast du doch, oder?«

Stimmt, dachte Kowal – bevor er sich die Hosen auszog und ihm ein wahrer Sturzbach an Gedanken durch den Kopf sprudelte. Zum Teufel aber auch! Diese Menschen haben das Gold in der Eremitage zersägt, das über hundert Jahre lang niemand angerührt hat, nur um irgendwelche blöden Kühe zu kaufen, die sie jetzt auf dem Marsfeld weiden – dann brauche ich mich ja wohl nicht zu schämen, wenn ich ein Zuchthengst in dieser neuen Menschenherde werde.

Für ihr Alter war Nadja van Gogh zu erfahren, aber selbst das war Artur scheißegal, solange sie auf seine Hände reagierte und seine wortlosen Befehle ausführte.

Beide ließen sich auf die Knie nieder. Als er ihr eine Hand auf das schweißnasse, glitschige Kreuz legte, beugte sie sich vor und schmiegte Arme und Brust auf das Fell des Mantels, hielt nur noch den Hintern hochgestreckt, damit sich Arturs zweite Hand mit ihm beschäftigen konnte. Kaum strich er ihr über den Hals, drehte sie sich um.

Nur auf den Hinterkopf und die Füße gestützt, die Arme um ihn geschlungen, formte sie eine phantastische Brücke. Die Knie öffnete sie dabei weiter und weiter, damit er seine feuchten gierigen Finger ja nicht zurückzog. Aneinandergeklammert drehten sie sich um, sodass sie ihn reiten konnte. Ihr ganzer Körper fing an zu zittern. Erst im allerletzten Augenblick des Höhepunkts sank sie auf seine Brust und biss ihn in eine Hand. Noch zügelte er sich, wollte, dass sie sich wieder erhob. Gehorsam begab sie sich über ihm auf alle viere, das Gesicht hinter ihren Haaren verborgen. Stöhnend beleckte sie seine beiden Mittelfinger. Und erst da gab er seinem Verlangen nach und drang, einen ganz leichten Widerstand überwindend, in sie ein. Sofort fing sie an, die Hüften zu bewegen, um ihn immer tiefer in sich aufzunehmen. Mit seinen Fingern spürte Artur den Stößen seines Glieds in ihrem heißen, nach Moschus riechenden Körper nach.

Abermals sackte sie auf ihn, biss ihm in die Schulter, bis es blutete, um den Schrei zu unterdrücken, der aus ihr herauswollte. Kaum wieder zu Atem gekommen nahm sie seine Hände und legte sich die eine auf die Brust, die andere auf die Leistengegend, als würde sie ihren Herrn einladen, ihr weitere Befehle zu erteilen. Sie musste ihn nicht lange bitten. Auf seinen Handdruck hin rappelte sie sich wieder auf alle viere hoch, diesmal jedoch so, dass er ihren Hintern vor sich hatte. Das Lieblingsbild aller Männer … Ungeduldig auf ihren schwächer werdenden Knien zitternd, nahm sie mit weit gespreizten Pobacken sein glühendes, begieriges Fleisch auf. Sie wand sich in Krämpfen, verflocht ihre Finger mit seinen, reizte ihn bis zum Äußersten. Als es sie beide fortriss, verknäulten sie sich, rollten herum, bis sie ihm erneut auf die Brust sank, seinen Hals umschlang und ihm die schweißnasse Kehle zum Kuss bot. Artur wollte sich unter ihr herauswinden, schaffte es aber nicht, ertrank er doch bereits in einem Strom, raste durch einen schillernden Trichter auf jenen Ort zu, an dem Tausende bengalischer Feuer explodierten.

»Ich möchte, dass es ein Junge wird«, sagte Nadja, die sich mit dem Bauch an ihn schmiegte und sein Schlüsselbein mit ihrem Atem wärmte. Schweißtropfen liefen ihr in die Spalte, die ihre Wirbelsäule im Rücken bildete. Artur fing sie mit einem Finger auf und leckte diesen ab. Wie gut dieser Schweiß doch schmeckte … »Der Wipper hat gesagt: Wenn ich einen Jungen zur Welt bringe, werden die Hüter des Gleichgewichts ihn ausbilden …«

»Was ist das denn nun schon wieder?«, fragte Kowal matt. Sogar die für einen Wissenschaftler typische Neugier wollte lieber schlafen.

»Keine Ahnung!«, gab Nadja zu. »Wahrscheinlich jemand, der in ihrer Gemeinschaft wichtig ist.«

»Hätten sie nicht eine Mutter in der näheren Umgebung finden können? Mussten sie wirklich einen halben Monat durch die Wälder reiten und dieses Gemetzel anrichten, nur um uns beide in die Finger zu kriegen und aus unserem Kind einen Schamanen zu machen?«

Nadja hob den Kopf. Der Vorhang aus Haaren hinderte ihn daran, ihren Gesichtsausdruck zu erkennen. Von der Decke hingen Spinnweben herab, in den Scheiben tanzte immer noch der Widerschein der Feuer. Irgendwo in weiter Ferne schwoll das klagende Geheul von Wölfen an. Über der Balkonbrüstung tauchte das schiefe Grinsen des Halbmonds auf.

»Der Wipper hat gesagt …« Sie hielt inne, um Arturs Brustwarze zu belecken. »Er hat gesagt, dass die Hüter früher sterben, weil sie eine schlechte Erbschaft haben.«

»Du meinst schlechtes *Erbgut*?«

»Ja, genauso hat er ausgedrückt … Aus eigener Kraft können sie daran nichts ändern, weil es bei ihnen zu wenige mit gutem … Erbgut gibt. Ihre Kinder halten dem Wind nicht stand … Aber wenn die ersten beiden Jungen, die ich von dir bekomme, rein sind und sie … den Wind bewahren, dann darf ich den dritten behalten, hat Ismail gesagt.«

»Verdammt noch mal, von welchem Wind redest du eigentlich?!«, fuhr Kowal sie an, obwohl er selbst genau wusste, dass es nichts brachte, seine Wut an Nadja auszulassen. Ihr fehlten einfach die nötigen Worte …

»Also der Wind …«, sagte sie und zog die Stirn auf eine Weise kraus, dass es ihn fast zum Lachen brachte, »… der Wind, der das Gleichgewicht zerstört. Sodass alle Städte ausgelöscht werden.«

(21) DIE HÜTER DES GLEICHGEWICHTS

Am nächsten Tag machte sich Artur aus purer Langeweile daran, die Türen zu den freien Zimmern einzuschlagen. Im zweiten Stock entdeckte er mehrere Tote und eine Bar voll mit staubüberzogenen Schnapsflaschen. Der dritte Stock toppte das allerdings noch: Ein verliebtes Pärchen hatte im Wissen, dass der Tod nahe war, eine unglaubliche Party auf seinem Zimmer geschmissen. Außer den nur notdürftig unter einer zerlumpten Decke verborgenen Skeletten entdeckte er im Schrank die Lieblingswaffe jedes Terminators, zwei kurzläufige, extrem gut geölte Remingtons und ein paar Päckchen Patronen. Ein Baseballschläger, zwei verrostete Revolver und eine Kalaschnikow ohne Munition vervollständigten das Arsenal. Entweder war der Mann, der im besten Hotel dieses Provinznestes gestorben war, ein großes Tier der Unterwelt gewesen, oder es musste eine Zeit gegeben haben, wo sich einfach jeder Waffen besorgen konnte.

Wie sich bei näherer Inspektion herausstellte, hatte sich der unbekannte Genießer nicht mit der Frau in seinem Bett begnügt: Zwei weitere weibliche Leichen lagen wie auf einer Spielkarte Kopf gegenüber Kopf angeordnet in der inzwischen schwarzen Badewanne. Vor der Tür zum Bad stand eine riesige Kiste mit Sektflaschen, auf dem Regal überm Waschbecken fand er zwischen steinharter Seife, Shampoo und Vogeldreck einen verstaubten Handspiegel, ein Röhrchen und ein Döschen mit einem gelben Pulver. Die Vögel waren durch das zerschlagene Oberlicht in das Zimmer gekommen und hatten sich unter der Lampe ihre Nester gebaut.

Artur schnappte sich die intakten Gewehre und ging in sein Zimmer zurück. Die Stille, die über der Stadt hing, zerrte an seinen Nerven. Die Wipper saßen noch immer an ihren Lagerfeuern und schliefen in der Nähe der weidenden Pferde unter freiem Himmel. Die Stadt erkunden wollte er nicht, er würde ja doch nur entdecken, was er bereits aus Piter kannte: verlassene Straßen, die an blutleere Adern erinnerten, Thrombosen aus Autowracks an den Kreuzungen und einen von Gras überwucherten, rostroten Marktplatz, sozusagen das Herz des Ganzen. Nur dass dieses Herz stehen geblieben war. Die Frauen durften das Hotel nicht verlassen, sie schlugen sich abends die Zeit um die Ohren, indem sie in ihrem Zimmer sangen. Ständig nur auf das traurige Stöhnen des Windes in den durchgerosteten Lüftungsanlagen hören, das wollten sie nicht.

Am Morgen des vierten Tages kriegten sie dann Besuch. Zwei weitere Gestalten in Weiß. Einer war vom Typ her wie Ismail, also ebenfalls bleich, mit Rastazöpfen und einem fließenden, nicht klar auszumachenden Gesicht. Er blieb im Sattel sitzen. Kowal hatte zwar nur wenig Ahnung von Pferden, aber der Hengst kam ihm riesig vor, wesentlich größer und kräftiger als alle Pferde, die er bisher gesehen hatte. Da der frühmorgendliche Nebel seine Sicht einschränkte, musste er dicht an das Tier herantreten, um sich zu vergewissern, dass er sich nicht getäuscht hatte: Ein Mann von mittlerer Größe konnte fast aufrecht unter diesem Gaul durchspazieren. Das Fell dieses vierbeinigen Titanen glänzte wie Achat, die muskulöse Brust war so breit wie die Motorhaube eines soliden Kleinwagens. Eines Saporoshes beispielsweise. Ein zweites Monster dieses Kalibers weidete Gras ab, während sein Reiter über dem Feuer Pilzschaschliks briet. Von den Pferden ging ein strenger Geruch aus, der Artur in der Nase kitzelte.

Deshalb haben sie also sechs Feuer angezündet, ging es Kowal durch den Kopf. Hätte ich mir eigentlich gleich denken können, schließlich tun die nie was ohne Grund. In jedes dieser Feuer gab Prochor nun eine Prise verschiedener Pulver. Sofort breitete sich ein benebelnder Geruch aus.

»Du bist also der Erwachte Dämon, der unseren Bruder verschont hat?«, fragte der Pilzliebhaber und hob den Kopf. »Bedien dich!«

Mit diesem zerzausten Kerl hatte Artur zum ersten Mal einen jungen Wipper vor sich. Er unterschied sich von den anderen jedoch nicht nur dadurch, dass er erst um die vierzig war. Nein, er war irgendwie ganz anders, fast als ob er aus dem Orient stammen würde. Ob vielleicht einer seiner Vorfahren Tadschike war?, fragte Artur sich. Er setzte sich dem Wipper gegenüber hin und nahm sich ein Pilzschaschlik. Bisher hatten ihm die neuen Herren nichts Böses getan – warum also nicht etwas Höflichkeit an den Tag legen?

»Wozu brauchst du all die Waffen?«, fragte der Mann, wobei seine schwarzen Augen unter den buschigen Brauen vor Vergnügen blitzten. »Willst du auf die Jagd gehen? Und wenn ja, auf wen? Vorerst lass sie aber ruhig hier. Wir machen jetzt nämlich einen kleinen Ausritt «, erklärte er und pfiff nach seinem Pferd.

Das riesige Tier kam sofort herbeigerannt. Bei jedem seiner Schritte bebte die Erde. Auf dem Rücken des Hengsts warteten bereits zwei Sättel, mit jeweils einem Paar Steigbügeln. Prochor half Artur beim Aufsitzen, zog dann aber gleich wieder ab, um weiter seine Pulverchen in die Feuer zu geben. Ismail sprang hinter dem zweiten Neuankömmling aufs Pferd, die beiden Annas blieben auf dem Boden sitzen und hielten sich bei den Händen wie zwei indische Yogis. Kowal sah nach oben. Vom Balkon des Hotels aus winkte ihm Nadja zu. Mit einem Mal begriff er, dass, wenn die Wipper sie je trennen sollten, er alle nur denkbaren Ketten durchfeilen und sie finden würde – selbst wenn er dafür das ganze Land zu Fuß durchqueren müsste.

Der junge Wipper vor ihm trieb das Pferd mit dem Druck seiner Schenkel an. Artur hielt sich krampfhaft am Sattelbogen fest, um nicht aus einer Höhe von zweieinhalb Meter im Schotter zu landen, in den sich das einstige Straßenpflaster verwandelt hatte. Ismail und der alte Wipper folgten ihnen mit einem Abstand von zwei Pferdelängen.

Der schwarze Hengst bevorzugte den Passgang. Während er in gleichmäßigem, geradezu mechanischem Rhythmus vorwärtseilte, kam er an schiefen abgesunkenen Häusern vorbei. Sobald sie den Weg abkürzten und durch asphaltierte Hinterhöfe ritten, sprühten unter den bratpfannengroßen Hufen Funken auf. Artur, der auf dem breiten Tier fast im Spagat saß, fühlte sich wie ein dreijähriger Knirps, den sein Vater auf einen Ausritt in den Park mitgenommen hatte.

Mit einem Mal warf der Wipper das in weißen sackartigen Hosen steckende barfüßige Bein über den Rücken des Tiers und drehte sich seinem Gefangenen zu. »Schmier dich damit ein!« Er gab Artur ein Fläschchen, das die gleiche gelbe Flüssigkeit enthielt, die er auch bei dem Toten im Gully entdeckt hatte. »Hier gibt es schlimme Blutsauger. Normalerweise sind sie nachts unterwegs, aber wenn so ein Mücklein mal tagsüber auftaucht und dich sticht, bist du lange krank.« Er beobachtete schweigend, wie Artur das Öl auf Gesicht und Hals verteilte. Aha!, schoss es diesem durch den Kopf. Das Zeug ist also nicht nur gegen Bullterrier gut. »Behalt die ruhig«, fuhr der Wipper fort. »Wenn wir am Fluss sind, schmierst du dich noch mal ein.«

»Du bist nicht so wie die anderen«, sagte Kowal. »Wofür brauchst du mich? Habt ihr sonst niemanden, der eure Frauen schwängern kann?«

»Nenn mich Berder. Du bist auch nicht wie die anderen. Ismail hat viele Städter getötet, aber du hast ihn am Leben gelassen. Warum?«

»Er hat die Mutter mit der Rauchvergiftung gerettet.«

»Danach hättest du ihn immer noch umbringen können. Warum hast du das nicht getan?«

Kowal war völlig durcheinander. Was sollte er auf eine solche Frage antworten? Ja wohl nicht die Wahrheit: Dass er der Ansicht gewesen war, ein lebender Wipper gäbe eine gute Geisel ab.

»Hast du darauf gehofft, dass er sich im Gegenzug ebenso edel verhält?«, fragte Berder. »Die Soldaten zu deiner Zeit hätten das getan, oder?«

»Das weiß ich doch nicht!«, brummte Artur. »Ich bin heute kein Soldat, und ich war auch damals keiner.«

»Das ist mir auch schon aufgefallen, dass du kein Soldat bist, meine ich. Du behängst dich mit Schießeisen, aber du kannst gar nicht mit ihnen umgehen. Außerdem habe ich dich gebeten, alle Waffen dazulassen, aber du hast ein Messer mitgenommen. Wirf es weg! Also, wenn du kein Soldat bist, was bist du dann? Ein Buchmensch?«

»Ja … vermutlich kann man das so sagen«, antwortete Artur, während er Matroses Wurfmesser traurig auf seinem Weg in die Büsche hinterhersah. »Du hast mir aber immer noch nicht auf meine Frage geantwortet. Warum braucht ihr mich?«

»Männer wie ich werden Hüter des Gleichgewichts genannt«, erklärte der Wipper lächelnd und stellte etwas mit seinem Gesicht an, genauer gesagt, er hörte auf, es hinter einem wabernden Nebelschleier zu verbergen. Er ähnelte dem Italo-Ami Sylvester Stallone in jungen Jahren, auch seine Lippen waren auf dessen charakteristische Weise nach unten gezogen, wenn er lächelte. »Wir reiten zu einem Ort, an dem man kein Metall bei sich tragen darf. Metall stört den Wind.« Er deutete abermals ein Lächeln an – und schon hatte Artur wieder seinen Rücken vor sich.

Die Pferde preschten an einem maroden Glockenturm vorbei, von dem der Putz abblätterte, und ließen die Stadt Scharja abrupt hinter sich. Als wären sie gekappt worden, endeten die tristen ausgestorbenen Straßen, die aufgerissenen Bürgersteige und die mit Brennnesseln zugewachsenen Dächer. Artur stockte der Atem, als er die Landschaft vor sich sah. Die Sonne über dem Wald färbte den Nebel in unzähligen Rosatönen. Die stahlglatte Oberfläche eines Flusses schien unter der zarten Berührung der Sonne aufzuwachen und seufzend in Bewegung zu geraten. In ihm schlingerten Unmengen von Algen, ein Fischschwarm schoss wie ein silberner Funkenregen vorbei. Am Steilufer erhoben Legionen verwilderter Sonnenblumen ihre goldenen Köpfe, im Flussnebel, diesem riesigen Federbett, trabten schwarze Pferde. Etwas weiter flussabwärts saßen an seichten Stellen auf vom Wind abgeschliffenen Kieseln sechs weiß gekleidete Männer im Kreis.

»Berder! Wir haben noch sechs Minuten.«

Ismail sprang vom Pferd und umarmte jeden am Wasser. Alle Wipper waren bereits älter, nur einer, der ganz links saß, war fast noch ein Teenager. Sie rückten enger zusammen, damit die Neuankömmlinge in diesen Kreis aufgenommen werden konnten. Artur nahm auf einem Holzbrett Platz und fühlte sich fast wie ein Ehrengast dieser Gesellschaft, gar nicht wie jemand, dem eventuell Lebensgefahr drohte. Ismail hatte sich zwar nicht einmal bei ihm bedankt, dass er ihn am Leben gelassen hatte – aber Berders Frage hatte ihm bewiesen, dass alle über diese Tat Bescheid wussten. Die Wipper ließen eine Flasche aus Birkenrinde kreisen und boten auch ihm davon an. Wahrscheinlich war das der erste Scherz, den sich diese Waldzauberer mit ihm erlaubten: Ein Schluck von diesem bitteren Moosbeerensaft – und er hätte beinahe lebenslang geschielt. Während alle anderen schwiegen, als warteten sie auf etwas, sah er sich aufmerksam um. In sechs Minuten würde also irgendwas geschehen. Und nur deswegen hatten sie ihn, Artur, hierhergebracht. In den letzten Tagen hatte er ständig damit gerechnet, dass sie ihn zwingen würden, an irgendeinem obskuren Kult teilzunehmen. Trotzdem überrumpelte ihn die Situation jetzt.

Der Teenager legte nun ein Brett in die Mitte des Kreises, holte einen Vogelkäfig und stellte diesen darauf. Nur dass in dem Käfig kein Papagei hockte, sondern, förmlich hineingequetscht, ein Biber. Das arme Geschöpf kratzte verzweifelt mit den Krallen über den Käfigboden, versuchte sich mit den Zähnen an den Eisenstäben, schaffte es aber nicht, sich zu befreien. Wie auch?

Das Tier konnte sich in dem engen Käfig ja nicht mal um die eigene Achse drehen. Im Grunde sah es aus, als sei der Biber in dem Ding herangewachsen – bis er es fast durch seine Größe sprengte!

»Du weißt viel, Buchmensch Artur!«, sagte Berder und zog aus seinem Ausschnitt ein Skalpell, das in einem Lederfutteral steckte. »Aber all dein Wissen nützt dir hier nichts. Du willst die Dinge verstehen, aber du wirst nichts verstehen, solange du nicht mit eigenen Augen gesehen hast, was wir zustande bringen. Willst du das?« Der Sonnenstrahl tanzte auf der polierten Klinge. Der Biber in seinem Käfig quietschte herzzerreißend.

Artur schluckte. Der Nebel hatte sich inzwischen gelichtet. Am gegenüberliegenden Flussufer tauchten aus dem hohen Gras erst zwei dreieckige Schnauzen auf, dann zwei weitere, schließlich immer mehr. Eine ganze Horde von Drachen stapfte mit auf den Rücken gelegten Flügeln zum Wasser. Von der Sonne geblendet glitten die Reptilien blinzelnd und vor Vergnügen schnaubend durch den Matsch und peitschten dann voller Vergnügen auf das Wasser ein. Zwei Drachen veranstalteten eine laute Balgerei um einen toten Fisch. Die Wipper achteten überhaupt nicht auf diese Biester. Obwohl keiner von ihnen eine Uhr hatte, zweifelte Artur nicht daran, dass sie genau wussten, wann ihre sechs Minuten um waren. Die neun Männer warteten reglos, fast wie steinerne Standbilder, die Drachen tranken sich satt und krochen davon, die Pferde fraßen Gras.

Etwas braute sich hier zusammen. Artur quälte ein stechender Schmerz in den Schläfen. Er schaffte es nur mit letzter Kraft, nicht der Versuchung nachzugeben, sich umzudrehen. Ein riesiger Schatten schien von hinten an ihn heranzuschleichen und ihn anzuhauchen.

»Es ist so weit!«, rief der Alte links von Berder und schüttelte seine Rastazöpfe.

»Es ist so weit!«, bestätigte Ismail. »Möge das Gleichgewicht gedeihen!«

»Möge das Gleichgewicht gedeihen!«, echote Berder und stach den Biber mit dem Skalpell.

Das Tier schlug um sich und jaulte auf wie ein kleines Kind. Obwohl Kowal es kaum noch aushielt, schaute er auch jetzt nicht hinter sich, sondern blickte wie hypnotisiert auf den Käfig.

»Ruhm dem Buche!« In der Hand eines anderen Wippers funkelte ebenfalls eine Klinge auf.

Der Biber heulte inzwischen nicht mehr, sondern schrie wie am Spieß. Blut tränkte sein Fell und strömte aus dem Käfig über das Brett auf den Stein. Der Käfig kippte fast um, doch jemand fing ihn auf und stellte ihn wieder ordentlich hin.

»Ruhm dem Buche! Möge das Gleichgewicht gedeihen!« Die Wipper stachen von allen Seiten auf das hilflose Tier ein, doch keine der Wunden war tödlich.

»Sieh hin!«, verlangte Ismail und packte Artur beim Ellbogen. »Sieh dir an, Erwachter Dämon, wie dieser lächerliche Steinhaufen schmilzt!«

Artur begriff nicht auf Anhieb, wohin er eigentlich gucken sollte, doch als er den Blick hob, vergaß er prompt den Biber und die Krokodile am Flussufer.

Die Stadt Scharja schmolz. Jeder Stich mit dem Skalpell löste erstaunliche Veränderungen bei den Häusern am Stadtrand aus. Die Zwiebel der Kirche zitterte, neigte sich zur Seite und löste sich in Staubwolken auf. Einige Bootshäuser schwollen an, als würden sie von innen aufgeblasen, und explodierten. Die Kieselsteine am Ufer platzten und sprangen wie Grieben in einer Bratpfanne über den Boden. Im lehmigen Uferhang bildeten sich Löcher, die Wurzeln der Kiefern wanden sich wie gigantische wütende Anakondas. Eine Mauer, die vor einem Dutzend einstöckiger Villen mit Satellitenschüsseln auf den Dächern verlief, schwankte und krachte ein, die Villen der vor über einem Jahrhundert gestorbenen Millionäre fielen wie Kartenhäuser in sich zusammen.

Schon schoss die unsichtbare Welle weiter. So lautlos, als zerknülle jemand Löschpapier, stürzte die vierstöckige Fassade eines Bankgebäudes zu Boden. In einem Fabrikschornstein taten sich erst Risse auf, dann zerfiel er in Millionen von Steinen. Als Nächstes erwischte es die Hochhäuser. Nur dass diese nicht zusammenbrachen, sondern mit einem tiefen Heulen im Boden versanken, als hätte sich unter ihnen ein Loch aufgetan.

Artur hatte bisher nicht einmal geahnt, wie wenig nötig ist, um eine ganze Stadt dem Erdboden gleichzumachen. Außerdem hatte es, soweit er wusste, in dieser Gegend nie seismische Aktivitäten gegeben … Pah! Wenn's denn mal ein Erdbeben wäre, korrigierte er sich selbst, vom Geschrei des Bibers fast schon taub. Das gequälte Tier erinnerte schon lange nicht mehr an den eifrigen Dammbauer: Es war nur noch ein Häufchen jammernden Elends.

Doch das Schrecklichste sollte erst noch kommen. Im Schlepptau einer Glutwalze rückte der Wald gegen die Stadt vor. Das Wasser am Ufer fing an zu brodeln; an den Stellen, wo der Fluss über die Steine plätscherte, stieg Dampf auf. Die Kiesel unter dem Brett, auf dem Artur saß, glühten wie in einer Sauna. Das Brett selbst verkohlte an der Unterseite bereits. In einer Gasse, in der vor einer Minute noch Staubwolken von den eingestürzten Bauten gehangen hatten, wuchs jetzt im Schnellverfahren Gras. Überdimensionale Äste rissen mit der Unbedarftheit eines Riesen, der sich nach langem Schlaf reckt, sämtliche Konstruktionen aus Eisen und Beton nieder. Wie kann das sein?, fragte sich Artur. Und wann hätte es im Norden Russlands je derart monströse Bäume gegeben? Oder geflügelte Alligatoren. Von Pferden, die groß wie amerikanische Bisons sind, ganz zu schweigen.

Noch ehe der Biber starb, war der Spuk vorbei. Er endete, indem eine gewaltige Erdschicht in den Fluss kroch und Tausende von Tonnen Wasser in das neue Flussbett sprudelten. Sie spülten die Überreste des Hafens und der prachtvoll gefliesten Promenade fort. Die letzten Vorposten der Zivilisation, die Betonmasten der Straßenlampen, versanken einer nach dem anderen im Boden, als sauge eine Sandwehe sie ein. Dann löste sich auch die Straße auf, über die sie hierhergekommen waren. Kurz darauf kühlten die Steine wieder ab.

Die Gesellschaft am Ufer hatte jedoch keine Eile, den Rückweg anzutreten. Der Junge trug den Käfig samt Brett fort und warf einen feuchten Sack auf die Steine. Die Flasche mit dem Moosbeerensaft machte eine zweite Runde. Die Wipper haben aber auch schon mal besser ausgesehen, stellte Artur innerlich grinsend fest. Ismail schien um fünf Jahre gealtert, Berder hatte sich die Lippe aufgebissen und blutete, während unter seinen Augen dunkle Schatten lagen. Als der Mann neben ihm eine Hand hob, zitterte diese: »Möge das Gleichgewicht in die Welt kommen, Brüder!«, sprach er.

Nach einer Weile sprang erst ein Frosch über Arturs Fuß, dann noch einer. Schließlich zog er das Bein zurück, denn über die Steine glitt eine ganze Schlangenbrut. Ihnen jagten Scharen von Insekten nach. Etwas weiter weg von ihnen bahnte sich ein größeres Tier krachend seinen Weg durchs Dickicht. Im Fluss schwammen ein paar Elche. Zehn Meter von ihnen entfernt kamen sie ans Ufer und schüttelten sich. Mit weit gespreizten Pfoten sprangen zahllose Eichhörnchen von Ast zu Ast. Und weiter flussaufwärts meinte Artur am Ufer eine große Katze entlanghuschen zu sehen, auf deren Ohren pinselartig Haarbüschel aufragten.

Berder rief sein Pferd.

»Die Frauen! Die Frauen sind noch in der Stadt!« Erst jetzt fiel Artur Nadja ein. Zu seiner Überraschung merkte er, dass sich das Bild von Natascha inzwischen nicht mehr über das von Nadja legte. Zudem stellte er fest, dass er sich schrecklich nach der Museumsfrau sehnte.

»Die Stadt gibt es nicht mehr!«, erwiderte Berder grinsend.

»Aber keine Sorge, Bacardi hat die Frauen rausgebracht. Und jetzt sitz auf!«

Das tat er.

»Hast du nun alles begriffen, Artur Schmied?«, wollte Ismail wissen, der ebenfalls aufgesessen war.

»Und ob! Ihr zerstört alles, was der Mensch geschaffen hat. Zunächst habt ihr die Dörfer geschmolzen, dann habt ihr euch die verlassenen Städte vorgenommen. Nur eins verstehe ich nicht: Warum zum Teufel habt ihr die Cowboys bei Tosno angegriffen? Wisst ihr eigentlich, wie viele Menschen dadurch ohne Dach überm Kopf dastanden?! Was haben euch diese friedlichen Bauern denn bloß getan?«

»Du enttäuschst mich, Erwachter Dämon!« Die beiden Pferde liefen nebeneinander an dem frisch gewachsenen Tannenwald entlang. »Aber gut, ich will es dir erklären: Von mir aus hätten diese Menschen dort ewig weiterleben können – wenn an diesem Ort nicht das Gleichgewicht zerstört worden wäre. Glaub mir, von uns wollte niemand den Bauern etwas Böses. Aber bei Tosno gab es eine schädliche Fabrik. Der Knoten hat bereits geklirrt und den Wind angezogen. Wenn wir nicht schnellstens eingegriffen hätten, wäre die Erde im Umkreis von tausend Kilometern ins Schwanken geraten. Und auch hier, in Scharja, haben wir das Gleichgewicht nur in letzter Sekunde wiederhergestellt. Seit heute gibt es in dieser Stadt keine Dunklen Male mehr …«

»Gleichgewicht – das heißt für dich also eine Welt, in der sich Hausschweine auf Kinder stürzen, ja?« In den letzten Tagen musste es in Kowal extrem rumort haben, denn früher war er nie so schnell in Wut geraten. Oder liegt das an dem Spuk, den ich eben mit angesehen habe?, fragte er sich. Habe ich mich deshalb nicht mehr im Griff? Vielleicht ist aber auch dieser süßliche Rauch der Feuer vor dem Hotel daran schuld …

Über den Reitern zogen drei Vögelformationen dahin. Auch sie mussten sich jetzt wegen der Wipper neue Nester suchen.

Wie ein Feuerpfeil schoss vor ihnen eine Füchsin vorbei, drehte sich kurz zurück, hob die schwarze Schnauze und blieb eine Sekunde reglos stehen. Im Maul trug sie ihr zappelndes Junges.

»Das Gleichgewicht wurde weder gestern noch im Jahr des Großen Todes zerstört. Das haben die Menschen in den Jahrhunderten vollbracht, in denen sie die ersten stinkenden Städte bauten und erklärten, die Gesetze der Erde gälten nicht länger für sie. Sie haben ihre eigenen Gesetze ersonnen, und das erste von ihnen, das allerkomfortabelste, lautete … Sag mir, Erwachter Buchmensch, weißt du, wie das alles entscheidende Prinzip der Menschheit lautet? Nicht?! Dann will ich es dir sagen!« Ismail beugte sich zu Artur hinüber. Von ihm ging ein starker Geruch nach Knoblauch aus. »Es lautet: Alles, was auf diesem Planeten wächst, läuft, schwimmt und fliegt, ist einzig und allein für unser Wohlbefinden und unseren Bauch bestimmt.«

»Im Jahr des Großen Todes«, mischte sich nun der vor Artur sitzende Berder ein, »wurde das Gleichgewicht fast wiederhergestellt.«

»Fast!«, giftete Kowal. »Denn die Menschen haben überlebt. Zu bedauerlich für euch, was? Aber gut, das bietet euch, einer Bande von durchgeknallten Sadisten, immerhin die Möglichkeit, ein paar Biber aufzuschlitzen, um die Gottesstrafe zu vollenden. Oder friedliche Händler abzufackeln. Sieht so euer Weg zum Gleichgewicht aus, Wipper?«

»Es müssen nicht unbedingt Biber sein. Jedes Lebewesen eignet sich, die Erde zum Wippen zu bringen. Manchmal gelingt es sogar mit einer Pflanze. Das Einzige, worauf es ankommt, ist, die Dunklen Male und die Knoten zu finden. Dunkle Male entstehen an Stellen, an denen Schmutz aus der alten Welt zurückgeblieben ist. Wenn man sie nicht aufspürt und mit Dreck zustopft, wachsen sie derart an, dass niemand mehr etwas gegen sie auszurichten vermag. Dann würde ein neues Gleichgewicht Einzug in die Welt halten, dann würde es für den Menschen überhaupt keinen Platz mehr geben.« Er verstummte und betrachtete den frisch entstandenen Wald. »Manchmal reichen drei von uns, um ein Dunkles Mal zu bekämpfen, manchmal sind neun Brüder notwendig. Und um Tscherepowez zu schmelzen, mussten sich sogar zwei Dörfer Tag und Nacht mühen. Damals war ich erst acht Jahre alt, aber es wurden alle mitgenommen, die bereits die Dunklen Male spüren konnten. Drei Mann sind dabei gestorben, Friede ihrer Asche, aber wir haben den Wind aufgehalten … Es ist nicht schwer, die Erde zum Wippen zu bringen, das bringen wir sogar gewöhnlichen Stadtkindern bei. Aber Hüter gibt es nur wenige. Zu wahren Hütern können nur die Nachfahren derjenigen werden, die in den Großen Brandstätten geboren wurden.«

Diesen Berder bringt einfach nichts auf die Palme, stellte Artur bei sich fest. Der ist ein echter Fanatiker, der blind an seine wilden Rituale glaubt.

»Unsere Großväter haben angefangen, das Buch zu schreiben. Damit meine ich nicht eure närrische Bibel, sondern das wahrhaftige Buch der neuen Welt. Sobald wir diese Arbeit beendet haben, heißt es darin, kehrt das Gleichgewicht in die Welt zurück. Und du wirst uns dabei helfen, Erwachter Dämon, denn auch das steht im Buch geschrieben!«

»Glaubt ihr allen Ernstes, dass ich euch helfen werde, die Bauern zu vertreiben?« In Arturs Kopf herrschte ein einziges Chaos. »Selbst wenn ich kämpfen könnte, würde ich nicht zum Mörder unschuldiger Bürger werden. Ihr müsst mich mit jemandem verwechseln, ich bin nur ein ganz einfacher Mann, nicht irgendein Dämon.«

Diese kühne Entgegnung machte auf den Wipper allerdings nicht den beabsichtigten Eindruck. Ismail drückte Berder ein paar Trockenfrüchte in die Hand, sein wortkarger Begleiter stopfte sich die Pfeife. Sie ritten über die unter Gras begrabene, einst betonierte Straße, die nun ins Nichts führte. Anstelle der Pfosten mit den Straßenschildern hatte sich undurchdringlicher Tannenwald breitgemacht.

»Du bist ein einfacher Mann, aber in dir schlummert eine vergessene Gerechtigkeit. Sie fügt sich zu den drei Hauptknoten des Gleichgewichts, schreibt uns indes Bosheit und Tücke zu. Du wirst deinen Samen mit den Müttern teilen und Diejenigen aufziehen, die die Erde zum Wippen bringen. Du wirst in der Gemeinschaft der Hüter leben und lernen, bis du zu unserem Schwert geworden bist. Du bekommst die Frau, die du dir ausgesucht hast. So sagt es das Buch. Und dann, wenn du erkannt hast, dass wir recht haben, wirst du das tun, um dessentwillen du aufgewacht bist …«

Der Hengst, auf dem Artur und Berder saßen, wieherte, als er die Stuten witterte, die auf einer sonnenüberfluteten Lichtung neben Himbeerbüschen warteten, die aus den Trümmern eines eingestürzten Hauses herauswuchsen. Anna die Erste hing den Tieren, die bereits vor die Kutsche gespannt waren, Heusäcke um. Die Mütter sammelten Beeren und kreischten dabei vor Freude wie Kinder nach Schulschluss. Nadja lebt!, dachte Artur und schloss die Augen. Eine warme Welle durchflutete ihn. Wie wenig ein Mensch doch braucht. Manchmal nur das Lachen einer Frau, mit der er ein paar Stunden im Bett verbracht hat … Verdammte Scheiße aber auch, würden diese Irren ihn etwa wirklich ein paar Jährchen im Wald einsperren? Ach was, sollen sie doch! Hauptsache, Nadja kommt mit!

»Und weshalb genau bin ich nun deiner Meinung nach aufgewacht?«, fragte Artur und sprang vom Pferd. Nadja kam ihm bereits entgegengerannt.

»Du wirst die Dunklen Male an dem Ort finden, der uns versperrt ist. In jener stinkenden Stadt, in der das Gleichgewicht stärker als irgendwo sonst zerstört ist. In der alles Böse Russlands konzentriert ist. Du wirst Moskau zerstören, Erwachter Dämon.«

(22) FREUND UND FEIND

Artur hätte nicht zu sagen gewusst, wie lange er eigentlich schon bei den Wippern war. Die ersten zwei Monate hatte er noch täglich mit dem Messer eine Markierung in den Türpfosten seines neuen Heims geritzt, dann musste er diesen Kalender aufgeben, weil die Wipper ihn viel zu oft auf lange Expeditionen mitnahmen. Zu seiner Überraschung hatte man ihm nicht nur ein Haus zur Verfügung gestellt, sondern gleich drei, aber die wenigen Nächte, die er im Dorf verbrachte, teilte er mit Nadja, nicht mit den beiden anderen Frauen, die in Unterkunft zwei und drei lebten. Bis zur dreißigsten Markierung hatte er noch Fluchtpläne geschmiedet, aber bei der zweiundvierzigsten hatte er eingesehen, dass er nirgends hingehen würde, ehe er nicht sein zukünftiges Kind in den Armen gehalten hatte.

Denn Nadja van Gogh war schwanger. Und auch die Nebenfrauen trugen ein Kind von ihm unterm Herzen. Artur hatte sie erst hier im Wald kennengelernt, beide stammten aus einem Dorf tief im Ural. Im Übrigen war er der Einzige, der sich bei diesen Ausleihaktionen schämte und unwohl fühlte. Zumindest deutete Nadja mit nichts an, dass sie eifersüchtig war. Am Ende beruhigte sich der zukünftige dreifache Vater damit, dass auch Nadja sich nach dem zweiten Kind für ein paar Nächte einen anderen Mann suchen musste. Das war zwar irgendwie primitiv, hier aber völlig normal, denn die Wipperinnen litten genau wie die Städterinnen unter Unfruchtbarkeit.

Mit der Zeit stumpfte Arturs Bewusstsein immer mehr ab, er meinte, eine schalldichte Blase umgebe ihn. Woche um Woche verging, Langeweile kam allerdings nie auf, im Gegenteil, er hatte selten mal eine ruhige Minute. Allmählich vergaß er sogar

Moskau und das dortige Institut, fand sich mit seiner Gefangenschaft, der schweren Arbeit und dem zermürbenden Drill ab: Das Ohr an den Boden geschmiegt musste er lernen, die Tiere des Waldes an ihrem Gang zu erkennen. Von ihm wurde verlangt, die verseuchten Industriezonen an ihrem Geruch auszumachen und in einem sumpfigen Erdhügel die Stellen zu bestimmen, an denen Berder ein Quecksilberthermometer versteckt hatte. Allein Letzteres hatte ihn eine Woche gekostet.

Drei Monate stöhnte und jammerte er, dann hatte er sich daran gewöhnt, barfuß zu laufen. Die nächsten Tränen folgten, als er barfuß durch den Schnee waten musste. Zweimal wäre er beinahe erfroren, als Berder von ihm verlangte, in einer Schneewehe zu übernachten. Bis er es schaffte, seine Körpertemperatur zu regulieren, hatte er sich nur hüpfend vorwärtsbewegt und alle paar Minuten seine Zehen massiert. Er wurde achtmal gebissen, bevor er eine gemeinsame Sprache mit den Hunden des Dorfs fand. Danach brachte Berder ihn zusammen mit anderen Schülern, reinsten Teenagern, ins nächste Dorf, um sie dort mit den Kötern allein zu lassen.

Als er endlich in aller Ruhe an jeden x-beliebigen Vierbeiner gelehnt einschlafen konnte und sich für den größten Kynologen aller Zeiten und Völker hielt, ging Berder zu Wölfen über. Zunächst glücklicherweise nur zu den Wolfsjungen. Doch auch damit nicht genug: In der nächsten Phase seiner Ausbildung durfte Artur einen frisch geschlüpften geflügelten Drachen abrichten.

Abends stand Messerwerfen auf dem Programm, denn bei Tageslicht, so behauptete Berder, treffe jeder Idiot zwei in die Luft geworfene Tonscheiben. Er selbst brachte es sogar auf sechs auf einen Streich. Nachts suchten sie nach verlassenen Dörfern und Brunnen mit sauberem Wasser, eine extrem schwierige Aufgabe, da schadstofffreie Gegenden kaum rochen. Artur musste jedoch lernen, saubere Orte von den Quellen schädlicher Chemie zu unterscheiden, weil er erst dann die nächste Stufe erklimmen konnte: das Aufspüren Dunkler Male.

Er rief sich immer wieder in Erinnerung, dass niemand ihn je würde zwingen können, Unschuldige zu töten, dass es aber durchaus nicht verwerflich sei, die Gesellschaft dieser merkwürdigen, legendenumwobenen Menschen des Urals gründlich zu studieren. Niemand verlangte von ihm, einen Treueeid zu leisten, wie Pap Rubens es getan hatte, niemand langweilte ihn mit Politschulungen. Dazu fehlte allen die Zeit.

Wie viele Kilometer sie eigentlich von Scharja bis zum Dorf zurückgelegt hatten, war ihm ebenfalls schleierhaft. Irgendwann hatten sie jedenfalls Gemüsegärten und bestellte Felder erreicht, hatten sie die ersten Rauchfahnen und solide, aus Balken gezimmerte Häuser gesehen. Das Dorf lag im Wald, geschützt von einem derart dichten Blätterdach, dass selbst bei starkem Regen kein Tropfen auf die Erde fiel. Die Zahl der Menschen, die in ihm lebten, war Artur nach wie vor ein Rätsel, denn ständig tauchten irgendwelche Mütter und Kinder auf, nur um gleich darauf wieder zu verschwinden. Hinterm Dorf lag ein Fluss, der aber nur als Verkehrsweg diente. Sein Wasser trank niemand, denn er zog sich durch eine Ewige Brandstätte, die sich zwischen dem Dorf und dem Ural erstreckte.

Auf ihr wuchs zwar nicht dieser Farn, dafür eroberten bereits die ersten gesunden Triebe die Aschewüste. Trotzdem schirmten aber immer noch ein mehrere Kilometer langer, künstlich angelegter Wall und ein Graben mit schwarzem Wasser die tote Zone ab. Das war der einzige *Zaun*, den es im Dorf und der Umgebung gab. Im Herbst brachten die Wipper Wilde aus weit entfernten Gegenden herbei. Sie halfen ihnen, die Kartoffeln zu ernten, das Heu für den Winter zu mähen und den Wall wieder aufzuschütten. Danach liefen die Hüter den Graben ab und streuten ein schwarzes Pulver aufs Wasser, das allerdings nicht der Desinfektion diente. Alle Waldtiere und Kühe, die sich von der Herde abgesondert hatten, machten abrupt kehrt, sobald sie den Geruch witterten, den das Pulver verströmte. Deshalb schlussfolgerte Artur, es sollte sämtliches Getier abhalten, das eventuell aus der Brandstätte kommen könnte …

Er lernte Röchler, Dschingisse, gelbe Wilde und viele andere Stämme kennen, die sich in verlassenen Sowchosen und noch intakten Dörfern angesiedelt hatten. Etliche von ihnen artikulierten sich völlig normal und machten eigentlich einen ganz vernünftigen Eindruck, aber ihm begegneten auch welche, die nur eine Portion Rauschgift brauchten, um zu arbeiten. Einige versuchten auch zu fliehen. Nachdem er ein paarmal erlebt hatte, wie die Wipper auf entsprechende Versuche reagierten, nahm er für sich endgültig von dieser Idee Abstand: Sie schickten den Flüchtlingen keine Soldaten nach, die gab es unter ihnen sowieso nicht. Nein, auf ihren Befehl hin erhoben sich schlicht und ergreifend einige geflügelte Drachen über den Wald. Oder eine Wolfsherde trottete ins Dickicht, die Schnauzen fest an den Boden gepresst …

Der Oberste Hüter der Gesetze hieß Prochor der Zweite. Er lebte in einer länglichen Hütte auf einem kleinen Hügel, zusammen mit vier Schülern und Schülerinnen. Dort gab es auch eine Art Labor, in dem die Hüter neue Arten züchteten. Prochors Lieblingsschülerin, Anna die Vierte, überraschte sie zu Beginn des Winters beispielsweise mit zwei Meter langen, grätenlosen Barschen, die munter im Teich schwammen und fraßen, was immer man ihnen zuwarf. Bisher hatte niemand Kowal in dieses Labor eingeladen, denn als Züchter taugten nur die Nachfahren der allerersten Wipper. Immerhin gewährte ihm Prochor der Zweite freien Zutritt zur Bibliothek. Die Bücher stellten sich als ausgesprochen spezifisch heraus: Zoologie- und Anatomieatlanten, alle möglichen Lehrbücher zu Chemie und Botanik, Nachschlagewerke zur Akupunktur und anderen östlichen Perfiditäten.

Prochor räumte durchaus ein, dass die geflügelten Drachen noch verbesserungsbedürftig waren. Für seine Experimente nutzte er die Zellen von Kröten, die er an der Grenze zur Brandstätte gefangen hatte. Für die tägliche Arbeit brachten die Drachen zwar überhaupt nichts, zur Abschreckung der Wilden waren sie aber geradezu ideal. Der einzige echte Nachteil der Biester bestand darin, das sie den ganzen Winter über pennten.

Anna die Dritte, die nicht – wie er zunächst angenommen hatte – die Schwester, sondern die Tochter von Anna der Ersten war, hatte geradezu einen Narren an Nachtvögeln gefressen. Kowal beobachtete öfter, wie das fünfzehnjährige Mädchen auf einem Ast saß und einen Uhu, der so groß war wie ein ausgewachsener Greif, mit rohem Fleisch fütterte. So was hab ich doch schon mal irgendwo gesehen, ging es ihm in solchen Situationen durch den Kopf. Ob die Wipper neben ihren magischen Fähigkeiten mit der Muttermilch auch die Überreste einstiger Märchenfolklore aufsaugen? Mädchen, die Uhus füttern, feuerspeiende Drachen, gigantische Pferde mit zwei Herzmuskeln und Katzenaugen, die ganze Tage durch die Wälder preschen können …

Es gab mindestens vier Dörfer von Wippern, das größte von ihnen im Norden, wo früher einmal Schiffe mit Nuklearantrieb stationiert gewesen waren. Artur erinnerte sich in dem Zusammenhang vage daran, dass in den Schären des Weißen Meers das Militär den alten Kernbrennstoff von U-Booten gelagert hatte. Mit diesem Dorf im Norden standen sie permanent in Kontakt, noch dazu ohne Brieftauben. Dorthin hatte er zusammen mit Berder auch seine erste *Dienstreise* unternommen, zunächst noch in Begleitung von drei Männern, die sie jedoch nach zwei Tagen verließen, weil sie irgendeine Stadt auslöschen mussten, in der es Hinweise auf einen klirrenden Knoten gab. Die Dunklen Male diffundierten ständig, sodass die Hüter Tag und Nacht über Karten hockten. Sobald drei Knoten ein Dreieck bildeten, stürzten die Wipper Hals über Kopf los. In das Haus des Hüters der Dunklen Male hatte man Kowal ebenfalls noch nicht gebeten, aber man hatte ihm auch nicht verboten, es aufzusuchen.

Den alten Karten des Landes zufolge hatten die Wipper bereits in weiten Teilen Russlands sämtliche Spuren der Zivilisation beseitigt. Östlich des Urals gab es über tausend Kilometer nicht ein einziges Dorf mehr. Die großen Städte waren irgendwie davongekommen – und darin bestand das faszinierendste Geheimnis für Artur. Warum machten die Wipper um technische Großanlagen einen Bogen? Warum kam die Expansion der neuen Grünen im europäischen Teil des Landes langsamer voran? Und warum hatten sie sich zu dem Gürtel kleiner Städte rund um Moskau noch nicht mal vorgewagt?

Kowal lernte es, im Sattel zu schlafen, mehr noch, der schwarze Hengst jagte ihm inzwischen nicht mehr die geringste Angst ein. Das Tier trabte vorwärts, ohne je stehen zu bleiben, schwamm durch Flüsse und erklomm jeden Steilhang. Beim ersten Ausflug in den Norden schossen geflügelte Drachen hinter ihnen her, die allerdings immer wieder zurückblieben, um alles zu verschlingen, was sich bewegte. Als die Schuppentiere sich irgendwann allzu sehr dem Vergnügen der Jagd hingaben, saß Berder ab und peitschte gnadenlos auf sie ein. Sobald diese Monster dabei mit ihren Zähnen in die Nähe von Berders Stiefeln kamen, zuckte Artur zusammen. Er hätte es nie gewagt, dem Beispiel des Wippers zu folgen und auf die Biester einzuschlagen.

Insgesamt ritt Artur dreimal in das Dorf im Norden, jeweils für drei Wochen. Die Wipper dort unterschieden sich radikal von denen im Ural, waren teilweise echte Ungeheuer. Viele von ihnen kamen kahl auf die Welt – und blieben es auch. Selbst in der fünften Generation. Viele litten an angeborener Blindheit, komischerweise sogar die Hüterin des Buches.

Die große, hagere Frau mit dem langen Wollponcho hieß Mam Rita und fuhr rasch mit ihrer Hand über sein Gesicht. Hinter ihr hatten sich alle Erwachsenen des Dorfes in mit Fellen verhangenen Hütten versammelt. Nach dem einwöchigen wilden Ritt fühlte sich Kowal unendlich müde, aber er durfte sich auch jetzt nicht ausschlafen. Dergleichen kannten die Wipper nicht.

Er hatte sich die Heilige Schrift der Wipper als wuchtiges Buch vorgestellt. Ein Irrtum, wie sich herausstellte. Nein, man hatte die alten Bücher abgeschrieben und in den einzelnen Dörfern verteilt – während das neue als *work in progress* entstand. Im Grunde wurde die Geschichte der Wipper jeden Tag aufs Neue geschrieben. Alle großen und kleinen Begebenheiten fanden sofort Eingang in ihr Buch. Zum zweiten Mal nach seinem Aufwachen musste Kowal vor versammelter Mannschaft antreten. Der Vortrag dauerte über vier Stunden. Doch im Unterschied zu dem Auftritt im *Passagierwagen* unterbrach ihn hier niemand, stellte keiner dämliche Fragen. Manchmal bat man ihn höflich, etwas zu wiederholen, wenn die drei Schreiber nicht mitkamen. Am Ende waren dann die Seiten, die dem Erwachten Dämon gewidmet waren, gefüllt, getrocknet und gebunden.

Und er aus der Rolle des Redners entlassen. Nun hieß es, in die des Schülers zu schlüpfen: Er musste um fünf Uhr morgens in ein Fass mit eiskaltem Wasser tauchen und mit seiner Körperwärme für einen Temperaturanstieg des nassen Elements sorgen, bis zum Frühstück Kräuter in einem Mörser zerreiben, das Lasso werfen und Hirsche einreiten. Das Essen war der reinste Fraß, dafür aber im Überfluss vorhanden. Nach dem Frühstück zog er sich dicke Handschuhe und Hosen an, um das Training in der Hundeverteidigung aufzunehmen. Am Ende der zweiten Woche hatte er fünf Kilo abgenommen, es aber auch geschafft, erst vier, später fünf Tieren die Beine zu brechen, ohne von ihnen gebissen zu werden. Nach dem Mittagessen durfte er sich eine Stunde aufs Ohr legen, allerdings unter einer Bedingung: Er musste entweder auf einem dürren Ast oder mit einem Strohhalm im Mund in einem Brunnen schlafen. Bevor er wieder in sein Dorf zurückkehrte, brachte er es fertig, auf Befehl im Stehen oder in jeder anderen Position einzuschlafen. Auch das Aufwachen klappte auf Befehl.

Nach der *Siesta* folgte der Unterricht im Jagen, Sammeln und Fischen, an dem auch die Dorfjugend teilnahm. Natürlich galt es, die Fische mit bloßen Händen zu erwischen. Die Beute war das Abendessen – weshalb Kowal sich fast jeden Abend mit knurrendem Magen hinlegte, denn im besten Fall fand er ein paar Beeren oder Pilze. Das Jagen blieb ihm jedoch ein ewiges Rätsel.

Auf das Abendessen folgte der schwierigste Teil der Ausbildung, der *Sportunterricht.* Die Vorstellungen der hiesigen Trainer unterschieden sich von allem, was man zu Beginn des zwanzigsten Jahrhunderts in puncto Selbstverteidigung gelehrt hatte. Zumindest in Europa. Artur verfügte nicht mal ansatzweise über die Fertigkeiten, die die Wipper an den Tag legten. Während er seine Wunden ableckte, fiel ihm mit einem bitteren Lachen wieder ein, wie er den verletzten Ismail gefesselt hatte. Wie hatte er nur auf diese Show reinfallen können?! Artur musste sich in die Mitte eines Kreises stellen, der einen Durchmesser von zwei Metern hatte, und sich mit Kieseln beschmeißen lassen. Zunächst beschossen ihn nur zwei, später vier Wipper, wobei sie immer auf seinen Kopf zielten. Sobald er es gelernt hatte, sich wegzuducken, bewaffneten sie sich mit Schleudern, und der Kreis wurde auf die Größe eines Gullys verringert. Am achten Tag schoss Berder mit einem Bogen auf ihn. Der Pfeil traf ihn unterm Schulterblatt, der Schmerz war ungeheuer. Am elften Tag verband man ihm die Augen und befahl ihm, die Steine zu fangen. Ein paar erwischte er sogar – nur hätte ihn das beinahe seine Zähne gekostet.

Bei Einbruch der Dunkelheit ging man zur letzten Lektion über, dem Fangspiel. Wie ihm Berder erklärte, lasse es ein echter Krieger nie zu direktem Körperkontakt kommen. Wer seinen Gegner umarmte, bot ihm den Rücken zum Schlag dar. Deshalb jagten Artur nun vier, mit kurzen Knüppeln bewaffnete Teenager durch eine enge, nur von Öllampen beleuchtete Hütte. Nach einer Weile wurden die Rollen getauscht, dann musste Artur seinerseits versuchen, einem halb nackten kahlen Jungen eins mit seinem Knüppel über den Schädel zu ziehen.

Dem Gejagten war zwar alles erlaubt, viel helfen tat das Artur jedoch nicht.

Am Ende der dritten Woche konnte Artur sich fast eine Viertelstunde lang halten, ohne einen Knüppelschlag einzustecken. Laut Berder war das für den Anfang gar nicht schlecht, aus seinem Mund das höchste Lob.

Manchmal gab es statt *Sport* auch *Chemie*. Er musste sich die Gerüche von ein paar Hundert Kräutern einprägen, die im weiten Gebiet vom Weißen Meer bis zum Kaukasus gesammelt worden waren, und die richtigen Mengen für Salben bestimmen. Beim nächsten Ritt in den Norden wurde er in der Herstellung von Giften und narkotischen Präparaten unterwiesen. Damit wusste er alles über Heilung und Töten. Besonders vorsichtig musste er mit Pflanzen sein, die in den Gebieten rund um Brandstätten gesammelt worden waren. Ein Tropfen des Safts eines unbekannten Pilzes konnte eine Blutung stillen und jede Schnittwunde heilen, zwei Tropfen des gleichen Stoffs töteten einen Menschen in einer halben Sekunde. Städter zahlten für diese Mittelchen selbstverständlich gutes Geld … Artur fiel der Tote im Gully ein: Hatte der nicht auch einen Isobehälter mit allerlei Flüssigkeiten dabeigehabt?

Wenn er dann bei der Rückkehr den Rauch über dem Dorf im Ural sah, meinte er, tatsächlich nach Hause zu kommen. Allmählich gewöhnte er sich an seine neuen Nachbarn, wobei er selbst nicht wusste, ob er sich darüber freuen sollte oder nicht. Der Mensch kann sich an vieles anpassen, redete er sich ein, wenn er nachts Nadja van Gogh im Arm hielt. Die Frage ist nur, was er selbst will. Gut, hier leben raue Menschen. Aber trotz ihrer wahnsinnigen Theorien vom Gleichgewicht haben sie eine funktionierende und gerechte Gemeinschaft aufgebaut. Sie verzichten praktisch auf Privatbesitz und sind durch ein gemeinsames Ziel miteinander verbunden. Sie wachsen im Gefühl auf, etwas Besonderes zu sein, müssen dafür aber eine gewisse geistige Armut in Kauf nehmen. Und sie wissen von klein auf, dass andere Menschen ihnen mit Neid und Angst begegnen und dass ihnen jeder Weg in die Stadt versperrt ist. Deshalb sind sie auf das Dorf angewiesen, deshalb streiten sie untereinander nicht …

Vielleicht würde das Leben in diesem Dorf schwerer werden als in Piter – aber spannend würde es allemal sein. Außerdem musste er weder Jauchegruben putzen noch auf die Schweine aufpassen, dafür gab es Wilde. Zu seinen täglichen Pflichten gehörte die Arbeit auf den Feldern und die Jagd, aber das galt mit Ausnahme der Ältesten für alle Dorfbewohner. Und schließlich hätte auch alles ganz anders kommen können, dann hätte er vielleicht nicht in einem einzimmrigen Haus gewohnt, sondern in einer feuchten Baracke unter der Aufsicht eines hungrigen Krokodils. Sollten Ismail und Berder also ruhig ihre abgedrehten Träume haben, was seine Person anging – Hauptsache, er eckte nicht an, alles andere würde sich schon finden. Hauptsache, er überlebte den Winter, vergaß das Alphabet nicht, verwandelte sich nicht in ein Tier …

Er gab der schlafenden Nadja einen Kuss. Wann immer er auftauchte, sei es nun tief in der Nacht oder früh am Morgen, stand sie auf und holte einen in ein Tuch eingeschlagenen Topf aus dem Ofen. Selbst wenn sie krank war, warteten heißes Wasser für ein Bad und ein sauberes Bett auf ihn – davon brachte selbst er sie nicht ab; dazu hatte Nadjas Mutter mit ihrer Erziehung zu solide Grundlagen gelegt.

Überhaupt: er und die Frauen. Ob Natalja und er damals nur so viele Probleme miteinander gehabt hatten, weil es zu viel freie Zeit gegeben hatte? Zeit, in der sie sich selbst analysierten und gegenseitig kritisierten? Je weniger wir über die Liebe nachdenken, desto stabiler ist unsere Familie, dachte der frischgebackene Polygamist mit einem Grinsen auf den Lippen. Die Menschen sind zu den natürlichen Beziehungen zurückgekehrt, und es besteht kein Bedarf mehr an Psychoanalytikern, denn für Neurosen bleibt gar kein Raum, wenn alle den ganzen Tag beschäftigt sind. Nadja ist zwar vielleicht nicht glücklich, dafür aber vollauf zufrieden. Und sie ist von mir schwanger … Bin ich glücklich? Weiß der Teufel. Viel miteinander reden tun wir ja nicht, schicke Ferienorte und Modeschauen wird es hier in den nächsten tausend Jahren auch nicht geben …

Nach der ersten Reise in den Norden nahm Artur an siebzehn großen und vierzig kleinen Jagden teil. Irgendwann im Winter, als er mit den Hunden durch die Schneewehen stapfte, spürte er zum ersten Mal eine Bärenhöhle auf. Das war, als habe er plötzlich eine Fremdsprache oder das Schwimmen gelernt. Von diesem Tag an ging er allein in den Wald, ohne Hunde. Jetzt hatte er keine Angst mehr, denn nun konnte er *hören.* Er wusste, wie er die Augen schließen musste, um sich in jenen Trancezustand zu bringen, in dem er den Herzschlag aller Säugetiere und Vögel wahrnahm. Prochor der Zweite hatte ihm beigebracht, sich jedes Tier gefügig zu machen. Das war wesentlich schwieriger, als sich vor den Steinen in Sicherheit zu bringen. Doch als auf seinen Befehl hin zum ersten Mal ein Eichhörnchen von einem Baum sprang und eine Minute auf seiner Schulter hockte, hätte er vor Freude fast geheult. Genau damit hatte er allerdings jenen feinen Faden gekappt, der den Nager an ihn band. Das Eichhörnchen biss ihn und schoss wie ein Pfeil den Baumstamm hoch. Trotzdem war er glücklich. Prochor der Zweite grinste nur in seinen Bart.

Bis Artur auch einem Schuppentier seinen Willen aufzwingen konnte, vergingen drei weitere Monate. Danach dauerte es noch ein halbes Jahr, bis auf seinen Ruf hin ein Bär aus dem Windbruch herausstapfte und sich zu seinen Füßen niederlegte.

Doch auch die Stunden bei Anna der Ersten trieben ihn zur Verzweiflung. Wie ein kompletter Idiot kam er sich vor, wenn er bis zu vier Stunden vor ihr sitzen musste, mit irgendeinem vertrockneten Grashalm in der Hand, den er zum Blühen bringen sollte. »Wäre ich doch bloß in einem Jahrhundert aufgewacht, wo es noch anständige Magie gab! In einem Jahrhundert voller Zaubersprüche und fieser Kobolde«, klagte er dann abends Nadja gegenüber. Diese widersprach ihm nicht, obwohl sie ihre Zunge vortrefflich zu gebrauchen wusste. Nur eben nicht für Gespräche. Bei Anna der Ersten blieben die Gräser in seiner Faust aber nach wie vor tot und trocken, denn seine Lehrerin brachte ihm weder Zauberei noch entsprechende Sprüche bei: Heu musste man mit Willenskraft in frisches Gras zurückverwandeln …

Schon morgens, wenn er per Hand fliegende Pfeile auffangen musste, dachte er an diese verfluchten Grashalme. Nachts, wenn er mit gefesselten Händen mit Peitschen bewaffneten Reitern entkommen musste, fielen sie ihm ein. Wenn er lernte, das Lasso zu werfen und im regennassen Wald ein Feuer zu entzünden, verfluchte er sie. Tausendmal rammte er den trockenen Grashalm in den Schnee, obwohl er wusste, dass er nicht grünen würde – während Anna die Dritte, ihres Zeichens Hüterin in sechster Generation, mühelos einen Rosenbusch zum Blühen brachte. Aber gut, diese Kinder waren anders, in ihren Adern floss das Blut, das die Brandstätten verändert hatten …

An dem Tag jedoch, als Nadja van Gogh seinen Sohn zur Welt brachte, verwandelte er Stroh in Gras. Die beiden anderen Frauen, die von ihm schwanger geworden waren, waren da schon längst aus dem Dorf gebracht worden, die ungeborenen Kinder eingetauscht gegen irgendeine andere *Ware.* Aber nach diesen Regeln lebten die Wipper halt.

Das ganze Dorf hatte sich bei ihnen eingefunden. Er stand hinter der Hütte, sah zum kalten Aprilhimmel hinauf und hörte auf die ersten Schreie seines Kinds. Alles in ihm war im Aufruhr, er wusste selbst nicht mehr, wie er sich fühlte: als Gefangener, Auszubildender oder als dieses verfluchte Schwert der Wipper, von dem das Buch sprach. Seit neun Monaten hatte Artur keine Schusswaffe mehr angerührt. In der ganzen Zeit hatten ihn die Menschen im Dorf nicht ein Mal beleidigt oder auch nur schräg angeguckt. An Piter dachte er immer seltener, und wenn doch, dann nicht an das zerstörte Piter, durch das diese kahlen Köter stromerten, sondern an das alte, in dem während der Weißen Nächte bei hochgeklappten Newa-Brücken Motorboote über den Fluss fuhren, während sich an den Uferstraßen verliebte Pärchen küssten …

Zur Feier des Tages wurde Heu auf der feuchten Frühlingserde ausgebreitet. An langen Tischen hatten sich alle versammelt, die alte Ilma, die Hüterin der Zeit, der einäugige Boris, Hüter der Felder, sowie Matwej und Alina, zwei Experten für Dunkle Male. Und sie hatten ihre Kinder und Enkel mitgebracht, genau wie sie es taten, wenn sie andere Frauen aus dem Dorf besuchten, die ein Kind bekommen hatten. Sie behandelten die Familie Kowal wie ihresgleichen …

Die Herrin der Geburt, Mam Klawdija, half bei der Entbindung und trug das Kind dann aus dem Haus, um es der Menge zu zeigen. Ihr Auftauchen wurde mit allgemeinem Jubel und dem Scheppern von Tontöpfen quittiert. Der gefühlsverwirrte Herr Papa fuhr derweil hinter der Hütte emotional Achterbahn. Tränen rannen aus seinen Augen, während es ihn schüttelte, er lachte und weinte gleichzeitig.

Teufel aber auch! Bevor er in Schlaf versetzt worden war, hatte er nicht geheiratet. Und jetzt war diese Frau, die er monatelang nicht zu Gesicht bekommen hatte und mit der ihn nichts verband bis auf einen erstaunlichen Zufall und wenige Schlachten im Bett, seine Familie. Die er durchfüttern und für die er sorgen musste.

In diesem Moment sprangen ihm ein paar Strohhalme in die Augen. Er hockte sich hin und grub ein kleines Loch in den gefrorenen Boden. Dort hinein setzte er einen vertrockneten Halm, um anschließend seine Hände um ihn zu schließen. Diesmal zweifelte er nicht an seinem Erfolg. Als Artur eine Viertelstunde später die Hände wegnahm, lief ihm Schweiß in die Augen, hämmerte sein Herz wie wild – aber mitten im vereisten Hof reckte sich ein grüner Trieb der Sonne entgegen.

»Gar nicht übel!«, sagte Berder da hinter ihm und führte den völlig erschöpften Gärtner zur Festtafel.

»Wann müssen wir das Kind abgeben?«, fragte Artur zwischen den Glückwünschen.

Berder wechselte einen Blick mit Mam Klawdija. Die Hebamme lachte und schenkte den Männern starken Kwass ein.

»Heute hast du etwas Totes zum Leben erweckt. Wenn du lernst, etwas Lebendes in etwas Totes zu verwandeln, bist du bereit aufzubrechen.«

»Und wenn ich das nie lerne? Die Bienen hören immer noch nicht auf mich. Auch mit dem Unsichtbarsein klappt es nicht. Und einen Baum kriege ich ohne Säge nicht gefällt.«

»Dann haben wir uns getäuscht!«, antwortete Berder bloß. »Und die Tigerjungen für Pap Rubens umsonst eingefangen.«

Die beiden Dörfler lächelten. Und wussten genau, dass sie ihm nicht geantwortet, dass sie kein Wort zu dem Kind gesagt hatten. Berders Stallone-Lippen verzogen sich zu einem Grinsen. Während des Winters war er noch grauer geworden. Mit einem Mal stellte sich Artur vor, wie dieser Mann in zwanzig Jahren wohl sein würde. Vielleicht wäre er ja noch immer der Alte. Vielleicht würde auch diese lächerliche Walddemokratie noch existieren – aber es könnte auch alles ganz anders kommen. Vielleicht verfiel dieser Berder ja mir nichts, dir nichts auf die Idee, dass er als ungeschlagener Krieger das Oberkommando haben sollte und ihm außerdem das größte Stück Fleisch zustand. Und was würde, fragte er sich weiter, aus Boris, dem besten Zimmermann und Tischler im Dorf? Was, wenn er genug davon hat, die allgemeine Ration zu gleichen Portionen mit den Viehzüchtern zu teilen, und für jeden Hocker Bezahlung verlangt? Oder wenn man die Kinder nur noch gegen Bezahlung ausbildet. Wie lange hält diese Urgesellschaft sich dann wohl noch? Und was, wenn eure Kinder mal in die Stadt können, vor der ihr solche Angst habt? Was, wenn sie dann nicht sterben, wie ihr alle immer glaubt – sondern es ihnen dort gefällt? Okay, die Städte heute sind nicht mehr erste Sahne, da gibt's keine Theater, keine Museen oder was auch immer mehr. Aber für ein paar aufsteigende Kapitalisten dürften sie selbst dann noch ihre Reize haben …

»In einem Monat reiten wir wieder in den Norden«, erklärte Berder und packte ein Wolfsjunges im Nacken, das unter dem Tisch herumtollte. »Drei Schüler werden uns begleiten. Die Hüterin erwartet dich, um das Buch fortzuschreiben. Danach sprechen wir über Moskau.« Er verbot Artur mit einer energischen Geste den Mund. »Wenn das Kind keinen Vater mehr hat, werden die Ältesten im Dorf entscheiden, wer es aufzieht.«

»Und was, wenn der Vater weggeht und wiederkommt?«, fragte Artur mit gesenkter Stimme, aber Berder las ihm die Worte ohne Mühe von den Lippen ab.

»Solange der Vater lebt, hat niemand ein Recht auf seine Frau und seine Kinder.«

»Ach ja?!«, zischte Artur. »Hast du mir nicht gesagt, Nadja muss noch mit zwei anderen Kindern schwanger werden?«

»Nicht unbedingt!«, antwortete Berder und sah Artur fest in die Augen, während er dem Wolfsjungen die Hand ins Maul schob. »Denn wir selbst schreiben das Buch. Und wenn wir es dann lesen, wird die Schrift zum Gesetz. Du sprichst mit der Hüterin und entscheidest selbst, wie du dich verhältst.«

Diese Schweine!, dachte Artur, als er sich den nächsten Glückwunsch anhörte. Diese absolut miesen Schweine! Sie hatten ihm eine Falle gestellt, und er war hineingetappt. Jetzt, da er keine Angst mehr hatte, allein das halbe Land zu durchqueren, da der Wald ihm vertraut war und kein Lebewesen ihn auf seinem Weg in die Hauptstadt aufhalten könnte, hatten diese Arschgeigen von Wippern ihr Ziel erreicht.

Er würde nach ihrer Pfeife tanzen.

Denn jetzt hatte er etwas zu verlieren.

[23] ÜBER DIE KUNST, EIN BUCH ZU SCHREIBEN

»Erzähl mir von ihr«, verlangte Mam Rita und nahm einen Zug aus ihrer Wasserpfeife. Dass sie blind war, machte sie mit einem übernatürlichen Orientierungssinn und einem mehr als feinen Gehör wett. Allein daran, wie die Feder übers Papier kratzte, stellte sie sofort fest, dass einer ihrer Schüler einen Fehler gemacht hatte. Und wer von ihnen. »Du erinnerst dich zu oft an sie, Erwachter Dämon, deshalb findest du dein Gleichgewicht nicht. Erzähl mir also von ihr. Ich verspreche auch, dich mit klugen Ratschlägen zu verschonen.«

Zu seiner eigenen Überraschung fing Artur tatsächlich an, seine Geschichte zu erzählen. Ein ganzes Jahr hatte er geschwiegen, um die Wunden nicht wieder aufzureißen. Denn wenn ihn selbst damals, im Institut, niemand verstanden hatte, dann könnte er es sich jetzt ja wohl erst recht sparen, ein paar lausigen Wilden mit den Schmerzen aus seinem vergangenen Leben zu kommen.

»Sie … Wir haben uns bei meiner Verteidigung kennengelernt … äh, also, ich meine … wie soll ich das bloß erklären? Aber gut, das spielt letztlich keine Rolle. Ich war ein Buchmensch, ein Wissenschaftler, ich habe mit Leuten zusammengearbeitet, und wir haben uns überlegt, wie man die Menschen durch Kälte heilen könnte und was man anstellen müsste, damit jemand für viele Jahre einschlafen kann und trotzdem ohne jeden gesundheitlichen Schaden wieder aufwacht. Verstehst du das? Und Natascha war eine Studentin, sie hat ihr Diplom geschrieben … Mist, schon wieder diese unverständlichen Wörter!«

»Keine Sorge«, sagte Mam Rita sanft. »Sprich nur, wie es dir in den Sinn kommt, ohne auf mich Rücksicht zu nehmen.«

»Also gut. Wir haben uns ein paarmal getroffen, irgendwann sind wir zusammengezogen. Die ganze Geschichte fing mit meiner Mutter an … das heißt, nein, so kann man das auch nicht sagen. Im Grunde ist alles meine Schuld. Wir konnten nicht bei Natascha wohnen, weil es dort zu eng war. Außerdem hatte ihr Vater selbst erst vor Kurzem wieder geheiratet, nachdem ihre Mutter gestorben war … kurz und gut, es war alles nicht so einfach. Wir hätten uns eine Wohnung suchen können, aber ich wollte unbedingt Geld sparen. Alles, was dann geschehen ist, hab ich einzig und allein meinem Geiz zu verdanken. Meine Eltern waren nicht dagegen, dass Natascha zu uns zog. Wir hatten damals eine Dreizimmerwohnung, und meine Schwester lebte inzwischen nicht mehr bei uns. Die Wohnung hätte also bequem für uns alle gereicht. Einen Monat ging das auch ganz gut, aber dann …«

»Natascha ist nicht mit deiner Mutter ausgekommen?«

»Stimmt … das heißt, nein, das war es auch nicht. Es ist alles so fürchterlich kompliziert. Außerdem ist die ganze Geschichte so dumm. Meine Mutter hatte nämlich den Verdacht, mein Vater …«

»Dass er deiner Frau schöne Augen machte?« Nur gut, dass Mam Rita blind war. Denn Kowal hätte jetzt keinen mitleidigen Blick ertragen.

»Mhm. Das war noch nie vorgekommen, ich meine, ich konnte mir das nicht mal vorstellen. Meine Eltern haben nicht mit mir darüber gesprochen, denn ich bin ja schon morgens aus dem Haus gegangen und erst abends wiedergekommen … Es hat nie irgendeinen Streit gegeben, aber dann, eines Abends … Eines Abends bin ich nach Hause gekommen, und da saß Natascha im Hof, auf einer Schaukel, noch dazu betrunken. Es war das erste Mal, dass ich sie überhaupt betrunken erlebt habe. Sie hat gesagt, dass sie nie wieder einen Fuß in unsere Wohnung setze, und mich gebeten, ihre Sachen zu holen. Und sie hat gesagt, dass sie jetzt nach Hause fahre, und wenn ich unsere Beziehung aufrechterhalten wolle, dann müsse ich mich zwischen ihr und meiner Frau Mama entscheiden. Genauso hat sie das gesagt oder besser ausgerotzt: *meiner Frau Mama.* Ich konnte sie um keinen Preis dazu bringen, noch mal hochzugehen. Als ich die Wohnung betrat, hatte meine Mutter Herztropfen genommen und sich eingeschlossen. Sie hat kein Wort mit mir geredet. Mein Vater trank Wodka und brabbelte allerlei Unsinn zusammen. Am liebsten hätte ich die Erste Hilfe … also einen Arzt … gerufen – aber ich hätte nicht sagen können, wer von beiden eigentlich dringender Hilfe brauchte. Dann brachte ich Natascha mit einem Taxi zu ihrer Stiefmutter. Ihr Vater war auf einer Dienstreise. Es war wirklich das reinste Chaos … Außerdem hatte mir noch immer niemand gesagt, was Sache war, egal wie oft ich danach gefragt hatte. Dabei hätte ich dieser Frau mit Sicherheit alles verziehen, so sehr habe ich sie geliebt. Ich hatte auch gar keinen Grund, eifersüchtig zu sein, allerdings … Wir waren damals halt nicht oft zusammen, ich habe wahnsinnig viel gearbeitet, Natascha hatte sich vorher lange um ihre kranke Mutter gekümmert …«

»Aber du hast erfahren, dass sie hinter deinem Rücken deinem Vater schöne Augen machte, nicht wahr?«

»Damals nicht.« Zu seiner Überraschung stellte Artur fest, dass es ihn erleichterte, sich einmal alles von der Seele zu reden. »Natascha hat sogar noch ein paarmal mit meiner Mutter telefoniert. Sie schienen sich auf die Geschichte geeinigt zu haben, dass sie beide Streit miteinander gehabt hätten. Zwei Frauen im Haus, der übliche Kram halt … Ich habe also irgendwann aufgehört, weiter nachzubohren. Jetzt denke ich manchmal, dass alles anders gekommen wäre, wenn sie mir damals bloß die Wahrheit gesagt hätten. Mein Vater hat ein paarmal versucht, mit mir zu reden, denn er hat bemerkt, dass ich sauer auf meine Mutter war, und sich auch selbst schuldig gefühlt. Einmal hat er sich sogar Mut angetrunken und ist dann einen ganzen Abend lang um mich herumgeschwirrt. Wahrscheinlich hatte es an dem Tag Probleme auf der Arbeit gegeben, das weiß ich nicht mehr genau, aber ich erinnere mich noch, dass ich nach Hause gekommen bin und meiner Mutter die übelsten Dinge an den Kopf geworfen habe. Sie hat mir Kontra gegeben und mich gefragt, ob ich eigentlich vorhabe, irgendwann mal erwachsen zu werden. Da habe ich sie angeschrien, dass sie sich gefälligst … Äh, ja, also ich habe gesagt, dass ich das schon vorhabe, aber wegen ihrer albernen Nörgelei garantiert als Junggeselle ende. Meine Mutter kriegte daraufhin fast einen Anfall, und mein Vater war kurz davor, mir alles zu erzählen, aber am Ende war er doch zu feige. Heute frage ich mich, warum ihm das so schwergefallen ist. Denn er hatte ja eigentlich überhaupt nichts Schlimmes getan …«

»Warum habt ihr euch kein eigenes Haus gebaut, Artur?«

In der schwülen Stille der aufgeheizten Hütte war nur das Knistern der Holzscheite und das Kratzen der Federn zu hören. Artur hatte sich bereits daran gewöhnt, dass alle Worte des Erwachten Dämons in das Buch aufgenommen, zu einem Teil der Geschichte der Wipper wurden. Eine Schülerin zündete für Mam Rita die Wasserpfeife erneut an.

»Damals waren die Mieten überall hoch …« Er verstummte. »Also … selbst ein Haus im Wald hat damals viel Geld gekostet.«

»Wer hätte denn Gold von dir verlangt, wenn du dir ein Haus im Wald baust?!«, fragte Mam Rita völlig fassungslos.

»Der Staat oder die Landbesitzer. Außerdem waren auch die Baumaterialien nicht eben billig …«

»Der Staat?«, fragte sie neugierig zurück. »Soll das heißen, ein Haufen alter Querköpfe hat erklärt, die Flüsse und Wälder gehörten ihnen?«

»Also … nicht ganz, aber im Prinzip schon. Jedenfalls war es mit meinem Gehalt unmöglich, eine Wohnung oder ein Haus zu kaufen. Aber mein Vater hatte eine Datscha. Äh … eine Datscha, das ist ein kleines Haus außerhalb der Stadt, in dem man nur im Sommer lebt. In ihm gibt es keine Heizung ... Das klingt komisch, oder? Aber ich habe damals gedacht, warum nicht, solange es warm ist, können wir beide, also Natascha und ich, doch da wohnen. Um den Garten brauchen wir uns ja nicht weiter zu kümmern, die S-Bahn ist ganz in der Nähe, bis zur Stadt dauert es nur eine halbe Stunde ... Danach sehen wir weiter. Begriffen habe ich da noch immer nichts. Den einen Monat mit meiner Familie lief doch alles glatt. Warum flogen dann wie aus heiterem Himmel die Fetzen? Außerdem hatte ich ein wenig Geld gespart, das ich durch Übersetzungen verdient hatte, ich hätte also auch irgendwas mieten können. Aber wie gesagt, dazu war ich zu geizig. Ich habe mich wirklich wie der letzte Raffzahn aufgeführt. Und nur, weil ich unbedingt ein neues Motorrad wollte ... Ein Motorrad, das ist ein ...«

»Ich weiß, was ein Motorrad ist«, fiel ihm Mam Rita ins Wort und stieß den Rauch aus.

»Natascha hat also zugestimmt, im Sommer mit mir auf der Datscha zu wohnen. Ich glaube, die Idee hat ihr sogar gefallen. Und dann hat sie die Harley entdeckt, mein altes Motorrad, das heißt, nicht mal meins, sondern das von meinem Vater. Als Junge, als ich noch zur Schule ging, war ich in den Ferien damit durch die Gegend gekurvt. Da sind alle andern grün vor Neid geworden. An dem Abend haben wir, Natascha und ich, ein bisschen gefeiert ... Den Neustart unseres Zusammenlebens sozusagen. Wir haben was getrunken und jede Menge Mist gebaut. Natascha hatte mich gebeten, mit ihr rumzufahren, später hat sie dann erklärt, sie könne auch selbst fahren. Ihr Exfreund war nämlich in einem Motorradklub gewesen. Langsam wird's interessant, oder? Also, wenn ich nicht schon einen im Tee gehabt hätte, dann hätte ich mich wirklich nie auf die Sache eingelassen. Außerdem wäre ich im Traum nicht darauf gekommen, dass die Harley überhaupt anspringt. Schließlich hatte sie gar keine Batterien ... Aber die Kiste ist tatsächlich losgefahren. Zwei Stunden sind wir durch die Gegend gebrettert wie die reinsten Ziegen- und Fahrradfahrerschrecken. Natascha wollte unbedingt auch mal fahren, aber ich war dagegen. Obwohl wir weit und breit die Einzigen waren, nirgends gab es ein Auto. Wir haben uns deswegen sogar gefetzt, natürlich nur zum Spaß …«

Kowal verbarg sein Gesicht in den Händen. Nach einer Weile hatte er sich wieder gefasst: »Irgendwann haben wir beschlossen, in einem Geschäft vorbeizufahren, das rund um die Uhr geöffnet hatte, um eine Torte zu kaufen und auch noch eine Flasche Sekt. Ich bin in den Laden reingegangen, Natascha blieb auf dem Beifahrersitz hocken. Der Motor lief da noch. Und dann gab es – um elf Uhr abends! – in diesem Laden eine gottverdammte Schlange. Außerdem dröhnte Musik, sodass ich nicht hörte, was draußen passierte. Als ich endlich wieder rauskam, in der einen Hand eine Flasche Sekt, in der andern eine Torte, war Natascha weg.«

»Sie muss eine verwegene Frau gewesen sein …«

»Ja, wahrscheinlich. Obwohl ich es nicht gerade Verwegenheit nennen würde. Nach ihrer Beerdigung hat meine Mutter mir alles erzählt. Da ist mir vieles klar geworden. Natascha war nicht verwegen, sondern leichtsinnig. Ich habe so wenig von ihr gewusst und hatte überhaupt keine Ahnung, was sie so trieb, wenn ich nicht da war. Verliebt, wie ich war, habe ich die offensichtlichsten Dinge nicht gesehen.«

»Ist sie vom Motorrad gefallen?«

»Sie ist mit einem Laster zusammengestoßen. Genauer mit der Müllabfuhr. Vor dem Laden saßen ein paar Jugendliche auf einer Bank und haben Bier getrunken, die haben mir das später erzählt. Erst hat Natascha noch auf mich gewartet, aber dann hat sie ein paar Runden im Kreis gedreht. Das klappte ganz gut, sie wusste bloß nicht, wie man die Scheinwerfer bedient. Der Schalter war nämlich schon vor ewigen Zeiten abgebrochen und man musste die Drähte per Hand verbinden. Deshalb ist sie also ohne Licht losgefahren. Die große Straße wurde ja von Lampen beleuchtet, wahrscheinlich wollte sie einfach nur ein bisschen rumkurven, so wie wir es vorher auch gemacht hatten. Vielleicht konnte sie auch nicht richtig wenden, sodass sie auf die Straße abbiegen musste. Der Fahrer vom Müllwagen hatte den Rückwärtsgang eingelegt, mit seinem Wagen war auch alles in Ordnung. Der Mann hat einfach nicht damit gerechnet, dass ihm jemand von hinten direkt vor die Räder fahren würde. Er hat sie noch gesehen, als das Motorrad schon explodiert war …« Artur nippte an dem Minztee aus dem großen Kupfersamowar.

»Du hast noch nicht alles erzählt.«

»Fast alles. Meine Mutter war der Ansicht, ich würde nicht so leiden, wenn ich erfahren würde, dass … In diesem Monat, in dem wir alle zusammengelebt haben, hat sie meinen Vater zweimal allein mit Natascha in der Küche erwischt, und ein Mal hat sie gesehen, wie die beiden zusammen Eis gegessen haben. Mehr nicht! Sie haben bloß in der Küche gesessen, gegessen und gelacht. Aber meine Mutter und mein Vater haben viele Jahre zusammengelebt. Ihr ist aufgefallen, dass er anfing, sich sorgfältiger zu rasieren, und zu Hause nicht mehr im Trainingsanzug rumlief. Und beim zweiten Mal haben die beiden sogar Wein getrunken und sich fast umarmt, sagte sie. Und in der Eisdiele …«

»Was ist eine Eisdiele?«

»Es ist ein Ort, zu dem die Leute gehen, um Eis zu essen.«

»Eine Gemeinschaftsküche?«

»Nicht ganz. Dort gibt es nur süße gefrorene Milch zu essen, die mit Beeren und Nüssen vermischt wurde.«

»Das ist ein guter Gedanke. Aber das Essen von gefrorener Milch gehörte sich bei euch nicht?«

»Wie kommst du denn darauf? Außerdem war es auch kein teures Café, sondern bloß ein paar Tische und Stühle in einem Laden. Mein Vater saß da, mit seinen Einkäufen, dem Brot und was weiß ich noch alles, und hat sich überhaupt nicht versteckt.

Im Gegenteil, er hat meine Mutter bemerkt und ihr zugewinkt. Aber es war ... Wie soll ich das erklären? Mein Vater hat nichts Schlimmes getan, ihn trifft keine Schuld. Verstehst du, was ich meine?«

»Ich glaube schon, ja ...« Die Hüterin dachte nach. »Deine Frau hat deine Gefühle verletzt. Du liebst sie immer noch, nicht wahr, Schwert?«

»Inzwischen habe ich ihren Tod einigermaßen verkraftet. Aber damals ... damals wollte ich nicht mehr weiterleben. Vor ihr hatte ich noch nie eine Frau geliebt. Sicher, ich hatte ein paar Affären, aber nichts Ernstes ... Frauen fand ich langweilig, die hockten doch eh nur mit dem Strickzeug vorm Fernseher. Natascha war da ganz anders, mit ihr war es nie langweilig. Nach ihrem Tod wusste ich nicht weiter. Deshalb habe ich mich an diese Idee geklammert, einfach zwanzig Jahre einzuschlafen. Für einen solchen Zeitraum hatten wir nämlich keinen Freiwilligen gefunden. Im Grunde bin ich ein Versager, der vor seiner Schuld davongelaufen ist und sich in eine Kapsel gelegt hat. Meine Kollegen hätten mich zu der Zeit wirklich gebraucht, doch statt weiterzuforschen, habe ich mich aufs Ohr gehauen ...«

»Bist du mit deiner Familie zufrieden?«

»Ja, Mam Rita. Nadja ist eine gute Frau, das letzte Jahr mit ihr war sehr schön. Außerdem hat sie mir einen Sohn geboren. Ehrlich gesagt, bin ich Ismail inzwischen sogar dankbar. Wenn er nicht gewesen wäre, hätte ich weiter wie bisher gelebt ...«

»Ich habe versprochen, dir keine klugen Ratschläge zu erteilen«, sagte sie, wobei ein Lächeln ihre trockenen Lippen umspielte. »Aber ich sage immer, was ich denke. Du glaubst, es sei ungerecht, dass du im Jahr des Großen Todes nicht gestorben bist. Aber die Hüter des Gedächtnisses haben deinen Namen vor fast siebzig Jahren in das Buch geschrieben. Sie können in die Zukunft blicken, leben aber sehr zurückgezogen, du wirst sie nicht aufsuchen können«, kam sie seiner Frage zuvor. »Sie haben es nicht leicht im Heute, lauschen sie doch anderen Zeiten. Du hast richtig gehandelt und Mut bewiesen. Der Älteste aus deinem Institut – habe ich das richtig ausgedrückt? – hätte an deiner Stelle einen Dieb oder Mörder in den Schlaf versetzen können, aber du hast beschlossen, den neuen Zauber selbst auszuprobieren. Das war sehr edel von dir. Belassen wir es dabei.«

Sie holte tief Luft. Offenbar kam jetzt die entscheidende Eröffnung. »Du musst noch zwei weitere Jahre lernen, bis deine Frau das zweite Kind geboren hat. Du wirst ihr die schwere Arbeit abnehmen und lernen. Du wirst immer hinter unseren Leuten zurückbleiben, aber Berder wird dafür sorgen, dass du überleben kannst, wenn du ganz auf dich allein gestellt bist. In der Stadt und im Wald. Schweig, unterbrich mich nicht, ich höre deine Gedanken. Du fragst dich, warum wir nicht jemand anders ausgewählt haben. Du glaubst, dass wir genau wie eure Kirchenleute in der Stadt blind auf das Buch schwören und unseren eigenen Kopf gar nicht gebrauchen. Doch dem ist nicht so. Die Hüter des Gedächtnisses haben erst vor zwei Jahren entdeckt, dass unser Kampf nie von Erfolg gekrönt sein wird, solange Moskau besteht. Andere Städte sind nicht so bedeutsam. Aber Moskau zieht die Dunklen Male an … Sie kommen aus dem Osten und kreisen über der Stadt wie die Aasgeier. Denn sie folgen dem Dreck. Wenn wir zulassen, dass sie nach Moskau gelangen, dann besteht die Gefahr, dass die ganze Erde auseinanderplatzt … Es stimmt, wir könnten für diese Aufgabe ein Kind ausbilden, vielleicht sogar zwanzig oder hundert, und sie zu echten Schwertern formen, die hundertmal besser wären als du. Doch dafür fehlt uns die Zeit. Wir können nicht warten, bis diese Kinder herangewachsen sind. Diejenigen jedoch, die heute in deinem Alter sind, haben Angst, in die Stadt zu gehen. Dorthin kann sich nur ein Städter begeben. Nur will von denen niemand einem Wipper einen Gefallen tun. Denn wer von denen glaubt schon an das Buch?«

»Und wie kommst du darauf, dass ich daran glaube?«, fragte Artur leise. »Schließlich gehen die Wipper den natürlichen Weg der Geschichte *zurück*. Nein, glaub mir, man *muss* die Industrie entwickeln, es *muss* ein Staat entstehen, auch wenn in der Vergangenheit viele gelitten …«

»Ein Staat!«, höhnte Mam Rita. »Allein das Wort faucht wie ein Dutzend stinkender Fleder. Das, was du uns über deinen Staat erzählt hast, klang so schrecklich wie das Stöhnen eines hungrigen Bären und stank wie das faulige Wasser aus den Brandstätten. Was hat der Staat denn für dich getan? Du hattest kein Haus, in dem du deine Kinder aufziehen konntest, und du hast Angst gehabt, deine Frau abends allein auf die Straße zu lassen. Dein Freund wollte kein Soldat sein, aber er wurde mit Gewalt gezwungen. Sie haben ihn doch fortgeschleppt, ihm eine Waffe in die Hand gedrückt und ihn gezwungen, auf die friedlichen Bauern in den Bergen zu schießen, oder etwa nicht? Weil die Ältesten in Moskau es so wollten. Er wurde getötet – aber danach hat niemand seinen alten Eltern geholfen. Und als dein Vater sein gutes Motorrad verkauft hat und deine Mutter ihr Gold, damit sie dir … wie hieß das, eine Befreiung von der Armee kaufen konnten – wie war das? Verrat mir nur eins: War das klug von ihnen?«

»Ich war doch ihr einziger Sohn.«

»Ich will von dir wissen, ob sie klug oder dumm gehandelt haben.«

»Das ist keine einfache Frage … Wahrscheinlich war es damals ganz richtig. Sie haben mir Tschetschenien erspart.«

»Das heißt also, dass es richtig ist, wenn einfache Städter, keine Buchmenschen, ihre Söhne freikaufen. Denn die Ältesten, die in der Moskauer Burg regiert haben, haben euch in den Tod geschickt. Diese Menschen in den Bergen … Warum hätte man nicht einfach Grenzposten aufstellen, einen Graben um ihr Dorf graben und die Krieger zurückrufen können? Du hast gesagt, die Bergbewohner hatten gar nicht so viel Land.«

»Das ist alles sehr kompliziert …«, erwiderte Artur. »Sie wollten unbedingt, dass die Einheit des Staats erhalten bleibt. Die Regierung hat damals gemeint, sie dürfe auf gar keinen Fall zerstört werden.«

»Das kenne ich schon. Welche Frage auch immer ich dir über die Zeiten vor dem Großen Tod stelle, stets antwortest du damit, dass die Menschen das eine wollten, der Staat aber das andere getan hat. Wenn ich dich frage, welche Entscheidung weise war, windest du dich und hast Angst vor deinen eigenen Antworten. Ich habe dich gefragt, warum deine Schwester, die wieder in Petersburg leben wollte, dort keine Arbeit finden konnte. Und was hast du mir da geantwortet? Euer Staat hat ihr keine … äh … wie hieß das noch? Ach ja, Aufenthaltserlaubnis! Also, der Staat hat ihr keine Aufenthaltserlaubnis gegeben. Weil sie inzwischen in einer asiatischen Stadt lebte …«

»In Duschanbe.«

»Stimmt. Ich hatte den Namen vergessen … Aber dort wären deine Schwester und ihr Mann beinahe getötet worden, und ihr Haus hat man ihnen auch weggenommen. Was hat dein Staat da getan? Hat er Soldaten ausgeschickt, damit sie für die Menschen eintreten? Und du hast mir von deiner Mutter erzählt. Sie hat viele Jahre gearbeitet, aber dafür hat sie kein Gold bekommen, sondern nur Papier. Ich weiß, dass ihr damals alle Papier bekommen habt. Aber deine Mutter hat ihr Papier … wie hieß das noch?«

»Sie hat es auf die Bank gebracht.«

»Richtig! Die Bank! Auch das Wort klingt wie ein Pistolenschuss! Und was hat der Staat getan, als die Ältesten dieser Bank deiner Mutter nichts zurückgeben wollten?! Warst du es nicht, der mir bei seinem letzten Besuch erzählt hat, dass diese Ältesten alles Papier gesammelt haben und in teuren Häusern auf Inseln im Meer lebten? Warum wurden sie nicht kopfüber aufgehängt? Warum hat niemand ihnen die Adern aufgeschnitten, damit die Eulen nachts ihre kalten Augen essen?« Die Hüterin bekam einen Hustenanfall. Sofort erhob sich eine junge Frau und brachte ihr einen Tee. »Ich will mich nicht mit dir streiten. Du wirst lernen. Ein Jahr, wenn es nötig ist, aber auch zwei oder drei. Bis du das Gleichgewicht in deiner Seele gefunden hast. Du fühlst, wenn etwas gerecht ist, aber dir wurde beigebracht zu gehorchen. Wenn du nach den Grundsätzen der Gerechtigkeit leben kannst, nicht nach Verboten, wirst du bereit sein, unser Schwert zu werden.«

»Aber hier gehorche ich doch auch nur!«, widersprach Artur. »Sonst wäre es ja Anarchie. Meine Güte, als ob die Wipper nicht auf irgendeine Form von Organisation aus wären!«

Die Hüterin stand auf und gab ihm damit zu verstehen, dass die Audienz beendet sei.

»Da irrst du dich, Schwert. Du gehorchst Berder und den anderen, weil du die ganze Zeit über Angst hast. Aber wir werden dafür sorgen, dass du deine Angst überwindest. Du wirst frei sein und verstehen, dass niemand dich hier hält. Du kannst das Dorf jederzeit verlassen. Mir selbst ist sehr daran gelegen, dass du nicht aus Angst bei uns Wippern bleibst, sondern weil die Gerechtigkeit es gebietet.«

»Herrin! Nur noch eine Frage …« Artur hatte den Eindruck, eine solche Chance käme nie wieder. »Meine Frau, Nadja … Hat Ismail dafür gesorgt, dass ich mich in sie verliebe?«

Mam Rita brach in schallendes Gelächter aus. »Auch wenn meine Augen nichts sehen, hab ich doch sieben Kinder zur Welt gebracht. Von fünf Männern übrigens«, sagte sie, während sie sich in ihren Pelz hüllte. »Aber nur einen von ihnen kann ich nicht vergessen, Schwert. Es war ein Norweger, der unsere Sprache nicht gesprochen hat. Seine Haut roch nach Salz und seine Hände waren rau wie die Rinde einer hundert Jahre alten Kiefer. Er hat mich immer mit seinem Bart gepikt, sodass ich mich jeden Morgen mit Öl einschmieren musste. Meine Schwester hat mir erzählt, dass er mir am ganzen Körper blaue Flecken hinterlassen hat. Seine Finger waren kräftig wie Wolfsfallen. Er ist zweimal zu mir gekommen, bis klar war, dass ich schwanger war. Pap Clement hat ihm vier Hirsche für sein Schiff gegeben. Inzwischen sind dreißig Jahre vergangen, Artur Schmied, meine Augen sind nicht wieder sehend geworden. Aber wenn du mich fragst, was ich wählen wolle, dann wäre es nicht das Sonnenlicht, sondern der Geschmack von Salz auf der Zunge. Wenn du selbst deine Seele nicht dem Bösen überantwortest, kann dich auch niemand dazu zwingen, Artur.«

(24) DER BEGINN DER GROSSEN POLITIK

Die fahle Stute tänzelte auf ihren schlanken Beinen und streckte den Kopf vertrauensvoll dem Mann hinter dem Schlagbaum entgegen, bevor sie sich schließlich über das junge Gras hermachte, das aus Rissen in der Straße spross.

»Gefällt mir, der Klepper!«, erklärte der Posten in der grünen Uniform und tätschelte dem Pferd den Rist. »Wie viel willst du für ihn, Mann? Zwei Gäule brauchst du ja eh nicht.«

Der bärtige Wilde lächelte freundlich von seinem Hengst herab, schüttelte aber den Kopf. »Ich verkauf auch mein Packpferd nicht. Ich kann dich und deine Freunde gern auf etwas sauberes Wasser, Dörrfleisch und Obst einladen. Aber ich verkaufe nichts. Im Übrigen habe ich dir bereits gesagt, dass ich kein Händler bin.«

»Sondern?«

Der Posten wechselte einen raschen Blick mit seinen beiden Untergebenen. Der eine, ein einfacher Soldat, kauerte hinter der schmalen Schießscharte eines Zementbunkers, der andere, ein Sergeant, lümmelte sich im Beiwagen eines Motorrads und hielt eine MP im Anschlag. Ihrem Chef wollte die Gelassenheit dieses Wilden überhaupt nicht gefallen. Und ein Wilder musste er sein, so aufgeraut und rot wie die Haut seines Gesichts war, so kräftig wie seine nackten Füße in den Steigbügeln wirkten. Die schienen ja aus dem Holz einer Mooreiche geschnitzt! An den Seiten beider Pferde baumelte je eine prallvolle Satteltasche, dazu je eine kleinere Extratasche, aber der Mann führte offenbar weder eine Schusswaffe noch eine Armbrust mit sich. Zumindest sah der Posten nirgends eine. Und genau das war es, was ihn irritierte.

»Woher kommst du? Hast du den Anschluss an die Karawane verpasst?«

»Nein, ich bin allein unterwegs«, antwortete der Mann und kraulte das Pferd hinterm Ohr. In diesem Moment blieb dem Posten das Herz stehen: Unter dem Hemdsärmel des Unbekannten blitzte Stahl auf. »Ich komme aus ... einigen wir uns auf die Gegend von Jekaterinburg.«

»Sag mal, willst du uns verhohnepipeln? Wer soll dir denn abkaufen, dass du mutterseelenallein aus dem Ural hierher geritten bist? Oder bist du am Ende vielleicht ein Zauberer?«

»Ganz allein bin ich nicht und ein Zauberer auch nicht ...« Der Wilde lächelte schon wieder, aber diesmal nicht sehr freundlich. »Meine Freunde warten in einiger Entfernung auf mich. Sie wollen nicht so gern nach Moskau, aber ich habe in der Stadt noch etwas zu erledigen. Habe ich deine Frage damit beantwortet, Soldat? Dann sei so gut und lass den Schlagbaum hoch ...«

»Ich bin kein gemeiner Soldat!«, fauchte der Träger der Militäruniform. »Siehst du meine Schulterstücke nicht? Ich bin Hauptmann der Sicherheit. Und jetzt atme da drauf!«, giftete er und reichte dem Wilden ein rosafarbenes Papier.

Das tat er. Das Papier änderte seine Farbe nicht.

»Ist die Krankheit etwa immer noch nicht besiegt?«, erkundigte sich der Fremde lächelnd. »Ich habe gehört, dass der letzte Verseuchte vor zehn Jahren gesteinigt wurde ... Es stimmt, du bist wirklich ein Hauptmann!«, bemerkte er. »Deshalb hör mir jetzt mal gut zu, Hauptmann! Ich hätte euren Posten umgehen können, wenn ich über die Felder geritten wäre, aber allmählich wird es Zeit für mich, nach Moskau zu kommen. Unterwegs bin ich an einem Dutzend Dörfer vorbeigekommen, in denen Menschen leben, und wie du siehst, bin ich immer noch gesund und munter. Ich stehe hier und unterhalte mich mit dir, obwohl ich vor Einbruch der Dunkelheit gern mein Ziel erreicht hätte. Was meinst du nun, Hauptmann? Warum habe ich mich wohl nicht an euch vorbeigeschmuggelt?«

Der Hauptmann schielte abermals zu seinem Untergebenen hinüber und spielte bereits mit dem Gedanken, in der Garnison anzurufen. Der Soldat im Beiwagen, der eine Eisenbahnerjacke und Camouflagehosen trug, richtete seine Waffe dezent auf den Fremden. Mit einem Mal begriff der Hauptmann auch, was ihn irritierte: Die Hunde bellten nicht. Dabei hätten die drei Wolfshunde längst ein ohrenbetäubendes Gekläff anstimmen müssen. Stattdessen hockten sie mucksmäuschenstill in ihrem Schuppen …

»Mir ist völlig egal, was du bisher erlebt hast«, erklärte der Hauptmann und spuckte verächtlich auf den Boden, »aber hier zahlst du. Zahl, dann gebe ich dir eine Plakette, mit der kannst du in unserer Garnison übernachten. Oder hast du nichts, das du mir geben kannst? Dann rufen wir eine Patrouille und übergeben dich dem Major. Er wird überprüfen, wer du bist und woher du kommst.«

Der Hauptmann fasste nach dem Zügel der grasenden Stute. Wenn er einen Zauberer schnappte – und alles deutete darauf hin, dass er gerade dabei war – gehörte die Hälfte der Beute ihm …

»Ich kann zahlen«, erklärte der Wilde ruhig. »Aber ich gebe dir nichts, denn du verdienst es nicht. Solltest du jedoch imstande sein, es dir selbst zu holen, bitte.« Mit diesen Worten knüpfte der Fremde die kleine Extratasche am Sattel auf und förderte eine Handvoll Edelsteine zutage. Dann ließ er sie zurückrieseln und schloss die Tasche wieder.

Der Hauptmann blickte erneut hilflos zurück. Er wollte nicht ohne triftigen Grund den Revolver ziehen und diesen Angeber erschießen. Der Soldat hinter der Schießscharte stieß einen anerkennenden Pfiff aus, denn er verstand ein bisschen was von Steinen. Wenn das keine Fälschungen waren, dann würde man auf dem Markt für die Menge, die dieser verlauste Wilde ihnen da so locker präsentiert hatte, eine ganze Pferdeherde kaufen können. Seit dem letzten Jahr waren Edelsteine wieder gefragt …

»Gut, ich hol mir die Steine!«

Der Hauptmann nickte dem Sergeanten zu. Der nahm den Fremden jetzt ganz offen mit der MP ins Visier. Der Reiter verschränkte jedoch bloß die Arme vor der Brust und tat so, als ginge ihn das Ganze überhaupt nichts an. Nun kroch der Hauptmann unter dem Schlagbaum durch und steckte die Hand in die Tasche mit den Steinen.

Dann überschlugen sich die Ereignisse. Der Soldat im Unterstand kam gar nicht mit Schreien und wildem Gestikulieren hinterher, geschweige denn, dass er Worte fand für das, was hier vorging. Dem Hauptmann floss das Blut in Strömen übers Gesicht, er verlor seine Schirmmütze und starrte auf seine Hand – an der drei Finger fehlten. Danach jaulte er mit dünner Stimme los und spuckte aus, während der Sergeant das Feuer eröffnete. Genauer gesagt, er entsicherte und gab eine Salve in den Boden ab, ließ prompt die Waffe fallen und fasste sich ans linke Auge, aus dem ein Wurfmesser herausragte. Der Soldat im Unterstand verfügte zwar nur über die Armbrust, die war allerdings eine der allerneuesten Art, sodass man drei Pfeile abschießen konnte, ohne nachzuladen. Das tat er auch. Um gleich darauf noch drei Pfeile in Richtung des Wilden zu jagen. Als er wieder aus seiner Schießscharte herauslugte, saß der Bärtige jedoch immer noch auf dem Pferd, während der Hauptmann sich im Staub wälzte und die verstümmelte Hand gegen die Brust presste. Der barfüßige Zauberer hob den Kopf, sah dem Armbrustschützen durch den dunklen Spalt der Schießscharte in die Augen und ließ die sechs zerbrochenen Pfeile fallen.

»Komm her und lass den Schlagbaum hoch!«, verlangte er.

Mit einem Mal spürte der Soldat, dass es in seinem Bauch rumorte und er unbedingt scheißen musste. Vorsichtig stolperte er aus dem Bunker. An der Wand hing ein Telefon. Er könnte also in der Garnison anrufen – ja, er *müsste* das sogar tun –, nur wagte er es nicht, dieser schrecklichen Stimme den Gehorsam zu verweigern. Darüber hinaus hätte er auch die Hunde rauslassen können, dafür bräuchte er bloß den Haken aus dem Eisenring zu kippen. Doch der Mann tat die ersten Schritte aus dem Bunker heraus, sah die Hunde – und wusste, dass er von heute an alles tun würde, was dieser Fremde von ihm verlangte. Die wilden Tiere mit ihren Reißzähnen, jedes größer als ein ausgewachsener Wolf, winselten wie Welpen, zerrten an ihren Ketten und fingen ein paar Brocken Fleisch auf, die dieser Zauberer ihnen zuwarf. Mit vor Angst verzerrtem Gesicht öffnete er den Schlagbaum. In den Händen des Fremden lag noch immer keine Waffe.

»Meine Finger!«, wimmerte der Hauptmann. »Dieses Schwein hat meine Finger abgebissen!«

Sobald der Weg frei war, berührte der Zauberer kurz die grasende Stute. Widerwillig trabte sie dem Hengst nach. Der Armbrustschütze wagte es nicht, den Blick zu heben, über seinen Rücken rann der Schweiß, er spürte, dass nicht mehr viel fehlte, und er würde sich auf der Stelle in die Hose scheißen. Vor seinem Gesicht sah er die nackten, muskulösen Waden voller Narben und Schrammen.

»Willst auch du, dass ich zahle?«, fragte der Wilde, blieb noch einmal stehen und öffnete erneut die Tasche mit den Steinen.

Der Soldat zitterte am ganzen Körper, aber die Neugier siegte. Er spähte hinein, fing an zu schwanken und landete mit dem Hintern im Aprildreck. Aus den funkelnden Edelsteinen ragte ein flacher dreieckiger Kopf mit einer doppelten Reihe nach innen gebogener Zähne im aufgerissenen Maul heraus. Zwischen den Zähnen dieses Monsters wanderte der Ringfinger des Hauptmanns mit dem breiten Eisenring hin und her. Dieses Schmuckstück hinderte den Taschenbewohner offenbar auch daran, die Beute runterzuschlucken.

»Ich lass dich am Leben«, sagte der Fremde, »wenn du mir versprichst, dass du mir niemanden hinterherschickst. Sollte die Jagd auf mich eröffnet werden, komme ich zurück und werfe dich dem kleinen Drachen hier zum Fraß vor, der braucht nämlich viel Fleisch, damit er ordentlich wächst. Du glaubst doch, dass ich zurückkomme?«

Der Soldat nickte und schluchzte hysterisch.

»Und jetzt hör mir zu«, fuhr der Zauberer fort. »Mein kleiner Freund hier heißt Flugs. Seine Spucke stoppt die Blutzirkulation, das ist eine der unangenehmeren Eigenschaften bei Drachen. Dein Hauptmann wird deshalb vermutlich sterben. Wenn du ihm die Hand verbindest, wird er aber aller Wahrscheinlichkeit nach überleben – und dem Major berichten, dass du den Schlagbaum geöffnet und einem Zauberer den Weg nach Moskau geebnet hast. Er ist ein heimtückischer Mensch.«

»Ich ... ich werde ... ihn ganz bestimmt nicht anrühren.«

»Das kannst du halten, wie du willst. Was hat es mit dieser Garnison auf sich? Ist das eine Kommune?«

»Nein ... Wir haben drei ...«, stammelte der Armbrustschütze und brach dann ab, um tief durchzuatmen. »Wir haben drei Kommunen. Die Garnison untersteht aber dem Kreml in Moskau.«

»Ach ja?«, fragte der Wilde lächelnd. »Wie viele Soldaten sind in der Garnison stationiert?«

»Acht..., achtzig.«

»Haben die Kommunen auch Soldaten? Könnten sie die Stadt aus eigener Kraft verteidigen?«

»Das dürfen sie nicht. Auf Befehl des Präsidenten ...«

»Hört, hört, ihr habt also einen Präsidenten! Ich bin drei Jahre nicht in ... Moskau gewesen, Soldat. Wer sorgt in dem Fall denn für euren Unterhalt? Die Kommunen?«

»Nein, das ist auch verboten ...« Der Soldat verschmierte die Tränen übers ganze Gesicht. »Und nicht erst seit drei Jahren ... tut mir leid, Herr, ich will damit nicht sagen, dass du lügst, aber diese Ordnung gibt es schon seit über fünf Jahren. Die Kommunen – hier und in den anderen Vorstädten Moskaus – zahlen einen Zins an den Kreml, von dem kriegen wir Sold und unsere Ration. Die Garnisonen achten darauf, dass der Zins rechtzeitig geleistet wird …«

»Also erste Anzeichen eines aufkeimenden Wirtschaftssystems, noch dazu eines höchst originellen. Mir ist nicht ganz klar, warum es hier eine Garnison gibt, Soldat. Ich sehe nirgends Spuren eines Kampfs. Wer will eure Stadt denn angreifen, Soldat?«

»Niemand …«, antwortete der Armbrustschütze und wagte es endlich, dem Zauberer in die Augen zu blicken. Aus der Nähe wirkte er gar nicht mehr so schrecklich und groß wie bisher. Die langen dunkelblonden Haare waren zu zwei Zöpfen gebunden und in den Ausschnitt eines weiten sackleinenen Umhangs gesteckt. Und dann … Gütiger Gott! Den Armbrustschützen würgte es. Dieser Dämon trug einen Rucksack, der zwei Löcher aufwies – aus denen gelbe Knochen herauslugten.

»Ich liebe Tiere!«, erklärte der Zauberer und warf einen letzten Blick auf den Hauptmann in der Blutlache. »Es will also niemand die Stadt angreifen, ja? Aber das wusste ich, auch ohne dass du es mir sagst. Die Wilden sind schon lange nicht mehr näher als drei Tagesritte an euch herangekommen. Wieso seid ihr dann also hier? Macht es dir Spaß, Leuten, die schwächer sind als du, Geld abzunehmen? Antworte!«

»Töte mich nicht, Herr, ich flehe dich an!«

»Antworte, das ist wichtig! Woher kommst du?«

»Ich komme aus einem Dorf von Waffenschmieden in Tula. Mein Vater hat mich im Jahr des Kalten Aufruhrs zur Garnison geschickt … Mein eigener Vater – dem musste ich doch gehorchen. Außerdem hat er behauptet, es sei eine Ehre, als Soldat der Sicherheit zu dienen. Und es bedeute ein ruhiges Leben. Denn die Sicherheit kämpft nicht gegen die Wilden, uns fürchten ja alle.«

»Was ist das schon wieder? Dieser Kalte Aufruhr.«

»Aber du hast doch gesagt, du bist nur drei Jahre nicht in Moskau gewesen.«

»Zum Teufel mit dir! Wenn du es genau wissen willst, ich komme aus Piter, und Politik interessiert mich nicht. Also antworte!«

»Also … als die Präsidenten vor sieben Jahren die Vorstädte unter sich aufgeteilt haben, haben sie sich darauf geeinigt, dass ihre Leute nur mit kalten Waffen kämpfen …«

»Das wird ja immer schöner! Wie viele Präsidenten habt ihr denn bitte schön?«

»Früher waren es vier, jetzt sind es nur noch zwei. Unsere Garnison untersteht Pap Iwan aus dem Kreml. Dann gibt es noch den Präsidenten der Duma, aber seine Tage sind gezählt … Pap Iwan ist der einzige und wahre Präsident Russlands, denn er allein verfügt über Feuerpilze.« Der Armbrustschütze bemerkte, dass der Boden leicht vibrierte. Er wusste, was das hieß: Der Laster brachte die Ablösung. Zwölf Mann. Der Wilde saß mit gesenktem Kopf im Sattel. Für den Bruchteil einer Sekunde geriet der Soldat in Versuchung, doch dann fielen ihm die sechs Pfeile ein, die dieser Dämon im Flug abgefangen hatte.

»Herr«, sagte er, »die Ablösung kommt. Du solltest besser verschwinden.«

»Das höre ich«, erwiderte der Zauberer und kratzte sich nachdenklich den Bart. »Was hast du gesagt? Pap Iwan hat Feuerpilze?«

»Ja, Herr. Er hat sich mit den Zauberern in Moskau, also mit denen aus Kitaigorod, angefreundet. Gerüchte sagen, dass einer von denen dir nur die Hand zu geben braucht, und du stirbst drei Tage später auf die grausamste Art und Weise. Diese Zauberer haben Pap Iwan einen geheimen Raum gezeigt, in dem der Wächter der Feuerpilze lebt. Niemand weiß, was das eigentlich ist, aber die Zauberer lügen nie …«

»Verstehe«, murmelte der Fremde. »Bisher habe ich nicht geglaubt, was mir meine Freunde immer gesagt haben: Rund um Moskau kriegt man keine Luft zum Atmen. Inzwischen muss ich ihnen aber recht geben … Leb wohl, Soldat, und schließ dich besser einer Kommune an, ehe es zu spät ist. Noch weißt du immerhin, was Ehre und Anstand bedeuten.«

»Danke!« Der Armbrustschütze leckte sich über die trockenen Lippen und sah der kleinen stinkenden Karawane nach. »Danke, dass du mich nicht getötet hast, Herr!«

Der Zauberer hatte ein scharfes Ohr. Er hielt das Pferd an und drehte sich zu dem im Matsch kauernden Mann um. Auf seinem Gesicht lag ein überraschend trauriger Ausdruck.

»Nur wird dich der Tod am Ende doch einholen, Meister. Ziemlich bald sogar, wenn du dir nicht schnellstens einen neuen Beruf suchst.«

»Das mache ich! Ich werde die Garnison verlassen, Herr, ich schwör's!«

»Dann ist ja gut«, erwiderte der Zauberer und trieb den Hengst mit den nackten Fersen an. Neben dem Schlagbaum prangte an einem Pfosten ein Schild, auf dem in schiefen Buchstaben stand: Koroljow. Die Stadt, benannt nach dem Raketenkonstrukteur.

Bis Moskau blieben nur wenige Kilometer.

(25) SCHWERT UND ORDNUNG

Das nächste Mal wurde der einsame Reiter mit den beiden bepackten Pferden erst wieder in Moskau selbst angehalten, an der Zweiten Ringstraße. Ein Sergeant hatte von einem Turm aus beobachtet, wie er nach einem Durchlass in dem dichten Streifen aus Panzersperren Ausschau hielt. Da er keinen gefunden hatte, ritt er nun die Chaussee hinunter und knabberte dabei an einem Hühnchen. Der Sergeant machte seinen Vorgesetzten, einen Leutnant der Sicherheit, auf ihn aufmerksam, der daraufhin das Gesicht des Wilden durch ein starkes Armeefernrohr studierte.

»Nehmen wir uns den vor?«, fragte der Sergeant. »Der hat keine Plakette um den Hals.«

»Stimmt schon. Scheint mir aber bloß einer der Cowboys aus dem Süden zu sein – und der darf auch ohne Plakette hier durch.«

»Was sollte denn den nach Moskau verschlagen haben?«, erwiderte der Sergeant. »Nein, besser, ich schnapp mir Laska und überprüf den Kerl, einverstanden?«

»Tu dir keinen Zwang an!«, willigte der Leutnant ein und widmete sich wieder den Hühneraugen an seinen Füßen.

Als ihm nach einer Minute auffiel, dass es unten verdächtig leise war, linste er vom Turm runter und hätte beinahe die Beißzange fallen lassen. Laska, ein störrisches Tier, lag zufrieden auf dem Boden, die Pfoten von sich gestreckt, das Maul weit aufgerissen. Der Wilde stieg vom Pferd, setzte sich neben den Hund ins Gras und kraulte dem schnurrenden Vierbeiner den fuchsroten wolligen Bauch. Der Sergeant lag ausgestreckt daneben, die Hände im Nacken verschränkt und wagte es nicht, sich auch nur zu rühren. Auf seinem Rücken thronte eine irgendwie monströse Fledermaus und bohrte ihre Krallen in den Hals des Mannes. Die anderen Posten im Turm fingen bei dem Anblick prompt an zu beten.

»Ich würde euch nicht raten zu schießen!«, sagte der Fremde und sah zum Leutnant im Turm hoch. »Mich trefft ihr eh nicht, aber euer Kollege wäre dann ein toter Mann. Der Fleder wird bei Lärm nämlich nervös … Lasst mich also lieber durch.«

»Kein Feuer! Niemand gibt einen Schuss ab!«, schrie der Leutnant, der nicht eine Sekunde daran zweifelte, dass er und seine Untergebenen den Mann selbst mit ihren Gewehren nicht aufhalten würden. »Aber ich lass dich nicht durch! Unter gar keinen Umständen!«

Der Fleder schüttelte das Mausegesicht mit den roten Katzenaugen und stieß ein schrilles Zischen aus. O nein, dachte der Leutnant, für kein Gold der Welt geh ich da runter und öffne das Tor.

»Der Berg will also nicht zum Propheten kommen?«, fragte der Wilde völlig unverständlich – und verschwand.

Etwas funkelte, sodass die sechs Soldaten oben im Turm an der Jaroslawskaja Uliza die Augen zusammenkneifen mussten. Als der Leutnant sie wieder aufschlug, stand dieser Abgesandte der Hölle direkt neben ihm. Der Herr des Vampirs hatte in weniger als drei Sekunden die vertikale Holzwand erklommen. Noch dazu barfuß.

»Verschone mich, großer Zauberer!«, jammerte der Leutnant und ließ sich auf die Knie fallen. »Verschone mich, ich zünde für dich auch ein Dutzend großer Kerzen in der Basilius-Kathedrale an!«

»Auf deine Kerzen kann ich getrost verzichten.« Der Fremde öffnete den Kartentisch und entrollte einen Plan der Hauptstadt auf dem Fußboden. »Zeichne!«

»Und was, Herr?«

»Du als Leutnant solltest doch eigentlich so einiges wissen. Zeichne mir also bitte ein, wo die Grenzen der Kommunen verlaufen. Und dann unterschreibe.«

»Also … den genauen Verlauf der Grenzen kenne ich nicht … Wir haben auch keine Kommunen, hier in der Hauptstadt gibt es nur Garnisonen. Und deren Grenzen darf ich nicht eintragen!«

»Soll ich meinen Freund rufen?«, fauchte der Fremde, packte unvermittelt den kleinen Finger des Leutnants und bog ihn schmerzlich zum Handrücken zurück. »Du weißt doch, wie Fleder jagen, oder?« Die wilden Augen des Mannes bohrten sich dem Leutnant bis ins Hirn. »Vor seinem Schwanz ist niemand sicher. Und ein Tier wie dieses hast du garantiert noch nie erlebt. Der kleine Kerl kommt von der Ostsee. Der schlägt auf dich ein und dreht dann erst mal eine Runde. Ich würde glatt weggehen und dich mit ihm allein lassen. Der Fleder wartet ab, bis deine Beine dir den Dienst versagen. Aber das reicht ihm noch nicht, deine Hände müssen auch unbrauchbar sein. Erst dann macht er sich über dich her. Da er aber ziemlich klein ist, du dagegen recht groß, wird dieses Festmahl eine ganze Weile dauern. Zeichnest du mir jetzt die Grenzen ein, du Dreckskerl?«

Der Leutnant griff nach der Kreide.

»Wie viele Menschen leben zurzeit in der Stadt?«

»Das hat niemand gezählt«, knurrte der Leutnant. »Angeblich leben innerhalb der Ringstraße um die hundertzwanzigtausend.«

»Sag deinen Schreihälsen, dass sie das Tor aufmachen sollen! Du begleitest mich. Sag ihnen, dass ich dich dem Fleder überlasse, wenn irgendjemand uns nachkommt!«

»Nein! Wenn ich meinen Posten verlasse, hängt man mich auf!«

Der Fremde reckte das Kinn vor. Auf dem Dach des Turms gurrten Brieftauben – die eine Sekunde später als kleine weiße

Leichen zu Boden fielen. Der Leutnant schloss die Augen und sprach alle Gebete, an die er sich erinnerte.

»Die Vögel tun mir sehr leid«, erklärte der Fremde. »Ich wollte eigentlich nur ins Institut für Kälte. Ich wäre bereit gewesen, für eine bewaffnete Leibgarde zu zahlen. Stattdessen hat dein Soldat seinen Hund auf mich gehetzt. Diese Stadt ist wirklich eine einzige Enttäuschung. Setz dich auf die Stute und reite voraus! Du zeigst mir den Weg, hier ist die Adresse. Und lass es dir ja nicht einfallen, dich zu *verlaufen*. Spar dir am besten auch jeden Fluchtversuch, denn die Stute hört nur auf mich. Außerdem wohnt in der kleinen Tasche an ihrem Sattel mein Freund, der Fleder. Jedenfalls normalerweise. Heute spendiere ich ihm aber eine andere Unterkunft … Laska gefällt mir übrigens, die nehmen wir mit.«

Als sie am Sportstadion Olympia vorbeikamen, war es schon fast dunkel. Im Stadion loderten Lagerfeuer, irgendwo erklangen Schreie und das Klirren von Waffen. Ein Wettkampf lief. An der Ecke Sucharewskaja Uliza hielt sie die Patrouille der nächsten Garnison an. Der Leutnant zeigte ihr seine Sicherheitsplakette. Vielleicht spielte er sogar mit dem Gedanken, rumzukrakeelen und sich vom Pferd fallen zu lassen – nur trug er einen Rucksack, in dem der Fleder mit den Zähnen klapperte. Und der ließ nur noch einen Gedanken im Kopf des Leutnants zu: den an die giftigen Stacheln am Schwanz dieses Vampirs. Noch dazu baumelte am Pferd des Fremden ebenfalls so eine kleine Tasche. Ob da vielleicht ein zweiter …?

Der Zauberer betrachtete alles um sich herum voller Neugier und stellte etliche dumme Fragen. An der Sretenka mussten sie ziemlich lange warten, bis irgendwelche Cowboys ihr Vieh vorbeigetrieben hatten. Als der Leutnant dem Zauberer mitteilte, diese Herde gehöre nicht der gesamten Garnison, sondern Pap Jakob, dem Chef in Tschistyje Prudy, persönlich, das beweise das quadratische Brandmal, schien das den Mann ungeheuer aufzuregen. Auch dass einige Garnisonen Bordelle unterhielten und die Frauen dort arbeiteten, wenn sie Schulden gemacht hatten, wollte er zunächst nicht glauben.

Die jüngsten Schauplätze von Kämpfen, in denen die Dickschädel aus Kitaigorod den Soldaten aus dem Kreml Widerstand geleistet hatten, mieden sie, indem sie über Hinterhöfe ritten. Um kein Gut der Welt hätte es der Leutnant gewagt, allein in der Dunkelheit durch fremdes Territorium zu streifen, aber der Besitzer des Fleders verlangte mit allem Nachdruck, den kürzesten Weg zu nehmen. Wie der Leutnant stolz berichtete, hatte er persönlich die Rebellen im Iwanowski-Kloster ausgeräuchert. Diese Narren hätten sich geweigert, ihre Brut gegen einen Festpreis an den Präsidenten zu verkaufen, noch dazu mit der Begründung, Jaroslawl und Piter würden mehr für zukünftige Soldaten hinblättern. Deshalb hätte man ihnen eine Lektion erteilen müssen. Jetzt säßen die Anführer im Gefängnis, die größten Hitzköpfe seien gehängt worden, die übrigen arbeiteten ihre Strafe auf den Feldern ab.

»Sie wurden getötet, weil sie für freie Preise eingetreten sind?«, hakte der Zauberer mit finsterer Miene nach.

»Sie waren aufrührerisch, Herr. Aber denen aus Kitaigorod haben wir im Nu gezeigt, wer der Herr im Haus ist. Mit denen vom Kurski-Bahnhof mussten wir uns aber lange rumplagen. Ich will ganz offen sein: Zu ihrem Markt ist über viele Jahre ganz Russland zusammengekommen. Aber Pap Iwan, unser Präsident, ist ein sehr gütiger Mann. Er hat diesem Pack vorgeschlagen, ihren Markt fortan unter seiner Schutzherrschaft hinter der Maly-Kamenny-Brücke abzuhalten. Denn so geht das doch nicht, dass aus dem ganzen Land Tausende von Besuchern kommen – und nicht einer zahlt dem Kreml was. Das haben die Kursker abgelehnt, diese Schwachköpfe! Aber bitte, jetzt haben sie weder einen Markt noch eine Garnison. Jetzt regiert am Kurski-Bahnhof der Präfekt des Präsidenten.«

»Dem Kreml stehen also die meisten Leute zur Verfügung?«

»Hm … Dreitausend Gewehre können wir an einem Tag

schon einsetzen, Herr. Zu uns stoßen nämlich ständig neue Leute von überall her …«

»Das heißt also, Präsident Iwan zwingt die anderen Garnisonen, dem Kreml Waren zu extrem niedrigen Preisen zu verkaufen?«

»Was heißt hier zu *niedrigen Preisen*? Zu *gerechten Preisen*, Herr. Nehmen wir doch nur mal die Fischer. Vor einem Jahr haben sie einen Aufstand geprobt, weil sie ihren Fang für Preise, die sie bestimmten, verkaufen wollten. Aber Pap Iwan ist seinem Volk ein treusorgender Vater. Er hat den Fischern gesagt, dass die Menschen arm sind und für einen Fisch auf keinen Fall mehr als für Schweinefleisch zahlen könnten. Er hat diesen Raffzähnen ein ehrliches Angebot gemacht, indem er ihnen vorgeschlagen hat, der Kreml würde ihnen den ganzen Fang für einen guten Preis abnehmen. Das haben die aber kategorisch abgelehnt. Daraufhin musste er natürlich hart durchgreifen. Nachdem sie sich hundert Jahre lang auf unsere Kosten bereichert haben, haben wir ihnen endlich gezeigt, wer hier das Sagen hat.«

»Was heißt?«

»Das heißt, dass heute überall Ordnung herrscht. Wir haben vier Kähne zusammen mit den Anführern versenkt. Seitdem verkaufen die Fischer den Fang ausschließlich an den Kreml.«

»Und? Gibt es heute noch genauso viel Fisch in Moskau wie vor dem Aufstand?«

»Tja, ein paar Monate lang gab es sogar überhaupt keinen. Die Fischer sind nicht mal mehr zum Markt gekommen, genau wie die Cowboys. Aber dann haben wir den Verrätern die Garnisonen auf den Hals gehetzt. Seitdem läuft alles wie geschmiert. Der eine oder andere musste natürlich gehängt werden, anders geht so was ja nicht … Meine Einheit hat eine ganze Bande von Fischern unterworfen. Vier Tage lang mussten wir diese Teufel in ihren Erdhütten ausräuchern, dann haben sie sich endlich ergeben. Der Oberst hat mir einen wertvollen Ring geschenkt, außerdem durfte ich mir zwei Weiber nehmen. Zu schade, dass keine der beiden Kinder kriegen konnte …«

»Was ist aus ihnen geworden? Lebt ihr jetzt alle zusammen?«

»Weshalb sollten wir? Nein, ich habe sie ins Bordell gegeben. Eine ist dann leider während der Schwarzen Pest gestorben, aber die zweite bringt mir bis heute gutes Geld. Sie ist schön und gesund. Wenn der Herr möchte …«

Allmählich beruhigte sich der Leutnant wieder, denn der Fremde legte keine offene Feindseligkeit an den Tag. Vielleicht kann ich ihn ja irgendwie günstig stimmen, überlegte der Mann. Wenn ich ihm ein paar silberne Armreifen gebe oder ein Mädel aus dem Bordell spendiere … Übertreiben darf ich es aber nicht – sonst will er mich am Ende noch als Lehrling. Das könnte ich natürlich nicht ablehnen, sonst würde mich seine Fledermaus bei lebendigem Leib verschmausen! Heiliger Basilius, womit habe ich bloß diese Strafe verdient?

»Wir sind da!«, sagte der Leutnant irgendwann und zeigte auf einen dunklen Granitbau, der hinter Gestrüpp verborgen lag. »Wenn du erlaubst, Herr, zünde ich eine Lampe an. An der Wand müssten Zahlen stehen … also, die Hausnummer, meine ich.«

»Nein!«, sagte der Zauberer und saß ab. »Kein Licht. Gib mir den Rucksack und verschwinde!«

»Was soll das heißen? Verschwinde? Lässt du mich etwa laufen?«, stieß er aus und reichte dem Zauberer mit spitzen Fingern den Sack, in dem die Fledermaus hockte.

Erst jetzt begriff er, dass ihm ein Fußmarsch durch die ganze Stadt bevorstand. Und er anschließend seinem Hauptmann erklären musste, warum er noch am Leben war.

»Lass mich bei dir bleiben, Herr«, hörte er sich deshalb zu seiner eigenen Überraschung sagen.

»Du hast doch nicht etwa Angst im Dunkeln?«, fragte der

Zauberer, der den Fleder bereits aus dem Rucksack befreit hatte. Während das Tier in der Dunkelheit verschwand, kämpfte sich der Mann, den Rucksack geschultert, entschlossenen Schritts durch das Gestrüpp zum Eingang des Gebäudes vor. »Obwohl, recht bedacht … Wie heißt du, Leutnant?«

»Andrej Ordnung.«

»Wie?!« Der Zauberer brach in schallendes Gelächter aus und schlug sich derart ungezwungen auf die Schenkel, dass Andrej zwangsläufig grinsen musste. »Wenn das kein Zeichen ist!«, rief er aus, was der Leutnant allerdings nicht so recht verstand.

»Darf ich vielleicht auch deinen Namen erfahren, Herr?«

Der Leutnant hätte zwar am liebsten sein Messer aus dem Stiefelschaft gezogen – er tat nie einen Schritt ohne diese Waffe –, wagte es bei diesem Gegenüber aber nicht. Der Zauberer stieß bereits die Tür auf. Laska steckte den Kopf in die Finsternis und bellte kurz.

»Ich bin Artur Schwert. Und jetzt zünd mal eine Lampe an.«

»Was suchst du hier, Herr? Die Häuser in diesen Straßen wurden schon alle überprüft, hier ist niemand.«

»Halt den Mund! Leuchte mal hierher!«, verlangte er, nachdem er die ersten Stufen der Kellertreppe hinter sich gebracht hatte.

»Ich trau mich da aber nicht runter, Herr. Die Treppe ist uralt. Außerdem … außerdem prangt da ein Stern. Das heißt, dass auch unten alles sauber ist! Dann habe ich auch nur eine Flasche Öl, Herr! Und nicht mal Laska will da runter!«

Die Hündin drehte sich vor der Treppe um sich selbst, fletschte die Zähne und knurrte. Irgendwas musste sie gewittert haben, dort unten, in der stockdunklen Finsternis, aus der ein Geruch von Mäusen und verfaultem Holz heraufkroch.

»Hat man so was schon erlebt!«, stöhnte Artur und drehte sich ungeduldig zu Andrej um. »Du bist bei der Sicherheit und einen Kopf größer als ich, führst dich aber nicht auf wie ein

Herr Ordnung, sondern ganz im Gegenteil. Entweder hältst du jetzt also den Mund oder du wartest da oben auf mich.«

»Alles, nur das nicht. Aber warum müssen wir da eigentlich runter?! Ich kenne die Leute, die dieses Viertel überprüft haben. Mein ehemaliger Hauptmann …«

Andrej zündete die Lampe an und humpelte Artur unter ständigem Gestöhne hinterher. Auch Laska folgte ihm knurrend. Die Stufen waren gesprungen und nach unten abgesackt, weshalb er in einer schmalen knarzenden Spur bleiben musste. Das Geländer war derart verbogen, dass es wie ein Kragen aus gusseiserner Spitze aussah. In dem trüben Licht der Öllampe liefen Asseln und Schnecken über die feuchten Wände. Die Treppe endete neben einem quadratischen Schacht. Als Andrej in ihn hineinleuchtete, erspähte er am Boden die Überreste eines menschlichen Skeletts. Irgendjemand war hier offenbar in die Tiefe gestürzt worden … Wir hätten auf keinen Fall nachts in diesen Keller runterstiefeln sollen, jammerte der Leutnant insgeheim. Außerdem fürchtet sich Laska nie ohne Grund. Und sollten die Ratten vom Schießplatz hier aufgetaucht sein, ist das unser Ende …

»Wir sind da«, sagte Kowal und fuhr mit der Hand über die blinde Betonwand. »Leuchte mir!«

Teleschew kann sich nicht geirrt haben, überlegte er, als er auf die Seite mit der Skizze starrte, die er aus dem Heft gerissen hatte. Irgendwo hier muss sich ein Hebelschalter befinden. Und tatsächlich! Kurz darauf entdeckte er den Schalter, aber selbstverständlich gab es schon seit Jahrzehnten keinen Strom mehr. Er bräuchte Granaten, genauer gesagt, ihm könnte jetzt nur eine gezielte Explosion helfen.

»Sag mal, Herr Ordnung, möchtest du nicht einmal im Leben einer wirklich großen Sache dienen?«, fragte Kowal mit möglichst feierlicher Stimme. »Dann hör endlich auf, dich ständig so ängstlich umzusehen. Das sind bloß Ratten.«

»Das möchte ich schon, Herr. Einer großen Sache dienen,

meine ich. Aber das sind keine Ratten. Das heißt, es sind Ratten mit noch was anderem gekreuzt. Selbst Laska hat vor diesen Viechern Angst …«

Der große Hund presste sich in der Tat eng an die beiden Männer, fast wie ein hilfloser Welpe. Kowal entspannte sich und lenkte seine ganze Energie in seine Augen. Zwanzig Meter hinter der Treppe drückten sich drei Lebewesen herum, die aber keine echte Gefahr darstellten. Er orientierte sich weiter: Zwei breite Flure wurden von zwei schmaleren Gängen geschnitten. Die meisten Räume standen unter Wasser, waren aber völlig leer. In ihnen lauerte kein größeres Tier auf sie. Weiter hinten war der Keller eingestürzt, auch dort glitzerten Pfützen. Anscheinend sackte das Betonfundament des Gebäudes erst seit Kurzem allmählich in den Boden ab. Hinter sich spürte Artur jedoch eine Titankonstruktion. Garantiert ist das die Seismoschleuse, dachte er. Nur gibt es nirgends einen Eingang …

Aus einem der Seitengänge pirschte sich etwas an sie heran, das ziemlich gefährlich sein musste. Jedenfalls deutete das gesträubte Nackenfell Laskas darauf hin. Am Ende waren es nur Ratten, allerdings riesige, fast so groß wie Foxterrier.

»Sind die Viecher aggressiv?«, wollte Artur von Andrej wissen.

Dem Leutnant schauderte bei den Worten. Vor Artur Schwert hatte er kaum noch Angst – dafür erfasste ihn jetzt echte Panik, denn er sah den Mann nicht mehr, dazu war der zu weit vorausgegangen. Innerlich bereitete er sich schon auf seinen Tod vor.

Da die Lampe eh so rußte, dass sie kaum Licht spendete, nahm Kowal die Tiere mit geschlossenen Augen wahr: Zwei der geschwänzten Biester bewegten sich schnuppernd an der Wand entlang, zwei andere waren verschwunden. Mit einem Mal kam ihm eine blendende Idee. Er machte einen Schritt zur Seite und landete mit dem rechten Fuß in einer Pfütze. Endlich! Er spürte Erdboden unter sich! Sofort schnellte seine Konzentration hoch, hämmerte sein Herz wild, verengten sich seine Adern. Dafür hörte er jetzt aber den Hund in der Nähe, die

Pferde oben vorm Haus und sämtliche Ratten im Gebäude. Mindestens acht dieser Kellerbewohner trieben sich hier unten rum. Und keiner von ihnen unterwarf sich seinem Willen. Wie die Bienen. Oder andere Vertreter eines kollektiven Verstands. Solchen Biestern hatte ein Städter nichts entgegenzusetzen, da konnte er hundertmal ein Dämon sein.

»Wenn es schwarze Ratten sind, Herr, dann sind sie nicht gefährlich. Aber wenn sie rot sind, dann kommen sie vom südlichen Schießplatz. Das wäre unser Ende … Ich habe schon mit eigenen Augen gesehen, wie eine dieser Ratten einen Menschen gefressen hat, obwohl sie keinen Hinterkörper mehr hatte …«

»Geh hinter mir in Deckung und halt den Mund!«

Kowal klemmte sich vier Messer zwischen die Zähne und öffnete mit größter Vorsicht ein kleines Fläschchen, das er einem Beutel an seinem Gürtel entnahm. Nacheinander tauchte er jedes einzelne Messer in das Gift.

Er hatte dreißig Klingen – und brauchte dreizehn. »Schlecht«, hätte Berder ganz sicher gemeckert, »nicht jeder Wurf ein Treffer.« Innerlich verteidigte sich Artur damit, dass er in die absolute Finsternis hineinwerfen musste.

»Das war's«, teilte er Andrej mit, während er sein rasendes Herz beruhigte. Er würde jetzt bald Glukose brauchen. »Hast du noch Lampenöl?«

»Kaum, Herr. Und der Lappen ist auch fast runtergebrannt … Nimm mich zum Schüler, großer Zauberer! Wie hast du das geschafft?! Ich wäre beinahe vor Angst gestorben!«

»Ich bin kein Zauberer. Nimm ein Messer und schneide etwas vom Fell des Hundes ab! Wir brauchen eine Fackel. Dann sammle die dreizehn Messer ein. Zieh dir dafür Handschuhe an und berühr auf gar keinen Fall die Klinge, bevor du sie einmal durchs Feuer gezogen hast. Ein winziger Tropfen reicht, und du bist ein toter Mann. Ich höre gar keine Begeisterung, Herr Ordnung? Keine sehr angemessene Haltung für einen Schüler.«

Als auf den gesprungenen, mit weißen Pilzen bewachsenen

Fußbodenkacheln ein stinkendes kleines Feuer blakte, sah Kowal seine Gegner. Die Nager hatten unter den Experimenten der Menschen noch mehr zu leiden gehabt als die Petersburger Bullterrier. Es waren Kreaturen mit dunkelrotem, leicht räudigem Fell, einem nackten Schwanz und einem verfilzten Buckel. Das Sprunggelenk an den Hinterpfoten war um hundertachtzig Grad gedreht, abgesehen davon waren die hinteren Extremitäten doppelt so lang wie die vorderen, fast wie bei einem Känguru. Die blinden Augen hätten einem Maulwurf alle Ehre gemacht. Der Unterkiefer ragte vor und legte die Zähne bloß, die wiederum eher zu einem Dobermann gepasst hätten. Laska winselte leise in Arturs Rücken.

»Sie gehen nie ans Tageslicht, Herr. Es heißt, dass sie zufällig entstanden sind, auf dem Schießplatz, wo die Granaten herkommen. Dort gibt es Bunker und verfaultes Wasser. Dieses Wasser verändert alles. Mücken werden so groß wie Spatzen. Trotzdem fressen die Ratten sie. Wir jagen sie und fackeln sie ab, aber immer nur tagsüber. Nachts fallen sie dann unser Vieh an. Eine Ratte kann eine ganze Schweineherde erledigen, ohne jede Mühe, fast wie ein Wolf …«

»Ja, ja, schon gut. Und jetzt lass uns wieder hochgehen!«, befahl Kowal. Ihm war gerade ein möglicher Ausweg eingefallen. Bei dem er, mit etwas Glück, auf Granaten verzichten konnte. »Wir müssen im Erdgeschoss genau die Stelle über dieser hier finden.«

Sie gelangten schnell an ihr Ziel. Dem Leutnant fiel ein Stein vom Herzen, denn das Erdgeschoss wurde vom Mondlicht durchflutet, sodass hier nicht mit Ratten zu rechnen war. Kowal schnürte den Rucksack auf und reichte Andrej eine Axt.

»Schlag den Boden ein, Kumpel«, verlangte er. »Na los, fang schon an, das ganze Zeug muss weg!«

Der Leutnant zog die Jacke aus und machte sich an die Arbeit. Die beiden brauchten zwei Stunden, bis sie die Dielen abgetragen sowie den Mulm herausgenommen hatten und endlich auf das parallel zum Boden verlaufende Lüftungsrohr stießen.

»Hack das Rohr durch!«, verlangte Artur.

Kaum hatte Andrej das erledigt, kroch er in das Loch und hackte mehr oder weniger blind zwei weitere Metallplatten sowie einige Filternetze durch. Sobald die Öffnung groß genug war, ließ Kowal eine Schnur mit einem brennenden Ende in die Tiefe hinab. Prompt sah er in ihrem Licht den Rand einer Anabiose-Kapsel. Laska steckte die Nase in das Loch, erschnüffelte aber nichts, was ihren Verdacht erregt hätte. Andrej saß auf dem Boden und schnaufte wie ein geschundenes Pferd, den Blick auf das gerichtet, was von der Axt übrig war. Nur gut, dass ich diesen Kraftbolzen mitgenommen habe, frohlockte Kowal. Wenn ich meine Kollegen allein hinaufbefördern müsste, würde ich das nie schaffen.

Sie zimmerten aus den Dielen eine Art Leiter zusammen. Die Deckenhöhe im Keller lag bei über dreieinhalb Metern. Dann warfen sie noch ein paar Bretter durch das Loch, damit Artur ein Feuer entzünden konnte. Er kletterte hinunter. Mit ausgetrocknetem Hals trat er, eine Fackel in der Hand, an die erste Kapsel heran. Jetzt würde endlich das passieren, wovon er seit drei Jahren träumte. Es kam schon einem Wunder gleich, dass er überhaupt in dieses Institut gelangt war, bei all den Hindernissen, die er hatte bewältigen müssen. Ein noch größeres Wunder wäre es jedoch, wenn von den fünf Moskauern noch jemand am Leben wäre …

Durch die Scheibe der ersten Kapsel blickte er auf eine Mumie mit gefletschten Zähnen. Andrej, der ihn von oben beobachtete, stieß einen unterdrückten Schrei aus und murmelte ein Gebet. Ohne Frage glaubte er, dass er an einem teuflischen Ritus teilnähme, noch dazu in einem Spukkeller, aus dem er nie wieder lebend herauskäme.

»Das sind ganz normale Menschen!«, beruhigte ihn Artur in möglichst sanftem Ton. »Sie sind vor dem Großen Tod eingeschlafen.«

Er ging zur zweiten und dritten Kapsel, doch auch hier das

gleiche Bild. Besser gesagt: Das waren nicht einmal mehr Mumien, sondern nur noch matschige Haufen. Anscheinend war die Temperatur des Reaktanten zu rasch angestiegen. Am liebsten hätte Artur vor Verzweiflung laut aufgeschrien. Die nächsten beiden Kapseln waren leer, die dritte brachte einen weiteren Toten. Herr Ordnung betete noch immer, offenbar fest davon überzeugt, der Herr Zauberer würde die Skelette auf der Stelle wiederbeleben, diese dann aus ihren Kapseln herauskriechen und ihn fest in ihre knochigen Arme schließen.

Mit einem Mal erspähte Kowal einen schwachen Lichtschein. Nur winzige blaue Punkte am Kopfende der beiden letzten Kapseln. Da steckt sicher dieser Akku dahinter, von dem Teleschew geschrieben hat, dachte er. Die aufflammende Hoffnung ließ ihn kurz erstarren, dann wischte er die Scheiben ab. Ein Mann und eine Frau. Beide unverwest, auch wenn ihre Gesichter wegen der Beatmungsgeräte kaum zu erkennen waren. Auf ihren Stirnen schimmerte eine einen Zentimeter breite Schicht des Reaktanten wie gefrorener Glimmer. Artur beugte sich über das Pult, aber kein Instrument gab noch irgendein Signal von sich. Der einzige Beweis dafür, dass die Kapseln funktionierten, war dieses fahle Licht.

Ich habe keine andere Wahl, redete sich Kowal zu – und betätigte zwei Schalter zum Öffnen. Sofort leuchtete im Inneren der Kapseln Licht auf. Über die Scheiben liefen grüne Zahlen im Countdown. Genau wie damals bei ihm, vor nunmehr drei Jahren. Das Reanimationsprogramm hatte gestartet.

»Das dauert jetzt drei Stunden«, rief Artur hoch zu Andrej, während er es sich auf dem Rucksack bequem machte. »Hau dich also ruhig noch aufs Ohr.«

Durch das Loch in der Decke fiel trübes Mondlicht, und Laska schob den Kopf hindurch, um nach ihrem neuen Herrn Ausschau zu halten.

»Hier kann ich ganz bestimmt nicht schlafen, dazu ist es viel zu kalt!« Andrej klapperte mit den Zähnen. Er schürte in einem fort das Feuer, japste dann aber stets im Rauch nach Luft. »Bist du in die Hauptstadt gekommen, um diese mächtigen Zauberer wiederzubeleben, Herr?«

Artur ließ sich so viel Zeit mit seiner Antwort, dass Andrej schon meinte, der Mann sei eingeschlafen.

»Nein, ich bin nicht nur ihretwegen hier«, drang irgendwann aber doch die Stimme dieses Fremden hoch zu Andrej. »Meine Freunde, die weit weg von hier leben, haben mich gebeten herauszufinden, wie die Dinge bei euch in Moskau stehen ...« Der Zauberer seufzte. »Sie glauben, in Moskau herrsche Anarchie und dass hier viele Menschen leiden würden.«

»Da irren sie sich aber gewaltig!«, verteidigte Andrej sein Moskau. »Du hast doch selbst gesehen, dass bei uns Zucht und Ordnung herrschen. Wenn du noch etwas bleibst, zeige ich dir die Hauptstadt auch gern bei Tag. Mit meiner Plakette ...« Er zog an der Kette um seinen Hals. »... kommen wir überall durch, die ist nämlich von der Sicherheit.«

»Ich habe auf einer Brücke Galgen gesehen. Da sind mindestens zwanzig Mann gehängt worden.«

»Ach die! Das waren Rebellen aus Ljuberezy, die haben erklärt, dass sie direkt mit Jaroslawl handeln wollten. Die wollten uns also keinen Zins zahlen!«

»Und die Menschen aus Jaroslawl? Haben die sich auch dem Kreml unterworfen?«

»Bisher noch nicht, Herr. Aber lange wird das nicht mehr dauern. Es machen schon allerlei Gerüchte die Runde.« Andrej senkte verschwörerisch die Stimme. »Angeblich werden wir bald zu denen hingeschickt. Diese Jaroslawler sind so was von dreist!«

»Ich habe gehört, dass Pap Iwan Feuerpilze hat«, meinte Kowal beiläufig.

»Mein Herr, darüber darf man nicht sprechen, aber ...« Andrej rückte näher ans Loch heran, fast als glaube er, ihn könne jemand belauschen. »Unser weiser Präsident, mögen seine Tage voller Frieden sein, hat ein Bündnis mit den Zauberern vom

Schießplatz geschlossen, dass sie uns Pulver und Granaten liefern. Außerhalb der Stadt gibt es große Keller, allerdings wissen wir nicht, wo genau. Und in denen stehen Wagen, die man wieder zum Laufen bringen kann. Auf diesen Wagen liegen Eisenrohre mit schlafenden Feuerpilzen. Die kann man mit einem geheimen Zauber wecken …«

Mit einem Mal schmerzten Kowals Schläfen. Das ist ja echt abgedreht, schoss es ihm durch den Kopf. Sollte der gute Herr Ordnung tatsächlich von Kurzstreckenraketen sprechen? Aber warum eigentlich nicht? Er stellte sich eine Armada von Lastern vor, die in einem Hangar standen, dick mit Öl eingeschmiert, die Sprengköpfe abgedeckt. Und diese Geheimräume? Waren das die einstigen Kommandozentralen, in denen die Codes für den Abschuss aufbewahrt wurden? Oder waren für diese Raketen gar keine Codes nötig?

»Weißt du was, Herr? Am Anfang hatte ich Angst, dass du zu Denjenigen gehörst, die die Erde zum Wippen bringen … Schließlich wissen alle, dass sie sich jedes Tier unterwerfen können und allein mit ihrem Blick töten. Ich hatte solche Angst, Herr, denn ich habe gesehen, dass du mit einem Messer kämpfst. Da dachte ich wirklich, an der Legende vom Erwachten Dämon sei doch was dran …«

»Was hast du da gerade gesagt?!«

»Ach, das ist bloß ein Märchen! Trotzdem glauben manche Leute es. Der Obergeistliche der Basilius-Kathedrale erwähnt es öfter beim Gottesdienst. Er ist zwar auch ein Zauberer, aber ein guter Mensch, genau wie du, Herr. Er hat auch davon gesprochen, wie mit Blut etwas vorausgesagt wird. Als die schrecklichen Zauberer aus dem Osten, die unser Vieh mit Geschwüren belegt hatten, gefangen und gefoltert wurden, haben sie nämlich selbst zugegeben, dass sie aus Blut weissagen können. Eine ihrer Prophezeiungen lautet, dass ein Wipper mit dem Namen Erwachter Dämon nach Moskau kommt, der großes Leid und Tod bringt … Das ist natürlich dumm, das weiß ich auch, Herr.

Die fiesen Zauberer versprechen einem ja immer Tod und Untergang, wenn sie gefoltert werden. Aber das sind schlechte Menschen, du dagegen …«

»Halt den Mund!«, herrschte Kowal ihn an, der sich erneut vorkam, als ob er in der Falle säße. »Das, was du mir erzählt hast, war sehr interessant. Es könnte mich sogar veranlassen, ein paar Tage länger hierzubleiben.«

»Wie mich das freut, Herr!« Andrej malte sich bereits aus, wie er diesen Mann zu seinem Hauptmann brachte. Oder nein, besser gleich zum Oberst. »Wenn du willst, Herr, kann man dich sogar dem Präsidenten vorstellen. Mit deinen wunderbaren Fähigkeiten wirst du hier bald zu Reichtum gelangen. Außerdem kannst du dich dann mit eigenen Augen davon überzeugen, dass deine Freunde sich getäuscht haben: Hier in der Hauptstadt herrschen Zucht und Ordnung.«

»Genau das ist es, was mich so erschreckt!«, erwiderte der Zauberer kaum hörbar.

(26) PARIS! PARIS! EIN WUNSCHTRAUM ...

Das Aufwachen verlief völlig problemlos. Die letzten Minuten hatte Artur damit zugebracht, wie gebannt zu verfolgen, was sich in den Kapseln abspielte. Sobald eine Leuchtanzeige verkündete, der Prozess sei erfolgreich beendet worden, wartete er nicht, bis die beiden aufwachten, sondern öffnete die Kapseln manuell. Zunächst die der Frau. Kaum schlug sie die Augen auf, wollte sie schreien, presste sich gegen die Wand der Kapsel und sah Kowal mit einem Ausdruck irren Entsetzens an. Sie vergaß sogar, die Elektroden von ihrem Kopf zu lösen. Der Mann in der anderen Kapsel legte ein gelasseneres Benehmen an den Tag, obwohl auch er einen gewaltigen Schrecken davongetragen hatte. Trotzdem war Artur fest davon überzeugt, dass beide nicht mehr ganz richtig tickten, sodass er keine Verbündeten an seiner Seite hatte, sondern zwei sabbernde Idioten. Er öffnete seinen Rucksack und warf ihnen Kleidung zu. Die Frau keifte los, da sie sich durch diese Geste ihrer Nacktheit erst bewusst wurde. Kowal hatte nicht mal mitbekommen, ob sie schön war. Dann versetzte er sich an die Stelle der aufgewachten Menschen, zog sich daraufhin in den Schatten zurück und redete beruhigend auf sie ein.

Nach einer Weile schlüpfte der Mann tatsächlich in die Hosen und stellte sich ihm vor.

»Sergej Drobitschenko. Und das ist meine Frau Ludmila.«

Diese klapperte mit den Zähnen. Da erst kam Kowal, der auf Nebensächlichkeiten wie Kälte längst nicht mehr achtete, allmählich auf den Gedanken, dass seine beiden Schützlinge in kürzester Zeit erfrieren würden. Er rief den Herrn Ordnung herunter. Dieser fiel sofort vor ihm auf die Knie und bat die großen Zauberer, sein Leben zu schonen. Seltsamerweise brachte Andrejs Erscheinung das Ehepaar Drobitschenko zur Vernunft. Irgendwie schafften es dann alle vier, über die improvisierte Leiter nach oben zu klettern, wo sie zu Andrejs Freude endlich ein ordentliches Feuer anzündeten.

Als Sergej das Institut näher unter die Lupe nahm, klappte ihm der Unterkiefer runter. Kowal schickte Laska zu Ludmila. Die Frau umarmte die Hündin und starrte ins Feuer. Ihr Zustand bereitete Artur echt Kopfschmerzen; besser wäre es gewesen, sie hätte hysterisch geheult.

Die Funken sprühten hoch zur Decke und entrissen der Dunkelheit umgekippte Regale und zertrümmerte Geräte. Gesträuch klopfte gegen die eingeschlagenen Fenster, der schneidende Nachtwind fegte in Böen herein.

»Ich fasse es nicht!«, sagte Drobitschenko, als er von einer kurzen Exkursion durchs Erdgeschoss zurückkehrte. »Vor dem Fenster stehen zwei Pferde!«

»Das sind meine«, erklärte Artur. »Wollen Sie vielleicht etwas essen?«

Er holte seine Vorräte aus dem Rucksack, denn er erinnerte sich nur zu gut, wie sein Magen in den ersten Stunden nach dem Aufwachen geknurrt hatte. Sobald er sich davon überzeugt hatte, dass Ludmila imstande war, ohne Hilfe zu essen, hielt er Sergej Teleschews Aufzeichnungen hin. Nachdem Drobitschenko sie gelesen hatte, saß er eine Weile schweigend da und kaute auf den Lippen, als wäre er ein schlechter Schüler, der an der Tafel stünde und die Antwort nicht wusste. Bei diesem hageren Glatzkopf mit abstehenden Ohren sah das ziemlich komisch aus. Ludmila band sich irgendeinen Lappen um den Kopf, um den rasierten Schädel zu verbergen. Kowal hielt das für ein ausgesprochen gutes Zeichen: Wenn einer Frau wieder einfiel, dass ein Mann in ihrer Gesellschaft war, befand sie sich auf dem Weg der Besserung …

»Das heißt also, Rakitski hat ohne unser Einverständnis eine

Umprogrammierung vorgenommen?«, fragte Drobitschenko nun. »Was bildet sich dieser Kerl eigentlich ein?«

»Hätte er das nicht getan, wären Sie jetzt tot«, sagte Artur kalt.

»Was ist mit den anderen? In dem Bericht heißt es, dass …«

»Niemand sonst hat überlebt. Die anderen Kapseln haben versagt. Sind Sie jetzt imstande, mir zuzuhören? Luda, ich rede mit Ihnen!«

Die Frau nickte. Sobald ihr Blick auf Kowals Aufmachung und seine nackten schwarzen Füße fiel, erschauderte sie auch jetzt noch, aber langsam gewann sie die Beherrschung über sich zurück. Artur durchzuckte abermals ein unschöner Verdacht: Es gefiel ihm nämlich überhaupt nicht, wenn Menschen ihm nicht in die Augen sahen.

Er redete weiter. Da die Drobitschenkos Englisch sprachen, konnte Kowal ihnen offen erklären, wer sein Begleiter war und warum sie sich in seiner Gegenwart nicht allzu ungezwungen geben sollten. Dann schickte er den Leutnant weg, damit er am Eingang Posten stand, obwohl das eigentlich nicht nötig war. Über die Wipper verlor er kein Wort, schilderte aber in groben Umrissen die Situation in Moskau und Umgebung. Die Drobitschenkos schwiegen lange, um diese Nachrichten zu verdauen. Erst jetzt dämmerte Artur, dass die beiden Wissenschaftler ihm ja nicht unbedingt glauben, geschweige denn, ihn nach Piter begleiten mussten. Bisher hatte er nie Zweifel daran gehegt, dass sie es tun würden, aber nun ließ er sich die Frage noch mal ernsthaft durch den Kopf gehen. Neben ihm saßen erwachsene, selbstständige Menschen, die momentan ohne Frage der Pflege und Unterstützung bedurften – die seine Hilfe aber auch schlankweg ablehnen konnten.

»Es gibt also wieder Sklavenhandel?«, hakte Sergej nach, den Blick auf den Boden gerichtet.

»So muss man es wohl nennen, ja.«

»Und hier regiert eine faschistische Bande?«

»Eher eine Art Mafia. Zumindest halten sich die Leute im

Kreml noch an gewisse Regeln. Außerdem kontrollieren sie noch nicht mal das gesamte Moskauer Umland. Aber sie schielen bereits nach dem ganzen Land. Ein Bekannter von mir hat das einmal so ausgedrückt, dass die Menschen zu ihrem natürlichen Ursprung zurückkehren.«

»Verstehe.« Drobitschenko biss in ein gebratenes Hühnerbein. »Wie sieht es im Ausland aus?«

»Nicht viel anders. Vor allem, was die Zeugungsfähigkeit angeht. In den letzten zwanzig Jahren hat man ein Handelssystem aufgebaut. Über Moskau kann ich in diesem Zusammenhang nicht viel sagen, aber von Petersburg aus ziehen Karawanen nach Finnland, Polen, Litauen und Schweden. Im Übrigen sind die Grenzen jetzt nur noch ... Makulatur.«

»Was schlagen Sie uns vor? Petersburg scheint mir, nach allem, was Sie bisher ausgeführt haben, keine Alternative. Was hat denn Ihr Herr Rubens, das der neue Präsident Moskaus nicht hat? Nein ... vielleicht sollten wir besser emigrieren?«

»Genau das wollte ich Ihnen vorschlagen. Lassen Sie uns zusammen nach Bern oder Paris gehen. Vielleicht können wir dort weitere Kollegen wecken und ...«

»Sie haben doch gerade selbst gesagt, dass es keine Züge oder Flugzeuge mehr gibt!«, fiel ihm Luda wütend ins Wort. »Sollen wir etwa zu Fuß nach Paris?! Das können Sie gleich vergessen!«

»Aber du wolltest doch immer nach Paris!«, sagte ihr Gatte.

»Der Traum ist nun ja wohl geplatzt!«, giftete Luda. »Das ist mal wieder typisch für dich, Serge. Du würdest glattweg aufbrechen, ohne vorher irgendjemanden zu konsultieren.«

»Also ...«, wandte sich Sergej an Kowal, »... wir sind Ihnen natürlich sehr dankbar, aber wir würden gern mit einem Vertreter der Regierung sprechen ...«

»Der Regierung?!«, presste Artur fassungslos heraus. Zum Teufel aber auch mit diesen beiden. Die Drobitschenkos und er, sie sprachen ganz offenbar nicht dieselbe Sprache. Oder sollte er in den letzten drei Jahren doch vergessen haben, wie sich *zivilisierte* Menschen verhielten? »Es gibt mehr als zwanzig Garnisonen hier in der Hauptstadt, Sie können sich jeder von ihnen gern anschließen. Dann sind da noch fünfzig kleine Banden, vielleicht reizen die Sie ja eher …«

»Ich verbitte mir diesen Ton! Sehen wir etwa aus wie jemand, der sich einer *Bande* anschließen würde?«

»Irgendjemandem werden Sie sich anschließen *müssen*«, erwiderte Artur. »Aber hier in Moskau rechne ich mit einem endlosen Krieg um Einflusssphären. Pap Iwan wird früher oder später garantiert hinterrücks gemeuchelt werden. Wie jeder Tyrann. Möglicherweise kommt es also sogar zu einem allgemeinen Aufstand.«

»Macht dieser Pap Iwan seinem Namen eigentlich Ehre? Oder schmückt er sich nur mit den Lorbeeren von Iwan dem Schrecklichen?«

Artur sah zum Fenster hinaus. Über der Hauptstadt dämmerte der Morgen herauf. Vor dem Institut fingen Hunderte von Vögeln in ihrer Freude über den ersten warmen Tag an, wild herumzuschwirren.

»Ganz so schlimm ist er nicht … Das Problem ist eher, dass die Gesellschaft um tausend Jahre zurückgeworfen wurde.«

»Muss ich das so verstehen, dass Sie schon einmal jemanden getötet haben?«

Ludmila mied es nach wie vor, ihn anzusehen, durchbohrte ihn aber mit ihrem Blick, sobald er sich abwandte. Kowal spürte, wie die Wut in ihm hochkochte – worauf er im Moment getrost verzichten konnte.

»Sonst hätte man mich getötet, meine Dame«, antwortete er möglichst gelassen. »Und dann wären Sie für immer in dieser Kapsel geblieben. Genügt Ihnen das als Antwort?«

»Nicht ganz!«, sagte Sergej. »Wollen Sie damit etwa andeuten, dass auch wir schießen müssen?! In dem Fall darf ich Ihnen mitteilen, dass ich nie in meinem Leben einen Schuss abgeben werde.«

»Sie können mich in mein Dorf begleiten, dort werden Sie keine Waffe in die Hand nehmen müssen.«

»In ein Dorf?!«, fragte Ludmila süffisant. »Habe ich dafür meine Dissertation geschrieben? Um im Dung zu wühlen?!«

»Ich verlange ja gar nicht, dass Sie mich begleiten«, redete Artur nun in sanftem Ton gegen die Mauer beleidigten Schweigens an. »Wir müssen auch nicht unbedingt nach Piter ... Meine Güte, wie lange habe ich auf diesen Tag gewartet. Ich habe mich so danach gesehnt, wieder mit Zeitgenossen zu sprechen, nicht nur mit diesen Wilden ...« Er verstummte, denn er wusste nicht, was er noch sagen sollte. »Aber vielleicht sollten Sie erst einmal zu sich kommen. Ich werde Ihnen etwas zu essen bringen und ein paar Pferde für Sie besorgen. Aber setzen Sie auf gar keinen Fall einen Fuß vor die Tür. Ich lasse Ihnen Laska da, sie wird auf Sie beide aufpassen ...«

»Ich brauche eine Dusche!«, erklärte Ludmila kategorisch.

»Es tut mir leid, aber hier gibt es kein Wasser.«

»Es gibt kein Wasser?! Aber ich kann doch nicht herumlaufen wie ... wie ...«

»Wie ich?! Das wollten Sie doch sagen, oder? Keine Sorge, ich bin mir sicher, dass ich irgendwo für Sie Wasser auftreiben werde.«

»Sie? Wissen *Sie* überhaupt, was Wasser ist?« Luda starrte angewidert auf die Lederhosen, die er ihr mitgebracht hatte. »Dann würden die hier ja wohl nicht so stinken.«

»Sie hat recht, die Kleidung lässt ein wenig zu wünschen übrig«, versuchte Sergej es mit einem Scherz. »Genauer gesagt, sie stinkt. Anscheinend wurde das Leder nicht gut gegerbt. Aber abgesehen davon ... habe ich mir schon den einen Fuß aufgeschlitzt. Könnten Sie mir nicht Schuhe besorgen? Ich habe Größe zweiundvierzig. Luda hat siebenunddreißig ...«

»Aber es muss doch noch die Umkleideräume geben!«, fiel Luda ein. »Da sind alle meine Sachen und meine Kosmetik. Serge, sieh doch bitte einmal nach!«

»Vergessen Sie die Umkleidekabine!«, sagte Artur. »Alle Räume im Keller stehen unter Wasser.«

»Verfluchter Mist! Aber die Geschäfte werden doch wohl aufhaben?«

Kowal befürchtete, gleich auszurasten. Um ihr nicht mit einer Unverschämtheit zu antworten, murmelte er rasch ein Wort der Entschuldigung und verließ den Raum.

Der Leutnant war verschwunden. Hat der Dreckskerl sich also doch verpisst, dachte Artur, nachdem er aus dem Institut getreten war und die frische Aprilluft inhalierte. Na, wenigstens hat er mir die Pferde dagelassen.

Der Hengst freute sich, ihn wiederzusehen, kam zu ihm und schob ihm seine feuchten Lippen ans Ohr. Artur überlegte, was er jetzt am besten tun sollte. Dieser Herr Ordnung würde bestimmt keine Hilfe holen und hatte sich überhaupt als miserabler Zauberlehrling herausgestellt. Sei's drum, Typen wie den änderte man einfach nicht. Aber mit den Drobitschenkos hatte er sich ein echtes Problem aufgehalst. Es würde ewig dauern, bis sie begreifen würden, in was für einer Welt sie in Zukunft leben mussten. Nein, er war nicht enttäuscht – aber hätte das Akademiemitglied Rakitski nicht jemanden mit ein bisschen mehr Grips im Kopf finden können?

Schließlich fütterte er den Drachenjungen und stieß einen langen lautlosen Pfiff aus, um den Fleder zu rufen. Endlich tauchte der übersatte Vampir auf, schlüpfte in die kleine Tasche am Sattel der Stute und schlief ein, den dicken Bauch nach oben gestreckt.

»Du hast es gut!«, sagte Artur zu ihm. »Du findest immer was zu futtern, egal wer an der Macht ist!«

Der Fleder öffnete ein Auge und krächzte »Kcha!« Aus seiner Schnauze hing ein Büschel Rabenfedern. Kowal studierte noch einmal die Karte, schwang sich in den Sattel und ritt in Richtung Markt davon. Wenn irgendwo Pferde verkauft würden, dann dort. Als er sich vorstellte, wie viel Zeit es ihn kosten würde,

Ludmila Drobitschenko zu überreden, sich auf ein Pferd zu setzen, sank ihm schon jetzt der Mut.

Moskau war immer groß gewesen, jetzt war es noch weiter gewuchert. Vieles erkannte Artur wieder, vieles war in den zwanzig Jahren vor der Katastrophe jedoch auch verändert worden. Die Uferstraße an der Moskwa hatte sich eine parallele Hochstraße zugelegt, hinter der Ustinski-Brücke spannte sich eine zweite über den Fluss. An der Moskworezki-Brücke machte er ein Autobahnkreuz mit drei Leveln aus. Dort hatte man auch eine Straßensperre errichtet, die von Posten bewacht wurde. Artur hielt es für klüger, diese auf der anderen Seite des Flusses hinter sich zu bringen. An den Brückenpfeilern lagen vier miteinander verbundene Fischerkähne vor Anker. In einem von ihnen brannte ein kleiner Ofen, während kräftige Kerle in Wattejacken die Netze einholten.

Danach begegnete ihm niemand mehr. Durch Gärten gelangte Kowal zur Kirche des Märtyrers Georg des Siegreichen, schätzte die Maße der Zerstörung ab und wandte sich dann der Bolotnaja-Uferstraße zu. Er musste in der Tat zugeben, dass die Straßen insgesamt ganz gut aussahen. Die Bulldozer hatten – da die Uferstraßen keine Brüstung besaßen – in den heißen Tagen der Krise sämtliche Verkehrsmittel in den Fluss gekarrt. Einige mit Kletten zugewachsene Autos entdeckte er noch am Ufer. Es sah aus, als sei eine Herde Elefanten zum Trinken an den Fluss gekommen. Als Nächstes bemerkte er einen demolierten Panzer. Und obwohl er keine Hinweise auf schwere Artillerie entdeckte, waren die Fassaden in allen unteren Stockwerken von Kugeln durchsiebt.

Ihm kam ein fast intakter Jeep entgegen, nur dass auf den Felgen keine Gummireifen saßen, sondern sie mit irgendwelchen Lappen umwickelt waren. Drei unrasierte Typen fuhren darin und warfen ihm finstere Blicke zu. An der Seite des Wagens prangte ein plumpes dreifarbiges Emblem. Ähnliche Symbole hatte er schon an einigen Hauswänden gesehen. Sie besagten, dass es sich um Garnisonsbesitz handelte. Sie haben die Stadt schon unter sich aufgeteilt, dachte er niedergeschlagen. Und jetzt stecken sie ihre Territorien ab. Wahrscheinlich kann niemand kurzerhand in ein Haus einziehen, das ihm gefällt. Als Kind … habe ich da nicht immer davon geträumt, in einem dieser Stalinbauten zu wohnen? Komisch, die gibt's sogar heute noch. Daneben machte er im Morgennebel noch einige gigantische Gebäude am Stadtrand aus. Einige zeigten schwarze Rußspuren. Dennoch brannte weiter oben in den Fenstern Licht.

Er roch den Markt, noch ehe er ihn sah. Trotz der frühen Stunde wimmelte es in dieser Gabelung der Moskwa bereits von Menschen. Man hatte Hunderte, wenn nicht gar Tausende von Zelten aufgestellt. Gehandelt wurde an Karren, aber auch von Sattelschleppern herunter, vor die Ochsen gespannt waren, aus schnell zusammenmontierten Containern heraus und direkt auf dem Boden. Entlang der Bersenjowskaja-Uferstraße zogen sich Holzstege hin, an denen immer wieder ganze Flotten von Booten anlegten. Brüllend und grölend luden die Lastarbeiter Fässer ab und bildeten Ketten, um sich Waren zuzuwerfen. An einer Anlegestelle weiter hinten lag ein großer Kahn, der Holz gebracht hatte. Die Bootsleute bedienten ein Gewinde, um ein pralles Netz mit Brennholz hochzuhieven. In der Bolschaja Poljanka krakeelten Arbeiter. Die Posten mit den Plaketten des Kremls um den Hals ließen jeden Karren einzeln den Schlagbaum passieren. Ein Junge kletterte auf einen Kutschbock und winkte den nächsten Kaufmann wie ein geborener Lotse in die Reihe. Es gab einfach alles, was das Herz begehrte. Sogar Obst. Ende April hätte Artur nicht mal im Traum daran gedacht, es im Angebot zu finden. Aber dann zuckelten drei Karren voller Äpfel an ihm vorbei.

Man brachte halbe Schweine, in Sackleinen eingeschlagen und unter zerschlagenem Eis begraben, gackernde Truthähne, die an den Beinen zusammengebunden waren, und gemästete Gänse. Den Gänsen folgte erst ein Wagen voller Filzstiefel, dann ein Kastenwagen mit Waffen. Auf seinem Dach saßen vier junge Kerle mit knallharten Visagen. Kowal hielt nach jemandem Ausschau, dem er gegen ein geringes Entgelt sein Pferd anvertrauen konnte. Dabei durfte er sich einmal mehr davon überzeugen, wie weit er dem Leben hinterherhinkte, denn der *Parkplatzwächter*, ein kleiner, verschlagen wirkender Mann mit einer Weste aus Kaninchenfell über dem nackten Oberkörper, weigerte sich strikt, Bruchgold von ihm anzunehmen. Er akzeptiere nur die Münzen vom Präsidenten, beteuerte er mit einem verdächtigen Glitzern in den Augen. Am Ende siegte die Gier. Artur erhielt eine Kupfermarke. Noch war ihm nicht klar, dass er einen saudummen Fehler begangen hatte. Denn er ließ die Satteltaschen und die Tasche mit den Edelsteinen zurück.

Und in dieser Tasche steckte der junge Drache Flugs.

(27) ERSTE BEKANNTSCHAFT MIT DER INQUISITION

Der Markt war überwältigend. Trotz des allgemeinen Lärms und Gewusels gingen die Geschäftsverhandlungen in absoluter Ruhe über die Bühne. Zunächst wurden alle Waren hierher gebracht, um anschließend über den Kreml an die kleinen Händler zum Verkauf verteilt zu werden. Kowal verfolgte, wie binnen Minuten der Honig einer ganzen Karawane aufgekauft wurde. Obwohl das Hauptkontor, in dem die größten Transaktionen abgewickelt wurden, sich im ehemaligen Theater Estrady befand, liefen noch genügend Händler zwischen den Reihen herum, begleitet von je vier kräftigen Offizieren der Sicherheit. Das Geld trug man in geschmiedeten Kisten, die so schwer waren, dass ein Mann allein sie nicht anheben konnte. Am *Wechselschalter* gab es eine lange Schlange, denn die Marktleitung ließ im Grunde nur Gold und Silber Moskauer Prägung zu. Kupfer und Münzen, die nicht aus Moskau stammten, wurden zwar akzeptiert, beides stand jedoch in einem absurd tiefen Kurs.

Artur versuchte rund eine Minute lang, aus den Ziffern auf der gewaltigen Schiefertafel schlau zu werden. Rubel aus Jaroslawl, Kasan, Rjasan, Tambow … Je länger der Markt dauerte, desto schneller änderten sich die Kurse zuungunsten der Provinzwährungen. Bei gleichem Gewicht und Goldanteil in den Münzen erreichte kein Umlandsrubel auch nur achtzig Prozent des Werts eines Hauptstadtrubels. Die interessanteste Offenbarung hielt jedoch eine andere Tafel für Kowal bereit. Dort wurde er nämlich über Mark, Pfund und Kronen informiert. Was soll das denn heißen?, fragte er sich. Ist der Euro etwa wieder vom Tisch? Ist das gute alte Europa am Ende erneut in einzelne Fürstentümer zerfallen?

Mit aller Kraft riss er sich von diesen Zahlen los. Er wollte gerade auf eine mit Sand ausgestreute Fläche zusteuern, in der Pferde im Kreis galoppierten, als sich die Ereignisse mit einem Mal überschlugen.

»Das ist er!« Der markerschütternde Schrei übertönte alle anderen Geräusche. »Der da!«

Alle Köpfe drehten sich in Arturs Richtung. Sechs bewaffnete Soldaten bahnten sich leicht wie ein Messer, das durch Butter gleitet, ihren Weg durch die Menge und hielten auf ihn zu. Hinter ihnen sprang wie bescheuert jener Kerl herum, dem Artur sein Pferd überlassen hatte. Seine Hand hatte er mit einem blutigen Lappen umwickelt und presste sie gegen die Brust.

»Das ist dieser gemeingefährliche Zauberer! Das ist ein Wipper! Tötet ihn!«

Alles klar. Dieser freche Dieb hatte gar nicht daran gedacht, das ihm anvertraute fremde Eigentum zu schützen, sondern seine Hand in die Tasche mit den Edelsteinen gesteckt und war dort auf den ewig hungrigen Flugs gestoßen. Solange der Drache nichts zu futtern bekam, würde er noch ein ganzes Weilchen klein und ein zuverlässiger Hüter der Edelsteine bleiben, denn Prochor dem Zweiten war es bei seinen Experimenten gelungen, das Wachstum seiner Kreaturen um einige Monate hinauszuzögern.

»Worauf wartet ihr denn noch?! Tötet den Kerl endlich!«

Sechs Gewehre richteten sich auf Artur. Das, was von dem armen Flugs noch übrig war, hatte einer der Soldaten auf die Spitze seines Kosakensäbels gespießt. Die Menge sprang wie ein Mann zurück, sodass um Artur herum eine Freifläche entstand. Innerlich verfluchte er sich für seine Dummheit. Da hatte er das halbe Land durchquert, war an zwei Brandstätten vorbeigekommen und hatte sich wiederholt mit Wilden geschlagen – nur um dann in eine derart dämliche Falle zu tappen! Kugeln konnte selbst er nicht entkommen … Er versuchte, gleichmäßig zu atmen, und konzentrierte sich auf die Soldaten, die ihn umringt hatten. Nein, das hatte keinen Sinn. Okay, diese sechs könnte er manipulieren – aber die Menge würde seine Flucht vereiteln. Ohne Frage würde sie das, so wie die Frauen mit den Fingern auf den toten Drachen zeigten, so wie die Alten sich bekreuzigten und die Männer die Fäuste schüttelten. Ob die Soldaten auch den Hengst ermordet haben?, überlegte Artur. Falls nicht, könnte er ihn vielleicht mit einem Pfiff rufen …

»Ich sterbe! Einen Arzt! Ruft einen Arzt!« Der Pferdewächter sank in den Staub, wand sich und versuchte vergeblich, die Blutung zu stillen.

»Kannst du ihn retten, Mann?«, erklang da hinter Artur eine Stimme.

Er drehte sich um. Drei weitere Männer hatten sich zu ihm vorgearbeitet. Einer von ihnen war ein großer, sehr hagerer Mann mit einem gelben Gesicht und schwammigen Tränensäcken unter den Augen. Er putzte gerade in aller Ruhe mit einem Wildledertuch eine Brille mit dicken Gläsern. Hohe Geheimratsecken, ein prachtvoller Offiziersmantel ohne Schulterstücke und nahezu auf Spiegelglanz polierte, chromlederne Stiefel rundeten das Bild ab. Einen Schritt hinter ihm standen zwei Muskelpakete und blickten finster drein. Anscheinend handelte es sich bei ihnen um gewöhnliche Bodyguards. Sie hielten Revolver auf Kowal gerichtet.

In diesem Moment durchzuckte Artur ein sehr klares Bild: Nadja van Gogh stand auf der Schwelle des Hauses und hielt ihren Sohn an der Hand. Ihre Tochter, die kleine Belotschka, lag in eine Schafsdecke gehüllt in seinen Armen. Die Hebamme hatte sich geirrt, ihr zweites Kind war kein Junge gewesen … Er küsste seine Tochter auf den rosafarbenen Bauchnabel und reichte das warme Bündel an Nadja weiter. Dann drehte er sich um und ging, ohne noch einmal zurückzublicken. Der wahnsinnige Rhythmus, mit dem seine Ausbildung hier im Wald verlief, hatte ihm keine Zeit gelassen zu begreifen, ob er Nadja eigentlich liebte oder nicht …

»Ja, das könnte ich«, beantwortete Artur die Frage des gelbgesichtigen Mannes. »Ich könnte ihn heilen und dich auch.«

»Dann rette ihn!«, verlangte der Mann, nachdem er sich die Brille aufgesetzt hatte. Obwohl er auf den letzten Teil des Satzes nicht einging, war Artur klar, dass er ihn gehört hatte. »Vielleicht verschone ich dann dein Leben.«

Ihm blieb keine Wahl. Er holte das entsprechende Fläschchen aus der Gürteltasche und wickelte den Lappen von der Hand des Pferdewächters. Aus den Fingerstummeln tropfte noch immer Blut. Artur beträufelte sie mit der Flüssigkeit aus dem Flakon.

»Ist das alles?«, erkundigte sich der Offizier.

»Ja«, antwortete Kowal. »Die Wunde zieht sich jetzt zusammen. Dieser Mann ist ein Dieb, er hat versucht …«

»Das ist mir bekannt. Er wird seine verdiente Strafe erhalten«, fiel ihm der Offizier ins Wort. »Bist du ein Wipper?«

»Nein!«, erklärte Artur entschieden, während er fieberhaft überlegte, welche Strategie er wählen sollte. Zum Glück hatte er den Fleder beim Institut gelassen, damit er die Stute bewachte. »Ich bin nur ein Reisender aus Petersburg und habe dieses Tier in einer Brandstätte gefunden …«

»Gut, ich glaube dir«, hielt der Offizier mit einer Stimme fest, die wie das Quietschen eines ungeschmierten Rads klang. »Denn Wipper kommen nicht in die Stadt. Aber du musst ein Zauberer sein, wenn du diese Teufelsbraten zähmen kannst …«

»Ich flehe Sie an, Eure Heiligkeit! «, jammerte der Pferdewächter. »Verschont mein Leben! Das ist alles seine Schuld! Die von diesem Zauberer!« Der Mann hatte sich bereits von der Wunde erholt und wurde jetzt von zwei Sergeanten der Sicherheit gepackt.

Der Offizier würdigte ihn nicht einmal eines Blickes, sondern sah Kowal weiter forschend an.

»Eure Heiligkeit?«, hakte Artur nach. »Dann gehörst du zu den Kirchenleuten … Herr?«

»Ich bin der Obergeistliche der Basilius-Kathedrale, Vater Karim.« Fraglos erwartete er daraufhin eine ganz bestimmte Reaktion von Artur und konnte seine Verwunderung nicht verbergen, als diese ausblieb. »Nehmt ihn fest! Falls du eine Waffe hast, gibst du sie uns besser freiwillig.«

Zwei Revolverläufe bohrten sich in Kowals Nacken. Eine Sekunde später hatte man ihn durchsucht. Ihm waren alle Messer, die Schleuder, das Gold und auch die Chemikalien abgenommen und auf dem Boden ausgebreitet worden. Doch etwas hatten die Soldaten übersehen ... Karim schob die gewichtigen Beweise mit der Stiefelspitze hin und her.

»Ins Gefängnis mit ihm«, befahl er.

»Weshalb das?«, fragte Artur. Wenn er schon nicht an Ort und Stelle erschossen wurde, konnte es nicht schaden, den hiesigen Gesetzeshütern etwas Widerstand zu leisten. »Ich habe nichts Verbotenes getan, sondern wollte hier nur ein Pferd kaufen.«

»Nicht? Und was ist mit den beiden Posten in Koroljow, die du getötet hast? Was ist mit der geflügelten Schlange, die du in die Stadt geschmuggelt hast? Oder dem Offizier der Sicherheit, den du entführt hast, um einen Zauberer aus ihm zu machen? Ganz zu schweigen von dem Klumpen Gold, mit dem du bezahlt hast. Du willst ja wohl nicht behaupten, du wüsstest nicht, dass auf jedes dieser Verbrechen eine Strafe steht.«

Das war's dann wohl, dachte Artur. Ich hätte die Spürhunde des Kremls nicht unterschätzen dürfen. Offenbar ist der Geheimdienst in Moskau bereits ziemlich gut organisiert.

Die Soldaten bogen ihm die Arme auf den Rücken und trieben ihn durch die Reihen. Vorm Markt wartete ein mit Blech beschlagener Mercedes-Bus auf Karim. Kowal wurde durch die hintere Tür gestoßen und auf den Boden eines Eisenkäfigs geworfen, wo er mit Handschellen an einen Gitterstab gefesselt wurde. Er konnte sich nicht einmal aufsetzen, sodass er die ganze Strecke gekrümmt dalag und sich jede Menge Prellungen einfing, denn der Bus raste mit einem Affenzahn über die nicht asphaltierte Straße. In ihm hing eine grauenvolle Geruchsmischung aus Auspuffgasen, ungewaschenen Körpern, verbranntem Wacholder und angebranntem Zucker.

Als er nach dieser Fahrt wieder nach draußen gezerrt wurde, schmerzte seine linke Seite derart, als habe jemand eine geschlagene Stunde auf sie eingetrampelt – dabei hatten die Soldaten ihn doch bloß auf dem Weg zum Bus ein paarmal in die Rippen geboxt, um seine Richtung zu korrigieren. Jetzt hatten sie ihm eine Schlinge um den Hals gelegt und zerrten ihn an einer Leine durch niedrige gewölbte Gänge. Das waren alte – sehr alte – Zellen. Ob sie sich noch an die Schreie der aufständischen Strelitzen erinnerten? Ausgeschlossen war es nicht. Bestimmt waren in diesen schummrigen Zellen etliche Anstifter der zahllosen russischen Rebellionen mit glühenden Zangen gequält worden …

Nachdem er weggesperrt worden war, drang sein Blick zwar durch die Dunkelheit, bloß zu sehen gab es nicht viel. Die Zelle war kaum mehr als vier Quadratmeter groß, eine niedrige feuchte Ziegeldecke verhinderte, dass er aufrecht stehen konnte. Kowal tastete die Wände ab. Sie mussten mindestens einen Meter dick sein. Außerdem lagen sie ohne Frage unter der Erde. Die schwere Tür sicherten zwei Riegel und ein Haken. Am schlimmsten war jedoch die Schicht kalten Steins unter seinen Füßen. Nicht einen Krümel Erdreich fand er, aus dem er hätte Kraft schöpfen können. Die Kälte störte ihn nicht weiter, aufs Essen konnte er getrost einige Tage verzichten. Mehr als um sich sorgte er sich daher um die beiden Drobitschenkos. Selbst wenn der Herr Ordnung keine Soldaten ins Institut schleifte – was würde nun aus ihnen werden? Sie saßen da, in diesem eisigen Gebäude, ohne Wasser, ohne Essen, dafür aber mit kannibalischen Ratten im Keller …

Artur entspannte sich und versuchte, seine Umgebung mental zu erfassen. In diesem Stockwerk gab es noch vier weitere Zellen, die Tür zur Treppe war von außen versperrt. Dahinter stand ein Mann Wache. Oben gab es eine weitere Eisentür, auch hinter ihr spürte er Menschen. Wie er sich eigentlich verhalten sollte, wusste er noch immer nicht. Sicher, er könnte den Gefängniswärter umbringen, wenn dieser ihm Wasser brachte, das wäre kein Problem für ihn – weit würde er aber trotzdem nicht kommen. Nur in Actionfilmen schafften es die Schurken, aus dem Knast zu fliehen, indem sie Geiseln nahmen. Aus irgendeinem Grund zweifelte Kowal jedoch nicht daran, dass Karim in einem solchen Fall sogar ein Dutzend seiner Untergebenen opfern würde. Ohne mit der Wimper zu zucken.

Er zwang sich, nicht weiter an die Drobitschenkos zu denken – dachte dafür aber ständig an seine Familie. Wahrscheinlich erging das allen Gefangenen so, und jeder im Knast hing den Erinnerungen an seine Verwandten in der Freiheit nach. Und wer keine Familie hatte, phantasierte sich kurzerhand eine zusammen, weil die Vorstellung, jemand außerhalb dieser Mauern warte auf einen, einfach zu schön ist. Welche Gefühle er für die Mutter seiner Kinder hegte, vermochte er immer noch nicht mit Sicherheit zu sagen. Verbundenheit? Zuneigung? Respekt? All das waren dumme, abgestandene Wörter aus einer untergegangenen Zeit, die längst ihren Sinn verloren hatten. Das Wort »lieben« kannte man allerdings auch heute, vermutlich würde es sogar noch existieren, wenn die Überlebenden einer Katastrophe einander umbrächten und auf dem Planeten nur noch zwei Menschen übrig wären …

Er hatte so wenig Zeit mit Nadja allein verbracht. Zwanzig Tage im Monat war er mit Berder und seinen anderen Lehrern durch die Wälder und Sümpfe gestromert, zusammen mit den Jungen und Mädchen aus dem Dorf. Fast wie ein überalterter Lomonossow hatte er gelernt, in der Natur zu überleben und die Geheimnisse der Erde zu durchdringen. Das Wissen aus seinem früheren Leben hatte die Wipper nicht die Spur interessiert, denn im Unterschied zu den Städtern war ihnen die Technik der Vergangenheit völlig egal. Von seiner eigenen Unzulänglichkeit überzeugt, verbiss sich der einstige Primus und Doktorand stärker als alle anderen in das, was er für ein ewiges Rätsel hielt. Nach den drei Jahren, die wie im Flug vergangen waren, hatte dann aber alles wie in einem Märchen von Puschkin geendet: Geheimnisse gab es gar nicht – dafür aber Menschen, die es verstanden, mit der Tierwelt zu kommunizieren … Da konnte sein Sohn schon laufen, während seine Tochter gerade das erste Wort herausbrachte.

Offiziell waren er und Nadja immer noch nicht verheiratet, hatten auch kein anderes Ritual durchgeführt. Als ihm einfiel, wie Nadja ihn angesehen hatte, bevor er nach Moskau aufgebrochen war, machte er sich Vorwürfe, sich nicht herzlicher von ihr verabschiedet zu haben. In den seltenen gemeinsamen Nächten hatten sie sich noch immer leidenschaftlich geliebt, aber nach dem Sex schlief er wie ein Toter ein, um dann um halb fünf aufzustehen, sich mit eiskaltem Wasser zu übergießen und wieder aufzubrechen … Trotzdem lagen für ihn immer ein Bündel mit Proviant und saubere Kleidung bereit … War er längere Zeit im Dorf, fällte er Holz, schlachtete mit den anderen Männern das Vieh, sammelte von den Feldern Kartoffeln, presste Öl, scherte die Schafe – und fiel abends wie ein Stein ins Bett. Ging er fort, tat er es, ohne je zärtlich zu ihr zu sein …

Siebenundzwanzig Stunden und neunzehn Minuten. Ismail hatte ihm beigebracht, die Zeit zu fühlen. Nach siebenundzwanzig Stunden und neunzehn Minuten kamen sie ihn holen. Als sie ihm am Ziel den Sack, den sie ihm für den Weg übergestülpt hatten, vom Kopf nahmen, konnte er sich ein Grinsen nicht verkneifen.

»Was amüsiert dich so, Zauberer?«, wollte Karim wissen, der in der tiefen Nische der Tür stand, die Hände auf dem Rücken verschränkt. Trotz der Hitze, die von einem riesigen Kamin ausging, war sein Mantel zugeknöpft.

»Ich amüsiere mich nicht, sondern lächle. Wie kommt es, dass ein kluger Mann wie du – und der musst du sein, sonst hättest du es nicht zu diesem hohen Posten gebracht – auf derart billige Effekte setzt?«

»Du brabbelst unverständliches Zeug. Woher kommst du, Zauberer?«, fragte Karim, streifte die Handschuhe ab und warf sie auf den niedrigen Eichentisch. Auf dem lag bereits ein vollständiges Set für den Folterknecht: Zangen, Nägel und ähnliche Utensilien.

»Ich komme aus Petersburg.«

»Aus welcher Kommune?«

Karim gab den Soldaten ein Zeichen. Daraufhin pressten sie Artur mit dem Rücken gegen ein Metallgitter, legten ihm breite Stahlreifen um die Handgelenke und ketteten ihn an die Stäbe.

»Ich hab zu einer kleinen Bande von Gießern gehört«, log Artur. »Auf der Wyborger Seite. Inzwischen gibt es sie nicht mehr.«

»Das werde ich überprüfen. Wie heißt du?«

»Man nennt mich Schwert«, antwortete Artur, denn er hielt es für klüger, den Namen zu nennen, unter dem er im Dorf der Wipper bekannt war. Wenn sein Gegenüber Spione in Petersburg hatte, könnten die ihn leicht enttarnen. Rubens' Leute würden seinen Namen bestimmt nicht vergessen haben. Und was diese Bande von Gießern anging: Die hatte es wirklich gegeben, sie war aber, wie Lew berichtet hatte, vor zwanzig Jahren zerschlagen worden. Wenn sie da also ein wenig nachbohren wollten, bitte.

»Wer hat dich in Magie unterwiesen?«, nahm ihn Karim weiter ins Verhör, während er gleichzeitig seine Männer fortschickte.

»Meine Mutter hat ein wenig von Kräutern verstanden. Das ist aber auch schon alles, was ich kann, Hochwürden.« Verzeih mir, Mama, bat er innerlich. Aber immerhin: Es war keine allzu dicke Lüge, schließlich hatte seine Mutter in einer Apotheke gearbeitet. »Eigentlich bin ich Ingenieur.«

»Ach ja?«, fragte Karim, der nun durch den Raum tigerte. Die beschlagenen Stiefel klackerten bei jedem Schritt auf den Steinfliesen. »Und wovon willst du mich dann heilen, Ingenieur?«

»Von chronischer Hepatitis, Hochwürden. Du leidest an einer ernsthaften Lebererkrankung und außerdem an Niereninsuffizienz und Arthrose.«

»Diese Begriffe sagen mir nichts, drück dich gefälligst klarer aus.«

»Du hast Gelbsucht, außerdem dürften deine Gelenke schmerzen.«

»Im Kreml gibt es die besten Ärzte, aber selbst die konnten meine Gelbsucht nicht heilen.«

»Mühe gegeben haben sie sich schon, Hochwürden. Du jedoch gibst der Krankheit neue Nahrung, indem du unsauberes Wasser und zu viel Schnaps trinkst.«

»Träumst du davon, dein Leben zu erkaufen, Schwert?«

»Willst du mir etwa mit dem Tod drohen, Hochwürden?«

»Nur Dummköpfe fürchten den Tod nicht.«

»Solltest nicht gerade du, Hochwürden, wissen, dass der Tod ein Segen sein kann?«

»Ich schwöre beim Heiligen Basilius, dergleichen ist mir noch nie untergekommen!« Karim klatschte vor Begeisterung sogar in die Hände. Die Öllampen an den Wänden warfen vier Schatten von ihm, die wie Vögel in einer Fangschlinge flatterten. »Ein Ingenieur, der einen prallen Beutel Diamanten und einen zahmen Drachen mit sich herumschleppt, Gelbsucht heilt und sich äußert wie ein Klostermönch! Wahrscheinlich sollte ich mir was darauf einbilden, dich zu kennen!« Auf der Unterlippe kauend lief Karim weiter zwischen den Folterinstrumenten herum. »Wenn du so ein Schlaukopf bist, dann verrat mir doch einmal, warum du nicht für einen reichen Pap in Petersburg arbeitest? Also: Was hast du in Moskau verloren?«

»Das habe ich doch schon gesagt. Ich wollte mir nur ein Ersatzpferd kaufen.«

»Ach ja? Und ich hätte dir fast *abgekauft*, dass du klug bist.« Karim zog an einer Schnur, die neben dem Türpfosten baumelte. Die schmale spitzbogige Tür öffnete sich, und man brachte zwei Personen herein: Sergej und Ludmila Drobitschenko. Alles in allem sahen sie nicht schlecht aus. Ihre Hände waren nicht gefesselt, Spuren eines Kampfes nicht an ihnen zu erkennen. Auf Sergejs Brust prangte eine dreieckige Plakette mit einer komplizierten Gravur, deren Details Artur von seinem Standort aus jedoch nicht genau erkennen konnte. »Wolltest du vielleicht für diese beiden hier Pferde kaufen? In dem Fall dürftest du zu spät gekommen sein, Zauberer. Diese Menschen haben dem Präsidenten, Friede seinen Tagen, nämlich bereits einen Eid geleistet. Sie haben das Kreuz in der Kathedrale geküsst und Arbeitsplätze zugewiesen bekommen. Der Mann hat uns sein Wissen vorgeführt und sich damit den Rang eines Gesellen verdient. Möglicherweise wird er ja schon bald ein Meister. Oder sogar ein Ingenieur. Wir wissen kluge Köpfe zu schätzen, die der großen Sache der Vereinigung Russlands treu ergeben sind. Deshalb wird sich Meister Sergej, wenn er nur gute Arbeit leistet, schon bald selbst eine ganze Herde Pferde kaufen können …« Dann wandte er sich an die beiden und deutete auf den *gekreuzigten* Artur. »Ist das der Mann, der Sie aus dem Schlaf geweckt hat?«

»Ja, Eure Heiligkeit«, antwortete Sergej mit gesenktem Blick, während Ludmila sich entsetzt im Raum umsah. »Er war es, der uns geweckt hat.«

»Hat er Sie aufgefordert, aus Moskau zu fliehen?«

»Ja, Eure Heiligkeit …«

»Mit welcher Begründung?« Da Sergej darauf nichts antwortete, tigerte Karim wieder von einer Ecke des Raums in die andere. »Wenn Sie schweigen, könnte ich auf den Gedanken kommen, der Leutnant der Sicherheit Andrej Ordnung habe vor dem Kriegsgericht gelogen.«

»Das hat er nicht!«, kreischte Ludmila. »Der Leutnant hat

die Wahrheit gesagt … Eure Heiligkeit. Dieser Mann da hat behauptet, in Moskau hätten böse Menschen die Macht ergriffen …«

Nach dieser Aussage wurden die beiden Drobitschenkos wieder hinausgeführt. Krachend fiel die Tür hinter ihnen zu. Karim wärmte sich die Hände über dem Feuer. Der Widerschein der Flammen tanzte in seinen übermüdeten Augen.

»Du tust mir leid, Hochwürden …«

»Tatsächlich?«, fragte Karim, blieb aber in Gedanken versunken.

»O ja. Du hast eine allzu schwere Last auf dich genommen, die dich nachts nicht schlafen lässt.«

»Wer bist du wirklich, Artur Kowal?«

»Komm etwas näher, dann sage ich es dir.«

Karim baute sich ihm gegenüber auf. Sein Atem roch verfault, die von Falten durchzogene Wange zuckte.

»Wenn du schon nicht um dein Leben flehst«, sagte Karim, »wie wäre es dann damit, mich um Freiheit zu bitten? Das ist deine letzte Gelegenheit, dich an mich zu wenden. Denn gleich verlasse ich diesen Raum. Danach werden sich meine Leute deiner annehmen, und wir werden uns sehr lange nicht sehen. Vielleicht sogar einige Jahre nicht.«

»In dem Fall möchte ich dieses freundliche Angebot annehmen, Hochwürden. Früher einmal hieß ich Artur Kowal, aber das liegt lange zurück.« Artur sah seinem Gegenüber fest in die Augen. Langsam – geradezu widerwillig – setzte Karim einen Fuß vor, fast als zöge ein unsichtbarer Magnet ihn zu Artur. Dann machte er noch einen Schritt. Nun stand der Inquisitor ganz dicht vor dem Gefangenen. »Heute aber nennt man mich Erwachter Dämon.«

(28) DIE NEUEN OPRITSCHNIKS

Karim wich mit einem kurzen Aufschrei zurück, doch da war es schon zu spät. Der Dorn, bei der Leibesvisitation übersehen, steckte bereits in der Unterlippe des Kirchenmannes. Artur spuckte das schmale Blasrohr aus und schob sich neue Munition unter die Zunge. Karim lag, am ganzen Körper zitternd, auf dem Boden, die starren Augen zur Decke gerichtet.

»Jetzt hör mir zu, Karim! Du hörst nur mich, andere Geräusche nimmst du nicht wahr. Nur meine Stimme, Karim, die Stimme deines Herrn. Du hast entsetzliche Kopfschmerzen, dein Kopf ist kurz davor zu bersten. Du kannst weder deine Arme noch deine Beine bewegen. Dein Körper gehorcht dir nicht mehr … Du hörst nur mich. Deine Ohren explodieren gleich. Du spürst ganz genau, dass sie gleich platzen. Nur ich kann dich retten. Nur ich kann dir helfen und diesen schrecklichen Schmerz lindern. Nur ich kann dir wieder auf die Beine helfen. Ohne meine Befehle bist du dazu verdammt, in ewiger Starre zu leben … Du hörst nur mich. Es dröhnt dir in den Ohren, der Schmerz lässt dich fast taub werden, und du hörst nur meine Stimme. Ich bin deine letzte Hoffnung auf Rettung, Karim. Und jetzt stehst du auf und hilfst mir, meine Hände zu befreien. Ich habe mich versehentlich hier festgesperrt. Wenn du mir nicht hilfst, wird der Kopfschmerz dich umbringen …«

Karim wand sich inzwischen auf dem Boden und presste die Hände gegen die Schläfen.

»Nur ich kann deine Augen retten«, fuhr Artur fort. »Wenn ich dir nicht helfe, fließt Blut in deine Augen. Du spürst bereits, wie dein Hirn kocht. Und jetzt steh auf!«

Beim zweiten Anlauf gelang es Karim, sich zu erheben.

Kaum befreit ging Artur ein paar Schritte durch die Folterkammer, massierte sich die tauben Hände und rüttelte ganz vorsichtig an der Tür. Sie war abgeschlossen. Er musste jetzt mit größter Vorsicht handeln. Gegenüber den Drobitschenkos war er viel zu vertrauensselig gewesen, auch wenn er den beiden verhinderten Wissenschaftlern deswegen keinen Vorwurf machte. Diese *Akademiker* … Früher war er ja genauso gewesen. Oder nein, ein wenig hatte er sich selbst damals von ihnen unterschieden …

Ihm blieben noch ein paar Minuten, in denen das Narkotikum wirkte. In dieser Zeit sollte der Inquisitor gefälligst ein paar wertvolle Informationen ausspucken …

»Antworte mir! Wie viele Menschen gehören dem Rat des Präsidenten an?«

»Im Großen Kreis sechzehn …«

»Es gibt also auch noch einen Kleinen Kreis. Antworte! Sonst kehren die Kopfschmerzen zurück!«

»Im Kleinen Kreis sind es vier.«

»Gehörst du dem Kleinen Kreis an?«

»Ja … Ich bin der Oberste Beichtvater der Heiligen Truppen.«

»Nennen wir die Dinge doch beim Namen, Hochwürden: Du bist Stellvertretender Politkommissar. Stimmt es, dass eure Leute mit vergifteten Handschuhen zwei Präsidentschaftskandidaten ermordet haben?«

»Ja und nein … Semjon Streithahn wurde mit Pilzen vergiftet.«

»Auch nicht schlecht!«

Kowal lauschte. Durch den Rauchfang klang ein tiefes Geräusch an sein Ohr. Dann erneut, immer und immer wieder. Er zählte elf Schläge. Die Glocken der Kathedrale kamen seiner inneren Uhr um zwei Minuten zuvor.

»Wie viele Garnisonen in Moskau unterstehen nicht eurem Befehl?«

»Drei.«

»Und wann verleibt ihr euch die ein? Sprich! Sprich, sonst stecke ich dir einen bissigen Wurm in den Mund, der dir von innen die Augen wegnagt!« Kowal hielt seinen leeren Handteller unter Karims Nase. »Siehst du diese Hauer? Dieser Wurm ist sehr hungrig und wird sich mit Vergnügen über dich hermachen …«

»Nein, bitte, das ist nicht nötig!« Karim zitterte hilflos in den Handschellen.

»Dann antworte! Wer rebelliert noch gegen Pap Iwan?«

»Die Cowboys aus Tschertanowo … Sie zahlen den Zehnten nicht und haben die Kremlgarnison vertrieben … Aber ein Bataillon mit Granatwerfern ist schon auf dem Weg zu ihnen …«

»Was erwartet sie?«

»Der Kleine Kreis hat beschlossen, die Mütter im Kreml unterzubringen und den Rest der Weiber ins Bordell …«

»Verstehe. Wie viele Soldaten hat der Kreml hier und wie viele in Garnisonen außerhalb Moskaus?«

»Viertausend hier und tausendsechshundert außerhalb Moskaus.«

»Erhalten die Soldaten und Offiziere neben Verpflegung und Sold noch andere Vergütungen?«

»Allen … allen, die gute Dienste leisten, teilt der Große Kreis Land zu.«

»Das den Garnisonen gehörte, die ihr unterworfen habt, oder?«

»Ja …«

»Also ist bereits ganz Moskau aufgeteilt. Das ist doch zum Verrücktwerden … Was gehört dir persönlich? Welche Gebäude? Antworte, oder ich lasse den Wurm los!«

»Das Land zwischen der Moskwa und dem Kanal. Außerdem darf ich Steuern auf dem Markt und an den Anlegestellen erheben.«

»Was plant Pap Iwan sonst noch? Wann okkupiert ihr die kleinen Städte außerhalb des Rings?« Artur hielt den Atem an.

Von Karims Antwort hing viel ab – obwohl sie wohl kaum überraschend ausfallen dürfte: Wenn der Kreml erst einmal angefangen hatte zu expandieren, würde er das so schnell nicht sein lassen. Und mit der Zeit würden die frischgebackenen Opritschniks das ganze Land in einen Bürgerkrieg treiben.

»Diese Entscheidung trifft der Kleine Kreis, nicht Iwan ...«

»Bitte?« Damit hatte Artur nun doch nicht gerechnet. »Hat denn hier nicht der Präsident das Sagen?«

»Nach dem Amt lecken sich doch alle die Finger«, meinte Karim, der langsam wieder zu sich kam. »Heute ist der eine Pap, morgen der andere. Aber Russland braucht eine harte Hand. Iwan ist ein Feigling ... Wir sagen ihm schon seit über zwei Jahren, dass es höchste Zeit ist, die Jaroslawer in der Moskwa zu ertränken. Doch nachdem er sich in Rjasan eine Abfuhr geholt hat ... Du musst wissen, die haben da noch viele Wagen mit Kanonen drauf ...«

»Ich habe gehört, dass alle vor euch Angst haben, weil Iwan den Schlüssel zu den Feuerpilzen hat?«

»Aber natürlich, der Schlüssel!«, rief Karim beinah amüsiert aus. »Deshalb bist du also hier! Von wegen, du bist der Erwachte Dämon! Aber den Gedanken kannst du dir aus dem Kopf schlagen! Du wirst den Schlüssel nie an dich bringen! Denn du bist lediglich ein barfüßiger Dummkopf! Weißt du überhaupt, was Elektrizität ist? Oder ein Feuerpilz?! Nachts zünden die Wachen hundert Lampen über dem Kreml an, aber sie müssten noch hundertmal mehr anzünden, damit es sich mit einer Atombombe vergleichen lässt ...«

»Habe ich da gerade richtig gehört? Hast du eben *Atombombe* gesagt? Woher kennst du dieses Wort?«

»Ich kann lesen ... Und jetzt weiß ich auch, wer du bist.« Die Wirkung des Narkotikums hatte endgültig nachgelassen. Karim versuchte, selbst gefesselt eine überlegene Haltung einzunehmen. »Wir haben gedacht, dass das nur ein Märchen sei, das die Alten im Suff erzählen. Dieses Märchen besagt übrigens, dass in

Piter jemand aufgetaucht ist, der viele Jahre in einem Bett aus Glas geschlafen hat, genau wie dieses … Na? Habe ich dich durchschaut? Du bist doch dieser Ingenieur, oder? Dann hör mir jetzt mal zu!«, verlangte Karim. »Wenn du von Anfang an die Karten auf den Tisch gelegt hättest, wärst du nie im Gefängnis gelandet. Und jetzt lass mich frei, ich will dich zu mir zum Mittagessen einladen! Du bekommst ein Haus, einen Diener und ein großzügiges Salär. Und den Rang eines Ingenieurs! Nirgends sonst würde man dich so schätzen wie hier in Moskau!«

»Halt die Fresse!«

»Was?!« Auf das gelbe Gesicht Karims traten rote Flecken.

»Du hast gehört, was ich gesagt habe. Und jetzt lass mich in Ruhe nachdenken.« Auf der Hobelbank, auf der den Gefangenen die Gelenke gebrochen wurden, fand Kowal zu seiner Freude das Bündel mit seinen Sachen. Er rollte die Hose auf und verstaute die zwei Dornen mit Narkotikum, die er nicht gebraucht hatte, wieder in der Geheimtasche.

»Hör zu, vergessen wir den Vorfall doch einfach«, schlug Karim nach einer Weile vor. »Du hast das Gesetz gebrochen, aber du hast viel Glück gehabt, dass ich auf dem Markt gewesen bin. Andernfalls hätten die Soldaten dich womöglich auf der Stelle erschossen …«

»Mir ist bewusst, dass ich tief in deiner Schuld stehe, Hochwürden!«, höhnte Kowal. Er löste eine der Handschellen, zog die Kette durchs Gitter und fesselte Karim erneut. »Und jetzt lass uns gehen.«

Kowal zog an der Schnur neben der Tür. Sofort war draußen das Trappeln von Schritten und das Rumpeln, mit dem die Riegel zurückgeschoben wurden, zu hören. Noch bevor die Tür geöffnet wurde, roch Artur Alkohol. Die beiden kräftigen Opritschniks in der Uniform der Binnenschifffahrtsflotte und mit Schulterstücken der Flugwaffe erstarrten und vergaßen völlig, nach ihren Waffen zu greifen. Kowal hielt Karim eine Klinge an die Kehle. Eine Minute später hatte er die Leutnants nackt ausgezogen, gefesselt und sorgfältig weggesperrt. Er und *sein* Gefangener konnten sich auf den Weg nach draußen machen. Im nächsten Stockwerk stieß er auf so etwas wie einen Wachtposten. Karim ging vor ihm her, aufgemuntert durch ein paar Spritzen in den Hals. Der Diensthabende erfasste die Situation mit einem Blick.

Als er versuchte, Artur das Breitschwert über den Schädel zu ziehen, nutzte Karim die günstige Gelegenheit, ließ sich auf den Boden fallen und kroch flink auf die offene Tür zu. Der Diensthabende schlug dreimal zu. Zweimal traf er die Wand, beim dritten Versuch blieb er an einem aus der Wand herausragenden Haken hängen, sodass die Klinge direkt am Heft abbrach. Artur war schon an ihm vorbei, als er hörte, wie hinter ihm eine Waffe entsichert wurde. Dem gescheiterten Fechter war eingefallen, dass er noch ein Gewehr besaß … Eigentlich widerstrebte es Kowal, jemanden zu töten. Noch immer sah er die Gesichter der toten Biker an der Straßensperre vor sich, wenn er die Augen schloss. Aber die Zeit für Verhandlungen war vorbei. Er tauchte unter dem Lauf weg, lenkte den Blick seines Gegners mit einer Bewegung der linken Hand ab und stieß ihm einmal kurz in den Solarplexus.

Karim wäre unterdessen die Flucht beinahe geglückt, sodass Artur ihm hinterherhetzen musste. Als er ihn sichergestellt hatte, kam ihm die Idee, sich die Gefangenen in den Zellen anzusehen. In der ersten Zelle hockten gleich drei Männer. Als sie den Kirchenmann sahen, warfen sie sich ihm zu Füßen. Die Offiziersinsignien ließen darauf schließen, dass es sich um Angehörige der Kremlarmee handelte.

»Diese Gauner!«, zischte Karim angewidert. »Sie haben in den Vorstädten die Straßensteuer eingetrieben, aber einen Großteil davon unterschlagen …«

»Die Straßensteuer? Das gefällt mir«, rief Artur aus und verschloss die Zelle. »Aber sag mal, wenn ihr schon eine Straßensteuer eintreibt, baut ihr dann vielleicht auch Straßen?«

»Das sollen die Vorstädte mal hübsch selbst erledigen!«, konterte Karim. »Wir müssen schon knapp fünfhundert Asiaten durchfüttern, die die Twerskaja pflastern. Moskau hat schließlich Vorrang!«

»Aber klar doch!«, erwiderte Artur, während er die nächste Zelle aufsperrte. »Moskau hat Vorrang – und alle anderen sollen sehen, wo sie bleiben.«

In ihr war ein Major untergebracht, der sich rund um die Metrostation Taganskaja illegal Gebäude unter den Nagel gerissen hatte. Allerdings war er nicht dafür angeklagt worden, dass er einige Dutzend Menschen aus einer fremden Garnison auf die Straße gesetzt hatte – im Gegenteil, dafür war er belobigt worden –, sondern dafür, dass er das Grundstücksverzeichnis zu seinen Gunsten ausgelegt hatte.

Dann kam eine Zelle mit einer älteren Mutter, die sehr gütig aussah und bis vor Kurzem das Kommando über die Bande aus Ljuberezy gehabt hatte. Ihr Verbrechen bestand darin, einen stattlichen Teil ihrer Verwandten getötet zu haben, damit der Kreml sie nicht rekrutieren konnte. Deshalb warf man ihr Sabotage vor. Artur dachte kurz nach und beschloss dann, dass er die Frau nicht befreien wollte.

In der letzten Zelle stieß er auf eine Gruppe von vier jungen Dieben. Sie hatten in Moskau Auftragsdiebstähle durchgeführt, was sich jedoch als schwere und langweilige Schufterei herausgestellt hatte. Deshalb hatten sie beschlossen, sich das Leben etwas leichter zu machen und nachts über einsame Krämer herzufallen. Alle vier waren vor das Gericht des Großen Kreises gestellt worden. Danach hätte ihr Weg direkt zum Galgen geführt, hätten sie nicht bei der Verhaftung angefangen, Parolen gegen den Präsidenten zu brüllen. Nun nahm sich die politische Polizei mit Freuden dieser Jungs an. Kowal betrachtete die malträtierten Gesichter der Tadschiken und lehnte die Tür an.

»Keine große Ausbeute!«, murmelte er. »Aus mir wird wohl

kein Zorro mehr … Apropos«, wandte er sich an Karim, »wo ist mein Pferd?«

»Weg. Aber ich besorge dir jedes Pferd oder Auto …«

Der Obergeistliche konnte sich kaum noch auf den Beinen halten. Erst jetzt begriff Artur, dass er keinen jungen Mann vor sich hatte. Wenn er nicht aufpasste, verwandelte sich seine wertvolle Geisel von einer Minute zur nächsten in einen hilflosen Kranken. Und wo sollte er hier einen Notarzt herkriegen?

»Was ist? Willst du ein Auto?«, krächzte Karim, der sich gegen die Wand lehnte. »Ich lüge nie und schlage nie etwas zweimal vor. Ich gebe dir das beste Auto und eine Plakette der Sicherheit als Zugabe. Lass mich frei, mir ist schlecht …«

»Das könnte dir so passen, Freundchen«, sagte Kowal und packte Karim, schulterte das Gewehr und stiefelte zum Ausgang. »Ich habe in den letzten Tagen zu vielen Menschen vertraut … Vermutlich, weil ich nicht mehr an eure komische Zivilisation gewohnt bin. Bereite dich auf einen langen Weg vor!«

(29) DIE KOHLE DES MARQUIS DE CARABAS

Um den Hengst tat es ihm leid. Ein solches Pferd würde er nicht wiederfinden. Blieb nur zu hoffen, dass die Patrouillen nicht auch die Stute geschnappt hatten, die er beim Institut zurückgelassen hatte. Hier auf dem Markt würde er nämlich keinen vollwertigen Ersatz auftreiben. Denn hier wurden, wie er von dem Dreckskerl Ordnung wusste, meist Pferde aus Zentralasien angeboten.

An der Ausgangstür hielt niemand Wache. Wie einfach das alles ist, wunderte sich Kowal, als er die verdreckte Straße Wassiljewski Spusk hinunterspähte. Auf Müllbergen führten Spatzen ein unglaubliches Spektakel auf. Dann wanderte sein Blick weiter zu *jener* Festung: Zwischen den roten Zähnen der bekanntesten Mauer Russlands ragten die Querbalken von Galgen heraus. Er drehte sich um. Über ihm erhoben sich die mosaikartigen Türme der Basilius-Kathedrale, die vor zweihundert Jahren vor der Zerstörung durch eine andere Tyrannei gerettet worden waren. Der Obergeistliche Karim hatte sich die Uniform eines Sergeanten anziehen müssen, denn aus der Kathedrale strömten unablässig Menschen – und Artur befürchtete, die Figur in dem stadtbekannten Offiziersmantel würde gleich ein ganzes Herr von Gaffern anziehen. Karim hatte plumpen Widerstand geleistet, als er die Stiefel ausziehen sollte, und die ausgetretenen fremden Schuhe kategorisch abgelehnt. Mit ein paar Schlägen gegen die kranke Niere und kurzen Trancephasen hatte sich das Problem jedoch schnell lösen lassen.

Der Rote Platz hatte sich bis zur Unkenntlichkeit verändert. Das GUM war bis auf die Grundfeste niedergebrannt. In den Trümmern kraxelten Figuren in bunten Fetzen herum und sammelten alle Ziegel ein, die sich für zukünftige Bauten verwenden ließen. Davor stand ein deutscher Flachbagger mit Anhänger, in den die Leute die Steine warfen. In einem durchlöcherten Panzerspähwagen zündeten gerade ein paar Soldaten ein riesiges Feuer an. Der Erlöserturm hatte seinen Stern und ein halbes Zifferblatt eingebüßt. Er musste mehrfach beschossen worden sein. Anstelle der Tannen an der Mauer mit den Urnen der Politführer zog sich eine Doppelreihe von Holzhütten hin. Von ihnen strömte ein Geruch von gebratenem Fleisch herüber, dort erklangen Gitarren, man versuchte – eher vergeblich – ein Lied im Chor zu singen.

Das Kopfsteinpflaster war unter dicken Schichten von zusammengepresstem Müll verschwunden. An den Stellen, wo die letzten Schneewehen noch nicht geschmolzen waren, ragten die Müllberge wie Grabhügel von Steppenkriegern auf. Durch das Auferstehungstor fuhren in einem unablässigen Strom beladene Wagen, um dann – geleert – am anderen Ende des Roten Platzes über die Warwarka, in der Holzbretter ausgelegt worden waren, wieder zu verschwinden. Mit einem wilden Pfiff polterte eine Autokarosserie vorbei, auf die ein Dampfkessel montiert war. In den Rauchwolken waren Männer mit nacktem Oberkörper zu erkennen, die den Kessel mit meterlangen Holzscheiten befeuerten.

Das Mausoleum war anscheinend frontal mit schwerem Geschütz beschossen worden. Das Gebäude selbst war eingestürzt, die Mauer dahinter durchzogen zwei blitzartige Risse. Über der noch intakten Granitplatte des Buchstabens *E* aus dem Wort *LENIN* war eine Schnur gespannt, an der Wäsche trocknete, darunter lief eine Ziege herum. Sie fraß die Reste von Birkenzweigen, die vermutlich aus der äußersten Hütte stammten: Die Rauchsäule über ihr und die fröhlichen Schreie aus ihr ließen vermuten, dass sie als Sauna genutzt wurde. Überall stank es entsetzlich. Der Frühling hatte die Müllberge aufgetaut, nun flossen die stinkenden bunten Bäche zusammen, um gemeinsam zur Moskwa zu strömen. Kowal versuchte, durch den Mund zu atmen. Heute verstand er die Wipper besser denn je zuvor. Vermutlich hatte es in der Eremitage nicht ganz so grauenvoll gerochen – aber die drei Jahre an der frischen Luft waren auch nicht unbemerkt an ihm vorübergegangen. Er bedauerte, keine Gasmaske mitgenommen zu haben, andererseits trug in Moskau aus irgendeinem Grund niemand diese Dinger. Ob ich den Anschluss an die Welt verloren habe?, fragte er sich. Vielleicht läuft inzwischen ja kein Mensch mehr mit Maske rum.

Nun traf er seine Entscheidung: Er packte Karim von hinten, wartete, bis er ein Pferdefuhrwerk entdeckte, und torkelte dann darauf zu. Ein paar einfachen Soldaten winkte er wild zu, somit vorgebend, er sei betrunken – und verfrachte seinen noch besoffeneren Kumpel nach Hause. Immerhin schleiften Karims Füße höchst authentisch über den Boden. Als Kowal den Wagen erreichte und den Kirchenmann auf die Ladefläche mit leeren Jutesäcken hievte, blieb ein Schuh im Matsch stecken. Der Kutscher wollte schon Protest einlegen, aber Artur regelte alle offenen Fragen kurzerhand auf altbewährte Weise, schließlich hatte er in Karims Taschen genug Gold gefunden, um jede Kutsche Moskaus samt Kutscher zu kaufen.

»Mein Kumpel hat einen übern Durst getrunken«, erklärte Artur, während er einen Jutesack über Karim ausbreitete. Der wurde auf der Stelle schwarz, denn der Karren hatte Kohle geladen. »Was ist, Mann, fährst du uns nach Haus?« Artur nannte die Adresse und bereitete sich innerlich darauf vor, auch den Fuhrmann unter den Sack zu stopfen, sollte dieser Sperenzchen machen.

Der tat jedoch nichts dergleichen. Nur verwirrte ihn diese ungeheure Menge Geld und ließ ihn einen Hinterhalt wittern. Er beruhigte sich erst, als Artur ihm die Legende von zwei Petersburger Ingenieuren auftischte, die sich bei der Ausbesserung der Metro ein hübsches Sümmchen verdient und sich vor Freude darüber das eine oder andere Gläschen spendiert hätten. Daraufhin taute er auf und fing an zu plaudern. Als Artur erfuhr, dass der Mann erst vierundzwanzig Jahre alt war, wollte er das kaum glauben. Mit der schuppigen grauen Haut, den schorfigen Lippen, dem schütteren Haar und der grauenvollen Furunkelsammlung auf der von Kohlenstaub schwarzen, im Ausschnitt des fadenscheinigen Hemds hervorlugenden Brust sah er eher wie vierzig aus.

Als Artur dann vorsichtig andeutete, er habe bei den Metroleuten gearbeitet und hege für Pap Iwan nicht gerade die freundschaftlichsten Gefühle, wurde der Mann noch gesprächiger. Artur brauchte nur noch ab und an *aha* zu murmeln, sich durchschütteln zu lassen und aufmerksam zurückzublicken. Der Wagen, vor den zwei ausgemergelte alte Wallache gespannt waren, zuckelte extrem langsam durch die Straßen. Eine Möglichkeit, die beiden Tiere zu einem schnelleren Tempo anzutreiben, gab es nicht. Deshalb konnte Artur nur hoffen, dass Karim wenigstens noch eine Stunde lang ohnmächtig bliebe.

Der Kutscher hieß Marquis, weil das einzige Buch, das in seinem Elternhaus nicht im Ofen gelandet war, von den Abenteuern eines gewissen Marquis de Carabas handelte. Wer dieser Marquis de Carabas eigentlich war, wusste der junge Aristokrat zwar nicht, trotzdem verzichtete Kowal darauf, es ihm zu erzählen. Der Marquis stammte aus Brjansk und hatte – wie die meisten Menschen – nur gute Erinnerungen an seine Kindheit. Gut, bisweilen gab es nichts zu essen. Außerdem war es immer kalt. Und viele Menschen seien gestorben, weil manchmal ansteckende Krankheiten die Runde machten. Artur begriff nicht ganz genau, um welche Krankheiten es sich da handelte, ob es irgendwelche Folgen einer HIV-Infektion waren oder, wie er vermutete, Typhus oder Cholera. Auch Wilde hätten sie angegriffen, aber irgendwann seien die Zauberer gekommen und hätten sie beschützt. Dafür gossen sie bloß ein wenig schlechtes Wasser in den Fluss, also wirklich nur sehr wenig, und warnten sie alle, in den nächsten drei Tagen etwas davon zu trinken. Danach seien im Fluss alle Fische an die Wasseroberfläche getrieben worden. Und diejenigen, die nicht auf die Zauberer gehört und von dem Wasser getrunken hätten, seien auch gestorben. Und auch noch ein paar Kühe. Aber das zählte eigentlich alles nicht, denn am Ende waren fast alle Wilden tot, die flussabwärts lebten. Das sei doch fabelhaft, oder etwa nicht?

»Oh, unbedingt!«, versicherte Artur, der nach dieser Erzählung überlegte, wo er sich schnellstens die Füße waschen konnte.

Karim schnarchte leise unter seinem Jutesack. Niemand jagte ihnen nach, und allmählich fasste Artur Hoffnung. Bestimmt würde er es zu seiner Stute schaffen. Und nachts aus der Stadt herauszukommen, das dürfte nun wirklich kein Problem sein …

Nachdem die Zauberer die Wilden ausgerottet hätten, fuhr der Marquis mit seiner Erzählung fort, waren sie in der Stadt geblieben und hatten die Kinder gegen Geld in die Lehre genommen. Die Zauberer seien aus dem Süden gekommen, aus der Ukraine, und viele seien sehr schrecklich gewesen, aber mit der Zeit hatten sich alle an sie gewöhnt und keine Angst mehr vor ihnen gehabt. Die Mütter seien allerdings nie zu ihnen gegangen, weil es unter den Zauberern nur zwei Väter gegeben habe – und die hätten schreckliche Kinder in die Welt gesetzt. Ein besonders schreckliches Kind sei mit verbogenen Beinen und einem Matschkopf auf die Welt gekommen, aber das war noch vor Marquis' Geburt. Die Frauen hätten es angespuckt, als sie es sahen, aber das schreckliche Kind wuchs heran und wurde dann der allerbeste Arzt. Ebendieser Arzt hat den anderen Zauberern dann auch befohlen, hinter der Stadt den Wagen mit den Kräutern zu verbrennen, die sie noch aus der Ukraine mitgebracht hatten. Außerdem konnte er das Blut besprechen, sodass alle Frauen zu ihm gegangen seien, die keine Kinder bekommen konnten. Er hat ihre Hand genommen, dann ging alles schnell und fast ohne Blut.

Der Arzt hatte den Männern auch als Erster davon erzählt,

dass in der Ukraine ein schwarzer Brennstein unter der Erde liege und viele dieser Steine noch in den Kesseln im Bahnhof von Konotop zu finden seien. In Moskau war da schon seit langer Zeit Geld im Umlauf, und der Arzt hat gesagt, man könne dort gute Geschäfte machen, wenn man den schwarzen Stein in die Hauptstadt brächte. Denn mit dem sei viel besser zu heizen als mit Holz.

Das stimmte. Marquis' eigener Vater habe bereits im ersten Winter gut an dem Brennstein verdient. Damit hätten sie sich Pferde kaufen können, von denen es damals nur sehr wenige gab. Ja, so wenige sogar, dass man versucht hatte, Kühe und Schweine vor einen Pflug zu spannen. Danach hätten alle auf Kohle umgesattelt und viel verdient. Bis dann schließlich die Garnison von Pap Iwan aus Moskau eingetroffen sei ...

Das war vor drei Jahren gewesen. In Brjansk habe es vier Kommunen gegeben, die sich oft untereinander geschlagen hätten, aber die Straßenschlachten hätten noch vor seiner, Marquis', Geburt aufgehört. Deswegen habe, als in der Stadt ein Bataillon mit MGs aufgetaucht sei, das niemand als Bedrohung empfunden. Bis auf die Zauberer, die deshalb auch schon vorher die Stadt verließen. Der Hauptmann habe die Menschen aus Brjansk gelobt und erklärt, dass von heute an Moskau die Stadt beschützen würde. Aber vor wem denn, fragten da die Brjansker verwundert. Ja wohl nicht vor denen aus Orlow oder Kaluga? Das seien doch alles Verwandte ...

»Und was ist mit den Wilden?«, wollte der Hauptmann wissen.

»Ach die«, sagten die Brjansker bloß. »Wir haben noch genug alte Gewehre, Patronen haben wir inzwischen auch gekauft, denn jetzt haben wir ja Geld. Hier wird kein Wilder auftauchen.«

»Ihr habt Patronen gekauft?«, hakte der Hauptmann kopfschüttelnd nach. »Und wer hat euch erlaubt, die zu erstehen? Und im Haus aufzubewahren? Schon vor zwei Jahren hat der Präsident uns den Schutz für euch übertragen. Entweder rückt ihr eure Waffen also freiwillig heraus, oder wir holen sie uns mit Gewalt!« Daraufhin hätten die Soldaten zur Bekräftigung seiner Worte mit einer Kanone geschossen. Und zwar mitten in die Kohlen rein. Was das bedeutete, dürfte ja wohl klar sein …

»Ach ja, und eure Kohle …«, fuhr der Hauptmann fort, während die Brjansker fassungslos auf das starrten, was von den acht Waggons mit dem Brennstein aus Konotop übrig geblieben war. »Wer hat hier das Sagen? Der soll zwei Papiere unterschreiben! Bei dem ersten geht's um eure Kohle. Die könnt ihr zu einem sicheren Preis an Moskau verkaufen. Dann braucht ihr nicht mehr in jedes Kaff wie Kaluga zu fahren, sondern liefert alles an uns. Wir werden schon entscheiden, wie viel wir wem geben. Um die Preise braucht ihr euch nicht mehr den Kopf zu zerbrechen. Der Große Kreis setzt sie nämlich fest … Und das andere Papier garantiert euch das ganze Jahr hindurch Schutz durch unsere Garnison. Wir begleiten euch selbstverständlich nicht in die Ukraine, dahin dürft ihr ruhig allein zuckeln, und bis Moskau auch nicht, was soll denn da unterwegs schon passieren …? Dafür errichten wir hier in Brjansk Kontrollposten und lesen das Pack aus den Straßen auf. Das wäre doch ein ungeheurer Vorteil für euch, oder etwa nicht? Ihr bräuchtet euch nicht mehr selbst um diese Ganoven zu kümmern, das nehmen wir euch ab, indem wir das Moskauer Gesetz durchsetzen. Falls sich also irgendein Faulpelz vor der Arbeit drücken will … Aber gut, das gehört jetzt nicht zur Sache. Also, wer hat hier das Sagen? Der soll jetzt auf der Stelle unterschreiben!«

»Mhm … Wir können aber nicht gut lesen!«, murmelten die Männer, die noch gar nicht verkraftet hatten, was aus der Frucht von zwei Monaten harter Arbeit geworden war.

»Na und?«, wiegelte der zukünftige Generalgouverneur ab. »Ich kann auch nicht viel mehr lesen als die Worte auf den Zäunen … Aber Ordnung muss sein! Ach, und ehe ich's vergesse: Solltet ihr euch weigern zu unterschreiben, seid ihr keine Patrioten. Dann seid ihr Staatsfeinde Russlands. Möchte einer von euch etwa zum Staatsfeind erklärt werden?«

Die Ältesten stierten auf die Kanone und setzten ein Kreuz unter die beiden Verträge, die sie nicht lesen konnten. Schließlich wollte niemand als Staatsfeind gelten.

»Und jetzt«, fuhr der Hauptmann munter fort, »jetzt möchte ich euch die Einzelheiten dieser Verträge erläutern. Ihr habt euch zu zwei Dingen verpflichtet, die sich im Grunde von selbst verstehen. Erstens: Die Männer, die euch beschützen, habt ihr mit Essen, Trinken und Kleidung zu versorgen. Häuser suchen wir uns selbst aus. Zweitens: Ein Fünftel eures Gewinns zahlt ihr in die Staatskasse. Man muss schließlich teilen!«

»Was soll das denn heißen?«, fragte jemand. »Uns wird doch schon in Moskau ein Zins abgeknöpft! Und dann hier auch noch ein Fünftel?! Da müssen wir ja zweimal auf unseren Gewinn blechen! So was gab's ja noch nie!«

Natürlich konnte das nicht friedlich ausgehen. Die Brjansker waren zwanzigmal so viele wie die Soldaten aus Moskau, sodass das Kremlbataillon sich schnell zurückzog. Ein Dutzend Tote blieb trotzdem auf dem Schlachtfeld zurück. Moskau ist eh schon groß, sagten die Ältesten, was sollen wir diesen Aasgeiern noch mehr Geld in den Hintern schieben? Dann wollten sie die nächste Fuhre Kohle in die Hautstadt bringen. Aber weiter als bis nach Kaluga kamen sie erst mal nicht. Dort stießen sie nämlich auf eine Straßensperre. Sie mussten zahlen, wenn auch nicht horrend viel ... Das böse Erwachen folgte dann in der Hauptstadt. Niemand, der ihnen früher die Ware abgenommen hatte, wollte sie jetzt noch kaufen. Und das betraf nicht nur die Kohle, sondern auch Kartoffeln, Rüben und eingesalzenes Gemüse. Selbst tauschen wollte niemand mehr, obwohl das früher kein Problem gewesen war. Handel fand nur noch auf dem Markt statt, mit Kremlrubeln.

»Dann stimmen die Geschichten also«, raunten die Brjansker einander zu. »In Iwanowo soll man ja Unmengen von Gold in den Kellern aufgestöbert haben, das noch vor dem Großen Tod eingelagert worden ist. Kurz danach kam dann dieser Erlass. Es gab einen Befehl, dass alle, bei denen nicht rostendes Metall oder Schrotflinten gefunden werden, Vaterlandsverräter sind und als Feinde des untrennbaren Russlands gelten. Für dieses Verbrechen gibt es aber nur eine Strafe. Welche, brauche ich nicht zu sagen … Außerdem sollen sie heute alle nicht rostenden Rubel aus anderen Städten einschmelzen, um daraus ihre eigenen zu prägen, damit nur noch Kremlrubel im Umlauf sind. Auf dem Markt gilt nur noch ihr Rubel, der fast doppelt so schwer ist wie der aus Piter. Diese Hunde von der Sicherheit haben glatt alle übers Ohr gehauen!«

»Halb so wild. Pfeifen wir auf den Markt!«, schlug einer der Brjansker vor. »Lasst uns die Stadt umfahren und dort alles gegen das eintauschen, was wir brauchen. Sonst wird uns am Ende die Marmelade bei dieser Hitze noch schlecht!«

»Ohne uns!«, erwiderten die anderen. »Da ersäufen die uns doch in unserer eigenen Marmelade! Im Umkreis von fünf Tagesritten haben die hier ihre Garnisonen! Du hast wohl noch nicht begriffen, wer jetzt am Ruder sitzt?! Das sind alles entweder irgendwelche Tattergreise oder Rotzlöffel mit MGs …«

»Woher kommen eigentlich all die Leute? Die haben ja regelrecht eine zweite Macht im Staat aufgebaut!«

»Ganz einfach! Was zahlen sie denen? Eben! Und Pferde samt Futter kriegen die auch noch! Und Motorräder von den Deutschen! Und jedes Haus ist für die Garnison, das beste in der Stadt dürfen die sich aussuchen! Und Schreiben mit den Unterschriften und dem Siegel des Kleinen Kreises kriegen die! Glaub mir, die wollen sich das ganze Land unter den Nagel reißen!«

»Aber der Grund und Boden hat immer allen gehört …«

»Die Zeiten sind längst vorbei. Du hast dich noch nicht mal umgeguckt, da sind auch schon fünf Jahre rum, und auf den nettesten Flecken sind Pfeiler mit den Plaketten aus Moskau. Und mit den Fabriken und den Ölfässern ist's genauso … Aber die sitzen mit ihrem fetten Arsch ja in der Festung. Versuch da mal reinzukommen …«

»Soll das heißen, die geben sich selbst diese Schreiben?«

»Ganz genau. Sonst würde doch niemand bei denen einsteigen! Vor allem die jungen Leute nicht. Ob du deine Kohle verkaufst oder nicht, ist denen völlig egal! Aber wenn du nicht verrecken willst, bring sie zum Markt. Glaub mir, die Zeiten der *Gerechtigkeit* sind lange vorbei, heute regiert das *Gesetz*.«

Wenn sie nicht unverrichteter Dinge wieder abziehen wollten, mussten sie also zum Markt. Und die Ware zu festgesetzten Preisen verkaufen. Als sie den Gewinn zählten, brachen sie fast in Tränen aus. Und dann diese Hauptstadtpreise, als sie selbst was kauften! Wieder in Brjansk erwartete sie kein Bataillon, sondern gleich ein ganzes Heer. Die Scheunen mit dem Korn brannten. Die erbittertsten Feinde des einen und untrennbaren Staates waren an Birken aufgehängt worden. Anstelle des Hauptmanns hatte ein großer Mann mit gelbem Gesicht den Befehl über die Truppen. Er schrie nicht und kicherte nicht. Er hielt ihnen einfach die beiden unterschriebenen Verträge unter die Nase und erklärte ganz leise, dass die Ältesten das Gesetz gebrochen hätten.

Einer der Kohlenhändler sagte dann, dass der Vertrag doch feste Preise vorsähe, aber in der Hauptstadt hätten sie Kohlen viel billiger haben wollen. Da bekam er zu hören, dass im letzten Monat Änderungen an den Gesetzen vorgenommen worden seien. Und dass es auch in Zukunft immer wieder Änderungen geben würde, wenn der Große Kreis sie für nötig hielte. Denn all das sei im Interesse des Volkes. Und wer gegen das Volk sei, der solle jetzt nur vortreten.

In Brjansk gab es, wie sich herausstellte, keine Volksfeinde.

Seit dieser Zeit bringe er, Marquis, seine Kohle und alles, was der Wald hergab, nach Moskau. Die Geschäfte musste er jetzt zwar auf dem Markt abwickeln, aber danach verlangte man von ihm, durch die halbe Stadt zu zuckeln und seine Fuhre an einem ganz anderen Ort abzuladen. Nur manchmal, wenn er Glück hatte, brauchte er bloß in den Kreml, der war ja ganz in der Nähe vom Markt. Was er immer noch nicht ganz verstand, war das System der Bezahlung. Die Moskauer würden nämlich immer lieber Schulden machen.

»Was soll das heißen? Vertrauen Sie uns nicht?«, wunderten sie sich, wenn die Brjansker darum baten, doch wenigstens das Geld für die letzte Lieferung zu erhalten. »Wohin sollen wir uns denn eurer Meinung nach verdrücken? Schließlich beliefern wir keine privaten Läden, sondern den Staat! Aber ihr in der Provinz habt eben von nichts eine Ahnung! Der Kreml braucht jetzt euer Geld, allerdings nur für kurze Zeit. Und nur zu eurem Besten! Wir kaufen einen Elefanten. Ihr wollt ja wohl auch, dass es in unserem großen Land einen echten Elefanten gibt, oder?«

»Ja, schon …«, stammelten die Brjansker, von den hochtrabenden Plänen der Hauptstadt beeindruckt. »Aber wir zahlen euch doch schon Steuern! Und wir müssen Nägel kaufen und Glas und wenigstens irgendwas zum Anziehen …«

»Also, so was Dreistes!«, riefen die Großhändler wütend. »Ihr müsstet euch mal hören! Wer war es denn, der unbedingt mit der Hauptstadt handeln wollte?! Wir haben euch die besten Bedingungen geboten. Wo findet ihr sonst einen solchen Markt?! Ihr wollt ja wohl nicht bis nach Piter zuckeln oder nach Astrachan … Überlegt doch mal, was euch da unterwegs alles passieren könnte.«

Das war nicht von der Hand zu weisen. Die Straße nach Moskau wurde gut bewacht, nach Piter oder in den Süden müsste man aber eine große Karawane zusammenstellen. Und Geleitschutz für sie anheuern. Dafür fehlte jedoch das Geld. Außerdem wisse niemand so genau, ob dieses mysteriöse Gesetz nicht den Handel mit Piter verbot …

»So sieht die Lage also aus, Herr Ingenieur«, beendete Marquis seinen Bericht. »Hier komm ich nicht weiter, dazu ist die Straße zu aufgerissen …«

»Das macht nichts, den Rest schaffen wir zu Fuß.«

In der Gasse war niemand zu sehen. Die Wasserleitung, die hier verlief, musste irgendwann geplatzt sein, sodass der Boden aufgeweicht, ein Loch entstanden und der Asphalt hochgedrückt worden war. Er versperrte vor allem die Straße. Über den Rand des Lochs ragte Eis auf, das aussah wie ein geschmolzener Zuckerhut. Das Dach eines Hauses in der Nähe war eingestürzt und hatte auch die beiden unteren Etagen in Mitleidenschaft gezogen. Das Ergebnis hätte gut als Illustration in einem Lehrbuch für Zivilschutz dienen können. Artur zog Karim die Mütze tief ins Gesicht und lud sich den schlaffen Körper auf die Schulter.

»Dein Kumpel hat sich aber gewaltig die Kante gegeben … Und sag mal, bei euch in Piter, laufen da alle barfuß rum oder nur die Ingenieure?«, rief ihm der Fuhrmann hinterher.

»Nur diejenigen, die für Gerechtigkeit sind«, erwiderte Artur, ohne sich umzudrehen. »Wer für Ordnung ist, hat alles Mögliche an den Füßen!«

Die Balken in der Straße parallel zum Institut waren bereits verfault. Da er auch noch von einem zum anderen springen musste, war er zu abgelenkt, als dass er hätte bemerken können, wie am anderen Ende der Gasse aus einer Tordurchfahrt ein offener Jeep auftauchte.

»Da ist der barfüßige Kerl!«, machte ein großer Kerl mit kastanienbraunen Locken und vernarbtem Gesicht seine Kollegen auf Artur aufmerksam. »Die Gewehre runter! Für eine Leiche kriegen wir nichts!«

(30) ÜBER DEN NUTZEN VON HAUSTIEREN ODER DIE SCHELMEREIEN EINES FLEDERS

Zu seiner unsagbaren Freude fand Kowal die Stute gesund und munter vor. Aus Langeweile hatte sie sämtliche trockenen Äste im Hof angeknabbert, während es der Fleder ohne den Befehl seines Herrn nicht gewagt hatte, die Tasche zu verlassen, dafür aber aus purer Bosheit sein tragbares Heim in Fetzen gerissen hatte. Jetzt kauerte er mit gefletschten Zähnen da, ebenso wütend wie schuldbewusst. Das Pferd hätte der Fleder ohnehin nie angerührt, immerhin war er ein gut erzogenes Tier, fast wie ein Wachhund, der die Verantwortung für den Besitz seines Herrchens übernahm. Außerdem bestand ein Teil seiner Ausbildung darin, auf eine Schale mit Pferdeblut zu reagieren: Er bekam davon zu kosten, kriegte im Anschluss jedoch eins mit einer Gerte auf die Nase, bis er sich am Ende völlig gefeit gegen diese kulinarische Versuchung zeigte. Diese Dressur war vor allem deshalb möglich, weil sich seine Hauptwaffe, der Schwanz, erst in seinem zweiten Lebensjahr mit dem Gift füllte. In einer der Satteltaschen fanden sich zum Glück aber noch gedörrtes Fleisch und Früchte, sodass niemand verhungern musste.

Artur ging gar nicht erst ins Institut. Wenn am Haupteingang Fremde aufgetaucht wären, hätte er das bemerkt. Doch die Spuren ließen darauf schließen, dass Sergej und Luda Drobitschenko das Gebäude aus freien Stücken verlassen hatten. Offenbar hatten sie sich durchs Gestrüpp gekämpft, dann waren sie auf die Zufahrtstraße abgebogen, die zu einem eingestürzten Tor führte. Laska war ihnen gefolgt, zwischendurch aber ein paarmal stehen geblieben, um sich umzusehen. Wahrscheinlich hatte sie nicht so recht gewusst, ob sie sich wirklich diesen beiden anschließen sollte. Mittlerweile war sie bestimmt längst zu ihren Leuten am Tor zurückgekehrt.

Jetzt weckte Artur Karim. Der verstand im ersten Moment gar nicht, wo er war. Dann bat er, pinkeln zu dürfen, danach fiel ihm ein, dass er sich in Moskau befand, was ihn so mutig werden ließ, nach Essen zu verlangen. Als er daraufhin eine abschlägige Antwort erhielt, schmollte er zwar, stieg dann aber ohne jeden Widerspruch aufs Pferd. Anscheinend zog er es vor zu reiten, statt mit einem Sack überm Kopf quer über dem Sattel zu liegen. Als Artur die Sattelriemen nachzog, unternahm er seinen einzigen Fluchtversuch. Unter dem Vorwand, ein großes Geschäft erledigen zu müssen, saß er noch einmal ab, verdrückte sich mit dem harmlosesten Gesichtsausdruck der Welt ins Gebüsch – und wollte sich dort klammheimlich um die Ecke stehlen. Seiner Ansicht nach schlich er garantiert auf leisen Sohlen davon, doch in Arturs Ohren veranstaltete er ein größeres Spektakel als eine ganze Herde Wildschweine an einer Tränke.

»Hochwürden«, rief Kowal sanft, nachdem er sich in Ruhe zu Ende rasiert hatte. »Kommen Sie doch bitte einmal her, ich möchte Ihnen etwas zeigen.«

Fluchend stapfte Karim zurück. Er war zwar kein Feigling, schätzte seine Chancen aber realistisch ein: Einem Mann, der dreimal dem Säbel eines Gefängniswärters entkommen war – noch dazu fast ohne sich vom Fleck zu rühren –, hatte er nichts entgegenzusetzen. Als er ihn wieder erreichte, sah er den Fleder.

»Als du bedauerlicherweise ohnmächtig warst, habe ich deine Stirn abgewischt und meinen Freund hier an dem Tuch schnuppern lassen.« Das war ein Bluff, denn es war nicht ungefährlich, einen Fleder zu einem Mord anzustiften. »Solltest du dich zu weit von uns entfernen, Hochwürden, wird mein Freund dich finden. Wie ich sehe, bist du mit dem Verhalten dieser kleinen possierlichen Tierchen vertraut?«

»Ja, sie sind mir schon begegnet …«, brachte Karim kleinlaut hervor. »Allerdings keine schwarzen, sondern grüne. Als ich noch ein kleiner Junge war, hatte ich sogar einen in einem Käfig.«

»Dann stimmt es also, dass du einer von den Zauberern bist?«

»Ich gehöre zu den Wahrsagern.«

»Wunderbar! Jetzt setz dich bitte wieder aufs Pferd! Und komm ja nicht auf die Idee, dich an meinem Hals … festzuhalten.« In diesem Moment meinte Artur, hinter dem Gebäude ein Motorrad knattern zu hören. Ein zweites Motorgeräusch kam aus der Parallelstraße, in der sie sich vom Kohlenhändler Marquis verabschiedet hatten. Ist das nicht etwas viel Verkehr für ein Viertel, in dem keiner wohnt?, überlegte Artur und stieg auf. »Und verrat mir doch bitte auch … Diese Leute, die hinter der Ecke auf uns lauern – würden die auch das Feuer eröffnen, wenn sie wüssten, dass sie dich treffen können?«

Karims Miene versteinerte sich.

»Gerade schleichen sie sich von hinten an uns an, aber sie sind noch hinter dem Zaun und können uns nicht sehen.«

Artur klemmte die Zügel unter den linken Arm. Er war noch immer ein lausiger Schütze, doch gerade deshalb wollte er unbedingt als Erster einen Schuss abgeben. Mit dem in der Basilius-Kathedrale erbeuteten Gewehr, um das schwere Ding nicht länger mit sich rumzuschleppen.

Die Stute spürte die Gefahr ebenfalls, ihr Widerrist spannte sich an und sie spitzte die Ohren. Aus diesem Grund bedauerte Artur auch den Verlust des Hengstes so: Die Pferde waren im Wald aufgewachsen und reagierten feindlich auf alle Fremden.

Bis zur Ecke des massiven Institutsgebäudes blieben noch drei Meter. Einen anderen Ausgang aus dem Hof gab es nicht. Direkt vor ihnen ragte schräg die Wand des Nachbarhauses auf, links lag eine schmale Sackgasse. Unter den Hufen des Pferdes knirschten Betonsplitter. Früher hatte es hier mal eine Rampe zum Lieferanteneingang gegeben, die heute jedoch zusammen mit dem Keller in den Boden abgesackt war.

Hinter ihnen knackte ein Ast. Die Verfolger hatten den Zaun überwunden und kämpften sich durch die Büsche. Artur ließ die Zügel los und griff mit der linken Hand unter die Jacke. Er könnte durch das Eckfenster ins Haus eindringen und dann durch die Gänge des Erdgeschosses fliehen. Nur käme die Stute nicht durchs Fenster … Zurücklassen würde er das Tier jedoch unter gar keinen Umständen – nicht, wo es, im Gegensatz zu anderen, über vierundzwanzig Stunden treu auf ihn gewartet hatte.

»'nen schönen guten Tag auch!«, rief da eine tiefe, rauchige Stimme. Vier Mann kamen ihnen entgegen.

Karim zog den Kopf ein. Unmittelbar darauf begriff auch Artur, dass diese Jungs nicht zur Kremlarmee gehörten. Und dass mit ihnen nicht zu spaßen war.

»Runter vom Pferd!«, verlangte der Chef der Bande in so gelangweiltem Ton, als ob er seine tägliche Arbeit verrichtete, die ihm längst zum Hals raushing. Den Mund konnte er nicht ganz schließen, das verhinderten drei oder vier hässliche Narben auf der linken Wange. Die Mähne aus kastanienbraunen Locken nahm sich bei dieser entstellten Visage wie eine billige Perücke aus. Über seiner Schulter trug er mit dem Kolben nach oben ein reich verziertes Gewehr aus Ischewsk mit abgesägtem Lauf.

Alle vier waren in keiner Weise witterungsgemäß angezogen und wirkten total verlottert. Wahrscheinlich schliefen sie, ohne sich je von ihrer Kleidung zu trennen, und gingen in diesem zusammengestückelten Outfit auch ihrem Handwerk nach. Ihr Nachtlager dürften sie vermutlich ziemlich oft wechseln, denn Leutnant Ordnung hatte Artur mit großer Genugtuung erzählt, wie die gesetzliche Macht mit Banditen umgehe: Wenn sie diese Ganoven stellten, umzingelten sie das Viertel mit Hunden oder Wölfen, die sie – im Unterschied zur einstigen Miliz – auch von der Leine ließen.

Ein rothaariger schielender Typ in Lederjacke richtete sein Gewehr auf Artur: »Die Knarre her, aber zack, zack!«

»Dann fang!«, verlangte Artur und warf ihm gehorsam die Waffe zu. Der Kerl geriet ein wenig ins Schwanken, als er sie am Lauf auffing, denn Artur hatte beim Wurf nicht eben mit Kraft gegeizt. Und leider traf der Kolben den Lockenkopf …

Kowal förderte mit einer einzigen Bewegung zwei Klingen aus seinen Ärmeln zutage. Zu verhandeln gab es hier nichts mehr.

Der Rothaarige fiel zu Boden und fasste sich mit beiden Händen an den Hals. Der Lockenkopf schaffte es noch, sich wegzuducken, sodass die Klinge seine Wange durchbohrte und im oberen Zahnfleisch stecken blieb. Komischerweise schoss niemand auf ihn. Stattdessen zog der dritte Ganove ein türkisches Breitschwert und versuchte, Artur das Bein abzuhacken, während der vierte, ein Kaukasier mit wildem Bart, nach den Zügeln des Pferds langte.

Das war ein unverzeihlicher Fehler von seiner Seite. Artur klatschte der Stute auf die Seite, sie sprang vor, bäumte sich auf und hinterließ deutlich sichtbare Hufspuren auf Stirn und Brust des Kaukasiers. Der temperamentvolle Bergbewohner ging zu Boden, all seine irdischen Qualen fanden ein Ende. Karim jammerte leise und glitt seitlich vom Pferd.

Der Besitzer des Breitschwerts, der beim ersten Mal kein Glück mit seinem Angriff gehabt hatte, holte ein zweites Mal aus. Zur Abschreckung griff er dabei auf einen einfachen, aber simplen Trick zurück, den Artur schon mal im Zirkus gesehen hatte: Der Mann ließ die Klinge mit einer solchen Geschwindigkeit in seiner Hand kreisen, dass sie einen funkelnden Kreis bildete. Der Lockenkopf schrie fürchterlich und versuchte, das Messer aus der Wange zu ziehen, der Rothaarige wollte aufstehen, sackte aber erneut zusammen und verspritzte weiter Blut. Der halb zwischen Sattel und Boden hängende Karim murmelte irgendwas vor sich hin …

Noch während Kowal die Remington, die er noch nie ausprobiert hatte, aus der Satteltasche holte, wurde er sich darüber klar, dass das Breitschwert nicht nur zur Abschreckung vor seiner Nase herumwirbelte.

Um seinen Hals zog sich eine Schlinge zusammen, und zwar mit einer Wucht, dass es ihm den Kopf abgerissen hätte, wenn seine Füße in den Steigbügeln gesteckt hätten. Aber die hatte er zum Glück Karim überlassen. So flog er nur aus dem Sattel, bewerkstelligte dabei jedoch gleich drei Dinge auf einmal. Er kniff den Fleder, zerrte an der Schlinge um seinen Hals und entsicherte die Remington.

Der Fleder schoss aus der Tasche, als habe er nur darauf gewartet, und verkrallte sich in der Visage des Lockenkopfs. Bei Licht sah das Tier nur schlecht, reagierte aber auf das Blut. Sobald dem Lockenkopf bei lebendigem Leibe die Haut vom Gesicht gerissen worden war, schlug er hysterisch um sich, woraufhin das Tier prompt zweimal hintereinander seinen giftigen Schwanz zum Einsatz brachte.

Kowal flog in diesem Moment über den japsenden Karim hinweg. Den wollte der Breitschwertträger zunächst auch mit einem Lasso lahmlegen, dann entschied er sich aber doch, dringendere Probleme zu lösen.

Als er nämlich sah, was für ein Monster die Fresse seines Kumpans bearbeitete, wollte er den Fleder mit bloßen Händen bei den Flügeln packen. Das hätte er lieber unterlassen. Denn im Unterschied zu Wespen reichte die lähmende Flüssigkeit dieser Vampire für sechs Stiche. Kowal hatte Leutnant Andrej Ordnung also angelogen, als er ihm ausgemalt hatte, wie das Tier ihn langsam verschmauste. Eigentlich ging das Ganze recht schnell über die Bühne.

Als Artur auf dem Boden aufschlug, wollte er die Schlinge mit einer in seinen Ärmel eingenähten Klinge durchschneiden. Das Lasso bestand jedoch aus irgendeinem synthetischen Material, sodass es sich nur tiefer und tiefer in seine Haut bohrte. Es würde nicht mehr lange dauern, und er wäre ein toter Mann.

Immerhin hielt er noch eine Überraschung für seine Gegner

bereit, denn er landete nicht, wie sie wohl annahmen, auf dem Rücken, sondern auf den Beinen. Das hatte ihm Berder beigebracht. Als er dann schoss, war ihm die Aufmerksamkeit aller sicher – aber kein Treffer. Er warf die Waffe weg und schnitt endlich die Schnur durch. Die Zahl seiner Feinde war um vier frische, aus dem Gestrüpp kommende Ganoven aufgestockt worden, Eile also geboten. Die Patronenhülse war noch nicht zu Boden gefallen, da hatte er bereits eine Kette mit einem Gewicht am Ende entrollt und zwei Messer geworfen. Die Antwort darauf bestand in einer Ladung Schrot, von der jedoch der größte Teil die Stelle traf, an der sich Artur gerade eben noch befunden hatte. Vier Schuss fing er sich jedoch in der Seite ein, einen im Schlüsselbein und zwei in der Schulter. Und auch die Stute bekam etwas ab.

Das arme Tier wieherte kläglich und sprang zur Seite, dabei den röchelnden Karim mit sich schleifend, dessen linkes Bein noch immer im Steigbügel hing.

Die beiden Banditen, die von den Messern getroffen worden waren, krümmten sich am Boden wie Bonbonpapier in einer Kerzenflamme und hielten sich die aufgerissenen Bäuche. Der dritte stieß beim Anblick des Fleders einen Schrei aus, der fast im Ultraschallbereich lag, und wollte Hals über Kopf fliehen. Er hatte jedoch erst anderthalb Schritt getan, als sich die Kette von hinten um seinen Hals wand, ihn zurückholte und direkt in die Dolchspitze trieb.

Dabei sah Artur, dass die Stute mit blutüberströmtem Fell in der Sackgasse feststeckte, denn Karim war zwischen zwei Bäumen hängen geblieben und hinderte sie daran davonzupreschen. Der vierte Typ – der, der auf Artur geschossen hatte –, ein kräftiger Schrank mit gebrochener Nase und total weißen, wahnsinnigen Augen, startete unterdessen den nächsten Angriff. Er wich einen Schritt zurück und lud fieberhaft nach.

»Hau ab!«, riet Kowal ihm und zog aus seinem Ärmel ein weiteres Messer. »Schmeiß die Waffe weg und verpiss dich!«

Doch der Kerl beherzigte diesen Rat nicht, sondern entsicherte die Waffe mit der Linken, während in seiner Rechten plötzlich eine Pistole mit beeindruckend langem Lauf aufgetaucht war. So krachte er denn auch zu Boden, aus zwei Waffen einen Schuss in den klaren Himmel abgebend. Kowal trat an ihn heran, verzog das Gesicht bei dem Gestank und holte mithilfe des Dolchs die Messer aus ihm heraus. Sein linker Ärmel wurde heiß und feucht, an der Seite zeichnete sich ebenfalls ein Fleck ab. Seinen Kopf konnte er nur mit größter Vorsicht bewegen. Er musste dringend ein ruhiges Fleckchen finden und seine Wunden versorgen. Denn hier würde er das nicht erledigen …

Erstaunlicherweise war der Rothaarige immer noch am Leben. Artur wusste, dass er ihm nur das Messer aus der Kehle ziehen musste, und alles wäre vorüber. Der tödlich verletzte Mann sah ihn mit einem derart unterwürfigen Blick an, dass Arturs Hand sich weigerte, ihm diesen kleinen Dienst zu erweisen. Ob die Übrigen noch am Leben waren, davon wollte er sich gar nicht erst überzeugen, vor allem da der Fleder sein Abendbrot noch nicht beendet hatte.

»Was … willst du … von mir?«, krächzte Karim, sobald er endlich wieder sprechen konnte. »Töte mich … auf der Stelle … oder … wir werden zusammen getötet werden!«

»Nun übertreib mal nicht!«, widersprach Artur, der in aller Eile das gebrochene Bein geschient hatte. »Und ich will dich zu meinen Freunden bringen. Die würden sich nämlich gern mit dir unterhalten …«

»Ich habe nichts zu verbergen … Was auch immer du willst, ich sage es, dafür brauchst du mich nicht zu foltern …«

»Das hört man gern.«

Rasch versorgte Artur die Wunden der Stute. Die meisten Schrotkugeln konnte er mit den Händen herausziehen. Das dürfte vorerst genügen …

»Außerdem will ich, dass du mir alles erzählst, was du weißt, Hochwürden«, nahm er das Gespräch mit Karim wieder auf.

»Du kommst nie aus Moskau raus … Das waren Banditen, keine Soldaten. Denn sie haben uns nicht erschossen. Weil sie uns an die Wilden verkaufen wollten … Die müssen den Verstand verloren haben, uns am helllichten Tag zu überfallen! Aber man wird mich suchen! Und wenn meine Leute dich finden, schießen sie dir das Pferd unterm Hintern weg. Zu Fuß kommst du ganz gewiss nicht weit …«

»Oh, aber genau das hab ich vor. Genauer gesagt, wir beide, Hochwürden.«

Glaub mir, dachte Artur betrübt, während er den Hals der zitternden Stute umschlang, ich wünsche mir nichts sehnlicher, als dass jetzt ein anständiger Mensch vorbeikommt. Dem würde ich dich sogar umsonst überlassen, falls du mir das nicht übel nehmen würdest. Denn in einem Punkt hat dieser Kirchenmann recht: Ich würde dich wieder in einen Kugelhagel reinziehen, und das wäre dein Ende. Hoffen wir also auf einen anständigen Menschen. Nur wo findest du den hier …? «

(31) BIKER WIDER WILLEN

Wie vermutet, stand um die Ecke ein völlig heruntergekommener Geländewagen der Armee. Artur konnte nicht mal mehr die Marke erkennen, meinte aber, der Jeep sei erst kürzlich zusammengeschraubt worden. Hinter ihm parkten, die Schalldämpfer gespreizt wie Elsternschwänze, zwei Sportmotorräder. Kowal warf die Satteltaschen, seinen Rucksack und alle noch brauchbaren Waffen in den Wagen. Anschließend verfrachtete er Karim auf den Rücksitz und breitete eine Decke über ihm aus. Hochwürden bot einen gotterbärmlichen Anblick, der Schweiß lief ihm in großen Tropfen übers Gesicht, die ohnehin ungesunde Haut war noch fahler geworden. Kowal fragte sich sogar, ob er richtig handle, wenn er dieses Häufchen Elend mit sich schleppe.

Als Nächstes folgte wahre Knochenarbeit. Vor Anstrengung stöhnend wuchtete Artur die schwere zweizylindrige Yamaha über die Hinterklappe in den Wagen. Das Modell kannte er nicht, einige Details ließen außerdem vermuten, dass die Maschine erst vom Band gegangen war, nachdem er eingeschlafen war. Immerhin hatten die Banditen ihm einen vollen Tank hinterlassen. Als er ihn jedoch öffnete, konnte er sich nur wundern, dass der Motor noch nicht abgeschmiert war. Ohne Frage hatte sich in Moskau ein kluger Kopf gefunden, der die Benzinproduktion wieder angeleiert hatte, aber bis zur Herstellung von Brennstoff der erforderlichen Qualität war es noch ein langer Weg. Und die Motoren überholte heute garantiert niemand.

Er fand weder die Batterie noch die Zündschlüssel, entdeckte dafür aber eine Art Griff, der an einem Seil aus der Verkleidung baumelte, fast wie bei einem Bootsmotor. Beim vierten Versuch ruckte der Jeep, spie eine schwarze Ölwolke aus, schickte aus allen Ritzen Abgase und informierte mit dem Rattern und Heulen der Lüftung alle umgrenzenden Häuser über den Beginn einer Rallye. Es fanden sich sogar Zuschauer für Arturs Fahrt: zwei Jungen von etwa zwölf Jahren. Er begegnete ihnen in der dritten Gasse, in die er einbog, weil er hoffte, sie biete gleichmäßigeren Asphalt. Doch während Artur mit der Kupplung kämpfte, befeuerten ihn die beiden Knirpse mit Apfelresten und deftigen Flüchen.

Als er in die Nowaja Basmannaja einbog, hatte er sich jedoch bereits an das Ding gewöhnt und konnte die Schlaglöcher umfahren, ohne dabei groß das Tempo zu drosseln. Diese Straße musste von strategischer Bedeutung sein, denn über dem Kopfsteinpflaster lagen in drei Schichten riesige Balken, die mit Haken und Draht gesichert waren, sodass Artur es wagte, in den dritten Gang hochzuschalten. Die Stute trabte brav hinter ihm her. Auf dem durchlöcherten Beifahrersitz zischte der Fleder grimmig in Arturs Rucksack, denn sein Herrchen hatte ihm nur erlaubt, den Chef der Bande, der ohnehin dem Tod geweiht war, zu beißen. Karim klapperte zwar vor Angst mit den Zähnen, belästigte ihn aber nicht mit Kommentaren.

An der Stelle, wo früher der Baumanngarten gelegen hatte, wurden im Schein von Lagerfeuern Bäume gefällt, denen sofort die Äste abgehauen wurden, damit sie zur Straße geschleift werden konnten. An der Metrostation verengte sich die Fahrbahn. Sie war relativ frisch gepflastert, in Tonnen verbrannte mit heller Flamme Masut, in riesigen Töpfen wurden Hammelrippen gekocht. Ein dicker Mann im Regenmantel und mit einem gelben Helm auf dem Kopf beaufsichtigte die Arbeiten, wobei er selbst unter einer Kunststoffmarkise stand, gewärmt von einem tragbaren elektrischen Heizgerät und in Gesellschaft fluchender Poliere. Artur fuhr vorsichtig an ihm vorbei, doch auf ihn achtete sowieso niemand. Nicht bei dem edlen Pferd in seiner Begleitung …

Je weiter er sich der Ringstraße näherte, desto menschenleerer wurden die Straßen. Soldaten und Handwerker wohnten in der Regel in der Nähe des Zentrums, die zivilen Angehörigen der *unabhängigen* Garnisonen lebten zusammengeballt in den historischen Vierteln und gingen bei Anbruch der Dämmerung nicht mehr aus dem Haus. Kowal würdigte seine Umgebung kaum eines Blickes, denn seine ungeteilte Aufmerksamkeit galt den stinkenden Gruben und den noch nicht geschmolzenen Schneewehen, die er meiden wollte. Bis hierhin waren die Arbeiter offenbar noch nicht vorgedrungen. Der Winter hatte in diesem Jahr sehr viel Schnee gebracht, die Abflüsse waren längst von Dreck verstopft, sodass er mitunter den Eindruck hatte, der Jeep *fahre* nicht, sondern *schwimme* durch endlose Ströme von Schmelzwasser. Ein paarmal blieb er auch stecken. Doch wenn er ausstieg und die erschöpfte Stute vor den Wagen spannte, schafften sie es zu zweit noch immer irgendwie weiter.

Er hatte sich überlegt, Moskau auf dem gleichen Weg zu verlassen, auf dem er auch hineingekommen war. Die Riesenstadt erstreckte sich zwar selbst jenseits der Ringstraße noch über etliche Kilometer, aber dort wohnten fast nur Cowboys, Holzfäller und Jäger. Artur hatte bereits Dutzende von ihnen getroffen und war sich eigentlich sicher, dass es unter ihnen keine glühenden Anhänger des Präsidenten gab. Hauptsache, er kam unbemerkt am Turm vorbei.

Zunächst fuhr er deshalb Richtung Platz Komsomolskaja Ploschtschad, wo der Jaroslawski-, der Leningradski- und der Kasanski-Bahnhof lagen. Sobald er eine verdächtige Bewegung wahrnahm, bog er ab. Sicher, er hätte auch einen anderen Weg nehmen können, aber aus irgendeinem Grund tauchte er, als er auf die Straßensperre und den Stacheldraht traf, nicht in die Düsternis der alten Moskauer Gassen ein. Auf dem Jaroslawski-Bahnhof hatte vor drei Jahren jene Kommune der Kesselheizer gelebt, zu der Pap Rubens ihn geschickt hatte. Wie lange das her ist, stellte Artur für sich fest. Die arrogante, kämpferische Haltung, die ihn damals zum Aufbruch veranlasst hatte, war mittlerweile Schnee von gestern. Ebenso wie die Hoffnung auf den Aufbau einer Telefonverbindung zwischen den beiden Städten und auf den Einsatz von Dieselloks. Aber damals hatte er Lew allen Ernstes einzureden versucht, man bräuchte bloß ein paar Kessel im Fernheizwerk anzuschmeißen, und schon würde die Energie für die Metro reichen …

Was würde wohl geschehen, wenn ich mir Nadja schnappte und mit ihr in die Stadt zöge?, überlegte er weiter. Vielleicht nicht gerade nach Moskau, sollen die Wipper mit dieser Stadt ruhig anstellen, was immer sie wollen. Aber nach Piter … Ich muss mich ja nicht Pap Rubens anschließen, der sich auch nicht gerade durch ehrenhaftes Verhalten hervorgetan hat, sondern könnte versuchen, beim Bürgermeister unterzukommen … Ingenieure braucht man schließlich überall. Gut, ich hab 'ne Menge vergessen, aber das ist kein Beinbruch, da kann ich mich wieder einarbeiten. Wenn … wenn ich inzwischen nur nicht so sehr an das gewöhnt wäre, was der Kohlehändler Marquis als *Gerechtigkeit* bezeichnet hat.

Möglicherweise würde sich die Walddemokratie der Wipper ja tatsächlich nicht lange halten. Garantiert würde die Bevölkerung wieder anwachsen, dann würden die Zauberer und Wipper zu Legenden werden, vor allem da es sie mittlerweile bereits in die Stadt zog. Und dieses Vakuum, von dem Lew gesprochen hatte, würden normale Menschen mit ihrem Verstand füllen. Oder auch kleine und große Zaren mit ihren machtgeilen Allüren und ihrem unterdrückten kindlichen Ehrgeiz. Dann würde der heilige Krieg von Berder und Konsorten nur noch in ihrem Buch stattfinden. Oder noch nicht mal da. Denn Menschen wie Karim verbrennen zu gern Bücher. Aus den ehrenhaftesten Motiven, versteht sich.

Dann riss das Pfeifen einer Kugel Kowal aus seinen trüben Gedanken. Irgendwo in der Ferne feuerte jemand ein MG ab, die Salve schoss hoch über seinem Kopf hinweg. Ob noch nicht alle begriffen haben, dass die Kämpfe vorbei sind?, fragte er sich. Denn auch Moskau war ja nicht von Erschütterungen verschont geblieben. Das Hotel Leningrad erstrahlte zum Beispiel mit etlichen Lichtpunkten über ansonsten toten Ruinen, fast wie ein Ozeandampfer auf dem kalten Meer. O nein, das sind keine versprengten Kämpfer alter Tage, begriff Artur, das gilt mir. Warum habe ich bloß nicht die Sretenka genommen, die ist doch mittlerweile auch schon in ganz passablem Zustand.

Eine weitere Salve wurde abgegeben, danach war das Getrappel von Hufen zu hören. Die Jagd auf sie war eröffnet. Verzweifelt hielt Artur nach einem Fluchtweg Ausschau. Links versperrten ausgebrannte Bahnhofsgebäude, umgekippte Waggons und Eisenbahnkräne den Weg, rechts das endlose Meer schmelzenden Schnees, aus dem wie letzte Zeugen einstiger Attraktionen verbogene Schienen herausragten. Die einzige schmale Fahrspur mündete dagegen direkt in eine Absperrung. Die Stute könnte sich zwar seitlich an ihr vorbeiquetschen, nicht aber der Jeep. Kowal hatte sich selbst in eine Sackgasse manövriert.

Von hinten sprengten bereits drei Reiter auf ihn zu. Von dem ersten trennten ihn nur noch dreihundert Meter – und es gab nichts, wohin er hätte ausweichen können. Nach der Auseinandersetzung mit den Banditen vorhin verspürte er jedoch keinen Wunsch nach einer neuerlichen Schlägerei.

»Ich bin nicht beim Gottesdienst gewesen …«, stieß Karim mit dumpfer Stimme aus. »Deshalb sucht man mich. Das ist eine Patrouille der Sicherheit. Wenn du mich freilässt, verspreche ich dir, dass dir kein Haar gekrümmt wird. Du kommst unbescholten davon.«

»Wenn die Schießerei losgeht, komm ja nicht auf die Idee, deine Nase in den Kugelhagel zu halten, Hochwürden«, sagte Artur und stieg aus. Er stöberte in dem Sack und legte drei Pflastersteine auf die Motorhaube. Mit dem Hengst hatte er auch den besten und größten Teil seiner Ausrüstung verloren. Die kleine

Armbrust und der Bogen waren ebenso auf dem Markt geblieben wie die beiden Bumerangs und einige Kampfstöcke in der Art der Nunchaku. »Hättest du mich auf dem Markt gehen lassen, könntest du inzwischen längst wieder dein Weihrauchfässchen schwenken.«

»Ich verstehe nicht, was du eigentlich …«

»Dann halt am besten den Mund.«

Jetzt wurde es höchste Zeit, die drei Reiter mit MGs auf Abstand zu halten. Er lockerte die Hand und ließ die Schleuder gleichmäßig überm Kopf kreisen.

Der erste Reiter, ein junger Sergeant, grübelte im Grunde immer noch, warum er hier durch die Straßen preschte. Vor einer Stunde war sein Hauptmann zu seinem Vorgesetzten zitiert worden, daraufhin hatte er allgemeinen Alarm ausgelöst und befohlen, die Straßen zu durchkämmen. Sie sollten einen gefährlichen Zauberer finden, der aus dem Kerker der Basilius-Kathedrale geflohen sei. Aber damit nicht genug. Der Zauberer habe auch noch den Obergeistlichen und Angehörigen des Kleinen Kreises mit dunklen Zaubern verwirrt und entführt. Das ist doch blanker Unsinn, dachte der Sergeant, während er sein Pferd antrieb. Wer fällt denn auf so ein Märchen rein?

Wie dieser Zauberer aussah, wusste natürlich auch niemand. Die einen sagten, er habe Flügel wie ein Feuerdrache und außerdem eine einen Meter lange gespaltene Zunge. Andere dagegen versicherten, er unterscheide sich rein äußerlich durch nichts von einem gewöhnlichen Menschen, habe aber gestern Morgen einem Mann auf dem Markt mir nichts, dir nichts den Kopf abgebissen. Es war auch nicht klar, wo man den Kerl überhaupt suchen sollte, aber man schickte vorsichtshalber auch Boten in die Garnisonen, zu denen es noch keine Telefonverbindung gab. Das Kommando bei dieser Aktion hatten Kremloffiziere.

Der kupfergesichtige Mann in dem Jeep mit der Stute im Schlepptau hatte den Befehl anzuhalten glatt ignoriert. Dann war er allerdings in eine Sackgasse eingebogen. Jetzt stand er neben dem Wagen, bis zu den Knöcheln im Eiswasser versunken, und ließ irgendwas über seinem Kopf kreisen. Mit einem Mal schien er auszurutschen – nur dass schon in der nächsten Sekunde etwas Großes und Schweres den Sergeanten mit voller Wucht am linken Auge traf und ihn aus dem Sattel holte. Das Pferd trabte zunächst einfach weiter, verlangsamte dann aber die Gangart und blieb schließlich ratlos stehen. Der Soldat hinter dem Sergeanten gehörte eigentlich zu den Cowboys, wusste also, was eine Schleuder ist, bemerkte den zweiten Angriff jedoch zu spät. Er hatte etwas mehr Glück, denn der Stein traf ihn an der Stirn, sodass der Aufprall von der Fellmütze abgemildert wurde und sein Knock-out nur vorübergehend war. Der dritte Angehörige dieser Jagdgesellschaft lag hundert Meter hinter den beiden ersten zurück und feuerte noch ein paarmal verzweifelt, drehte dann aber ab, vermutlich, um Hilfe zu holen.

Artur zog die Decke von Karim. Hochwürden hatte starkes Fieber. In den drei Jahren im Wald war Artur selbstverständlich kein herausragender Mediziner geworden, an denen es bei den Wippern allerdings auch gar keinen Bedarf gab: Die einzigen Patienten im Dorf waren er und Nadja, die im ersten Winter zweimal erkältet gewesen war. Die Wipper selbst heilten sich nicht, sondern lauschten notfalls auf ihren Organismus und brachten ihn in Einklang mit dem Atem der Erde. Das war eine angeborene Fähigkeit, und die Wipper hatten gar nicht erst versucht, sie Artur beizubringen. Stattdessen hatten sie ihm ein Dutzend Fläschchen mitgegeben, für alle Wechselfälle, die das Leben bereithielt.

»Trink das!«, verlangte Artur. Er musste Hochwürden fast zwingen, den Mund zu öffnen. »Keine Angst, das ist ein Kräutermittel. Es wird deiner Leber guttun … Und jetzt trink das, das ist zur Stärkung.«

Nach diesen Worten holte er das nötigste Gepäck aus dem Jeep. Von der Ersatzkleidung, dem Proviant, vor allem aber von der Stute würde er sich nun trennen müssen, denn das beste Pferd hielt nicht lange mit einem Motorrad mit. Dann wandte er sich wieder an Karim. »Ich werde dich mit dem Gürtel anschnallen. Aber komm ja nicht auf die Idee, mich … anzufassen.«

»Du bist wahnsinnig … Ganz Moskau sucht uns …«

Die Yamaha sprang problemlos an, er fuhr drei Kreise – und brauste davon. In einem Zylinder bliesen die Ventile ihren eigenen Trauermarsch, der andere rauchte entsetzlich, die Kupplung reagierte mit Verzögerung, aber insgesamt gehorchte dieses prähistorische Wunder dem Fahrer. Die einzige Möglichkeit, die Geschwindigkeit zu regulieren, war die Handbremse, aber das genügte Artur völlig. Ein wonniges Kribbeln durchlief ihn …

Sein Körper erinnerte sich an alles. Vor vier Jahren – nein, vor einhundertundvierundzwanzig Jahren – hatte er sich geschworen, nie wieder ein Motorrad zu besteigen. Damals ertrug er nicht mal den Anblick dieser Dinger. Okay, das war albern gewesen, denn eigentlich wusste er nur zu genau, dass die alte Harley keine Schuld an dem Unglück traf. Doch gerade weil er keinen Sündenbock finden, seine Wut an niemandem auslassen konnte, hatte er für den besten Freund seiner Kindheit irgendwann nur noch Hass übrig gehabt. Sein Vater hatte ihm noch zu Schulzeiten eine tschechische Jawa gekauft, nach dem Studium hatte Artur selbst alles Geld für eine Honda gespart. Zwei Jahre war er mit ihr durch die Gegend gekurvt, bis er schließlich das Chrom poliert und die Maschine für den dreifachen Preis an irgendwelche Typen aus dem Bikerklub vertickt hatte. Damals hatte eine unglaubliche Inflation das Land geschüttelt, und der Aspirant brauchte einen Computer …

Als er nun davonschoss, fürchtete er, sein Organismus würde panisch auf diese Fortbewegungsart reagieren, die in seinem Inneren verschlossenen Erinnerungen ihn überwältigen – aber weit gefehlt. Sein Körper entspannte sich im Temporausch, er genoss das halb vergessene Gefühl dahinzurasen. Ein Pferd war eben doch etwas anderes. Ein Pferd, das ist ein Begleiter und

Kumpel, manchmal sogar ein Freund. Aber wenn das Benzin unter deinem Hintern schneller verbrennt, als dein Herz schlägt, wenn du auf zweihundert Kilo Eisen sitzt, die sich auf eine Bewegung deiner Hand hin aufs Hinterrad stellen …

»Du kommst hier nie lebend raus!«, jammerte Karim hinter ihm. »An allen Toren stehen Männer mit MGs!«

»Ich weiß«, erwiderte Artur, gab Gas und testete die Bremsen. »Darum fahren wir erst mal nach Süden. Wär doch gelacht, wenn wir nicht über die Warschawski- oder die Kaschirski-Straße rauskämen. Zusammen mit den Karawanen.«

»Der General der Sicherheit hat hundert Soldaten mit Motorrädern!«

»Fahren die seit ihrem dreizehnten Lebensjahr auf diesen Dingern?!«, giftete Kowal. »Waren die im Motorradklub und bei Bikertreffen?!« Er trat die Kupplung. Sofort spritzte Wasser auf. Er raste in die entgegengesetzte Richtung zurück, eine Kehrtwende, die die Stute nicht mehr mitmachte.

Artur fuhr nun offen in südlicher Richtung davon. Da er an den Straßenverlauf im Zentrum nur vage Erinnerungen hatte, ging er auf Nummer sicher und nahm die obere Ringstraße, den Sadowoje Kolzo. Sie musste früher gerammelt voll von Barrikaden gewesen sein, inzwischen hatte man aber den größten Teil weggeräumt und Durchgänge geschaffen. Von den Panzern, die hier vor hundert Jahren langgebrettert waren, zeugten noch Skelette am Straßenrand, die mittlerweile von neuen *Bewohnern* tüchtig benagt worden waren.

Einige dahinzuckelnde Wagen verlangten Artur komplizierte Manöver ab. Als er einmal so in die Kurve ging, dass die Maschine fast parallel zum Boden lag, winselte Karim ängstlich. Die größte Panik jagte ihm allerdings der Fleder im Rucksack ein, der sich, da er selbst die Orientierung verloren hatte, mit den Krallen in Karims Rücken festgehakt hatte.

Zweimal forderten Soldaten Artur auf anzuhalten. Dieser verlangsamte das Tempo, tat so, als folge er dem Befehl, riss dann aber im letzten Moment das Vorderrad hoch, sodass die Posten sich nur noch mit einem beherzten Sprung zur Seite in Sicherheit bringen konnten. Hinter der Krasnocholmski-Brücke setzten ihnen berittene Männer nach, die aber nicht die geringste Chance hatten. Das kitzelte Arturs Bedürfnis, diese Herren so richtig vorzuführen: Inständig hoffend, nicht in einem Schlagloch zu landen, ließ er die Reiter an sich rankommen. Da sie nicht auf ihn schossen, vermutete er, die Meldung über Karims Entführung sei über offizielle Kanäle durchgegeben worden. Sobald links und rechts Pferdebeine auftauchten, stieg er auf die Bremse, legte sich voll in die linke Seite und gab sofort wieder Gas. Die Yamaha drehte sich um sich selbst und erwischte mit dem Hinterrad die Beine eines der Pferde. Die anderen Reiter konnten ihre Tiere gar nicht so schnell zügeln, da schoss Artur auch schon davon. Mit Karim als Beifahrer war es zwar nicht gerade leicht, die Balance zu halten, aber immerhin leistete Hochwürden keinen Widerstand.

Als ein Reiter zur Verfolgung ansetzte, geriet er in gefährliche Nähe der Reifen – und sollte beim Zusammenprall das Nachsehen haben. Das Pferd fiel auf die Seite und begrub seinen Reiter unter sich. Mit zwei Beinbrüchen kam er dabei noch recht glimpflich davon … Nachdem Artur noch einen Reiter mit einem um den Ellbogen gewickelten Lasso mit dem Wurfmesser ausgeschaltet hatte, schoss er wie eine gesengte Sau davon. Über die Brücke rückte eine ganze Schwadron an.

Sobald es dunkelte, musste er zwar die Geschwindigkeit drosseln, kam dafür aber in den Genuss eines anderen Vorteils. Da er sämtliche Patrouillen bereits aus der Ferne sah, konnte er sie mühelos umfahren. Die Soldaten hatten Fackeln angezündet und durchsuchten in Kettenformation alle Höfe. Einmal wartete Artur zehn Minuten in einer dunklen Ecke, bis der schnaufende Spürtrupp an ihm vorbei war. Die Soldaten warfen bloß brennende Stöcke in die Kellerfenster oder beleuchteten die Räume mit langen Laternen, trauten sich aber nicht selbst in die

Häuser. Mit zusammengepressten Kiefern beobachtete Karim diesen Eifer.

»Was wunderst du dich, Hochwürden?«, fragte Artur. »Dich mag halt niemand.«

In diesem Moment flammten Hunderte von Lichtern auf. Viehtreiber und arme Händler, die sich keinen Schlafplatz in einer der Garnisonen leisten konnten, hatten hier am Rand der Stadt ihr Nachtlager aufgeschlagen. Morgen früh würden sie weiterziehen, zum Markt im Zentrum – aber auch in die südlichen Gouvernements. Und erst da glaubte Hochwürden daran, dass er tatsächlich aus Moskau entführt werden sollte.

»Was willst du von mir … Erwachter Dämon?«, fragte Karim hoffnungslos.

»Dass du Moskau rettest«, antwortete Artur und inhalierte die Düfte, die von den aus dem Winterschlaf erwachenden Feldern ausgingen. »Du wirst meinen Freunden alles erzählen, was du mir gesagt hast. Wie gut man bei euch lebt, wie glücklich alle sind, dass endlich eine starke Macht am Ruder ist und was der Präsident alles für sein Volk tut. Denn mir glauben meine Freunde nicht, da kann ich ihnen hundertmal erzählen, dass es ohne einen Staat nicht geht. Aber wenn du mit ihnen sprichst … Überleg dir also, wie du Moskau retten kannst, und halte eine flammende Rede bereit.«

»Und vor wem?«, presste Karim heraus. »Vor wem bitte soll ich Moskau retten?«

»Vor mir, Hochwürden. Vor mir.«

(32) EIN NUTZLOSER STREIT

»Sitz still!«, verlangte Ismail zum wiederholten Mal. »Wenn du weiter so zappelst, breche ich dir eine Rippe.«

Artur hatte sich am Ende doch zwei Schrotkugeln eingefangen, die inzwischen mit dem Fleisch verwachsen waren und schmerzten, sobald er sich etwas schneller bewegte.

»Es tut mir alles so leid. Beide Pferde und den Drachen habe ich verloren ... Die Stute haben diese Schweine einfach niedergemetzelt. Und zwar nur, weil sie hinter mir hergelaufen ist. Ich konnte sie nicht retten ...« Artur lag auf einem breiten Brett und sprach ohne Punkt und Komma, nur um den Schmerz zu vergessen. Trotz der ersten Wundversorgung waren die Einschusslöcher vereitert, weshalb Ismail jetzt mit glühenden Haken in ihnen herumstocherte. »Ich habe auch fast alles verloren, was ihr mir sonst mitgegeben habt ... natürlich nicht aus böser Absicht ...«

»Mach dir darüber keine Gedanken. Lieg jetzt lieber still ...«

Artur befand sich in einer kleinen Kirche, dem einzigen noch stehenden Gebäude in einem verlassenen Dorf noch vor Sergijew Possad, weit genug von Moskau entfernt, sodass sich die Wipper hier aufhalten konnten. Hier hatten Berder, Ismail und Artur ihr Basislager aufgeschlagen, ehe er nach Moskau weitergezogen war. Als er wieder zu ihnen stieß, stellte er zu seiner Überraschung fest, dass inzwischen auch Prochor und zwei ihm unbekannte Alte aus einem weit entfernten Dorf eingetroffen waren. Nach der Flucht aus Moskau war er derart am Ende, dass er nicht mal fragte, wie die drei sie eingeholt hatten. Prochors Grinsen deutete jedoch auf eine keinesfalls schlichte Antwort ...

Die Wipper hatten seine Ankunft schon lange im Voraus gespürt, ja sie waren sogar darüber im Bilde, dass er einen Gefangenen mitbrachte. Deshalb hatten sie einen Berg Steine zum Glühen gebracht und Birkenzweige bereitgelegt. Er durfte den Luxus eines echten Dampfbads genießen. Obwohl Ismail ununterbrochen Schwaden von Waldgerüchen durch Kirche und Dorf schickte, nahmen die Wipper den Geruch Moskaus selbst auf diese Entfernung noch wahr. Er ließ sich einfach nicht überlagern. Artur dagegen hatte den Eindruck, aus einem stinkenden, verfaulten Moloch direkt ins Paradies zu kommen.

Unterwegs hatte Artur zweimal getankt, indem er von Autofahrern, die ihm begegnet waren, Benzin abgezapft hatte. Nach dem zweiten Mal hatte der Motor jedoch zu klopfen angefangen, sodass er bis zum Dorf nur noch tuckerte. Sofort war ihm Berder entgegengeeilt. Kaum war Artur abgestiegen und hatte auch den bewusstlosen Karim vom Motorrad geschnürt, setzte Berder an, eines jener *Familienkunststückchen* vorzuführen, zu denen Artur nie imstande sein würde. Drei Sekunden später blätterten von der Yamaha glühende Brocken ab, bis sie sich schließlich völlig aufgelöst hatte. Der Satansgeifer würde noch zwei Wochen lang zu sehen sein, ehe junge Triebe diese Stelle eroberten.

»Warum hast du ihn mitgebracht?«, fragte Ismail und nickte in Richtung Karim, der wie eine Mumie verbunden war und leise jammerte. Hochwürden hatte zwei gebrochene Rippen, entzündete Furunkel auf dem Rücken, und seine Leber stand kurz vorm Versagen. »Dieser erbärmliche Zauberer hat uns nichts Neues zu sagen.«

»Das sehe ich anders …« Artur fühlte in jeder Zelle seines Körpers eine solch wohlige Müdigkeit, dass er selbst die einfachsten Worte nur mit Mühe herausbrachte. »Ich glaube, er kann euch überzeugen.«

»Wovon, Erwachter Dämon?«

»Davon, dass ich recht habe. Man darf die Geschichte nicht

aufhalten … Das, was diese Menschen tun, ist grausam, aber notwendig.«

»Es war also notwenig, dich zu schlagen und dir mit Folter zu drohen?«, fragte Berder.

Die beiden unbekannten Alten warfen sich einen beredten Blick zu und schmauchten lange lackierte Pfeifen, die keinen Tabak, sondern irgendein Pflanzengemisch enthielten. Von dem Duft verschwamm Artur alles vor den Augen.

»Ihr fasst eure Feinde auch nicht gerade mit Samthandschuhen an, sondern verkauft sie sogar wie Vieh!«

Das waren harte Worte – die seine Lehrer jedoch weder verletzten noch dazu brachten, ihre Meinung zu ändern. Das konnten nur *harte* Fakten.

»Also gut«, setzte Artur erneut an. »Gehen wir noch einmal alles in Ruhe durch. Ihr habt gehofft, sobald ich in die Stadt käme, würde ich in Hass auf sie entflammen. Ich gebe sogar zu, dass eure Hoffnung sich erfüllt hat – aber deshalb schreibe ich nicht hunderttausend Menschen vor, wie sie leben sollten. Denn damit käme ich eurer vielbeschworenen Gerechtigkeit keinen Schritt näher. Im Übrigen habe ich bereits dreißig Jahre in einer Gesellschaft hinter mir, die dieses Wort häufig im Munde geführt hat. Nur wusste sie auch, dass es eine private Gerechtigkeit *und* ein Interesse der Allgemeinheit gibt … Aber zurück zum heutigen Moskau: Karim hat mich ins Gefängnis gesteckt und hätte mich foltern oder umbringen können. Aus Nadjas Sicht wäre das höchst grausam gewesen, denn ich habe mir nichts zuschulden kommen lassen. Die meisten Markthändler dürften Karims Soldaten jedoch kaum ins Herz geschlossen haben. Da bezahlt jemand mit dem Splitter eines Fabergé-Eis …? Und hackt einem Dieb den Finger ab …? Ich bin mir sicher, unter anderen Umständen hätten mich die Händler glatt vor der Patrouille versteckt. Aber wäre das gerecht? Also, wenn ihr mich fragt, wäre das pure Anarchie!«

Artur atmete tief durch und fuhr dann fort: »Nehmen wir

einmal folgendes Beispiel: Im achtzehnten Jahrhundert, da lebte ein kluger Mann, der euch das alles viel besser hätte erklären können als ich … Aber ich will es trotzdem versuchen: Stellen wir uns also einmal eine kleine Wechselstube vor. Aus ihr entsteht irgendwann die erste Moskauer Bank. Der reiche Geldwechsler leiht jemandem Geld, natürlich mit Prozenten. Ihr versteht nicht, was *Prozente* sind? Das heißt, er verlangt mehr zurück, als er gegeben hat. Und wer leiht sich Geld bei ihm? Na, sagen wir, ein armer Händler aus Brjansk. Er muss mit einer Karawane durch die Gegend ziehen, kaufen und verkaufen, daheim seine Familie zurücklassen … gut, ihr wisst, was ich meine. Eines Tages kommt dieser Mann in Schwierigkeiten und kann das Geld nicht zurückzahlen. Werdet ihr, die ihr ständig nach Gerechtigkeit verlangt, da nicht lospoltern, wie man einen armen Händler, der niemandem etwas Böses getan hat, ins Gefängnis stecken, auspeitschen und als Sklave verkaufen kann?! Wenn ja, dann würden euch hunderttausend arme Menschen recht geben, das garantiere ich euch. Mehr noch, die würden den Wechsler nur zu gern lynchen. Auf diese Weise würde am Ende die Gerechtigkeit siegen, wenn nicht tapfere Soldaten den Geldwechsler beschützen und die Menge mit MGs beschießen würden. Sicher, man kann jetzt die Frage stellen, was an diesem Sieg der Gerechtigkeit falsch wäre. Warum soll dieser Halsabschneider, der bereits einen Wagen und einen Haufen Geld besitzt, noch reicher werden?! Nur muss man eben auch bedenken, dass die gleichen verhassten Soldaten den kleinen Dieb vorm Zorn der Menge retten. Und selbst die Händler mit ihren ewigen Tauschgeschäften sind insgeheim froh, dass es endlich eine stabile Währung gibt, für die man alles auf dem Markt kaufen kann. Dass man nicht mehr in dunklen Gassen herumirren muss, um eine Ware aufzutreiben. Außerdem werden sie auf dem Markt beschützt, die umliegenden Straßen sind schon viel sicherer …«

»Willst du damit andeuten, dass Moskau dir gefällt?«

»Keineswegs«, antwortete Artur mit einem bitteren Lächeln. »Aber das Leben der Menschen war auch vor dem Großen Tod nicht gerade rosig. Nein, was ich will, ist euch klarmachen, dass, wo Licht ist, immer auch Schatten ist. So heißt es jedenfalls. Gut und Böse sind nicht zwei verschiedene Paar Schuhe. Klar, ich würde dem Cowboy in der Provinz, den Moskau mit seinen Steuern zugrunde richtet, auch gern helfen, zum Beispiel indem wir alle zusammen die Kremlgarnison aus seinem Dorf jagen. Wir könnten auch den Kaufmann zwingen, allen armen Menschen die Schulden bei ihm zu erlassen – aber würden wir damit wirklich etwas erreichen? Das wage ich zu bezweifeln. Obendrein habe ich persönlich nicht die Absicht, zu einem zweiten Jemeljan Pugatschow oder Stenka Rasin zu werden, denn die haben dem Volk mit ihrem eigenwilligen Verständnis von Gerechtigkeit nichts als Leid gebracht. Ihr müsst das endlich einsehen: Wenn wir einem Dutzend armer Menschen helfen, geht das immer auf Kosten der Allgemeinheit. Nach einer solchen Aktion verleiht der Kaufmann sein Geld nicht mehr, der Kurs des Rubels sinkt in den Keller, worunter am Ende alle leiden! Der Cowboy würde nicht mehr für den Unterhalt der Soldaten sorgen – woraufhin seine Nachbarn oder ein paar Wilde ihm früher oder später das Haus abfackeln. Und dann gibt es keine Soldaten zu seinem Schutz mehr … Nein, selbst wenn es heute viel zu meckern gibt – das ist nichts Neues. Aber wenn ihr nicht wollt, dass Banden von Röchlern die Straßen unsicher machen, dann muss ein starker Staat entstehen …«

Nach diesem Vortrag sagte niemand ein Wort. Karim gab auf seinem Bett aus Tannenzweigen ohnehin seit einiger Zeit kein Lebenszeichen mehr von sich. Die beiden unbekannten Wipper nuckelten an ihren Pfeifen, der süßliche benebelnde Qualm breitete sich in der ganzen Kirche aus. Berder legte Holzscheite rund um das Feuer aus. Der Rauch stieg zu Ritzen im Dach hoch, legte sich vor die Wände, an denen weiter oben noch die schwarz gewordenen Gesichter der rechtgläubigen Heiligen finster und drohend dreinschauten. Hinter der Kirche erstreckte sich der Friedhof, aber die Gräber waren in den letzten hundert Jahren vom Schnee und Regen aufgeweicht worden. Artur sah durch eines der Fenster lediglich ein Stück eines Gitters, ein zerfallenes Kreuz und den fast vertikal aus einer Pfütze aufragenden Deckel eines Zinksargs. In so einem Sarg war irgendwann auch sein bester Freund Sergej aus Tschetschenien nach Hause gebracht worden ... An den Bäumen sprossen bereits die ersten Knospen, über die Überreste des eingestürzten Glockenturms stolzierten Saatkrähen, der ans Dorf heranrückende Wald seufzte, als wäre er ein Lebewesen, und ließ Millionen von Wassertropfen auf die Erde rieseln.

»Wir wissen, dass, wo Licht ist, auch Schatten ist«, sagte Ismail. »Wir hören auf die Erde, und die Erde ist allen Lebewesen auf ihr zugetan. Vor dem Großen Tod waren wir Wipper nicht nötig, damals gab es uns noch gar nicht, denn damals heilte die Erde die Wunden, die die Menschen ihr zugefügt hatten, noch selbst. Doch schon in den letzten hundert Jahren vor dem Großen Tod ist ihr das immer schwerer gefallen, das wissen wir aus alten Büchern. Ihr Menschen habt ihr zu viel zugemutet, habt nie Rücksicht auf sie genommen. Wie hat uns dein Museumsmann genannt? Einen alternativen Verstand? Ein schwieriger Begriff, aber ich weiß ihn zu deuten. Dieser alter...native Verstand hätte viel früher in Erscheinung treten müssen ... Die Ewigen Brandstätten sind nämlich längst nicht das Traurigste auf diesem Planeten, glaub mir. Viel schlimmer ist das, was in den letzten zwanzig Jahren aus alten Fabriken in die Erde gesickert ist. Und solche Fabriken gibt es überall. Die Menschen haben die Gegend vielleicht verlassen, aber der Staub, der den Tod bringt, ist noch immer da. Wir versuchen zwar, den ursprünglichen Zustand wiederherzustellen, aber letzten Endes sind wir viel zu wenige. Erinnere dich nur einmal an alles, was du im Norden gesehen hast. An den Friedhof voller Vogelskelette, die Fische ohne Augen, aber dafür mit Geschwüren, die toten Fische im Eis … Sie alle sind durch die Feuerpilze gestorben. Aber wie gefährlich diese sind, das haben nur wir Wipper verstanden. Das Entscheidende ist aber, dass es diese Feuerpilze nach wie vor gibt. Sie spenden heute keine Wärme mehr, treiben auch keine Unterwasserboote mehr an, aber sie schlafen nicht. Und sie sind es, die die Erde heute zum Wippen bringen, nicht wir. Deshalb hätte die Erde damals Millionen von Menschen einfach abgeschüttelt, wären diese nicht zuvor an der Krankheit AIDS gestorben. Denn bereits damals hat sie gewippt, nur habt ihr das nicht bemerkt!«

Ismail hatte immer schneller gesprochen. In den ganzen drei Jahren zuvor hatte er keine solch lange Rede gehalten. In seiner Wut hatten sich rote Flecken auf dem sonst undurchdringlichen Gesicht gebildet, während er die Hände so fest zu Fäusten geballt hatte, dass die Knöchel weiß hervortraten.

»Wie konntet ihr nur so blind sein?! Wie konntet ihr die Fische übersehen, die ans Ufer kamen und den Tod suchten? Oder die Vögel, die dreckige Seen für immer verlassen haben? Ganz zu schweigen von den zahllosen Missgeburten, die eure Frauen zur Welt gebracht haben.«

»Wir haben es schon gesehen, nur …«

»… habt ihr nicht verstanden, was es bedeutet! Die Erde hatte damals bereits angefangen zu wippen, Dunkle Male schlingerten über ihre Oberfläche. Es hätte nicht mehr viel gefehlt und … Als mein Großvater noch ein kleiner Junge war, hat er auf einer Brandstätte gesundes Gras entdeckt. Diese Brandstätte war nicht durch eine tote Fabrik entstanden, dort war vielmehr eine Dampflok entgleist, die chemische Waffen transportiert hat … Mein Großvater hat seine Hand über das Gras gelegt, es war das einzige weit und breit. Dabei hat er verstanden, dass er einen klirrenden Knoten gefunden hatte. Dieses Dunkle Mal hatte eine solche Kraft, dass es nicht nur Wologda und Scharja zum Wippen gebracht hatte, sondern das gesamte Festland.«

Er holte tief Luft, um dann erneut anzusetzen: »Du spürst

die Gerechtigkeit, Schwert, deshalb hättest du das Gras vielleicht sogar gegossen. Aber mehr auch nicht. Jemand wie Karim wäre einfach darüber hinweggetrampelt. Sicher, es hätte ihm kein Vergnügen bereitet, er hätte es nur getan, damit die grünen Halme nicht länger das Grau des Todes durchbrechen! Und in Städten gibt es überwiegend Männer wie deinen Karim. Wenn sie eine Pflanze sehen, reißen sie sie aus und werfen sie weg. Wenn in einem Teich in der Stadt ein wilder Schwan landet, töten sie ihn und braten ihn, als hätten sie nicht ohnehin genug zu essen! Sie leiten ihre Scheiße in den Fluss, dessen Wasser sie trinken! Sie säen Krankheiten um die Wohnhäuser, weil jeder seinen Unrat vor die Tür des Nachbarn kippt! Sie fürchten alles, was sich nicht ihrer talentlosen städtischen Zauberei unterwirft, sie fürchten uns und jagen den Kindern mit Schauermärchen über uns Angst ein. Sie haben nicht die geringste Vorstellung, wie viel Kraft es uns kostet, das Gleichgewicht der Erde zu erhalten. Sie hassen uns, weil wir die Erde zum Wippen bringen – obwohl wir ihnen damit das Leben retten! Sieh dir doch nur einmal an, was dieser Eiferer der Kirche um den Hals trägt!«

Er knöpfte dem schlafenden Karim das Hemd auf und zog mit angewidertem Gesichtsausdruck ein ganzes Bündel von Amuletten und Talismanen hervor.

Es war ein buntes Sammelsurium: An etlichen Schnüren hingen christliche Kreuze unterschiedlicher Konfessionen, der Halbmond des Propheten und der Davidstern, aber auch kleine Fässchen mit Haarbüscheln, ein gelb gewordener Tigerzahn und sogar ein Mini-Elefant aus Knochen mit vergoldeten Stoßzähnen.

»Diesen Schmeißfliegen ist es völlig einerlei, wem sie die Füße lecken. Sie würden sich vor jedem Zeichen verneigen, das ihr Herr trägt. Wenn der Pap gern reitet, lieben auch sie diesen Spaß, nur um an der Macht zu bleiben! Sie reißen sich den dicken Hintern auf, verrenken sich und geben dabei noch vor, es gefalle ihnen, sich im Dreck zu suhlen. Wird der bisherige Herr ermordet und tritt ein neuer an seine Stelle, ein Verehrer von Stichwaffen beispielsweise, lernen sie den Umgang mit dem Säbel, nur um bei den neuen Machthabern nicht in Ungnade zu fallen. Ihren alten Herrn und Gebieter vergessen sie im Nu, die Symbole seiner Macht verstecken sie sicher … Und da erdreistest du dich, mir den *Staat* in schillernden Farben auszumalen …?! Mein Großvater war einer der ersten Hüter des Gleichgewichts. Drei Tage lag er neben dem Grün auf der Brandstätte, um es mit seiner Körperwärme zu schützen, es gegen den Wind zu feien und um Insekten fernzuhalten. Als es regnete, hat er in seiner Kleidung Wasser für die Pflanze gesammelt. Dort haben ihn unsere Leute entdeckt. Damals vermochten noch nicht alle, solche Taten zu vollbringen, denn der Himmel war von den strengen Gerüchen des Todes geschwängert. Schließlich hatte die Erde noch nicht all die Knochen der Millionen von Toten aufgenommen, die Körper der Menschen verbrannten nach wie vor in Feuern, und dieser Geruch störte die Hüter …«

Er hielt kurz inne.

»Meine Urgroßmutter, die Mutter meines Großvaters«, fuhr er dann fort, »hat ihn im ersten Walddorf zur Welt gebracht, unmittelbar neben der Brandstätte. Sie selbst stammte aus der Stadt, aus Perm. Als sie ihren Sohn mit dorthin nehmen wollte, bekam er in der Stadt keine Luft mehr. Und auch die anderen Kinder nicht. Wir begriffen, dass die Kinder der Ewigen Brandstätte nie mehr würden in die Stadt zurückkehren können … Als unsere Leute dann Jahre später sahen, wie mein Großvater auf dem grauen Staub schlief und den grünen Spross schützte, da wussten sie, was sie tun mussten: Sie lösten ihn ab, sorgten für das Grün, bewachten es Tag und Nacht und wichen selbst im strengsten Winter nicht von seiner Seite. Sie behüteten diesen Trieb so lange, bis weiteres Gras spross und das Dunkle Mal seine Kraft verlor. Mein Großvater war also rein zufällig auf dieses Geheimnis gestoßen, denn Dunkle Male von solcher Stärke traten nur alle zwanzig Jahre einmal auf und meist in Gegenden, in denen es kein Leben mehr gibt. Doch das Leben verlangt danach, auch an diese Orte zurückzukehren. Dabei muss man es unterstützen, denn andernfalls birst die Erde und …«

»Was genau heißt das?«, fragte Kowal dazwischen. Er wusste mittlerweile nicht mehr, was er überhaupt noch glauben sollte. In den drei Jahren bei den Wippern hatte er sich davon überzeugen können, dass es Zauberei im Sinne von schwarzer Magie oder sprechenden Kesseln nicht gab – doch jetzt schien all das nicht mehr zu gelten.

»Oh, es heißt nicht, dass die Erde stirbt«, antwortete Ismail mit trauriger Stimme, während seine Augen Artur wie eisige abgrundtiefe Strudel in sich einzusaugen schienen. »Nein, sie wird uns alle schlicht und ergreifend abschütteln, ohne Rücksicht darauf, dass Generationen von Hütern ihr Leben in den Dienst der Rettung der Erde gestellt haben … Hast du schon einmal von den Hütern des Gedächtnisses gehört?«

»Mam Rita, mögen ihre Tage voller Frieden sein, hat sie einmal erwähnt. Aber sie sagte, sie würden sehr zurückgezogen leben.«

»Das stimmt!«, erwiderte Ismail. »Diese Menschen ertragen die Gesellschaft anderer nur schlecht. Mein jüngerer Bruder Christian ist einer von ihnen, er lebt mit seiner Frau und seinen Kindern am Waldaisee …«

»Dann war er es, den Rubens über mein Auftauchen im Museum informiert hat?«

»Ja. Christian meidet den Umgang mit Menschen, aber Mischa Rubens oder auch andere Paps aus Petersburg suchen ihn zuweilen auf, um etwas über die Zukunft zu erfahren. Im Grunde ist es nicht besonders schwierig, die Zukunft vorauszusagen, allerdings erkennen wir immer nur einen schmalen Ausschnitt von ihr. Du musst wissen, die Zeit gleicht einer alten Kiefer. Der nackte Stamm der Vergangenheit ragt hoch auf, und die Gegenwart macht nur einen geringen Teil von ihm aus. Auf ihn folgt mit der Krone die Zukunft. Und jeder Zweig, jede Nadel in dieser Krone ist einer der Wege, den du wählen kannst. Christian vermag jedoch nur eine von tausend Nadeln zu erkennen …«

»Das nennt man Variantenvielfalt …«

»Wenn du es sagst, ich kenne mich mit solch gelehrten Ausdrücken nicht aus. Ich werde dich Christian vorstellen, aber nicht, damit du etwas über die Zukunft erfährst, sondern damit er dir die Vergangenheit zeigt. Das ist ein Leichtes für ihn. Allerdings zeigt er dir nicht die Vergangenheit, die du kennst, und auch nicht die, von der du in Büchern gelesen hast, sondern die Vergangenheit, die sehr weit zurückliegt, von der vor dem Großen Tod niemand etwas wusste. Er wird dir die Erde zeigen, wie sie vor fünf Millionen Jahren ausgesehen hat, vor zwanzig Millionen und vor sechzig Millionen Jahren.«

»Was soll ich da denn bitte schön zu sehen kriegen? Mastodonten bei der Vermehrung? Oder ein Diplodocuspaar beim Liebesspiel?«

»Auch was ein Diplodocus ist, weiß ich nicht«, gab Ismail zu. »Aber du wirst verständige Wesen sehen.«

»Mit Sicherheit nicht, denn vor Millionen von Jahren gab es auf diesem Planeten noch keine Menschen.«

»Habe ich denn etwas von *Menschen* gesagt?«

»Du willst ja wohl nicht behaupten, dass …«

»Damit will ich sagen, dass es auf dieser Erde bereits dreimal verständige Wesen gegeben hat. Und dreimal haben sie das Gleichgewicht zerstört, indem sie die Erde über die Maßen zum Wippen gebracht und damit förmlich einen Reigen Dunkler Male heraufbeschworen haben. Den musst du dir als eine Art eitrigen Ausschlag vorstellen, der dem körperlichen Zerfall vorausgeht. Oder wie Taigazecken, die sich unter die Haut fressen und dort Gänge anlegen, um einen Menschen dann mit einem einzigen Giftausstoß umzubringen. Die Erde jedoch erträgt jedes verständige Wesen, solange es das Gleichgewicht nicht zerstört …«, erklärte Ismail schweißüberströmt. »Sind die Dunklen Male aber erst einmal stark genug, bedarf es keines Dreiecks klirrender Knoten mehr – dann reicht ein weiterer Streich mit der Sichel, ein unter einem Stiefel zerquetschter Käfer oder eine in den Fluss gegossene Flasche Öl, und die Erde ist erledigt. Eine solche Gefahr hat, wie gesagt, bereits dreimal bestanden. Doch noch jedes Mal hat die Erde diese verständigen Wesen abgeschüttelt, wie du Insekten aus einer Decke schüttelst, bevor du deinen Sohn darauf bettest! Dann aber kamen die Menschen. Du hast uns erzählt, wie viele Atomkraftwerke gebaut, wie viele Flüsse mit Staudämmen versperrt und wie viele Wälder abgeholzt wurden, um Bücher zu drucken. Oder wie viel Öl die Menschen aus dem Boden gepresst haben, um es von Millionen von Motoren in tödlichen Rauch verwandeln zu lassen. Deshalb frage ich dich jetzt, ob du tatsächlich noch immer überzeugt davon bist, dass die Krankheit AIDS den Menschen zufällig heimgesucht hat?«

»Die Kirchenleute haben laut genug getönt, AIDS sei eine Strafe des Himmels, sei göttlicher Wille …«

»Wenn es einen Gott im Himmel gäbe«, winkte Ismail ab, »hätte mein Bruder mir das längst erzählt … Und nun hör dir an, was Prochor zu sagen hat.«

»Seit dem Großen Tod haben sich die Dunklen Male nicht vermehrt«, begann Prochor mit seiner näselnden Stimme, die Folge eines kleinen Zwischenfalls, als einer der *Zuchtbären* ihn mit der Pfote an der Nase erwischt hatte. »Wir haben alle Dunklen Male in der Nähe alter Fabriken oder von Stellen, wo unter der Erde Feuerpilze schlafen, beobachtet. Wir haben Tausende von Dörfern geschmolzen und somit das Gleichgewicht in diesen Gebieten wiederhergestellt. Zurzeit wandern die Dunklen Male nach Westen und ballen sich um Moskau zusammen, denn in dieser Stadt ist die Erde der größten Bedrohung ausgesetzt. Einige sind sogar bereits nach Moskau selbst vorgedrungen. Noch hält das Gleichgewicht zwar, doch sobald Pap Iwan oder einer seiner Feinde – und dabei spielt es keine Rolle, welcher – an die alten Waffen herankommt, wird die Welt untergehen. In der Hauptstadt und um sie herum gibt es zu viele Gefahren …«

»Warte mal kurz, Prochor!«, unterbrach Kowal ihn und spritzte sich etwas kaltes Wasser ins Gesicht, worauf er gleich klarer denken konnte. »Hab ich das richtig verstanden? Moskau muss geschmolzen werden, damit das Geschlecht der Menschen nicht untergeht? Aber das ist doch absurd! Schließlich gibt es noch genügend andere Städte!«

»Petersburg ist nicht so gefährlich«, erklärte Prochor, der gerade eine Kartoffel aus dem Feuer holte. »Denn dort lebt niemand, der die Stadt vergiften möchte.«

»Jetzt mach mal halblang! Als ob irgendjemand in Moskau das vorhätte!«

»Das hat jemand …«, erklang da eine Stimme – und Artur wäre fast aufgesprungen, denn anstelle von Prochor hatte ihm Karim geantwortet. Der Kirchenmann bekam noch immer kaum Luft, aber seine Temperatur war offensichtlich gefallen, die Kräuter der Hüter hatten gewirkt. »Pap Iwan, der Präsident selbst, will das Wasser der Wolga vergiften und Jaroslawl auf diese Weise zwingen, Steuern zu zahlen.«

(33) EIN NEUER FREUND IST BESSER ALS DREI ALTE

»Das ist doch blanker Unsinn!« Nun sprang Artur tatsächlich auf. »Dazu fließt die Wolga doch viel zu dicht an Moskau vorbei!«

»Aber sie erreicht die Stadt nicht«, erwiderte Karim, der vorsichtig die Finger bewegte. »Außerdem haben die Zauberer versichert, das Gift setze sich schnell ab, das behaupten jedenfalls ihre Bücher …«

»Aber diesen Vorschlag hast nicht zufällig du dem Präsidenten unterbreitet?«, fragte Kowal. »Was dich natürlich jetzt in keiner Weise hindern würde, die heilige Unschuld zu mimen!«

»Nein, dieser Vorschlag stammt ausnahmsweise nicht von ihm«, mischte sich Berder ein. »Jaroslawl hätte er gern im nächsten Jahr eine große Armee auf den Hals geschickt, das ja. Aber viel interessanter sind ein paar andere Pläne, die durch den Kopf unseres Kirchenmannes spuken. Sie beziehen sich auf einen Ort westlich von Moskau, auf Krasnogorsk. Da gibt es ein unterirdisches Tor und viele Türen dahinter. Und dort stehen Wagen, mindestens dreißig, und alle gut gewartet. Auf ihnen liegen Raketen. Noch tiefer in der Erde wird das Zubehör für diese Raketen aufbewahrt. Gesondert. Ohne dieses Zubehör explodieren die Raketen nicht. Die Wagen muss man nur starten, aber bei den Raketen braucht man etwas mehr, damit man sie lenken kann … eine Art … gläsernes Gefäß mit einem nicht rostenden Metall darin …«

»Ein Computer!«, soufflierte Kowal. »In dem gibt es Gold und Platin …«

»Diese Com…puter können nicht wiederbelebt werden. Aber Karims Leute haben eine Rakete mitgenommen und sie den Ingenieuren gegeben. Die haben gesagt, dass man die Rakete wiederbeleben kann, auch wenn es gefährlich ist, denn in ihrem Innern gibt es noch einen Co… na, eben dieses Ding … Allerdings wussten auch die Ingenieure nicht, wie die Rakete gelenkt wird.«

»Ohne Gyroskop fängt sie an zu schlingern! Dann ist sie wild wie ein Hase im Fangeisen«, erklärte Artur. »Aber vermutlich wird sie ohne Computer gar nicht erst losfliegen, sondern gleich beim Start explodieren.«

»Nur spielt es keine Rolle, wo sie explodiert«, entgegnete Berder. »Und selbst wenn die Rakete keinen Feuerpilz ausspuckt, kann ein Dunkles Mal entstehen …«

Karims Wange zuckte nervös. Die telepathischen Fähigkeiten der Wipper versetzten ihn in Panik. Artur fiel ein, wie Ismail auch ihn fast zur Weißglut gebracht hatte, weil er am Tag ihres Kennenlernens all seine Gedanken gelesen hatte.

»Wenn ihr Moskau schmelzt«, wandte Kowal sich nun an Berder, »sterben unendlich viele Menschen!«

»Nein, das werden sie nicht. Wie gesagt, es gibt in Moskau inzwischen Dunkle Male. Wenn wir dort ansetzen, wird die Erde nur sanft zum Wippen gebracht …«

»Ausgesprochen sanft!«, versicherte Ismail. »Die Menschen werden es rechtzeitig bemerken und haben genug Zeit, die Stadt zu verlassen.«

»Wir sind keine Mörder!«, erklärte Prochor der Zweite.

Jetzt richteten alle fünf ihren Blick auf Artur, sahen ihn einfach nur an, ohne eine Wort zu sagen. Und abermals sprang ausgerechnet Karim ihnen bei.

»Wir können zusammen gehen«, schlug er Artur vor. »Auf mich hören die Menschen. Ich werde ihnen sagen, dass ich bei den Zauberern gewesen bin und sie ein Erdbeben angekündigt haben.«

»Du willst doch nur deinen Präsidenten retten!«, giftete Artur.

»Iwan ist ein Feigling und Narr!«, erklärte Karim. »Gegen ihn braut sich bereits eine Verschwörung zusammen. Wenn er umgebracht wird, warten bereits drei Männer, um seine Nachfolge anzutreten. Da muss man mit allem rechnen ...«

»Zum Beispiel auch damit, dass sie dich gleich mit aufhängen!«, konterte Artur und wandte sich wieder an die Wipper. »Es gibt also keinen anderen Weg, habe ich das richtig verstanden? Ich muss etwas gegen diese Dunklen Male unternehmen? Gut ... Aber ich traue diesem grauen Kardinal hier nicht. Er wird mich mit Haut und Haar ausliefern. Schicken wir ihn jedoch voraus, eröffnen seine Leute das Feuer auf mich, noch ehe ich überhaupt die Ringstraße erreicht habe! In Moskau geht immerhin die halbe Stadt mit MGs spazieren!«

»Ihr brecht zusammen auf, Erwachter Dämon!«, sagte einer der unbekannten Alten lächelnd.

»Das darf doch nicht wahr sein!«, bemerkte Karim und brach in Gelächter aus, das klang wie das Krächzen eines Raben. »Glaubt ihr dieses dumme Märchen etwa auch? In dem Fall hättet ihr euch wirklich einen ganz einmaligen Dämon ausgesucht! Der noch auf dem Markt gelyncht worden wäre, hätte ich das nicht verhindert!«

»Das ist kein Märchen, Kirchenmann!«, erklärte Prochor nachdrücklich. »So heißt es im Buch, und unser Buch lügt nie!«

»Nein, es ist und bleibt ein Märchen. Zugegeben, ich wäre auch beinahe darauf reingefallen«, gestand Karim. »Nur spricht eine entscheidende Einzelheit dagegen: Der Erwachte Dämon muss auf einem geflügelten Drachen in Moskau erscheinen! Euer Schwert hier ist aber auf einem ganz gewöhnlichen Pferd angeritten gekommen. Denn dieses Drachenjunge fällt ja wohl nicht ins Gewicht!«

»Ach, das bereitet dir Sorgen!«

Prochor schien sich über irgendetwas sehr zu amüsieren. Auch die beiden Alten kicherten wie gütige Waldzwerge. Schließlich brach Ismail in Lachen aus, ja am Ende stimmte sogar Berder ein, der sonst nicht einmal lächelte. Artur sah einen nach dem anderen an, kam aber nicht hinter den Grund dieser allgemeinen Fröhlichkeit.

»Du hast uns sehr geholfen, Kirchenmann!«, brachte Ismail heraus, nachdem er sich die Tränen abgewischt hatte. »Allein dieser Worte wegen hat es sich gelohnt, dich hierher zu bringen und zu heilen! Diese Blut schlürfenden Zauberer lügen also nicht immer! In unserem Buch steht nichts davon geschrieben, aber so fügt sich in der Tat alles wunderbar zusammen!« Dann beugte er sich vor, um Berder zu umarmen, was es nun wirklich noch nie gegeben hatte.

»Was habe ich denn gesagt?«, fragte Karim verständnislos, immer noch unschlüssig, ob er den Wippern das Gelächter verübeln sollte – oder ob es sich vielleicht empfahl, in ihre Ausgelassenheit einzustimmen.

Prochor der Zweite musterte Artur, steckte dann zwei Finger in den Mund und stieß einen durchdringenden Pfiff aus. Zunächst geschah gar nichts. Mit einem Mal verstummten jedoch die Vögel. In der eingetretenen Stille war zu hören, wie die erkaltete Kohle knisterte und der ausgelassene Frühlingswind durch die Baumkronen strich. Artur nahm aus den Augenwinkeln heraus eine Bewegung wahr. Er drehte sich zu einem der eingeschlagenen Fenster um – und stand wie vom Donner gerührt da.

Über die Wiese vor der Kirche schritt majestätisch und gemächlich ein geflügelter Drache einher. Damit muss ich fliegen, begriff Kowal sofort und hätte sich fast an seiner eigenen Spucke verschluckt. Diesmal hat Prochor sich wirklich selbst übertroffen. Und dass er es geschafft hat, seine Züchtung so lange geheim zu halten! Außerdem wäre damit auch klar, wie er und die beiden Alten die Vorhut so schnell haben einholen können.

Das war ein echter slawischer Drache, keines dieser gedrungenen Biester aus der britischen Folklore, obendrein mit ausgezeichneten aerodynamischen Eigenschaften gesegnet. Der schmale, sechs Meter lange Körper ging fließend in den kleinen Kopf über, der kurze, kräftige Schwanz schlängelte nicht mehr wie bei den Vorgängermodellen unbeholfen über den Boden, sondern stand aufrecht wie ein Segel. Auf dem Rücken ragten gleich zwei Flügelpaare auf. Die beiden vorderen Antriebsflügel waren sogar noch länger als der Körper, die hinteren dienten offenbar der Steuerung und erlaubten es dem Drachen, wie ein Hubschrauber aus dem Stand aufzusteigen. An den Pfoten hatte sich nichts geändert, sie schienen noch immer einem Krokodil zu gehören und wirkten viel zu klein für diesen riesigen Rumpf, sodass das Reptil ein wenig an einen Dachs erinnerte.

»Prochor! Das ist einfach ... unglaublich«, hauchte Artur. »Aber acht Extremitäten, das ist doch ... irreal.«

Karim fielen fast die Augen aus dem Kopf. Er wollte sich sogar hochrappeln, rutschte aber aus und landete im Feuer. Wenn Berder nicht gewesen wäre, hätte man jetzt auch noch die Brandwunden dieses Kirchenmannes behandeln dürfen.

»Damit ... damit fliege ich nie im Leben!«, erklärte Karim mit brechender Stimme.

»Sie ist wunderschön, nicht wahr?« Prochor trat aus der Kirche und tätschelte dem Tier den Kopf. Die Drachin streckte den Hals in Erwartung einer Leckerei nach der Tasche ihres Herrn aus. »Aber das ist nicht allein mein Verdienst. Semjon und Marty haben mir sehr geholfen. Das ist unser aller Werk!« Er nickte in Richtung seiner beiden bescheidenen Assistenten zurück. In den Augen der Alten funkelte Verzückung. Sie schienen ihr *Baby* wirklich zu vergöttern.

»Aus welchem Kinderbuch hast du die denn her?«, fragte Artur, der Prochor hinausgefolgt war.

Der Drache trug ein aufwendiges Geschirr mit drei Sätteln und Riemen für Gepäck und Waffen. Die Zügel aus gegerbtem Leder verliefen unter den Flügeln und dem Unterkiefer, auf dem ein stabiler Maulkorb aus Metall saß.

»Keine Zügel der Welt würden den Druck dieser Zähne aushalten, das haben wir getestet! Darüber hinaus würde sie ohne Maulkorb unterwegs ständig Vögel fangen!«, erklärte er, während er dem Tier zärtlich über die festen grünen Schuppen strich und den Maulkorb abnahm. »Was musst du sonst noch wissen? Mein Mädchen ist furchtbar ängstlich. Wenn dieser närrische Kirchenmann weiter so rumjammert, kriegt Malwina solche Panik, dass ich nicht ...«

»Wie ... wie hast du sie genannt?«, fragte Artur, der mit Mühe einen Lachanfall unterdrückte.

»Malwina!«, antwortete der kleine Semjon, der sich ihnen ebenfalls zugesellt hatte. Er holte ein paar ungerupfte Hühnchen aus einem Sack und warf sie der Drachin zu. Die schluckte sie runter, ohne auch nur einmal zu kauen.

»Das soll ein Name aus der dänischen Folklore sein!«, ergänzte Prochor. »Eines der Kinder hat ihn mir vorgeschlagen. Jetzt pass auf, Schwert, ich erkläre dir, wie du mit ihr umgehen musst. Präg dir drei Dinge ein. Jage sie nie über festen Boden, denn Malwina ist eine Flugdrachin. Gib ihr kein Obst zu essen, davon bekommt sie Durchfall. Und schimpfe auf keinen Fall mit ihr oder fuchtel mit den Armen vor ihr herum. Malwina ist kein Pferd, mit ihr muss man höflich umgehen! Glaub mir, sie zählt mehr als deine drei alten Freunde, die beiden Pferde und Flugs, zusammen! Und nun lass Malwina mal an dir schnuppern, danach dürft ihr beide euch in trauter Zweisamkeit miteinander bekannt machen. Anschließend wirfst du einen Blick auf die Karte, um dir darüber klar zu werden, welchen Weg du nimmst. Du musst ins Zentrum der Stadt ...«

Als Artur den ersten mentalen Kontakt zur Drachin herstellte, konnte er sich nur einmal mehr über das kreative Genie Prochors wundern. Malwina war weitaus schlauer als gewöhnliche Drachen. Und wesentlich sensibler ...

»Was ist, meine Kleine?«, fragte Artur mit einem Blick in die dunklen, von zwei Wimpernreihen gerahmten Augen der Drachin. »Unsere ganze Hoffnung ruht nun auf dir. Und mach mal den Mund auf, dir steckt da noch was zwischen den Zähnen ...«

Malwina öffnete folgsam den Mund. Artur holte sein Messer heraus und hebelte ein Hühnerbein zwischen ihren Schneidezähnen heraus. Jeder Zahn war größer als eine Streichholzschachtel. Die kräftigen bekrallten Pfoten kratzten nervös übers Gras.

Kowal drehte sich um. Hinter ihm stand Berder. Sein weißes langes Hemd war im Rücken gebläht wie ein Segel.

»Du wolltest mich etwas fragen, Schwert?«

»Ja, Lehrer.«

»Unsere Antwort lautet *Ja*. Wenn du tust, was getan werden muss, kannst du deine Frau und die beiden Kinder nehmen und mit ihnen hingehen, wo immer du hingehen möchtest.«

»Wolltest auch du mich etwas fragen, Lehrer?«, sagte Kowal, der sich plötzlich erinnerte, wie er die Gesichter der Wipper anfangs nicht hatte erkennen können. Wie leicht sie sich doch vor allen Fremden zu verbergen vermochten – und wie vertraut ihm diese Fanatiker inzwischen waren.

»Ich habe schon gefragt und habe auch schon eine Antwort erhalten, Schwert.«

Dann stehe also nur ich ohne Antwort da, dachte Artur, während er Berder nachsah, der wieder in die Kirche ging.

Denn ich weiß immer noch nicht, ob ich eigentlich wieder nach Piter will.

(34) DER ERWACHTE DÄMON

Vor Begeisterung wären Kowal fast die Tränen gekommen, und trotz der grausigen Kälte, die ihm bis auf die Knochen drang, des Geschüttels und des Gegenwinds hätte er am liebsten aus voller Kehle geschrien. Malwina bewegte ihre Flügel mit erschreckender Schnelligkeit, bis sie eine Höhe von tausend Metern erreicht hatte. Dann gönnte sie sich erst mal eine Verschnaufpause, überließ sich den Luftströmen, bevor sie ihre stählernen Muskeln wieder einsetzte. Beide Reiter blinzelten und klammerten sich an ihren Körper, der warm wie ein Backofen war. Die Sättel glichen eher starren Hosen mit zwei breiten Hosenträgern, die überkreuz über ihre Schultern liefen. Sie verhinderten, dass die beiden Reiter von Malwina glitten, wenn sie sich schwungvoll von einer Seite auf die andere legte oder in ein Luftloch fiel. Beide Männer hatten sich das Gesicht mit Öl eingeschmiert und zusätzlich dicke Schals um den Kopf gebunden.

In seiner Aufmachung sah Artur aus wie ein alter Zigeuner oder Beduine, was ihm selbst innerlich ein Grinsen entlockte, sobald er an die Illustrationen in alten Fantasyromanen dachte. Niemand von diesen Künstlern hätte sich auch nur ansatzweise vorstellen können, was es hieß, die Nase in den Wind zu halten, um in einer solchen Höhe mit einer Geschwindigkeit von zweihundert Stundenkilometern dahinzurasen.

Nach einem *Blick* auf seine innere Uhr zog er die Zügel an. Malwina stellte den linken Flügel wie einen Schild gegen den Wind auf, sodass die Geschwindigkeit sank, und setzte allmählich in sanftem Bogen zur Landung an. Die untergehende Sonne schickte verzweifelt ihre letzten Strahlen durch die dunkle Wolkendecke. So weit der Blick reichte, breitete sich unter Artur eine nicht zu beschreibende Schönheit aus. Auf der Moskwa loderten

Lichtreflexe in allen Nuancen, von Zartrosa bis zu sattem Ultramarin. Über ihm hingen schneeweiße Stalaktiten von Wolken, und zwar so dicht, dass er meinte, er bräuchte bloß die Hand auszustrecken, dann könnte er sie herunterziehen. Der Himmel im Westen leuchtete flammend rot, während ihn im Osten ein geradezu greifbarer tintenschwarzer Vorhang verhüllte.

Eine Formation von Gänsen kreuzte mit vorgestreckten Hälsen unter ihnen ihre Flugbahn, noch tiefer schwankten auf der Erde wie nie da gewesene magische Bäume feine Säulen trägen Rauchs. In der Abenddämmerung funkelten die Spitzen der Universität. Die Wolkenkratzer im Süden machten ihrem Namen alle Ehre, die vom Tag erschöpften Brücken dehnten ihre Rücken, und durch das unerbittliche Pfeifen des Windes drang das Geläut der Moskauer Glocken. Die Viertel am Horizont hatte die Nacht bereits geschluckt, aber im Stadtzentrum leuchteten noch Hunderte von Feuern. Feuchte Frühlingsluft wogte über die große Stadt hinweg, während ein euphorischer und weinender Mensch mit dem Namen Erwachter Dämon wie ein gemeiner Abgesandter der Nacht auf den Schein der Lagerfeuer zuhielt.

Über einem glatten See im Gorki-Park beschrieben sie eine scharfe Kurve, die den hinter Artur zitternden Karim fast zwei Vorderzähne gekostet hätte. Malwina führte jeden Befehl ohne zu zögern aus. Jetzt legte sie die Flügel an und fiel wie ein Stein in die Tiefe. Karim knallte ein zweites Mal mit der Nase gegen Arturs Rücken, als die Drachin landete. Rund zwanzig Meter musste sie noch am Boden auslaufen. Artur fürchtete schon, sie würde mit voller Wucht in den Klotz der Zentralen Ausstellungshalle hineinrasen, doch diese Angst stellte sich als unbegründet heraus.

Die Posten in der Straße Krymski Wal, die quer durch den Gorki-Park verlief, riefen sich etwas zu, an der Moskwa knatterte ein alter Diesel.

»Dann sieh zu, dass du deine Aufgabe erledigst!«, verlangte Kowal, nachdem er den benommenen Karim aus den Hosenträgern befreit hatte. »Du hast gut eine Stunde. Sollte ich erfahren, dass du nicht direkt in die nächste Garnison geeilt bist, sondern dich auf den Weg in den Kreml gemacht hast, wird dich Malwina zum Frühstück verschmausen.«

Karim stützte sich auf seinen Stock und machte zwei unbeholfene Schritte. Sein gesundes Knie knickte weg, er stolperte, fiel und fluchte fürchterlich.

»Wir werden uns wohl nie wiedersehen, oder, Erwachter Dämon?«, fragte Karim dann aus der Finsternis heraus. »Ich … ich würde dich gern irgendwie bezahlen …«

»Warne die Leute, besser kannst du deine Dankbarkeit gar nicht ausdrücken.«

»Ich habe in der rechten Seite keine Schmerzen mehr … Und es kommt auch kein Blut mehr, wenn ich austrete. Außerdem hat sich auch mit meinem Bein etwas verändert. Also … danke für alles.«

»Noch schöner wäre es, wenn sich in deinem Kopf etwas verändert hätte … Was machst du jetzt, Hochwürden? Die Kerle aus dem Kreml werden ja wohl kaum in Tula oder Brjansk Asyl finden.«

»Ich weiß es nicht …«, gestand Karim und seufzte schwer. »Vielleicht versuche ich, eine neue Gemeinde aufzubauen.«

»Ohne Iwan? Damit du die Macht ganz für dich allein hast?«

»Iwan wird den morgigen Tag nicht mehr erleben!« Karim stieß ein sardonisches Lachen aus. »Ich habe ihm oft genug gesagt, man dürfe die schlafenden Waffen nicht anrühren! Meine Brüder haben zweimal aus Ziegenblut vorhergesagt, und zweimal haben sie großes Unheil angekündigt … Nein, ich werde wahrscheinlich nach Süden gehen und dort eine neue Gemeinde aufbauen, zusammen mit mir treu ergebenen Menschen …«

»Dich ändert auch nichts mehr. Aber nun mach dich erst mal ans Werk!«

Als die hinkende Figur des Kirchenmannes hinter der Brücke Krymski Most verschwunden war, band Artur Malwina an einem Baum fest, eine rein symbolische Handlung, versteht sich, denn eher hätte er da noch eine Dogge an einer Pusteblume festbinden können. Anschließend fütterte er sie mit etwas Huhn. Den entscheidenden Moment schob er jedoch immer noch hinaus. Zum ersten Mal sollte er eine solche Aktion ganz allein durchführen. Zu seinem Premierenfieber kam hinzu, dass er meinte, nicht das moralische Recht zu haben, die Erde zum Wippen zu bringen, immerhin waren seine Eltern nicht in den Sümpfen erfroren, während radioaktiv verseuchter Regen auf sie einprasselte, hatten nicht um ein Stück Brot gekämpft, keine wilden Tiere gezähmt …

Irgendwann rang er sich jedoch dazu durch, seinen Rucksack zu öffnen. Er füllte Flüssigkeiten aus drei kleinen Fläschchen in einen Kochtopf, gab die nötigen Pulver dazu und wartete, bis das Feuer unter dem Topf brannte. Dann goss er den brodelnden und stinkenden Sud in eine Schale. Jetzt musste er äußerst penibel auf jeden Schritt der Prozedur achten, weil bereits der kleinste Fehler die Sache verhunzen konnte. Er schlitzte sich das linke Handgelenk leicht auf und beobachtete, wie sich das Blut Tropfen für Tropfen mit der grünlichen Brühe vermengte. Sobald die Flüssigkeit zu zischen anfing und ein gleichmäßiges Ziegelrot annahm, zog er die Hand weg und tunkte bereitgelegte Lappen in den Sud. Nachdem er die verbrannten Finger ausgeschüttelt hatte, wrang er die Lappen aus und zog aus der Scheide über seiner Schulter ein Krummmesser. Berder hatte es mit einem Stück groben Leders über eine Stunde lang geschliffen, sodass schon die geringste Ungeschicklichkeit ihm eine tiefe Wunde bescheren würde. Vorsichtshalber zog er daher derbe Handschuhe an. Aus einer weiteren, gut versiegelten Flasche gab er pechschwarzes Wasser auf die Schneide, wobei er genau darauf achtete, dass seine Haut nicht damit in Berührung kam. Ein Tropfen dieses Wassers würde genügen – und nicht einmal Anna die Erste, die beste Heilerin im Dorf, würde ihn noch retten können. Dieses schwarze Wasser wurde in einem besonderen Verfahren aus jenem toten Nass gewonnen, das sich im Laufe des Jahres im Graben an der Brandstätte sammelte.

Nun brauchte er junge Bäume, denn alte halfen ihm bei seinem Vorhaben nicht. Nachdem er drei geeignete Stämme gefunden hatte, wickelte er die noch heißen, stark nach Kräutern riechenden Lappen um sie und ritzte in die Rinde zwei schräge Kreuze. Malwina beobachtete ihn, ihre Augen loderten wie die einer großen Katze und spiegelten das Licht des inzwischen aufgegangenen Mondes wider. Irgendwann legte sie sich auf den Bauch und bereitete sich geräuschvoll auf den Schlaf vor.

Die ersten Bäume stellten sich als die falsche Wahl heraus, sodass er die Operation an anderen Bäumen wiederholen musste. Doch auch das brachte nichts. Er nahm einen dritten Anlauf und trat ein paar Schritte von dem Stamm zurück, den er gerade präpariert hatte. Berder konnte sich doch nicht geirrt haben …

Und das hatte er auch nicht. Die siebte Esche erwies sich als Treffer. Artur wollte seinen Augen nicht trauen … Mit zitternden Knien näherte er sich erneut dem Baum. Ein Dunkles Mal, ohne Frage! Er, ein stinknormaler Mensch, ein absolut unbekannter Ingenieur, hatte gerade die grausame Kraft der Natur zum Leben erweckt! Ungefähr so musste sich jemand fühlen, der eine Wasserstoffbombe aktiviert hatte. Fast im selben Moment wogte eine warme, aufmunternde Welle durch sein Hirn, das mentale Echo der fünf wartenden Wipper.

Die junge, drei Meter hohe Esche zitterte wie wild, fast als würde ein gigantischer wahnsinniger Maulwurf unter ihren Wurzeln graben und versuchen, den Baum aus dem Boden zu hebeln. Artur ritzte ein weiteres Kreuz in die Rinde. Jetzt schwankte nicht nur die Esche, sondern noch mindestens sechs oder sieben große Bäume um sie herum.

Malwina hob den Kopf und stieß ein tiefes Knurren aus. Die Rinde löste sich von der Esche, rollte herunter wie vertrocknete Schlangenhaut, eine Schicht nach der nächsten wurde schwarz und fiel ab, nachdem sie sich mit dem Saft der Knospen prall gefüllt hatte. Es folgte ein lang gezogenes Knistern, und der Stamm barst in zwei Hälften. Die Reste der feuchten Lappen flogen auf den Boden. An den Einschnittstellen hatte sich das Holz in verfaulten Mulm verwandelt.

Wie gebannt beobachtete Artur dieses Schauspiel. Der riesige Nachbarbaum, ebenfalls eine Esche, neigte sich zur Seite. Mit einem schmatzenden Geräusch gab der Boden die knorrigen Wurzeln frei. Die Erde bebte stärker und stärker.

Über dem Gorki-Park flatterten Hunderte von Vögeln auf, die aber nicht davonflogen, sondern einen bizarren Todesreigen vollführten. Schweigend, ganz ohne Gekrächze, Getschilpe und Gezwitscher, beschrieben sie ihren Kreis. Mit jeder Sekunde wurden es mehr. Mit einem Mal spürte Artur einen stechenden Schmerz im rechten Knöchel. Sofort duckte er sich – und entging damit gerade noch einer Attacke auf sein Gesicht.

Das Eichhörnchen, das da von unten an ihm hochgesprungen war, setzte nach dem gescheiterten Versuch gleich zum nächsten Angriff an. Artur fing das Tier im Flug ab und drehte ihm den Hals fast reflexhaft um. Doch schon fielen ihn zwei weitere seiner Artgenossen aus der Dunkelheit heraus an. Sie ereilte das gleiche Schicksal. Malwina brüllte nun aus vollem Hals und erhob sich. Als sie mit den Flügeln schlug, traf Artur die aufgewirbelte Luft im Rücken. Die Drachin spürte das Erdbeben wesentlich stärker als er und geriet in Panik.

Inzwischen zogen unglaublich viele Vögel am Himmel ihre Bahn. Obwohl Kowal sie am Nachthimmel kaum ausmachen konnte, wusste er, dass es mehrere Tausend waren. Zugvögel, die ihre heimatlichen Gewässer noch nicht erreicht hatten, ebenso wie einheimische Meisen, die in Moskau überwintert hatten, Dohlen und Tauben …

Mit einem entsetzlichen Knall brachen gleich mehrere Äste von einer morschen Pappel. Artur schaffte es erst im letzten Moment wegzuspringen. Immerhin war der Bann nach dem Angriff der Eichhörnchen gebrochen und seine Reaktionen funktionierten wieder. Nur gut, dass ich im Park keine größeren Tiere gesehen habe, dachte er. Sicher, Malwina würde mich notfalls verteidigen, aber bei einer entsprechenden Überzahl von Gegnern wäre womöglich auch die Drachin nicht mehr die zuverlässigste Bodyguardin. Vor allem da sie schon jetzt verstört auf das unablässige Flügelklatschen der zahllosen Vögel lauschte.

Mittlerweile zitterte die Erde nicht mehr, nein, sie *tanzte* förmlich. Artur meinte, an Deck eines Schiffs zu stehen, dessen Motor ausgerechnet beim heftigsten Unwetter versagt hatte. Zehn Meter vor ihm wölbte sich der Boden, erste Risse taten sich in ihm auf. Aus ihnen spritzte bereits Wasser. Einige Bäume fielen um und verhakten sich zu einer undurchdringlichen Barrikade. Ein windschiefer Steinpavillon an einer Kreuzung der Alleen ging in die Luft und zerfiel in seine Einzelteile. Ein tiefes vibrierendes Donnern rollte durch den Park. Artur brachte sich mit einem Sprung vor abgerissenen Ästen in Deckung, drehte sich um – und spürte, wie sich ihm die Nackenhaare aufstellten: Der riesige Klotz der Ausstellungshalle versank langsam, fast wie in Zeitlupe, im Boden. Da kein einziges Feuer in den Löchern, die heute anstelle der Fenster klafften, brannte, vermutete Artur, es habe sich niemand im Gebäude aufgehalten. Die gigantische Konstruktion krachte in sich zusammen, pfeifend flog die Verkleidung durch die Luft, sämtliche Eisenträger rissen wie feiner Draht …

Nun geriet auch die Moskwa in Bewegung. Artur hatte den Eindruck, sie kröche förmlich auf ihn zu. Oder vielleicht auch andersherum: dass ein Teil des Ufers samt Straße unter das Wasser krauchen würde, in einer Art nie da gewesener Erosion. Mit einem ohrenbetäubenden Tosen schoss das Wasser tsunamiartig in die Ausstellungshalle. Daneben ragten noch einige kleinere, irgendwie bizarre Konstruktionen zum Himmel auf. Artur begriff erst, als sie scheppernd und dröhnend in sich zusammenfielen, worum genau es sich bei ihnen handelte: Es waren Überreste amerikanischer Vergnügungsgeräte, die wie durch ein Wunder die letzten hundert Jahre überdauert hatten. Doch dieser Naturgewalt hatten weder Achter- noch Loopingbahn etwas entgegenzusetzen …

Arturs Blick wanderte weiter in die Krymski Wal. Hochwürden hatte Wort gehalten, auf der Brücke erschienen immer mehr Menschen. Im Licht der brennenden Masutfässer verließ ein Strom von Pferdewagen und Motorfahrzeugen das Zentrum. Als die Menge sah, was sich im Park abspielte, drängte sie sich schreiend an der Brüstung der Krymski Most zusammen und zeigte entsetzt auf das verheerende Schauspiel. Reiter mit Fackeln und Gaslaternen stürmten heran. Diese Menschen müssten wirklich mit dem Leben davonkommen, dachte Artur. Aber ob die Wipper den zweiten Teil des Plans realisieren und das Beben außerhalb der Stadt ersticken können?

In dieser Sekunde vibrierte die Erde so stark, dass sich einen Meter vor Artur ein tiefer Riss auftat. Er sprang zurück – aber da fanden seine Füße schon keinen festen Grund mehr. Er fiel bäuchlings zu Boden. Noch im selben Augenblick landete etwas schmerzhaft auf seinem Rücken. Eine Krähe. Er schüttelte sie ab, aber der Vogel setzte zu einem zweiten Angriff an. Als Artur sich umdrehte, um sich besser verteidigen zu können, wartete bereits eine böse Überraschung auf ihn: Die Krähe war nicht allein. Etwa ein Dutzend Vögel kreiste über ihm und drohte, ihm mit den Schnäbeln den Kopf zu bearbeiten. Er meinte, sogar einen Raubvogel unter ihnen auszumachen, doch als er genauer hinsah, war der große Vogel mit dem gebogenen Schnabel nirgends zu entdecken.

Sein Gesicht mit dem Unterarm schützend rappelte er sich hoch. In dem Moment schrie Malwina los. Alles, nur das nicht!, stöhnte er innerlich. Wenn die Drachin jetzt ausrastet oder sich mitten in die Feinde stürzt, komme ich nie aus diesem Park raus! Er rief Malwina mit einem Pfiff. Berder hatte ihn zwar gebeten abzuwarten, bis klar sein würde, dass die Welle eingedämmt war und sich wieder alles beruhigt hatte – nur rückte das Verhalten der Vögel jeden Gedanken an *Ruhe* in weite Ferne.

Mehr oder weniger blind stolperte er Richtung Malwina. Da der Langdolch noch an ihrem Sattel hing, blieben ihm nur zwei kurze Klingen, um sich gegen die Angreifer aus der Luft zur Wehr zu setzen. Mit jedem Streich erledigte er einen, mit etwas Glück sogar zwei dieser wahnsinnigen Vögel. Trotzdem hatte er die ganze Zeit das Gefühl, der eigentliche Feind sei noch gar nicht aufgetaucht.

Er pfiff erneut, doch Malwina reagierte nicht. Um ihn herum tobte die reinste Apokalypse. Hinter dem Gorki-Park kippten die Häuser in der Bolschaja Jakimanka wie Dominosteine um. Genauer gesagt, sie kippten gar nicht um, sondern der Boden unter ihnen verflüssigte sich von einer Sekunde zur nächsten und saugte die Gebäude in sich ein, presste sie zusammen und zermalmte sie. Das Gepolter dabei war derart laut, als drehten sich Dutzende von Mühlsteinen.

Das raubte Kowal die letzten Nerven. Er hörte nichts mehr, er spürte die Drachin nicht mehr, überall nichts als Ruinen oder Gruben und Krater anstelle von Parkwegen, und dann noch die Vögel, die ihren lautlosen Angriff auf seinen Kopf fortsetzten. Zum Glück waren sie einfach zu blöd, auf die Idee zu kommen, ihn parallel zum Luftangriff auch vom Boden aus zu attackieren.

Während er sich mit blutüberströmten Armen freikämpfte, spukte ihm natürlich der Horrorstreifen von Hitchcock im Kopf herum. Als er den Vögeln halbwegs entkommen war, verbiss sich prompt eine Ratte in sein Bein. Durch diesen Überraschungsangriff geriet er ins Stolpern und wäre beinahe gefallen. Alles, was er sich in drei Jahren mühsam antrainiert hatte, war wie weggeblasen. Normalerweise genügte eine leichte Willensanstrengung, um sich einen Vogel oder ein kleines Säugetier gefügig zu machen – aber momentan zeigte nicht eines dieser wahnsinnigen Tiere auch nur die geringsten Anzeichen von

Gehorsam. Eine zweite Ratte sprang ihm an die Brust, sodass ihr weit aufgerissenes Maul eine echte Gefahr für sein Gesicht darstellte. Gleichzeitig hackte ihm ein Vogel mit spitzem Schnabel in die linke Schulter, während einer seiner Artgenossen ihm den kräftigen Flügel vor die Nase rammte.

Artur entspannte sich, setzte seine Kampfenergie frei und begann, sich in einem wilden Tanz zu drehen. Er boxte und schlug um sich, vollführte Salti und zertrat die Biester mit den Füßen, manchmal ohne überhaupt zu wissen, wo eigentlich oben und wo unten war. Das Wasser brachte einen endlosen fiependen Strom von Ratten mit. Und nicht nur von Ratten. Jedes Tier, das Artur witterte, vergaß die angeborene Panik und stürzte sich mit gebleckten Fangzähnen auf ihn. Kowal erledigte drei Dutzend Ratten, die zum Glück normale Maße zeigten, fünf Kormorane und Katzen, zahllose Möwen und kleine Vögel.

Seine Kleidung hing nur noch in Fetzen an ihm, das linke Hosenbein hatte ihm ein wilder Hund bis zum Knie aufgerissen. Artur hatte seine vier letzten Messer im Kampf gegen diese Meute eingebüßt, obwohl er Mäusen, Eichhörnchen und anderen kleinen Nagern mit bloßen Händen den Hals umdrehte. Trotz seiner Schnelligkeit gelang es etlichen dieser Biester, ihn mindestens einmal zu beißen. Besonders übel war eine Wunde am rechten Ellbogen, die ihm ein Hund beigebracht hatte. Im Eifer des Gefechts hatte er nicht gleich gemerkt, dass seine Hand ihm nicht mehr gehorchte, dann glühte sein Arm jedoch, und die Finger verkrampften sich, als sei er gelähmt.

Gerade bohrte ihm ein großer Vogel die Krallen in den Hals und hackte mit dem Schnabel auf seine Stirn ein – da endlich schoss der gewaltige Körper der Drachin aus der Dunkelheit heraus und baute sich direkt über ihm auf. In seiner Erschöpfung fehlte Artur sogar die Energie, in Panik zu geraten: Obwohl er sich auf den Bauch warf, drohte Malwina noch immer, ihn unter sich zu zerquetschen. Aber die Drachin hatte nun mal ihre eigenen Vorstellungen, wie sie ihren Herrn schützen wollte: genau so, wie sie auch ihre Kinder verteidigt hätte, indem sie ihn mit ihrem Körper gegen Feinde abschirmte.

Malwina zog die Oberlippe hoch, um die sonst verborgenen hornigen Nüstern freizulegen. Kurz darauf vibrierte es in ihrer Kehle. Eine gewaltige Feuersäule von sattem Violett schlug zum Himmel hoch, mitten hinein in das Vogelgeschwader. Im Bruchteil einer Sekunde waren die Tiere zu kreischenden Fackeln mutiert. Danach nahm sich Malwina den Boden vor und versengte in einem Halbkreis um sich herum alles, ehe sie das Maul abermals hochriss und den Himmel befeuerte.

Ratten und Mäuse verwandelten sich noch auf ihrer Flucht vor den Flammen in Skelette, Katzen wälzten sich am Boden und verloren ihre letzten Fellbüschel. Ein erneuter Sturzbach aus lodernden Vogelleichen ging nieder und beleuchtete das Gemetzel am Boden. Einige kahle Hunde griffen Malwina geifernd von der Seite an und eroberten einen ihrer Flügel. Als die Drachin die Köter jammernd abschüttelte, bot sie Artur immerhin die Möglichkeit, unter ihr hervorzukrabbeln.

Mit purer Willenskraft gelang es ihm, die Blutung zu stoppen. Auf dem linken Auge war er allerdings blind, während am rechten Ellbogen alle Nerven bloßlagen. Um ihn herum war es taghell. Es brannte einfach alles, selbst das, was niemals in Flammen hätte aufgehen dürfen wie nasse Baumwurzeln oder durchweichtes Gesträuch. Ein widerwärtiger Geruch nach verbranntem Fell hing in der Luft. Malwina peitschte mit dem Schwanz auf ihre Angreifer ein, doch waren diese derart in der Überzahl, dass selbst eine Gigantin wie die Drachin in Bedrängnis geriet. Abertausende kleiner Augen funkelten Artur an, eine ganze Kriegsschar von Tieren und Vögeln, aufgestachelt durch seinen Zauber. Am Boden erloschen die Feuer nun allmählich, aber in den Zweigen der umliegenden Büsche züngelten die Flammen noch weiter.

Nachdem Malwina dem nächsten Hund den Hals durchgebissen hatte, sprang Artur in den Sattel. »Dann mal hoch!«, verlangte er und griff nach den Zügeln.

Nur dachte Malwina in ihrem Kampfrausch überhaupt nicht daran zu gehorchen. Sie drehte sich unablässig um die eigene Achse und stieß immer wieder kurze Feuergarben aus. Doch obwohl jeder Schuss ein Treffer war, zwang sie ihre Feinde nicht in die Knie. Dazu waren es zu viele. Und zu wilde. Artur hatte nicht die geringste Ahnung, wie lange Malwinas Brennstoffvorrat in dem Sack zwischen den Lungen noch reichen würde. Um ihn zu füllen, hatte Prochor seinem Liebling eine Woche lang jeden Abend einen geheimen Kräutersud zu trinken gegeben. Die Synthese in ihrem Organismus war erst am fünften Tag abgeschlossen.

»Nun komm schon! Hoch mit dir!«

Malwina war jedoch mit sich beschäftigt. Fauchend ließ sie sich auf die malträtierten Pfoten nieder. Eine der Lederplatten am Flügel war aufgeschlitzt worden, unter dem Schuppenpanzer schimmerten auf der einen Seite purpurrote Fleischfetzen hervor. Artur nahm erst einmal den Dolch an sich, der an ihrem Sattel hing. Damit fühlte er sich schon wesentlich sicherer. In diesem Moment stürmte eine Kuh auf sie zu. Wie um alles in der Welt kommt die denn hierher?, wunderte sich Artur. Das pralle Euter baumelte ihr schwer zwischen den Beinen, an einem Schulterblatt prangte ein dreieckiges Brandzeichen und um den Hals trug sie eine Schnur. In ihren blutunterlaufenen Augen lag eine solche Wildheit, dass Artur ganz unruhig wurde. Die Hörner vorgestreckt, raste die Kuh heran – und es war ihr offenbar scheißegal, was sie da vor sich hatte, eine Drachin oder ein Malteserhündchen. In diesem Moment griff auch noch ein Hund Malwina an, was der Kuh alle Chancen gab, der Drachin die Hörner in die Seite zu rammen, die Schuppen bedeuteten bei einer solchen Wucht keinen Schutz mehr. Die Drachin stieß einen wahnsinnigen Schrei aus, ruckte dann so heftig mit dem ganzen Körper, dass sie der Kuh, die mit den Hörnern in ihrer Flanke feststeckte, den Hals brach.

»Jetzt wird's echt Zeit! Hoch mit dir!«, redete Kowal auf die

Drachin ein und drückte ihr zum weiteren Ansporn die Fersen in die Seite. Endlich vernahm er ihr leises mentales Echo in seinem Kopf. »Komm, meine Kleine, rauf mit dir!«, bat er, während er ihr zwei Krallen aus dem Fleisch zog.

Malwina breitete die vier Flügel aus und erhob sich aus dem Stand in die Luft. Da Artur das rechte Bein nicht in die Sattelhose gesteckt hatte, rutschte er gefährlich zur Seite. Sich wieder aufzusetzen war nicht ganz einfach, konnte er doch nur die linke Hand bewegen. Die rechte hatten die Hundezähne zuverlässig ausgeschaltet. Inzwischen sickerte zwar kein Blut mehr aus der Wunde, aber bei jeder Bewegung schossen ihm Schmerzen von den Zehenspitzen bis hinauf in den Nacken.

Sobald er sicher im Sattel saß, lenkte er die Drachin an dem wütenden Vogelschwarm vorbei. Trotzdem schien sie für einen Moment zwischen zwei lebenden pulsierenden Wolken eingeklemmt: den fliehenden Menschen unten im Gorki-Park und der Horde gefährlicher Gegner über ihnen in der Luft.

Als sie dieser Zange entkommen waren, holte Artur erst einmal die Flasche mit Wasser heraus und gab unter höllischen Schmerzen etwas davon auf seine verklebten Wimpern. Der Anblick, der sich ihm dort unten bot, war schrecklich, zugleich aber auch atemberaubend schön. Der Gorki-Park tobte im Mondlicht wie ein Tier im Todeskampf. Die Welle der Beben hatte inzwischen die Mitte des Flusses erreicht und stiftete das ölig schimmernde Wasser an, über die gegenüberliegende Pretschistenskaja-Uferpromenade herzufallen. Der Park selbst sah aus, als wäre ein Meteorit in ihm niedergegangen. Die entwurzelten Bäume formten am Boden eine Spirale, wobei die Kronen bei allen nach außen wiesen. Ein Tornado, wie er hier, im Zentrum Russlands, noch nie aufgezogen war, zerrte an den Zweigen, trieb Wolken von Schmutz und Bauschrott in die Luft und riss sogar den Erdboden auf. Auf diesen Gräbern toter Pflanzen würden schon bald junge dichte Triebe sprießen.

Die Kirche des Heiligen Nikolaj neigte sich in einem Winkel

von zwanzig Grad und drohte, sich in der nächsten Sekunde in ihre Bestandteile aufzulösen. Von der Ausstellungshalle war ohnehin nichts mehr übrig, ebenso wenig wie von den Wohnvierteln im Osten. Menschen zu Fuß und zu Pferd drängten wie wild durch die Straßen, deren Asphalt bereits zersplitterte und einkrachte. Irgendwo stießen zwei Autos zusammen und gingen in Flammen auf. Artur brach in ein krampfhaftes, nervöses Lachen aus: Das war garantiert der erste ernst zu nehmende Verkehrsunfall seit hundert Jahren.

Als er Malwina Richtung Kreml lenkte, konnte er sich überzeugen, dass die Erde hier zwar noch nicht bebte, dafür aber ein fürchterliches Chaos tobte. Auf dem Roten Platz brannten Dutzende von Lagerfeuern, minütlich kamen neue hinzu. Durch die Wosdwishenska und die Twerskaja strömten die Flüchtlinge weg von diesem historischen Schauplatz. Die Kirchenglocken schlugen mit gewaltigem Geläut Alarm. Irgendwo in den Vierteln im Norden durchrissen MP-Salven die Finsternis. Gerade brandete die Welle der Verwüstung gegen die Moskworezki-Brücke und riss etliche Laster und Autos mit sich.

Im Eismatsch des schwarzen Wassers der Moskwa strampelte eine ganze Herde schreiender entkräfteter Kühe. Einige von ihnen versuchten, sich an Land zu retten, doch die Strömung trieb sie unaufhaltsam flussabwärts. Am Ufer warfen Menschen Leinen aus und wateten in den Fluss, um das Vieh zu retten. Das sollten sie besser lassen, dachte Artur finster. Wenn die Welle erst mal diesen Bezirk erreicht, würden die Tiere rasend werden und ihre eigenen Herren ertränken. Alles würde sich gegen die Menschen richten. Und zwar so lange, bis das Gleichgewicht wiederhergestellt war.

Das Letzte, was Artur sah, als er Malwina nach Norden lenkte, war das explosionsartige Ende der Anlegestellen um den großen Marktplatz. Ein Kahn mit Holz ragte fast senkrecht im Wasser auf, ganz wie der letzte Grenadier im Regiment Kutusows, der der sterbenden Stadt noch mal die Ehre erweist.

[35] FRAUEN UND MÄNNER

»Verlangst du etwa von mir, dass ich diese Entscheidung treffe?«, fragte Nadja, die gerade einen dampfenden Preiselbeerkuchen aus dem Ofen holte und vor Artur auf den Tisch stellte.

»Bisher habe ich dich viel zu selten nach deiner Meinung gefragt«, antwortete Artur seufzend.

»Es ist auch schwer, etwas mit dir zu besprechen, Artur Schmied, denn du bist nicht wie die anderen Museumsleute. Du bist aber auch nicht wie einer der Wipper. Du wirst wütend, wenn andere lachen, und lachst, wenn andere ernst sind.«

»Worauf willst du damit hinaus?«

»Du kannst mit deiner Wut nicht hinterm Berg halten …«, antwortete Nadja, löste ihr Haar und fing an, es zu kämmen, wie sie es immer tat, wenn sie nervös war. »Du verübelst es ihnen, dass sie wollen, dass ich nächstes Jahr mit einem anderen Mann schlafe.«

»Soll ich mich etwa darüber freuen?«, blaffte er sie an und hackte mit dem Messer in der linken Hand auf den Kuchen ein, um ihn in Stücke zu teilen. Die rechte hatte Berder nicht vollständig wiederherstellen können. Die gerissenen Sehnen waren nicht ordentlich zusammengewachsen, weshalb der Wipper ihn bald noch einmal würde operieren müssen.

»Ich sag ja, du bist nicht wie die anderen. Du hast fast vier Jahre mit mir zusammengelebt, aber irgendwie hast du dich überhaupt nicht geändert … Du weißt genau, dass sich mein Bauch ein Jahr lang erholen musste und dass ich jetzt verpflichtet bin, ein weiteres Kind zu bekommen.«

»Apropos: Warum ist von unseren Kindern eigentlich kein Mucks zu hören?«

»Weil Nikolaj mit einer Hüterin in den Wald gegangen ist. Sie hat ihn gelobt und meint, er würde gute Fortschritte machen. Und Belotschka hast du wie üblich gar nicht bemerkt. Sie schläft da unten, an die Hunde gekuschelt.«

»Du könntest doch auch noch ein weiteres Kind von mir zur Welt bringen.«

»Auf wen oder was bist du eigentlich so wütend, Schmied? Auf die Gesetze, die das Leben aller Menschen regeln? Oder auf die Erde, die dieses Leben im Jahr des Großen Todes vernichtet hat?«

»Und warum musst du die Wipper immer verteidigen? Indem du alles auf eine empirische Basis ...«

»Du redest schon wieder so, dass dich niemand versteht!« Sie trat an ihn heran, nahm ihm das Messer ab und gab dem Kuchen wieder ein einigermaßen anständiges Aussehen. »Du bist sehr klug, Artur Schmied. Manchmal meine ich sogar, dass du nicht nur klüger bist als ich, sondern auch als die meisten Männer hier ... Ich weiß nicht, was du da für eine Basis meinst, aber Anna die Zweite hat mir viel erzählt. Nach dem Großen Tod hat die Erde dafür gesorgt, dass nicht mehr alle Frauen Kinder kriegen konnten. Die Erde hat ihre Schöße ausgetrocknet, damit sich die Menschen nicht mehr wie bisher vermehren ... Und diejenigen, die immer noch zu Müttern werden können, tragen ihre Pflicht mit Freuden. Wenn wir mit einem anderen Mann ins Bett gehen und ihm keine Kinder schenken, sterben die Menschen aus.«

»Das verstehe ich ja. Nur macht es die Sache auch nicht leichter ...«

»Außerdem solltest du eins nicht vergessen, Artur: Ich werde mit diesem Mann höchstens zweimal schlafen. Er ist ein guter Vater, er hat Prochors Enkelin bereits einen kräftigen Sohn geschenkt. Er kommt hierher und reitet wieder weg. Ihr werdet euch nicht einmal begegnen, und du musst ihm nichts zahlen, das übernimmt das Dorf.«

»Das hätte gerade noch gefehlt, dass ich diesem Kerl was zahle!«

»Das Kind wird ja auch gar nicht lange bei uns bleiben, sondern in den Süden gehen.«

»Einfach wunderbar! Aber gut, aus deiner Sicht ist das alles irgendwie verständlich. Wenn ich mit anderen Frauen geschlafen habe, dann bist du jetzt wohl an der Reihe, oder?«

»Willst du mich verletzen, Artur Schmied? Es war deine Pflicht, Kinder zu zeugen, du bist schließlich ein Vater … Warum also sollte ich darunter leiden? Du bist ja nicht für immer zu einer anderen Mutter gegangen …«

»Wer wäre ich denn ohne dich …«

Wie kann ich sie nur überzeugen?, fragte er sich. Wenn jedes Argument, jede emotionale Regung an der Wand ihrer melancholischen Güte abprallt. An dem Wall aus leicht träger, friedfertiger Großherzigkeit. An der Mauer, die aus ihrem Geruch geschaffen ist, in dem ich jedes Mal ertrinke und meine Wut einbüße.

»Aber du als Mutter wirst dich doch nach deinem Kind sehnen, oder?«

»Ich weiß nicht, wahrscheinlich schon …«

Es dämmerte bereits, sodass Nadja sich daranmachte, die Kerzen anzuzünden.

Kowal beobachtete, wie sie sich zum Regal hochreckte, wie sich die kräftigen Waden danach wieder entspannten, wie sich ihr so vertrauter und verführerischer Rücken beugte. Sie ist nach den Geburten eigentlich nicht in die Breite gegangen, stellte er voller Erleichterung fest. Was also soll dieser Streit? Denn je länger ich sie anschreie, desto klarer wird doch, dass ich mal wieder nicht mit dem herausrücke, worum es eigentlich geht. Dass ich das Wichtigste mal wieder verschweige.

Damals mit Natalja war alles anders gewesen. Sie war die erste Frau gewesen, mit der er je zusammengelebt hatte. Mit Sex hatte das nichts zu tun. Man stellt die Zahnbürsten schließlich nicht in einen gemeinsamen Becher, nur weil man im Bett Spaß miteinander hat – so hatte es ihm sein Vater erklärt, und Artur war ganz seiner Meinung gewesen.

Die allgemeine Meinung ging ja davon aus, dass ein Mann mit der Frau eine Familie gründete, mit der er es gut hatte. Das hatte ihm einmal eine wunderbare, kluge Frau gesagt, eine Kommilitonin. Aber was hieß das – es *gut haben*?, hatte er damals gegrübelt. Bedeutete es, dass eine heiße Suppe und gebügelte Bettwäsche auf dich warten? Oder dass sie in der Ecke sitzt und strickt, nur um dich nicht zu stören, wenn du dir im Fernsehen ein Fußballspiel ansiehst oder mit Freunden in die Kneipe gehst, um ein Bierchen zu zischen? Oder bedeutete dieses *gut haben*, dass sie nicht an dir rumnörgelt, weil dein Gehalt zu gering ist. Oder dass sie bei jeder Pusteblume, die du ihr schenkst, Freudentänze aufführt?

Ständig auf der Suche nach Leidenschaft, hatte er sich immer schnell verliebt. Aber sobald er sich vorstellte, dass seine jeweilige Herzdame ihn vorm Einschlafen küsste und nach der Arbeit mit dem Handy in der einen, mit dem Kochlöffel in der anderen Hand empfing, löste sich die ganze Leidenschaft in Luft auf. Nicht gleich, natürlich nicht, nicht von einem Tag auf den anderen. Aber die Lust wich doch ganz allmählich dem Horror vor einem gemeinsamen Alltag. Dann sah er in diesem attraktiven langbeinigen Geschöpf nicht mehr die Quelle seiner Wonnen, dann sah er in ihr nur noch eine zerzauste, keifende Zicke, die ihm Tag und Nacht mit irgendwelchen dämlichen Forderungen zusetzte.

Aber gut, selbst mit der *keifenden Zicke* hätte er sich noch abgefunden, schließlich sogen sie alle Eifersucht und Besitzdenken mit der Muttermilch ein. Nein, was ihm echt Angst einjagte, war etwas anderes. Die Kehrseite dieses familiären *gut haben* sozusagen. Es wollte Artur einfach nicht in den Kopf, wie Menschen, die genug Geld hatten, jahrein, jahraus ihre Abende vorm Fernseher verbringen konnten. Sich mit Chips und Nüssen bewaffneten, die Arme umeinander legten und dann stundenlang vor der Glotze saßen. Er weigerte sich zu verstehen, was Leute mit entsprechender Kohle daran hinderte, einen Babysitter anzuheuern und sich ein paar nette Stunden zu machen.

Nataschka war die Erste gewesen, die ihm gesagt hatte, sie bräuchte Geld für Reisen. Zu Hause trug sie nie einen Jogginganzug, sondern immer Shorts. Oder sie spazierte, wenn seine Eltern weg waren, nackt durch die Wohnung. Sie sah sich keine Daily Soaps an und weigerte sich, komplizierte Salate zuzubereiten, worüber sich seine Mutter gar nicht genug aufregen konnte, glaubte diese doch, ihr Junge würde prompt den Hungertod sterben. Natalja rief ihn spontan im Institut an und teilte ihm mit, dass sie gerade Karten für ein Konzert am Abend ergattert hatte. Sie verzichtete, ohne zu zögern, auf den Kauf eines Mantels, wenn sie dafür nur auf die Malediven kam. Diese Inseln hatten sie dann nie gesehen ...

Und dann war Nadja gekommen ...

Was ist eigentlich mit mir los?, fragte er sich, während er Nadja auf den Schoß zog und den vertrauten und – verdammt noch mal – geliebten Körper auf seinen Knien schaukelte. Ob ich tatsächlich alt werde, wenn mich schon ein Preiselbeerkuchen glücklich macht? Oder der Pullover, den sie mir strickt. Das heiße Bad, das sie mir einlässt ...

»Ja ... ja vielleicht werde ich mich nach dem Kind sehnen«, bemerkte Nadja leise. »Aber ich habe ja noch dich und unsere beiden Kinder. Und dann ... jetzt wirst du bestimmt gleich wieder wütend, aber hör mir trotzdem erst mal zu. Wir sind ja nie in Moskau angekommen, und deshalb habe ich das Gold auch nicht gekriegt. Ich weiß, dass du in dieser Frage wie die Wipper bist, für dich ist Reichtum nicht das Wichtigste im Leben. Aber wenn du willst, dass wir alle nach Piter gehen, brauchen wir Gold. Denn in Piter haben alle Geld! Anna hat Freunde unter den Zauberern dort. Die sagen, dass die Händler jetzt alles nur noch für Rubel kaufen ... Sollte ich also zufällig eine gesunde kleine Mutter zur Welt zu bringen, werden die Alten das sofort rumerzählen. Sie würden das nämlich gleich wissen, denn hier sind alle viel schlauer als die Petersburger Ärzte. Wenn wir eine Mutter verkaufen, werden wir auf einen Schlag reich. Selbst wenn wir die Hälfte dem Dorf geben, stehen wir immer noch gut da …«

»Dann solltest du vielleicht am besten noch fünf Kinder von unterschiedlichen Männern bekommen, oder was? Damit du dir jede Menge Schweine und Wilde kaufen kannst!«

»Jetzt bist du schon wieder wütend. Aber weißt du eigentlich, wie mein Leben ausgesehen hätte, wenn wir damals Moskau erreicht hätten? Anna hat es mir erzählt, und ich glaube ihr. Und? Soll ich dir sagen, was auf mich gewartet hätte?«

»Tu dir keinen Zwang an …«

Nadja stand auf, holte Erbsen und Fleisch aus dem Ofen, die nun auch fertig waren, und goss für die Gäste schon einmal Beerenschnaps ein, denn auch hier im Dorf gönnte man sich zu einem Feiertag ein Gläschen.

»Ich hätte in Moskau ein angenehmes Leben gehabt und wäre viel reicher gewesen als in Piter. Wenn du es genau wissen willst, ich hätte niemals arbeiten müssen, wie ich jetzt hier im Wald arbeite … Nun guck doch nicht schon wieder so böse! Es ist doch nicht deine Schuld, dass wir bei den Wippern gelandet sind. Immerhin sind wir jetzt zusammen, und ich bedauere nicht, dass ich arbeiten muss. In Moskau hätte ich keinen Finger krümmen müssen, das stimmt. Ich hätte eine Leibgarde gehabt und jeden Monat so viel Geld bekommen wie ein Handwerksmeister oder Ingenieur. Davon hätte ich mir eine ganze Herde Schafe kaufen können, tausend Tiere oder noch mehr. Und ich hätte Land erwerben und zehn Frauen einstellen können, damit sie die Tiere scheren und Winterkleidung stricken, wie ich das jetzt ganz allein mache. Aber glaub mir, Artur Schmied, ich würde mein jetziges Leben trotzdem nicht eintauschen. Und weißt du auch, warum nicht? Weil man die Frauen in Moskau kauft wie gelbe Wilde. Ich wäre reich, aber ich müsste mit dem Mann leben, der mich gekauft hätte …«

»Aber die Karawane hätte euch zur Kommune der Kesselheizer gebracht! Das heißt, die ganze Kommune hätte euch gekauft, nicht ein einzelner Mann!«

»Als ob du nicht genau wüsstest, was in Moskau aus den Kommunen geworden ist! Als Rubens' Karawane damals aufgebrochen ist, hatten sich die Kesselheizer bereits Pap Iwan unterworfen. Sie machten alles, was der Kreml ihnen befahl. Als sie kein Geld mehr hatten, um sich Essen zu kaufen, haben sie dem Kreml ihre Mütter überlassen, damit sie den Männern dort Kinder gebären!«

»Das wusste ich überhaupt nicht!«

»Stimmt, das hatte ich vergessen … du bist ja nur einen Tag im Museum gewesen … Aber du hast mir doch vom Markt in Moskau erzählt. Hast du damals, als du in Moskau gewesen bist, nicht gehört, dass es früher zwei Märkte gab, auf denen Menschen verkauft wurden?«

»Lass uns diesen alten Streit bitte nicht wieder aufwärmen. Du betrachtest die Wilden schließlich auch nicht als Menschen.«

»Ich spreche nicht von den Wilden … Ich meine Frauen. Damals sind Karawanen aus dem Süden nach Moskau gekommen, nicht aus der Ukraine, sondern noch weiter aus dem Süden, wo die reichen Asiaten leben. Anna hat mir davon erzählt. Sie geben für russische Frauen so viel Gold, wie es keine Gemeinde oder Garnison aufbringen könnte. Ich weiß nicht, wohin sie jetzt, da es Moskau nicht mehr gibt, gehen … Vielleicht ja nach Piter. Anna sagt, dass sich früher auch in Moskau die Duma versammelt hat. Als es noch vier Präsidenten gab, meine ich. Damals hätten sie entschieden, dass Frauen und Handwerksmeister nicht an die Asiaten verkauft werden. Genauer gesagt an niemandem, weder an die Asiaten noch an die Deutschen oder Polen.«

»Und was, wenn ein Handwerker aus freien Stücken weggehen will?«

»Hast du die Gesetze vergessen? In Moskau sind sie noch strenger als in Piter. Wenn ein Mann fortgehen will, muss er der Kommune seinen ganzen Besitz dalassen. Er darf auch keine Frau aus der Stadt mitnehmen. Trotzdem sind viele zu den Deutschen gegangen. Aber sie sind auch oft zurückgekehrt. Sie haben gesagt, dass man dort gut leben kann und unsere Mütter geachtet werden. Aber von den Asiaten ist niemand zurückgekehrt. Anna sagt, dass die Frauen dort goldene Gewänder tragen, aber das Haus nicht allein verlassen dürfen. Außerdem kann ein Mann dort drei Frauen haben …«

»Das war bei ihnen schon früher so.«

»Ich weiß nicht, was vor dem Großen Tod war, Artur Schmied«, erwiderte Nadja, während sie eine Schale mit eingesalzenem Gemüse auf den Tisch stellte. »Aber ich weiß, was mit mir geschehen wäre, wenn die Karawane Moskau erreicht hätte. Dann hätte ich ein goldenes Kleid getragen und meine Kinder wären …«

»Schon wieder Gold?«, fiel Artur ihr ins Wort. In seiner Wut schlug er sich sogar mit der rechten Hand auf den Schenkel – und hätte vor Schmerz beinahe aufgeschrien.

»Es geht doch gar nicht ums Gold«, widersprach sie, trat dicht an ihn heran und schlang ihm die Hände um den Hals. »Wie viele Narben du hast! Inzwischen bist du ein richtiger Soldat geworden …« Sie küsste seine Stirn, küsste die Narbe, die die Vogelkrallen hinterlassen hatten. »Worum es geht, ist, dass ich mit dir glücklich bin. Dass ich nichts bedaure. Aber nachts, wenn du nicht schläfst, bin ich traurig. Nein, sag jetzt nichts, lass mich ausreden … Wenn du fröhlich bist, freue ich mich mit dir, weil du mein Mann bist. Aber ich spüre, wie du dich nach einer anderen Frau sehnst. Du bist klug, du hast viele Bücher gelesen, du liest sogar immer noch. Du glaubst, dass du eine kluge Frau brauchst, eine wie Arina Rubens. Klug, mutig wie ein Soldat, schön und stark. So bin ich nicht, Artur, ich kann nicht lesen, und ich verstehe nicht immer, wovon du sprichst. Als Ismail dich aus Moskau zurückgebracht hat und du eine Woche lang mit Fieber im Bett gelegen hast, da hast du mich Natascha genannt.«

Sie holte tief Luft, ehe sie fortfuhr: »Ich wollte das nie erwähnen und hätte es auch bestimmt nicht getan, wenn du nicht heute mit den fremden Männern angefangen hättest … Diese Natascha, sie war vor dem Großen Tod deine Frau, nicht wahr? Du hast sie geliebt, das weiß ich. Sie war natürlich nicht so eine Närrin wie ich. Sie konnte lesen und ein Motorrad fahren und noch vieles mehr. Damals waren die Frauen überhaupt anders, oder? Du hast viel mit dieser Natascha geredet, während du krank warst. Du hast mit ihr geredet und sie um Verzeihung gebeten. Mich hast du noch nie um Verzeihung gebeten, Artur. Mit mir redest du nicht so wie mit ihr. Oft verstehe ich auch nicht, was du sagst, aber deshalb bin ich nicht wütend auf dich. Denn du bist mein Mann, Artur Schmied. Ich bin auch jetzt nicht wütend …« Sie küsste ihren verblüfften Mann erst auf das eine, dann auf das andere Auge. »Ich will nur nicht, dass du denkst, dass ich mit dir lebe, weil Ismail oder sonst wer es so entschieden hat …«

»Das denke ich ja auch gar nicht! Wie kommst du denn da drauf?« Er spürte, dass er rot wurde, konnte aber nichts dagegen machen.

»Aber du denkst …« Nadja kaute auf der Unterlippe und war für eine Sekunde wieder die Frau, die er aus dem Feuer getragen hatte. »… du denkst, dass das Glück etwas Großes ist … Besser kann ich das nicht ausdrücken, Artur. Du glaubst, dass du es in Piter besser gehabt hättest, weil dort viele Männer und Frauen leben … Aber du sollst eins wissen: Wenn du gehst und dortbleibst, werde ich immer auf dich warten. Immer, bis die Erde mich aufnimmt …«

(36) DAS GEHEIMNIS DER ALTEN TONNE

»Aber, aber, sehe ich da etwa Tränen?«, fragte Prochor der Zweite, der gerade mit einem Bärenjungen auf dem Arm durch die Tür trat. Hinter seinem breiten Rücken spähten Anna und die verschmitzten Gesichter von ihren beiden Töchtern hervor.

Nadja sprang von Kowals Schoß auf, wischte sich die Augen ab und bot den ersten Gästen hastig Stühle an.

Artur fühlte sich ein wenig benommen und begriff nicht auf Anhieb, was ihm da mit heißer Zunge die Nase abschleckte.

»Den ziehst du auf«, teilte ihm Prochor bedeutungsvoll mit. »Wenn du nicht klarkommst, soll Anna die Vierte dir helfen. Der Kräftigste aus dem Wurf sollte aber eigentlich auch der Schlaueste sein. He, Schwert, hörst du mir überhaupt zu?«

»Ja, Lehrer …«, antwortete Kowal, der nun erst mal die Pfoten des Bären betastete und dem Tier fest in die Augen sah. »Ich danke dir, das ist ein teures Geschenk!«

Anna die Zweite hatte ihm etwas noch Wertvolleres mitgebracht: eine ganze Sammlung Heilkräuter, als Ersatz für die, die Artur zusammen mit dem Hengst auf dem Markt in Moskau eingebüßt hatte. In den zahllosen Taschen eines Ledergürtels waren in Fläschchen und kleinen Säckchen Schätze verborgen, für die jeder Zauberer von den Seen wenn nicht seine Hand, so doch mindestens die Hälfte seiner Zähne hergegeben hätte. Anna verfügte nämlich über eine Gabe, die sie grundsätzlich von diesen schlichten Zauberern unterschied: Sie spürte aus weiter Ferne, wo eine Pflanze wuchs, brauchte also nicht mühevoll nach ihnen zu suchen. Ihre beiden Töchter, Anna die Dritte und Anna die Vierte, hatten ein gemeinsames Geschenk vorbereitet. Für Mädchen im Teeniealter hatten sie eine etwas seltsame Wahl getroffen, aber beide hatten sich alle Mühe gegeben – und hielten ihm nun einen Sack hin, in dem ein Bienenschwarm summte.

»Das sind Soldaten!«, erklärte Anna die Vierte stolz. »Du musst sie füttern, dann werden sie dich verteidigen. Du selbst kannst ja immer noch keine Biene zähmen …« Diese Bemerkung trug ihr prompt eine Ohrfeige ihrer Mutter ein.

Als Ismail eintraf, legte er ein längliches ölverschmiertes Bündel auf den Tisch. Sämtliche Anwesenden rümpften die Nase. Kowal begriff auf Anhieb, dass es sich um eine Schusswaffe handelte. Geschenke dieser Art machten die Wipper normalerweise nicht, im Gegenteil, versuchten sie doch, diese Art von Spielzeug aus vergangenen Zeiten zu meiden. Artur wickelte es aus und stieß einen überraschten Aufschrei aus. Eine Nikonow, die er nicht kannte, eine MP aus dem Jahr 2020, mit Kevlar-Kolben, Laseroptik und einem gebläuten Schalldämpfer am beweglichen Lauf. Dazu vier Doppelmagazine mit Patronen. Die Waffe schwamm buchstäblich in Schmieröl.

»Du kannst ja nicht nur mit Bienen nicht umgehen«, erklärte Ismail beiläufig und zupfte sich den Bart, »sondern bist auch ein jämmerlicher Schütze …«

Daraufhin brach ein solches Gelächter los, dass das Geschirr auf dem Tisch zu hopsen anfing, sich das Bärenjunge panisch unter der Bank versteckte und in der kleinen Scheune die Hunde aufwachten und losknurrten.

»Vielen Dank, Lehrer!«

»Heute bin ich nicht dein Lehrer«, erwiderte Ismail, ohne seine Zufriedenheit verbergen zu können.

Berder kam mit seiner Frau Katherina und brachte ein weiteres Relikt aus vergangenen Jahrhunderten mit, eine Schleifmaschine für Messer. Der kleine Semjon schleppte einen gewaltigen Sack mit Angorawolle an, die er bei den Wippern im Süden eingetauscht hatte. Die Herrin der Geburten und erste Hebamme Mam Klawdija präsentierte zwei Paar Fellstiefel, die von einer absolut frappierenden Wasserundurchlässigkeit waren. Dann kamen ihre Nachbarn, die Kenner der Dunklen Male Matwej und Alina, mit einem nagelneuen Fischnetz. Als Letzter tauchte ein weiterer Peiniger Arturs auf, der einäugige Boris, seines Zeichens Hüter der Felder. Er hatte seine drei Söhne damit beauftragt, die Ernte einzubringen, wagte es aber selbst nicht, die neue Tradition zu brechen und der Feier fernzubleiben.

Mam Klawdija kam aus Altersgründen das Recht zu, den ersten Toast auszusprechen. Diese Menschen haben erst durch mich Feiertage kennengelernt, schoss es Artur durch den Kopf. Bestimmt dauert es jetzt nicht mehr lange, dann wird der Ruf nach Volksfesten laut. Oder nach einem geschmückten Tannenbaum!

»Ich bin keine große Rednerin!«, setzte Mam Klawdija nun an und kratzte sich die Bartstoppeln am Kinn. Unter einem Wolltuch auf ihren Schultern lugten die Barthaare einer kleinen weißen Ratte hervor. »Du, Schwert, wirst heute also fünfunddreißig Jahre. Das hast du uns selbst gesagt. Das ist ein gutes Alter, entschieden besser als einundachtzig Jahre, um es einmal so auszudrücken. Für einen Mann kann es eigentlich kein schöneres geben. Durch seine Lenden schießt noch Saft, aber er hat noch keine grauen Haare. Früher haben wir getrunken, wenn Kinder geboren wurden. Wir feiern nur selten. Deshalb gefällt es mir, wenn heute Kartoffelbrei und Schnaps auf dem Tisch stehen. Nur frage ich mich: Was geschieht, wenn wir arbeiten müssen – und plötzlich jeder auf die Idee kommt, zu seinem Geburtstag Gäste zusammenzutrommeln? Wie soll ich dann noch bei den Geburten helfen, wenn ich das ganze Jahr über betrunken bin …?!«

Sie brach in schallendes Gelächter aus, bei dem ihre beiden letzten Zähne im Mund aufblitzten. Die anderen stimmten aus vollem Herzen ein. Selbst Nadja, die sich mit einem Tuch die vom Weinen verquollenen Augen wischte.

»Berder hat mir gesagt, wir müssen uns einen Wunsch für

dich ausdenken«, fuhr Klawdija in ernsterem Ton fort. »Nun hör dir also an, was ich dir wünsche: Viel Kraft, wirklich viel. Und dass du die Gerechtigkeit erkennst, die, die für alle gilt … Du willst schon jetzt für alle Gutes. Das ist lobenswert. Aber Gerechtigkeit …? Darunter versteht jeder Mensch einmal eine, die für alle gilt, einmal eine, die nur für einen selbst gilt. Für mich ist Gerechtigkeit etwas Kleines, denn was braucht eine Alte wie ich auch schon Großes? Ich will nur ein wenig Marmelade und dass immer Feuerholz im Ofen ist, mir die Knochen zu wärmen. Jedem das Seine … Und jetzt zu dir, Schwert. Du musst uns nicht sagen, was du unter Gerechtigkeit verstehst, du musst dir selbst darüber klar werden. Allen wird deine Gerechtigkeit nicht gefallen, sicher nicht … Ach, Worte liegen mir einfach nicht! Trinken wir also auf ihn, ja?«

Das taten sie. Dann ein weiteres Mal. Nach und nach tauten alle auf. Irgendwann stiefelte Artur in den Keller runter, um eine Flasche Wacholderschnaps zu holen. Bald lachten die Gäste unbeschwert, schwelgten in Jagderinnerungen, wärmten die Geschichte auf, wie ein Fisch fast den Sohn des einäugigen Boris in den Fluss gezogen hätte, und debattierten über die Ernteaussichten, was sie verkaufen könnten und was sie auf keinen Fall zum Markt bringen durften. Und genauso sachlich wie übers Korn und die Futterrüben redeten sie darüber, wie viele gelbe Wilde sie für den Winter dabehalten sollten und wie viele sie ziehen lassen konnten. Besser gesagt: nicht einfach ziehen lassen, sondern in den Norden verkaufen. Ismail gab zu bedenken, dass die gelben Wilden das dortige Klima nur schlecht vertragen würden, weshalb Dschingisse größere Gewinne versprächen, denn die würden selbst im Schnee noch friedlich schlafen.

Dann erörterten sie den Handel mit den Burjaten. Prochor wusste zu berichten, dass die Schlitzaugen im Tausch gegen Diamanten immer häufiger Kinder aus der Stadt verlangten und die Neugeborenen der Wilden nicht mehr akzeptieren würden. Mit der Zeit kam das Gespräch auf die Dunklen Male. Matwej war auf einem zweiten Drachen, den Prochor gezüchtet hatte, nach Moskau geflogen. Dort hielten jetzt ständig drei Wipper aus den südlichen Gouvernements Wache. Die Erde sei bis auf einen Tagesritt vor Twer in Aufruhr gewesen, habe sich jetzt aber beruhigt. Die Dunklen Male seien zum Glück verschwunden, die meisten Menschen hätten sich retten können, auch das nicht schlecht. Außerdem hätten die Wipper die günstige Gelegenheit genutzt und den Armen auf der Flucht billig ihre minderjährigen Kinder abgekauft …

Artur hörte ihnen zu, war aber gleichzeitig mit seinen Gedanken ganz woanders. Er hatte wesentlich mehr getrunken als sonst, und allmählich drehte sich alles um ihn herum. Die Wange in die Hand gelegt betrachtete er seine Frau. Mein Gott, dachte er, das ist es, das ist meine kleine Gerechtigkeit, von der die alte Klawdija eben gesprochen hat! Aber all diese freundlichen Menschen, die gekommen sind, um mit ihm zu feiern, als habe er schon immer zu ihnen gehört, und ihm das Wertvollste, das sie besaßen, gebracht hatten, würden für ihn immer Wilde bleiben. Sie alle – die Wipper, aber auch die Städter – würden für ihn Fremde bleiben, wenn er sich nicht endlich an die Gesetze dieser Welt anpasste. Die Hüter würden notfalls für ihn kämpfen, ihn aber auch ebenso gut, ohne mit der Wimper zu zucken, verraten. Sie hatten ihn mit der *Mission Massenmord* ausgeschickt – die sie für eine *gerechte Mission* hielten.

Und sie waren klug genug, den Unterschied zwischen verschiedenen Gerechtigkeiten zu erkennen. Das galt vor allem für Berder und Ismail. Gestern hatte ihre kranke Phantasie Moskau den Tod gebracht. Er war dabei ihr Werkzeug gewesen. Aber welche Idee würde ihr wahnsinniges Buch wohl morgen ausspucken? Diese Dickschädel begriffen einfach nicht, dass die Welt nicht auf dem Niveau primitiver Sklavenhaltergesellschaften stehen bleiben durfte … Mein Gott, warum habe ich bloß so viel getrunken? Und Nadja, Nadenka … was bin ich bloß für ein Idiot …

»Der Wald wächst sehr schnell ...«, drang eine Stimme an Arturs Ohr. Offenbar die von Matwej, der seinen Bericht fortsetzte. »An der Stelle der Hauptstadt liegt jetzt undurchdringliches Dickicht. Und der Wald breitet sich immer weiter aus. Ich musste sogar zwei Runden mit dem Drachen drehen, ehe ich überhaupt einen Landeplatz entdeckt habe.«

»Was beschwerst du dich?«, kicherte der angeheiterte Prochor. »Wenn wir das Gleichgewicht wiederherstellen ... erobert sich die Natur stets ihren Raum zurück ... Die Erde verbrennt die Spuren der Menschen!«

»Aber diesmal breitet sich das Grün zu schnell aus!«, hielt Matwej dagegen. »Und vorneweg kommt immer Gras ... Das hat es früher noch nie gegeben ... Die Dunklen Male sind verschwunden, aber die Gefahr ist nicht gebannt! Es gibt Gerüchte, dass Iwan tot ist, der andere Präsident aber die Soldaten zusammenzieht. Die wollen über Kasan herfallen. Sie verlangen, dass man ihnen einen Teil der Stadt überlässt und Essen zur Verfügung stellt ...«

»Das geht uns nichts an!«, gickelte der kleine Semjon.

»Wenn Iwan aber noch am Leben ist, dann wird er sein Zarenreich wieder aufbauen!«, polterte Artur, dem das Lachen im Hals stecken blieb.

Die Geschichte wiederholt sich, dachte er. Die Wipper haben doch einfach keine Ahnung, für sie ist die Welt noch jung, sie wollen partout nicht einsehen, dass all ihre kühnen Ideen schon einmal realisiert worden sind, nur um dann zusammen mit den Büchern zu vermodern ... Meine Güte, warum hab ich bloß so viel gesoffen?

Statt ihre Fähigkeiten einzusetzen, um Tausende von hungernden Menschen zu retten, züchten diese durchgeknallten Anarchos Märchentiere, hängen einem wilden Aberglauben an und sind allen Ernstes davon überzeugt, die Menschheit könne überleben, indem sie Nüsse sammelt und fremde Kinder raubt. Aber was machen sie eigentlich, wenn ihre Gemeinschaft nicht mehr bloß anderthalbtausend Menschen umfasst, sondern auf mehrere Tausend anwächst?

»Schnappen wir ein wenig frische Luft!«, schlug Berder Artur vor, packte ihn unter den Achseln und zog ihn hoch. »Außerdem müssen wir miteinander reden.«

»Was bin ich bloß für ein Idiot!«, jammerte Artur, als sein Lehrer ihn auf eine Bank gesetzt hatte, die in den Boden eingelassen war.

»Du hast nur zu viel Schnaps getrunken!«

Klar, wenn sich einer immer beherrschte, dann Berder. Der Ausbilder der Soldaten sah ihn mit nüchternem und traurigem Blick an und massierte seinem Schüler mit einem Finger einen Punkt im Nacken.

Artur wischte sich mit der Handfläche erst über das eine, dann über das andere Ohr. In den Fenstern der Hütte spiegelten sich die Kerzen, die im Innern brannten, das Gelächter der Gäste drang zu ihnen heraus. Die Juliblätter sangen den Vögeln ihr ewiges Schlaflied. Von den Feldern zuckelte der letzte Frachtwagen in Richtung der Scheunen. Boris' strubbelköpfiger Sohn thronte mit einem langen Grashalm zwischen den Zähnen gewichtig auf der Spitze eines Bergs aus Hackfrüchten. Am Nachbarhügel bildeten die Hütten einen Kreis und wetteiferten förmlich darum, welcher Ofen den verlockendsten Duft verbreitete. Vor diesem Hintergrund führten Mädchen mit Kränzen im dunkelblonden Haar einen Reigen auf. Hoch über ihnen funkelte im endlosen Ozean des Himmels ein Stern nach dem anderen auf.

»Ich kann noch gar nicht glauben, dass ich jetzt fünfunddreißig bin«, sagte Artur, als wolle er diese Zahl erst mal abschmecken.

»Ein schönes Alter«, erwiderte Berder, und ein Lächeln stahl sich in seine Augenwinkel. »Ein reifes.«

»Mensch, ich habe doch extra für heute eine Gitarre gebaut!«, erklärte Artur lachend. »Und dann vergesse ich, euch was vorzuspielen. Du weißt doch, was eine Gitarre ist, oder?«

»Anna hat mir gesagt, dass du sie gebeten hättest, dir Sehnen zu geben … Ist das ein Musikinstrument?«

»Ja …« Artur sog die Abendluft tief in sich ein, um den Rest seines Rauschs zu vertreiben. »Bis zu meinem heutigen Geburtstag habe ich nicht gewusst, was Glück ist. Kannst du dir das vorstellen?«

»Und? Was ist das Glück?«, fragte Berder, der sich gerade eine Pfeife mit Pflanzentabak stopfte.

»Als ob das so einfach zu erklären wäre … Als ich noch zur Schule gegangen bin, habe ich nichts lieber gemacht, als mit dem Motorrad rumzukurven und Rockmusik zu hören. Den Mädchen hat gefallen, dass ich sie auf meiner Maschine mitgenommen habe, und mir hat gefallen, jedes Mädchen haben zu können, das ich wollte. Es war eine saugute Zeit! Dann habe ich angefangen, Gitarre zu spielen. Damals habe ich gedacht, ich würde ein echter Rockstar werden, wie McCartney oder womöglich sogar wie Hendrix. Aber das war natürlich absoluter Quatsch. Heute kann ich darüber nur lachen. In Wahrheit haben wir uns alle nämlich nur so ins Zeug gelegt, um den Mädchen zu gefallen. Mehr steckte nicht dahinter. Tief in unseren Herzen, hier drin …« Er klopfte sich auf die Brust. »… wusste ich längst, dass aus mir nie ein Rockstar werden würde. Trotzdem klammerte ich mich selbst im Institut noch an das Motorrad, die Gitarre und Basketball … Dann ging dieser beschissene Krieg los, das Gemetzel in Tschetschenien, und niemand hat noch durchgeblickt. Niemand hat so richtig kapiert, wie es zu alldem kommen konnte. Die Soldaten hauten ab und ließen alle Waffen da, aber keinen der fettärschigen Generäle traf irgendeine Schuld. Natürlich nicht. So war das ja schon immer. Eines Tages kriegten unsere Nachbarn einen Sarg geliefert. In ihm lag mein bester Freund. Er war zwei Jahre älter als ich. Als er eingezogen wurde, hat ihm niemand gesagt, dass er nach Tschetschenien muss … Und er konnte noch nicht mal mit einer Waffe umgehen.«

Artur schluchzte. Um ihn herum drehte sich schon wieder alles. Vielleicht wegen des Alkohols, vielleicht aber auch wegen des benebelnden Rauchs, der als Wolke um Berder hing.

»Wir konnten nicht mal am offenen Sarg von ihm Abschied nehmen«, fuhr er fort, »so verstümmelt war er. Deshalb traf der Sarg auch schon verschweißt in Petersburg ein. Damals hat meine Mutter gesagt, dass sie sich lieber selbst töten lassen würde, als dass sie zusähe, wie ihr Sohn zur Armee geht. Meine Eltern haben alles verhökert, was sie hatten, nur um mich aus der Armee freizukaufen. Das war … das war wie eine Ohrfeige für mich. Ich bin mir wie das letzte Stück Dreck vorgekommen. Und zwar nicht, weil ich zu Hause hockte, während alle anderen durch die Gegend marschierten und schon so viele niedergemetzelt worden waren … sondern weil ich nicht wusste, wie ich meinen Freunden noch in die Augen sehen sollte, wenn sie zurückkamen …«

Er atmete tief durch und seufzte, ehe er fortfuhr: »Damals habe ich das erste Mal darüber nachgedacht, was Glück eigentlich ist. Meine Eltern und ich, wir haben mal zusammen in der Küche gesessen. Da habe ich meine Mutter gefragt: Was weinst du eigentlich, es ist doch alles vorbei, ich muss nicht zur Armee. Da hat sie gesagt, dass es für sie nur ein Glück gebe: ihren Sohn am Leben zu sehen. Und mein Vater hat gesagt, dass, wenn ich weiter nur auf Partys ginge und aus dem Institut geschmissen würde, er mir nicht mehr helfen könne … Aber das habe ich erst kapiert, als wir den Sarg mit Serjogas Leiche getragen haben … Da habe ich alles aufgegeben, innerhalb von einer Sekunde bin ich erwachsen geworden. Verstehst du das, Berder? Die Sache war nicht die, dass ich Angst hatte. Du weißt, dass ich inzwischen gelernt habe zu töten. Aber für nichts und wieder nichts zu verrecken?! Zu verrecken, weil irgendwo jemand weit oben eine Entscheidung für dich getroffen hat?! Da habe ich alles zum Teufel geschickt, die Rockgruppe, die Bikerpartys, den Basketball … Ich bin auch nicht mehr in Discos gegangen. Wozu ich das alles überhaupt brauchte, das habe ich erst später begriffen. Für die Frauen, für die brauchte ich das. Damit ich der coolste Typ der ganzen Gegend war und mir alle Weiber nachliefen. Das ist auch schon alles. Alles, was wir machen, machen wir nur für sie, auch wenn uns das selbst oft gar nicht klar ist.«

Er stockte abermals. »Eines Abends bin ich dann zu meinem Vater gegangen und habe gesagt: Sieh mal, ich habe das Motorrad verkauft. Hier ist das Geld. Und die Gitarre habe ich auch verkauft. Aber jetzt verrate mir mal, was du unter Glück verstehst? Du lebst ja wohl nicht wie Mama meinetwegen? Da hat mir mein Vater eine runtergehauen und geantwortet, dass ich ein verdammter Narr sei. Ich lebe, damit deine Mutter glücklich ist, hat er dann geantwortet. Irgendwie hat mich das beeindruckt. Danach hat sich etwas bei mir verändert, und ich wurde der Beste des ganzen Jahrgangs. Ich, einer von diesen Typen, die bisher nur Partys im Sinn hatten! Noch während des Studiums hat man mir eine Doktorandenstelle angeboten … Jetzt wollte ich etwas erreichen, sonst würde sich nämlich nie eine anständige Frau mit mir einlassen. Ich habe wie ein Schwein gearbeitet … Wahrscheinlich habe ich sogar gute Arbeit geleistet, sonst wäre ich heute ja wohl nicht mehr am Leben, oder? Pah! Das ist echt ein guter Witz!«

Es folgte eine weitere Pause. »Trotzdem habe ich mich wieder geirrt … Denn ich habe die ganze Zeit über immer was Besonderes gesucht. Ich wollte keine graue Maus zur Frau, sondern die schönste und eleganteste Frau, die an einer Elite-Uni studiert hat und mindestens Englisch spricht … Ich habe mir ausgemalt, wie wir zusammen tauchen, Ski fahren … und ähnlichen Unsinn. Irgendwann meinte ich, meine Traumfrau gefunden zu haben. Die habe ich dann auf ein Motorrad gesetzt … Aber okay, lassen wir das! Zum Teufel damit! Heute habe ich nämlich alles verstanden … Das Glück, das ist … also bestimmt nicht Tauchen und Englischkenntnisse … Genau … so ist das.«

Berder klopfte die Pfeife aus. In seinem hageren, braun gebrannten Gesicht regte sich nichts.

»Ich verstehe viele Wörter nicht, aber ich habe deine Gedanken gehört«, sagte er. »Ich bin froh, dass ich mich in dir nicht getäuscht habe. Verzeih Mam Klawdija, unter anderen Umständen wäre sie dir bestimmt nicht zu nahe getreten.«

»Ist sie doch auch gar nicht.«

»O doch. Aber sie hat das nicht zufällig gesagt. Sondern weil sie wusste, worüber ich heute mit dir sprechen würde.«

»Worum geht's denn jetzt schon wieder?! Falls du die bescheuerte Idee haben solltest, Petersburg zu schmelzen, dann rechne nicht mit mir. Eher würde ich Malwina meinen Kopf ins Maul stecken!«

»Nur würde Malwina dich nicht fressen! Nein, es geht um etwas anderes ... Lass uns zum Fluss runtergehen!«, forderte Berder Artur auf und zog ihn am Arm hoch. »Mam Klawdija macht sich große Sorgen und hat mich gebeten, die übrigen darauf vorzubereiten ...«

»Warum macht ausgerechnet sie sich Sorgen?!«

»Weil sie die kleinen Kinder beobachtet. Aber bleiben wir zunächst bei dir, Schwert. Du willst nach Piter, bitte. Aber nicht jetzt. Erstens muss dein Arm noch behandelt werden. Zweitens müssen wir die Ernte einbringen und genug Wild für den Winter erlegen. Das nimmt noch etwa einen Monat in Anspruch. Aber das ist noch nicht alles. Wenn du aufbrichst, bringt Malwina dich bis zur Brandstätte vom Ilmensee, danach müsstest du dich allerdings zu Fuß durchschlagen, denn um Piter herum leben Tausende von Cowboys. Wenn diese Schmeißfliegen die Drachin sehen, bringen sie dich um. Du kannst dich mittlerweile einigermaßen zur Wehr setzen, aber du bist kein Wipper und hältst eine Menge nicht in Schach! Ismail könnte dir zwar hundert Wilde zur Verfügung stellen, aber ...«

»Die kann ich nicht zusammenhalten!«

»Richtig, denn, wie gesagt, du vermagst eine Menge nicht zu

befehligen. Du schaffst es lediglich, einen einzelnen Menschen zu lenken … Deshalb glauben wir, du solltest deine Ausbildung noch fortsetzen.«

»Wir? Wer interessiert sich denn alles dafür, dass ich auch in Piter ankomme?«

»Mam Klawdija und ich. Nein, keine Sorge, du sollst keine Dunklen Male aufspüren. Wenn du einverstanden bist, noch ein Jahr bei uns zu bleiben, dann werde ich mich deiner annehmen.«

»Ein Jahr?!«

»Du hast das Recht, noch heute aufzubrechen. Aber vergiss nicht, dass du in Moskau viel Glück hattest! Denn dich haben sogar die Menschen verraten, die du aus dem Zauberschlaf aufgeweckt hast! Ismail hat dich davor gewarnt, sie zu wecken! Das Buch lügt nämlich nie. Und es spricht von nur einem Erwachten Dämon. Diese lästigen Schmeißfliegen sind mittlerweile wahrscheinlich gestorben, aber in Piter … warten nicht gerade Freunde auf dich. Pap Rubens hat sich inzwischen dem Gouverneur unterworfen …«

»Warum hast du mir das nicht schon früher gesagt?«

»Weshalb hätte ich das tun sollen? Hör mir lieber zu und glaube mir, dass ich dir die Wahrheit sage: Du musst lernen, eine wilde Herde unter deine Kontrolle zu bringen. Nicht einen zahmen Fleder, sondern eine wilde Herde! Du musst lernen, ein Lebewesen zu töten, ohne es anzurühren. Und du musst lernen, dich dort zu verstecken, wo es kein Versteck gibt, lange die Luft anzuhalten, einer Menge etwas vorzugaukeln und vieles mehr … Das dauert gar nicht so lange. Ich bitte dich lediglich um ein Jahr. Ein Jahr, Schwert, mehr nicht!«

Arturs Blick ruhte auf dem Dorf. Die Hügel, die sich am Horizont hinzogen, bildeten ein derart phantastisches Panorama, dass ihm selbst nach all den Jahren im Dorf der Atem noch immer stockte – nur stand ihm in diesem Moment nicht der Sinn nach einer Naturidylle.

»Wofür willst du mich noch ausbilden?«

»Du weißt, dass die Kinder von uns Wippern Städte nicht ertragen. Damit meine ich unsere leiblichen Kinder, nicht die, die wir kaufen oder uns mit Gewalt holen.« Berder wandte sich ab und betrachtete die aufgehende Sichel des Mondes. »Mam Klawdija, die Herrin der Geburten, besitzt ein Fass mit Chemie. Sie hat es tief in einem Keller versteckt, in einer alten Hütte … Nicht ein Wipper hält es neben diesem Fass länger als eine Minute aus, neugeborene Kinder ersticken in seiner Nähe sogar. Bei deinem Sohn und deiner Tochter war das anders, aber sie sind halt Städter. Vor einem Monat jedoch …«

»… haben es die leiblichen Kinder der Wipper neben dem Fass ausgehalten?«, vollendete Artur den Satz.

»Ja … der Urenkel von Semjon. Er weiß das nicht, also erzähle ihm bitte nichts davon. Und noch ein Mädchen aus dem Norden. Wir wissen genau, dass sein Vater ein Wipper ist. Das ist die siebte Generation, Schwert …« Der Hüter stand so gebückt da, als trüge er eine schwere Last auf den Schultern. »Bisher wissen nur wir drei von diesem Geheimnis, aber schon bald werden auch Wipper in anderen Dörfern dahinterkommen. Das Buch berichtet davon, nur haben wir das bislang nicht verstanden. Aber es gibt Zeilen, die lauten: *Wenn die siebente Ähre sprießt, werden die Wurzeln faulig sein, der Kolben indes prall von nie da gewesener Kraft* … Wenn die Kinder herangewachsen sind, wissen sie, dass sie in die Stadt gehen können. Begreifst du jetzt, warum ich dich bitte, noch zu bleiben? Ich werde die Ältesten einberufen, um mit ihnen über diese Entwicklung zu sprechen. Und ich verspreche dir, dass kein fremder Mann deine Frau anrühren wird.«

»Aber was soll ich denn …?«

»Wenn du es schaffst, in Piter zu überleben, kannst du dafür sorgen, dass auch unsere Kinder dort überleben. Dass kein Städter sie tötet, wenn sie einen Fuß in die Stadt setzen. Sonst wird der Tag kommen, an dem es niemanden mehr gibt, der das Gleichgewicht hütet.«

(37) TIER VERSUS TERMINATOR

Artur suchte die Gegend durchs Fernrohr ab, entdeckte aber nirgends den geringsten Orientierungspunkt. Der Goldfuchs tänzelte ungeduldig, aber sein Herr hatte keine Eile. Die Straße, über die einst die Karawanen aus Piter nach Moskau gezogen waren, existierte nicht mehr. An ihrer Stelle schlängelten sich Dutzende von schmalen Pfaden durch die Ewige Brandstätte. Diese hatte sich ebenfalls sehr verändert: Überall ragten eckige kleine Inseln von gekrümmten Bäumen auf, die mit einem dichten gelblichen Spinnennetz überzogen waren, fast als wären sie Fliegen, von einer vorsorglichen Spinne eingelagert. Die gelben Inseln zogen sich in Ketten bis zum Horizont, erklommen einen inmitten von hohem Farn gelegenen Hügel, kreuzten Senken, pflügten sich durch die bläuliche pilzartige Sülze, ja, sie wagten sich sogar an die Grenze des welken grünen Grases vor.

Gleichzeitig meinte Artur, dass die Brandstätte geschrumpft sei. Er blickte zurück, in die Richtung, aus der er gekommen war. Hinter ihm führten knallgelbe, orangefarbene und braune Blätter einen wilden Wirbel auf. Der Herbstwald schüttelte unablässig sein Laub ab. Ich habe mich nicht getäuscht, dachte er bei sich, die Brandstätte ist kleiner geworden. Früher hat sie noch den gesamten Beton des Tanklagers eingenommen, aber in den vier Jahren hat sich das Leben fast einen Kilometer zurückerobert. »Weiter so!«, murmelte er.

»Weiiiiiter sooooo«, echote der Herbstwald, als sehne er sich nach dem Wort eines Menschen.

Artur beugte sich vor und stocherte mit dem Säbel in einem lockeren Erdhügel. Unter dem Laub starrte ein Menschenschädel mit leeren Augenhöhlen in den Himmel hoch. Die Knochen interessierten ihn jedoch nicht, davon hatte er schon zu viele gesehen, als dass er ihnen über Gebühr Aufmerksamkeit schenkte. Er zupfte sich den Bart und grübelte darüber nach, wer diese Pfade in dem Farnmeer angelegt haben mochte.

Dass die Straße zugewachsen sein würde, hatte ihm schon Christian, Ismails Bruder, gesagt. Der alte Hüter hatte sein Wort gehalten und ihn, Artur, zu seinem mysteriösen Verwandten gebracht. Kowal hatte erwartet, einem mürrischen Eremiten zu begegnen, dann aber stand er einem kräftigen lächelnden Mann gegenüber, der rund zwanzig Jahre jünger war als sein älterer Bruder, also etwa fünfzig. Er lebte mit seiner Familie auch nicht in einer Erdhütte, sondern in einem netten Ziegelhaus inmitten eines Dorfes von ähnlichen aufgegebenen Häusern. Christian hatte sie zum Essen eingeladen und sich sehr über das Pferd gefreut, das sie ihm mitgebracht hatten. Ismail hoffte anscheinend darauf, dass Kowal wenigstens eine Art von Prophezeiung mit auf den Weg bekam, aber Christian schwieg sich aus. Als der alte Wipper ihnen zuwinkte und auf Malwina davonflog, begriff Artur, dass Christians Lächeln nur eine Maske war, wenn auch eine, die inzwischen mit seinem Gesicht verwachsen war. Im Laufe des Abends hatte der Mann nur wenige Worte herausgebracht. Und auch als sie beide nun allein waren, brummte er bloß: »Die Menschen sind böse. Wenn du Beistand brauchst, wähle das kleinere Übel …« Danach hatte er auf dem Absatz kehrtgemacht und war im Haus verschwunden.

Artur sah zu dem verrosteten Wetterhahn auf dem Dach hoch und begriff, dass er von Christian nicht mehr zu hören bekäme. Während er darüber nachgrübelte, was diese Worte wohl zu bedeuten hatten, stieg er auf sein Pferd, verließ das Dorf, ritt etliche Stunden an einem Fluss entlang und stieß schließlich auf die Brandstätte. Sein innerer Kompass täuschte ihn nie. Der Wald hatte endgültig die Straße nach Moskau erobert. Er hätte versuchen können, die Brandstätte zu umrunden, was allerdings einen Umweg von hundert Kilometern bedeutet hätte. Deshalb blieb er stur auf seinem Weg. Außerdem hatte er nicht die geringste Lust, in das Seengebiet vorzustoßen. Oder zu den östlichen Wäldern, die er für noch gefährlicher als die Seen hielt, weil es dort von Wilden nur so wimmelte.

Als er nach dem Blick durchs Fernrohr weiterritt, zeigte das bepackte Pferd keinerlei Anzeichen von Panik. Irgendwann verschwand der flammende Wald hinterm Horizont. Artur lauschte auf das zärtliche Murmeln des Windes, lauschte in sich hinein – verstand jedoch nicht, woher dieser unklare nagende Schmerz in ihm kam. Um ihn herum war alles still. Weder Insekten noch Vögel wurden durch das Hufgetrappel aufgeschreckt. Manchmal stand der Farn so hoch, dass er fast bis an die Zügel reichte. An lichteren Stellen sah Artur, dass das Pferd nicht über kahlen Boden trabte, sondern über einen federnden Belag aus silbrigem Moos. Hin und wieder wechselte er ein paar Worte mit den anderen Mitgliedern seiner Truppe. Die Bienen sorgten sich um nichts, ihr kollektiver Verstand war mit der Auflösung eines großen Stücks Rübenzuckers beschäftigt, die beiden Fleder in den Satteltaschen waren dagegen eindeutig nervös. Und je weiter er in die unerbittliche graue Wüste vordrang, desto unruhiger wurden sie.

Trotzdem behielt Kowal die Richtung bei, erlaubte es seinem Pferd nicht, vom Pfad abzuweichen. Irgendwann umrundete er eine Insel erkrankter, ebenfalls von einem gelben Spinnennetz überzogener Bäume und bemerkte vor sich eine Lichtung. Auf ihr wuchsen riesige bärtige Pilze. Mit einem Mal blieb das Pferd wie angewurzelt stehen, wieherte und weigerte sich strikt, sich diesen Giftdingern mehr als zehn Meter zu nähern.

So wich er doch einmal vom Pfad ab. Als er ihn danach wieder erreichte, setzte er abermals das Fernrohr an. Er stieß einen Pfiff aus. Es konnte kein Zweifel bestehen: Hier verlief eine Straße. Der Asphalt, der früher von Grün überwuchert worden war, hatte sich wieder freigekämpft. Ein beachtlicher Teil der Straße bestand aus Asphaltplatten, denen selbst in hundert Jahren keine Pflanze etwas hatte anhaben können. Er hielt darauf zu. Doch selbst jetzt, wo er sozusagen freie Bahn hatte, wich das mulmige Gefühl nicht. Die Sonne würde bald untergehen – und nach wie vor erstreckte sich diese schreckliche graue, von gelben Höckern durchzogene Wüste vor ihm.

Er fuhr herum. Nichts und niemand. Dabei hatte er gemeint, hinter sich eine Bewegung wahrzunehmen, als husche etwas Kleines und Dunkles vorbei. Das Pferd wieherte erneut und stellte die Ohren auf. Artur ritt im Trab weiter und drehte ständig den Kopf von einer Seite zur andern. Hätte ich doch mein Nachtlager bloß im Wald aufgeschlagen, stöhnte er innerlich. Oder wäre bei Christian im Dorf geblieben. Wo ich mich schon auf ein weiteres Jahr bei den Wippern eingelassen habe – da hätten die paar Stunden den Kohl auch nicht fett gemacht.

Beim nächsten Geräusch war er schneller und schaffte es, sich umzudrehen, bevor der Bewohner der Brandstätte im Moos verschwand. Das, was Artur sah, gefiel ihm überhaupt nicht. Es war etwas Langes, ölig Glänzendes, eine Art schwarzer gerippter Schlauch mit zahllosen pelzigen Füßchen – bei dem jedoch nicht klar war, ob es sich um den ganzen Körper oder nur um das Schwanzende handelte. Die Fleder knurrten und fauchten inzwischen – und garantiert nicht ohne Grund. Er öffnete die Satteltaschen, damit seine beiden kleinen Freunde frische Luft inhalieren konnten. Dann trieb er das Pferd zum Galopp an. Die Hufe klapperten in einem regelmäßigen Rhythmus, der Wind peitschte ihm wie ein festes Tuch ins Gesicht. Endlich begriff er auch, was ihn so bedrückte: Hier gab es kein Echo. Die Hufe des Pferdes ließen Fontänen von Zementstaub aufspritzen, das Gepolter flog die Straße entlang, erstarb aber sofort, als würde es von grauem Nebel erstickt.

Dieser kroch von rechts heran, streckte sich mit Tausenden von nackten Fühlern nach der Straße aus. Weiß der Teufel, wo der herkommt, dachte Kowal und trieb sein Pferd an. Eben ist hier doch noch alles trocken wie in einer Umkleidekabine gewesen. Mit einem Mal zischte einer der beiden Fleder, steckte den Kopf aus der Tasche und ließ seine knallrote Zunge vorschnellen. Vor ihm auf der Straße stand, leicht auf die Seite geneigt, ein geschlossener Laster. Zwei kräftige kleine Pferde waren davorgespannt. Wäre da nicht der Rost gewesen, der sich durch die Wand des Wagens gefressen hätte, dann hätte Artur angenommen, der Wagen sei eben erst stecken geblieben. Als er genauer hinsah, machte er hinter dem Lkw einen langen Anhänger aus, der umgekippt war und den Weg versperrte. Die hinteren Räder ragten über die Straße auf, der vordere Teil war tief in den Boden neben ihr eingesunken. Und zwar in Gras. Eine weitere Neuheit! Bisher war Kowal nämlich nicht aufgefallen, dass der Farn hohem Gras gewichen war, das graubraun wie Riedgras und von oben bis unten mit weißen Bartstoppeln bedeckt war. Dieses Gras wogte und verursachte dabei ein widerliches knisterndes Geräusch, als ob Tausende von Heuschrecken mit ihren Flügeln schlügen. Von dem Anhänger des Lkws waren Unmengen von Kisten auf die Straße gefallen, die aber niemand eingesammelt hatte. Artur zügelte das Pferd und nahm die MP von der Schulter. Obwohl er nur wenige Meter ins Gras vordringen musste, um das Hindernis zu umrunden, zügelte er das Pferd. Denn das Gras bewegte sich – obwohl der Wind sich gelegt hatte. Und es bewegte sich ungleichmäßig und stärker, als es eigentlich dürfte …

Die beiden Pferde, die vor den Laster gespannt waren, standen mit gesenkten Köpfen da und rührten sich nicht. Der Wind spielte mit ihren verfilzten Mähnen, das Fell durchsetzten schwarze Grindflecken, aber die Köpfe waren nicht zu sehen, dafür stand das Gras zu hoch. Die Flanken von Kowals Tier zitterten, es hörte nicht mehr auf ihn und wich verängstigt zurück. Der zweite Fleder steckte nun auch den Kopf aus der Tasche und stellte den Schwanz auf, ein verdammt schlechtes Zeichen: Das war Tschakka, der ältere Vampir, der hier Gefahr spürte – sich aber nicht zum Angriff, sondern auf die Verteidigung vorbereitete.

Nun kroch auch schon wieder so ein elastischer glänzender Körper durch die bärtigen Grashalme. Doch noch ehe Kowal abdrücken konnte, war das Biest verschwunden.

Abermals hörte er ein Rascheln hinter sich.

Er gab den Fledern das Kommando. Die neue Generation von Vampiren war so erzogen, dass sie im Grunde keine Angst kannte, aber diese hervorragende Eigenschaft hatte auch ihre Kehrseite: Die Fleder gingen leicht auf die Palme und stürzten sich zuweilen blindlings in alle möglichen Gefahren. Artur sah auf die Stelle, auf die die wachsamen Fledermausnasen gerichtet waren – und erstarrte.

Aus einem dunklen Fleck an der Seite eines der toten Pferde, den er bisher für Grind gehalten hatte, tauchte ein funkelnder schwarzer Kopf auf, der an einen Rugbyball erinnerte und weder Augen noch Ohren aufwies. Ohne Frage hatte ein Gliederfüßer als Prototyp für dieses albtraumhafte Geschöpf gedient, wahrscheinlich ein Wurm. Aber in was hatte er sich verwandelt! Bewegliche Chitonplatten bedeckten einen glitzernden Schlangenkörper, aus dem Dutzende von haarigen kleinen Haken herausragten. Nach einer Weile robbte das Monster ganz aus dem Pferd, machte es sich auf dem Rücken des Tiers bequem und ließ den Kopf hin und her schlingern. Als es die Platten an seiner Schnauze spreizte, entblößte es einen rosafarbenen Rüssel, der wie der einer Mücke aussah, allerdings dick wie ein Kinderarm war. Wenn das ein Wurm ist, sagte Kowal zu Tschakka, dann bin ich ein Schwan. Der Fleder widersprach ihm nicht.

Eine zweite, ebenfalls anderthalb Meter lange Raupe wand sich aus einem Loch im Nacken des anderen Pferdes. Aber ja!, begriff Artur. Diese Viecher fressen die Leichen von innen auf! Dabei müssen sie ihre Beute so schnell lähmen, dass diese nicht mal umkippt. Wahrscheinlich schmieren sie die hohlen Tiere dann mit einer Art Zement aus, um sich in ihnen ein Nest zu bauen. In dem sie dann auch … Er war kurz davor zu kotzen. Nach dem großen Wurm kamen aus dem Loch zwei knapp unterarmlange Würmer herausgekrochen und legten sich neben ihre Frau Mama. Die augenlosen Visagen funkelten in der Sonne wie Motorradhelme mit heruntergelassenem Visier.

Den größten Schrecken jagte ihm jedoch etwas anderes ein: Alles, was Artur so mühsam gelernt hatte, half ihm hier nicht weiter. Diese widerlichen, in ihrer Widerwärtigkeit aber auch irgendwie harmonischen Geschöpfe, diese Früchte einer molekularen Anomalie, wollten sich seinem Willen nicht beugen! Entweder waren sie zu blöd und besaßen kein entwickeltes Hirn oder ihr Verstand musste noch spezifischer sein als jener der Fleder … Nur dass Fleder, Drachen und andere *Erzeugnisse* Prochors ihm gehorchten! Artur konzentrierte sich in höchstem Maße, spürte alles in einem Umkreis von mehreren Dutzend Kilometern – doch sein Bewusstsein nahm nichts wahr, außer dem Strom von Flüssigkeit im absolut hirnlosen Gras.

Eine Sekunde später reagierte sein trainierter Körper auf die Gefahr, und zwar noch ehe sein Kopf sie überhaupt registriert hatte. Er hatte sich noch nicht ganz im Sattel herumgedreht, da warf er auch schon das Messer. Die Fleder stiegen in die Luft auf, und ihr Fauchen klang in Arturs Ohren wie die herrlichste Musik. Von hinten näherten sich ihm mit einem unglaublichen Tempo gleich drei Raupen auf einmal. Die vorderste brachte sich mit einem federnden Sprung in Deckung. Das Messer landete nur noch auf dem Asphalt und flog wieder in die Höhe. Kowal wollte seinen Augen nicht trauen: Der Mutant legte ein schnelleres Reaktionsvermögen an den Tag als er.

Tschakka schoss wie ein Blitz von oben auf den Feind zu und hämmerte mit dem Schwanz auf ihn ein. Der zweite Fleder schnappte sich den Wurm aus dem Flug. Der Schlangenkörper krümmte sich zu einem Bogen und ließ den Rüssel vorschnellen. Artur entsicherte die MP, konnte aber nur eine lange Salve ins Gras abfeuern, weil er fürchtete, sonst die Fledermäuse zu treffen. Da ihm der Rückzug versperrt war, blieb ihm im Grunde nur eine Möglichkeit: Er musste an dem Wagen vorbeipreschen – nur zog sein Pferd es vor, wie angewurzelt am Wegrand stehen zu bleiben. Tschakka biss seinen Gegner gerade in der Mitte durch und eilte seinem Freund zu Hilfe. Die hatte dieser bitter nötig, denn der Wurm hatte sich aus der Umklammerung befreien können und schlug jetzt mit dem Rüssel auf den Fleder ein. Dieser erwischte ihn zwar noch mit der Giftspitze seines Schwanzes, aber als Tschakka ihn erreichte, war er dennoch bereits tot. Die beiden Hälften des zerbissenen Wurms verspritzten noch schwarzes Blut und krochen in entgegengesetzte Richtungen davon.

Artur gab jetzt Feuersalven auf die Monster in den toten Pferden ab. Eine Raupe löste sich in ihre Bestandteile auf, andere glitten erstaunlich flink ins Gras. Eines der beiden Pferde kippte wie eine Holzpuppe auf die Seite. Tschakka flog auf das Dach des Lasters und klapperte bedrohlich mit den Kiefern. Der zweite Fleder lag auf der Straße, die monströse Raupe fest umklammernd, und verwandelte sich im Nu in ein versteinertes Denkmal seiner selbst. Sechs Meter vom Auto entfernt wogte das Gras, und zwei weitere überlange Würmer schoben sich auf die Straße. Von den aufgestellten Rüsseln tropfte grüner Sirup. Beide Kreaturen schienen die Absicht zu haben, zu niesen. Arturs Pferd zuckte und wieherte außer sich vor Panik los.

In diesem Moment fiel Artur etwas ein, und er wechselte das Magazin, um Brandgeschosse abzufeuern. Das bärtige Gras am Wegrand ging prompt wie Pulver in die Luft. Vorsichtshalber überzog er einen großen Kreis um sich herum mit einer Salve. Weil das Pferd inzwischen jedoch überhaupt nicht mehr auf ihn hörte, musste Artur abspringen und es buchstäblich hinter sich herziehen. Tschakka fauchte wie hundert wütende Katzen und stürzte sich auf die nächste Raupe. Obwohl Artur dem Biest bereits den halben Rumpf versengt hatte, bewegte es sich dennoch mit enormer Schnelligkeit weiter. Der Fleder schlug zweimal aus der Luft mit dem Schwanz auf es ein – und verfehlte zweimal sein Ziel. Der Wurm floh, ohne den Kampf aufzunehmen.

Als Artur das Hindernis endlich hinter sich gebracht hatte, saß er wieder auf. Vier Raupen erwarteten ihn bereits auf dem Asphalt, weitere lauerten im schmauchenden Gras. Tschakka gab ihm Rückendeckung und setzte dem Feind hinter dem Lkw zu. Den Schreien nach zu urteilen, behielt der tapfere Vampir noch die Oberhand.

»Der Kampf Tier versus Terminator ist eröffnet!«, sagte Artur dem Pferd und schlitzte den Sack mit den Bienen auf. »Und wie gut, dass ich in diesem Fall gleich beides auf meiner Seite habe …«

Der Bienenschwarm hing in einer schwebenden Wolke über seiner ausgestreckten Hand.

»Vorwärts, Freunde!«, schrie Artur und tauschte die MP gegen die alte Remington.

Die treue Waffe rettete ihm das Leben. Der Wurm, der ihm am nächsten war, setzte schon an, ihn anzuspucken, als die Ladung groben Schrots ihn in blutige Fetzen verwandelte. Während Artur die Waffe hastig für den nächsten Schuss vorbereitete, richtete er den rauchenden Lauf bereits auf die gegenüberliegende Seite. Dort ragten im Gras fast wie Königskobras vor dem Sprung zwei dieser Monster auf. Jetzt gingen sie zum Angriff über. Die Chitonplatten an ihren Visagen waren aufgestellt. Artur sah die mit Spucke überzogene Netzmembran des Mundes fast unmittelbar vor sich. Zwei Paar kurzer zitternder Fühler ragten seitlich aus ihnen heraus. Endlich ratterte die Schrotflinte wieder los. Der Rückstoß trieb sogar das Pferd nach hinten. Beide Raupen wurden enthauptet. Ein weiteres Biest spuckte ihn aus den Sträuchern heraus an – aber da hatte er sein Pferd bereits angetrieben, sodass er dem Frontalangriff gerade noch entkam.

Die Bienen hielten sich fabelhaft. Die kühne Armee aus Leckermäulern säuberte die Gegend binnen sechs Sekunden, selbst wenn dabei ein Drittel der Soldaten sein Leben lassen musste. Kowal dachte lieber nicht darüber nach, wie viele Raupen noch das Bedürfnis hatten, ihn kennenzulernen, und peitschte mit aller Kraft auf das Pferd ein. Das brauchte jedoch keine spezielle Aufforderung. Eine Minute später hatten sie diese teuflische Schlangenfarm schon weit hinter sich gelassen. Der Rest der Bienenarmee holte ihn ein, als er bereits die ersten normalen Bäume vor sich sah. Der Fleder kehrte nicht zurück.

Er gönnte seinem gemarterten Pferd eine Rast und wartete zwanzig Minuten auf Tschakka. Der Wind trug aus dem Wald die kühle Luft und die Gerüche von Feuern in der Ferne heran. Von der verseuchten Wüste her zog ihnen jedoch eine dicke Nebelwolke nach.

»Trotzdem war es richtig, dass wir auf den Umweg verzichtet haben, oder nicht?«, fragte Kowal sein Pferd.

Das Tier richtete seine blutunterlaufenen Augen auf ihn. Die mächtigen Rippen hoben und senkten sich unter seiner Haut, von der Schnauze troff Schaum.

»Aber sicher. Denn sonst wären wir womöglich zu den Seen gekommen«, fuhr Artur fort. »Und da leben Zauberer, mit denen wir uns nun echt nicht hätten anlegen dürfen. Aber hier … Gut, eine halbe Stunde haben wir gezittert und uns vor Angst beinahe in die Hosen gepisst – aber dafür sind wir jetzt fast zu Hause. Stimmt doch, oder?«

(38) DER ENTTÄUSCHTE PILGER

Artur stahl sich im Dunkeln an der Achten Division vorbei. Dafür musste er einen gewaltigen Haken über Pawlowsk im Süden Piters schlagen, weil die alten Straßen endgültig untauglich geworden waren. Während er Feldwegen folgte, verirrte er sich dreimal auf private Cowboyranches. Jedes Mal empfing ihn wütendes Hundegebell, einmal schoss man sogar auf ihn. Dass ihn hier irgendwer über Nacht aufnehmen würde, konnte er sich abschminken. Im Park des Pawlowsk-Palasts brannten Lagerfeuer, hier gingen bewaffnete Leute spazieren, und an einer Absperrung bemerkte er ein Paar Sumpfluchse ohne Halsbänder. Artur beschloss, darauf zu verzichten, sich der hiesigen Kommune vorzustellen.

Um fünf Uhr morgens zügelte er sein Pferd vor dem einst majestätischen Obelisken, der an die Blockade Leningrads erinnerte. Die lange Stele und der Granitring standen zwar noch, aber von der Figurengruppe zeugten nur noch Überreste. Das Hotel Pulkowskaja war entweder frontal beschossen worden oder man hatte eine Bombe über ihm abgeworfen. Jedenfalls war die Druckwelle, die das Haus in einen Trümmerberg verwandelt hatte, über den Platz gewogt und hatte alle Figuren vom Sockel gefegt. Der Ploschtschad Pobedy selbst war mannshoch mit Gras und Sträuchern zugewachsen, in denen der Obelisk förmlich unterzugehen schien. Er wirkte wie ein Raumschiff vom Mars, das von der Besatzung hier vergessen worden war.

Da sich Artur nur zu gut an die Panzersperren überall erinnerte, beschloss er, seinen Weg über die Hinterhöfe zu nehmen. Bis zum Obwodny-Kanal gelang ihm das auch ganz gut. Dabei fiel ihm auf, dass inzwischen wieder mehr Menschen in der Stadt lebten. Um sechs Uhr früh rumpelten bereits Wagen durch die Straßen, jemand versuchte, einen Motor zu starten, ihm kam ein Traktor entgegen, der gleich drei Anhänger mit Fässern für Trinkwasser hinter sich herzog. Am Kanal selbst wartete allerdings eine böse Überraschung auf ihn: Hier hatte man jetzt Kontrollposten errichtet. Vor vier Jahren waren die Brücken noch frei passierbar gewesen, das hätte er schwören können. Jetzt sicherten sie jedoch Unterstände, aus denen MGs herausragten. Und im ersten Stock des ehemaligen Frunsenski-Kaufhauses beschnupperten die Läufe leichter Infanteriekanonen den Kanal.

Noch weniger wollte ihm gefallen, was er sah, als er den Kanal in Augenschein nahm: Dort tuckerte im dreckigen, stinkenden Wasser ein Kahn voller gefesselter Menschen. Vier Kerle mit Hunden bewachten rund fünfzehn Gefangene. Auf der Brust der Arrestanten machte Kowal Plaketten aus, bei deren Anblick ihm die Galle hochkam. Okay, nur keine voreiligen Schlüsse, redete er sich selbst zu. Bestimmt habe ich nur nicht richtig hingeguckt!

Zur Brücke strömte ein bunt zusammengewürfelter Haufen, der zum anderen Ufer wollte. Bauern, Fischer, Handwerker gingen oder ritten auf sie zu, ohne dass jemand sie aufhielt. Als die Reihe jedoch an Artur kam, trat ihm ein kräftiger Posten im Kettenhemd entgegen und hob die Hand.

»Wer bist du?«

»Ein Museumsmann.«

»Siehst mir aber nicht wie einer aus«, erklärte der Mann und sah ihn unverwandt an. Hinter ihm lauerte, auf den Kolben seines Karabiners gestützt, ein weiterer Posten.

»Ich bin in Perm gewesen und hab da vier Jahre als Ingenieur geschuftet. Aber jetzt zieht's mich nach Hause.« Artur gab sich alle Mühe, seine Nervosität zu verbergen. Dabei erschreckten die Posten ihn nicht im Mindesten, mit denen würde er fertig werden. Aber das, was um den Hals des zweiten Mannes baumelte – das war eine Plakette der Kremlsicherheit.

»Bist reichlich lange weg gewesen«, bemerkte der Posten. »Also, wie heißt du und wer kann bestätigen, dass du aus der Eremitage bist?«

»Ich heiße Artur Schmied. Handelsminister Charly Rokotow kennt mich, aber auch der Hüter des Gesetzes Lew Swirski, dann Sappeur … und die Ärztin der Eremitage, Mam Rona, Verteidigungsminister Ruslan … Na, das müsste ja wohl reichen!« Aus irgendeinem Grund hatte Artur es vorgezogen, Pap Rubens nicht zu erwähnen.

Sobald allerdings Ruslans Name gefallen war, hatten sich die beiden Posten aufgeschreckt angesehen.

»He, Soldat!«, schrie da ein alter Bauer. »Was hältst du hier alles auf?! Führ den Mann zur Seite und klär dann mit ihm, was du zu klären hast!«

Die ganze Schlange, die sich binnen Sekunden gebildet hatte, stimmte ihm murmelnd zu.

»Runter vom Pferd!«, befahl der Posten Artur. »Wir überprüfen jetzt erst mal, wer du bist!«

»Und wer bist du, dass du das Recht hast, mich zu überprüfen?«

»Siehst du das hier?«, fragte der Soldat und hielt ihm seine Plakette unter die Nase. »Was das ist, weißt du ja wohl.«

»Und jetzt zeig uns deinen Ausweis«, verlangte der zweite Posten. »Außerdem würden wir gern wissen, warum du eine MP mit dir rumschleppst. Und wo deine Plakette für die Waffe ist.«

»Ich habe es noch nicht geschafft, mir einen Ausweis zu besorgen«, antwortete Kowal, den dieser Wortwechsel allmählich amüsierte. »Aber sobald ich in der Eremitage bin, gibt Rubens mir einen. Und meine Waffe gedenke ich mit dorthin zu nehmen.«

Um ihn herum wurde mit einem Mal alles sehr still. Aus einem aus verschiedensten Teilen bunt zusammengewürfelten

Waggon kam ein dritter Posten herausgeklettert, ein rotgesichtiger Fettsack mit Leutnantssternen auf den Schultern.

»Wem willst du denn den Bären aufbinden, du Gauner?«, fuhr ihn der nach Schnaps stinkende Leutnant an. »Dein Rubens ist schon lange abgesetzt. Die Stadt untersteht heute dem Gouverneur. Steig jetzt auf der Stelle vom Pferd und lass uns einen Blick in deine Taschen werfen!«

»Wie ihr mir alle auf den Senkel geht!«, stöhnte Kowal und zog den Fuß aus dem Steigbügel.

Im nächsten Moment packte er die Nikonow am Lauf und rammte dem Posten, der ihm am nächsten stand, den Kolben in die Fresse. Der Mann im Kettenhemd knallte polternd aufs Straßenpflaster. Sein Kollege hatte noch nicht nach seiner Waffe gegriffen, als Kowal ihm bereits den Lauf aus gebläutem Stahl sanft über den Schädel zog.

»Lass die Waffe fallen und spring sofort ins Wasser!«, verlangte Artur von ihm. »Aber zack, zack!«

Der Soldat wich mit erhobenen Händen zurück, ließ gehorsam die Waffe fallen und kletterte flink über die Brüstung. Aus dem Kanal spritzte Wasser auf, die Wartenden johlten. Der Leutnant war in null Komma nichts nüchtern und tastete nach der Pistole, die hinter seinem Gürtel steckte.

»Vergiss es!«, herrschte Artur ihn an. »Jetzt bist nämlich du dran, ein Bad zu nehmen! Ich zähle bis drei! Eins …«

Weiterer Überredungskünste bedurfte es nicht. Die grölende Menge stürmte entzückt über dieses kostenlose Spektakel die Brücke. Die nassen Köpfe der Soldaten tauchten schnaubend wie Seehunde aus dem schmutzigen Wasser auf und schwammen schnell zur nächsten Leiter. Der dritte Posten lag in einer Pfütze, ihm quollen Blutblasen aus dem eingeschlagenen Mund. Der Menschenstrom umfloss ihn links und rechts, ein Junge beugte sich zu ihm runter und nahm ihm ein massives Goldarmband ab.

Spätestens heute Abend weiß die ganze Stadt von der Geschichte, ging es Kowal durch den Kopf, während er sein Pferd antrieb. Das erste Anzeichen einer Diktatur sind immer Straßenkontrollen. Kontrollen und Entwaffnung der Leute. Aber wenn diesen kleinen Diktatoren mal jemand auch nur den geringsten Widerstand entgegenbringt, dann sind sie die Ersten, die die Beine in die Hand nehmen ... Die können doch nur auf Schwache einprügeln, nur auf diejenigen, die leicht einzuschüchtern sind. Und leider geht ihre Rechnung auf. Denn die meisten Menschen leisten keinen Widerstand. Die haben ganz andere Sorgen. Sie müssen ihre Familie ernähren und ihre Kinder großziehen – und unterdessen bauen diese Schweine ihre Position aus! Meine Güte, da wird am Ende ja jeder zum Anarchisten ...

Das Tor zum Winterpalast schwankte in den Angeln und stand sperrangelweit offen. An der Zufahrt zum Palast bewachte ein Mann mit Säbel einen abgesteckten Platz mit einem Dutzend unterschiedlicher Autos. Hinter diesem Parkplatz standen kreuz und quer zahllose Pferde- und Motorkutschen. Der einst sauber gefegte Palastplatz war zu einer wahren Müllhalde verkommen. Vor der Alexandersäule malten zwei junge Leute die bärtige Visage von irgendjemandem auf eine riesige Leinwand. Wo früher der Springbrunnen vor der Admiralität gewesen war, fraß ein Dutzend ungesattelter Pferde in einem frisch angelegten Pferdegehege Hafer.

Artur hatte aus den jüngsten Erfahrungen immerhin seine Lehren gezogen und die MP unter der Jacke versteckt. Er versprach dem Parkplatzwächter eine Goldmünze, wenn dieser besonders gut auf sein Pferd aufpasste. Der einbeinige Invalide machte im Übrigen sogar einen ganz passablen Eindruck und schien nicht die Absicht zu haben, ihn übers Ohr zu hauen.

Von niemandem aufgehalten, stieg Artur die Marmortreppe im Winterpalast hoch. Im ersten Stock begegnete er erneut dem schnauzbärtigen Gesicht mit den leicht hervorquellenden Augen. Unter der Decke hing ein dickes Brett bemalten Furnierholzes, das die leicht beleidigt dreinblickende *Heilige Familie* verbarg. Dann musste Artur erst mal eine ganze Horde von Jungen durchlassen, die auf der linken Brust alle ein funkelndes Dreieck aus Bronze trugen. In dem Dreieck war ein Symbol zu sehen. Kein Stern, wie in Moskau, sondern etwas anderes. Was genau, konnte Artur jedoch nicht erkennen. Er wollte aber auch nicht genauer hinschauen, um nicht unnötig Aufmerksamkeit auf sich zu ziehen.

Er suchte die Bibliothek auf.

»Heilige Xenia!«, stieß Lew aus, als er ihn bemerkte. »Ich traue meinen Augen nicht! Woher kommst du denn mit einem Mal?! Hast du es geschafft, den Wippern zu entfliehen?«

»So kann man das ausdrücken ...«

Artur berührte den Globus und streichelte automatisch den schlafenden altersschwachen Fleder. Bei dieser unbedarften Geste klappte Lew schier der Unterkiefer runter. In dem schummrigen Saal war alles beim Alten geblieben: die Karten an den Wänden, die Spinnweben in den Ecken, der angenehme Geruch nach trockenem Holz im Kamin. Auch Lew hatte sich nicht verändert, er war noch immer grauhaarig und flink. Allerdings hatten sich ein paar neue Wesenszüge in sein Verhalten geschlichen. Er war jetzt irgendwie ständig auf der Hut...

»Ich habe in ihrem Dorf gelebt und mit ihnen gearbeitet. Ich habe drei Kinder und eine Frau. Ich glaube, das reicht erst mal an Informationen, oder?« Beim Anblick des fassungslosen Bibliothekars konnte sich Artur ein Grinsen nicht verkneifen. »Jetzt bist du dran: Was ist mit Pap Rubens?«

Lews Blick huschte zur Tür: »Dann weißt du es noch nicht? Nachdem bekannt geworden ist, dass er sich mit Wippern und Zauberern eingelassen hat, ist es zum Aufstand gekommen. Michail und Lidia sind geflohen. Seine eigene Tochter hat ihn verraten. Sie ist jetzt übrigens mit dem Sohn des Gouverneurs verheiratet ...«

»Und warum gibt es unten keine Wache mehr? Was ist denn aus Flöckchen geworden?«

»Du scheinst mal wieder aus der Vergangenheit zu kommen … Hör zu, mein Junge, du solltest dich hier nicht blicken lassen, sonst endest du noch am Galgen. Überall erzählt man sich nämlich, wie du mit bloßen Händen einen Wipper gefesselt und damit Rubens' Karawane gerettet hast. Über den Schmied sind heute Legenden bekannt! Was den Tiger angeht … Flöckchen ist erschossen worden. Eine Wache haben wir mittlerweile nur noch nachts. Sie besteht ausschließlich aus Offizieren des Geheimdienstes …«

»Wenn ich so eine schillernde Legende bin – warum sollte mich dann jemand aufhängen wollen?«

»Weil man heute auf Legenden gern verzichtet, ja, weil es sogar gefährlich ist, an Helden der Vergangenheit zu erinnern. Es gibt keine freien Kommunen mehr. Die ganze Stadt untersteht seit einem Jahr dem Gouverneur. Es hat alles mit einer Schlägerei in der Duma angefangen. Die Leute vom Gouverneur waren schon immer rebellisch, aber damals wollten sie in der Frage, wem es zustehe, die Menschen zur Entwässerung der Metro und zur Anfuhr sauberen Wassers einzusetzen, einfach nicht nachgeben. Uns haben bei dieser Sitzung Arina Rubens, Rokotow, mein Bruder Arkascha und noch zwei andere vertreten. Sie haben vorgeschlagen, über diese Frage geheim abzustimmen, aber da haben sich diese Knallköpfe von der Petrograder Seite quergestellt und erklärt, das sei unehrenhaft, weil kleine Kommunen eben nur wenige Abgeordnete entsenden würden und sich deshalb nie gegen die großen durchsetzen könnten. Dann haben sie erklärt, dass sie künftig keine Patrouillen mehr stellen würden, weil die Achte Division allen, die in die Stadt kämen, Steuern abknüpfe, ohne diese mit den anderen Patrouillen zu teilen.«

Er hielt inne, um Atem zu holen.

»Mit einem Wort«, fuhr er fort, »die Gemüter waren schon

bald derart erhitzt, dass sie buchstäblich mit Wasser gekühlt werden mussten. Während sie sich noch prügelten, hat der Gouverneur seine Meuchelmörder zusammengerufen und das Gebäude umstellt. Er hat sie gezwungen, ihm persönlich den Oberbefehl über die Stadt zu übertragen. Wenn du mich fragst, hat er das ziemlich clever eingefädelt … Und vermutlich mit Arinas Hilfe. Sie ist klug, dann noch ihre Gabe … Und selbstverständlich hat sie ihren Schwiegervater unterstützt. Dafür verurteile ich sie auch gar nicht. Sie ist mit Soldaten des Gouverneurs in den Palast gekommen und hat die beiden Brüder Abaschidze, Ruslan und Sergo, entwaffnet. Angeblich hat man einen Brief von Mischa Rubens bei ihnen sichergestellt und sie der Verschwörung angeklagt. Die beiden konnten jedoch in letzter Sekunde zusammen mit zwei Dutzend Männern, die ihnen treu ergeben waren, aus der Stadt fliehen …«

Abermals hielt er kurz inne, ehe er seinen Bericht fortsetzte: »Das Ende vom Lied war dann, dass der Gouverneur die Macht an sich gerissen hat, indem er nach und nach die einzelnen Viertel überfallen hat. Mam Kate hat ihm am längsten Widerstand geleistet. Der Gouverneur hat dann erklärt, dass er eine neue Truppe aushebt, die für die ganze Stadt verantwortlich ist, die Innere Truppe. Die Männer bekommen doppelten Sold und sind bei ihm im Michailowski-Palast einquartiert. In dem hat früher die Kommune von Pap Arbusik gelebt, den der Gouverneur aber der Hinterziehung von Steuergeldern, die für den Straßenbau gedacht waren, angeklagt hat. Mit dieser Erklärung wurden alle aus dem Palast vertrieben, und der Gouverneur hat sich dort eingenistet. Deshalb wiederhole ich noch einmal: Ohne Arina wäre das alles nicht möglich gewesen. Sie kann in den Köpfen der Menschen lesen … Die Männer von Mam Kate haben sich dann natürlich darum gerissen, der neuen Truppe beizutreten.«

»Einen Moment mal, Lew!« Kowal schüttelte wie benommen den Kopf. »Ich kann das einfach nicht glauben, dass der Gouverneur ganz Piter in seine Gewalt gebracht hat. Soweit ich mich erinnere, ist er ein alter kranker Mann, der gar nicht sonderlich auf Macht erpicht ist …«

»Daran hat sich auch nichts geändert! Die ganze Geschichte hat erst mit diesem Kirchenmann angefangen!«

»Wie bitte?!«, fragte Artur und verschluckte sich am Tee.

»Hast du gehört, was in Moskau geschehen ist?« Lew senkte die Stimme, schlich auf Zehenspitzen zur Tür und vergewisserte sich, dass draußen niemand lauschte. »Moskau gibt es nicht mehr. Die Wipper haben es vor einem Jahr vernichtet. Es steht außer Frage, dass sie das waren, denn nur sie sind in der Lage, die Natur zum Aufstand anzustacheln! Seitdem kommen ständig Flüchtlinge aus Moskau zu uns, darunter auch eine Garnison ihres widerwärtigen Präsidenten, dieses Pap Iwan. Stell dir vor, der Präsident wurde von seinen eigenen Soldaten umgebracht. Und die Garnison hat einer der Moskauer Kirchenleute angeführt. Mit mehr als dreitausend Bajonetten sind sie hier angerückt, dazu noch fast tausend Frauen und Kinder. Und alle diese Kremlleute haben auf den Kirchenmann gehört, als sei er ihr eigener Vater. Er hat gesagt, dass er mit demjenigen zu sprechen wünsche, der in Petersburg das Sagen hat. Daraufhin haben sich die Ältesten aus der Duma zu ihm begeben, denn niemand wollte, dass diese hungrige Armee in die Stadt einzieht. Damals wussten wir noch nicht, dass das gar keine Hungerleider sind. Mit den Angehörigen der Duma wollte der Kirchenmann aber nicht verhandeln. Stattdessen hat er sich heimlich mit dem Gouverneur ins Benehmen gesetzt. Den hat dieser schlaue Fuchs davon überzeugt, alle Soldaten zusammenzuziehen und unter seinen, des Gouverneurs, Befehl zu stellen. Sie haben das Graue Haus besetzt. Das ist im Liteini Prospekt …«

»Ich kenne es. Das ist der rechte Ort für diese Bande«, antwortete Artur in Erinnerung an die wechselvolle Geschichte dieses Hauses: Gericht, Gefängnis, FSB-Zentrale …

»Einen Monat später hat der Gouverneur dann die Duma aufgelöst und den Kommunen verboten, eigene Wachen aufzustellen. Wer nicht gehorcht hat ... Zwei Kommunen sind bis auf die Grundfesten niedergebrannt worden. Die neue Garnison des Gouverneurs besteht aus seinen Männern und denen aus Moskau und ist uns im Kampf weit überlegen. Die haben ihre Leute in allen Straßen aufgestellt und bezeichnen sich als *Grenztruppen.* Und sämtliche kleinen Ganoven haben sich ihnen sofort angeschlossen. Alle wollten so gern *Grenzsoldaten* sein, Geld in den Straßen eintreiben und ansonsten ein ruhiges Leben führen ...«

»Was ist mit Arina? Du hast doch gesagt, sie hat Einfluss auf den Gouverneur?«

»Und wie! Aber sie hat auch nichts gegen diese neue Regelung. Ich vermute sogar, dass das Mädchen sich entweder vor den Kremlleuten fürchtet oder mit ihnen eine eigene Absprache getroffen hat. Und wenn ich ganz offen sein soll, Artur, dann muss ich zugeben, dass sie auch viel Gutes getan haben. Der Gouverneur hat dem Bürgermeister das Gold abgenommen und allen anderen verboten, Münzen zu prägen. Er hat große Märkte eröffnet, wie es sie früher auch in Moskau gegeben hat. Er schickt Soldaten aus, damit sie die Ernte einfahren, sodass wir nicht länger von den Cowboys abhängig sind. Die Stadt kauft nicht nur Essen wie früher, sondern legt Vorräte an. Die Speicher bersten förmlich vor Korn, die nächsten zwei Jahre brauchen wir uns nicht die geringsten Sorgen zu machen. Er bessert die Straßen aus und schickt Einheiten los, damit sie die Bullterrier verjagen ...«

»Das heißt, die neue Macht stellt alle zufrieden? Wie sieht dieser Kirchenmann eigentlich aus? Das ist nicht zufällig ein hochgewachsener hinkender Mann mit Brille?«

»Dann hast du ihn schon gesehen?«, fragte Lew aufgeregt. »Aber den trifft man doch nur beim Gottesdienst ... Offiziell regiert in Piter immer noch der Gouverneur. Aber alle wissen natürlich, wer im Hintergrund die Fäden zieht. Wem die Soldaten treu sind …«

»Diesem Karim?«

»Pst, Artur, sprich leiser! Neben der Inneren Truppe hat er auch eine Geheimpolizei aufgebaut und eine persönliche Garde. Und eine Sondereinheit in den Truppen. Sie heißt Tra…, Tri…«

»Tribunal?«

»Genau! Ich vergesse immer wieder, dass du noch vor dem Großen Tod geboren worden bist. Zu schade, dass wir zu wenig Zeit hatten, miteinander zu sprechen! Bei deinem Wissen! Also, in diesem Tribunal sitzen Menschen mit Masken und beobachten die anderen Soldaten und die Offiziere. Sie werden von allen gefürchtet. Aber Masken tragen auch noch andere Männer dieses Kirchenmannes …«

»Und außer den militärischen Angelegenheiten – was macht dieser Karim sonst noch?«

»Er pflanzt Bäume.«

»Bitte?!«

»Er pflanzt Bäume«, wiederholte Lew. »Nicht eigenhändig, natürlich. Er schickt junge Frauen auf die Felder, wo man den Wald abgeholzt hat, und verlangt von ihnen, dass sie Unkraut jäten und Bäume pflanzen. Wessen Saat nicht aufgeht, den schickt er in die Metro. Sie legen Grasnarben über die alten Müllhalden, die gibt es jetzt gar nicht mehr, überall ist etwas gepflanzt. Und weißt du, was noch geschehen ist? Niemand in der Duma wäre je auf eine solche Idee gekommen! Das stammt alles von ihm … Jedenfalls hat er verboten, im Winter übers Eis zu gehen und die Fische durch ein Eisloch zu erschlagen, wie es noch unsere Großväter getan haben. Man darf bloß noch angeln, allerdings auch das nur mit einer speziellen Plakette, und selbst die gibt es nur für drei Fischergemeinden. Aber auf das Erschlagen von Fischen steht die Todesstrafe! Dann hat der Gouverneur noch einen Ingenieur aus Finnland kommen lassen. Dem hat er ein Haus geschenkt und ihm ein paar Wilde als

Bedienstete zugewiesen. Jetzt soll dieser Ingenieur die Fischfabrik am Ladogasee wieder in Betrieb nehmen. Der Fisch ist heute verstaatlicht, freie Preise gibt es auch nicht mehr!«

Lews Augen funkelten empört.

»Dann hat dieser Kirchenmann noch angeordnet, das Wasser zu reinigen«, setzte er erneut an. »Dafür hat er Ingenieure von den Deutschen kommen lassen. Wenn du heute einen Eimer Dreckwasser in die Newa kippst, wirst du zu fünf Jahren Arbeit in der Metro verurteilt. Alle Abwässer müssen nun in bestimmte Fässer gefüllt werden, die bringt man aus der Stadt heraus zu einer Halde. Dieser Karim, er hat einen Narren an der Sauberkeit gefressen. Und nicht nur das. Er lässt sich nie ohne fünfzig Ganoven blicken, die ihm treu ergeben sind und auf seinen Befehl hin jedem die Kehle aufschlitzen würden. Und natürlich würden sie alle für ihren Herrn sterben. Karim hat die alten Militärkarten aufgetrieben, die noch vor dem Großen Tod gezeichnet wurden. Er begibt sich mit seinen Leuten zu den Orten, an denen früher Soldaten gelebt haben, und brennt alles nieder. Und wenn er unterirdische Waffenlager findet, sprengen sie die Zugänge und schütten alles mit Erdreich auf. Ich weiß genau, dass er ohne Arina diese Stellen niemals so leicht finden würde. Darüber hinaus hat er den Gouverneur davon überzeugt, alle Schiffe aus der Stadt zu verbannen, die Chemie geladen haben. Die Chemie aus den alten Fabriken wurde ebenfalls auf Kähne verfrachtet und weggebracht. Das hättest du mit ansehen sollen! Sie haben die Cowboys gezwungen, hundert Ochsen zusammenzutreiben, die die Kähne stromaufwärts ziehen sollten. Dort haben sie sie abgeladen und die Chemie in den Wald gebracht. Da hatte Karim einen Betonspeicher entdeckt …«

»Er sorgt also für eine saubere Stadt? Daran gibt's doch eigentlich nichts auszusetzen, oder?«

»Er hat eine neue Kirche gegründet, und die Kirchenleute aus dem Alexander-Newski-Kloster dürfen nur noch seine Predigten nachbeten. Wer sich ihm widersetzt …« Lew fuhr sich mit der flachen Hand über die Kehle. »Er behauptet, Piter würde das gleiche Ende nehmen wie Moskau, wenn wir uns nicht an seine Gebote hielten. Und die Menschen glauben ihm, Artur! Du malst dir nicht aus, welche Mengen er um sich schart. Er vermag in einer Weise zu reden, dass die Menschen sich die eigenen Haare ausreißen und sich im Staub wälzen. Er hat alle davon überzeugt, dass er allein weiß, wie unsere Stadt zu retten ist. Seine Männer fangen Bullterrier und zerteilen sie vor den Augen der Menge. Das ist inzwischen Tradition: Tiere zu töten, um …«

»Um ein Opfer zu bringen?«

»Nein, schlimmer noch. Wenn man in der Vergangenheit eine Ziege auf dem Altar zerschnitten hat, haben die Menschen die Götter um ihren Segen gebeten. Aber Karim verspricht nichts Gutes und wendet sich nicht an Gott. Er treibt sich und andere in den Wahnsinn, kennt nur den nahenden Tod. Wenn wir die Stadt nicht retten, würde das Gras aus den Brandstätten kommen und uns alle verschlingen. Dann, sagt er, sauge die Erde unsere Häuser auf. Wenn die Kremlleute vor einer Menge Bullterrier aufschlitzen … Allein der Anblick ist schrecklich … Aber der Gouverneur lässt ihn gewähren, denn keiner rüttelt mehr an seinem Stuhl, im Gegenteil. Ach, die Fischer sind wütend – ja und? Die Menschen verdienen nur einen Hungerlohn – aber dafür werden die Straßen in Ordnung gebracht. Karim hat einen Befehl vorbereitet, der es verbietet, in Parks Bäume zu fällen, und vorschreibt, dass für Brennholz nur noch alte Häuser eingerissen werden dürfen. Dem Gouverneur hat das anfangs nicht geschmeckt, aber dann hat er den Befehl doch unterschrieben. Etwas Besseres hätte er gar nicht tun können. Denn alle Gebäude im Stadtzentrum gehören ja dem Staat. Wenn du dir also Brennholz für den Winter zulegen willst, bitte – aber zu unserem Preis. Außerdem gibt es weniger Brände. Weil es nichts mehr gibt, was brennen würde. Und wer einen

Baum fällt, zahlt mit seinem Leben dafür. Die Rubel rollen so oder so in die Staatskasse. Und diesen Karim fürchten alle. Er strebt zwar nicht offen nach der Macht …«

»Aber du traust ihm nicht über den Weg?«

»Das ist schwer zu sagen«, gestand Lew. »Charly kennt viele Menschen in Moskau. Er behauptet, einzig die Garnison des Kremls sei ohne Verluste aus der Hauptstadt herausgekommen … Sie haben Gold, Frauen und sogar ihr Vieh mitgebracht. Sie haben uns erzählt, was dort geschehen ist. Drei Tage lang hat Moskau gebebt, aber die Menschen dort haben gehofft, es würde sich wieder legen. Als das nicht der Fall war, mussten sie fliehen und dabei ihr gesamtes Hab und Gut zurücklassen. Aber die Kremlleute haben die Stadt bereits in der ersten Nacht verlassen, sie konnten alles mitnehmen, was irgendwie von Wert war. Sie waren gut vorbereitet, denn der Kirchenmann hat gewusst, was mit Moskau geschehen würde.«

»Dieses Schwein!«

»Bitte?«

»Nichts, schon gut, fahr bitte fort. Er hat diese Katastrophe also vorausgesehen – und dann nur seine eigenen Leute gerettet?«

»Mhm. Trotzdem kommen bis heute Tausende nach Piter, aber, wie gesagt, meist arme Menschen, die bei den Cowboys bleiben. Denn die neue Macht passt nicht allen … Dafür musst du wissen, dass beispielsweise wir in der Eremitage heute keine Kleider mehr nähen und kein Glas mehr gießen – wir brennen nur noch Schnaps. O ja, du hast dich nicht verhört. Karim hat dem Gouverneur eingeredet, dass jede Kommune nur einem einzigen Handwerk nachgehen darf. Das ist selbstverständlich einträglicher für die Stadt. Wodka dürfen nur wir brennen. Wenn bei irgendjemandem sonst Selbstgebrannter entdeckt wird, wartet der Galgen auf ihn. Dafür haben die Cowboys angefangen zu trinken. Früher haben sie sich zwar ebenfalls hin und wieder ein Gläschen genehmigt, aber sie haben auch ihre Arbeit geleistet. Heute wollen sie nur noch Wodka …«

»Wer hat denn jetzt in der Eremitage das Sagen?«

»Mein Bruder Arkadi.« Lew sah Kowal von unten herauf an, um seine Reaktion zu studieren. »Du bist vielleicht der Ansicht, Arkascha sei keine starke Persönlichkeit, kein Held. Das stimmt sogar. Er ist noch nicht einmal ein sonderlich begabter Ingenieur. Aber gerade diese Leute braucht der Gouverneur! Menschen, die in der Duma keinen Ton von sich geben und zu allem immer nur nicken. Paps gibt es heute nicht mehr. Stattdessen haben wir nun diese Peri…, diese Pfre … Es ist ein Moskauer Wort, das ich mir beim besten Willen nicht merken kann!«

»Präfekten?«

»Genau! Du weißt einfach alles, wie ein wahrer Schriftgelehrter … Aber zurück zur Duma … Was soll ich da noch groß sagen, Artur? Wir leben nun einmal nicht in einer Zeit der Helden. Deshalb mache ich mir um dich auch solche Sorgen … Ansonsten … ansonsten verhalten sich die Menschen ruhig. Und für mich ist es ein Glück, dass Arkascha zum Prä…fekten ernannt wurde. Sein Beistand erlaubt es mir zu lesen …«

»Moment! Hat der Gouverneur etwa das Lesen verboten?«

»Warum sollte er? Wer lesen kann, bitte. Aber … Schmied, diese Worte sind nicht für fremde Ohren bestimmt … Du warst gerade erst im Museum angekommen, da bist du auch schon wieder aufgebrochen. Ich hatte nicht einmal Gelegenheit, dir Samuil Krocha vorzustellen, meinen Freund, der bei den Hafenarbeitern lebt. Er kann wunderbar zeichnen. Hast du auf dem Platz das Porträt des Gouverneurs gesehen? Krocha bildet seit Langem Kinder aus, die gut mit dem Kohlestift oder dem Pinsel umgehen können. Aber heute klecksen sie alle nur den Gouverneur zusammen und erhalten für jedes Porträt einen Silberrubel. Wer sich weigert, den Gouverneur zu malen, soll sich trollen und irgendwo anders arbeiten. Wer nicht arbeiten will, muss in der Metro malochen! Aber weißt du, was sie mit den Porträts machen, Schmied? Die Leute des Gouverneurs verkaufen sie …«

»Das kann doch nicht wahr sein! Wer braucht denn diese Hackfresse?«

»Pst, ich flehe dich an, sprich nicht so laut! Dem Jungen, der das Porträt angefertigt hat, zahlen sie einen Silberrubel – aber sie verkaufen es für drei Goldrubel. Für das Geld bekommst du eine prächtige Kuh! Trotzdem werden Bilder gekauft. Arkadi hat für die Eremitage sechs Stück bestellt. Wenn der Schnauzbart uns einmal einen Besuch abstatten sollte, wird er höchst zufrieden sein!«

»Darauf kannst du wetten!«, stieß Kowal aus, der sich fragte, wann dieser Albtraum eigentlich ein Ende nähme.

»Krocha hat dann angefangen zu trinken«, fuhr Lew in traurigem Ton fort. »Ich selbst darf inzwischen keine Kinder mehr unterrichten, denn heute lernen alle zusammen im Alexander-Newski-Kloster. Dort haben die Kirchenleute eine Schule eröffnet. Morgens beten sie vor dem Porträt des Gouverneurs und lesen im Chor die Berichte von seinen großen Taten … Du kannst nachts jedes Kind wecken und es fragen, wie viele Pud Kartoffeln wir in diesem Jahr mehr geerntet hätten als im letzten. Glaub mir, es wird die Antwort wissen.«

Lew stockte, dachte nach und begann erneut: »Ich hatte früher einen Schüler, dessen Großvater Torf zum Heizen in die Stadt gebracht hat. Vor fünf Jahren hat er das schon getan, daran hat sich nichts geändert, und er wird auch künftig mit seinem Karren Torf fahren. Bis zu seinem Tod. Er hat früher einen Laib Brot am Tag und fünf Silbermünzen im Monat bekommen, das erhält er auch heute noch, nur dass der Gouverneur statt Silber heute Kupfer zahlt, denn Silber wird gebraucht, um Öl zu kaufen. Die Kirchenleute bläuen den Kindern in der Schule ein, dass wir in diesem Jahr sechs Pud mehr Silber in der Staatskasse haben als im letzten und dass wir in sechs Jahren den Vorrat verdoppeln werden. Aber der Alte fährt den Torf, ihm ist völlig einerlei, was sich da in sechs Jahren verdoppelt. Denn diese Verdoppelung wird er vielleicht gar nicht mehr erleben …

Also, es ist zwar nicht verboten, den Kindern aus den alten Büchern vorzulesen, aber ich soll mich vornehmlich um Bücher zu Medizin und Ingenieurswesen kümmern. Alle anderen Bereiche halten sie im Grunde für schädlich. Deshalb lebe ich ständig in der Angst, dass eines Tages der Befehl erlassen wird, diese Bücher zu verbrennen …«

»Lass mich das erst einmal alles verdauen, Lew!« Kowal tigerte durch den Raum und rieb sich die Ohren. »Ohne Ausweis komme ich also nicht weit?«

»Ohne Ausweis kommst du nirgendwohin. Und Arkascha kann dir keinen geben. Den erhältst du nur auf Befehl am Isaaksplatz.«

»Und ich darf nicht selbst bestimmen, wo ich lebe?«

»Fünfzig Kilometer vor der Stadt schon, da kannst du dich überall niederlassen. Aber wie du da über die Runden kommen willst … Außerdem muss ich dich warnen: Wenn du dir einen Ausweis besorgst, musst du zustimmen, bei einem Gesellen oder Meister zu arbeiten.«

»In der Eremitage bleiben kann ich also nicht? Obwohl es hier genug Platz gibt?«

»Hier laufen überall Kanzlisten rum, die die Augen offen halten«, brummte Lew. »Wenn du dich nicht versteckst, wirst du verkauft. Von unseren eigenen Leuten. Glaub mir, es ist schlimm um die Menschen bestellt, Artur, früher hat es dergleichen nicht gegeben. Sie bespitzeln einander. Mir jagt das Angst ein. Nachts schlafe ich nicht mehr, solche Angst habe ich … Zwar haben alle genug zu essen, selbst die alten Feiertage begeht man wieder, zu Neujahr tanzt man einen Reigen und zündet Kerzen an einem Tannenbaum an … Trotzdem habe ich Angst. Samuil ist dem Alkohol verfallen, Charly trinkt, Sappeur amüsiert sich … Dann gab es da noch den kleinen Sanetschka, in der Kommune des Bürgermeisters, er konnte auf dem Klavier spielen und Noten lesen. Außer ihm besaß niemand diese Fähigkeiten. Er sollte in der Duma Klavier spielen, aber das hat er abgelehnt, stattdessen wollte er wie bisher Kinder unterrichten. Das wurde ihm jedoch untersagt. Und das Klavier haben sie ihm auch zerschlagen. Daraufhin ist er in den Norden geflohen, jemand will ihn bei den Norwegern gesehen haben … Selbst wenn du in einem alten versumpften Haus ohne Papier angetroffen wirst, wanderst du heute ins Gefängnis. Oder wirst erschossen, da kennen diese Männer nichts. Für jeden Vagabunden, den sie schnappen, wird ihnen mehr bezahlt, als ein Offizier Sold erhält.«

»Das war schon immer so!«, sagte Kowal. »Aber gut, Lew, pass auf! Ich verlasse dich jetzt. Ich hatte heute Morgen an einem der Kontrollposten einen kleinen Streit. Und ich will nicht, dass du meinetwegen in Schwierigkeiten gerätst. Wir sehen uns später wieder! Aber sag niemandem, dass ich zurück bin, ja?«

»Das versteht sich leider von selbst«, erwiderte Lew mit einem traurigen Lächeln. »Wo wirst du denn bleiben?«

»Ein guter Mensch hat mir einen Rat gegeben …«, antwortete Artur und fütterte den Fleder etwas verspätet mit einem Stück Speck. »Ich habe seine Worte zunächst nicht verstanden, aber jetzt sind sie mir klar. Ich soll das kleinere Übel zum Verbündeten wählen.«

(39) DAS KLEINERE ÜBEL

Artur verzichtete auf eine Fackel. Seine Augen gewöhnten sich schnell an die Dunkelheit, und der Rauch hätte nur seinen Geruchssinn beeinträchtigt. In der letzten Woche hatte er die Stadt dreimal verlassen und war dreimal in sie zurückgekehrt, um sich umzuziehen und ein neues Pferd zu kaufen, damit niemand auf das Rassetier aufmerksam wurde. Sein altes Tier hatte er in der Obhut Lews gelassen, sein Gepäck und die beiden Schusswaffen in der Kapsel im Institut versteckt. In der Kanalisation der Stadt hätten die ihm eh nicht helfen können. Nun war er nach vier Jahren wieder an dem Ort, an dem einst sein Weg nach oben begonnen hatte.

Beim Gang durch die leere Abteilung V hatte er gemischte Gefühle. In diesem Fahrstuhlschacht war er aus dem Keller geklettert, mit vor Panik feuchten Händen, weil er sich nicht vorstellen konnte, was ihn oben erwartete. Bei jedem Rascheln war er damals zusammengezuckt … Hinter dieser Tür lag der Raum, in dem Mirsojan und Denissow vor undenkbaren Zeiten über Fußballspiele oder eine neue Kollegin diskutiert hatten … Hier war er zum ersten Mal einem dieser kahlen Hunde begegnet. Heute Abend hoffte er nun auf eine solche Begegnung – doch im Institut herrschte absolute Stille, nur auf dem Dachboden gurrten die Tauben. Und ein abgerissener Fensterrahmen klapperte im Wind. Ansonsten war das Institut so tot wie ein Ozeandampfer, der für immer seine treue Crew verloren hatte. Für immer, wiederholte Artur bei sich. Die Wörter perlten über seine Lippen wie vertrocknete Beeren, fast ohne Geschmack, aber leicht bitter.

Das Säuberungskommando war hier sicher auch schon gewesen, aber die beiden Gebäude schienen ihm wohl nicht geeignet, um Menschen darin einzuquartieren. Die Reste des Parketts waren ebenso verschwunden wie die Treppengeländer und Türen. Sogar die Wandverkleidung war herausgerissen worden. Kurzum, es fehlte alles, was sich irgendwie verfeuern ließ. Die ruhmreichen Büttel hatten den Leichen sogar die Schuhe ausgezogen. Dutzende von Stiefelabdrücken hatten sich im jahrhundertealten Staub eingeprägt …

Durch die Luke im Kesselraum kletterte er in die Kanalisation hinunter. Das große Rohr, in das er gelangte, zeigte eine leichte Neigung, sodass er vermutete, es müsse nach zweihundert Metern unter der Newa verlaufen. Er zählte seine Schritte. Wenn einem weder Augen noch Nase weiterhalfen, gab es nur zwei sichere Anhaltspunkte zur Orientierung: Man musste auf seinen sechsten Sinn vertrauen. Oder die Schritte zählen.

Nach fünfzig Metern gelangte er an eine Gabelung und sah durch einen Gully weit über sich ein kleines Stück Himmel. Er befand sich in einem der Sammelrohre. Der Dreck unter seinen Füßen schmatzte nicht mehr, sondern knisterte wie vertrocknetes Laub. Doch während der bisherige Abschnitt relativ sauber gewesen war, hatten sich nun im Rohr vor ihm etliche Jahre alte Ablagerungen breitgemacht.

Er packte ein Ventil. Etwas knackte – und er hielt die Hälfte des Eisenrads in der Hand. Aus dem verfaulten Filter ging ein feiner Rostregen auf ihn nieder. Hier roch es nicht mal vermodert. Entweder war das hier kein Abflussrohr oder das Wasser war durch Risse in den Boden gesickert.

Nach weiteren fünfzig Schritt zeichnete er mit Kohle ein Kreuz an die gewölbte Wand des Rohrs. Jetzt musste er gekrümmt weiterlaufen, wollte er sich nicht den Kopf an alten Leitern und Armaturen stoßen. Inzwischen watete er wieder durch Schlamm. Weit vor sich hörte er ein gleichmäßiges Quietschen, als sei eine Pumpe in Betrieb. Dann schnupperte er endlich etwas, ganz fein nur, aber es war der Geruch, den er gesucht hatte. Noch vor vier Jahren, da hätte er ihn gar nicht wahrgenommen, da wäre er seiner Panik und einer schrecklichen Klaustrophobie ausgeliefert gewesen, hätte gemeint, überall scharfe Zähne und bekrallte Pfoten zu sehen …

Langsam arbeitete er sich weiter vor, näherte sich dem rhythmischen Geräusch. Mit einem Mal schlich sich ein metallisches Klirren in die dumpfen Töne. Entweder mussten die Rohre neben einer Metrostrecke verlegt worden sein oder an der Oberfläche musste an einem der Gullys ein Motor laufen. Dann verbreiterte sich das Rohr. Artur schnupperte, blähte in der Dunkelheit die Nasenflügel, ganz wie ein Terrier, der einen Fuchs verfolgt, begriff aber trotzdem nicht, wo er sich befand. Aber gut, schließlich lud man nicht jeden Petersburger ein, diesen Ort einmal touristisch zu erkunden.

Das Rohr bog gleichmäßig ab, war an der Knickstelle jedoch aufgerissen. Unmittelbar hinter dem Loch versperrte ihm ein Gitter den weiteren Weg. Außerdem hörte er das ununterbrochen surrende Lied Hunderter Mücken, obwohl ihm bisher weder Asseln noch andere Insekten, die die Feuchtigkeit lieben, begegnet waren.

Er betrachtete das Loch genauer: Das gewaltige Stahlgerüst, das die Rohre und die Wannen trug, war unter dem eigenen Gewicht eingeknickt oder von Grundwasser unterspült worden. Jedenfalls war die geschweißte Anlage geplatzt und hatte die Leitungen mit sich in die Tiefe gezogen. Mit vorsichtigen Schritten arbeitete sich Artur zum Rand des Lochs vor. Ein immer stärkerer Geruch schlug ihm entgegen. Der Rohrboden schwankte leicht unter ihm. Bis zum Gitter dürften es zweieinhalb Meter sein. Er ließ sich auf die Knie nieder und tastete in dem aufgerissenen Rohr herum, wusste aber bereits, dass das Loch zu tief war und er würde springen müssen.

Nachdem er erst eine, dann eine zweite Mücke erledigt hatte, überlegte er, ob er kehrtmachen und einen anderen Weg suchen sollte. Das kostet mich drei Stunden, dachte er. So lange kroch er jetzt nämlich schon hier unten rum … Ach was!, spornte er sich an. Wenn ich in dieser Scheißkanalisation verrecken soll, ist es auch egal in welchem Rohr.

Er stieß sich ab und sprang.

Obwohl seine Beine keinen Halt fanden und über dem Loch baumelten, hatte er das Gitter packen können. Eine Viertelstunde später hatte er sich blutige Finger geholt, waren seine Schultern und Knie taub vor Anstrengung, aber die Gitterstäbe hatten nachgegeben. Er stieß dann noch auf ein zweites, ja sogar auf ein drittes Gitter, aber die räumte er mit einem einzigen Schlag aus dem Weg. Dann endete das Rohr so abrupt, dass er auf dem feuchten Untergrund ausrutschte und ins Wasser einer Auffangwanne fiel. Aber zum Glück war es kein sehr tiefer Sturz. Allerdings stank das Wasser derart widerlich, dass Artur beinah gekotzt hätte. Zum ersten Mal seit Jahren hätte er außerdem gern Schuhe gehabt. Seine Füße versanken in einer eisigen aufgewühlten Grütze. In der noch dazu das Leben brodelte – und zwar das Leben in seinen nicht gerade angenehmen Erscheinungsformen. Zum Glück hatte er schon genug von Annas Wässerchen in sich hineingekippt, sodass er eine Infektion nicht zu fürchten brauchte.

Inzwischen hatte er begriffen, dass dieser Teil der Kanalisation nicht an die zentralen Wasserwerke der Stadt angeschlossen war. Bestimmt bin ich im Abwassersystem einer der großen Fabriken, vermutete er. Nach wie vor konnte er die Hand nicht vor Augen sehen, aber sein geschärftes Wahrnehmungsvermögen ließ ihn nicht im Stich und verriet ihm, dass die Anlage sich mindestens über drei Stockwerke erstreckte und einige Tausend Quadratmeter einnahm. Er versuchte, gleichmäßig zu atmen, beruhigte seinen Atem, wischte sich die Hände an der Hose ab und betrat eine schmale Metallbrücke. Diese quietschte verdächtig, doch darauf achtete er nicht: Denn endlich sah er zwei Augen vor sich.

Zwei blaue Augen, die anderthalb Meter vor ihm hin und her

huschten, bis sie schließlich an einem Fleck erstarrten. Ihnen gesellte sich ein zweites Paar hinzu, das etwas größer war als das erste.

»Guter Hund!«, sagte Artur und griff nach dem Riemen seines Rucksacks. »Sieh doch nur mal, was ich dir Leckeres mitgebracht habe. Guter Hund!« Er erinnerte sich, wie er mit genau der gleichen Anrede auf das kahle Monstrum im Institut eingeredet hatte.

Ein weiterer Bullterrier tauchte in seinem Rücken auf, das spürte er, ein junges Tier noch, fast ein Welpe. Er schlich hinter ihm herum – und hatte extreme Angst vor ihm. Bestens! Artur folgte weiter dem Geruch. Er hatte sich nicht getäuscht. Hier war ihr Nest, und wahrscheinlich gab es hier auch einen Zugang zum Fluss, in dem die Hunde nach Fischen jagten. Das Wichtigste war jedoch: Er nahm diese Tiere mental wahr. Im Unterschied zu den verdammten Spuckwürmern von der Brandstätte konnte er diese Hunde also beeinflussen. Auch wenn sie ihm nicht vertrauten, ihn fürchteten, sich bereithielten, ihren Wurf zu verteidigen, und dringend etwas fressen wollten – sie hörten ihn und antworteten ihm.

Obwohl das Junge ihm aus der Hand fraß, konnte er es nicht sehen. Nach einer Weile kamen zwei weitere an, noch ganz kleine Tiere. Sie knufften sich und knurrten, fingen an, sich um ein Stück Speck zu schlagen. Ihre Mutter wurde unruhig und bellte in der Dunkelheit, aber Artur beruhigte sie mit einer zärtlichen mentalen Berührung.

»Gute Hunde!«, wiederholte er, als er die letzten Krümel ausschüttete. »Jetzt möchte ich euch allerdings um einen kleinen Gefallen bitten. Könntet ihr nicht eure Freunde holen? Dann bringe ich euch alle an einen Ort, an dem es viel frisches Fleisch gibt … Ihr kriegt ein ganzes Schwein von mir, nein, eine ganze Schweineherde.« Er stellte sich diese Herde mühelos vor. Frische, an Haken dampfende Körper. Dieses Bild spielte er den Hunden zu.

Die erzitterten vor Vorfreude.

»Also, bringt die anderen her! Holt alle zusammen! Dann bilden wir eine Herde, die stärker und mutiger ist als alle anderen!«

Seine Haare trieften von Schweiß, seine Wangenmuskeln zuckten nervös, denn um das Feuer des Rudelführers in sich zu schüren, musste er sich aufs Äußerste konzentrieren. Es reichte nämlich nicht, wenn die Hunde ihn lediglich für ihresgleichen hielten. Nein, sie mussten bereit sein, für ihren Rudelführer zu sterben …

Um drei Uhr nachts brachte er sie zum Schlachthof. Genauer gesagt, die Hunde brachten ihn dorthin, auch wenn sie sich ohne ihn nie zu einer solchen Großtat aufgerafft hätten. Jeder der drei Märkte hatte einen eigenen Schlachthof, der nicht schlechter bewacht wurde als ein Waffenlager. Auf dem Gebäude liefen in einem Stacheldrahtgehege sechs ausgewachsene Wölfe frei herum, Wachen mit MGs verstärkten sie. Bis zum Eintreffen der Morgenschicht würde es niemand wagen, sich ihnen zu nähern. Niemand – abgesehen von einem Mann.

Artur erlaubte es den Wölfen, seine Arme zu belecken. Dann legte er den Riegel um und ließ die Tiere in den Innenhof, in dem der bittere Schlachtgeruch lockte und um einen Eichenklotz herum Tierknochen lagen. Auf den Lärm hin sprangen die Posten herbei, die ihm jedoch ohne jeden Widerspruch ihre Waffen und die Schlüssel für den Stall mit den Tieren aushändigten. Kaum hatte er ihn geöffnet, witterten die Kühe die Raubtiere. Schaum bildete sich vor ihren Mündern. Hinter einer Wand quiekten ohrenbetäubend die Schweine. Artur schloss die Posten in ihrem Häuschen ein und gestattete es den Wölfen, über die Schweine herzufallen. Während dieses Festmahls ließen sich die Tiere nicht mehr lenken. Selbst Artur wagte es in diesem Moment nicht, sich ihnen zu nähern. Anschließend sperrte er sie in einer Scheune ein. Jetzt war die Reihe an seinen Hunden.

Es waren einige Hundert. Viele waren unter der Erde hervorgekommen, aus der Kanalisation und den Rohren, viele hatten Hinterhöfe durchquert und Kanäle durchschwommen, waren als nicht zu fassende Schatten über die Straßen gehuscht und als lautlose Lawine durch die mit Gras bewachsenen Gassen gerollt. Lew hatte recht gehabt: Die Soldaten hatten die wilden Tiere tatsächlich aus dem Zentrum vertrieben, die meisten Hunde lebten heute in den Neubauten und versuchten, sich von der Newa fernzuhalten. Obwohl Kowal wusste, dass er keinen Grund zur Panik hatte, erschauderte er. Die in die Ostsee geleitete Chemie hatte aus diesen Tieren wandelnde Exemplare eines Kuriositätenkabinetts gemacht. Obendrein meinte er, dass auf seinen Ruf nicht nur Hunde reagiert hatten, zumindest nicht nur Hunde im eigentlichen Sinne …

Auch er selbst riss sich ein ordentliches Bruststück aus einem Tier und briet es über einem Feuer in dem Kabäuschen der Posten. Wenn er sich jetzt nicht stärkte, bräuchte er gar nicht erst weiterzumachen. Dafür hatte er in der Kanalisation zu viel Kraft verloren. Aber immerhin hätte Berder wohl gesagt, dass er sich nicht schlecht geschlagen habe. Nicht schlecht – das mochte stimmen. Nur stand ihm das Schwerste noch bevor …

Der Posten, der im zweiten Stock des Michailowski-Palasts gegen die Müdigkeit ankämpfte, hatte mit einem Mal den Eindruck, der Platz mit dem Denkmal eines einstigen Zaren würde leicht beben. Er schüttelte den Kopf und wollte schon seinen Kollegen rufen, aber als er erneut nach unten sah, fiel ihm nichts mehr auf.

Auf der Seite des Palasts, die zur Moika ging, bemerkte dagegen ein anderer Soldat, dass der Fluss sich irgendwie seltsam verhielt.

Eben noch hatte er unbewegt dagelegen – und nun kräuselten plötzlich Wellen seine Oberfläche, fast als wäre ein Schwarm Fische stromaufwärts gezogen. Alarm löste er deshalb jedoch nicht aus, schließlich drohte keine Gefahr. Stattdessen sah er sich um, ob der Sergeant ihn beobachtete, und zündete sich rasch eine selbst gedrehte Zigarette aus Rauschtabak an. Für ein Kilo dieser Kräuter hatte er einem Asiaten auf dem Markt ein volles Magazin gegeben, aber die Sache war es wert. Wegen der Drogen könnte er natürlich aus der Armee fliegen – aber ganz ohne Risiko machte das Leben einfach keinen Spaß. Außerdem gefiel das den Weibern …

Den Paradeflügel bewachten zwei dieser Maskenmänner aus der Geheimpolizei, ein Hauptmann und sein Untergebener. Die schliefen nie während der Schicht und rauchten nicht, stattdessen kauten sie ein Kraut, das sie nachts wach hielt. Die Gesichter der beiden Polizisten wurden von Strickmützen mit Löchern für Mund und Augen verborgen. Der Hauptmann hatte die letzten sieben Minuten immer öfter auf die große Standuhr in dem Glaskasten für die Posten geschaut. In dem wärmte sich schon seit einiger Zeit die Ablösung der mobilen Patrouille am Ofen auf, ebenfalls Maskenmänner. Die Autos ließen sich aber immer noch nicht blicken. Dabei hätten die Jeeps bereits vor einer Viertelstunde von ihrer Fahrt zurückkommen müssen. Doch sosehr der Polizist auch lauschte, das vertraute Knattern der Motoren drang nicht an sein Ohr. Und auf sein Gehör bildete sich der Mann was ein. Aber jetzt: nichts, nur das Plätschern des Wassers und das Klappern der Ruder in den hinter der Brücke schlafenden Booten. Gut, manchmal blieben die Jeeps ja unterwegs liegen – aber doch nicht beide gleichzeitig. Vor drei Stunden hatten sie das letzte Mal Masut in die Fässer gegossen, die um den Platz herum standen. Seitdem waren sie nicht mehr aufgetaucht. Dem Polizisten wollte das überhaupt nicht gefallen. Er beschloss, noch fünf Minuten zu warten und dann alle verfügbaren Posten zu mobilisieren.

»Da kommt jemand!«, teilte ihm sein jüngerer Kollege besorgt mit und stemmte das Zweibein des MGs in den Sacksand.

»Du spinnst wohl? Wer sollte hier schon um drei Uhr nachts auftauchen?«, fragte der Hauptmann und starrte verständnislos auf den menschenleeren Platz.

»Und was ist das da drüben?!«

»Wo?!«, fragte der Polizist und kletterte über eine Leiter auf die Spitze eines Wachturms. Er konnte nur den dunklen Klotz einer Kirche und die Reiterskulptur eines Herrschers aus der Vergangenheit ausmachen. Die Flammen in den Fässern waren fast erloschen.

»He, Hauptmann! Was ist los?« Die drei Maskenmänner aus dem Postenhäuschen hatten ihre Tassen abgestellt und waren herausgetreten. »Kommen die Wagen endlich zurück?«

»Ich kann verdammt noch mal nichts sehen!«, erwiderte der Hauptmann, um sich dann an seinen Untergebenen zu wenden. »Jaschka, schlag Alarm, hier stimmt was nicht!«

»Himmel, hilf!«, murmelte der junge Polizist, ohne sich vom Fleck zu rühren. Statt Alarm auszulösen, schien er mit dem Kolben verwachsen. »Der sieht mich an! Der da ganz rechts!«

Der Hauptmann blickte in die genannte Richtung und hätte sich beinahe an seinem Kautabak verschluckt. Über das feuchte Straßenpflaster pirschte sich eine endlose Meute wilder Hunde an sie heran. Die drei Männer hinter ihm griffen sofort zu ihren abgesägten Gewehren, aber noch ehe der erste Schuss gefallen war, läutete die Glocke im Palast Alarm. Dann krachte zweimal die Kanone. Fontänen von Splittern gingen auf dem Platz nieder und machten sie fast blind. Die lebende Lawine rollte ganz kurz etwas langsamer heran, doch die Bresche war schon im nächsten Moment wieder geschlossen.

Ein weiteres Geräusch ließ den Hauptmann nach links blicken. In der Moika brodelte das Wasser. Dutzende, Hunderte glitzernder Körper sprangen aus dem Fluss, setzten über die Uferbrüstung und verschmolzen zu einem zweiten Wall, der auf sie zuhielt. Es waren Tiere ohne Zahl.

Die abgesägten Gewehre donnerten, gleichzeitig ratterte im

ersten Stock des Palasts ein MG los. Die erste Reihe der Hunde wurde niedergemäht – nur wollte der Hauptmann seinen Augen nicht trauen: Die verletzten Tiere versuchten winselnd weiterzukriechen. Die Glocke läutete jetzt ununterbrochen Alarm. Im Erdgeschoss, wo die Soldaten einquartiert waren, gingen die Lichter an.

»Der glotzt mich an!«, stöhnte Jaschka schon wieder.

»Schieß! Worauf wartest du denn noch, du Narr?«, krächzte der Hauptmann, der bereits selbst zum MG eilte.

Er stieß Jaschka von der Waffe weg, legte die Wange an den Kolben – und erblickte nun ebenfalls diesen Mann im Visier. Der schlenderte gemütlich mitten über den Platz und wühlte mit seinen nackten Füßen die verfaulten Blätter auf, während rechts und links von ihm unzählige blaue Augen funkelten. Die kahlen Hunde wichen zur Seite, um ihm Platz zu machen. Der Mann hielt auf den Hauptmann zu und sah ihm direkt in die Augen.

Da wusste dieser, dass er keinen Finger mehr bewegen konnte. Dabei hätte es gar keiner großen Anstrengung bedurft, um diesen Zauberer und seine Hundemeute mit einem Bleihagel zu überziehen. Doch auf seine Stirn trat Schweiß, seine Harnblase versagte – nur der Finger am Abzug rührte sich keinen Millimeter. Irgendwo weiter oben ging klirrend ein Fenster zu Bruch, vom Gesims regnete es brennende Patronenhülsen, direkt an ihm vorbei wurde zweimal aus einem abgesägten Gewehr geschossen, und einer seiner Untergebenen schüttelte ihn an der Schulter.

Dann wurde plötzlich alles totenstill. Erst da begriff der Hauptmann, dass er allein übrig geblieben war. Er sah dem traurigen bärtigen Mann unverändert in die Augen, konnte sich aber nach wie vor nicht rühren. Jaschka lag neben ihm, den Kopf nach hinten verdreht. Unter seiner Strickmaske sickerte ein dünner Blutstrom hervor. Auf seiner Brust hatte sich eines dieser nassen blauäugigen Monster niedergelassen und pumpte mit den Kiefern. Es grinste den Hauptmann mit zwei Zahnreihen an und sprang ihm an die Kehle. Das war das Letzte, was der Hauptmann sah.

Wie brodelnde Lava rollte die wütende Hundemeute in den Palast und verteilte sich in den Gängen, wobei sie alles umriss, was ihr in den Weg kam. Das wachhabende halbe Hundert der persönlichen Wache wurde noch im Erdgeschoss vernichtet. Innerhalb von fünf Minuten zeugten von den Soldaten nur noch Fetzen ihrer Kleidung und blutüberströmte Böden. Aus dem zweiten und dritten Stock sprangen Kanzlisten aus dem Fenster, jemand versuchte, über den Dachboden zu entkommen. Aber überall stießen die Menschen auf Hunde. Diese kletterten über die Leichen ihrer Artgenossen, bis der Berg aus toten Tieren die beiden prachtvollen Haupttreppen versperrte. An einem der beiden Treppenflügel brachten vier Leibwächter einen Flammenwerfer zum Einsatz. Zwei von ihnen betätigten ohne Unterlass eine Benzinpumpe, die beiden anderen waren rußbeschmiert wie Teufel in der Hölle und schossen in die Eingangshalle. Ihre Hände überzogen sich trotz der dicken Handschuhe mit Brandblasen, aber die beiden wichen nicht zurück. Sie hatten nichts zu verlieren.

Denn erst vorgestern hatten ausgerechnet diese beiden unter Anleitung seiner Heiligkeit drei junge Bullterrier ans Kreuz geschlagen, ihnen die Augen ausgestochen und ihnen ganz langsam die Eingeweide herausgeholt. Es war leicht gewesen, diese Welpen zu fangen, wussten doch alle, wo die Hunde nachts auf Fischzug gingen. Im Zentrum gab es sie kaum noch, aber am rechten Ufer der Newa wimmelte es von ihnen. Dort brauchte man bloß einen Fisch in einem Eisenkescher aufzuhängen – und schon tappten die Jungtiere in die Falle! Deshalb zweifelten die Posten jetzt nicht daran, dass die Meute gekommen war, sich zu rächen. Sich für alle Artgenossen zu rächen, die die Menschen im letzten Jahr getötet hatten.

Den Befehl über die Leibgarde hatte ein dicker Alter, ein

Oberst, der dem Gouverneur schon seit fünfzehn Jahren diente. Er erinnerte sich noch gut an den alten Gouverneur. Der Dummkopf war nachts im eigenen Bett erwürgt worden. Er hatte diese Bücherwürmer immer protegiert, während er die alte Garde, die seinen Vater an die Macht gebracht hatte, gezwungen hatte, Seite an Seite mit den Bauern zu arbeiten. Der heutige Gouverneur dagegen hielt sich ans Gesetz, schlug nicht über die Stränge und kannte seine Stellung genau. Schwach, wie der Mann war, könnte der Oberst also gut und gern seine Leute zusammentrommeln und vor den Hunden fliehen. Geheimgänge zur Newa oder zu dem Hof mit den Garagen kannte er genug. Aber er wusste auch, dass der Kirchenmann Karim ihn dann überall aufspüren würde. Für diesen Teufel von Zauberer wäre das ein Kinderspiel …

Deshalb floh der Oberst nicht, sondern ordnete an, den sinnlosen Beschuss mit dem Flammenwerfer und anderen Waffen einzustellen. Er sammelte alle überlebenden Männer um sich. Es war nicht mehr als ein Dutzend. Ihnen befahl er, den Gang im zweiten Stock, in dem die Schlafzimmer der Gouverneursfamilie lagen, um jeden Preis zu halten. Denn schon bald müsste Verstärkung eintreffen, vermutete er – ohne auch nur zu ahnen, dass die Soldaten im Erdgeschoss bis auf den letzten Mann vernichtet waren. Die Brieftauben auf dem Dachboden waren ebenfalls tot, sämtliche Telefonverbindungen gekappt … Genauso wenig ahnte er, dass in der Garage längst der Panzerwagen der Gouverneursfamilie brannte und die Pferde in den Ställen nur noch an abgenagte Skelette erinnerten.

Da seine Männer bestimmte Kräuter konsumierten, kannten sie keine Angst. Sie bildeten eine feste Kette und zogen die Säbel blank. Das Feuer, das im Palast ausgebrochen war, tobte sich noch im Stockwerk unter ihnen aus, fiel gierig über die Schränke mit den Papieren her, vernichtete die jahrelangen Arbeiten der Kanzlisten. Die Daten über die Zinsen und Rückstände waren bereits verloren, ebenso Urkunden zu Landschenkungen, Karten zu Grundstücken und die wichtigsten Verträge der Stadt. Aus den Zimmern der Familie des Gouverneurs sprangen halb nackte Menschen heraus. Wer immer eine Waffe tragen konnte, bekam in aller Eile ein Gewehr oder MG ausgehändigt. Die Attacke der Hunde war so schnell erfolgt, dass die Familienmitglieder gar nicht mitbekommen hatten, wer sie eigentlich angriff. Und als sie in den Gang herausgeeilt waren, entdeckten sie auch keine Feinde, sondern lediglich ein Dutzend Leibwächter mit Säbeln. Immerhin hörten alle das Fauchen des Feuers unten, sodass sie aufgeregt wissen wollten, was denn bloß geschehen sei, denn die Fenster ihrer Schlafzimmer waren nach einem lang zurückliegenden Überfall von Röchlern auf die Narva-Kommune aus Sicherheitsgründen verrammelt worden.

Wer noch nicht aufgetaucht war, war der Gouverneur selbst. Der Oberst hämmerte an dessen Schlafzimmertür, brauchte er doch die Schlüssel für die Brandschutztür. Inzwischen nahm der Rauch ihnen allen die Luft, außerdem breitete sich ein widerlicher Gestank nach verbranntem Fleisch aus.

Nachdem er die Schlüssel erhalten hatte, versuchte er, sich möglichst unverdächtig und langsam zur Brandschutztür zu begeben. Ihm folgten die Dienstboten, diese schon weniger gelassen, sodass sie sich gegenseitig schubsten und drängelten. Mit vereinten Kräften bewegten sie die Riegel an der schweren Tür. In diesem Treppenhaus gab es keinen Rauch, keine Hunde, nur Spinnweben – und undurchdringliche Dunkelheit. Letztere rief ihnen in Erinnerung, dass sie in ihrer Panik vergessen hatten, Lampen mitzunehmen. Die jungen Männer rannten zurück, die Frauen und Kinder pressten sich eng aneinander, wagten es aber nicht, einen Schritt hinab in die schwarze Finsternis zu machen.

»Wie sieht's bei euch aus, Jungs?«, wollte der Oberst von seinen Männern wissen, die den Gang abriegelten.

»Alles ruhig!«, antworteten sie ihm. Sie hatten es bereits satt, die Säbel und Messer bereitzuhalten. Mit feuchten Lappen vorm

Gesicht schlugen sie ein Fenster am Ende des Gangs ein und eilten nacheinander zu ihm, um tief durchzuatmen. Das Stockwerk war bereits derart aufgeheizt, dass die Bodenfliesen glühten und die Sohlen ihrer Stiefel schmauchten.

»Hier ist niemand!«

»Die sind wieder abgezogen!«

»Die Biester haben Angst vor Feuer!«, riefen nun auch andere.

O nein, diese Hunde haben vor nichts Angst, dachte der Oberst. Im Unterschied zu diesen Grünschnäbeln hatte er schon in jenen Jahren gegen Bullterrier gekämpft, als sie sich noch mitten im Zentrum Piters auf Menschen gestürzt hatten. Und als er noch ein Kind gewesen war, da waren Tausende von Ratten aus der Stadt geflohen, um sich vor den Hunden in Sicherheit zu bringen. Wenn die Hunde heute nicht mehr über die Städter herfielen, war das mit Sicherheit nicht das Verdienst dieser Kirchenleute, selbst wenn die sich in ihren Gottesdiensten dessen ständig rühmten. Nein, der Grund war vielmehr, dass irgendwann die alte Chemie aus dem Fluss verschwunden und der Wald wieder sauber war. Seitdem fanden die Tiere außerhalb der Stadt wieder Futter, wenn auch noch nicht sehr viel. Das Zentrum Piters hatten sie also freiwillig verlassen – und das, was in dieser Nacht geschah, hatte nicht das Geringste mit persönlicher Rache zu tun. So sah es jedenfalls der Oberst.

»Ruhe jetzt!«, verlangte er. Aber Gehorsam durfte er in dieser Situation nicht erwarten. »Haltet verdammt noch mal endlich den Mund!«

Das wirkte. Mehr noch, die Soldaten hielten sogar die Luft an. In der eingetretenen Stille war nur das gleichmäßige Heulen der heraufdringenden Flammen und das Knallen explodierender Flaschen unten in der Küche zu hören. Aber kein Gebell, keine Schreie …

»Herr Oberst!«, sagte einer der Soldaten schüchtern. »Sollen wir wirklich durch die Garage gehen, wenn der Haupteingang sauber ist?«

»Halt den Mund!«, zischte der Oberst.

Die Familie des Gouverneurs drückte sich noch immer an der Tür herum, wagte es nicht, die Treppe nach unten zu nehmen. Vor der Gruppe halb nackter Frauen hob sich eine schlanke Figur im Kettenhemd ab.

»Hörst du das auch, Herrin?«, flüsterte der Oberst. Die Schwiegertochter des Gouverneurs und er standen dicht nebeneinander. Beide starrten zu der dunklen verrauchten Haupttreppe hinüber, über die jetzt die ersten Flammenzungen hochzüngelten.

»Befiehl ihnen, die Waffen wegzuschmeißen«, sagte Arina leise. »Sofort. Die helfen uns hier ganz bestimmt nicht weiter. Eher im Gegenteil …«

Die Hunde hatten das Haus verlassen, in dem riesigen Palast waren nur Berge von Leichen zurückgeblieben. Und ein Häuflein zu Tode erschreckter Menschen. Diejenigen, die noch gestern Abend die oberste Macht repräsentiert hatten.

Der Oberst ahnte jedoch, dass ihnen das Schlimmste noch bevorstand.

Und sein Instinkt hatte ihn noch nie getrogen.

(40) GESETZ UND GERECHTIGKEIT

Nun hörten es auch die Soldaten. Durch das brennende Haus tapsten nackte Füße über die Vordertreppe zu ihnen nach oben. Als Erstes erreichte sie ein hochgewachsener unrasierter Mann. Seine dunkelblonden Haare waren in zwei ordentlichen Zöpfen um die gebräunte Stirn gelegt. Feine Fältchen durchzogen die Winkel seiner grauen Augen. Der nächtliche Besucher trug eine dicke Stoffjacke mit zahlreichen aufgesetzten Taschen und breiten umgeschlagenen Manschetten sowie Lederhosen, die etwas unterhalb der Knie endeten. Aus einer Scheide über seiner Schulter ragte der Griff eines Dolchs heraus, an seinem Gürtel hingen zwei Messer. Aber der Mann machte keine Anstalten, die Waffen zu ziehen.

Denn die entscheidende Waffe stellte er selbst dar.

Hinter ihm kamen im Rauch schnaubend vier Sumpfluchse die Treppe hoch. In seiner Jugend war der Oberst mit solchen Tieren auf Patrouille gegangen. Solange sie genug zu essen bekamen, gehorchten sie – aber selbst derjenige, der ihnen das Fleisch zuwarf, hätte es nie gewagt, ihnen den Rücken zuzudrehen. Und solche kräftigen Biester hatte der Oberst noch nie gesehen …

Die Sumpfluchse linsten die Soldaten gleichgültig an und putzten sich das Fell. Der Mann schritt über einen Berg von Waffen und warf einen flüchtigen Blick auf die Soldaten, die sich gegen die Wand pressten.

»Guten Tag, Herrin.«

»Guten Tag, Schmied.«

»Freut mich, dass du wieder gesund bist.«

»Ich hätte nicht geglaubt, dass du noch am Leben bist.«

Kowal umrundete Arina und hielt auf die Gruppe von Menschen zu, die sich vor der Brandschutztür herumdrückte. Die Männer hatten sich tapfer vor die Frauen gestellt. Die Sumpfluchse beendeten ihre Toilette und folgten ihrem Herrn auf dem Fuße. In der Menge ließen sich unterdrückte Schreie vernehmen, eine der alten Frauen bekam einen hysterischen Anfall. Kowal trat dicht an die Gruppe heran. Die Männer blickten zu Boden. Alle bis auf einen. Ein magerer Junge von etwa siebzehn Jahren, der etwas abseits stand, einen Haferkeks aß und den Bezwinger der Sumpfluchse lächelnd beobachtete.

»Bist du immer noch ständig am Essen?«, wandte sich Artur grinsend an Christoph. »Ich hätte nicht erwartet, dich hier anzutreffen ...«

»Ich bin mit ihnen und doch ohne sie. Du hast etwas gefunden, aber du suchst nicht.« Das Lächeln verschwand aus seinem Gesicht, den Keks steckte er in die Tasche. »Du bist tapfer, wiewohl du Angst hast.«

»Und was sollte ich suchen, Christoph?«

»Du hast Gerechtigkeit gefunden, aber das Gesetz verloren. Du hast das Gesetz gefunden, aber die Gerechtigkeit verloren.«

»Da hast du recht, mein Freund ... Wo ist er, Arina?«, fragte Artur, ohne sich nach der Frau umzudrehen.

»Ich flehe dich an! Lass meinen Schwiegervater in Ruhe!«

Als Arina Rubens abrupt auf ihn zutrat, machten die Sumpfluchse sofort einen Buckel und fletschten die Zähne. Ihre Kiefer waren so kräftig, dass sie einem Mann mit einem Biss das Bein zerfleischen konnten. Der Oberst kramte in seinem Gedächtnis fieberhaft nach allen Gebeten seiner Kindheit. Zwei Frauen jammerten hysterisch.

»Wo ist er?«, wiederholte Artur seine Frage, während er die Tiere mit einem einzigen Blick dazu brachte, sich wieder zu beruhigen. »Wer die Menschen in den Tod schickt, sollte selbst kein Feigling sein.«

»Das verlangt die Gerechtigkeit, nicht aber das Gesetz«, warf Christoph leise sein.

»Stimmt«, meinte Artur.

»Er hat ein krankes Herz …«, sagte Arina, die es jetzt nicht mehr wagte, sich auch nur zu rühren. Vor ihr saß ein Sumpfluchs, der sich die Pfote beleckte und sich mit ihr zwischen den Ohren rieb. Der gestreifte Kopf des Mutanten reichte ihr bis zur Hüfte. »Was willst du überhaupt von ihm, Schmied?«

Der Oberst warf einen Blick zur Haupttreppe. Das Feuer hatte ihr Stockwerk erreicht und fraß sich mit wahnsinnigem Tempo durch die Gänge. Ein Lampenschirm nach dem nächsten schmolz oder flog ab, die Farbe an den Wänden verwandelte sich in eine Orangenschale, mehrere Gemälde in teuren Rahmen gingen in Flammen auf. Das Gesicht mit den Händen schützend wichen seine Soldaten zurück. Der Fußboden qualmte bereits und die Dielen fingen nach und nach Feuer. Artur und die Sumpfluchse waren nunmehr fast umzingelt: von links rückten die entwaffneten Soldaten heran, rechts kauerten die Zivilpersonen.

»Wer von denen ist dein Mann? Der hier?«

Artur hatte bemerkt, wie Arina und ein Mann einen Blick gewechselt hatten. Arina setzte alles daran, die in ihr aufsteigende Panik zu verbergen. Eine Sekunde lang beneidete Artur sie sogar, denn sie liebte ihren Gatten aufrichtig und bangte um ihn. Es war ein attraktiver Mann mit dünnem Schnurrbart. In seinem Gesicht ließen sich mühelos die Züge seines Vaters erkennen, selbst den Schnurrbart hatte er sich aus alter Familientradition stehen lassen. Obwohl er sich jetzt nach Kräften um eine stolze Haltung bemühte, wollte ihm das nicht so recht gelingen.

Einer der Sumpfluchse kam zu Kowal und rieb sich an seinem Schenkel. Er kraulte ihm den Pinsel an den Ohren. Kurz darauf bewegte sich in der Reihe der Soldaten etwas. Artur ging sofort in die Hocke – sodass der kurze Pfeil in einem hölzernen Türrahmen stecken blieb. Noch im selben Moment stieß einer der Gardisten einen unterdrückten Schrei aus und sackte zu Boden.

»Nein!«, entfuhr es Arina.

Die Frauen wichen kreischend zur Seite. Der Sumpfluchs fauchte und wollte sich auf die Menge stürzen, aber Kowal packte ihn beim Nacken und hielt ihn zurück.

Es war einer der Verwandten des Gouverneurs, der sich da mit einem Messer im Auge am Boden krümmte. Neben ihm lag eine abgefeuerte kleine Armbrust. Niemand hatte überhaupt mitbekommen, wie Artur die Klinge geworfen hatte.

»Du und du!«, sagte Artur und deutete auf zwei Männer. Es waren die Einzigen, die noch eine Gefahr für ihn darstellten. »In zwei Sekunden habt ihr alle Waffen abgelegt!«

Daraufhin wandte er sich wieder Arina zu. Die las gerade dem Oberst die Leviten.

»Hab ich dir nicht gesagt, die Männer sollen die Waffen abgeben?!«, fuhr sie ihn an. Sie schien kurz davor, sich auf ihn zu stürzen. »Willst du, dass wir alle so enden?!«

»Oberst!«, mischte sich nun Artur ein und packte den Mann bei den Schulterstücken. »Wer von diesen Leuten bekleidet einen Regierungsposten? Du hast gesehen, was geschieht, wenn man versucht, mich übers Ohr zu hauen. Also antworte, sonst sterben Unschuldige! Und dafür möchtest du ja wohl nicht die Verantwortung übernehmen, oder?«

»Die Sumpfluchse sind müde«, teilte Christoph völlig zusammenhanglos mit. Trotzdem war es der erste halbwegs sinnvolle Satz, den dieser Junge von sich gab, seit Artur ihn kannte. Denn er hatte ja recht. Die Sumpfluchse ließen sich immer schwerer unter Kontrolle halten, sie hatten Angst vorm Feuer, vor den Menschen, ja sogar vor den Gerüchen, die sie umgaben.

»Und wie müde die sind!«, stimmte Kowal dem Jungen zu. »Ich warte auf eine Antwort, Oberst!«

»Lass ihn zufrieden«, sagte Arinas Mann da und trat vor. »Mir untersteht die Kammer für Brennstoffbeschaffung. Mein

Bruder«, er deutete mit einem Kopfnicken auf den Mann neben sich, »hat die Aufsicht über die Straßenarbeiter. Und unser Neffe hier, Georgi, befehligt die Metroleute. Sonst bekleidet niemand ein offizielles Amt. Die anderen Familienmitglieder haben mit den Regierungsgeschäften nichts zu tun. Es steht dir natürlich frei, uns umzubringen. In dem Fall verschone jedoch wenigstens die Kinder.«

Artur hatte fast den Eindruck, der Sohn des Gouverneurs sei stolz darauf, sich vor den Augen der Frauen als derart beherzter Mann gezeigt zu haben.

»Oberst!«, wandte Kowal sich erneut an den Chef der Leibgarde. »Befiehl deinen Soldaten, die Leute über diese Hintertreppe hinauszubringen. Unten in der Garage sitzt ein Sumpfluchs, aber er wird niemandem etwas tun, dafür sorge ich schon. Sie sollen alle in die Duma gebracht werden. Wenn du es wagen solltest, mir den Gehorsam zu verweigern, seid ihr tot!«

Kowal war fix und fertig. Es hatte ihn seine ganze Kraft gekostet, die Sumpfluchse daran zu hindern, sich in den Kampf einzumischen, und die Hunde nach der Palasterstürmung dazu zu bringen, wieder zum andern Ufer der Newa zurückzuschwimmen. Und noch immer spürte er den Schmerz *ihrer* Wunden, *ihre* lodernde Kampfbereitschaft in jeder Zelle *seines* Körpers.

»Ohne ihn werde ich nirgendwohin gehen!«, erklärte Arina kategorisch und schmiegte sich an ihren Mann.

»Wie du willst!«, erwiderte Kowal. Dann fiel sein Blick auf Christoph, der schon wieder irgendwas kaute. »Du hast es offenbar auch nicht gerade eilig, von hier wegzukommen, wie?«

Der alte Mann mit Schnurrbart und den hervorquellenden Augen lag im Bett und sah wirklich krank aus. Allerdings, das begriff Kowal mit einem Blick, hatte der Gouverneur lediglich einen nächtlichen Anfall gehabt, eine harmlose Sache im Grunde, um die dennoch viel Trara gemacht wurde und die so strikter Geheimhaltung unterlag, dass außer seinen nächsten Angehörigen niemand davon wusste. In einer Stunde würde der Mann wieder bei Kräften sein. Verrunzelte Würmer wie der, ging es Artur durch den Kopf, werden doch uralt, egal wie krank ihr Herz oder was sonst auch immer ist.

»Helft ihm hoch!«, befahl Kowal. »Und dann im Laufschritt Abmarsch nach unten. Sollte irgendjemand auf die Idee kommen, mich von hinten zu stoßen, sollte er sich besser gleich selbst das Leben nehmen. Habe ich mich klar und deutlich ausgedrückt?«

»Wohin fahren wir?«, fragte einer der drei Söhne des Gouverneurs, der sich innerlich schon auf seinen Tod vorbereitete.

»Wir? Ebenfalls in die Duma«, antwortete Artur, während er die Privatkutsche des Gouverneurs bestieg. Motorisierten Fuhrwerken vertraute er immer weniger. »Man erwartet uns da nämlich schon.«

»Was hast du vor, Schmied?«, fragte Arina und durchbohrte ihn mit ihrem Blick. »Du brauchst uns doch gar nicht …«

»O doch. Und dich vor allen anderen. Du könntest mir nämlich verraten, wo er ist.«

Das Hufgetrappel hämmerte auf das nächtliche Pflaster ein. In der Stadt war man inzwischen auf das Feuer aufmerksam geworden, hier und da schlugen Glocken Alarm, und ihnen kamen einige Kutschen voller Menschen mit Feuerwehrhaken und ähnlichen Werkzeugen entgegen.

»Er hat die Stadt verlassen, zusammen mit seinen Maskenmännern. Ich glaube, er hält sich westlich des Alexander-Newski-Klosters auf, aber sicher bin ich mir nicht …«

»Du sorgst jetzt auf der Stelle dafür, dass er zurückkommt!«

Arina blickte ihren Mann an.

»Hast du etwa Angst vor ihm, Arina Rubens? Ich habe dich ganz anders in Erinnerung. Was ist bloß aus dir geworden, Frau?«

Arina starrte nur schweigend zum Fenster hinaus. Nach einer

Weile ließ sie sich aber doch zu einer Antwort herab: »Geh davon aus, dass schon Leute unterwegs sind, um ihn zu holen.«

»Und du bist also für den Brennstoff verantwortlich?«, wandte sich Artur an den Sohn des Gouverneurs. »Bist du Ingenieur?«

»Nein«, presste er heraus.

»Deine Kammer sorgt aber dafür, dass Piter genug Öl, Kohle und Torf hat, oder? Und wohl auch Holz?«

»Nur wenn es um Holz zum Heizen geht …«

»Aber die Soldaten, die im Winter halb erfrorene Menschen aufhängen, wenn sie eine Tanne gefällt haben, unterstehen dir, oder?«

»Artur, ich bitte dich, hör auf damit!«, verlangte Arina.

Ihr Mann lief puterrot an, die anderen Verwandten und Christoph, der vorn auf dem Kutschbock saß, schwiegen. Der in eine Decke gewickelte Gouverneur stöhnte leise auf dem hinteren Sitz.

»Und du halt endlich den Mund!«, fuhr Artur sie an.

»Nicht ich schreibe die Gesetze!«, verteidigte sich der Herr Ölbaron.

»Wie alt bist du, Freundchen?«

»Siebenundzwanzig.«

»Hat Lew dich unterrichtet?«

»Nein …«

»Weißt du, wie Öl zu Benzin destilliert wird? Oder ist dir wenigstens bekannt, was man für die paar Kupfermünzen kaufen kann, die ihr den Leuten für Torf und Kohle zahlt? Bist du darüber informiert, wie viel Brennstoff die Stadt für einen Winter braucht?«

»Nein, nein und nochmals nein.«

»Wenn du den kleinen Genossenschaften schon vorschreibst, an wen sie ihr Holz zu verkaufen haben – weißt du dann, wie viele Menschen diese beschissene Regelung schon in den Ruin getrieben hat?«

»Ich führe nur meine Befehle aus!« Der Mann war kurz davor loszuplärren. »Ich habe lediglich die Entscheidungen der Duma umgesetzt …«

»Obwohl dir klar war, dass du die kleinen Händler damit zugrunde richtest? … He! Bist du taub, oder was?! Ich habe dich was gefragt, du Scheißkerl! Ich will wissen, ob dir klar gewesen ist, dass du die Menschen ruinierst?«

»Leicht ist es, nach Gerechtigkeit zu fragen, schwer dagegen ist es, nach dem Gesetz zu fragen«, murmelte der kauende Christoph vom Kutschbock aus.

»Jetzt reiß dich zusammen, Pawel!«, schrie Arina ihren Mann an. »Was jammerst du hier wie ein Weibsbild?!«

»Ja … ja, das ist mir klar gewesen …«, presste der Sohn des Gouverneurs daraufhin heraus. »Aber all das war doch nur zum Besten fürs Volk. Alle Menschen sollten es besser haben … Mein Vater hat mir die Zusammenhänge erklärt, und ich habe ihm vertraut und die Entscheidungen der Duma ausgeführt. Die musst du fragen, wieso sie diese Befehle erlassen haben.«

»Mir steht euer kollektives *Verantwortungsgefühl* bis hier!« Artur legte die Hand an die Stirn. »Das ist doch krank! Im ganzen Land findet sich nicht ein Mensch, der bereit ist, die Verantwortung für diese Zustände zu übernehmen! Aber gut, ich werde euch schon dazu zwingen …«

Artur hatte auch zwei Sumpfluchse mit in die Kutsche genommen. Sie drohten jetzt nach den Fersen der Familienangehörigen des Gouverneurs zu schnappen, sodass diese immer wieder die Beine hochzogen.

»Und nun zu dir!«, wandte sich Kowal an Arina. »Ich habe mich schon immer gefragt, meine Gute, was Frauen von Banditen so fühlen. Daher wäre ich dir sehr dankbar, wenn du es mir verraten würdest.«

»Pawel ist kein Bandit!«

»Nicht? Und wer ist dann deiner Meinung nach bitte ein Bandit? Derjenige, der Fußgänger in den Straßen beklaut?!«, fuhr Kowal sie an. »Gut, ganz von der Hand weisen lässt sich das nicht. Aber wäre es nicht auch denkbar, dass einige dieser Jungen einfach keinen Vater haben, der sie durchfüttert und sie mal übers Knie legt?! Das macht aus so einem Jungen kein Unschuldslamm – aber im Vergleich zu deinem Schwiegervater ist und bleibt er nur ein kleiner Taschendieb! Und dein lieber Pawlik hat alles, was das Herz begehrt, einen Vater und eine Mutter, eine behütete Kindheit mit Dienstboten und Bodyguards. Er konnte in aller Ruhe fett werden – aber selbst das hindert eure entzückende Familie nicht daran, das Volk auszubluten!«

Er atmete einmal tief durch.

»Oder nehmen wir dich, Arina Rubens«, fuhr er fort. »Ist dir inzwischen ein zweiter Arsch gewachsen?! Wenn nicht, wozu brauchst du dann zwei Schlafzimmer und fünf weitere Zimmer?! Dein Vater hat schließlich auch nie in zwei Betten geschlafen … All die Familien, die ihre Leute zum Schuften in die Stadt schicken müssen, weil sie sonst verhungern – wie können die dir nur egal sein?! Oder das, was dein Pawlik, seine Brüder und der Herr Schwiegerpapa ihnen antun. Wenn sie ihnen Kupfer zahlen, das man nicht mal für Silber eintauschen kann … Die Museumsleute habt ihr gezwungen, Schnaps zu brennen, und dann habt ihr in der ganzen Stadt Kneipen eingerichtet. Und diese Ärmsten der Armen aus dem Umland, die hier in Piter für einen Hungerlohn malochen, versaufen den auch noch in euren Kneipen. Aber selbst das schert dich nicht … Früher habe ich gedacht, dein Vater hat mich an die Wipper verraten. Im Nachhinein war ich ihm jedoch dankbar. Aber du – du hast deinen Vater wirklich verraten, denn du hast einen Aufstand gegen ihn angezettelt und die Leute getötet, die der Eremitage am treuesten ergeben waren … Warum schweigst du, Arina? Niemand hat dich gezwungen, diesen Weg zu wählen. Im Unterschied zu deinem Mann hat dir die Duma keine Vorschriften gemacht. Deshalb würde mich interessieren, ob du nachts noch ruhig schlafen kannst, Frau?«

»Bringst du uns um?«, fragte sie bloß.

»Man sollte euch vor Gericht stellen. Euch und alle anderen von eurem Pack …«

»Willst du eine Rebellion anzetteln, Schmied?! Bist du erst zufrieden, wenn die besoffene Menge uns in Stücke reißt und die Staatskasse plündert?«

»Genau um das zu vermeiden, wird es keinen Prozess geben …«, erklärte Artur seufzend. »Ihr seid noch nicht so weit. Vielleicht werdet ihr dieses Niveau sogar nie erreichen. Deshalb hör mir jetzt gut zu, Tochter des Roten Vollmonds: Wir kommen gleich in die Duma. Dein Mann wird Boten zu den Vorsitzenden aller Kammern und zu den anderen frei gewählten Abnickern schicken. Und selbstverständlich zu allen Straßensperren, denn die müssen aufgelöst werden. Wenn alle zusammengetrommelt sind, wirst du den Menschen drei Dinge mitteilen. Erstens, dass der Gouverneur sehr krank ist und die Stadt nicht weiter regieren kann, weil er sich für lange Zeit in ein Dorf begeben muss, um sich dort auszukurieren. Zweitens, dass der Kirchenmann Karim die Absicht gehabt hat, alle Vorsitzenden der Kammern und die Familie des Gouverneurs zu töten. Er hat den Michailowski-Palast in Brand gesteckt und die Hunde auf euch gehetzt. Eure Rettung hättet ihr einzig und allein Artur Schmied zu verdanken, der die Hunde unter seine Kontrolle gebracht und zum Abzug gezwungen hat. Deshalb sei dieser Artur Schmied auch vom Gouverneur ernannt worden, von heute an die Stadt an seiner Stelle zu regieren.«

»Das glaubt mir doch kein Mensch!«

»O doch – und zwar in dem Moment, wo sie die Hunde sehen. Und die Bullterrier warten bereits in den Kellern der Duma. Glaub mir, die Duma wird mich einstimmig zum neuen Gouverneur ernennen. Danach entlasse ich alle Verräter und bestimme neue Vorsitzende für die Kammern. Und schließlich ein Letztes: Du wirst alle Kommandeure der Patrouillen und Offiziere aus den kleinen Garnisonen, die in der Stadt untergebracht sind, in die Duma einladen. Dort werde ich mit ihnen reden. Wer sich weigert, seine Waffe abzugeben, wird auf der Stelle getötet.«

»Und was wird aus uns?«

»Habe ich das noch nicht gesagt? Da ich kein ehrliches Gericht einberufen kann, werdet ihr alle in ein schönes Dorf im Ural geschickt. Dort wird man euch in kürzester Zeit umerziehen. Wie viele Kammervorsitzende gibt es? Dreißig? Zusammen mit ihren Familien wären das rund hundert Personen … Glaub mir, der Ural wird euch hervorragend bekommen. Die Luft dort ist ganz einmalig, außerdem gibt es jede Menge Pilze und Fische. In zehn Jahren werdet ihr ordentlich Muskeln angesetzt haben und für immer wissen, was es heißt, auf dem Feld zu arbeiten.«

»In den Ural? Wir werden schon auf dem Weg dahin sterben …«

»Aber wieso das denn?! Du wirst doch wohl nicht vergessen haben, wie man eine Karawane sicher ans Ziel bringt? Außerdem werden deine alten Freunde für Schutz sorgen. Du erinnerst dich doch sicher noch an die Brüder Abaschidze, oder?«

»Sergo?! Jetzt hör aber auf!«, brüllte Arina aus vollem Hals. »Der wollte sich zu meinem Vater durchschlagen und ist längst gestorben.«

»Da irrst du dich«, erwiderte Kowal mit breitem Grinsen. »Ich habe Sergo und Ruslan suchen lassen. Mit Ruslan wirst du unterwegs bestimmt ausreichend Gesprächsstoff finden. Und damit ihr gar nicht erst auf den Gedanken kommt, auf halber Strecke kehrtzumachen, geb ich ihm zur Unterstützung ein-, zweihundert Bullterrier mit.«

»Die zerfleischen uns doch!«

»Nicht, wenn ihr euch ruhig verhaltet. Bei Nowgorod wird die Karawane einen lächelnden alten Herrn treffen, ein echter Wipper übrigens, ein alter Bekannter deines Vaters. Sollte es Klagen wegen der Hunde geben, wendet euch an ihn …«

»Kowal, komm zur Besinnung! Du hast keine Verbündeten«, rief ihm Arina in Erinnerung. »Wie will ein einzelner Mann uns zwingen, die Stadt zu verlassen? Pawel hat Hunderte von Soldaten, die ihm treu ergeben sind …«

»Seit heute Nacht nicht mehr. Denn da hat ja bekanntlich der Verräter Karim die Bullterrier in den Michailowski-Palast und ins Graue Haus gehetzt. Seit diesem kleinen Zwischenfall habt ihr keine Soldaten mehr. Vielleicht bestehen die Grenzgarnisonen noch – aber die werden schon morgen dem neuen Gouverneur den Eid leisten. Im Übrigen habe ich eine Leibwache, die nicht schlecht ist. Zwanzig Bajonette aus der Truppe von Sergo Abaschidze.«

Mit diesen Worten hatte Artur seinem Gegenüber allen Wind aus den Segeln genommen.

»Und wann … wann wirst du uns ausweisen?«

»Unmittelbar nachdem ich die Duma aufgelöst habe. Die Wagen warten schon«, antwortete Artur und verfütterte an einen der beiden Sumpfluchse das letzte Stück Fleisch.

»Da kannst du ja wahrlich stolz auf dich sein, Schmied!«, zischte Arina und schluckte die Tränen hinunter. »Du spuckst große Töne von Gerechtigkeit, aber selbst greifst du völlig unverfroren nach der Macht?! Als ob du nicht auch auf anderem Weg an einen sicheren Posten hättest kommen können! Aber jetzt?! Wie wird dein Leben von heute an aussehen? Jede Minute musst du damit rechnen, dir eine Kugel in den Rücken einzufangen …«

»Er wollte Gerechtigkeit und bekommt das Gesetz!«, lachte Christoph hell. Als er sich zu ihnen umdrehte, sah Kowal jedoch, dass seine Augen traurig dreinblickten. »Wenn du zum Gesetz wirst, verlierst du die Gerechtigkeit …«

»Das habe ich vermutet, mein Freund …«, sagte Artur und kratzte sich im Nacken. »So enden diese Geschichten ja immer. Aber ich werde versuchen, ein anständiger Mensch zu bleiben, koste es, was es wolle. Darauf gebe ich dir mein Ehrenwort.«

(41) ZEHN JAHRE SPÄTER

»Hast du den Kirchenmann immer noch nicht geschnappt, Papa?«

»Nein, mein Sohn. Niemand weiß, wohin er geflohen ist.«

»Und was, wenn er dir den Mörder im letzten Jahr auf den Hals geschickt hat?«

»Das glaube ich nicht. Das waren die Kirchenleute hier aus Piter. Aber zerbrich dir darüber nicht den Kopf. Sergo hat sie alle geschnappt.«

»Sind sie aufgehängt worden, Papa?«

»Warum willst du das wissen?«

»Du hast gesagt, das wir nie lügen dürfen, nicht wahr?«

»Ja, mein Sohn. Sonst würden wir den Respekt voreinander verlieren und unsere Freundschaft würde kaputtgehen.«

»Ich habe gehört, wie Onkel Christoph mit einer Frau gesprochen hat. Sie hat gesagt, dass der Gouverneur Schmied sechs unschuldige Menschen aufgehängt hat. Dass nur drei verabredet hätten, dich zu töten … Stimmt das, Vater?«

»Sergo hat mir die neun Männer ausgeliefert, und ich vertraue ihm blind. Er hat mich bereits vor drei Verschwörungen gerettet.«

»Du hast gesagt, wenn ein Mensch nicht lügen will, dann soll er sagen, dass er auf eine Frage nicht antwortet. Willst du mir nicht antworten, Vater?«

»Doch, ich antworte dir. Im letzten Jahr sind viele Menschen gestorben, die eine Schuld auf sich geladen haben, für die sie den Tod eigentlich nicht verdient hätten.«

»Warum? Der Oberste Bibliothekar sagt uns im Rechtsunterricht, dass in Petersburg ein Diktator regiert. Das ist ein schlechtes Wort, oder nicht?«

»Ach, Lew! Der redet immer allerlei Unsinn beim Unterricht … Aber er hat recht. Das Wort ist nicht schön – nur bleibt mir leider nichts anderes übrig, als weiter in dieser Weise zu regieren. Wir können nicht so leben, dass alle zufrieden sind. Irgendjemand leidet immer. Stell dir einmal vor, dass die Kirchenleute mich und Sergo getötet hätten. Dafür wären dann sechs unschuldige Menschen am Leben geblieben. Hätte dir das besser gefallen?«

»Mama sagt, man darf etwas Schlimmes nicht an die Wand malen! Also sag so was nicht … Außerdem hätte ich dich gerächt.«

»Eben. Du hättest einen Krieg angefangen, und dann wären Hunderte von Menschen gestorben. Das ist eine schwere Wahl, Nikolaj. Versuch, nicht weiter darüber nachzudenken. Sag mir lieber, wie es dir hier gefällt?«

»Ich habe Heimweh nach Mama und unserem Dorf.«

»Gefällt dir der Unterricht denn nicht?«

»Doch … Papa, Christoph hat gesagt, dass du den Bibliothekaren befohlen hättest, im Sommer eine … Universität zu eröffnen. Aber dass sie nicht hier sein würde, sondern im Dorf. Werde ich da aufgenommen?«

»Stimmt, die Universität wird im Dorf sein, denn nicht alle Hüter können in der Stadt leben. Aber sie wollen dort lernen. Und im Übrigen treffe nicht ich die Entscheidung, ob man dich dort annimmt. Ob du zugelassen wirst, hängt einzig und allein von deinen Leistungen ab.«

»Aber, Papa, du könntest es ihnen befehlen!«

»Äh … hast du gerade eben was gesagt?«

»Nein … Das war nur so … Du musst dich verhört haben.«

»Hab ich's mir doch gedacht. Mama wird uns bald besuchen. Und dann fliegt ihr, du und dein Bruder, für den ganzen Sommer zu Onkel Berder, um bei ihm zu lernen. In der Zeit bist du der Mann in der Familie und trägst die Verantwortung für deine Geschwister.«

»Musst du schon wieder weg?«

»Nicht für lange«, sagte Artur, stand auf und nickte der Wache zu. Nikolaj wurde hinausgebracht. Artur beobachtete noch vom Fenster aus, wie die Tür des Panzerwagens hinter seinem Sohn zuklappte, und vier kräftige Sergeanten in der Uniform der Gouverneursgarde hinter dem abfahrenden Wagen herritten. So wird es immer sein, dachte er. Ich habe nur die Wahl zwischen einem ruhigen Leben im Wald oder ewigem Kampf.

»Die Vorsitzenden sind versammelt, Herr«, teilte ihm Michail Rubens junior, sein Sekretär, mit, der eine Mappe mit Papieren unter den Arm geklemmt hatte und eine feuerfeste Kiste mit einem großen Gouverneurswappen trug.

»Ich bin schon unterwegs …« Kowal hob die Arme, damit die beiden gelben Wilden ihm die Rüstung anlegen konnten. Die beiden glichen einander wie Zwillinge und waren mit fünf Jahren in die Stadt gekommen. Sie waren ihm treu ergeben, hatten es aber immer noch nicht gelernt, verständlich zu sprechen. »Wie geht es deinem Großvater, Mischa? Hat die Medizin geholfen?«

»Es geht ihm besser, Herr«, erwiderte der Sekretär und deutete eine Verbeugung an. »Er dankt dir für die Einladung und für alles, was du für die Familie Rubens getan hast, aber er wird den See wohl nicht mehr verlassen. Er sagt, dass sein Herz die Rückkehr in die Eremitage nicht überstehen würde …«

»Wenn du wieder zum See fährst, sag deinem Großvater, dass hier immer ein Tisch und Obdach auf ihn warten.«

»Danke, Herr …«

Am Ausgang des Büros hielten zwei Gardisten Wache. Zwei weitere Männer, bestückt mit funkelnden Offiziersschulterstücken, hielten sich bereit, den Gouverneur in den Großen Kreis zu begleiten. Artur nickte ihnen automatisch zu und wollte schon forteilen, als er bemerkte, dass der eine Wachhabende seine Waffe nicht ordentlich geputzt hatte und unrasiert war.

»Wie heißt du, Soldat?«

»Der Gemeine Iwan Ogloblja! Zweiter Zug der ersten Kompanie der Gardeschwerter!«, rapportierte der Soldat mit vor Schreck geweiteten Augen. »Kommandeur der Kompanie ist der Hauptmann Louis der Vierzehnte!«

»Schrei nicht so ...«, verlangte der Gouverneur. »Widerstrebt es dir, in der Garde zu dienen, Soldat?«

»Keineswegs, Herr!«

»Ich habe aber den Eindruck, dass du gar nicht so gern in der Akademie lernen und Offizier werden willst? Möchtest du vielleicht lieber Dung fahren?«

»Bestimmt nicht ...« Der Soldat schien gleich in Tränen auszubrechen und ließ seinen Blick panisch zwischen dem Gouverneur und dem Oberst hin- und herwandern. »Ich will dienen, Herr!«

»Du stinkst erbärmlich und deine Waffe ist dreckig. Hast du die Nacht durchgesoffen? Antworte!«

»Ja ...«

»Wie hat man dir beigebracht zu antworten, Soldat?«

»So ist es!« Dem Soldaten rann der Schweiß über die Schläfen. Die anderen Männer hielten den Atem an. Der junge Rubens verwandelte sich in eine Statue.

»Oberst!«, wandte sich der Gouverneur an den Offizier der Eskorte. »Nimm diesem Soldaten die Waffe ab! Er soll sofort in die Kaserne gehen und sich waschen. Der Offizier, der die Ablösung abgenommen hat, wird zum gemeinen Soldaten degradiert und in die Garnison von Petrosawodsk versetzt. Mit dem Recht auf eine *sehr* lange Dienstzeit. In einer halben Stunde erwarte ich den Befehl zur Unterschrift. Um sechzehn Uhr meldest du mir seine Umsetzung.«

»Zu Befehl!«, antwortete Oberst Daljar.

»Louis untersteht dir doch, oder?«, fragte Artur mit gesenkter Stimme, als sie die Treppe hinuntergingen.

»So ist es, Kommandeur.«

»Wenn ich mich recht erinnere, hat er sich dieses Jahr schon zwei Strafen eingehandelt, oder? Jetzt die dritte und damit letzte.

Sag ihm, dass ich nicht vergesse, wie er in der Karawane für mich gebürgt hat, aber wenn er so weitermacht, kann ich nichts mehr für ihn tun, dann kriegt er wirklich die Schulterstücke des gemeinen Soldaten verpasst!«

»Zu Befehl, Kommandeur!«

Zwei Dutzend Männer sprangen auf, als Kowal den Raum betrat. Ihm fielen gleich zwei Frauen in der Menge auf, deren Abzeichen sie als Vorsitzende auswiesen. Er trat auf sie zu und begrüßte sie per Handschlag. Michail Rubens junior öffnete seine Mappe und räusperte sich.

»Wochenbericht des Präfekten von der Petrograder Seite«, begann er.

Daraufhin ergriff der älteste Sohn von Mam Kate das Wort. Kowal lauschte seinem angenehmen Bariton und nickte lobend, als die Sprache auf die neuen Gaslampen, die erfolgreich durchgeführte Ausgabe von Lizenzen an die Droschkenkutscher und die Anhebung der Steuern für den Kleinhandel kam. Während des Vortrags erinnerte er sich daran, dass vor vier Jahren ein anderer Sohn der ehemaligen Herrin der Petrograder Seite in eine Verschwörung gegen ihn, den Gouverneur, verstrickt war. Die Mitglieder der Familie selbst hatten den Burschen angeklagt und sich auf der Stelle von ihrem gefährlichen Verwandten distanziert. Die Verschwörer hatten ihre Strafe bekommen. Aber ob ich vielleicht doch besser alle Kinder von Mam Kate hätte in die Verbannung schicken sollen?, fragte sich Artur.

»Habe ich das richtig verstanden, Präfekt? Die Darlehen, die wir den Cowboys zur Eröffnung von Läden gewährt haben, haben sich ausgezahlt?«

»So ist es, Herr! Von den dreiundzwanzig gewährten Darlehen wurden fünf nicht zurückgezahlt. Diese Cowboys haben Bankrott gemacht. Aber die Zinsen, die die anderen gezahlt haben, haben diesen Verlust mehr als ausgeglichen. Und auch die Preise auf dem Markt sind gefallen ...«

Als Nächstes folgte der Vortrag des Bürgermeisters von Wyborg. Er ging auf drei Fragen ein: Viele Cowboys wollten ihre Kinder nicht in die städtische Schule schicken, denn sie waren strikt dagegen, dass diese Lesen und Schreiben lernten. Außerdem wollten sie auf gar keinen Fall, dass ihre Sprösslinge dieselbe Schulbank drückten wie die Kinder der Wilden.

»Oberster Bibliothekar!«, wandte sich Kowal daraufhin an Lew. »Setz dich mit dem Direktor der dortigen Schule in Verbindung, den fünf besten Schülern soll eine Prämie in Aussicht gestellt werden. Fünf Goldrubel für die Eltern …«

»Wird erledigt, Herr!«

Die zweite Frage des Wyborger Bürgermeisters betraf den Aufbau einer Fischereiflotte. Und das dritte Problem amüsierte Kowal regelrecht. Die Finnen erhoben Einspruch dagegen, dass ihren Karawanen, die bis tief nach Russland hineinzogen, Steuern abgeknöpft wurden. Statt zu zahlen, zogen sie lieber über Waldwege.

»General!«

»Ja, Kommandeur!«

Sergo war über die Jahre kahl und dick geworden, in seinen Augen blitzte aber noch immer der alte Schalk. Nach wie vor war er bereit, auf ein Wort seines Herrn hin jedem aufmüpfigen Kerl die Kehle aufzuschlitzen. Besonders gern hätte er sich damals Arina Rubens vorgenommen, aber da war sie schon auf dem Weg in den Ural … Mit seinem Posten hatte er nicht das beste Los gezogen: Während Daljar die Leibgarde kommandierte und Ruslan Abaschidze die städtische Garnison – wobei er zudem gemeinsam mit Berder die Militärakademie leitete –, hatte Sergo die schmutzigste Arbeit zu leisten, denn er war für die Grenztruppen verantwortlich. Andererseits hatte ihm die erfolgreiche Unterwerfung Pskows bereits das Haus des Pulkowo-Observatoriums und die daran angrenzenden Ländereien eingebracht.

»General! Bereitet bis zu meiner Rückkehr einen Vorschlag vor, wie die Straßen zu sichern sind. Bis dahin sollen diejenigen, die ihr in den Wäldern festnehmt, Gräben entlang der Straßen ausheben. Über eine Strecke von drei Tagesritten. Und dass mir nicht ein Baum gefällt wird! Sorgt dafür, dass sie ausgebuddelt und woanders wieder eingepflanzt werden.«

»Zu Befehl, Kommandeur.«

»Michail! Du setzt sofort ein Schreiben an die Finnen auf. Ein Dolmetscher soll es übersetzen, ich werde es noch vor meiner Abreise unterschreiben! Teile ihnen mit: Wenn sich auch nur ein Wagen von ihnen über Wyborg hinauswagt, ohne eines unserer Papiere dabeizuhaben, lassen wir in ihrem Lappeenranta keinen Stein auf dem anderen! Drück es nur ein wenig freundlicher aus, ja?«

»Wird erledigt.«

Sergo blinzelte zufrieden.

Dann hielt die Vorsitzende der Ärztekammer, Mam Rona, einen Vortrag über Fälle von Milzbrand bei Sertolowo und die Bedürfnisse des Medizinischen Instituts, das dieses Jahr sein dreijähriges Bestehen feiern durfte. Nach ihr hatte der Vorsitzende des Rechnungshofs das Wort: Ausländische Experten seien angeheuert worden, die erste Börse in Russland zu organisieren. Die Sache ließe sich jedoch nur schleppend an. Und während die Deutschen und Schweden Aktien bereits frei verkauften, wollte in Piter niemand seine mühsam zusammengetragenen Ersparnisse in die erste staatliche Eisenbahnstrecke investieren.

»Noch eine Frage, Herr ... Die beiden tschechischen Ingenieure, die wir für den Aufbau der Glasfabrik angefordert haben, wollen wieder gehen. Sie sagen, dass sie für zwanzig Goldrubel im Monat bleiben und Zechen aufbauen. Aber das ist Wucher, Herr!«

»Wo ist der Vorsitzende der Industriekammer? Ah ... Übermittel ihnen unser Angebot. Der Preis geht in Ordnung. Wir schließen mit ihnen einen Vertrag auf fünf Jahre unter der Bedingung, dass sie nicht nur eine Fabrik, sondern auch eine Glasbläserschule aufbauen. Für jeden ausgebildeten Meister erhalten sie jeweils fünf Goldrubel. Wenn sie sich darauf nicht einlassen, sollen sie ruhig abziehen. Wir finden schon andere …«

»Wird erledigt.«

»Muss ich sonst noch was wissen?«

»Wir haben Probleme mit den Ausweisen, Herr. Nachdem der Große Kreis das Gesetz zum Bürgerschutz angenommen hat, bewältigen wir die Nachfrage nicht mehr. Allein in Gattschina gibt es siebzehntausend Menschen, die sich in Petersburg ansiedeln wollen. Die Menschen kommen aus Sibirien und von der Krim, Herr. Sie haben irgendwie von den Darlehen und Renten erfahren!«

»Ja und? Beschwer dich jetzt bloß nicht, schließlich wollten wir genau das. Oder reicht unser Geld nicht für die Renten der Alten?«

»Doch, schon, aber die Künstler kommen nicht nach, die Porträts für die Ausweise zu zeichnen! Darüber hinaus bereiten uns diejenigen, die wir in die Stadt gelassen haben, Probleme. Sie haben einige Kanzlisten und Polizisten verprügelt! Einige weigern sich auch, in die Häuser zu ziehen, die die Wohnungskammer ihnen zugewiesen hat, und bestehen darauf, mit ihresgleichen zusammenzuleben.«

»Sergo!«, sagte Kowal, doch schon ein Blick genügte, um sich mit dem General zu verständigen. »Die Aufwiegler werden ins Gefängnis gesteckt, ihre Familien aus der Stadt verbannt! Gerichtskammer! Setzt für Samstag einen öffentlichen Prozess an, damit die ganze Stadt von dieser Geschichte erfährt …«

»Wird erledigt, Herr.«

Um drei Uhr nachmittags endete die Sitzung. Danach gönnte sich der Gouverneur ein Bad in der Wanne. Eine kräftige hochgewachsene Frau aus dem Kreis der Zauberer von den Seen hatte in den nach Fichte duftenden Schaum einige Tropfen aus kleinen Fläschchen von unterschiedlicher Farbe gegeben. Dann verrieb sie in ihren Händen eine Creme, die die Durchblutung förderte, um damit den Rücken und die Schultern Kowals einzureiben. Dieser lehnte sich in dem heilsamen Dampf zurück und betrachtete in dem beschlagenen Spiegel sein Gesicht. An seinen Schläfen war das Haar inzwischen völlig grau, die Stirn durchzogen Falten und alte Narben. Zwei Narben von Bissen in der linken Wange, am Hals Spuren von Pfeilen, am Schlüsselbein eine Kerbe von einem Dolch … Anscheinend hatte er nichts ausgelassen, auch wenn er sich an all diese Kämpfe nur noch als etwas irgendwie Irreales erinnerte …

Als Artur zu den Hängenden Gärten der Eremitage ging, verstauten Arbeiter gerade die letzten Gepäckstücke. Lew persönlich beaufsichtigte sie, Daljar kontrollierte die Waffen. Zwei Urenkel von Malwina, die sich spielerisch bissen, standen neben dem Futtertrog. Ein flachsblonder Junge, ein Enkel des Wippers Semjon, streute einige Heilkräuter auf das Fleisch für die Drachen. An einem hatte sich nichts geändert: Nur die Kinder und Kindeskinder der Hüter kannten keine Furcht vor den geflügelten Wesen.

In diesem Jahr waren bereits vierzig Kinder von Wippern in die städtische Schule gekommen. Jedes Mal musste Kowal die Sechsjährigen mit aller Gewalt von ihren Eltern loseisen. Zu seiner Überraschung unterstützte ihn jedoch die Hüterin des Buches. Es war allein Mam Rita zu verdanken, dass die Wipper überzeugt werden konnten, ihre Kinder in die Stadt zu lassen. Inzwischen kamen bereits Kinder aus dreizehn Dörfern zu ihnen, darunter sogar einige aus dem Fernen Osten. Die kleinen Hüter wurden besser bewacht als die Staatskasse. Ihretwegen hatte Artur die Schule in der Eremitage einrichten lassen und ihnen vier Säle in seinem eigenen Stockwerk überlassen, in denen sie lebten wie in einem Internat. Nachdem die Museumsleute in normale Wohnhäuser umgezogen waren, war der Winterpalast zum ersten Mal seit hundert Jahren ungewöhnlich leer …

Prochor der Zweite hatte sich praktisch vom Berufsleben zurückgezogen, seine Stelle nahm nun eine Tochter Annas ein. Die neuen Drachenmodelle zeigten sich den alten deutlich überlegen. Sie verfügten über ein Transportvolumen von bis zu sechshundert Kilo und legten fünfhundert Kilometer ohne Zwischenlandung zurück. Auf ihren Rücken fanden vier Menschen Platz, die Fracht nicht mitgerechnet. In Erinnerung an die Märchen, die sie in ihrer Kindheit gehört hatte, hatte Anna die Dritte für eine goldene und zart fliederfarbene Färbung der Schuppen gesorgt. Die zehn Meter langen milchweißen Flügel wurden zur Sicherheit des Bodenpersonals mit festen Schnüren ruhiggestellt. Auf der schmalen Terrasse der Hängenden Gärten hätten die Drachen sonst mit einer einzigen Bewegung jeden Menschen um sich herum gefährlich verletzt.

»Wohin wollen wir zuerst, Artur?«, fragte Lew, der gerade eine Karte Europas ausbreitete. »Was hast du entschieden?«

»Zuerst gehen wir nach Paris.«

»Und was machen wir, wenn es dir gelingt, sie zu wecken – und die Herrschaften dann fliehen, genau wie jenes Pärchen, das dich in Moskau verraten hat?«

»Ich weiß es nicht, Lew. Vielleicht müssen wir dann Gewalt anwenden. Ich hoffe, sie verstehen wenigstens Englisch.«

»Schon wieder Gewalt. Mittlerweile löst du jede Frage ausschließlich mit Gewalt.«

»Ich weiß, Lew.«

»Dabei sind das Menschen, keine Wilden. Es sind Ingenieure. Weißt du eigentlich, was sich in meinem Inneren abspielt? Ich kann kaum glauben, dass ich diesen Moment noch erleben darf. Den Moment, in dem ich andere Erwachte kennenlerne. Und da erwägst du Gewalt …«

»Hör auf, an mir rumzukritteln, Lew, ich habe schon genug Sorgen.«

»Ich bin zu alt, um an dir rumzukritteln.«

»O nein. Es gibt genau zwei Menschen, die an mir rumkritteln, einer davon bist du, der andere ist Nadja. Berder versteht das alles eh nicht, für Ismail gilt das Gleiche.«

»Sie leben im Wald, mit der Stadt haben sie nichts am Hut«, erwiderte Lew, packte das Fernglas und den Kompass ein, schloss auch die letzte Tasche und übergab sein Gepäck den Soldaten. Die Männer warfen derbe Riemen über den Drachenrücken und begannen, sich mit beiden Füßen gegen den Boden stemmend, das Geschirr über dem breiten Rücken des Tiers festzuziehen. Unterdessen fuhr der Alte fort: »Ist dir schon einmal aufgefallen, Artur, dass dich immer weniger Menschen verstehen. Denn du versuchst, ihnen Dinge nahezubringen, die vor dem Großen Tod üblich waren.«

»Ich versuche, die Zivilisation wiederherzustellen.«

»Du hast mir einmal gesagt, die Duma sei die Zivilisation. In den letzten zehn Jahren hast du mir viermal versprochen, die Duma einzuberufen. Aber bis heute hat es keine freien Wahlen gegeben.«

»Wir führen die ersten Wahlen durch, sobald ich davon überzeugt bin, dass die Kinder der Hüter und Wilden nicht unter dem Ergebnis zu leiden haben. Sobald ich davon überzeugt bin, dass die Gerichtskammer endlich ihre eigenen Codices versteht. Sobald ich davon überzeugt bin, dass die Menschen die klügsten Köpfe wählen, nicht die lautesten. Vor allem aber: sobald sich die privaten Geschäftsleute nicht länger bereichern.«

»In dem Fall werden wir beide die Wahlen wohl nicht mehr erleben. Oder glaubst du wirklich, die Menschen werden die Besten unter ihnen wählen, nachdem die Kommunen zerschlagen worden sind? Noch dazu, wo heute alle vereinzelt leben?! Was die Wohnungskammer da anrichtet, indem sie alle Menschen durcheinanderwürfelt …«

»Dafür gibt es heute keine Aufstände mehr!«

»Du hast die Macht nur dank der Wipper an dich bringen können. Und natürlich dank der Hunde und der geflügelten Drachen. Aber was, wenn die Wipper einen anderen Gouverneur nicht so unterstützen wie dich?«

»Genau dafür haben wir bereits die Garde, das Tribunal und die Geheimwache. Sie werden dafür sorgen, dass dieser Staat überdauert.«

»Das sind genau die Einrichtungen, die du dem alten Gouverneur immer angekreidet hast.«

»Der übrigens immer noch am Leben ist und es sich in seinem Dorf gut gehen lässt! Was meinst du, soll ich ihn vielleicht nach Piter zurückholen? In dem Fall können wir gern wetten, wie lange es dauert, bis ihm jemand die Kehle durchschneidet. Ich würde auf eine Stunde tippen …«

»Und was ist mit dir? Wie oft hat schon jemand nach deinem Leben getrachtet? Wie viele ausgezeichnete Offiziere sind gestorben, nur um dein Leben zu schützen? Und seit Charly Rokotow erschossen wurde, traut sich von uns, den Angehörigen des Großen Kreises, niemand mehr ohne Schutz aus dem Haus. Selbst auf mich, einen einfachen Buchmenschen, wurde bereits zweimal geschossen! Und das, nachdem ich fünfzig Jahre lang in der Eremitage gelebt habe und mit den Karawanen durchs Land gezogen bin, ohne je Angst zu empfinden! Früher konnte man einen Dieb am erstbesten Baum aufhängen. Gut, wir haben die Dschingisse und die wilden Tiere gefürchtet – doch damals haben die Kommunen sich nicht gegenseitig bekämpft. Heute treiben am rechten Ufer des Flusses Tausende von Zugewanderten ihren Handel. Du kannst am helllichten Tag ausgeraubt werden, aber dennoch hat der Herr Gouverneur das Tragen von Waffen verboten. Wer einen Räuber erschießt, wandert in den Kerker! Sämtliche Ladenbesitzer heuern freie Polizeikräfte an, damit sie nachts ruhig schlafen können. Wann also endet dieses Gemetzel, das du *Staat* nennst?«

»Einen Staat baut man nun einmal nicht innerhalb von zehn Jahren auf … Aber worauf willst du eigentlich hinaus, Lew?«

»Die Menschen sehnen sich nach den alten Kommunen zurück, doch du hast sie mit Gewalt vereinzelt. Die Menschen waren daran gewöhnt, in Genossenschaften zu arbeiten, doch das hast du verboten. Früher haben sich die Kommunen selbst um Tagediebe und Banditen gekümmert. Ohne jede Polizei. Willst du etwa den Deutschen alles nachmachen? Soll sich jeder reiche

Handwerksmeister mit einem Zaun gegen seine Nachbarn abschotten? Soll man demnächst sogar dafür zahlen müssen, seine Lehrjahre zu absolvieren?«

»Lass mich dir eine Geschichte erzählen, Lew. Russland wurde vor dem Großen Tod von einem Herrscher regiert, den ebenfalls Buchmenschen umgaben. Sie haben ihm geraten, die Duma einzuberufen. Das hat er auch getan – mit dem Ergebnis, das man revoltiert hat. Daraufhin hat der Herrscher mit Kanonen auf die Duma schießen lassen. Und weißt du, warum es zu diesem Aufstand gekommen ist? Weil es im Land keine wohlhabenden Handwerker gab, Lew! Wenn es in Piter nicht hundert arme Genossenschaften, sondern zehntausend wohlhabender Handwerksbetriebe gibt, dann werde ich die Duma einberufen und die Tribunale auflösen.«

»Es ist alles bereit, Gouverneur!«, teilte Daljar mit.

»Nun denn, möge Gott uns beistehen!«

Nachdem Artur Lew auf den Rücken des Drachen geholfen hatte, schob auch er seine Beine in die Sattelhosen. Alle Passagiere setzten sich Pelzmützen und Brillen auf und schmierten sich das Gesicht mit Fett ein. Der junge Wipper im Hof löste die Taue, mit denen die Flügel der Drachen gesichert waren, während die Soldaten die schweren Eisenketten von den Hinterpfoten der Tiere abnahmen.

»Aus dem Weg!«

Im Nu war der Hof menschenleer. Nur der Wipper war zurückgeblieben. Er lächelte dem Gouverneur zu und hantierte furchtlos im Futtertrog.

»Leb wohl, kleiner Wipper! Dass du mir gut lernst!«

»Leb wohl, Herr Schwert! Mögen deine Tage voller Frieden sein.«

Die Drachen dehnten sich und sogen den Wind durch die Nüstern ein.

»Gouverneur!«, rief da Arturs Sekretär und eilte mit einem Aktendeckel auf ihn zu.

»Was gibt's denn noch?«

»Tut mir leid, aber ich habe ganz vergessen …«, keuchte Michail. Nachdem er die Treppen heruntergerannt war, war er noch völlig außer Atem. »Es geht um deine Porträts! Der Hauptkünstler hat dem Kleinen Kreis eine Bitte unterbreitet. Er hat jetzt eine Druckmaschine und erbittet die Erlaubnis, hundert Porträts des Gouverneurs drucken zu dürfen. Die Präfekten unterstützen diesen …«

»Oho!«, krächzte Lew vergnügt in seinem Sattel.

»Da hast du dir ja einen schönen Zeitpunkt für deinen Antrag ausgesucht!«, murrte Artur. »Und warum brauchen sie überhaupt hundert Porträts?«

»General Abaschidze und der Obergeistliche des Alexander-Newski-Klosters unterstützen den Antrag ebenfalls. Die Menschen wollen für dein Wohlergehen beten …«

Der Drache von Artur und Lew warf den Kopf in den Nacken, schickte ein Knurren zum Himmel und schlug ungeduldig mit der Schwanzspitze auf den Boden. Die Sonne hatte schon ein großes Stück ihres täglichen Wegs hinter sich gebracht, der Brunnen im Hof lag bereits im Schatten. Wenn kein starker Wind aufkommt, dachte Artur, werden wir heute Nacht in Wizebsk schlafen. Wir werden Warschau erreichen, den dortigen Hütern einen Besuch abstatten, und von da aus ist es dann nur noch ein Katzensprung bis nach Paris …

»Gut, soll er!«, brummte Artur. »Letzten Endes kann man Gesundheit nicht kaufen, für die muss man wohl beten. Mag er also die Porträts drucken. Aber sag dem Künstler eins: Wenn ich mir nicht ähnlich sehe, wird er persönlich noch zweihundert Stück malen. *Eigenhändig!* Zu viele Bilder kann es schließlich nie geben!«

DIE LEGENDE GEHT WEITER

VITALI SERTAKOV

CRYONIC

BRUDERSCHAFT DES KREUZES

Aus dem Russischen
von Christiane Pöhlmann

LESEPROBE

TEIL [1]

TOTE ERDE

(1) DAS ENDE DER FRIEDLICHEN TAGE

Mit einem Fuß stand Mam Rita bereits im Grab.

Das hinderte die blinde Hüterin des Buchs jedoch nicht daran, die Schreiber wie gehabt herumzukommandieren, die anderen Dorfbewohner am Geräusch ihrer Schritte und ihres Atems zu erkennen und sich an alles zu erinnern, was in den letzten hundert Jahren geschehen war. Äußerlich schien sie in den zwei Jahren, in denen Artur Kowal nicht hier in ihrem Dorf im Norden gewesen war, allerdings kaum gealtert zu sein. Wie immer um eine aufrechte Haltung bemüht, hielt sie sich auch heute erstaunlich gerade. Und ihre Befehle wurden nach wie vor widerspruchslos ausgeführt.

Trotzdem hatte sich etwas geändert: Jedes Wort kostete sie unglaubliche Kraft, das Bett verließ sie kaum noch, ständig saß sie in einen Mantel aus Wolfspelz gehüllt da, mit den Füßen in einer Schüssel voll heißen, mit aromatischen Kräutern vermischten Wassers. Obwohl die Sonne vom Himmel knallte, wurde in ihrer Hütte geheizt, und eine junge Frau wechselte das Wasser des Fußbads, sobald es auch nur ein wenig abgekühlt war.

Neben Mam Rita saß eine alte Bekannte Arturs, Anna die Erste, aus jenem Dorf der Wipper weit im Osten, in dem er einige Jahre gelebt hatte. Sie trug einen weißen Leinenoverall und hatte sich ein besticktes Tuch über die Schultern gelegt. Konzentriert ging sie einen Stapel Hefte durch.

Offenbar sollte sie Mam Ritas Nachfolge antreten. Eigentlich hatte Artur ja angenommen, das Amt müsse jemand aus diesem Dorf hier übernehmen. Doch wie er nun zu seiner Überraschung feststellte, durchschaute er noch immer nicht alle

Gesetze der Wipper, jener verschworenen Gemeinschaft von Waldbewohnern, die so gar nichts von Städten hielt. Und bis auf die junge Generation in ihnen auch nicht leben konnte.

»Sag mir eins, Schwert«, wandte sich Mam Rita nun an Artur. »Ich habe gehört, dass ihr über einen Monat in den westlichen Ländern gewesen seid. Hält deine Stadt es da überhaupt noch länger ohne dich aus?«

»Sämtliche kleinen Probleme können warten, wenn du mit mir zu sprechen verlangst, Herrin. Außerdem kümmern sich Leute, denen ich unbedingt vertraue, in meiner Abwesenheit um die Regierungsangelegenheiten in Petersburg. Ich werde also so lange bei dir bleiben können wie nötig.«

»Obwohl die Anhänger des Halbmonds gegen euch rebellieren? Und obwohl der Pöbel angeblich ihre Häuser anzündet? Obendrein sind in deiner Abwesenheit einige Anhänger Laos am rechten Newa-Ufer gelyncht worden. Will man diese kleinen schlitzäugigen Menschen aus dem Osten so aus der Stadt vergraulen?«

»Meine Männer haben das alles auch ohne mich bestens im Griff, Herrin. Sie wissen, wie die Gerechtigkeit durchzusetzen ist.«

»Die Gerechtigkeit also … Früher einmal hast du damit etwas bezeichnet, das du in deinem Herzen getragen hast, aber heute bezeichnest du damit nur noch Schriftrollen mit Steuergesetzen.«

»Ohne Gesetze ist Petersburg dem Untergang geweiht.«

»Das stimmt. Nur verrat mir dann doch bitte einmal, warum in der Newa täglich Leichen treiben? Ihr kämpft gegen niemanden, nicht eine Stadt aus dem Pakt der freien Siedlungen will euch angreifen. Trotzdem ist euer Fluss voller Leichen. Fast als ob ihr im Krieg lebtet …«

»Die Menschen kriegen den Hals leider nie voll genug, Herrin. Und viele haben aus dem Wald falsche Vorstellungen mitgebracht, was Gerechtigkeit angeht.«

»Falsche Vorstellungen? Woher willst du denn wissen, dass deine Vorstellungen richtig sind? Immerhin habt ihr es zugelassen, dass fast dreißig unterschiedliche Kirchen und Gebetshäuser erbaut wurden.«

»Zu meiner Zeit nannte man so etwas Religionsfreiheit.«

»Das ist ein schönes Wort – das aber nicht erklärt, warum bei euch Häuser niedergebrannt und Menschen ermordet werden.«

Die Hüterin des Buchs biss sich offenbar nicht ohne Grund an diesem Thema fest. Artur ahnte, dass hinter ihren verbalen Angriffen etwas steckte, das sie beunruhigte, das sie aber noch nicht direkt zur Sprache bringen wollte …

»Sofern du nicht von mir verlangst, Piter dem Erdboden gleichzumachen«, erwiderte er, »nehme ich gern jeden Rat von dir an. Wie stets.«

Berder nickte ihm anerkennend zu: Sein Schüler brachte den Gesetzen Respekt entgegen und hatte nicht vergessen, wem er seine Macht eigentlich verdankte.

»Immerhin liegt dir die Gerechtigkeit noch am Herzen, Schwert, und das freut mich«, erklärte Mam Rita daraufhin in etwas sanfterem Ton. »Jeder Mensch kann sich irren, auch ich habe zu meiner Zeit zahlreiche Fehler begangen. Zudem will ich nicht verhehlen, dass ich zunächst befürchtet hatte, du würdest dich keinen Deut mehr um das Gleichgewicht kümmern, sobald du erst einmal in der Stadt angelangt bist. Umso größer ist nun meine Genugtuung, dass ich mich geirrt habe. Einmal mehr erweist sich unser Buch als klüger als wir alle.«

Sie stockte und fing an zu röcheln. Sofort reichte ihr die junge Frau einen Becher mit duftendem Kräutertee. Schweigend warteten alle Anwesenden den Schwächeanfall Mam Ritas ab. Berder, inzwischen nicht nur Hüter der Kraft, sondern auch einer der beiden Direktoren der Militärakademie in Piter, ließ den Blick schweifen, während Anna die Erste wie gehabt die in Leder gebundenen Hefte durchblätterte. Beide Schreiber warteten mit Federn in der Hand. Das Buch der Wipper wuchs ständig an, in ihm wurden alle Gespräche aufgezeichnet, die in dieser Hütte geführt wurden, aber auch alle Neuigkeiten aus anderen Dörfern der Wipper, sämtliche Ereignisse von Belang aus dem Leben der Städte und Dörfer, in denen die Wipper mit ihren magischen Fähigkeiten nicht der Natur zum Sieg verholfen hatten, sowie mancherlei rätselhafte Veränderungen in der Natur.

Und noch etwas sorgte dafür, dass dies heilige Buch ständig anwuchs: die Prophezeiungen der Hüter des Gedächtnisses.

Auch Artur hatte diese Sprüche schon mehrmals gelesen. Die Hüter des Gedächtnisses selbst sahen sich außerstande, sie zu entschlüsseln, was kein Wunder war, erinnerten die Worte doch oft genug an das Geschwafel eines Junkies. Vor achtzig Jahren hatten sie jedoch vorausgesagt, ein Erwachter Dämon würde auftauchen, ein Mann namens Artur Schmied. Und Kowal bedeutete auf Ukrainisch Schmied …

Nun war er erneut in den Norden gerufen worden. Dabei hätte er dringend in Piter bleiben müssen. Die Neuigkeiten, mit denen seine Leute ihn überschüttet hatten, waren mehr als unangenehm …

Die Hare Krishnas waren verprügelt, ihr Stand auf dem Markt im Süden zertrümmert worden. Der Vorfall hatte sogar zwei Menschen das Leben gekostet.

An der Moschee, die ein Iman der Tataren hatte bauen lassen, kam es immer wieder zu Schlägereien.

Ein paar religiöse Fanatiker waren mit aufgeschlitzten Kehlen in der Newa gelandet.

All das konnte jedoch warten, denn Mam Ritas Befehl war wichtiger. Diesem Ruf nicht zu folgen verbot sich von selbst.

Vor allem nach dem, was während der Reise nach Paris geschehen war …

Einerseits freute er sich, noch am Leben zu sein – er hatte schon befürchtet, Piter nie mehr wiederzusehen. Aber irgendwann gewann der Drache dann den Kampf gegen die perfiden

Winde und tauchte aus den Wolken auf, sodass Artur die Newa mit ihren unzähligen Fischerbooten und Pontonbrücken unter sich erblickte. Und prompt war die Wiedersehensfreude wie weggeblasen, machte den üblichen Sorgen Platz. Aber gut, er hätte ja wohl schlecht die ganze Zeit über an all die Probleme denken können, die sein Amt mit sich brachte. Jedenfalls nicht, wenn er nicht vollends den Verstand verlieren wollte.

Denn im Vergleich zu der *Strafe*, den Gouverneur mimen zu müssen, war die Machtübernahme vor zehn Jahren das reinste Kinderspiel gewesen. Je mehr Hürden er allerdings auf dem Weg zu etwas, das man mit einigem guten Willen als Zivilisation bezeichnen konnte, überwand, desto mehr neue Probleme tauchten auf. Die Intrigen der Verwaltung drohten ihn zu ersticken. Die Abschaffung des Sklavenhandels hatte ihm übermenschliche Kräfte abverlangt. So konnte er selbst heutzutage – nachdem er Piter erfolgreich vor allen Anfechtungen des Feudalismus bewahrt hatte – nicht wirklich ruhig schlafen …

Doch Artur war fest entschlossen, eher zu sterben, als mit anzusehen, wie jenes rudimentäre Bürgertum, das an der Newa entstanden war, wieder unterging. Immerhin fand er in Berder und einigen anderen Wippern Verbündete. In den letzten drei Jahren war die Bevölkerung in Petersburg und Umgebung auf über zweihunderttausend Menschen angewachsen, und meist handelte es sich bei diesen Neulingen um entflohene Sklaven. Mit ihnen erhielt der Gouverneur billige Arbeitskräfte, das Militär Rekruten und die Handwerker einen kolossalen Absatzmarkt für ihre Waren.

Der entscheidende Coup war Artur gelungen, als es an der Wolga in zwei Jahren hintereinander zu Missernten gekommen war. Damals strömten Horden hungernder Flüchtlinge Richtung Petersburg. Die Vorsitzenden der Kammern hatten ihm geraten, alle Männer zu mobilisieren und diese Massen um jeden Preis von der Stadt fernzuhalten. Artur war jedoch anderer Ansicht gewesen, und selbst die Panik, die sich in Piter breitmachte, konnte ihn nicht von seiner Position abbringen. Patrouillen berichteten, eine wahre Lawine rolle heran, nicht weniger als vierzigtausend verarmter Menschen, die völlig von Sinnen seien. Sie alle folgten den Gerüchten, an der Newa wachse und gedeihe eine reiche Stadt, in der sämtliche Zuwanderer ein Stück Land und Vieh erhielten und sogar Arbeitskräfte für den Bau eines Hauses zur Verfügung gestellt bekämen. Und wer ein Studium auf sich nahm oder sich der Armee anschloss, dem winkten gar Reichtum und alle nur erdenklichen Ehren …

Artur seinerseits hatte alles darangesetzt, solche Gerüchte noch auszuschmücken. In jenem Frühjahr hatte er zudem gegenüber den Vorsitzenden der Kammern erstmals von einer Devisenschwemme gesprochen, die in ihrem Interesse liege. An diesem Fachchinesisch hatten die Vorsitzenden anfangs zu kauen, doch sobald Artur das Phänomen als *Eroberung des Fleischmarkts* umschrieb, leuchteten die Augen aller auf. Dafür mussten sie nicht mehr tun, als die Fleischproduktion zu verdreifachen und den Preis auf dem Markt in Nishni Nowgorod zu halbieren. Die einzige kleine Besonderheit, die es dabei zu berücksichtigen galt: Zu diesem Tiefpreis wurde das Fleisch nur gegen Gold und Silber von Petersburger Prägung verkauft, während alle anderen Währungen demonstrativ als wertloses Blech abgelehnt wurden. Sie bräuchten nur diese eine Saison zu überstehen, versicherte Artur, dann könnten sie in Zukunft kühn die Bedingungen diktieren …

Als dann die Hungernden vor den Toren der Stadt auftauchten, durften sie sich zwar nicht in Piter selbst, wohl aber im Umkreis ansiedeln. Sie erhielten günstige Kredite, wenn sie Saat und Jungtiere kaufen wollten.

Und Arturs Plan ging auf: Piter eroberte den Markt im Wolgagebiet. Die um Piter neu angesiedelten Bauern, deren Felder fast bis an die Ewige Brandstätte reichten, bezahlte Artur in Naturalien oder Kupfer, während die Staatskasse in einem einzigen Herbst vor Gold fast platzte.

Doch damit nicht genug: Artur ließ in allen größeren Siedlungen in Mittelrussland verbreiten, der Gouverneur von Piter biete den Bauern Hilfe bei der Umsiedlung an, nehme sie unter seinen Schutz und lasse ihnen die Staatsbürgerschaft zukommen, sofern sie nur einen lebenslangen Vertrag unterschrieben, der sie verpflichtete, sämtliche Überschüsse an den Staat zu verkaufen. Wer auch nur ein wenig über Petersburg gehört hatte, wusste genau, was das hieß: das Recht, Land zu besitzen, Holz zu fällen, kostenlosen Schulbesuch für die Kinder, Schutz vor Ganoven und vor allem eine bescheidene Rente.

So kamen abermals Hunderte von Trecks nach Piter, sehr zum Missfallen der alteingesessenen Lokalgrößen.

Die Migration der Schmeißfliegen, wie die Wipper alle Städter abfällig nannten, interessierte diese im Grunde nicht. Anders verhielt es sich jedoch mit dem Zuzug halbwilder Stämme aus dem Wald. Gut, der alte Wipper Ismail zollte der Strategie Arturs durchaus Tribut, denn dadurch, dass dieser die Landwirtschaft ankurbelte, sorgte er dafür, dass sich in dem Gebiet kaum Dunkle Male bildeten. Außerdem hielt sich Artur an ihr Abkommen: Nicht ein Industriegigant verpestete die Luft. Aber diese Wilden blieben ihm ein Dorn im Auge. Deshalb fragte sich Artur jedes Mal, wenn er eine Gruppe von ihnen ausschickte, um Gräben trockenzulegen, wann den Wippern wohl die Hutschnur reißen würde.

»Gut … aber ich bin nicht die Einzige, die mit dir reden möchte«, erklärte Mam Rita nach ihrem Hustenanfall.

Die Frau, die ihr den Tee gereicht hatte, lugte kurz hinter einen Paravent im rechten Teil der Hütte. Artur hatte von Anfang an gespürt, dass sich dort noch jemand befand. Nach all den Jahren kannte er die Macken der Wipper jedoch gut genug: Wenn die Gäste sich nicht zeigen wollten, dann eben nicht.

Nun traten drei Männer hinter dem Wandschirm hervor. Den einen erkannte Artur auf Anhieb wieder, das war Christian, Ismails jüngerer Bruder, der am Waldaisee lebte und seines

Zeichens Hüter des Gedächtnisses war. Die anderen beiden sah er zum ersten Mal, aber vermutlich handelte es sich auch bei ihnen um Wipper dieser besonderen Kategorie.

Alle drei waren stämmige Männer, hatten das lange graue Haar zu Rastazöpfen geflochten und lächelten mit erstaunlich gesunden Zähnen in die Runde. Sie waren gekleidet wie echte Pilger, die etliche Kilometer zu Pferd oder zu Fuß zurückgelegt hatten.

Während Berder, den diese Begegnung genauso überraschte wie Artur, die drei Männer nacheinander umarmte, konnte Artur einen Blick auf den Tisch hinter dem Paravent werfen: Auf ihm standen zwei Dutzend Flaschen, die ein Stück geräucherten Schinken einrahmten. Das sind die ersten Russen, dachte Artur, die ich kennenlerne, die drei Tage lang schweigend saufen. Denn so lange haben sie doch auf mich gewartet, oder?

»Du hast eine üble Wunde«, wandte sich der größte der drei, ein Mann mit faltigem, zerknautschtem Gesicht, an Artur. »Obendrein hast du das Gift nicht herausgeholt, bevor du die Salbe aufgetragen hast.«

»Das wird schon wieder«, mischte sich Anna die Erste ein. »Das Gift hat sich bereits aufgelöst.«

Artur hatte niemandem etwas von seiner Wunde mitgeteilt und angenommen, der Verband sei unter der Jacke überhaupt nicht wahrzunehmen. Doch die Wipper rochen das Blut und die Salben. Um die körperliche Verfassung eines Menschen zu bestimmen, brauchten sie weder Gejammer in höchsten Tönen noch weitschweifige Erklärungen.

»Das ist ein übles Gift«, erklärte Christian, während er die stickige Luft in der Hütte durch die Nase einsog. »Hat es den Wipper umgebracht?«

Artur schielte zu Berder hinüber, der nickte, um ihm zu signalisieren, er habe die Hüter des Gedächtnisses bereits über den Tod von Semjon den Zweiten informiert. Der junge Mann hatte die Reise nach Paris nicht überlebt.

»Nein, Semjon ist auf andere Weise gestorben. Er fand den Tod in …«

»Du hättest dich niemals so weit nach Westen begeben dürfen, ohne dich vorher mit uns abzustimmen«, mischte sich nun der dritte Hüter des Gedächtnisses ein, ein buckliger Mann mit schwarzen Augen, anscheinend ein Mischling. »Du weißt schließlich ganz genau, dass südwestlich von Warschau keine Wipper mehr leben.«

»Dafür wimmelt es dort nur so von Dunklen Malen!«, presste Christian heraus. »Du willst uns ja wohl nicht weismachen, dir wäre nicht klar gewesen, welches Risiko du eingehst. Wenn du in Gegenden mit derart viel Schmutz kommst und …«

»Deshalb haben wir in den Städten auch keine Rast gemacht«, versuchte Artur sich zu verteidigen. »Außerdem wollte Semjon unbedingt mitkommen, und selbst sein Vater hatte nichts dagegen. Aber hinter den deutschen Siedlungen sind wir auf …!«

»Wir wissen genau, dass der Junge seinen eigenen Kopf hatte«, meinte Christian.

»Er war einer meiner besten Kämpfer«, bemerkte Berder traurig.

»Ich habe auch Männer verloren, die nicht meine schlechtesten waren, Lehrer«, erwiderte Artur.

»Du bist also doch nach Frankreich geflogen?«, nahm Mam Rita ihn ins Verhör. »Obwohl Ismail dir gesagt hat, dass hinter Berlin halb Europa nur noch aus Brandstätten besteht und dass dort das Wasser leuchtet wie in den Gelben Sümpfen in Sibirien?«

»Früher hat es in diesen Gegenden viele Atomkraftwerke und Atomwaffen gegeben«, erklärte Artur. »Aber wir wollten ja nur bis nach Paris, um …«

»Wir wissen, dass du die anderen Eingeschlafenen aus der alten Welt wecken wolltest«, unterbrach ihn der Hüter mit dem zerknautschten Gesicht. »Aber in dem Fall verrat mir doch bitte einmal, warum du nicht zu den Deutschen gegangen bist? Ihr schickt doch Karawanen dorthin und handelt mit ihnen. Selbst in den Städten ist es dort längst nicht so gefährlich.«

»Weil … weil wir …«

»Und kann es womöglich sein«, fiel ihm Mam Rita unbarmherzig ins Wort, »dass ihr unterwegs Dinge gesehen habt, die selbst den besten und tapfersten Soldaten und sogar dem Gouverneur Schwert einen Schrecken einjagen?«

»Ja, Herrin«, gab Artur kleinlaut zu.

»Du hast gesehen, was sich sonst hinterm Ural versteckt hält. Du bist auf das getroffen, wovor wir alle Karawanen, die von Jekaterinburg aus nach Osten ziehen wollen, bereits seit Jahren schützen, indem wir diese Wege unpassierbar machen. Du standest jetzt im Westen vor jenem Industrieschmutz, den wir im Osten in den letzten hundert Jahren beim besten Willen nicht beseitigen konnten. Wir konnten die Menschen nur von ihm fernhalten, indem wir die Wege nach Osten gekappt haben.«

»Aber warum gibt es dann im Westen keine Wipper, die das Gleichgewicht wiederherstellen?«

Artur hatte den Eindruck, die drei Hüter des Gedächtnisses würden sich ganz kurz wortlos verständigen. Berder murmelte etwas, das niemand verstand, während Anna die Erste ihn so entsetzt anstarrte, als hätte er eine schweinische Bemerkung gemacht. Die Schreiber beendeten noch ihren Satz und harrten dann mit erhobenen Federn in der Hand der Dinge, die da kommen würden.

»Damit hast du die Frage gestellt, deretwegen wir uns heute hier versammelt haben«, stellte Mam Rita ruhig fest. »Die Hüter der Dunklen Male aus Warschau haben uns schon vor langer Zeit mitgeteilt, dass die Erde südlich und westlich von Berlin immer stärker ins Wippen gerät, dass wilde Wälder alle bestellten Felder verdrängen und die klirrenden Knoten sich nicht mehr von ihnen kontrollieren lassen. Deshalb haben wir uns hier versammelt, um deinen Bericht zu hören und dann zu entscheiden, was davon den anderen Wippern bekannt werden darf.«

»Und was wir weiter tun sollen«, ergänzte Christian.

Artur wollte seinen Ohren nicht trauen. Die Hüter des Gedächtnisses hatten sich in dieser Hütte versammelt – um etwas zu unternehmen.

Das war, wenn er sich nicht irrte, das erste Mal, dass sie aktiv in die Geschichte eingreifen wollten.

»Ist es wirklich so schlimm?«, presste er heraus. »Ich habe angenommen, das ökologische Gleichgewicht könne trotz allem mit der Zeit wiederhergestellt werden … Oder glaubt ihr etwa, dass die Lage im Westen für uns alle eine Bedrohung werden könnte?«

»Genau darum geht es: Die Dunklen Male hätten sich schon längst zu einem Knoten zusammenfügen müssen«, erklärte der schwarzäugige Hüter und seufzte schwer. »In Sibirien ist es zumindest so gewesen. Aber aus irgendeinem Grund tun sie das in Westeuropa nicht.«

»Man könnte fast meinen, jemand brächte dort die Erde die ganze Zeit über zum Wippen«, beschrieb Christian die Situation.

»Wir haben eine gewisse Ahnung, wer das sein könnte …«

»… und zu welchem Zweck das geschieht …«

»Und was das bedeutet …«

Artur schwindelte, obendrein meldete sich der Schmerz in seiner Schulter zurück, eine alte Wunde, die nie ganz verheilt war.

»Und was wollt ihr von mir?«, fragte er schließlich.

»Das Buch ist aufgeschlagen, Schwert!«, erklärte Mam Rita. »Sprich langsam und lass nichts aus! Jede Kleinigkeit, die du vergisst, kann nicht nur uns, sondern der ganzen Welt den Tod bringen.«